समुद्र संगम

समुद्र संगम

भोलाशंकर व्यास

वाणी प्रकाशन ग्रुप

भारतीय ज्ञानपीठ

वाणी प्रकाशन : भारतीय ज्ञानपीठ की पुस्तकों के एकमात्र प्रकाशक एवं वितरक

सजिल्द पहला संस्करण : 2004
सजिल्द दूसरा संस्करण : 2005
सजिल्द तीसरा संस्करण : 2026

लोकोदय ग्रन्थमाला : ग्रन्थांक 759

4695, 21-ए, दरियागंज, नयी दिल्ली-110 002
फ़ोन : 011-23273167, 23275710
ईमेल : sales@vaniprakashan.in

समुद्र संग्रम

(उपन्यास)

भोलाशंकर व्यास

ISBN : 978-93-6944-661-2

मूल्य : **600**

मुद्रक : *सिटी प्रेस, दिल्ली-110 095 में मुद्रित*

SAMUDRA SANGAM

(Novel)

***by* Bhola Shankar Vyas**

दो शब्द

'समुद्र-संगम' मुगल राजकुमार दाराशुकोह के गुरु प्रसिद्ध कवि पण्डितराज जगन्नाथ की आत्मकथा की शैली में उपन्यास है। मेरा लक्ष्य पण्डितराज की जबानी उनके युग की कहानी सुनाना है।

मध्ययुग के मुगल बादशाह शाहजहाँ का शासनकाल भारतीय इतिहास में स्वर्णयुग होते हुए भी विचित्र अन्तर्विरोधों का युग रहा है, दो विरोधी गुण-धर्म से समन्वित संस्कृतियों के परस्पर टकराव और उसे मिटाकर समन्वय करने के प्रयास का युग रहा है। यही कारण है कि वह युग ही इस उपन्यास का नायक बन बैठा है। दो विरोधी विचारधाराओं, दार्शनिक परम्पराओं, कलागत मान्यताओं, रीति-रिवाजों की परस्पर प्रतिस्पर्धिता का लेखा-जोखा प्रस्तुत करना मेरा ध्येय है। काश, इनके समन्वय के लिए जो प्रयास कवीन्द्राचार्य सरस्वती, सन्त मुल्लाशाह, बाबा लालदयाल, सरमद, दारा, जहाँआरा और पण्डितराज ने किया, वह सफल हो गया होता। पण्डितराज के शब्दों में "यह बूँद के बहाने समुद्र की कहानी है, क्योंकि बूँद की कथा समुद्र की कथा से अलग हो ही क्या सकती है।" इसलिए शीर्षक रख दिया 'समुद्र-संगम', व्यक्ति और समाज का संगम, दो संस्कृतियों का संगम, और तकनीक के लिहाज से भी इसमें कई धाराओं का संगम मिल जाएगा। यह शीर्षक भी वहीं से मिला है। दारा ने भारतीय दर्शन और सूफी दर्शन का समन्वय कर एक ग्रन्थ लिखा है–'मज्ज-उल्-बह्रैन', जिसका उसी के नाम से संस्कृत अनुवाद का हस्तलेख भी मिलता है–समुद्र-संगम। मेरा अनुमान है, यह अनुवाद दारा के नाम से उसके प्रिय मित्र एवं गुरु पण्डितराज जगन्नाथ की ही कलम का करिश्मा है।

पण्डितराज की संस्कृत गद्य शैली इस अनुवाद में खुद असलियत प्रकट कर देती है। पूरे युग को वाणी देने के कारण इस उपन्यास में आपको ऐसे चरित्र मिल जाएँगे, जो उस समय की राजनीति, दार्शनिक क्रान्ति, साहित्यिक अनुदान, संगीत और चित्रकला के क्षेत्र में हुए प्रयोगों के इतिहास से सम्बद्ध हैं। संस्कृत, फारसी और भाषा के उन कवियों और पण्डितों से भी आपकी मुलाकात यहाँ हो जाएगी, जो इस युग की चेतना को अपनी कविता और कृतियों द्वारा वाणी देते रहे हैं। इन सबको एक साथ जुटाने में मैंने इतिहास के साथ कल्पना का भी भरपूर इस्तेमाल किया है और एक उपन्यास लेखक को इतना हक तो हासिल होना ही चाहिए।

–भोलाशंकर व्यास

1 अक्टूबर 2003

मरा दिलअस्त कुफ़्र आशना कि चन्दीन वार,
ब काबह् बुर्दम् बाज़श् बरहमन आबुर्‌दन ॥

—चन्द्रभान बरहमन

(मेरे दिल का कुफ्र से इस कद्र लगाव है कि मैं इसे काबा ले गया, पर यह ब्राह्मण ही बना रहा।)

सल्तनत सहल अस्त खुदरा आश्नाएफ़क्र कुन,
क़तरह् ता दर्‌या तवानद शुद् चिरा गौहर शवद ॥

—दाराशुकोह

(सल्तनत पाना सहल है, तुम्हें गरीबों से अशनाई करानी चाहिए, अगर बूँद समन्दर बन सके, तो उसे मोती बनने की ज़रूरत ही क्या।)

लीलालुण्ठितशारदापुरमहासम्पद्भराणां पुरो,
विद्यासद्मविनिर्गलत्कणमुषो वल्गन्ति चेद्बालिशाः।
अद्य श्वः फणिनां शकुन्तशिशवो दन्तावलानां शशाः
सिंहानां च सुखेन मूर्द्धसु पदं धास्यन्ति शालावृकाः ॥

—पण्डितराज

(जिन लोगों ने मजे-मजे में सरस्वती के शहर को लूटकर विद्या की सम्पत्ति हासिल की है, उनके सामने अगर विद्या-केन्द्रों से बिखरे कणों को चुराने वाले मूर्ख अपने ज्ञान की डींग मारें, तो वह दिन दूर नहीं कि आज या कल फणिधर महासर्पों के फणों पर चिड़ियों के बच्चे पंजा जमा देंगे, हाथियों के मस्तक पर खरगोश आ बैठेंगे और शेरों के सिर पर सियार सुखपूर्वक कदम रख देंगे।)

पूर्वपीठिका

विश्वविद्यालय से अध्यापन और अन्य पाठ्येतर व्यस्तताओं से छुटकारा पा अभी लौटा हूँ। बाहर हवा भी जाड़े के मारे काँप रही है। रजाई में लिपटा बोरसी में रखे कोयलों की आँच से कँपकँपी भगाने की कोशिश कर रहा हूँ। आग की आँच त्वचा के पोरों के माध्यम से समस्त शरीर को ऊष्मा प्रदान करती मस्तिष्क की जड़ता को भी स्पन्दनशील बना रही है।

कमरे के बाहर कोई मस्ती से गुनगुनाता आ रहा है। जलदमन्द्र धीर और गम्भीर ध्वनि की मस्ती में भी कहीं वेदना की बिजली की कौंध छिपी है। पता नहीं, वह कब तड़तड़ा उठे। अव्यक्त गुनगुनाहट व्यक्त हो चली है। अरे, यह तो गंगालहरी का पद्य पढ़ते कोई चला आ रहा है।

> बधान द्रागेव द्रढिमरमणीयं परिकरे,
> किरीटे बालेन्दुं नियमय पुनः पन्नगगणैः।
> न कुर्यास्त्वं हेलामितरजनसाधारणधिया,
> जगन्नाथस्यायं सुरधुनि समुद्धारसमयः ॥

शिखरिणी के आरोहावरोह-समन्वित स्वर अब कमरे में ही गूँजने लगे हैं और मेरे सामने एक वपुष्मान् व्यक्तित्व उभरता जा रहा है; परिमृदित हल्के नीले इन्दीवर-सी वलीपलित काया, श्वेत धौत वस्त्र और उत्तरीय, ढले बायें कन्धे से दायीं ओर लटकता केसर रंजित यज्ञोपवीत, जैसे चंचला विद्युल्लता की अचंचल हो बरसने को झुकी स्निग्ध-श्यामल घनघटा के वलयित किये हो, चिन्ता से विषण्ण मुखमण्डल, कन्धों तक लम्बे लहराते केश, प्रशस्त ललाट, कर्णान्तायत अक्षियुगल और उन्नत नासिका। आजानुलम्बित भुजाओं को छन्द के आरोहावरोह के साथ शून्य में उठाता गिराता वह किसी को सम्बोधित करता अपनी दुष्प्रधर्षता का संकेत कर रहा है। तृतीय चरण को पढ़ते समय जैसे वह किसी सम्बोध्य व्यक्ति को

चुनौती देता तर्जनी को सामने दिखा रहा है और अपने लिए प्रयुक्त पद–'जगन्नाथ' का उच्चारण करते हुए विशेष बल दे रहा है। तो यही पण्डितराज जगन्नाथ हैं, पर इनके उद्धार का सवाल ही कैसा? इनका अपराध ही क्या है? जिन पर कृपा कर स्वयं सरस्वती धन्य हो गयी हो, जिसके चरणरज का सेवन कर स्वयं पाण्डित्य भी अपने अन्तेवासित्व की घोषणा करता हो, जिन्होंने प्रतिभा और पाण्डित्य के दो विरोधी समुद्रों के मिलन–स्थल पर सेतुबन्धन किया हो, उनके उद्धार का प्रश्न ही कैसा? आखिर ये किस सम्बोध्य व्यक्ति को चुनौती दे रहे हैं? कौन है वह?

अरे, यह कौन दूसरी आकृति कमरे के शून्य में गन्धर्व नगरी की अप्सरा–सी उतरती आ रही है। संगमरमरी वपुश्छटा ने सारे कमरे में दूध की फुहार बरसा दी है। पता नहीं, कहाँ से शरच्चन्द्रिका का वितान छत से फर्श तक तन गया है। इसी आकृति के शरीर से ये दूध की धाराएँ बह रही हैं। उदय होते सूर्य की विडम्बना करते कौसुम्भकौशेय की रमणीय शाटिका को बड़ी कठोरता से इसने कटिप्रदेश में उसी तरह कस लिया है, जैसे कोई मछेरिन मछलियों का उद्धार करने को बद्धपरिकर हो गयी हो। अपने जूड़े को इसने बालों की लटों से निबिड़ ग्रन्थि में ऐसे बाँध डाला है, जैसे वासुकी सर्प ने कुण्डली मार उसके केशकलाप की चंचलता को स्थिरता दे दी हो। आँखों में वात्सल्य और करुणा का अपार स्रोत सँजोये, यह पण्डितराज की चुनौती से परेशान हुए बगैर उन्हें मन्दस्मित लेखा में नहलाती जा रही है और सुधाधारा–सी स्मिति वर्षा के सीकरों में सिहरता महापण्डित ग़द्गद हो प्रणति पुरस्सर मातृवत्सलता पा विभोर हो उठा है। वह झूमता हुआ गाता हुआ जा रहा है :

न कुर्यास्त्वं हेलामितरजनसाधारणधिया,
जगन्नाथस्यायं सुरधुनि समुद्धारसमयः ॥

रमणीय रमणी आकृति अब अपने ही परिवेश मण्डल में धीरे–धीरे सिमटती जा रही है। सम्बोध्य व्यक्ति के अन्तर्हित होते ही सम्बोद्धा प्रकृतिस्थ हो गया है। मैं भी उस दिव्य कल्पनालोक से इतिहास में लौट आया हूँ। मैंने पण्डितराज को प्रणाम किया। वे दाहिनी ओर सोफे पर आ बैठे हैं।

"क्षमा करना, मुझे आने में विलम्ब हो गया। मेरा परिचय तो तुम्हें मेरे काव्यों से मिल ही चुका है।"

"हाँ, पण्डितराज। पर अभी आप उद्धार की बात कर रहे थे। आप जैसे महापुरुष के उद्धार की बात समझ में नहीं आ रही है।"

"अरे पगले, मेरा उद्धार, मेरे उद्धार की बात नहीं है। जगन्नाथ के उद्धार

की बात है। वही तो इस संसार का मालिक है। जानते हो, मैं किस जगन्नाथ के उद्धार की कामना करता रहा हूँ। मेरे लिए तो इन्सान जगन्नाथ है। इसी इन्सान के उद्धार की बात कर रहा हूँ, युगों से इसके उद्धार की कामना लिये हैं हम। पर इन्सान की शक्ल में पैदा हुए इन्सानियत के दुश्मन इस जगन्नाथ का उद्धार ही होने नहीं दे रहे हैं। तरह-तरह की शक्ल में पैदा होते रहते हैं ये। कहाँ नहीं छाये हैं ये। इनकी मायावी वृत्तियों का जाल राजनीति, सामाजिक जीवन, दर्शन, धर्म, शिक्षा और साहित्य सभी क्षेत्रों में फैला है। इनसे ही इन्सान और इन्सानियत को बचाने की प्रार्थना कर रहा था भगवती गंगा से। इन्सान का उद्धार हो जाए। मैं इन्सान से अलग हूँ क्या? मेरा भी उद्धार हो ही जाएगा।"

"पर यही तो मुश्किल दिखता है, पण्डितराज।"

"हाँ, भाई! मुश्किल तो है ही, जो भी इन्सान के उद्धार की बात कहेगा, नक्कू बनेगा और खुदगर्ज उसको परेशान करने से बाज नहीं आएँगे। तुम जानते हो, मुझे लोगों ने कितना परेशान किया है। आखिर मेरा अपराध ही क्या था?"

"पर लोग कहते हैं, आपने सामाजिक और धार्मिक अपराध किया है।"

"तुम मेरे विवाह की बात कहते हो। वह कोई अपराध नहीं है। इन्सान-इन्सान के फर्क को मिटाना अपराध है क्या? उसे वे ही अपराध-मानते थे, जो मेरे पाण्डित्य से आतंकित थे और जिनके स्वार्थ इस भेद-भाव को मिटाने से छिनने जा रहे थे। सब क्षुद्र स्वार्थों की सुरक्षा की लड़ाई है, मेरे भाई। यही लड़ाई तो मेरे युग की कहानी है।"

"आप तो अपनी कहानी सुनाने जा रहे हैं, यह फलसफा क्या बतियाने लग गये।"

"हाँ, अपनी ही कहानी तो सुना रहा हूँ तुम्हें। अपने युग की कहानी सुना रहा हूँ ना। उसी समाज का तो मैं एक छोटा-सा अंग हूँ, इसे भूल कैसे जाऊँ? मैं बूँद हूँ, वह समुद्र। बूँद की कहानी के बहाने मैं तुम्हें समुद्र की ही कहानी सुनाऊँगा। समुद्र की कहानी से अलग बूँद की कहानी और हो ही क्या सकती है! मेरी कहानी सिर्फ वह नहीं है, जो तुम पहले से जानते हो। मेरी कहानी का बहुत-सा हिस्सा किसी को पता नहीं। मेरी जिन्दगी केवल कवि, पण्डित या भावुक प्रेमी की ही जिन्दगी नहीं है, प्रियवर! यह एक ऐसे इन्सान की कहानी है जो सामाजिक परिस्थितियों में बदलाव के लिए जूझता रहा है। ऐसी हालत में मेरी कहानी युग की कहानी से पूरी तरह जुड़ी है। इसी को तुम्हें प्रकाशित करना है।"

"पर आप जैसे सरस कवि, विद्वद्वरेण्य आचार्य और स्वाभिमानी क्रान्तिकारी का चरित्रांकन मेरे बस का नहीं है। यदि आप स्वयं जीवनी कहें, तो मैं महाभारत के गणेश का कार्य सम्पादित कर दूँगा। आप व्यास बन जाएँ, मैं गणेश। या फिर

आप अपने शिष्य भाषा कवि कुलपति मिश्र को क्यों नहीं बुला लेते? उसे अपनी जीवनी लिखवा दें।"

"नहीं, तुम्हें कुछ नहीं करना है। मेरी आत्मकथा का हस्तलेख मैं लेता आया हूँ। कभी चाहो, तो उसका उलथा कर प्रकाशित करवा देना।" और पण्डितराज गायब हो गये। वे सोफे पर अपनी संस्कृत आत्मकथा 'समुद्र-संगम' छोड़ गये थे, गद्य-पद्य मिश्रित आत्मकथा। मैंने सिर्फ इसका उलथा कर डाला है।

भोलाशंकर व्यास

1

मुगल सम्राट जहाँगीर को गुजरे पाँच वर्ष हो चुके थे। नये सम्राट के बदलते शासन के रंग-ढंग का पूरे भारतवर्ष को अहसास होने लगा। पुरानी शासन-नीति में रद्दो-बदल होती जा रही थी। शासक वर्ग प्रजा के शोषण के लिए अपने दन्तुर यन्त्र के पुर्जे और तेज करने में लगा था।

मजहबी संकीर्णता के ऊपर अकबर और जहाँगीर के शासनकाल में चुप मुल्ला और क़ाजी फिर शरीअत की रूह से हुकूमत किये जाने पर जोर देने लगे। उनके प्रभाव में आ नये बादशाह को पिता और पितामह की नीति में परिवर्तन करना पड़ा। शाहजहाँ के पाँचवें राज्यवर्ष में जारी किये गये फर्मानों से फिर प्रजा पर वज्रपात होने लगा। देवालयों पर एक बार फिर शासन की गृध्र-दृष्टि जा पड़ी और जनता के धार्मिक क्रियाकलाप में यात्रा-कर का थोपा जाना विघ्न उपस्थित करने लगा। दो पीढ़ी से प्रतीक्षा करते सूबेदार, फौजदार और क़ाजियों को जैसे अपनी धर्मनिष्ठता प्रमाणित कर स्वर्ग को पाने का सरल उपाय मिल गया और फिर इन्सान-इन्सान के बीच द्वेष और घृणा की विषमयी सरिता बहकर उन्हें दो तटों की तरह गले मिलने से रोकने लगी। प्रजा उपेक्षित बन गयी। उनके उपासनागृहों के पूर्ण किये जाने पर पाबन्दी लगा दी गयी। बादशाह ने फर्मान में सख्त हिदायत दी थी कि पुराने प्रतिष्ठित देवालयों को किसी प्रकार की हानि न पहुँचायी जाए, पर कट्टर मजहबी अधिकारियों ने छिटपुट रूप में कुछ पुराने देवमन्दिरों को भी नहीं बख्शा। यद्यपि वाराणसी के प्राचीन देवालयों को इस शासनादेश से कोई हानि नहीं हुई पर नये देवालयों का निर्माण बन्द हो गया।

वाराणसी नगर उन दिनों इलाहाबाद सूबे के अन्तर्गत था। सूबेदार का शासनाकेन्द्र इलाहाबाद था और बनारस सरकार पर फौजदार का अधिकार था, सूबेदार के अधीन था। उन दिनों इलाहाबाद का सूबेदार हैदरबेग और वाराणसी का फौजदार मुजफ्फरबेग दोनों ही नृशंस प्रकृति के थे। शाही फर्मान के जारी होते-न-होते हैदरबेग ने अपने चचाजाद को सेना के साथ इलाहाबाद से वाराणसी

भेजा और यहाँ के फौजदार को आज्ञा दी कि समस्त निर्माणाधीन देवालयों को न केवल आगे बनने से रोका जाए, अपितु, वे पूर्णतया ध्वस्त कर दिये जाएँ। मुजफ्फरबेग ने आज्ञा का कड़ाई से पालन किया। मन्दिरों की उठती दीवारें, चुनते चबूतरे, उभरते खम्भे, उकेरे जाते गवाक्ष और झरोखे, आकाश को छूते शिखर, चमकते कलश धराशायी कर दिये गये, उन जड़ प्रस्तर-खण्डों में चेतन प्राण प्रतिष्ठा होने के पूर्व ही उन्हें मिट्टी में मिला दिया गया। प्रजा की चेतना कराह उठी। दीवारों और खम्भों को तोड़ते कुदाल उसकी हृदयभूमि को क्षत-विक्षत करने लगे और मन्दिरों के स्वर्ण-कलशों का अपहरण उसके प्राण-कोश को दरिद्र बनाने लगा। अपने अस्तित्व को लुटते देख कुछ वीर युवकों ने प्राण की बाजी लगा प्रतिरोध भी किया। छिटपुट टुकड़ियों ने मुजफ्फरबेग के सिपाहियों को ललकारा भी, पर प्रजा का प्रतिरोध अनियोजित और अव्यवस्थित होने के कारण सफल न हो सका। एक वीर ने तो जमघर से हैदरबेग के चचाजाद और कुछ सिपाहियों को मार भी डाला, पर अन्त में उसे भी वीरगति को प्राप्त होना पड़ा। फौजदार मुजफ्फरबेग ने नृशंसता से इन विरोधों का दमन किया और कुछ विरोधियों की लाशों को पेड़ों से लटकाकर प्रजा को सख्त हिदायत दे दी गयी। सामान्यतः जनता इन दिनों पददलित-सी पड़ी रही और गंगा की लहरों में उठी हलचल फिर शान्त हो गयी।

इसी वर्ष वाराणसी नगर की प्रजा पर एक और अनभ्र वज्रपात हुआ। महामारी फैल गयी। ऐसी ही महामारी एक बार मेरे बाल्यकाल में पहले भी फैली थी। पर इस बार इसका रौद्र रूप अधिक भीषण था। वाराणसी के कोट्टपाल (कोतवाल) कालभैरव क्रुद्ध हो उठे थे। उनका वही रूप प्रचण्ड ताण्डव मुद्रा में नृत्य कर रहा था, जो पुराकाल में दक्षयज्ञ के विध्वंस के समय था। लोगों का प्रवाद था कि देवमन्दिरों के ध्वंस से विश्वेश्वर, भगवान क्रुद्ध हो वाराणसी को समुचित दण्ड दे रहे थे। पर दण्डित व्यक्तियों में सभी थे। बिना किसी भेदभाव के कालभैरव का दण्ड शासनाधिकारी और शासित जनता दोनों पर गिर रहा था। क्रुद्ध चारिका में नृत्य करते रुद्र का त्रिशूल उद्धत छन्द के साथ उठ-गिर रहा था और उसके तीनों शंकुओं पर टिकी नगरी दक्षिण हस्त की उत्ताल उठती-गिरती छन्द-तरंगों के साथ हिचकोले खाती झंझावात के द्वारा क्षुब्ध, गंगा में भाग्य के सहारे बहती जर्जर नौका-सी त्राहि कर उठी थी। मुक्तिखानि वाराणसी को छोड़कर प्रजा प्राणों की गुहार करती इधर-उधर भाग रही थी। यह नगर महाश्मशान की संज्ञा को सार्थकता दे रहा था। मणिकर्णिका घाट और उसके पास का वीरेश्वर घाट शवों से पटा रहता। गंगा के प्रवाह में फेंके अधजले मुर्दों की दुर्गन्ध से गंगा का समस्त प्रान्तर दूषित हो उठा। मणिकर्णिका के उस पार

का वनान्तर दशाश्वमेध घाट तक गीधों, कौओं और चीलों की आवासभूमि बन गया। दिन में भी यहाँ कुत्तों और सियारों का द्वन्द्व-युद्ध होने लगा, जो मुर्दों की छीना-झपटी करते समस्त वातावरण को अमंगल करुणध्वनियों से आतंकित करते रहते। मणिकर्णिका के अधिपति डोमों के कर से छुटकारा पाने के लिए कई दरिद्र मुर्दे स्वर्ग प्राप्ति के लिए केवल जलदाह के साथ माँ गंगा के अंचल को सौंप दिये जाते।

यह महामारी मुझे जीवन-भर नहीं भूलेगी। इसी कृत्या ने भीषण आँधी की तरह मेरे जीवन को बरसात से बचाते महान वटवृक्ष को धराशायी किया और मुझे वात्सल्य के प्रकाश से नहलाती उस स्नेहमयी दीपशिखा को बुझा दिया। तीन दिन की रुग्णता भोगकर ही मेरे पिता की मूर्तिमती लक्ष्मी छिन गयी, वे अपना अमूल्य धन लुटता देख चीत्कार कर उठे और हम अपने हाथों उसे अग्नि के हाथों सौंप वेदनाव्यथित हृदय लौट आये। सप्ताह व्यतीत नहीं हुआ कि उसी वेदना ने मूर्त रूप धारणकर पिताश्री को आक्रान्त कर लिया। उनकी दक्षिण कुक्षि में एक स्फोटक निकल आया। फोड़े की पीड़ा से कराहते पिता की वाणी आज भी मैं नहीं भूल पाता हूँ। उसकी याद ही मुझे आकुल-व्याकुल बना देती है। अनेक उपचार किये गये। लेप और सेंक का कोई प्रभाव नहीं हुआ और इस पंच भौतिक पिंजड़े को छोड़ वह हंस भी उसी दिशा में उड़ गया। रोते-कलपते मैंने उनकी अन्त्येष्टि सम्पादित की और अब मेरा कोई सहारा नहीं रह गया।

गुरुवर कवीन्द्राचार्य सरस्वती ने मुझे इन दिनों विशेष सान्त्वना दी। वे वाराणसी को छोड़ प्रयाग के लिए प्रस्थान कर रहे थे। उन्होंने आग्रहपूर्वक मुझे भी साथ चलने का आदेश दिया। महामारी की लपटों में जलते इस नगर को छोड़ मैं भी उनके साथ जीवन की खोज में त्रिवेणी संगम की ओर दौड़ पड़ा, और तब लौटा जब इस नगरी की ज्वाला शान्त हो चुकी थी और क्रुद्ध भैरव अपने नृत्य का अवसान कर फिर से आशुतोष की वरद मुद्रा में आ गये थे, फिर से भगवती पार्वती के अपांगों का लीला विलास अपनी लास्य गति से उन्हें उल्लसित करने लगा था, और उसी की होड़ाहोड़ी में सपत्नी-सी गंगा भी अपनी प्रोत्तुंग तरंगों की भंगिमा से भक्तजनों के दुरित भय को भंग करने की मुद्रा धारण करने लगी थी। महीनों से निर्जीव पड़े गंगा के घाट अब फिर सजीव हो उठे थे, फिर यहाँ करुण क्रन्दन के स्थान पर वैदिक ऋचाओं का पाठ और साम गीतियों का उद्‌गीथ सुनाई पड़ने लगा था, कुक्कुर रोदन और फेरव विरुत के स्थान पर शंख, मृदंग, पणव और काहल की श्रुतिमधुर ध्वनि निनादित होने लगी

थी और अशिव मृत्यु-मन्त्रों के स्थान पर शिवमहिम्न की स्तुति गंगा की लहरों से टकराने लगी थी।

प्रजा का आर्थिक शोषण चल रहा था, और उसके लिए शासन को धार्मिक आधार मिल गया था। यात्रा-कर के नाम पर हैदरबेग और मुजफ्फरबेग प्रजा को लूट रहे थे। यद्यपि धार्मिक उपासना की स्वतन्त्रता थी, पर फौजदार की लूट से अपनी सम्पत्ति को गँवाकर प्रजा दरिद्रता का जीवन-यापन कर रही थी। मेरे जन्म के कुछ दिनों पहले ही वाराणसी और यवनपुर के सर्राफों, जौहरियों, सेठों और हुण्डीवालों को त्रस्त करते आगानूर ने जहाँगीर की शह पाकर ऐसी लूटपाट मचायी थी कि यहाँ का व्यापार एक प्रकार से ठप्प हो गया था। अकबर के शासनकाल में वाराणसी फिर से प्रधान धार्मिक केन्द्र बन गया था, पर शाहजहाँ के शासनादेश से यात्रा-कर की वसूली में महाराष्ट्र, गुजरात और मध्यप्रदेश के यात्रियों पर वह सख्ती बरती जाने लगी कि यात्रियों का आना कम हो चला। व्यापार के ठप्प हो जाने और यात्रियों के आवागमन की कमी से वाराणसी की प्रजा की माली हालत दिन-ब-दिन बदतर होने लगी, क्योंकि यही दो तो यहाँ आजीविका के साधन थे।

उस दिन गुरुवर बड़े चिन्तित थे। बड़ा बाजार के कुछ कोली प्रयाग जा रहे थे, त्रिवेणी संगम में स्नानार्थ। दरिद्र कोलियों का व्यापार वैसे ही बन्द हो गया था, उनकी यह स्थिति नहीं थी कि कर चुका सकें। उनके मुखिया कवीन्द्र के पास आये कि वे हैदरबेग से सिफारिश कर उन्हें कर से मुक्ति दिला दें, ताकि पुण्य-लाभ कर आएँ। गुरुवर ने बनारस के फौजदार मुजफ्फरबेग से सम्पर्क स्थापित किया कि किसी तरह गरीब कोलियों को इस कर से छुटकारा मिल जाए। वे स्वयं पालकी पर बैठ मेरे साथ चौक में मुजफ्फरबेग से मिलने गये। चौक की विशाल हवेली में उसका निवास था। सिपाहियों से फौजदार के पास सूचना भिजवाई गयी। फौजदार ने उन्हें बुला लिया। उस समय उसका दरबार लगा था और कारकून उसे रोजनामचा सुना रहा था। फौजदार लगभग चालीस वर्ष का युवक था। पगड़ी, अँगरखा और पाजामा पहने था। कमरबन्द के बायें कटार और दाहिने हाथ में तलवार। घनी काली दाढ़ी और आँखों में खौफनाक चमक। उसने हम दोनों पर नज़र डाली और पूछा :

"क्या स्वामी, तुम कैसे आये हो? क्या काम है?"

गुरुवर ने उसे दोनों हाथ उठा, आशीर्वाद देते हुए अपने आने का प्रयोजन बताते कहा :

"फौजदार साहब, बड़ा बाजार के कुछ कोली इलाहाबाद त्रिवेणी स्नान के लिए जाना चाहते हैं। वे बहुत दरिद्र हैं। उनकी इतनी शक्ति नहीं है कि वहाँ

यात्रा का महसूल चुका सकें। क्या इस बारे में आप कुछ मदद कर सकेंगे? आप वहाँ के सूबेदार को ऐसी प्रार्थना भेज दें कि इन्हें महसूल से मुक्त किया जाए।"

"पर यह कैसे हो सकता है? उन्हें महसूल चुकाना ही होगा। जब वे गंगा नहाने जा रहे हैं तो वसूली क्यों रोकी जा सकती है?"

"वे बड़े गरीब हैं, फौजदार साहब!"

"गरीब होने से महसूल से छूट तो नहीं मिल सकती। मैं इस बारे में कुछ नहीं कर सकता।"

"क्या हमें अपने धर्म-कर्म करने की आजादी नहीं है? यह तो बहुत बड़ी ज्यादती है, फौजदार साहब!"

"क्यों नहीं, तुम लोगों को आजादी कम है क्या? क्या इतनी मेहरबानी कम है कि तुम लोगों को जजिया से बहाल रखा गया है। काश, शाहंशाह तुम लोगों पर जजिया भी लागू कर देते। आखिर सरकारी बन्दोबस्त के लिए रुपया कहाँ से आएगा?"

"पर कुछ प्रजा पर कर लगाकर दूसरों को किसी तरह के कर से मुक्त रखना वाजिब है क्या?"

"इस तरह का सवाल पूछने वाले तुम होते कौन हो?"

"एक रियाया।"

"रियाया को इस तरह के सवाल पूछने का कोई अख्तियार नहीं है।"

"पर दुःख-दर्द की फरियाद करने का तो अख्तियार है ना।"

"झूठी फरियाद सुनने का हमारे पास कोई वक्त नहीं है। तुम हिन्दू लोग काफी पैसे वाले हो और पैसे को छिपाकर फटेहाल रहते हो। जात्रा के लिए अगर तुम्हारे पास पैसा है तो महसूल चुकाने के लिए क्यों नहीं है?"

"यात्रा हमारे धरम-करम की चीज है, फौजदार साहब! पर महसूल तो जबर्दस्ती वसूली की चीज है। क्या इन्सान को ईश्वर की उपासना के लिए भी कर देने की जरूरत है?"

"पर जिसे तुम खुदा की इबादत कहते हो, वह झूठा रास्ता है। झूठे रास्ते पर चलने का अहसास कराने के लिए ही तुम पर जजिया लगाया जाता रहा है और यह जात्रा का महसूल भी इसीलिए वसूल किया जा रहा है। आखिर इस गलत रास्ते पर चलने की सजा तो तुम्हें मिलनी ही चाहिए।"

"तो यह कर नहीं, दण्ड है, अर्थदण्ड है। शासक के धर्म को न मानकर अपने इच्छानुसार धर्म मानने के अपराध का दण्ड है। पर फौजदार, अपने धर्म की पाबन्दी तो खुदा की निगाह में भी अपराध नहीं है और जो उसकी निगाह

में अपराध नहीं है, वह राज्य की निगाह में अपराध कैसे हो सकता है?"

"नहीं, शरीअत के मुताबिक बुतपरस्ती गुनाह है। तुम बुतपरस्ती कर खुदा की निगाह में भी बहुत बड़ा गुनाह कर रहे हो। यह सजा तुम्हें इसलिए दी जा रही है कि तुम अपनी भूल कबूल कर सच्चे रास्ते को अख्तियार कर लो।"

"फौजदार, कौन रास्ता सच्चा है, कौन झूठा, यह फैसला करना तुम्हारी हद के बाहर है। हमें तो सभी रास्ते सच्चे मालूम होते हैं। ये सभी रास्ते उसी एक मंजिल तक पहुँच जाते हैं।"

"नहीं, कतई नहीं। तुम्हारा रास्ता बहिश्त के दरवाजे तक नहीं पहुँचता। उस दिन जब इस्राफील अपनी तुरही बजाकर सारी दुनिया को तबाही में डुबो देगा, तुम्हें भूल का अहसास होगा। काश, तुम लोग पहले ही चेत जाते।"

"नहीं फौजदार, उस दिन उस परवरदिगार के यहाँ तुम और हम दोनों बराबर होंगे। किसने इन्सान की कितनी सेवा की है, और किसने इन्सान पर कितना अत्याचार किया है, इसी पर फैसला होगा। हो सकता है जिसे तुम बहिश्त का हकदार समझते हो वह भी अगर अत्याचारी हुआ तो दोजख में फेंक दिया जाय।"

"स्वामी, तुम हद से बाहर बढ़ रहे हो। तुम नहीं जानते कि किससे बातें कर रहे हो?"

"मैं बनारस के उस फौजदार से बातें कर रहा हूँ, जो यहाँ शाहंशाह शाहजहाँ का प्रतिनिधि है और इसीलिए इतना निवेदन करने आया हूँ कि कोलियों को इस कर से मुक्त कर दिया जाय।"

"तो तुम अपनी फरियाद कर चुके। फैसला करना हमारा काम है।"

"मगर फैसला इन्साफ के मुताबिक हो।"

"तुम यह अगर-मगर करने की जुर्अत करने वाले होते कौन हो? मैं अपना फैसला सुना चुका हूँ और अपने मजहबी सलूक के बारे में काफ़िर से नसीहत नहीं सुनना चाहता।"

"सावधान, फौजदार! यह न भूल जाओ कि तुम दिल्लीश्वर के अदना नौकर हो। इस सारी दुनिया के मालिक का यह प्रतिनिधि, यह संन्यासी, तुम्हारा ताबेदार नहीं है। तुम्हें कोई हक नहीं है कि तुम इस तरह से गाली-गलौज के साथ मुझसे सलूक करो। भूल न जाओ, अभी प्रजा निष्प्राण नहीं हुई है। क्या तुम हैदरबेग के चचाजाद का हश्र भूल गये हो?"

गुरुवर की आँखें आरक्त हो गयीं। लाल रेशमी चादर की प्रतिच्छवि ने उनकी आँखों को दुहरी अरुणाभा में रँग दिया। उनके प्रचण्ड भुजदण्ड फड़क रहे थे और मैं सोच रहा था, क्या उनके ललाट में तृतीय नेत्र आविर्भूत होने जा

रहा है। उनका क्रोध देख कारकून और सिपाही भी सहम गये। अनिष्ट की आशंका ने मुझे भी स्वयं त्रस्त कर दिया। फौजदार की खौफनाक आँखें और खौफनाक हो उठीं। वह कड़क उठा :

"रहमतबख्श, गिरफ्तार कर लो इस संन्यासी को। इसको बेअदबी की सजा मिलनी ही चाहिए।"

हथियारबन्द रहमतबख्श गुरुवर की ओर बढ़ा, पर निर्भीक गुरुवर ने उसे डाँटते हुए कहा, "रहमतबख्श, मुझे गिरफ्तार करने की हिमाकत न करना। हवेली के बाहर मेरे भी अंगरक्षक मौजूद हैं। भले ही तुम मुझे गिरफ्तार कर लो, लेकिन बनारस में जबर्दस्त उपद्रव हो जाएगा और उसकी सारी जिम्मेदारी मेरी नहीं, फौजदार की होगी।"

गुरुवर को निर्भीक देखकर रहमतबख्श सहम गया और एक बार फौजदार भी आतंकित-सा नजर आने लगा। खत्री कारकून और कुछ मुसलमान सिपाही बिगड़ती स्थिति को सँभालने की कोशिश कर रहे थे। खत्री कारकून आजिजी करते कह रहा था :

"हुजूर गजब हो जाएगा। कवीन्द्राचार्य इस इलाके के ही नहीं, शिमाली (उत्तरी) हिन्दोस्तान के सबसे बड़े संन्यासी हैं। इन्हें यहाँ की हिन्दू रियाया खुद काशी विश्वनाथ का अवतार मानती है। इनके गिरफ्तार करने पर इस शहर में ही नहीं, इलाहाबाद में भी तहलका मच जाएगा। आप तो जानते ही होंगे कि वकील आसफखाँ तक इनकी कद्र करते हैं, और अगर उन्हें पता चल गया, तो हुजूर के लिए भी खतरा हो सकता है। इस बात को हुजूर तूल न दें तो बेहतर होगा।"

"पर यह संन्यासी बड़ा बेअदब है। हाकिमों के सामने किस तरह से पेश आना चाहिए, इसे नहीं समझता। खैर! इस बार इसे मुआफ किया जा रहा है। स्वामी, तुम जा सकते हो, यह न भूलना कि बनारस में फौजदार मुजफ्फरबेग की हुकूमत है और तुम महज उसकी अदना रियाया हो।"

"नहीं फौजदार, बनारस में सिर्फ काशी विश्वनाथ की हुकूमत है और मैं भी उसी की रियाया हूँ। उसकी हुकूमत के आगे तुम्हारी औकात ही क्या है!" कड़कते स्वर में गुरुवर ने फौजदार को चुनौती दी और वे तेजी से हवेली के दरवाजे की ओर मुड़ गये।

मठ में आते ही उनका रुद्र रूप औढरदानी का बाना धारण कर चुका था। श्रीकृष्ण भट्ट को तुरन्त बुलाया गया। अपने कोषाध्यक्ष को गुरुवर ने आदेश दिया कि कोलियों की यात्रा का प्रबन्ध करवा दें। मठ के खजाने से उन्हें इतनी

रकम दे दी जाय, जो उनके महसूल की पूर्ति कर सके। श्रीकृष्ण भट्ट का खजाना खुल गया और हर कोली यात्री को कर राशि दे दी गयी। कोलियों को धर्मार्जन के लिए प्रयाग रवाना करते गुरुवर की आँखें छलछला आयीं। वे उन्हें आशीर्वाद देते कह रहे थे, "श्रीकृष्ण भट्ट से वहाँ के मठ के कारिन्दा के नाम पत्र लिखवा लेना। वे तुम्हारी सारी व्यवस्था कर देंगे। मैं और कुछ नहीं कर सका, इसका दुःख है। हैदरबेग को मैं जानता हूँ। उससे कोई आशा नहीं है। वह तो वहाँ के फौजदार से भी अधिक क्रूर है। तुम्हारा मार्ग मंगलमय हो और तुम्हें संगम-स्नान का सुफल मिले, यही मेरा आशीर्वाद है।"

वाराणसी और प्रयाग में धर्मार्जन के लिए आये यात्रियों की लूट के समाचार आते रहते। हाकिम कर-वसूली के बहाने जनता पर कहर ढा रहे थे। शासनादेश के अनुसार न्यायोचित कर से भी अधिक कर वसूल किया जाता। दरिद्र प्रजा को कर न देने पर पीटा जाता, स्त्रियों को बेइज्जत किया जाता। हर महीने एक-न-एक अत्याचार की खबर प्रयाग के कारिन्दा के पत्रों में मिलती रहती और बाहर से आये यात्रियों के साथ ऐसा ही सलूक वाराणसी में किया जाता देखकर गुरुवर का हृदय चीत्कार कर उठता। वकील आसफ खाँ और शाहंशाह शाहजहाँ की सेवा में गुरुवर ने कई अर्जियाँ भेजीं, पर कदाचित् वे पत्र उन तक पहुँच ही नहीं पाते थे। राजा गजसिंह और राव छत्रसाल के नाम भी पत्र लिखे गये कि वे बादशाह का ध्यान इस ओर आकर्षित करें, पर स्थिति बदस्तूर बनी रही।

2

बादशाह शाहजहाँ के आठवें राज्यवर्ष में प्रयाग में एक बहुत बड़ा मेला लगा, अर्धकुम्भ का मेला। कश्मीर से सेतुबन्ध और परशुराम कुण्ड से प्रभासतीर्थ तक की धर्मनिष्ठ हिन्दू प्रजा महीने-डेढ़ महीने पूर्व ही प्रयाग आ बसी। गंगा और यमुना के दोनों तटों पर अस्थायी नगर बस गये। पटवेश्मों की पाँत-की-पाँत जम गयी, जिनमें धार्मिक प्रजा की भक्ति-सरिता हिलोरें लेती गंगा से होड़ लेने लगी। मकर संक्रान्ति के पूर्व ही गुरुवर प्रयाग के लिए प्रस्थान कर चुके थे, मुझे भी उनके साथ जाना पड़ा। उस पार झूँसी के विशाल मैदान में कई अखाड़ों ने अपने डेरे डाल लिये थे। चारों शांकरपीठों के आचार्य, रामानुज, माध्व, निम्बार्क

और वल्लभ मत के महन्त अपनी शिष्यमण्डली के साथ यहाँ आ गये थे। उनके विशाल तम्बू फहराती ध्वजाओं से अपनी विशिष्टता का परिचय देते रहते। लाल, केसरिया और श्वेत ध्वजपट आकाश की नीलिमा से मिलकर उसे सतरंगी आभा देते जान पड़ते। नागा संन्यासियों और उदासीनों के अखाडे अलग थे। कई साधुओं ने छोटी-छोटी झोंपड़ियाँ डाल रखी थीं। कुछ ने कच्चे चबूतरे बना लिये थे और कई वीतराग साधु इस कड़ाके की सर्दी में भी सड़क के किनारे या पेड़ों के नीचे, नदी तट के बालुकाप्रदेश में या गीले दलदल में पड़े रहते। मठाधीश अपनी जमात के साथ हाथियों या पालकियों पर सवार हो निकलते। उनके सिर पर राजा की भाँति छत्र होता और पीछे चँवर डुलाते सेवक। अपने सम्प्रदाय के अनुसार उचित वेशभूषा में वे सजे रहते। नागाओं और उदासीनों के अखाड़े विशेष आयोजन के साथ निकलते। उनके मुखिया घोड़ों पर चलते। व्याघ्रचर्म, गेरुआ वस्त्र और आषाढ़दण्डों से सजे ब्रह्मचारी, भस्मांगराग से आवृत खट्वांगकपालधारी, दिगम्बर कापालिक, रेशमी श्वेत धौत वस्त्र तथा लाल या केसरिया कौशेय उत्तरीय से अलंकृत महन्त, जन सम्मर्द में घुल-मिलकर भी तिलतण्डुलन्याय का अनुगमन करते अपनी विशिष्टता बनाये रखते। ब्रह्मचारी और गृहस्थ, संन्यासी और घरबारी साधु अपने पूरे लवाजमे के साथ डटे ऐसे वातावरण को निर्मित कर देते जैसे समुद्र स्वयं वहाँ अपनी दोनों प्रियाओं के पास अभिसरण करने चला आया हो। आबालवृद्ध स्त्री-पुरुष अपने उल्लसित उत्साह से सारी तटभूमि को सजीव बनाते, गंगा, यमुना और सरस्वती की धाराओं को हर्ष से तरंगायित कर देते।

इलाहाबाद के सूबेदार के लिए वसूली करने का इससे अधिक सुनहला अवसर और क्या हो सकता था? सिपाहियों के दस्तों के दस्ते यात्राकर की वसूली के लिए तैनात कर दिये जाते। धनी और दरिद्र, स्त्री और पुरुष, बालक और वयस्क का भेद भुलाये हैदरबेग के कारिन्दे प्रत्येक व्यक्ति के अनुसार यात्रा-कर वसूल करते। असमर्थ प्रजा के पास जो कुछ भी होता, उसे लूट लिया जाता और बादशाही खजाने के साथ-ही-साथ सूबेदार और वसूली में तैंनात अफसरों के खजाने भी गरीब प्रजा की लूट के माल से भरते रहते। शासन की इन विघ्न-बाधाओं के बावजूद हिन्दू धर्मनिष्ठ प्रजा दुःख-दर्द सहकर भी पुण्यार्जन करती रहती।

कवीन्द्राचार्य के प्रयाग वाले मठ में इन दिनों विशेष हलचल थी। विश्वनाथ के जटाजूट में आबद्ध गंगा की तरंगें भी जैसे लौटकर त्रिवेणी संगम में स्नान करने चली आयी थीं। वाराणसी के लोगों से मठ भरा पड़ा था। ब्राह्मण और बनिये, कायस्थ और खत्री, कुनबी और कोली, राजपूत और भूमिहार कन्धे-से-कन्धा रगड़ते मठ के बड़े दालान में विचरते, सामाजिक मर्यादा के झूठे गौरव को झकझोर रेशमी साड़ियों से सजी महिलाएँ फटे वस्त्रों में लिपटी स्त्रियों से गले मिलतीं,

मठ की सैकड़ों कोठरियाँ शिशुओं की खिलखिलाहट और नैसर्गिक रुदन, रमणियों के हास-परिहास और मधुर लोकसंगीत, आस्तिक जनता और पण्डितों द्वारा उच्चारित स्तुतिपाठ और वेदमन्त्रों से गूँज उठतीं। चन्दन, कपूर और अगरु धूप से सुरभित पवन उल्लसित भाई की तरह दोनों बहिनों से गले मिलता दिखाई पड़ता, अग्निहोत्र का हविर्धूम अनावृत दिशाओं को सुवासित प्रावारक से ढँक देता और शंख व मृदंग, करताल और बाँसुरी की ध्वनि आकाश को गुँजाकर भक्तजनों के कर्णकुहरों में प्रतिध्वनि होती, अनहद नाद की अनुभूति कराती जान पड़ती। दालान में रमणियाँ पाकविद्या की कुशलता का परिचय देती रहतीं। घी में छनती शष्कुलियाँ और अपूप, भुनते संयाव और मोदक एक और समृद्ध सुरभि से घ्राणेन्द्रिय को तृप्त कर देते, वहीं दूसरी ओर पकते भात और खिचड़ी की नैसर्गिक सुगन्ध भी बरबस ध्यान आकर्षित कर ही लेती। उबले कन्दों और पानी में सने सक्तुपिण्ड को गले से उतार बुभुक्षा शान्त करते यात्री अपनी दीनता को भुलाये स्वर्ग की समृद्धि की आशा लिये भावी जन्म को सुधारने में जुटे रहते। ऐश्वर्य और दरिद्रता, कौलीन्य और अकुलीनता, पाण्डित्य और निरक्षरता, वैराग्य और भक्तिमत्ता सपुलक आलिंगनबद्ध हो जनमानस को अभिनव संगम में स्नान कराते रहते।

उस दिन मकर सक्रान्ति थी। ब्राह्म मुहूर्त में ही मठ का सुप्त कोलाहल जग पड़ा था। एक घड़ी दिन चढ़े तक गुरुवर के साथ हम लोग संगम में पुण्यस्नान कर लौट आये थे। प्रातः सन्ध्या और वेदपाठ से निवृत्त होकर गुरुवर शास्त्रचिन्तन में जुट पड़े। आज वे अपने महत्त्वपूर्ण भाषाग्रन्थ को समाप्त करने जा रहे थे और इसी दिन एक नये ग्रन्थ का शुभारम्भ करना चाहते थे। मठ के दुतल्ले पर उनके निजी कक्ष में श्वेत चादर पर कालीन बिछी थी। मसनद के सहारे बैठ उस भाषा-ग्रन्थ की अन्तिम पंक्तियाँ समाप्त कर पुष्पिका लिखते सन्तोष की साँस ले रहे थे।

"एक बहुत बड़ा काम आज समाप्त हुआ। जन-साधारण के ज्ञान-वर्धन के लिए इसकी परम आवश्यकता थी। गीर्वाणवाणी से अपरिचित जनता को वेदान्त का ज्ञान देने के लिए भाषा में कोई ग्रन्थ नहीं है। महर्षि वसिष्ठ के ग्रन्थरत्न को भाषा में पा जनता का बुद्धि-दारिद्र्य समाप्त हो सकेगा।" गुरुवर ने कहा।

"निःसन्देह, गुरुवर! मर्यादा पुरुषोत्तम राम के लिए प्रज्वलित इस ज्ञानालोक से सामान्य जनता का अज्ञानान्धकार भी आलोकित हो उठेगा। 'योगवासिष्ठ' की ज्ञान गंगा जनता के घर-घर पहुँच गयी। संसार इस भगीरथ प्रयत्न के लिए आपका सदा ऋणी रहेगा। पर पण्डित मण्डली के लिए भी आप कुछ दे सकें, तो विशेष उपकार होगा।" मैंने निवेदन किया।

"हाँ, अब मैं इसी ओर ध्यान देना चाहता हूँ तुम तो जानते ही हो, हिन्दू राजकुमारों को लोक-जीवन का व्यावहारिक ज्ञान देने के लिए मैंने 'दशकुमारचरित' पर व्याख्या की। पण्डित कवियों के लिए बाद में 'हंसदूत' की रचना की। कविता और वेदान्त का एक साथ रसास्वाद कराने के लिए ही मैंने यहाँ कालिदास की रमणीय मन्दाक्रान्ता को नयी साज-सज्जा से सजाया था। वह शृंगार की विलास-भूमि से उतर शान्तरस की निर्मल स्रोतस्विनी में मज्जन करने लगी। पर इससे भी अधिक महत्त्व का कार्य करना चाहता हूँ। भगवान विश्वनाथ ने कृपा की, तो यह भी हो जाएगा।"

तो, क्या कवीन्द्र कविता की विलास-भूमि से उतर किसी दूसरी ही सरणि का आश्रय लेने जा रहे हैं? देववाणी और जनभाषा का यह प्रकाण्ड पण्डित और समर्थ कवि अब कौन-सी नयी मशाल जलाने जा रहा है? मैंने उनके संस्कृत तथा भाषा के मुक्तक पद्य पढ़े हैं और स्वयं उनसे सुने भी हैं। हरिणी और शिखरिणी का आरोहावरोहमय संगीत, भुजंगप्रयात और शार्दूलविक्रीडित की लयात्मक गति और छलाँग, स्रग्धरा और सुवदना का रमणीय सौन्दर्य मुझे आकर्षित करता रहा है और भाषा में रचित उनके सवैया और कवित्तों की सरस व्यंजना तथा ललित पदयोजना मुझे मस्त बनाती रही है। भाषा के उस प्रसिद्ध सन्त कवि के साथ अपने घनिष्ठ परिचय का संकेत करते वे जब कवितावली के कवित्त, सवैये या गीतावली और विनयपत्रिका के पद सराग सुनाते, तो मेरा मन भी हंस बना किसी दिव्य मानस में तैरता रहता। संस्कृत और भाषा ही नहीं, वे यावनी भाषा से भी परिचित थे और उन्होंने मुझे यावनी भाषा के भी ज्ञानार्जन की सलाह दी थी। यह अवश्य है कि यावनी भाषा के साहित्य की विशेष जानकारी उन्हें नहीं थी।

"मैं ऋग्वेद पर देववाणी में भाष्य लिखना चाहता हूँ।" गुरुवर ने अपनी भावी योजना को स्पष्ट किया। वे चाहते थे कि इस्लाम की चुनौती से त्रस्त पण्डितों के समक्ष यह सिद्ध कर सकें कि भारत की संस्कृति का इतिहास सहस्रों वर्ष पुराना है और युगों से बहती वह सरिता है, जिसने अपनी रसधारा को अनेक प्रणालियों में बाँटकर अन्य संस्कृति-भूमियों को भी सींचा है, जिसके अग्रजन्मा ज्ञाननिधियों से पृथ्वी के समस्त मानवों ने अपने-अपने चरित्र की शिक्षा प्राप्त की है। लाख प्रयत्न करने पर भी इसे निष्प्राण नहीं किया जा सकता। यही वह संस्कृति है, जिसने अपने महावेग में अनेकानेक संस्कृतियों को समेटकर स्फीत आकार और प्रखर गतिशीलता धारण की है और वह दिन दूर नहीं जब इसके समानान्तर बहती अन्य संस्कृतियों को भी वह अपने में आत्मसात् करने का असम्भव कार्य सम्पादित कर लेगी।"

वे कह रहे थे, "सायण ने ऋग्वेद पर पाण्डित्यपूर्ण भाष्य अवश्य लिखा है, पर सायण के समय से आज परिस्थिति सर्वथा भिन्न है। यवन धर्म का वैसा प्राबल्य सायण के समय दक्षिण में नहीं था, जैसा आज हमारे समक्ष है। सम्राट अकबर ने यवन धर्म की बर्बर पाशविकता को नियन्त्रित कर विश्वधर्म का स्वरूप देने की चेष्टा की थी, फिर भी उसके नये धर्म का कोई सैद्धान्तिक आधार नहीं था। निःसन्देह व्यावहारिकता के क्षेत्र में उसने नया प्रयास अवश्य किया, पर सैद्धान्तिक आधार न होने के कारण वीरबल को छोड़कर कोई हिन्दू उसके प्रति आकर्षित नहीं हो सका। उसके विश्वधर्म का सैद्धान्तिक आधार हमारे वेदों और उपनिषदों में है। उसी आधार को पौराणिक पण्डितों के समक्ष रखना चाहता हूँ।"

"किन्तु गुरुवर, पुराणों की मूर्तिपूजा और अवतारवाद तो वेदों में नहीं है।"

"यही तो मैं स्पष्ट करना चाहता हूँ। मूर्ति की कल्पना आर्य संस्कृति में परवर्ती विकास है। यह साधन है, साध्य नहीं। हाँ, साधन होने पर भी वांछनीय है, क्योंकि सामान्य जनता के लिए इसका आश्रय परमावश्यक है। ज्ञानी जन इसकी उपासना छोड़ भी सकते हैं।"

"सायण ने तो वैदिक देवों को प्राकृतिक शक्तियाँ मानकर, बहुदेववाद की व्याख्या की है। आपका क्या मत है, आचार्य!"

"हाँ, सायण का मत ठीक ही है। पर यह भी चिन्तन की एक सीढ़ी है। ज्यों-ज्यों मानव का चिन्तन पक्ष अधिक परिष्कृत होता रहा है, ये प्राकृतिक शक्तियाँ सिमटकर एक महती शक्ति का स्वरूप धारण करने लगी हैं, अनेकता में एकता की स्थापना की जाने लगी है। पुरुषसूक्त में विराट् की कल्पना का प्रयास ऋग्वेद के मन्त्रों से ही स्पष्ट है। यहीं बहुदेववाद उस एकेश्वरवाद में परिणत हो गया है, जो इस्लाम धर्म के अनुसार परात्पर सत्ता अल्लाह की मान्यता को घोषित करता है। पर भारत का दर्शन यहीं नहीं रुकता।"

"आपका तात्पर्य वेदान्त से है क्या, गुरुदेव!"

"हाँ जगन्नाथ, वेदों का ज्ञान केवल राह है, मंजिल नहीं। वेदों का अन्त, उनकी मंजिल तो उपनिषद् हैं। मैं इसी राह की एक बार फिर जाँच-पड़ताल करना चाहता हूँ, क्योंकि राह के कण्टकाकीर्ण हो जाने पर मंजिल पर पहुँचना दूभर हो जाएगा। वेदान्त के सर्वात्मवाद को प्रतिष्ठापित करने से पूर्व मैं विश्व-प्रसार और उसके नियन्ता की शक्तिमत्ता से परिचित हो लूँ, क्योंकि इस्लाम जहाँ आकर रुक गया, मैं वहाँ नहीं रुकना चाहता। काश, इस्लाम एकेश्वरवाद को सर्वात्मवाद में परिणत कर पाता, एकेश्वरवाद का दूध जमकर दही बन जाता, जिससे मानव के रूखे हृदय को स्नेह की चिकनाई देता नवनीत निकल पाता।

सूफियों ने इस ओर प्रयास अवश्य किया है पर उनका शास्त्रज्ञान उभयनिष्ठ नहीं है। इसीलिए वे असफल रहे।"

"पर उभयनिष्ठ शास्त्रज्ञान अर्जित करना तो कठिन कार्य है, गुरुदेव!"

"मानव के लिए कोई कार्य कठिन नहीं है, जगन्नाथ! पर केवल शास्त्रज्ञान से ही काम न चलेगा। अर्थ की अनुभूति की आवश्यकता है। यह अनुभूति श्रुतज्ञान या पाण्डित्य से नहीं, प्रतिभा से प्राप्त होता है। यास्क ने तो कहा ही है, "वेदों को पढ़कर अर्थ न जाननेवाला श्रोत्रिय बोझा ढोता ठूँठ है–"स्थाणुरयं भारहार: किलाभूदधीत्य वेदं विजानाति योर्थ:" इसीलिए तो मैं पण्डितों को वेदों की अर्थानुभूति करा देना चाहता हूँ। हमारे पण्डितों की तरह मुस्लिम मुल्लाओं को भी अपने शास्त्रों की अर्थानुभूति नहीं है। पद–पदार्थ के व्याकरणिक ज्ञान से ऊपर उठने की आवश्यकता है। यह दिव्य अर्थानुभूति देश और काल से ऊपर उठ हिन्दू और मुस्लिम आवरणों को भंग करने पर ही अपने स्वरूप को प्रकट कर सकेगी। तुम शास्त्रज्ञ हो, प्रतिभासम्पन्न हो। काश, तुम इस्लाम के प्रस्थान-ग्रन्थों का भी अध्ययन कर सकते।"

"यदि आपका आशीर्वाद है, तो मैं यावनी भाषा भी सीखूँगा, गुरुवर!"

"पर याद रखो, कोई भी भाषा या शास्त्र संकीर्ण नहीं होता। यह मनुष्य की हृदय भूमि ही है जहाँ ये संकीर्ण सीमाएँ हैं। हमारे वेदों की भाँति कुरान भी अपौरुषेय है। दोनों दिव्य अनुभूतियाँ, इलहाम की प्रसूति हैं और दिव्य अनुभूति क्षुद्र नहीं हो सकती। इनके प्रत्यक्षीकरण के बाद मानव की हृदयभूमि की संकीर्ण सीमाएँ टूट जाती हैं। संकीर्ण सीमाओं को प्रतिष्ठित करती जो भी पुस्तक इस दिव्य अनुभूति से रहित होगी, उसे शास्त्र नहीं माना जा सकता, वे शास्त्राभास हैं। हमारे यहाँ भी अनेक ग्रन्थ ऐसे हैं, जो इसी कोटि में आते हैं। इन्हीं को प्रमाण मानने से हमारा समाज वर्णों और जातियों में बँट गया है, छुआछूत का संक्रामक रोग फैलकर इस समाज की परिपुष्ट काया को घुन-सा अन्दर-ही-अन्दर खाता जा रहा है।"

"इसी कमजोरी का लाभ तो इस्लाम उठा रहा है, गुरुवर! कहा जाता है, काशी में लहरतारा के पास के मुसलमान जुलाहे भी पहले हिन्दू कोली थे। उच्च वर्ग के अत्याचार से पीड़ित होकर ही वे जत्थे-के-जत्थे मुसलमान बन गये। दाहिने हाथ से तलवार का भय दिखाते इस्लाम ने इन निम्न जातियों को बायें हाथ से गले लगा लिया और नयी संस्कृति के पादाघातों से प्रकम्पित भूकम्प से फटी अपने घर की फर्श को देखते हुए भी हम अनदेखी करते रहे, हमारा परिवार रह-रहकर सीमित होता रहा।"

"हाँ जगन्नाथ, हमारा परिवार टूटता जा रहा है, पर इसके लिए इस्लाम को

दोष देना व्यर्थ है। पहले हम अपने गरेबाँ में तो मुँह डाल झाँक लें और अपने आपको सुधार लें।"

"इसका एक उपाय अवश्य है, गुरुवर! क्या धार्मिक मान्यता और उपासना को समाज की अपेक्षा व्यक्ति की चीज नहीं माना जा सकता? हमारा समाज केवल वैदिक या पौराणिक समाज तो है नहीं, इसमें बौद्ध और जैन, सिख और लोकायत सभी तो हैं। इनमें परस्पर सामाजिक सम्बन्ध भी हैं। यदि इसी तरह इस्लाम धर्मानुयायी भी भारतीय समाज के अंग समझ लिये जाएँ, तो क्या बुरा है?"

"मैं भी यही चाहता हूँ जगन्नाथ, काश ऐसा हो सकता। अकबर ने इस दिशा में पहल की थी। पर शासक होने के कारण उसने आधी पहल की। उसने मुगल राजकुमारियों को हिन्दू राजाओं की पत्नियाँ बनाना नहीं चाहा। शासक और शासित का भेद बना रहेगा तो ऐसे समाज की कल्पना दिवास्वप्न ही होगी, जिसमें प्रत्येक व्यक्ति को अपनी मान्यता के अनुसार धर्माचरण की स्वतन्त्रता समाज और परिवार दोनों में हो। भेद मिटाने की पहल दोनों को करनी होगी। एक हाथ से ताली नहीं बज सकती।"

"किस दिन हिन्दू और मुसलमान दोनों अपना निजी अस्तित्व सुरक्षित रखे नये समाज का ढाँचा खड़ा करेंगे, गुरुदेव? कितना मनोरम होगा वह समाज, कितनी आदर्श होगी वह संस्कृति।"

मैं कल्पना के आदर्शलोक में विचरण करने लगा। नाम, रूप और गुण से रहित धूमिल आकृतियों के गन्धर्वनगर में चेतना के पंखों पर उड़ता मेरा मन ससीम क्षितिज को पार कर दूर अनन्त आकाश में नीड़ ढूँढ़ने लगा। गुरुवर ऋग्वेद संहिता खोले बैठे थे, वे अग्निसूक्त के प्रथम मन्त्र का सायण भाष्य भी देख रहे थे। अब लेखनी से कागज पर कुछ लिखने लगे हैं। सम्भवतः वे पहले मन्त्र का भाष्य लिख रहे हैं। ज्ञानाग्नि का स्फुलिंग उनकी चेतना में चमक उठा था। मैं सोचने लगा, हिन्दू और मुस्लिम संस्कृतियों का यह अरणि-मन्थन ऐसी पवित्र अग्नि की चिनगारियों को कब जन्म देगा, जो अपने भास्वर आलोक से मानव के पथ को सदा-सदा के लिए आलोकित कर देगी और मानव की जड़ता और तमःप्रसार को दूर भगा देगी।

तूफान के झोंके की तरह एकाएक श्रीकृष्ण भट्ट ने प्रवेश कर हमें झकझोर दिया, आकाश-वृक्ष से गिरी मेरी कल्पना का नीड़ तिनके-तिनके हो बिखर पड़ा, यथार्थ की धरती पर पद-दलित मेरा आशियाना उसमें आश्रय लेते पक्षिशावक के करुण क्रन्दन से कराह उठा।

"आचार्य, अनर्थ हो गया है। संगम में पुण्यार्जन के लिए आयी प्रजा पर अत्याचार हो रहा है। हैदरबेग के आदेश पर इलाहाबाद के कोतवाल ने सिपाहियों को ले निहत्थी प्रजा पर धावा बोल दिया है और उन्हें पकड़-पकड़कर पशुओं की तरह मारा-पीटा जा रहा है।" काँपते श्रीकृष्ण भट्ट एक साँस में ही सब कुछ कह देना चाहते थे।

"दीन प्रजा की रक्षा कीजिए, गुरुदेव!" मेरी काँपती वाणी प्रार्थना कर उठी। आचार्य की लेखनी रुक गयी।

अग्निदेव से संसार की सुख-समृद्धि के लिए लोगों को सुपथ से ले चलने की कामना करते आचार्य की प्रार्थना का तार टूट गया। वे चौंक पड़े।

"क्या बात है, श्रीकृष्ण भट्ट? तुम इतने व्याकुल क्यों हो? कोतवाल ने यह दुराचरण क्यों किया है?" उन्होंने प्रश्नों की झड़ी लगा दी।

श्रीकृष्ण भट्ट को बैठने का आदेश दे वे स्वयं भी घटना का विवरण सुनने को व्याकुल हो उठे। श्रीकृष्ण भट्ट ने विवरण देना आरम्भ किया।

"यात्रा-कर की वसूली सारे झगड़े की जड़ है, आचार्य! सरकारी सिपाही कड़ाई से यात्रा-कर वसूल रहे हैं। एक ही बार नहीं, दो-दो, तीन-तीन बार वसूली की जा रही है। निरक्षर प्रजा को न तो वसूली की रसीद दी जा रही है, न खाते में उनका नाम ही दर्ज किया जा रहा है। किसने कर चुका दिया है, किसने नहीं, इसके ठीक-ठीक कागज भी सरकारी कारिन्दों के पास नहीं है। वे इस घपले की स्थिति को बनाये रखना चाहते हैं।"

"पर उनके पास कागज तो होने ही चाहिए।"

"नहीं आचार्य, इसीलिए तो यह परेशानी है। गरीब प्रजा ही इस अत्याचार का अधिक शिकार हो रही है। कहते हैं, गरीब ग्रामीण जनता और भिखारियों से महसूल की वसूली कल की जा चुकी थी। पर आज फिर सिपाहियों का जत्था वसूली के लिए जा धमका। उन्होंने फिर महसूल वसूल करना शुरू किया तो प्रजा ने प्रतिवाद किया कि वे यात्रा-कर का भुगतान कर चुके हैं। पर वहाँ सुनने वाला कौन था! जब दुबारा कर देने से मना किया तो मुसलमान सिपाहियों ने ज्यादती करना शुरू किया। गरीब प्रजा को वे पीटने लगे, उनके कपड़े-लत्ते, बासन-बरतन छीन लिये। इसी बीच भिखारियों की बस्ती में एक मुसटण्डा साधु आ धमका। उसने स्त्रियों पर अत्याचार करते सिपाहियों को ललकारा। बनेठी से लैस इस साधु ने दो सिपाहियों को वहीं धराशायी कर दिया। शेष सिपाही उसकी ओर तलवारें भाँजते दौड़े, पर बनेठी को फुर्ती से चलाकर घुमाते उसने वह वीरता दिखायी कि कुछ की तलवारें हाथ से गिर पड़ीं, कुछ के सिर फूट गये। शेष सिपाहियों के भी छक्के छूट गये और मैदान छोड़ वे भाग खड़े हुए।

"तब?"

"इसके बाद शहर कोतवाल पैदल सिपाही और घुड़सवारों की वाहिनी के साथ आ टूटा। उसने झूँसी के उस पार की यात्रियों की अस्थायी बस्तियों को रौंद डाला। बालक और वृद्ध, स्त्रियाँ और रुग्ण जन घोड़ों की टापों से कुचल दिये गये। माताओं के स्तनों से चिपटे बच्चों को जबरन खींचकर आकाश में उछाल दिया गया। बच्चों और स्त्रियों के आर्तनाद से सारा प्रदेश चीत्कार कर उठा। कुछ युवकों ने रोकना चाहा, पर उन्हें या तो तलवार के घाट उतार दिया या बन्दी बना लिया गया। कई नवयुवतियाँ सिपाहियों से आत्मरक्षा करने के लिए गंगा की ओर दौड़ पड़ीं और कुछ को आततायियों ने बन्दी बना लिया। मनमाना माल लूटा गया।"

"और हिन्दू यह सारा अत्याचार देखते रहे?"

"नहीं, गुरुवर! पास के यात्रियों के जत्थों से कुछ राजपूत और साधुओं के अखाड़ों से कुछ शस्त्रधारी साधुओं ने आकर अवश्य प्रतिरोध किया, पर प्रजा शासन का विरोध कहाँ तक कर सकती है! कोतवाल के घुड़सवारों ने इन्हें खदेड़ दिया और पैदल सिपाहियों ने सारे प्रदेश को डाकुओं की तरह लुण्ठित कर निःसत्त्व बना डाला। प्रजा में आतंक छा गया है, आचार्य!"

"प्रजा का क्या करने का विचार है?"

"अभी-अभी भूमिहारों और राजपूतों की बैठक हुई है, कुछ महाजनों के प्रतिनिधि भी थे। उन्होंने ही मुझे आपके पास भेजा है। वे सूबेदार से मिल लेना चाहते हैं। अगर सूबेदार ने ध्यान दिया तो ठीक है, नहीं तो प्रजा इस अत्याचार का सशस्त्र प्रतिवाद करेगी।"

"ठीक है पंचों को बुला लाओ।"

श्रीकृष्ण भट्ट चले गये और पन्द्रह-बीस पल में ही तीन पंचों के साथ लौट आये। दो नवयुवक और एक वयोवृद्ध। वयोवृद्ध सम्भवतः महाजन थे। वे मिर्जई और पगड़ी पहने थे। कानों में मोटे-मोटे आबदार मोतियों से युक्त कर्णाभूषण, हाथों में सोने के कड़े और गले में मोतियों का इकलड़ी कण्ठा। सफेद गलमुच्छे उनके व्यक्तित्व की विशिष्टता के परिचायक थे। दोनों नवयुवक गेहुएँ वर्ण के थे। चिकनी दाढ़ी उनके भरे चेहरों को और भी निखार दे रही थी। नुकीली मूँछ और आँखों के लाल डोरे उनके अदम्य उत्साह के परिचायक। वे धोती और लम्बा अँगरखा पहने थे, सिर पर फेंटा। कमरबन्द में जमघर खोंसे हुए थे और दाहिने हाथ में तलवार, पीठ पर लटकती ढाल। तीनों ने आते ही आचार्य के चरण-स्पर्श किये।

"सिपाही अनेक निरपराध व्यक्तियों को पकड़ ले गये हैं आचार्य! सुना

जाता है, उन्हें धर्म-परिवर्तन करने पर बाध्य किया जाएगा। हमें आदेश दीजिए कि अपनी मर्यादा की रक्षा कर सकें।" एक नवयुवक ने कहा।

"सशस्त्र मुगलवाहिनी से लोहा लेना कहाँ तक वाजिब होगा, युवक! मैं तुम्हारे साहस की सराहना करता हूँ किन्तु...।"

"किन्तु क्या आचार्य? हमारी आँखों के सामने हमारी मर्यादा भंग हो रही है। यात्रा-कर की वसूली तो बहाना है, लक्ष्य तो हिन्दू प्रजा को पैरों तले रौंद डालने का है। एक दिन मरना तो है ही, कुत्ते की मौत मरने से श्रेष्ठ तो शेर की तरह लड़-भिड़कर मरना है, गुरुवर!"

"ठीक है। पर यह अन्तिम उपाय है। क्यों न एक बार शासकों के समक्ष अपनी वेदना पहुँचा दी जाए। उन्हें यह तो अहसास करा दिया जाए कि वे ज्वालामुखी को न छेड़ें। ज्वालामुखी का विस्फोट न हो तो अच्छा। उसके लावे में सामने अवरोध करती हर वस्तु तो बहेगी ही, पर पर्वत का अन्तस् भी खण्ड-खण्ड हो टूट जाएगा, उसका अपना अस्तित्व भी तो गलकर बह जाएगा, वीरयुवक! क्या इस विस्फोट से हमारी हानि नहीं होगी? हमारे लिए भी यह स्थिति उतनी ही आत्मघाती होगी। काश, यह स्थिति उपस्थित ही न हो।"

"आप तो हैदरबेग से परिचित हैं, आचार्य! उस नृशंस से क्या आपको कोई आशा है?" मैंने प्रश्न किया।

"नहीं, जगन्नाथ! हैदरबेग को मैं भली-भाँति पहचानता हूँ। मुझे उससे कोई आशा नहीं है, पर उसके कानों तक यह तो पहुँचा दिया जाए कि प्रजा की सहनशक्ति का बाँध टूट चुका है। सूबेदार के नाते उसे अपनी कर्तव्यनिष्ठा का परिचय देना चाहिए। नहीं तो दिल्लीश्वर के पास उसकी शिकायत करने के अलावा कोई चारा नहीं रह जाएगा और अगर दिल्लीश्वर ने भी कुछ न सुना, तो अन्तिम उपाय तो है ही।"

गुरुदेव ने तुरन्त श्रीकृष्ण भट्ट को आदेश दिया कि वे सूबेदार के कायस्थ मीर मुंशी से सम्पर्क स्थापित करें।

"मैं आज ही सूबेदार से मिल लेना चाहता हूँ। मीर मुंशी से कह दें कि वे मेरी मुलाकात का समय मुकर्रर कर दें।"

3

भगवान भुवनभाष्कर दक्षिण दिशा को छोड़कर हिमालय से गले मिलने जा रहे थे। पृथ्वी के समस्त जड़ और चेतन शीत का भयावह कम्प भुला उल्लास की ऊष्मा का अनुभव करने लगे। तीरों की बौछार-सा त्वचा को बेधता पवन अब अपनी नृशंसता छोड़ मलयपर्वत से चन्दन का लेप ला शीतल मरहम लगा रहा था, और पीड़ा को बिसार प्रजा फिर सन्तोष की साँस ले रही थी। सूर्योदय से एक प्रहर पूर्व ही गुरुवर श्रीकृष्ण भट्ट को समस्त व्यवस्था ठीक कर लेने का आदेश दे, मेरे साथ संगम-स्नान के लिए चल पड़े। अन्धकार का भेदन करते मूर्तिमान आलोक की तरह वे बढ़ते जा रहे थे और मैं भी अनुगत बना उनके पदचिह्नों का अनुसरण करता चल रहा था। एक घड़ी में ही हम वहाँ थे, जहाँ हिमालय की दोनों पुत्रियाँ स्नेह से गले मिल रही थीं और अन्तस् में छिपी उनकी ममता स्रोतस्विनी भी तीसरी बहिन की तरह अचानक प्रकट हो गयी थी। नीला आकाश निर्मल जल में प्रतिबिम्बित हो रहा था, एक ओर उसकी प्रतिच्छवि यमुना की नीलिमा को और गहरी तूलिका का स्पर्श दे रही थी, तो दूधिया गंगा नीलाम्बर के आवरण में ढँकी गौरांगी विडम्बना करती जान पड़ी।

इसी बीच दूर कहीं नये प्रभात के आगमन का संकेत करता तमचुर का कलरव नैशान्धकार को चुनौती देता सुनाई पड़ा। दिशाओं ने रात्रि में अभिसरण के लिए ओढ़ी नीली चादरें परे फेंक दी, उनकी दीपशिखा-सी देह-लताएँ दमकती दिखाई पड़ने लगीं। आँचल में आशा का दीप लिये पूर्व दिशा प्रकट हुई और चमकते भोर तारिका को गंगा में किरनों के पंखों पर तैरती हँसी की तरह निहार मैंने उससे मिलने को शीघ्र ही आते किसी आतुर हंस की परिकल्पना की। आकाश के नीले ताल पर उभरते हंस के आरक्त चंचुपुटों की आभा ने मेरी आँखों को भी नयी लाली में रँग दिया। देखते-देखते पूर्व दिशा में मुहरें लुटाता वह दानी प्रकट हुआ और उन मुहरों की चमक ने गुरुवर के कमल-कोमल अरुण करपुट में निर्मल संगम-जल के बीच दमकती मुहरों को और अधिक खरा बना दिया। गुरुवर स्नान और नित्य नैमित्तिक पुण्यकर्म से निवृत्त हो यात्रा के मंगल हेतु ब्राह्मणों को स्वर्ण मुद्राएँ दान दे रहे थे। वेदमन्त्रों का स्वस्त्ययन पाठ समस्त वातावरण की अशुचिता का अपसारण कर रहा था। गुरुवर स्वनिर्मित सूर्यस्तोत्र पढ़ रहे थे। मेरी कल्पना भी अँगड़ाई ले जग पड़ी थी और ज्यों ही गुरुवर ने स्तोत्र समाप्त कर मेरी ओर देखा, मेरे ओठों से अचानक उदय होते सूर्य की वन्दना फूट पड़ी। यात्रा की मंगल कामना लिये मैं भी गा उठा।

सिन्दूरैः परिपूरितं किमथवा लाक्षारसैः क्षालितं
लिप्तं वा किमु कुङ्कुमद्रवभरैरेतन्महीमण्डलम्।
सन्देहं जनयन्नृणामिति परित्रातत्रिलोकत्विषां
व्रातः प्रातरुपांतनोतु भवतां भव्यानि भासां निधेः ॥

(यह महीमण्डल सिन्दूर से भर गया है, या इसे लाक्षारस से नहला दिया गया है, अथवा इसे कुंकुम के द्रव से लीप दिया गया है क्या—लोगों में इस तरह के सन्देह पैदा करता कान्तियों का खजाना यह सूर्य, जो समस्त संसार की प्रकाश भूमियों का रक्षक है, इस प्रातःकाल के समय आपके कल्याण का वितान फैला दे।)

प्रजा के लिए कल्याण का वितान, फैलाते गुरुवर की कृपा किरणें भी दौड़ पड़ी थीं। सूर्य के सातों घोड़ों के विषम रथ की गति को चुनौती देते हमारे रथ के अश्व अकबराबाद की दिशा में दौड़ पड़े। ऊँटों, घोड़ों, रथों और शकटों का एक बड़ा काफिला दो घड़ी दिन चढ़ते ही प्रयाग को छोड़ चुका था। वसन्तपंचमी के दूसरे दिन हम लोगों की यात्रा आरम्भ हुई। हमें अन्य यात्रियों के जुटने तक प्रतीक्षा करनी पड़ी थी। हैदरबेग से गुरुवर को कोई आश्वासन नहीं मिला। जन-आन्दोलन की गन्ध पर वह सहम गया था, पर उसने कहा, "मैं कुछ नहीं कर सकता। महसूल वसूली के बारे में शाहंशाह का फर्मान है। हम हुक्मउदूली कैसे कर सकते हैं। रही गिरफ्तार हुए लोगों को छोड़ने की बात तो इलाहाबाद के सदर काजी उनका फैसला करेंगे। जिन्होंने बलवा किया है, उन्हें सजा मिलेगी ही। आप बादशाह से बखूबी मिल सकते हैं, मुझे कोई एतराज नहीं होगा।" और अब गुरुवर के सामने बादशाह से मिलने के अलावा कोई चारा नहीं बचा था। बादशाह उन दिनों अकबराबाद में कायम-मुकाम थे। सुना था, वहाँ अपनी मरहूम बेगम के मकबरे की इमारत बनवाने के लिए इन दिनों दारुल-सल्तनत आगरा में ही थे।

संगम को हमने पीछे छोड़ दिया। नीले और श्वेत रंगों के बादलों की टुकड़ियाँ लाल सूर्य की किरणों के रथ पर बैठीं जैसे धरती पर उतर आयी हों, ऐसी दो जलधाराओं को मैंने अपने पीछे मिलते देखा। कालिदास की कल्पनाएँ रह-रहकर मेरी स्मृतिभूमि पर अवतरित होने लगीं। मैंने अनुभव किया, जैसे पृथ्वी के विशाल अंचल पर दमकते मोतियों और स्निग्ध श्यामल इन्द्रनीलमणि के दो हार अपना अस्तित्व खो एक-दूसरे में घुलमिल रहे हों, श्वेत और नीलकमलों की मालाएँ धनसंश्लिष्ट आलिंगन में गुँथी हों, दुग्धधवल हंसों से लीला-विलास करने नीले कदम्बों की पाँत आ उतरी हो, या किसी कुशल कलाकार ने धरती के वक्ष पर चन्दन और कालागुरु की पत्ररचना कर दी हो। काले भुजंगों से अलंकृत

भस्मांगरागरंजित शिव की इस प्रथम मूर्ति के दर्शन पा मैं गद्गद हो उठा। इसी बीच सामने रसाल वृक्ष से कूकते पंचम स्वर ने हमारा स्वागत किया। मुझे विश्वास हो आया कि हमारी यह यात्रा अवश्य सफल होगी।

वन-उपवन, खेत-खलिहान और नदी-नालों को लाँघते हम बढ़े जा रहे थे। सुहानी धूप हमारी त्वचा के पोरों में ताज़गी भर रही थी। तालों में खिले कमलों का पराग लुटाता वायु भिखारी से कलरव करते भौरों को निहाल कर रहा था और सहकार-वृक्षों पर लदी मंजरियाँ कोकिल को बाहु-लता पर झुलाती अपनी सुरभि से समस्त चेतना को मादकता में सराबोर कर रही थीं। कुसुमों की बैगनी साड़ी पहने तीसी की कोमल पंक्तियाँ हवा के झोंकों के साथ जौ और गेहूँ की रोमांचित बालियों से गले मिल रही थीं और सरसों वसुन्धरा की सुन्दर काया को वासन्ती चादर ओढ़ा दुहरी शोभा प्रदान कर रही थीं। मैं प्रकृति की रूप-सुधा का छककर पान कर रहा था, और गुरुवर अजपाजाप की मुद्रा में सम्भवत: पुरुष की उस रूपसुधा का आस्वाद करने में मग्न थे, जिसका लीला-प्रसार ही इस सजीव शक्ति के रूप में आविर्भूत हो हमारे शब्द, स्पर्श, रूप, रस, गन्ध की परितृप्ति का विषय बन गया है।

दिवसावसान के साथ यात्रा रुक जाती। रात के अँधेरे को हम किसी कस्बे की सराय में गुजारते, क्योंकि रात में यात्रा करना खतरे से खाली नहीं था। मार्ग में लुटेरों का डर था। दिन में भी कभी-कभी निर्जन अरण्यानी से गुजरते काफिले लूट लिये जाते थे। कस्बों के थानेदार और शहरों के फौजदार भी काफिलों को रोक देते। उनके घोड़े, ऊँट और गाड़ियाँ बेगार में पकड़ ली जातीं और बेगार कर चुकने के बाद ही आगे के पड़ाव पर बढ़ने की इजाजत मिलती। हैदरबेग ने गुरुवर को दस्तक देने से इनकार कर दिया था। दस्तक वह परवाना था, जिसे देखकर सरकारी थानेदार और फौजदार मार्ग में यात्री को हर सम्भव सुविधा देते थे। उसने कहा था, "आप सरकारी काम पर नहीं जा रहे हैं। दस्तक देने का सवाल ही पैदा नहीं होता।" इसलिए बनजारों के काफिलों के एकत्र होने तक हमें रुकना पड़ा था। बनजारे बंगाल से काबुल तक माल लिये सफर करते थे। बैलों पर सूती और रेशमी कपड़े, मसाले लादे वे उत्तर की ओर जाते और उधर से केशर-कस्तूरी, इत्र और सुगन्धित जल, ताजा फल, बादाम और पिश्ते लादकर इधर चले आते। हमारा काफिला लौंग, इलायची, काजू और अनन्नास के साथ मलमल और बनारसी रेशम के थान ले आगरा जा रहा था। काफिले के अपने रक्षक भी थे, तीर-कमान, भाले-बरछे और बन्दूकों से लैस और इनकी सुरक्षा में हर पड़ाव पर रात गुजारते हम बढ़ रहे थे।

इलाहाबाद से रवाना हो हमने चौथा पड़ाव सराय शाहजादा में डाला, जहाँ

हम केवल रात भर ही नहीं, दिन भर भी रुके, क्योंकि बनजारों को अपना सामान बेचना था। आगे फिर तीन पड़ावों पर रात गुजार बनजारे इटावा में एक दिन और रुक गये। और सराय मुरलीदास और फिरोजाबाद पर एक-एक दिन और रुकते हम आगरा पहुँचे। बनजारों का साथ न छोड़ने के कारण हमें बाध्य हो उनके साथ रुकना पड़ता। उनके थोक-के-थोक बनज को ले बस्तियों और कस्बों में निकल जाते। शाम को माल बेच-लौटते और कहीं अच्छा नया माल देखकर आगे बेचने के लिए खरीद भी लेते। उनके आते ही पड़ाव फिर कलरव से गूँज उठता। सराय के भटियारे और भटियारिन अपना द्वार खोल देते। सरायें प्रायः गाँवों और कस्बों के बाहर थीं और कुछ स्थानों पर तो मैंने सरायों के पास ऐसी बस्तियाँ पायीं, जहाँ यात्री दिन भर की क्लान्ति को किसी आँचल की शीतल छाया में मिटाने चले जाते। इन्हीं से सटे शौण्डिकापणों (मधुशाला) में डटे बनजारे मदविह्वल चरणों किन्हीं कोमल बाहुलताओं का सहारा ढूँढ़ लेते और सराय का सारा प्रान्त रात की खुमारी में डूब जाता। सुबह ही सराय नान और प्याज की गन्ध से महक उठती। कोरमा और कबाब की तीखी गन्ध हमें पीड़ित कर देती और सलाखों पर भुने जाते सींक-कबाब को देख तीव्र वितृष्णा उत्पन्न हो जाती। पास में बँधे मोदक और सक्तुचूर्ण पर निर्वाह करते हम भी इन बेमेल संगी-साथियों के साथ मंजिल तक सफर करते रहे। सुरक्षा को छोड़कर मार्ग में और कोई असुविधा नहीं थी। हर दूसरे कोस पर सराय थी, जहाँ पानी के लिए कुएँ थे। सड़क के दोनों ओर घनी छाँह के वृक्षों की पाँत थी। यही सड़क दिल्ली होते हुए आगे भी जाती थी। मैंने स्वयं दारा के साथ लाहौर तक इससे यात्रा की थी। सुना था कि अकबर महान के शासनकाल से पूर्व ही यह सड़क बन चुकी थी। और घने छायादार वृक्षों और सरायों की परिकल्पना शेरशाह सूरी की उदाराशयता की देन हैं। दो दिन में हम आगरा को स्पर्श कर बहती यमुना के इस किनारे पहुँच गये। मैंने भगवती भागीरथी की उस सखी को निहारा। ऐसा लगा, जैसे हिमालय ने खोये मैनाक को ढूँढ़ने के लिए अपनी एक भुजा को पृथ्वी-मण्डल पर फैला दिया हो। प्रातःकालीन सूर्य की रश्मियाँ लाल-लाल पत्थर के किले को उस पार गेरू के रंग में रँगती जान पड़ीं।

नावों के पुल से नदी पार कर हम अब उस नगर के परिसर में आ पहुँचे थे, जो इस देश का सबसे महत्त्वपूर्ण नगर था। घाट से उतरते ही आगे बढ़ने पर मैंने दाहिनी ओर हजारों मजदूरों का कोलाहल सुना, शिलाओं को टाँकती सैकड़ों छैनियों और हथौड़ों की आवाज, विशाल प्रस्तर-खण्डों को ढकेलते मजदूरों की उत्साहवर्धक वाणी, सामान ढोते गधों और खच्चरों का कानों को बहरा बनाता स्वर, मजदूरों पर क्रुद्ध मुद्रा में चीखते-चिल्लाते राज-मिस्त्री और कारिन्दों के

जनसम्मर्द को देख मैं चौंक उठा। एक बनजारे ने बताया कि यहाँ बादशाह की प्यारी बेगम मुमताज महल की कब्र है और बादशाह उस पर ऐसा शानदार मकबरा बनवा रहे हैं, जैसा भारत में, 'न देखने लायक न भूतो भविष्यति' होगा। इसी के थोड़ा आगे बढ़ते ही मैंने बायें हाथ एक विशाल द्वार देखा। एक बहुत बड़ी चहारदीवारी के अन्दर आगरा की कारवाँ सराय थी। हम लोगों के काफिले को यहीं रुकना था। गुरुवर ने पण्डित श्रीकृष्ण भट्ट को तुरन्त जौहरी बाजार में आगरा के नगर सेठ के यहाँ सूचना देने भेज दिया, क्योंकि वे कारवाँ सराय में नहीं रुकना चाहते थे। हमारा दल कारवाँ सराय के बाहर मैदान में श्रीकृष्ण भट्ट की प्रतीक्षा के लिए रुक गया।

तीन-चार घड़ी में श्रीकृष्ण भट्ट लौट आये। उनके साथ नगर सेठ का प्रधान मुनीम था। नगर सेठ ने गुरुवर के लिए अपनी हवेली में ठहरने की व्यवस्था कर दी थी। नगर सेठ ब्रह्मण्य अग्रवाल बनिया था। द्वार पर पहुँचते ही उसने गुरुवर की अभ्यर्थना की और चरण-रज ले उन्हें सादर निजी कक्ष में लिवा ले गया। हवेली का द्वार विशाल था, इतना ऊँचा कि हाथी पर हौदे में बैठे लोग मजे से जा सकें। अन्दर सुन्दर उपवन लगा था, तरह-तरह के गुलाब के फूल खिले थे। उपवन के बीचोंबीच पक्का हौज और उसके मध्य आकाश से फाग खेलता घारायन्त्र। हौज के पास से निकल हम आगे बढ़े। सामने नगर सेठ का आवास था, छोटा-मोटा महल दरवाजा पारकर हम आवास के दालान में घुस जीने से ऊपर चढ़े। हमने अपने आपको विशाल कक्ष में पाया। फर्श पर मोटा गद्दा बिछा था। जिसे ढँकती दुग्धधवल चाँदनी पूरे फर्श पर फैली थी, सहारे के लिए तीन बड़े-बड़े मसनद, मखमल के खोल से मढ़े, जिन पर सुनहरी तारों में बेलबूटे कढ़े थे। छत पर बिल्लौर के झाड़-फानूस लटक रहे थे। कक्ष की दीवारों में कई आले थे, इनमें नक्काशीदार फूलदान और कामदार चीनी के बरतन, छत सुनहरे रंग की थी। कक्ष की साज-सज्जा सुरुचि और समृद्धि का परिचय दे रही थी।

यात्रा की क्लान्ति मिटा गुरुवर ने नगर सेठ को अपने आगमन का प्रयोजन बताया और वकील आसफ खाँ से मिलने की इच्छा प्रकट की। पर पता चला कि आगरा में वे नहीं हैं, इस समय लाहौर गये हैं। जहाँ उनकी जागीर है। हाँ, उनके अपने दीवान मुकुन्ददास माथुर अवश्य आगरा में हैं और सेठ उनके पास सूचना भिजवा देगा। उसने तुरन्त मुकुन्ददास को खबर भिजवा दी और दो घड़ी में ही एक प्रौढ़ व्यक्ति ने कक्ष में प्रवेश कर गुरुवर को ग्यारह मुहरें नजर कीं। फूलों-कढ़ा अँगरखा और पाजामा पहने इस व्यक्ति ने अपनी सुनहरी जरी की पगड़ी से अलंकृत मस्तक को आचार्य के चरणों में रख दिया। उसके भरे कपोलों

पर फैले गुलमुच्छे, विशाल वक्ष पर लटकता मोतियों जड़ा हार आभिजात्य प्रकट कर रहे थे। यही थे माथुरवंशावतंस राय मुकुन्ददास।

पला चला कि बादशाह के सम्मानित श्वसुर वकील आसफ खाँ सम्राट के राज्याधिरोह की वर्षगाँठ के समारोह के बाद ही लाहौर चले गये हैं और सम्भवतः वे ग्रीष्म ऋतु वहीं बिताकर लौटें या शासकी हुक्म होने पर पहले भी लौट सकते हैं। बादशाह के श्वसुर के निकटतम सम्पर्क का सौभाग्य मुझे भी अपने जीवन में मिला है। इनके साथ लगभग चार वर्ष तक मेरा सम्पर्क रहा। प्रथम कोटि के नौ हजारी मनसबदार, शाहजहाँ की विमाता सम्राज्ञी नूरजहाँ के सगे भाई और दिवंगत सम्राज्ञी अर्जुमन्द बानू का बेगम मुमताजमहल के पिता। आज शाहजहाँ जो भी था वह उन्हीं का प्रयास था। उन्होंने नूरजहाँ की समस्त शतरंजी चालों को शह-मात दे खुर्रम को शाहजहाँ बनाया। खुर्रम, हाँ यही तो शाहजहाँ का असली नाम है। शहरयार के बादशाह बनने के स्वप्नों को ध्वंस कर उन्होंने खुसरो के बेटे दावरबख्श को बुलाकीशाह के नाम से सम्राट घोषित कर अपने दामाद के हितों की रक्षा की थी। अपनी निशानी के साथ हथसाल के मुंशी बनारसी को खुर्रम के पास औरंगाबाद भेजा कि वह तुरन्त चला आए, बादशाह जहाँगीर दुनिया में नहीं रहे हैं। जहाँगीर के मरते ही आकाश अशान्त हो उठा था और पृथ्वी विद्रोही। आसफ खाँ ही इस बीच सल्तनत की पतवार पकड़ नाव खेता रहा और खुर्रम के आते ही उसने जिम्मेदारी सौंप राहत की साँस ली। अफलातूनियों की बुद्धि का प्रकाशदाता और तर्कशास्त्रियों के हृदय का बुद्धिदाता आसफ खाँ विद्या, ज्ञानराशि, साहित्य और कला का संरक्षक था। इसके इर्द-गिर्द कवि और दार्शनिक, संगीतज्ञ और चित्रकारों का जमघट रहा करता। लाहौर को देखकर मैंने वकील की सौन्दर्याभिरुचि का दूसरा पहलू भी पाया। इमारतों और उपवनों के शौकीन अमीर ने लाहौर की मरुभूमि में झेलम से नहर ला समस्त प्रदेश को शाद्वल बना दिया था। उसी का महल तो बाद में बादशाह ने मेरे शिष्य दाराशुकोह को दिया था और मैं दारा के साथ भी लाहौर गया, उसी महल में ठहरता रहा। विनम्र और मिलनसार आसफ खाँ की दावतों को मैं भूल नहीं पाता। कितना शौकीन था यह खाने-खिलाने का। खुद भी डटकर खाता था। सैकड़ों किस्म के सामिष और निरामिष आहारों से भरी सोने-चाँदी की रगाबियों, फलों, शरबतों और शीराज की मदिरा से भरे स्वर्णपात्रों और बिल्लौरी चषकों से दस्तरख्वान पट जाता और मेहमानों को साग्रह दावत खिलाता आसफ खाँ खुद भी इतना खाता कि उसका तौल लगभग पाँच सेर शाहजहाँनी होता। मेरे लिए वह खास तौर पर निरामिष आहार, सुस्वादु शरबत और दर्जनों किस्म के फलों की व्यवस्था करवाता, ईरानी तरबूज, काबुली अनार-बेदाने, रसभरी मृद्वीका, कन्धार के पिश्ते

और बादाम, विविध आम और खूबानियाँ, कहाँ तक गिनाया जाय।

राय मुकुन्ददास के कहने से मैंने इसी अमीर पर एक आख्यायिका लिखी है। आसफखाँ का मानस सदा समस्त जनों को सींचती परोपकार-परम्परा की लहरियों से आन्दोलित होता रहता था। इनके पास गद्य-पद्य रचनाओं से प्रकाशित अन्तःकरण वाले कई सहृदय कवि जमे रहते। इन्होंने अपने आचरण से कलियुग को भी कृतयुग बना दिया था और तर्क की जाज्वल्यमान मशाल जला कुमतितृणजाल से ढँके वेद-वनमार्ग को आलोकित करने का प्रयास किया था। इन्हीं के प्रयास से मुझे सार्वभौम शाहजहाँ ने कविराय की उपाधि से अलंकृत किया था। मैंने मुगल दरबार में जो भी सम्मान प्राप्त किया वह नवाब आसफखाँ और राय मुकुन्ददास के ही उगाये पौधे की फलनिष्पत्ति थी।

राय मुकुन्ददास ने गुरुवर को बताया कि वे कल ही बादशाह से मुलाकात की व्यवस्था कर देंगे। दीवाने-खास में ज्योंही कल बादशाह झरोखे के दर्शन के बाद पहुँचेंगे, गुरुवर के दरबार में पेश होने का प्रबन्ध कर दिया जाएगा। वे कल सुबह एक ईरानी मनसबदार को गुरुवर को लेने भेज देंगे। गुरुवर से आज्ञा ले आसफ खाँ के दीवान लौट गये और हम भी कल के प्रभात की प्रतीक्षा बड़ी बेसब्री से करने लगे।

4

उदयगिरि के प्रान्तभाग से विशिष्ट प्रभापुंज का प्रादुर्भाव हो चुका था। प्रफुल्लित पंकजों पर अहमहमिका से गिरते मात्र मधुकरों का उल्लास, शोकदावानल से झुलसी कक्रवाकवधुओं के हृदय की वेदना का निस्तार, प्रकाश को नष्ट करते अन्धकार के लिए उत्पात, किन्तु आँखों के लिए पक्षपात, सूर्य की रागमय किरणें अकराबाद को भी उल्लास की कूँची से रँग रही थीं। प्रातः सन्ध्या से निवृत्त हो हम लोग ईरानी सरदार के आगमन की प्रतीक्षा कर रहे थे। नगर सेठ ने एक ईरानी नव युवक के साथ प्रवेश किया। उसकी वेशभूषा मुगलिया होते हुए भी अपनी विशिष्टता लिये थी, सिर की पगड़ी की बन्धेज असामान्य। वह पगड़ी के बीच में सिर पर एक विचित्र टोपी पहने था। मैंने मुगल दरबार के कई ईरानी, तुर्क और उजबेक सरदारों को ऐसी वेशभूषा में देखा है। वह बड़ी नफीस हिन्दवी बोलता था। और फारसी के अलावा तुर्की भी जानता था। धार्मिक असहिष्णुता से ऊपर उठे मुल्ला शफी को मैंने बाद में कई बार गुरुवर के दार्शनिक विषयों

पर बातचीत करते पाया। शुरू में यह पाँच सदी का छोटा मनसबदार था, पर दारा की सिफारिश से उन्नति करता गया और एक दिन फौज का बख्शी नियुक्त हुआ। भूगोल, गणित, खगोल-विद्या और दर्शन के इस प्रकाण्ड पण्डित ने शाहजहाँ को पिछले दिनों इतना प्रभावित किया कि इसे 'दानिशमन्द' या 'बुद्धिमान' का खिताब दे दिया गया। दारा का विश्वासपात्र होने के कारण यह मेरे घनिष्ठ मित्रों में हो गया था और मैंने इसके साथ इस्लाम धर्म और दर्शन पर कई बार विचार-विनिमय किया था।

उसने आते ही झुककर गुरुवर को सलाम करते हुए अर्ज किया, "राय मुकुन्ददास ने मुझे आपकी खिदमत में भेजा है। आप तैयार हो चुके होंगे। हमें किले के लिए रवाना हो ही जाना चाहिए।" गुरुवर तैयार थे। उन्होंने शुभ्र कौशेय का धौतवस्त्र और अरुण रेशमी चादर धारण कर रखी थी, मैं भी इसी प्रकार की वेशभूषा में था। नगर सेठ के कहार पालकी ले आये थे। हम दोनों उस पर आरूढ़ हो बाजार से चले जा रहे थे। हमारे आगे-आगे ईरानी युवक सफेद घोड़े पर चल रहा था, घोड़ा सुनहरी जीन से अलंकृत था। उसकी पीठ पर चाँदी के वर्तुल एवं वक्र चन्द्रकों से जड़ी विशाल ढाल लटक रही थी, दाहिने हाथ में बड़ा-सा भाला लिये, बायें हाथ में घोड़े की बाग थामे वह हमारा मार्गदर्शक बना था। उसके साथ कुछ और घुड़सवार, तीर-कमान, तलवार और बन्दूकों से लैस और कुछ गुर्जबरदार पैदल सैनिक। प्राय: सभी घोड़े विदेशी नस्ल के थे। बाद में पता चला कि ये तुर्की नस्ल के थे, क्योंकि मनसबदारों को केवल तुर्की घोड़े रखने का आदेश था। ये सभी घोड़े मीरबख्शी के आदेशानुसार दागे जा चुके थे। मैंने कई घोड़ों के दाहिने पुट्ठे पर एक निशान देखा था, जो इसका परिचायक था। हमारी पालकी को घेरे ये घुड़सवार और सैनिक जौहरी बाजार की जनता को तिनका समझते बढ़ रहे थे कि एकाएक बाजार पार करते ही हमने जोर की हलचल पायी। जनता भाग खड़ी हुई। बच्चे-बूढ़े पास की छोटी गलियों और मकानों में जा दुबके। पता चला, उधर से सवारी आ रही है।

ईरानी मनसबदार घोड़े से उतर पड़ा। उसको घोड़े से उतरे देख अनुचरों ने उसका अनुसरण किया। कहारों ने पालकी किनारे खड़ी कर दी। सैनिकों ने एक ओर हट मार्ग छोड़ दिया। हम दोनों भी पालकी से उतर किनारे खड़े हो गये। ऐसा जान पड़ा, उत्ताल तरंगों की गर्जना करता कोई समुद्र इधर ही बढ़ा चला आ रहा है। पर्वताकार लहरों-से उठे तीन हाथी मुझे दिखाई पड़े। बीच में एक विशालकाय हाथी पर ऊँचा मेघाडम्बर, उसमें कुछ युवतियाँ। इसके दोनों ओर दो छोटे हाथी, इनमें भी कुछ और युवतियाँ। आगे-आगे अनेक युवतियाँ और खोजे चीखते-चिल्लाते आ रहे थे, 'बचो रास्ता दो, हटो, बेगम साहिबा की

सवारी आ रही है।' के शोर के सिवा कुछ सुनाई नहीं दे रहा था। खोजे और पैदल सिपाही रास्ते की हर रुकावट को हटाते इधर ही बढ़ते आ रहे थे, वे निर्दयतापूर्वक जनता और दुकानदारों को पीटते चल रहे थे। हमारे साथ के दो पैदल सिपाहियों को भी चार खोजाओं ने पकड़कर बड़ी मार मारी और उनका सरदार बेचारा गुस्से से तमतमाये चेहरे से देखता रहा, प्रतिवाद ही नहीं कर पाया। अब वे तीनों हाथी हमारे सामने से गुजर रहे थे। सरदार ने झुककर सलाम करते हुए बेगम साहिबा को आदर दिया और आचार्य को आशीर्वाद देने की मुद्रा में पा मैंने भी उसी मुद्रा का प्रदर्शन कर दिया। बीच के हाथी के मेघाडम्बर में जरी के झीने पर्दे के पीछे कोई मुसलमान रमणी बैठी थी, उसके पीछे एक सेविका मोरछल डुला रही थी। दोनों ओर के हाथियों पर हौदों में आठ-आठ सेविकाएँ थीं। हाथियों के पीछे सेवक, बाँदियाँ और खोजे दौड़ते चले आ रहे थे। इतने में निखालिस मोतियों जड़े जरी के थैले में ताम्बूल लिये एक मुसलमान लौंडी और खोजा ईरानी युवक के पास आये। उन्होंने कहा, "बेगम साहिबा ने आपका सलाम कबूल किया है और आपके लिए पान भेजा है। वे जानना चाहती हैं कि आपके साथ यह काफिर फकीर कौन हैं?"

"मैं इस नजरे-इनायत के लिए बेगम साहिबा का शुक्रगुजार हूँ। मेरे साथ ये बनारस के बहुत बड़े आलिम दरवेश हैं, जिन्हें आज बादशाह के रूबरू पेश होने की इजाजत मिल चुकी है। ये दीवाने-खास जा रहे हैं।" ईरानी युवक ने जवाब दिया और फिर पूछा, "बेगम साहिबा की सवारी किधर तशरीफ ले जा रही है?"

"वे अपने अजीज बिरादर औरंगजेब से मिलने उनके महल जा रही हैं। औरंगजेब कल ही बुन्देलखण्ड से लौटे हैं और शायद हफ्ते भर बाद फिर लौट जाएँ। क्योंकि अभी ओरछा पर फतह हासिल नहीं हो पायी है।"

सवारी का लवाजमा गुजर चुका था। ईरानी सरदार ने बताया कि बेगम रोशनआरा, बादशाह की दूसरी पुत्री, औरंगजेब से मिलने जा रही हैं। औरंगजेब को बादशाह ने इन दिनों बुन्देलखण्ड पर चढ़ाई करने सेनापति बनाकर भेजा है, पर वे बराये-नाम सिपहसालार हैं। असली सिपहसालार तो बादशाह के साले शायेस्ता खाँ हैं, जो वकील आसफ खाँ के फरजन्द हैं। मुझे इतना तो अनुमान उसी समय हो गया कि रोशनआरा बेगम अशिष्ट भी है, पर ईरानी सरदार के प्रति उसकी मेहरबानी के राज का पता नहीं चल पाया। बरसों बाद सरदार के मुंशी ने मुझे बताया था कि कई दिनों तक रोशनआरा बेगम, सरदार पर डोरे डालती रही है, पर इस पवित्र चरित्र के ईरानी पर उसके प्रलोभनों का कोई प्रभाव न पड़ा और बाद में वह इस पर नाराज हो गयी, पर दारा और जहाँआरा बेगम

का विश्वासपात्र होने के कारण कुछ भी नहीं बिगाड़ पायी। रोशनआरा बेगम उस विषादान्त नाटक की प्रमुख कृत्या है, जिसकी कथा मैं सुनाने जा रहा हूँ। हिन्दुओं से उसे सख्त नफरत है। वासना की साकार मूर्ति रोशनआरा उस तपस्विनी बहिन और सन्त बड़े भाई की पता नहीं क्यों, जानी दुश्मन बन बैठी। उसने दारा को तख्तनशीन न होने देने पर और जहाँआरा की पवित्रता पर निन्दा के गन्दे छींटे उलींचने की हर कोशिश की थी। अपने महल में नीचे सिपाहियों और अहदियों तक को छिपाये रहती और एक बार तो शाहजहाँ ने खुद दो मर्दों को उसके महल में पा सजा दी थी, और बेगम को अपनी नाजायज हरकतों से बाज आने की सख्त हिदायत दी थी। लोगों में तो यह भी चर्चा थी कि शायेस्ता खाँ और एक पठान मनसबदार खलीलउल्ला खाँ से भी उसके सम्बन्ध हैं और इन सम्बन्धों को उसने राजनीति में इस्तेमाल कर दारा को शिकस्त देने में मजबूत मोहरे बनाया है। औरंगजेब के सम्राट बन जाने पर अब वह वही रुतबा हासिल कर लेना चाहती है, जो शाहजहाँ के जमाने में जहाँआरा बेगम का था। पर वाह रे औरंगजेब, रोशनआरा की आशा पूरी तरह फलीभूत न हो सकी। वह समझती है कि औरंगजेब के तख्तनशीन होते ही एक ओर हुकूमत की बागडोर उसके हाथ में होगी तो दूसरी ओर उसकी वासना की निर्बाध पूर्ति हो सकेगी। तभी तो उसने अपनी मर्जी से किले में कैद बड़ी बहिन के शहर के बाहर बने महल को माँगा था, जिससे लौंडियों और खोजों की मदद से वह अपना मर्दों का हरम पाल सके। पर औरंगजेब ने आखिर उसकी मंशा ताड़ ही ली और टके-सा जबाव दे दिया। सुना है, फिर भी उसकी हरकतें चालू हैं। मेरा विश्वास है कि रोशनआरा की यही दुश्चरित्रता उसे एक दिन ले डूबेगी और अपने प्यारे भाई के हाथों ही उसे दण्ड भुगतना पड़ेगा। औरंगजेब महलसरा की इन नाजायज हरकतों को कभी बर्दाश्त नहीं करेगा।

तो, उस दिन यही रोशनआरा औरंगजेब से मिलने जा रही थी और उसके खोजे और सिपाही जनता को कीड़े-मकोड़ों की तरह पैरों तले रौंदते, पशुओं की तरह मारते-पीटते जा रहे थे जिसका शिकार ईरानी सरदार के दो सेवकों को भी बनना पड़ा था। मैं सोचने लगा, जिस बादशाह की पुत्री के अपने नौकरों की इतनी नीच हरकतें हैं, वह आचार्य की फरियाद कहाँ तक सुनेगा, क्योंकि इनके समस्त गर्व और शक्ति का पुंजीभूत स्रोत तो वही है ना? वह क्या सचमुच रोशनआरा से अधिक अशिष्ट, क्रूर और उद्दण्ड होगा? ऐसी स्थिति में क्या आचार्य का वहाँ जाना वाजिब है? मैं सोचता चला जा रहा था, मेरा मन कसमसा रहा था, प्रजा की निरीह अवस्था पर मुझे करुणा और क्रोध दोनों आ रहे थे, मैं

अन्दर-ही-अन्दर घुट रहा था क्योंकि आचार्य के समक्ष अपने मनोभावों को प्रकट करने का अवसर भी तो नहीं रह गया था।

मेरे मानस में द्वन्द्व चल रहा था। हम किले के पास उस मैदान में आ पहुँचे थे, जो झरोखे और यमुना के बीच पड़ता था। यमुना के इस पार विशाल बालुकामय प्रदेश था, जहाँ राजकुमारों, अमीर-उमरावों, मनसबदारों और अहदियों तथा सामान्य प्रजाजनों की भीड़ लगी थी। हम भी पालकी से उतर पड़े थे। पश्चिमाभिमुख होते ही हमने ऊपर झरोखे पर प्रजा को दर्शन देने के लिए पूर्वाभिमुख हो बैठे उस व्यक्ति को देखा जो इस दुनिया में 'साया-ए-खुदा' (ईश्वर की छाया) माना जाता था। उसकी जरी की पगड़ी के पट्टे में जड़े हीरे-जवाहरात पर प्रातःकालीन सूर्य की किरणें गिर रही थीं और उनकी चमक इतनी तेज थी कि उसके मुखमण्डल के इर्द-गिर्द एक प्रभापूर्ण परिवेश-मण्डल फैल गया था। मैंने उधर देखा, पर चमक से आँखें चौंधिया-सी गयीं। दुबारा आँखें उठाकर मैंने एक झलक लेनी चाही। गेहुएँ रंग का एक तेजस्वी प्रौढ़ व्यक्ति सामने झरोखे पर बैठा था। वक्ष पर उसकी घनी काली दाढ़ी लटक रही थी। श्वेत रेशमी कंचुक पर तीन लड़ी मोतियों की विशाल माला और बीच में घनी काली दाढ़ी, जैसे शारदीय मेघ पर आकाशगंगा की दो धाराएँ विभक्त हो रही हों और उसके बीच एक काले बादल की छोटी-सी टुकड़ी लहरा उठी हो। प्रजा को झरोखे से दर्शन देता यह व्यक्ति सामने लड़ते दो हाथियों के द्वन्द्व युद्ध का भी आनन्द ले रहा था। यही बादशाह शाहजहाँ था। मेरे मन का द्वन्द्व समाप्त नहीं हो पाया, पर इस आकृति का सौम्य रूप देख मुझे अपने सन्देह के पराजित होने का अहसास होने लगा।

झरोखे के सामने दूर दो मस्त हाथी लड़ रहे थे। सूँड़ उठाये ये चिंग्घाड़ रहे थे। उन्होंने बीच की कच्ची मिट्टी के अग्गड़ को ढहा दिया और दाँत भिड़ाये वे पिल पड़े। हाथों में अंकुश और तेज भाले लिये दो-दो महावत दोनों पर सवार थे और उसके साथ भाले, चर्खियाँ और आतिशबाजी लिये पैदल महावत अलग। अग्रपाद उठाये महाकाय हाथी सामने के हाथी पर झपट रहा था और उस पर इस जोर से आक्रमण कर रहा था कि उसके पीछे बैठा भालेवाला महावत अपने आपको सँभाल न सका और धराशायी हो गया। उस ओर का हाथी भी क्रुद्ध हो उठा, उसने बढ़कर इसकी चुनौती स्वीकार की और इतना खदेड़ा कि धराशायी महावत उठने से पहले ही कुचल दिया गया। कोलाहल मच गया। उधर का हाथी भारी पड़ रहा था। यह हाथी भाग खड़ा हुआ। बिगड़ा हाथी उसका पीछा करते दौड़ा। महावतों द्वारा सँभलता न देख आतिशबाजी और चर्खियोंवाले दौड़ पड़े।

चर्खियों की आवाज और लपटों से किसी तरह उस मदद्विप का क्रोध शान्त हो पाया। बादशाह का यह मनोरंजन बहुत महँगा पड़ा। एक बहुमूल्य मानव-जीवन लुट गया।

इसके बाद एक मनसबदार का रिसाला निकला। स्याह घोड़े पर सवार एक वीर युवक, जिसके पीछे लगभग ढाई-तीन हजार घुड़सवार अनुशासित ढंग से कतार बाँधे बढ़ रहे थे। झरोखे के नीचे पहुँच वे बादशाह को सलामी देते आगे जा रहे थे। वे सभी वीर तेजस्वी थे और हिन्दू जान पड़ते थे क्योंकि मुसलमानों की तरह उनके दाढ़ी नहीं थी। ईरानी युवक ने बताया कि ये बूँदी के हाड़ा राव छत्रसाल हैं। बाद में तो राव छत्रसाल और उनके राजगुरु से मेरी घनिष्ठता भी हो गयी। बादशाह के सामने सलामी हो चुकने पर सामने खड़े राय मुकुन्ददास ने गुरुवर को इशारा किया। उन्होंने आगे बढ़ बादशाह की स्वस्ति की कामना करते आशीर्वाद दिया। बादशाह ने आदेश दिया कि उन्हें दीवाने-आम में पेश किया जाय। घड़ी भर बाद ही बादशाह झरोखे से उठ गये और मुकुन्ददास के साथ हम लोग भी दीवाने-आम में दाखिल हुए।

लाल पत्थर की बहुत बड़ी इमारत को देख मैं चमत्कृत हो उठा। विशाल चालीस खम्भों पर टिकी यह इमारत तीन ओर से खुली थी। हमारे सम्मुख दीवाने-आम की फर्श से ऊपर उठा एक विशाल छज्जा सामने की दीवार से बाहर निकला था। लाल पत्थरों की इमारत के बीच दुग्धधवल संगमरमर का छज्जा कई चमकते रत्नों से जड़ा था और इसके किनारों पर सुन्दर बेलबूटे कढ़े थे जिन्हें काले रंग के संगमूसा में तराशा गया था। इसके सभी खम्भे जरी के वस्त्रों से ढँके थे। छत पर कई झाड़फानूस लटक रहे थे। यहाँ के जनसम्मर्द को देख मैं चौंक पड़ा। पर यह भीड़ कितनी नियन्त्रित थी। सभी लोग अनुशासित ढंग से खड़े थे। अहदी, कमानची, बन्दूकची और साधारण सेवकों की कतारों के बीच के पत्थर-जड़े मार्ग से हम बढ़ रहे थे। आगे-आगे राय मुकुन्ददास, तब गुरुवर और फिर मैं। हम लकड़ी के ख़म्भों के उस अहाते के अन्दर थे, जिसकी हदबन्दी लाल लाख के पुते दण्डों से की गयी थी और उस ओर सामने बढ़ रहे थे, जहाँ चाँदी के खम्भे का चौखट शुरू हो रहा था। इस चौखट में कई मनसबदार खड़े थे। क्रमबद्ध मनसबदार अपने पद और मान-मर्यादा के अनुसार खड़े थे। चाँदी का चौखट पार कर ऊपर चढ़ अब हम भी मनसबदारों के बीच से गुजर रहे थे। सभी मनसबदारों की पोशाक समान होने पर भी उनकी पगड़ी की सजावट और गले के आभूषणों की चमक-दमक का तारतमिक अन्तर उनकी मान-मर्यादा का भेद स्पष्ट कर रहा था।

सामने संगमरमरी छज्जे के दोनों ओर दीवार से पीठ लगाये कुछ और लोग

खड़े थे। छज्जे के बायीं ओर हमने अनेक झण्डे, सोने-चाँदी के पंजे और पशुओं की आकृतियाँ, मछली, अजदहा और शेर देखे। मैं समझ नहीं पाया कि ये क्या है। धीरे-धीरे मुगल दरबार की मर्यादा से अभ्यस्त होने पर पता चला कि ये झण्डा बरदार या कोरची हैं, जो मुग़ल सल्तनत के निशान लिये हैं। इसी तरह के दो पंजे और एक सोने की मछली (माही-मरातिब) तो बाद में शाहजहाँ ने प्रसन्न हो राव छत्रसाल को दी थी। छज्जे के दायें-बायें मैंने कई मुसाहबों को खड़े पाया। वजीर, दीवान, मीरबख्शी और मीर सामान तथा उनके नायब। दाहिनी ओर बादशाह के धर्मार्थ और न्याय के मुख्य दीवान सदर-उल-सुदूर (धर्माध्यक्ष) मूसवी खाँ खड़े थे, सफेद दाढ़ी वाले गौरवर्ण वयोवृद्ध। इनका नाम मुझे बाद में पता चला। इन्हीं से सटे एक और वयोवृद्ध व्यक्ति थे, वार्धक्य के कारण इनकी कमर धनुष-सी झुकी थी। पास खड़े सभी लोग इन्हें विशेष समादर दे रहे थे। ये दीवाने-कुल मुल्ला अफजल खाँ शीराजी थे। बादशाह इन्हें बहुत आदर देते हैं। और ये कुशल प्रशासक ही नहीं, दर्शन-शास्त्र के विद्वान् भी हैं, ऐसा मुझे राव छत्रसाल के राजगुरु ने बताया था। लोग इन्हें 'सिकन्दर का वजीर अफलातून' कहा करते थे। बाद में इनके पेशकार नागर ब्राह्मण दिनायत राय से मेरी अच्छी पटने लगी थी, किन्तु तब तक अफजल खाँ खुदा के प्यारे हो गये थे। हमें राय मुकुन्ददास ने एक खम्भे के पास खड़ा कर दिया। गुरुवर ने यहाँ खड़े दो व्यक्तियों को पहचान लिया। पता चला कि ये दोनों भाषा के कवि हैं—कविराय सुन्दरदास और कवि बिहारीलाल। उधर पास के खम्भे से सटे तीन मनसबदार खड़े थे, एक प्रौढ़ व्यक्ति के बाद दो युवक। बीच वाला व्यक्ति वही सुबह वाला राव छत्रसाल था। शेष दो व्यक्तियों के नाम गजसिंह और जयसिंह बताये गये। बिहारीलाल ने बताया था कि गजसिंह जोधपुर के राजा हैं और सबसे बड़े हिन्दू मनसबदार हैं, चारहजारी मनसबदार। छत्रसाल और जयसिंह तीनहजारी मरसबदार हैं। जयसिंह आँबेर के प्रसिद्ध राजा मान के वंशज हैं।

दीवाने-आम में हलचल मच गयी। नकीब चोबदार की आवाज सारे माहौल में गूँज उठी 'बाआदब, बामुलाहिजा होशियार, सरताजे हिन्द आफताबे-मुगलिया अब्दुल मुजफ्फर शिबाहुद्दीन मुहम्मद साहिब किरानसानी बहादुर दीवाने-आम में तशरीफ ला रहे हैं।'

जहाँगीर का द्वितीय पुत्र खुर्रम अब्दुल मुजफ्फर शिहाबुद्दीन मुहम्मद के नाम से खुतबा पढ़वाकर गद्दी पर बैठा था, पर जनता में उनका छोटा नाम शाहजहाँ ज्यादा प्रसिद्ध है। मैंने देखा ऊपर छज्जे पर प्रवेश कर उसी पूर्वपरिचित आकृति ने रत्न-जटित सिंहासन को अलंकृत किया और उसके इर्द-गिर्द तीन राजकुमार

खड़े हो गये। बादशाह के आते ही दीवाने-आम का वातावरण स्तब्ध हो गया। सभी उपस्थित लोग दोनों हाथों को एक-दूसरे पर सटाये दरबारी मुद्रा में खड़े हो गये। हम लोगों ने भी अनुकरण किया। मीर बख्शी ने राय मुकुन्ददास की अर्जी पेश की। बादशाह ने उन्हें एकहजारी मनसब प्रदान करने का आदेश दिया। राय मुकुन्ददास को बादशाह के रूबरू पेश किया गया। वे जीने के नीचे तक पहुँचकर चहार तसलीम कर रहे थे। उन्होंने झुककर ललाट, आँखें और दोनों बाजू हाथों से छुए। सुना था, कि शाहजहाँ से पहले दरबार में तसलीम करने का ढंग दूसरा था। लोग घुटनों पर बैठकर सिज्दा करते थे। शाहजहाँ ने बाद में इसे हटाकर जमीनबोशी अर्थात् जमीन को झुककर चूमने की परम्परा चलायी। पर इन दोनों ही परम्पराओं को अनुचित मानकर अब यह नयी परम्परा चला दी थी। हमें चहार तसलीम भी नहीं करना पड़ा, केवल दोनों हाथ उठाकर हमने बादशाह को स्वस्ति की कामना की, क्योंकि विद्वानों और कवियों के लिए अब यह परम्परा स्वीकृत थी। राय मुकुन्ददास को एक हजारी मनसब देते समय सरोपा भी दिया गया।

सद्रुस-सुदूर ने आचार्य को और मुझे बादशाह के सामने पेश करते कहा, "आलीजाह, ये बनारस के मशहूर आलिम और दरवेश कवीन्द्राचार्य हैं और इनके साथ इनके शागिर्द जगन्नाथ हैं।" बादशाह ने हमारी ओर नजर डाली। हमने उन्हें आशीर्वाद दिया और गुरुवर का संकेत पा मैंने उनकी प्रशंसा में निर्मित पद्य पढ़ना आरम्भ कर दिया :

माहात्म्यस्य परोऽवधिर्निजगृहं गम्भीरतायाः पिता
रत्नानामहमेक एव भुवने को वापरो मादृशः।
इत्येवं परिचिन्त्य मा स्म सहसा गर्वान्धकारं गमो
दुग्धाब्धे भवता समो विजयते दिल्लीधरावल्लभः ॥

(ए दूध के समन्दर, यह सोचकर तू एकाएक घमण्ड के अँधेरे में न फँस जाना कि इस दुनिया में बड़प्पन की आखरी हद, संजीदगी का मुकाम और हीरे जवाहरात का वालिद अकेला तू ही है और तेरे बराबर कोई दूसरा है ही नहीं, क्योंकि तेरे ही जैसा दिल्ली का बादशाह भी तो दुनिया में रोशन हो रहा है।)

सस्वर श्लोक पढ़ मैंने हिन्दवी में स्पष्ट किया। बादशाह मुस्कराये और मनसबदारों ने एक स्वर में मेरी रचना की प्रशंसा गुँजा दी-'मुकररेर्शाद, मुकररेर्शाद।' मैंने फिर से पद्य को सुनाया और बादशाह से सद्रुस्-सुदूर को कुछ इशारा किया। तब धर्माध्यक्ष ने बादशाह से अर्ज किया कि कवीन्द्राचार्य अपनी फरियाद लिये

आये हैं। बादशाह का संकेत पा आचार्य ने कहा, "आलीजाह, मैं आपकी खिदमत में कुछ गुजारिश करने आया हूँ। आप जैसे बुलन्द बादशाह की हुकूमत में हिन्दोस्तान की रियाया को सुख-चैन न मिले तो कब मिलेगा? हुजूर के इकबाल के आगे भी हिन्दोस्तान की प्रजा दुःखी रहे, यह कैसी अजीब बात है। क्या आफताब की मौजूदगी में भी अँधेरा बने रहने की हिमाकत करता रहेगा? मैं सिर्फ रियाया के दुःख-दर्द के बारे में एक छोटी-सी दरख्वास्त पेश करना चाहता हूँ।" बादशाह ने हुक्म दिया कि इन्हें दीवाने-खास में पेश किया जाय, जहाँ बादशाह इनकी दरख्वास्त सुनना चाहेंगे।

और दो घड़ी तक अन्य राज-काज होता रहा। राज-काज से निवृत्त हो बादशाह दीवाने-आम से उठ गये। लोगों ने फुसफसाया—हुजूर गुस्लखाने में तशरीफ ले जा रहे हैं। दीवाने खास को गुस्लखाना भी कहा जाता था। गुस्लखाने की झाँकी का फिर कभी वर्णन करूँगा। राय मुकुन्ददास हमें ले दीवाने-खास में दाखिल हुए। एक विशाल कक्ष में हम थे। उसके सामने की दीवार के बीच सोने का सिंहासन था। सिंहासन के दायें-बायें सुनहरे जरी के पर्दे झिलमिला रहे थे। इनके पीछे बेगमें आकर बैठती थीं। गुस्ल के पीछे बादशाह के अन्तःपुर की ओर जाने का मार्ग था। सभी मान्य मनसबदार, वजीर, दीवान, कवि और संगीतज्ञ यहाँ थे। बादशाह प्रतिदिन लगभग चार घड़ी यहाँ परामर्श करते। हमारे पहुँचने पर कुछ ही पलों बाद बादशाह पधारे और कुछ महत्त्वपूर्ण कागजात उनके सामने पेश किये जाने लगे। एक बुजुर्ग व्यक्ति किसी नक्शे को फैलाकर बादशाह को दिखाने लगा। बादशाह गौर से देख रहे थे। उन्होंने नक्शे में कुछ रद्दोबदल सुझाये जिसे उस व्यक्ति ने सिर झुका स्वीकार कर लिया। पता चला कि बादशाह अपनी प्यारी बेगम के मजार का नक्शा देख रहे थे और ये व्यक्ति दारोगाए-इमारत थे। तब बादशाह ने बुन्देलखण्ड की चढ़ाई के बारे में कुछ सवाल पूछे। दीवाने-कुल ने बताया कि शाहजादा औरंगजेब हफ्ते भर के लिए आराम करने लौटे हैं। शायेस्ता खाँ बुन्देलखण्ड में ही फौज के साथ पड़े हैं। जुझार सिंह के सिपाही शाही फौज से तीन बार शिकस्त खा चुके हैं। पर वह बागी राजपूत नहीं पकड़ा जा सका है। कहते हैं वह घने जंगलों में भाग गया है पर सुना है, चौरागढ़ के पास ही पहाड़ियों में उसने फिर कुछ राजपूत जुटा लिये हैं।

"जुझार सिंह गद्दार है। मैंने दो बार कविराय सुन्दरदास को उसे समझाने भेजा था। वकील आसफ खाँ ने बीच-बचाव किया, नहीं तो उसका फन उसी वक्त कुचल दिया जाता। क्यों, कविराय?" बादशाह ने मेरे पास खड़े कविराय से प्रश्न किया।

"हाँ आलीजाह, मैंने उसे बड़ा समझाया। उस बार उसने हुजूर की मेहरबानी हासिल भी कर ली थी। पर पता नहीं उसका सिर क्यों फिर गया है?"

"वह कुत्ते की दुम है, टेढ़ी। इस बार मैं उसे हमेशा-हमेशा के लिए नसीहत देना चाहता हूँ। अफजल खाँ, सिपहसालार शायेस्ता खाँ और शाहजादा औरंगजेब को हुक्म भेज दें कि जुझार सिंह का तब तक पीछा न छोड़े जब तक उसे जिन्दा या मरा मेरे सामने हाजिर न कर दिया जाय। इस तरह के बागी के लिए सजाए-मौत के अलावा और कोई सजा हो ही नहीं सकती।"

"जो हुक्म, आलीजाह।" वजीर ने हुक्म कबूल किया।

"और सुनें, उन्हें बता दिया जाय कि चौरागढ़ के आसपास के जंगलों को घेर लिया जाय। चौरागढ़ पर कब्जा करने के बाद किले को मिट्टी में मिला दिया जाय और उस नामाकूल के सिर को दरबार में पेश किया जाय।"

कुछ तीतरों और बटेरों का निरीक्षण कर लेने के बाद बादशाह ने आचार्य की ओर नजर डाली।

"तो, अब आप अपनी दरख्वास्त पेश कर सकते हैं। बनारस से यहाँ तक आने की तकलीफ आपने क्यों उठायी है?" बादशाह ने सवाल किया।

"हुजूर, जैसा कि अर्ज कर चुका हूँ, मुझे अपने दुःख-दर्द के बारे में कुछ नहीं कहना है। बनारस और इलाहाबाद की हिन्दू रियाया ने मुझे अपना नुमाइन्दा बनाकर बनारस से यहाँ भेजा है ताकि मैं बादशाह का ध्यान उनके दुःख-दर्द की ओर दिला सकूँ। आप हिन्दुस्तान के सरपरस्त हैं और इस दुनिया में खुदा के प्रतिनिधि हैं। खुदा की तरह आपके लिए सारी रियाया एक-सी है। हिन्दू और मुसलमान दोनों आपकी आँखें हैं।"

"आप ठीक कह रहे हैं। हमने रियाया में हिन्दू और मुसलमान का फर्क कभी नहीं समझा। हमारे दरबार में कई हिन्दू मनसबदार और कवि पण्डित मौजूद हैं।"

"पर हुजूर, आपके इस इन्साफपसन्द नजरिये को दूसरे हाकिम-हुक्काम नहीं समझ पाते और वे आलीजाह के हुक्मों का नाजायज ढंग से इस्तेमाल कर रहे हैं।"

"हमारा हुक्म कौन ऐसा है, जिसका गलत ढंग से इस्तेमाल हो रहा है? हमने नये मन्दिर न बनवाये जाने का फर्मान निकाला था। पर उसका मतलब सिर्फ इतना था कि पुराने मन्दिरों की पूजा में रोक-टोक न हो और इतने नये मन्दिर न बनाये जाएँ कि उनकी पूजा का इन्तजाम करना तक मुश्किल हो जाय। माबदौलत खुद ऐसे सैकड़ों मन्दिरों की खोज-खबर नहीं लेता है। अपने धरम के मुताबिक पूजा-इबादत करने की आजादी में हमने कब दखलन्दाजी की है?"

"हुजूर तो कोई दखलन्दाजी नहीं करना चाहते, पर इलाहाबाद के सूबेदार और बनारस के फौजदार ने हिन्दुओं पर कयामत बरपा कर रखी है। हुजूर के फर्मान की आड़ ले उन्होंने कुछ पुराने मन्दिरों को भी तोड़ डाला है और यह

महसूल वसूली तो हामरे लिए जानलेवा साबित हो रही है।"

"पर महसूल वसूली का मसला तो सल्तनत के खजाने से ताल्लुक रखता है। हुकूमत के लिए हमें पैसा चाहिए। इसे आप लोग मजहबी शक्ल क्यों दे रहे हैं?"

"नहीं हुजूर, हम नहीं, मुसलमान हाकिम ही इसे मजहबी शक्ल दे रहे हैं। इतना ही नहीं, यात्रियों से अन्धाधुन्ध यात्रा-कर की वसूली की जाती है। हर शख्स से बार-बार वसूली की जा रही है और इस वसूली का दहाई हिस्सा भी तो हुजूर के खजाने में नहीं पहुँच पाता। सिपाही और कोतवाल, फौजदार और सूबेदार मनमानी वसूली कर बेइन्तहा मालामाल हो रहे हैं, क्या हुजूर को यह सब मालूम है?"

"क्यों वजीर, क्या ये पण्डित सच्च कह रहे हैं?"

"मैं इसका पता चलाऊँगा, अगर ऐसा है तो सचमुच बहुत ज्यादती हो रही है।" वजीर ने कहा।

"इतना ही नहीं हुजूर। इस बार संगम पर अर्धकुम्भ के मेले में स्नान करने आये यात्रियों पर जो अत्याचार हुआ है उसे कहने में तो मेरी जीभ भी काँप रही है। चिउँटियों की तरह हिन्दू मर्द-औरत, बच्चे-बूढ़े कुचल दिये गये और इलाहाबाद के सूबेदार ने वह कत्लेआम किया कि संगम का पानी भी लाल हो उठा।"

"क्या यह सच है? क्यों वजीर, क्या इसकी कोई खबर इलाहाबाद से आयी है?"

"नहीं, आलीजाह! इतनी खबर जरूर आ चुकी है कि इलाके के कुछ देहातियों ने बलवा किया था उसे फौरन दबा दिया गया, कुछ देहातियों को मामूली-सी चोटें आयीं और लगभग एक दर्जन लोग गिरफ्तार कर लिये गये।" वजीर ने कहा।

"अगर हुजूर इजाजत दें तो मैं कहूँगा कि इलाहाबाद के सूबेदार ने पूरी खबर नहीं भेजी है। हुजूर खुद तफ्तीश करवा सकते हैं। बनारस के फौजदार और इलाहाबाद के सूबेदार के जुल्मों से रियाया परेशान हो चुकी है। उस दिन क्या हुआ, अगर यही जानना चाहते हों, तो मैं वाकया सुनाने को तैयार हूँ।"

"ठीक है।"

"मकर संक्रान्ति के नहान के दिन लाखों लोग संगम के किनारे जुटे थे। पिछले तीन दिन से बार-बार वसूली की जा रही थी। एक बार सवा छः रुपया दे देने पर भी कोतवाल के सिपाही बार-बार वसूली कर रहे थे। गरीब रियाया के भाँड़े-बासन, क़म्बल-कपड़े तक छीन लिये गये, पर वसूली चलती रही। जब जनता बार-बार यात्रा-कर देते परेशान हो गयी तो उसने और वसूली किये जाने

पर एतराज किया। एतराज करने वाले लोगों को मारा-पीटा गया। सिपाहियों ने औरतों को घसीटना शुरू किया और कुछ गुण्डे सिपाहियों ने औरतों की इज्जत भी लूटना चाहा। औरतों की इज्जत लुटते देख कुछ हिन्दू नाराज हो गये, उन्होंने बेशक सिपाहियों का मुकाबला करने की ठानी। पर आलीजाह, उनके पास इसके सिवा कोई चारा भी तो नहीं था।"

"तब क्या हुआ?"

"तब बार-बार वसूली करती सिपाहियों की टुकड़ी को उन्होंने मार भगाया। उसके बाद क्या हुआ, यह कहने में मेरा दिल फट रहा है, आँखों में आँसू भर आते हैं। मैं क्या कहूँ! अकबर महान के योग्य वंशज के राज्य में उन मासूम हिन्दुओं पर जो गुजरी उसे मैं कहते काँप रहा हूँ। मुझे यकीन नहीं हो पाता कि आपके बुलन्द इकबाल के सामने ये नाचीज हाकिम यह भी हिमाकत कर सकेंगे। तब, तब हुजूर, इलाहाबाद का कोतवाल पूरी फौज लिये चला आया। इलाहाबाद के शहर में तैनात आठों हजार घुड़सवार दौड़ पड़े। घोड़ों की टापों से रियाया कुचल दी गयी। नेजों ने हिन्दुओं के सिरों को कच्ची मिट्टी के घड़ों की तरह फोड़ डाला। गाजर-मूली की तरह तलवारें इन्सान को काटती रहीं। मासूम बच्चों को चौगान के गेंद की तरह मैदान में फेंक दिया गया, कई को आसमान में उछाल दिया गया और वापस गिरते उनके कोमल शरीरों को भाले की तेज नोंक पर तोल बींध दिया गया। रोने-कलपने की आवाज संगम की लहरों से जा टकरायीं। औरतों की इज्जत पर हमला करने सिपाही दरिन्दों की तरह टूट पड़े। पर उनसे जान बचाने वे गंगा में कूद पड़ी होंगी। इन्सान को इन्सान पर कहर ढाते देख गंगा और यमुना भी रो पड़ीं और दो घड़ी में ही सारा किनारा लाशों से पट गया। टूटे हाथ, कुचले सिर, फैली अँतड़ियाँ और छटपटाते धड़ों से मैदान भी कराहने लगा। मैं सिर्फ इतना जानना चाहता हूँ कि ये हाकिम-हुक्काम बादशाह को बदनाम करने पर क्यों तुले हुए हैं? एक इन्साफपसन्द बादशाह से इस तरह के लोगों को कभी भी शह नहीं मिल सकती। मुझे यकीन ही नहीं हो सकता कि इस तरह के जुल्म में एक फीसदी भी बादशाह का हाथ हो सकता है।"

मैं देख रहा था कि आचार्य दुःखी स्वर में यह सब कहे जा रहे थे और हिन्दू-मुसल्मान का भेद भुलाये सभी मनसबदारों की आँखों में आँसू छलछला आये थे। बादशाह के रजतसूक्ति-से नेत्रों में भी दो पानीदार मोती चमक उठे थे। उनके पास खड़ा एक राजकुमार सुबक रहा था। उसके गालों पर अविरल अश्रुप्रवाह बह रहा था। पास ही खड़े दूसरे राजकुमार की आँखें भी छलछला आयी थीं। ये सम्भवतः शाहजादा दाराशुकोह और शाहजादा शुजा थे। उधर जरी के सुनहरे पर्दे

के पीछे भी रोने-सिसकने की आवाज सुनाई पड़ी। एक रोती आवाज चीख पड़ी, "हुजूर आलीजाह, यह आखिर हो क्या रहा है? इस जुल्म को तुरन्त रुकवा दिया जाय।"

इस चीख को सुनते ही बादशाह काँप उठे, "हाँ, पादशाह बेगम, यही होगा।" उन्होंने वजीर की ओर मुखातिब हो कहा, "वजीर, सूबेदार को इस ज्यादती के बारे में जवाब तलब किया जाय।"

वे अब दुःखी नजरें आचार्य पर डाल बोले, "पण्डित, हमें सख्त अफसोस है कि हमारी अजीज रियाया पर यह सब गुजरा है।"

"पर हुजूर, यह तो हमेशा गुजरता रहेगा। जब तक महसूल वसूली रहेगी, ये वारदातें होती रहेंगी।" आचार्य ने कहा।

"पण्डित ठीक कहते हैं आलीजाह!" सुबकते बड़े राजकुमार का मत था। "हुजूर आलीजाह, इस महसूल की वसूली ही सारे झगड़े की जड़ है। इसे हटाने पर ही रियाया की खोयी खुशी लौट सकेगी।" पर्दे के पीछे से वही स्वर उभरा।

"ठीक है, बादशाह बेगम, हम वसूली बन्द करने का फर्मान निकाल देंगे। लाओ, हमारी मुहर कहाँ है? वजीर, फर्मान जारी कर दिया जाय कि हिन्दू तीर्थों के यात्रियों से कोई महसूल वसूली न की जाय। अब तो आप खुश हैं, पण्डित?"

यात्रा-कर की वसूली बन्द करने का फर्मान जारी कर बादशाह अब वजीर से कह रहे थे, "सूबेदार हैदरबेग को हुक्म दे दें कि इस जुल्म के लिए जो भी जिम्मेदार हों उन सभी हाकिमों को तुरन्त कैद कर आगरा भेज दिया जाय ताकि इन्साफ किया जा सके और संगम की वारदात में गिरफ्तार सभी हिन्दुओं को तुरन्त रिहा कर दिया जाए। इस फर्मान और हुक्म के साथ आज ही इलाहाबाद के लिए हरकारा रवाना कर दिया जाय।"

5

सारे देश में खुशी की लहर दौड़ पड़ी। नया वर्ष नये उल्लास की उमंग लिये आया। शाही फरमान ने नये वर्ष के तोहफे के रूप में प्रजा को यात्रा-कर से मुक्ति दे दी थी। शाहंशाह के आग्रह पर गुरुवर को शाही मेहमान के रूप में तीन-चार महीने आगरा में और रुकना पड़ा। बुन्देलखण्ड के मसले पर विचार-विमर्श के लिए वकील आसफ खाँ को भी लाहौर से तलब कर लिया गया था। उनका भी आग्रह था। कई दिनों तक गुरुवर की अमीरों और हिन्दू

राजाओं के यहाँ मेहमाननवाजी होती रही। सप्ताह में एक दिन उनको दीवाने-खास में उपस्थित होना पड़ता। बादशाह और उनका ज्येष्ठ पुत्र हिन्दू धर्म और संस्कृति पर उनके प्रवचन सुनते और अपनी जिज्ञासाएँ उनके समक्ष रखते। बड़ी नफीस हिन्दवी में गुरुवर जटिल-से-जटिल प्रश्न को सुलझा देते और बिना किसी धार्मिक असहिष्णुता के श्रोताओं के मन पर भारतीय दर्शन की महत्ता की छाप अंकित कर देते। शास्त्रचिन्तन के साथ-साथ काव्य-विनोद भी चलता रहता। कविवर सुन्दरदास और कवि बिहारीलाल अपना जौहर दिखाते और गुरुवर भी कभी-कभी स्वनिर्मित कवित्त सवैये सुनाकर बादशाह से वाहवाही प्राप्त कर लेते। दीवाने-खास का वातावरण कई बार ध्रुपद के आलाप, मृदंगों की ताल, वीणा की मूर्च्छना और मणिनूपुरों की झंकार के सागर में डूब जाता और उस अतीन्द्रिय रसलोक में पहुँच बादशाह और रियाया का भेद भुलाये सारे श्रोता एकाकार हो जाते।

खश के मोटे पर्दों की एकान्त दुनिया में आगरा की अजहद गरमी को गुजार गुरुवर वाराणसी को प्रस्थान करना चाहते थे। शाही मेहमान होने की वजह से वे बादशाह की इजाजत के बगैर आगरा नहीं छोड़ सकते थे। बड़ी मिन्नतों के बाद बादशाह ने उन्हें रुखसत दी, पर इस वादे के साथ कि वे हर साल एक आध महीने के लिए आगरा जरूर तशरीफ लाएँगे। और जब हम वाराणसी लौटे तो हर पड़ाव पर शाही हाकिमों ने हमारी खतिर-तवज्जह की। हमारी हिफाजत का पूरा बन्दोबस्त किया गया था। साथ में वे पाँच हाथी और ग्यारह घोड़े भी थे, जो बादशाह ने गुरुवर को भेंट किये थे। गुरुवर को अब शाही आश्रय मिल चुका था। बादशाह ने खुश होकर उन्हें दो करोड़ दाम की माफी अता की थी, और सैकड़ों अमीरों और राजाओं ने उन्हें वस्त्राभूषणों और मणिमुक्ताओं से लदबद दिया था। मुझे भी पर्याप्त भेंट बादशाह और राजाओं से प्राप्त हुई थी। इटावा के पड़ाव तक हमें पहुँचाने हाड़ा राजा राव छत्रसाल स्वयं सौ सरदारों की टुकड़ी लेकर आये थे।

आषाढ़ के पहले बादल और बरसात की मंगल फुहारों के साथ हम विश्वनाथ की नगरी के परिसर में दाखिल हुए। भूमि भी चिर तृप्ति पा चेतना की सुरभि बिखेर रही थी। मस्त हाथी की तरह मैं मिट्टी की सोंधी गन्ध से निहाल हो उठा। लहरतारा के पास ही हमारा पड़ाव पड़ा था, क्योंकि हम सूर्य की प्रथम रश्मि के साथ वाराणसी में प्रवेश करना चाहते थे। वाराणसी की जनता को गुरुवर के पधारने की खबर पहले ही हो चुकी थी। मुह-अँधेरे ही वाराणसी खुद वहाँ उमड़ पड़ी थी। कवीन्द्र चन्द्र के पूर्ण बिम्ब को देख नगर का जनसागर स्वयं लहराकर यहाँ तक पहुँच गया था और उसकी मानस लहरियों के सहारे तैरते

राजहंसों की तरह अब हम पावन नगर भूमि की ओर बढ़ रहे थे।

आज गुरुपूर्णिमा का दिन था। रथयात्रा के दिन हम वाराणसी पहुँचे थे। तभी से वाराणसी की जनता गुरुवर का प्रतिदिन सम्मान कर रही थी। हिन्दू प्रजा के गजेन्द्र को गुरुवर ने स्वयं विष्णु बन, कर से मुक्त कर दिया था। उनके सुदर्शन ने बादशाह के हाथों भीषण घड़ियाल जैसे अत्याचार सूचक यात्रा-कर से छुटकारा दिला दिया था। शाहजहाँ और दाराशुकोह उनके वशंवद बन गये थे, इसकी जानकारी पहुँच गयी थी। अब कवीन्द्र केवल पण्डित धौरेय और वीतराग संन्यासी ही नहीं रहे थे, वे जनता के उद्धारक और उससे बढ़कर दिल्लीश्वर के सम्मान-पात्र थे जिन्होंने उन्हें आते समय अपने हाथों खिलअत अता की थी और महार्घ रत्नों के साथ 'सर्वविद्यानिधान' की उपाधि से अलंकृत किया था। गुरुवर से डाह रखने वाले भट्टोजि दीक्षित और अप्पय दीक्षित जल-भुनकर खाक हो गये थे। उनके लाख रोकने पर भी प्रयाग और वाराणसी के पण्डितों ने गुरु पूर्णिमा के दिन गुरुवर का सामूहिक अभिनन्दन करने का विशाल आयोजन कर डाला।

सभा के मध्य गुरुवर नक्षत्रों की पाँत में उदित पूर्ण चन्द्र की तरह सुशोभित थे। मैं भी उनकी दाहिनी ओर कुछ दूर पर अपने गुरुभाई, श्रद्धेय विश्वनाथ न्यायपंचानन के सुपुत्र रामदेव भट्टाचार्य के साथ बैठा था। मैं सोच रहा था, यदि आज न्यायपंचानन जी होते तो अपने मित्र का यह सौभाग्य देख कितने उल्लसित होते। उनकी अमर आत्मा दिव्य लोक से इस आयोजन को अवश्य देख रही होगी। सैकड़ों पण्डितों और कविवरों ने सुमनांजलि के साथ गुरुवर को प्रणामांजलियाँ भेंट कीं। उनका कण्ठ फूलों के केसर का स्पर्श पा रोमांचित हो उठा। इस अतिशय सम्मान से वाणी गद्‌गद हो उठी और आँखों में कृतज्ञता छलछला आयी। उन्हें गद्य और पद्य में निरवद्य अभिनन्दन भेंट किये जा रहे थे। प्रसिद्ध आलंकारिक जयराम भट्टाचार्य, सांख्यविद् षिमानन्द वाजपेयी, कविवर भैय्या भट्ट, काव्यशास्त्री केशव मिश्र, मीमांसक सिद्धेश्वर भट्ट, कवि रामकृष्ण भट्ट जैसे अनेक कवि पण्डित वहाँ थे। और तो और, वह परम उपेक्षित दरिद्र कवि महादेव पट्टवर्धन तक आया था। भट्टोजि का शिष्य होने के कारण कहते हैं, नीलकण्ठ शुक्ल उसे रोकने गया था, पर उसने कहा, "नहीं, मैं अवश्य जाऊँगा। गुरु भट्टोजि का ऋणी हूँ, पर इस आदेश को नहीं मान सकता। मैं उन्हें ऐसा अभिनन्दन काव्य भेंट करूँगा, जो सबसे लम्बा होगा, गद्य-पद्य-मिश्रित और जिसमें एक साथ संस्कृत, प्राकृत और मराठी के विविध छन्दों में रचित पद्य होंगे।" बेचारा महादेव, इसकी कविता की अब तक कद्र ही किसी ने नहीं की, बुढ़िया माँ, पत्नी और तीन विवाहयोग्य पुत्रियों की गृहस्थी की जर्जर नाव को खेता बूढ़ा महादेव पट्टवर्धन।

अभिनन्दनकाव्य भेंट किये जा रहे हैं। हरिराम कवि अपना काव्य सुना रहे

हैं–'हे कवीन्द्र कश्मीर, इराक, दरद, श्रीमान् शाहजहाँ की राज्यसभा में तुरुष्क, बदख्शाँ आदि अनेक देशों के राजा श्रीमान् शाहजहाँ की राज्यसभा में आपकी सदा स्तुति किया करते हैं। हे कविवरेण्य, मेरी कामना यह है कि आपके मुख से उदित काव्य-चन्द्रमा की किरणों के डर से संकुचित पत्रपुटों वाले, दोषान्धकार से ढँका, वाणीभ्रमरी के विलास से युक्त मेरा मुख-कमल अपनी वाणी के सौरभ से आपके गुणों के प्रकाश की उषा को पा विकसित हो उठे।' वे फिर गा उठे थे–'जिन कवीन्द्र ने नरपति-तिलक शाहजहाँ को अपना वशंवद बना लिया तथा शाह दाराशुकोह को भी अपने अनुकूल कर लिया, काशी और प्रयाग तीर्थों के करग्राह से प्रजा को मुक्ति दिलायी उन तीर्थराजाधिराज गुरु कवीन्द्र की जय हो, सदा जय हो।'

येन श्रीसाहिजादा नरपतितिलकः स्वस्य वश्यः कृतोऽभूत्
किंचावश्यं प्रसन्नः पुनरपि विहितः साहिदाराशुकोहः।
काशीतीर्थप्रयागप्रतिजनितकरग्राहमोक्षैकहेतुः
सोऽयं श्रीमान् कवीन्द्रो जयति कविगुरुस्तीर्थराजाधिराजः।।

और कई कवि अपनी रचनाएँ प्रस्तुत कर रहे थे। प्रशस्तियों के भार से आक्रान्त गुरुवर अपनी गरदन झुकाये थे। अब शायद वह संन्यासी स्वामी उठ रहा है। कैसी सरस कविता किया करता है, यह स्वामी। कितनी कोमल पदयोजना होती है इसकी कविता-सुन्दरी की! कैसी मन्थर मद-विह्वल गतिवाले छन्दों का चयन किया करता है, यह? मैंने जब भी कविता सुनी है, दाद देने से अपने आपको रोक नहीं पाया। लिखता बहुत कम है पर कैसा संगीत का रियाज होता है इसकी तान में। आज भी अवश्य सरस रचना बनाकर लाया होगा। गैरिक वस्त्रों वाला स्वामी अपने कल्पना-लोक के आकाश में तैरता भी पृथ्वी को सनाथ बनाता जान पड़ा। मैं बन्द आँखों उसकी मधुर वाणी को कर्णपुटों से पीता जा रहा था।

वृथा मधुकथाप्रथा प्रवितथा तथा गोस्तनी
तरुण्यधरमाधुरी भवति साधुरीतिर्न हि।
सुधापि वसुधातले भवति सा मुधा हे बुधाः
कवीन्द्रकविता यदा कविवरैः समाकर्ण्यते ॥

(शहद के मिठास की कहानी कहना व्यर्थ है, काबुली अंगूरों की सरसता बिल्कुल झूठी है, तरुणी की अधरमाधुरी की बात ठीक नहीं जान पड़ती, अगर कहीं वसुधातल पर सुधा भी आ जाय, तो वह भी फिजूल साबित होगी। यदि

कवियों ने कवीन्द्र की कविता सुन ली, तो इन सब की जरूरत ही क्या है।)

अनेक अभिनन्दन काव्य भेंट किये जा रहे हैं।

सबसे बाद में अब वह महादेव पट्टवर्धन उठ रहा है। मैली-कुचैली धोती पहने उखड़ा-उखड़ा-सा महादेव। केवल एक वस्त्र से अलंकृत महादेव, कन्धों पर कोई उत्तरीय तक नहीं। वह डेढ़ घड़ी तक पद्य पढ़ता रहा है। लम्बे-लम्बे समासान्त गद्य-बन्ध, अनेकानेक छन्दों में रचित संस्कृत पद्य महाराष्ट्री। प्राकृत और मराठी भाषा में लिखे कुछ और पद्य वह गुरुवर की दानशीलता को उकसाता, दो सौ रुपये की याचना भी कर रहा है।

तन्द्रालुका दिसलते भवदीय मुद्रा, काया न ये कविवरा दिनरात्रि निद्रा ।
सांगेन तूज निजगूज महीमहेन्द्रा, देणें असे अज शतद्वय रौप्यमुद्रा ।।

सारी सभा खिलखिला पड़ी है। गुरुवर भी महादेव की ओर देख मुस्करा दिये हैं। वे अपने कोषाध्यक्ष श्रीकृष्ण भट्ट को प्रस्फुटित दक्षिण कर कमल से संकेत कर रहे हैं। श्रीकृष्ण भट्ट तुरन्त महादेव को दो सौ नहीं पाँच सौ रौप्य मुद्राएँ दे देते हैं। महादेव का गला भर आया है और आँखें आनन्द और कृतज्ञता के रस से छलछला उठी हैं।

अन्त में गुरुवर उठे। वे कृतज्ञता प्रदर्शन कर रहे थे–'वाराणसी नभोमण्डल के प्रकाशपुंज, काव्य पाण्डित्य निधान विद्वज्जनो, इस कृपा का प्रदर्शन कर आपने जो आशीर्वाद दिया है, उसके लिए मैं यावज्जीवन आभारी रहूँगा। प्रजा और विशेषतः द्विजाग्रणी विद्वानों की यथोचित सेवा करने का व्रत लेकर ही मैं संन्यस्त हुआ था। आज मैंने अनुभव किया कि मेरा संन्यास सार्थक हुआ। भारतीय प्रजा की तीर्थ-यात्रा अब निर्विघ्न सम्पादित हो सकेगी, यह देखकर कौन हर्षित नहीं होगा। पर आपने जो सम्मान मुझे दिया है, जिस गौरव पद पर मुझे प्रतिष्ठित किया है, मैं अपने आपको उसके योग्य नहीं पाता। मैंने इसके अनुरूप कौन-सा कार्य सम्पादित किया है। ग्रीष्म के सन्ताप से जलती वनभूमि को पाकर अगर रस से भरा, प्रीति की बिजली से प्रकाशित स्वच्छ हृदयवाला बादल बरस भी पड़ा तो यह पानी तो सूर्य की किरणों से चूता सपुलक रस था। इसके लिए बादल की अभिनन्दन-योग्यता का प्रश्न ही नहीं उठता। यदि आप अभिनन्दन करना ही चाहते हैं तो उस वसुधापति सूर्य की तरह प्रकाशित सम्राट शाहजहाँ का अभिनन्दन करें। जलधारा के अभिवर्षण के लिए जलधर की अपेक्षा वही अधिक प्रशंसनीय हैं।'

निदाघे सन्तापं वनभुवि वहन्त्यामविरतं,
रसप्रीत:प्रीतिद्युतिविलसदच्छात्महृदय:।
रविप्रेयोलीलावलितकरजालैकपुलकं,
जलं सद्यो वर्षन् न हि समभिनन्द्यो जलधर:।।

6

शेफाली के परिमल से मस्त हवा गंगा की लहरों को गुदगदा रही थी और लहरें भी उसे गलबाँही देती अठखेलियाँ कर रही थीं। घाट के किनारे खड़े शेफाली के वृक्षों से पृथ्वी पर झरते फूल ऐसे लगे, जैसे आकाश के तारे ही नीचे गिर रहे हों और गिरते समय उनके पंखों को उषा ने कुंकुम के रंग में रँग दिया हो। सूर्य ने गंगा को केसरिया चूनर ओढ़वा दी थी। सूर्य का उपस्थापन करते परमपुरुष के मुख-गोमुख से निकले वैदिकों की मंगलवाणी कानों में गूँजकर आत्मा के अशिव मैल को अपसारण कर रही थी। कोमल किसलयों में कुसुम-गुच्छ लिये अनेक बाहुलताएँ गंगा की तरंग भंगिमा को क्षणभर रुकने की प्रार्थना करती, प्रवाह में पैठ कहीं अपने मीन वक्ष, और कहीं सघन जघन और विपुल नितम्बबिम्बों से उसे क्षणभर रोकने की चेष्टा करती जान पड़ी। शंख, प्रणव और झाँझ की श्रुतिमधुर ध्वनि के संवादी स्वर-सा शंकर का गुणानुवाद भक्तों की भवभीति को भगा रहा था। उधर एक ओर गंगा के विशाल वक्ष पर अनेक नौकाएँ और दो महाकाय बजरे तैयार खड़े थे। गुरुवर के साथ कई ब्रह्मचारी और शिष्य मुझे बिदा करने आये थे। मैंने छलछलायी आँखों से गुरुवर के चरण स्पर्श किये, बजरे के नाविक शीघ्रता कर रहे थे। गुरुवर ने मुझे चरणों से ऊपर उठा वक्ष से लगा लिया। वे रोमांचित थे, गद्‌गदाक्षर वाणी में मुझे उपदेश देते उन्होंने कहा :

"मैं तुम्हारे मंगलमय भविष्य की कामना करता हूँ। मेरा आशीर्वाद है कि तुम वहाँ अपने कवित्व और पाण्डित्य की पताका फहराओ। मैं इस समय तुम्हें एक उपदेश भी देना चाहूँगा। तुम सर्वथा भिन्न वातावरण में जा रहे हो। मुगल दरबार का परिवेश तुम्हें कदाचित् पहले-पहल रास न आए, पर तुम्हें उसका अभ्यस्त होना होगा। वहाँ ऐश्वर्य और विलास का सागर लहरा रहा है, उसकी समृद्धि से तुम प्रभावित होने से न बच सकोगे, पर उस सागर का क्षार मानव चेतना के लिए घातक भी हो सकता है, तुम्हें इसका ध्यान रखना होगा।"

"मैं ध्यान रखूँगा, आचार्य!"

"उस विलास-पंक में रहते हुए भी, तुम्हें कमल-पत्र की भाँति निर्लिप्त रहना होगा। आचरण में सर्वात्मना इतना न डूब जाना कि तुम्हारी आत्मा ही कलुषित हो जाए। परम्परा से वहाँ जैसा आचार हो उसका परिपालन तो करना ही होगा, पर तुम अभी युवक हो, अतः मेरी सलाह है कि तुम्हें अत्यधिक सतर्क होकर जीवन-यापन करना होगा।"

"आपके आशीर्वाद से मेरा जीवन-पथ सदा निष्कण्टक रहेगा, गुरुवर!"

"मैंने, तुम्हें सभी शिष्यों-जैसा समान स्नेह दिया। यह निःसन्देह मेरा सौभाग्य है कि तुम आज अपने ज्ञान-सौरभ को दिग्दिगन्त में विकीर्ण करने जा रहे हो। उस दिन बादशाह स्वयं तुमसे प्रभावित हो गये थे। नवाब आसफ खाँ ने कहलवाया है कि आगरा में हिन्दू राजाओं और मनसबदारों के पुत्रों को संस्कृत भाषा, साहित्य तथा भारतीय ज्ञान-विज्ञान पढ़ाने के लिए तुम्हें भेजा जाए। तुम्हें यह कार्य पूरे उत्तरदायित्व के साथ निभाना है।"

"जो आज्ञा, गुरुदेव!"

"और देखो, बादशाह के अतिरिक्त मुझे राजकुल में ज्येष्ठ राजकुमार और बड़ी शाहजादी सुबुद्ध आत्माएँ प्रतीत हुईं। उनके सम्पर्क में आने का प्रयत्न करना। भगवान विश्वनाथ तुम्हारा पथ-प्रदर्शन करते रहेंगे।"

मल्लाह जल्दिया रहे थे।

"बहुत अबेर हो गइल महाराज,अब देर काहे करत हउवा। तुरन्त आवा।"

"हम आ ही रहे हैं, सरदार। तनिक गुरुदेव का आशीर्वाद तो ले लें।" मैंने पुनः गुरुवर का चरणस्पर्श किया और उनके ओठों से मेरा ही पद्य अचानक फूट पड़ा, जो मैंने नीलकण्ठ शुक्ल को व्याकरण के शास्त्रार्थ में पराजित करने के बाद बनाया था:

'दधानः प्रेमाणं तरुषु समभावेन विपुलं
न मालाकारोऽयमवकृतकरुणां बालबकुले।
अयं तु द्रागुद्यत्कुसुमनिकराणाम्परिमलै-
र्दिगन्तानातेने मधुपकुलझंकारभरितान् ॥

(इस मालाकार ने सभी वृक्षों के प्रति समान भाव से स्नेह वितरित करते इस बालबकुल पर कोई खास करुणा नहीं दिखायी थी, पर इस मौलिश्री के पौधे ने प्रस्फुटित कुसुमों की सुगन्ध से समस्त दिगन्तों को भौंरों की झौंर की झंकार से गुँजा दिया है।)

इस पद्य को सुनते ही मेरा मन पता नहीं, किस मददर्प से मस्त हो उठा। मेरी चेतना का बकुल एकाएक फूलों के गुच्छों से लद गया और बकुल के कोमल

कुसुमों की श्वेत पंखुड़ियों और हलके भूरे पराग ने मेरी चेतना को सुरभित रोमांच से सजा दिया। मेरे सामने उस पण्डितम्मन्य नीलकण्ठ शुक्ल की भोंड़ी आकृति आ गयी, जो भट्टोजि दीक्षित के बाद अपने आपको काशी का एकमात्र वैयाकरण मानता था। लोग कहते हैं वह अपने आपको मूर्तिमती 'शब्दशोभा' घोषित करता है और इस नाम का एक छोटा-सा ग्रन्थ भी लिख उसकी गुणगरिमा का गान अपने ही मुँह करते नहीं लज्जित होता। यह वही मछली-भात खानेवाला घाटिया है, जो अनाथ बालक की भाँति कर्मनाशा के किनारे बसे किसी गाँव से अपने दरिद्र पिता के साथ यहाँ आया था। उसका पिता जनार्दन शुक्ल गंगापुत्रों के यात्रियों की सेवा-शुश्रूषा किया करता था। देवानांप्रिय नीलकण्ठ कुछ दिन मेरे साथ शेष वीरेश्वर के यहाँ महाभाष्य पढ़ता रहा। पर महाभाष्य की जटिलता से बचने के लिए ही यहाँ से भाग खड़ा हुआ और भट्टोजि के यहाँ जाकर उनकी सरल व्याकरण-प्रक्रिया से वैयाकरण बन गया। भट्टोजि अपार स्नेह इस पर उड़ेल रहे थे और इसे शेष वीरेश्वर की परम्परा की अगली कड़ी मानते थे। शेष वीरेश्वर वे पण्डित थे, जिनसे मेरे पिता के साथ भट्टोजि ने व्याकरण पढ़ा था और मैंने भी व्याकरण का ज्ञान उन्हीं के चरणों में बैठकर अर्जित किया था। शतायुष शेष वीरेश्वर ने मुझे सब छात्रों के साथ समान भाव से व्याकरण-शास्त्र का ज्ञान दिया था। नीलकण्ठ भी आया करता था। शेष वीरेश्वर की उस पर विशेष कृपा थी, पर उसकी मेधा को वे कहाँ से पैदा करते? आखिर वह यहाँ से भाग भट्टोजि के नये विद्यालय का छात्र बन गया। उस दिन नागपंचमी को इसी काशी के नागकूप पर शेषावतार भगवान पतंजलि के जन्मदिन पर वैयाकरणों के शास्त्रार्थ का प्रतिवर्ष की भाँति आयोजन था। उसी दिन महान, वैयाकरण शेष वीरेश्वर के अभिनन्दन का आयोजन भी था। मेरा शास्त्रार्थ इसी गंगापुत्र नीलकण्ठ के साथ रखा गया और जब मैंने इस मोटी बुद्धिवाले वृथापुष्ट को शास्त्रार्थ में पराजित किया तो अध्यक्ष की गद्दी पर बैठे भट्टोजि खुद मुझसे शास्त्रार्थ के लिए उलझ पड़े। मैंने इस पर पहले तो आपत्ति की और बाद में स्वयं भट्टोजि को भी जा ललकारा और नव्यन्याय-शैली का सहारा ले उन्हें मूक कर डाला। बाद में अपने अक्खड़ स्वभाव के अनुसार मैंने उसी समय शेष वीरेश्वर को सुनाते हुए यह पद्य पढ़ा था, जिसे आज आचार्य गा उठे थे।

अपनी मुस्कराहट के कमल-कोमल पराग बिखेर गुरुवर मेरे मार्ग को मृदु और मधुर बना रहे थे। मैं भीगे नेत्रों उनसे बिदा लेता पीछे पाँवों सीढ़ियाँ उतरने लगा। एकाएक पैर फिसल पड़ा, पर मेरे गिरने से पहले ही मित्रवर श्रीकृष्ण भट्ट ने सँभाल लिया। वे मुझे सँभाले उस नाव तक जीना उतार लाये जो बजरे से सटी किनारे बँधी थी। गुरुदेव ने ज्ञान-विज्ञान की विपुल सम्पत्ति दे मुझे जीवन

के अगाध समुद्र में बेसहारे छोड़ दिया था। इस समुद्र में मुझे खुद तैरकर किनारा ढूँढ़ना था। लोककथाओं के पोतवणिक् की भाँति मैं अब दूर देश अपना भाग्य आजमाने जा रहा था, मेरा पोत नियति की हवा के सहारे बहता जा रहा था।

गंगा की लहरों पर लहराती हवा हमारे पोर-पोर में ताजगी भर रही थी। आत्मीयों के वियोग का सन्ताप अब कुछ कम हो चला था। पर उधर पूरब की भट्ठी में तपता वह लाल स्वर्ण-पिण्ड धीरे-धीरे प्रखर होता जा रहा था। आश्विन की धूप सिर पर चढ़ती जा रही थी। हमारा बजरा उस किले की पहाड़ी के चरण का स्पर्श करती जलधारा में तैरता बढ़ रहा था, जो वीर भारशिवों, प्रतापी वर्धनों, विजयी गहड़वालों और शूर शेरशाह की मूक जयगाथा आज भी कह रहा था। चरणाद्रि दुर्ग को देख एक बार मैं अतीत को खुली आँखों निहारता रहा। लहरों पर तैरते महाकाय हंस-सा हमारा बजरा बढ़ता जा रहा था। सायंकाल नाविकों के डाँड़ों ने अब हमें एक सिद्धपीठ का स्पर्श कर पवित्र बनी धारा में ला पहुँचाया। हम विन्ध्याचल के पास थे। हमें किनारे पर की बस्ती साफ दिखाई पड़ने लगी। मुझे त्रिपुरसुन्दरी के मन्दिर में भक्तों द्वारा बजाये घण्टों की गूँज सुनाई पड़ी। मैं यहीं बैठा-बैठा मन्दिर में पहुँच गया। बन्द आँखों में मैंने उस कल्याण मूर्ति के दर्शन पा नमन किया और मेरे ओठों से सप्तशती का स्तुतिमय पद्य फूट पड़ाः

हिनस्ति दैत्यतेजांसि स्वनेनापूर्य या जगत्।
सा घण्टा पातु नो देवि पापेभ्यो नः सुतानिव॥

(जो अपनी गूँज से सारे संसार को भर दैत्यों के तेज को खत्म कर देती है, हे देवि, तुम्हारे उस घण्टे की घनघनाहट पापों से पुत्रों की तरह हमारी रक्षा करें।)

रात-भर बजरा बढ़ता गया, बढ़ता गया और दूसरे दिन प्रातः हम उस स्थान पर थे, जहाँ मज्जन कर सारे पाप का कलुष धो मानव दिव्यलोक की निसैनी मजे से चढ़ जाता है। मैंने उन सफेद और काली धाराओं को एक-दूसरे में घुलते देखा, जिनका गुणगान युगों से इस देश के पुराण, इतिहास और साहित्य करते रहे हैं। अपौरुषेया भगवती श्रुति भी जिनके पवित्र संगम की गाथा कहती नहीं अघाती। मैंने मन-ही-मन तीर्थराज को नमन किया। हमारी मंजिल आ चुकी थी। हमारे बजरे का गन्तव्य प्रयाग ही था। घाट तक ले जाने को नावें तैयार खड़ी थीं। हम बजरे से नाव पर उतर पड़े और किनारे पर अपने दस्तक की जाँच-पड़ताल कराकर मैं किले की ओर बढ़ चला।

यहाँ से अकबराबाद पहुँचने के लिए मेरी विशेष व्यवस्था की गयी थी।

नवाब आसफ खाँ का आदेश था कि मुझे सरकारी बन्दोबस्त में आगरा भेजा जाय। मैंने किले में पहुँच मीरमुन्शी से मुलाकात की। उन्होंने बताया, मुझे आकर यहीं रुकना है। कल मुँह-अँधेरे ही हमारी रवानगी होगी। यहीं मुझे पता चला कि सूबेदार हैदरबेग का तबादला कर दिया गया है। अब यहाँ के सूबेदार, नवाब आसफ खाँ के फरजंद शायेस्ता खाँ मुकर्रर हुए हैं। वे वहाँ आकर अपनी सूबेदारी सँभाल चुके हैं, पर इन दिनों वे यहाँ नहीं हैं। शाही दरबार में हाजिरी देने आगरा गये हैं। मेरे रुकने का खास इन्तजाम किले में ही कर दिया गया और मैं दूसरे दिन के आने का इन्तजार करने लगा।

7

पता नहीं, भाग्य ने किस दुनिया में मुझे ला फेंका है। अकबराबाद आये छः महीने गुजर चुके। रह-रहकर काशी की याद कचोटती रहती है। कहाँ वह उन्मुक्त जीवन और कहाँ यह कृत्रिम नागरिकता! माना कि अलकापुरी के गर्व को चुनौती देती इस नगरी में वैभव एवं विलास की रसमयी सरिता किनारों का अतिक्रमण करती बह रही है, पर यमुना की तरह ही वह स्रोतस्विनी भी कालिमा से अछूती नहीं है। अपने ही बाप कलिन्दपर्वत के उदर को विदीर्ण करने का पाप कर काली पड़ी कालिन्दी के किनारे की इस नगरी की तटभूमि को शीतलता से सींचकर भी अपने कलुष की कालिमा के संसर्ग-दोष से दूषित कर ही डाला है। मानव मानव की दूरी यहाँ उतनी ही बढ़ती जाती है, जितनी वर्षा ऋतु की बाढ़ आने पर इस यमुना के किनारों की।

मैं आज शाम को यमुना किनारे दूर उस पार एतमादुद्दौला की समाधि की ओर निकल पड़ा हूँ अकेला ही। यमुना किनारे टहलता-टहलता ही कल्पना से काशी से बहुत दूर राजघाट के पास की उस बगिया में पहुँच गया हूँ जहाँ प्रतिदिन मेरी शाम गुजरा करती थी। अखाड़े की चिकनी मिट्टी की स्मृति ने मेरी आँखों में विजया की खुमारी भर दी है। उस पवित्र भूमि की मिट्टी की याद ने मुझे मादक बेचैनी से झिंझोड़ डाला है। असली विश्वनाथ के दरबार को छोड़ कहाँ चला आया इस नकली विश्वनाथ, इस शाहजहाँ, के दरबार में। क्या लौट जाऊँ? काशी के लोग कहा करते हैं :

चना चबेना गंगजल जो पुरवै करतार।
काशी कबहुँ न छाँड़िए विश्वनाथ दरबार ॥

गंगाजल-सी पवित्र धरती को छोड़ इस शराबी माहौल से पागल जिन्दगी के पास काहे दौड़ पड़ा, जगन्नाथ? इस विविध व्यंजनानुरंजित विभूति की कल्पना से तो वह सतुआ और चना-चबेना ज्यादा अच्छा था, भाई। उसे पाने को इन दर्पान्ध-नृप-पामरों के कृपा-कटाक्ष की प्रतीक्षा तो करनी पड़ती।

छः महीने हो गये प्रतीक्षा करते। किसे फुर्सत है यहाँ कि किसी की सुने। हरएक दौड़ा जा रहा है, निरुद्देश्य दौड़ा जा रहा है, या हो सकता है, कोई उद्देश्य भी हो। सारा आगरा शहर दिन-रात दौड़ता रहता है, यहाँ के आकाश और धरती तक को विश्राम नहीं मिलता। डाक के हरकारे की तरह हर एक के पैरों में पहिये लगे हैं। मानव यन्त्र की भाँति गतिशील है, उस गति से परिचालित जिसकी चाबी उसके हाथ में नहीं है। छोटे-छोटे काम के लिए इतनी दौड़-धूप करती पड़ती है, इसका अहसास मुझे यहीं हुआ। ऐसे में भला कोई शास्त्र-चिन्तन और काव्य-रचना क्या करे। कुछ लोग कहते हैं, यहाँ सब्र रखना होगा। सब भाग्य का खेल है। किसी तरह बादशाह सलामत की निगाह में चढ़ जाय, तो पौ-बारह है। पर बादशाह सलामत की निगाह में चढ़ना तो दूर, उनकी निगाह में पड़ना भी मुश्किल हो रहा है। चार महीने से हर दिन यह कोशिश कर रहा हूँ किन्तु मुलाकात नहीं हो पा रही है। रिश्वत का बाजार गर्मागरम है। बिना नज़राने के कोई बात तक सुनने को तैयार नहीं। वकील आसफ खाँ और राय मुकुन्ददास भी यहाँ मेरी मामूली व्यवस्था कर लाहौर अपनी सूबेदारी सँभालने चले गये। उनके पीठ फेरते ही सबने मुझे बिसार दिया। पिछले तीन महीने से खर्चा तक नहीं मिल रहा है। नगर सेठ के मुनीम से उधार लेकर कोई कब तक खाता रहे। कहते हैं, ये सब सिपाही, अहदी, छोटे-छोटे मनसबदार सभी उधार पर जिन्दगी बसर कर रहे हैं। तनख्वाह तो यहाँ साल-साल भर नहीं मिलती और जिस दिन मिलती है सेठों के गुमाश्ते वसूली के लिए आ धमकते हैं। पर भई, इन मुगल दरबारियों की चार्वाकवृत्ति हमें पसन्द नहीं कि 'यावज्जीवेत्सुखं जीवेत् ऋणं कृत्वा घृतं पिबेत्।' मतलब साफ है, इज्जत गिरवी रखो, और घी पीते रहो।

तो क्या इज्जत को बरकरार रक्खे, कोई गुजारा नहीं होने का, जगन्नाथ। यह दुरन्तपूरा उदर दरी जो न करवा दे, वह थोड़ा। उस सदर के नीच मुन्शी अस्मत खाँ की कितनी मिन्नतें की, "खाँ साहब, मेरा तीन महीने का वजीफा बकाया है। सरकारी खजाने से दिलवा दें।" पर वह बेईमान हील-हवाले कर रहा है। लोग कहते हैं, सौ रुपये शाहजहानी लिये बगैर वह कुछ नहीं सुनता। हिन्दू लोग तो यह भी कहते हैं कि यह वैसे भी हिन्दुओं की कोई मदद नहीं करता। इसकी शिकायत भी करें, तो किससे! चर्चा है, सदर को जब इसने अपनी अस्मत ही हवाले कर दी, तो इसका कोई क्या बिगाड़े। इस काले-कलूटे बावर्ची की सलोनी

बीवी तो धर्माध्यक्ष की हर रात अंकशायिनी बनी रहती है। कहते हैं, पहले यह फौज का बावर्ची था, पर जब से इसकी बीवी ने सदर को लासा दे जाल में फँसा लिया, इसकी चाँदी है।

यह मेरे निवास के पास की केसर तम्बोलिन को ही देखो ना। लोग कहते हैं, बड़े-बड़ों के यहाँ इसकी पहुँच है। बूढ़ा नन्दा तम्बोली धोती और मैली-कुचैली अँगरखी पहने पान की ढोलियों से गले-सड़े पान छाँटता रहता है या फिर पानों को लोहे की पत्ती से काटता या सरौते से सुपारी के कतरे करता मिलेगा। पर जब सज-धजकर दुकान की चौकी पर केसर आ बैठती है, तो नन्दा उसका पति तो क्या, गुलाम तक नहीं जान पड़ता। ओठों मुस्कराती, आँखों बतियाती केसर जब पान लगाने लगती है, तो चूना लगाकर भी दिल को कत्थे की लाली में रच देती है। सारा जौहरी बाजार ही नहीं, तमाम आगरा शहर अर्द्धरात्रि तक इसकी दुकान के इर्द-गिर्द मँडराता रहता है। जौहरियों के अधपके लौण्डे, सेठों से प्रौढ़ मुनीम, फौज के छोटे-मोटे मनसबदार और सरकारी कारकून यहाँ चकरघिन्नी लगाते मिल जाएँगे। कभी-कदाक कोई गवैया, शायद या चितेरा भी मिल सकता है। बूँदी से आये रसिक चितेरे श्यामलाल से मेरी पहली मुलाकात इसी दुकान पर हुई थी। वह भी अपनी किस्मत आजमाने आया है। कितने सुन्दर चित्र बनाता है श्यामलाल। उसने मुझे सराय में ले जाकर अपने बनाये चित्र दिखाये हैं। वहीं पन्द्रह दिन से सराय में टिका है। बताया, बनारसी पण्डित, बिल्कुल नयी कलम मिलेगी इन चित्रों में। रंगों की जो चमक, रेखाओं की जो बारीकी, यहाँ मैंने दिखायी है, वह अब तक किसी चितेरे में नहीं दिखायी पड़ती। मैंने देखा, उसमें दो शैली के कई काल्पनिक चित्र बनाये थे। कुछ शृंगारी चित्र थे, वासकसज्जा, खण्डिता और विप्रलब्धा के चित्र, एक चित्र मदनोत्सव या होली का था, कृष्ण गोपियों के साथ फाग खेल रहे हैं। एक अन्य चित्र में विशाल रसालवृक्ष की शाख से झूलती दोला पर हिंडोला झूलते नायक-नायिका। नायक पेंग मार रहा है; भयभीत नायिका उसे दोनों बाँहों में कसने जा रही है। इन सभी चित्रों के पृष्ठ भाग में आम और केले के वृक्ष अवश्य आलिखित थे। श्यामलाल ने पूछा था, "आप तो कवि हैं ना बताइए, ये वृक्ष इन सभी चित्रों में क्यों हैं?" मैं इस प्रश्न का उत्तर न दे पाया। कलाकार ने बताया कि "ये केवल प्राकृतिक अलंकरण नहीं हैं। मेरी कलम की प्रमुख विशेषता भी है। ये दोनों वृक्ष कहीं मंगलभाव, कहीं शृंगार और कहीं दोनों के सूचक भी हैं, कविवर! अगर यह विशेषता चल पड़ी, तो यह बूँदी कलम को पहचानने का खास लक्षण होगी। मेरे शागिर्दों के चित्रों में भी इनका प्रचुर प्रयोग है।"

दूसरे वे चित्र थे, जिसमें संगीत की राग-रागिनियों को आकार दिया गया था : रागमाला के चित्र।

तब उसने एक और चित्र निकाला, "अरे यह क्या, तम्बोलिन केसर का चित्र है यह तो।" मैं चौंक उठा, उसने पान की दुकान पर बैठी कसमसाये यौवन से मदमाती केसर की जो शबीह सामने रखी, वह तो शोखी, मादकता और रमणीयता में असली केसर को भी मात कर रही थी। "क्यों है न बढ़िया चित्र।" वह पूछ ही बैठा। मैं उसे ध्यान से देख रहा था। शबीह होते हुए भी श्यामलाल की कल्पना के रंग अधिक भास्वर जान पड़े। चेहरा और बदन केसर का था, पर लिबास श्यामलाल की पसन्द का। उसने केसर को अपने यहाँ की वेशभूषा में सजा दिया था। रेखाएँ इतनी सजीव जैसे केसर की रग-रग से चंचलता टपक रही हो। ओठों की मुसकराहट और आँखों की भाषा उतनी ही मुखर, जितनी अभी-अभी मैं देखकर ही नहीं महसूस करके आ रहा हूँ।

तो आज वही चित्र लिये मेरे ही निवास पर श्यामलाल आ धमका। इधर-उधर की बातों के बाद बुकनी जमा जब हम शाम के चक्रमण के लिए निकले तो वह बोला, "इस शबीह को केसर को भेंट करने जा रहा हूँ, पण्डित! तुम्हारी क्या राय है?"

"तो यह बात है, कलाकार। केसर ने तुम्हें रिझा लिया है। माना कि उसमें रमणीयता है, पर तुम उसका मूल्य चुका सकोगे। मेरा तो केसर से केवल इतना ताल्लुक है कि उसके यहाँ प्रतिदिन पान खाने जाता रहता हूँ। बनारसी जो ठहरा, भाई, पान चबाना, सुर्ती जमाना और विजया की रौ में रहना तो कोई बनारसी से सीखे। तुम्हारी उससे जान-पहचान हो गयी है क्या।"

"नहीं पण्डित। जुम्मा-जुम्मा पन्द्रह दिन तो आगरा में आये हुए हैं। हाँ, दस दिन पहले जब उसकी दुकान पर पान खाने गया, तो पता नहीं क्या प्रेरणा मिली कि मैंने केसर में कला को पाया। तभी से एक सप्ताह जुटकर यह चित्र बनाया है। जो तुम्हें कल दिखाया था। उसकी चीज उसी को भेंट कर देना चाहता हूँ।"

हम लोग बातें करते केसर की दुकान तक पहुँच गये थे। अभी मनचले भौंरों का जमघट केसर की क्यारी के नजदीक नहीं लग पाया था। अस्त होते सूरज की किरणें चौराहे के नुक्कड़ पर दुकान में बैठी केसर के बायें गाल से खेलती उसे गुदगुदा रही थीं। मैंने चार बीड़ों की फरमाइश की और उसी सहज शोखी और मुस्कान से बीड़े बढ़ाते केसर ने पूछा, "क्यों बनारसी पण्डित, ये तुम्हारे साथ दूसरे कौन हैं? वे हफ्ते दस दिन से हर रोज दो-दो, तीन-तीन बार पान खाने आते हैं और मुझे घूरते रहते हैं। क्या मंशा है इनकी?"

मैंने देखा, श्यामलाल की सिट्टी-पिट्टी गुम हो गयी थी। बमुश्किल उसने दो बीड़े मुँह में डाले, जैसे जवाब देने से मौन धारण करने जा रहा हो।

"कुछ नहीं केसरबाई, एक अभागा चितेरा है। पन्द्रह दिन पूर्व हुए यहाँ

शाही दरबार में हमारी तरह किस्मत आजमाने आया है। उस दिन पान खाने आया तो आपकी शबीह बनाने की ठान ली। उसी धुन में चक्कर काटता रहता है।"

"हूँ, तो मेरी शबीब बना रहा है। अरे नादान, किसी शाहजादी की शबीह बना तो इनाम-इकराम मिलेगा। उस शाहजादी रोशनआरा की शबीह क्यों नहीं बना डालता? बहुत खूबसूरत है। पर उसकी शबीह बनाने में बड़ी होशियारी की जरूरत है। तेरे हुनर का फन उसकी आँखों में चढ़ गया, तो मजे-ही-मजे हैं।" वह व्यंग्य से हँस पड़ी। मैंने उसे अब तक केवल मुस्कराते देखा था, पर उसकी शुभ्र दन्तपंक्ति की छिटकती चाँदनी ने इस रँगीली साँझ में भी हमें दूधों नहला दिया। बदसूरत रोशनआरा पर कितना चुटीला व्यंग्य कर उठी थी उसकी हँसी!

"नहीं केसरबाई, शाहजादी रोशनआरा की शबीह को तो यह और ज्यादा खूबसूरत बना देगा। इसकी तूलिका ही चित्र बनाने से इनकार कर देगी। पर आपकी शबीह तो इसने लाजवाब बनायी है।"

"तो आप देख चुके हैं। पर हमसे बिना पूछे इसने यह हरकत क्यों की?"

"इसका जवाब तो यही दे सकता है। यह आपको उसी शबीह को भेंट करने आया है।"

"पर हम तो कोई इनाम देने से रहे।"

"न सही, केसरबाई। मैंने यह चित्र इनाम पाने की गरज से नहीं बनाया है।" कलाकार ने मौन भंग किया।

"हूँ, तो यह बात है।" केसर ने मुस्कराकर सिर हिलाया। श्यामलाल ने बिना पूछे कहे शबीह उसके सामने रख दी और वह अपलक अपने को ही निहारती रही, निहारती रही।

कुछ नौजवान मनसबदारजादे झूमते इधर ही बढ़े आ रहे थे। केसर ने शबीह को एक अँगोछे से ढँककर बायें रख दिया। उसी स्वाभाविक मुसकराहट में बोली, "अच्छी तस्वीर बनाते हैं। मानना होगा। देखें, मैं इनकी क्या मदद कर सकूँगी। क्या आप दिन में मेरे घर पर मिल सकेंगे?" और वह फिर पान के बीड़े बना-बना पास की डलिया में रखने लगी।

"लो भाई श्यामलाल, तुम पर तो अब लक्ष्मी रीझ गयी।" मैंने श्यामलाल की पीठ ठोंकी। केसर-चौराहे को छोड़ पूरब की सड़क पर बढ़ चले। श्यामलाल ने बताया कि कल ही बूँदी के हाड़ाराव छत्रसाल आगरा पहुँचे हैं। उनके साथ कुछ परिचित लोग भी आये हों, इसलिए वह उधर जाना चाहेगा। मुझसे इजाजत पा वह दक्षिण दिशा की ओर मुड़ गया और मैं मसजिद के पास से गुजर यमुना की ओर बढ़ चला। रंगीन शाम अब कबूतरी रँग का दुपट्टा ओढ़े काले बुर्के को

पहनने जा रही थी। मैंने देखा वह दबे पाँव किसी से मिलने निकल पड़ी है। पर इधर पूरब में निकला शुक्ल चतुर्दशी का चन्द्रमा उसके अभिसरण को गुप्त रहने ही नहीं दे रहा।

मैं तो निष्प्रयोजन निकल पड़ा हूँ। किले के बाहर हाथीपोल दरवाजे के सामने की सड़क और मैदान में चटाइयाँ, दरियाँ और तख्तों पर दिनों भर बैठे ज्योतिषी, मुसलमान नुजूमी, रम्माल और सामुद्रिकशास्त्र के जानकार, भोली-भाली आगरे की जनता और दरबारी मुसाहिबों को ठगने की आस लगा अब चुग्गा चुग घोसलों की ओर उड़ते पंछियों का अनुसरण करने लगे हैं। तोते, तीतर और राममुनिया से भाग्य का पता निकलवाने वाले आजीवक पक्षियों के पिंजरे बटोरे चल पड़े हैं। भिखारी और फकीर भी अब दिन की कमाई का लेखाजोखा ले खाने-पीने की जुगाड़ में निकल चुके हैं। काश, मेरी भी कोई ग्रहदशा का हिसाब लगा देता, हमारा भी पासा फेंक फलादेश बता देता, या भाग्य का पत्ता निकाल पाता। वह चितेरा श्यामलाल इनसे भी परामर्श ले चुका है, कई रुपये फेंक चुका है। कहता था, "सब साले झूठे हैं। चूतिया बनाते हैं। इतने ही हुनरमन्द हो, तो अपने ही करम की लिखावट क्यों नहीं पढ़ लेते? मेरा सौ रुपया खा गये साले धोखेबाज।" देखें केसर क्या हुनर दिखाती है? श्यामलाल की मदद करने का आश्वासन तो दिया है उसने। कल बुलाया भी है। कहते हैं महाराज गजसिंह की रखैल अनारा इसे बहुत मानती है। यह अनारा की बचपन की सहेली जो है। महाराज गजसिंह बादशाह की नाक के बाल हैं। हो सकता है, वह श्यामलाल की कोई मदद कर दें। पर श्यामलाल को जिस लजीली नजर से उसने देखा, उसका आखिर अर्थ क्या था? क्या श्यामलाल के मौन प्रेम की स्वीकृति थी वह? मैं सोचने लगा। लोग कहते हैं, पुंश्चली है। ऐसी हालत में मुफलिस श्यामलाल से इस रूपाजीवा को कोई आर्थिक लाभ तो होने से रहा। देखें, कल क्या गुल खिलता है?

पर मुझे क्या करना है? इस तरह भाग के भरोसे आगरा कब तक पड़ा रहूँ? दस-बारह छात्र जरूर जुट गये हैं। हिन्दू मनसबदारों के लड़के और कुछ ब्राह्मण बटुक गीर्वाणवाणी पढ़ने चले आते हैं। खाने-पीने की तो कोई कमी नहीं है। ये शिष्य सारी सामग्री जुटा देते हैं। पर मेरी जिन्दगी का लक्ष्य यह तो है नहीं। मैं तो बादशाह तक पहुँचकर अपनी कविता और पाण्डित्य का सिक्का जमाना चाहता हूँ। राजाश्रय मिले बगैर यह काम मुश्किल दिखता है। पर राजाश्रय मिले तो कैसे! मन कहता है, लौट चल जगन्नाथ! काहे इस मरीचिका के पीछे दौड़ता जा रहा है, भले आदमी। यह जिन्दगी तेरे मसरफ की नहीं है। पर गुरुवर क्या कहेंगे, लोग क्या कहेंगे। नहीं जगन्नाथ, इतनी-सी परेशानी से घबरा गये। अरे तुमने अभी मुगलिया महौल को देखा ही क्या है? हिम्मत रक्खो। हाँ, क्या फारसी

कहावत बोला था, उस दिन वह कव्वाल बन्ने मियाँ—हिम्मते मरदाँ, मददे-खुदा। वह भी हर रोज केसर की दुकान पर मिल जाता है। कहता है, "फारसी कव्वालियों के वजन पर मैंने बोलचाल की हिन्दवी में कव्वालियाँ लिखी हैं। इश्के-मजाजी और इश्के-हकीकी दोनों का रंग है। कव्वालियाँ सूफियाना तर्ज की हैं। एक बार बादशाह सलामत के सामने गाने का मौका मिल भर जाय, संगत के लिए दो-तीन गवैये और जुटा चुका हूँ। हिम्मत चाहिए, खुदा को मदद करना ही होगा। जब ऐसे-ऐसे लोग यहाँ हिम्मत न हार डटे हैं, तो तुझे हिम्मत खोने की जरूरत क्या है, जगन्नाथ! इन भडुवे कव्वालों से तू लाख दर्जे बेहतर है। तेरी कविताई और पण्डिताई का मुकाबला तो आगरा में कोई मिलने से रहा! तो डटे रहो, जगन्नाथ! भाग्य को खुद तुम्हारी मंशा जानने आना ही होगा। निराशा की नींद में गाफिल होने की जरूरत नहीं, 'न हि सुप्तस्य सिंहस्य प्रविशन्ति मुखे मृगाः।' शायद राय मुकुन्ददास अपने घर नारकौल से अगले महीने लौट आएँ। उनके लौट आने तक तो प्रतीक्षा करो। फिर प्रयत्न करना है कि किसी तरह एक बार शाही शाइर का दर्जा हासिल हो जाय, ताकि आगरा में स्थायी निवास का कुछ बन्दोबस्त हो सके। पर संस्कृत के कवि या पण्डित को शाही दरबार में कौन पूछेगा? यहाँ रहकर क्यों न फारसी-अरबी पढ़ ली जाय। कोई मुल्ला-मौलवी तो तुझे पढ़ाने से रहा। हाँ, इस बार अगर वकील आसफ खाँ आएँ, तो उनके मुंशी चन्द्रभान ब्राह्मण से कहूँगा कि मुझे फारसी-अरबी पढ़ा दें, इनके जाने बगैर यहाँ दाल गलने से रही।

हाँ, राय मुकुन्ददास एक नेक सलाह दे गये थे, 'वकील आसफ खाँ बड़े दरियादिल हैं, पण्डित। अगर किसी तरह इन्हें प्रसन्न कर सको, तो बादशाह तक पहुँच हो सकती है। आप इनकी प्रशंसा में कोई कसीदा क्यों नहीं लिख डालते?' मैं इस सलाह पर सोच रहा हूँ। तो कुछ चापलूसी और खुशामद का हथकण्डा अपनाना होगा क्या? क्यों न नवाब आसफ खाँ पर एक प्रशस्ति काव्य लिख मारते हो। हाँ, ढाँचा नया होना चाहिए। नवाब के लाहौर से लौटने तक लिख डालो। हो सकता है, इसी से कुछ काम आगे बढ़े।

मैं लौट पड़ा हूँ। नीले आसमान की झिलमिलाती चादर ओढ़े श्याम रात्रि पूरे यौवन के साथ आगरा से मिलने आ गयी है। इसका चन्द्रमुख दमक रहा है। घरों और दुकानों में झिलमिलाती दीपशिखाओं ने नग जड़े आभूषण सजा इसकी सुन्दरता और बढ़ा दी है। धूपछाँही कविता में वकील आसफ खाँ की प्रशस्ति लिखना चाहता हूँ। क्यों न ऐसा साँचा अपनाऊँ, जिसमें गद्य और पद्य दोनों का ताफती रंग हो। तो तै रहा, मैं आज ही शुरुआत कर दूँगा। बाण और कालिदास दोनों के रंग ले उनमें अपनी प्रतिभा की सतरंगी रेखाएँ दे एक नये

चम्पू-चित्र को उरेहना आरम्भ करूँगा। क्या मेरा चित्र श्यामलाल चितेरे की शबीहों से कम लाजवाब होगा?

8

'आसफविलासचम्पू' का कुछ हिस्सा लिख ज्योंही जलपान की तैयारी में था, श्यामलाल आ पहुँचा। सुबह-सुबह ही उसे देख मैं चौंक पड़ा। इसे तो दिन में मिलने केसर ने बुलाया था। यह सुबह ही क्यों चला आया? तो बड़ा बेताब है यह। यह बेताबी आजीविका की है, या केसर से मिलने की?

"क्यों, मिल आये क्या?" मैंने पूछा।

"नहीं, सोचा सुबह ही क्यों न मिल लिया जाय।"

"उसने तो दिन में मिलने को कहा है।"

"मैं उधर से आया हूँ। दुकान पर कोई ग्राहक नहीं है। क्यों न अभी बात कर ली जाय। सोचा आप भी साथ रहें, तो अच्छा।"

"देखो श्यामलाल। मेरा चलना ठीक नहीं होगा। तुम्हारा अपना मामला है, भाई! फिर उसने तुम्हीं को बुलाया है। हो सकता है, केवल तुम्हारी आजीविका की ही बात हो।" मैंने सुझाया।

श्यामलाल जिद करता रहा, पर मैंने साफ इनकार कर दिया। लाचार श्यामलाल चला गया। जाते-जाते इतना कहता गया कि जो भी बातें होंगी, मुझे बता जाएगा।

वह आधी घड़ी बाद लौट आया। उसने बताया कि केसर दिन में महाराजा गजसिंह की हवेली में जा अनारा से मिलेगी और फिर यदि कुछ हो सका, तो तीसरे पहर उसे भी मिलवा देगी। पर साथ में बनारसी पण्डित का होना भी जरूरी है।

"आखिर क्यों?"

"यह तो वह जाने।" श्यामलाल अधिक कुछ न बता पाया।

तीसरे पहर से पहले ही श्यामलाल मेरे यहाँ आ डटा। उसने आते ही बताया, "अनारा से समय ले लिया गया है। केसर की सलाह है कि कुछ चुने मित्र साथ ले लूँ। मैं चित्र ले आया हूँ।" न चाहते हुए भी मुझे जाना पड़ा। हम पान जमाने के बहाने दुकान की ओर बढ़े। पान खा लेने पर केसर ने सलाह दी

कि हम हवेली चलें, वह भी एक घड़ी में वहाँ पहुँच जाएगी। अनारा से मुलाकात तो हो गयी है।

हम दोनों महराजा गजसिंह की हवेली में पहुँचे। हवेली के विशाल आँगन में ही एक सफेद एराकी घोड़े पर ग्यारह-बारह साल का लड़का घुड़सवारी सीख रहा था। सईस लगाम थामे घोड़े को तेजी से चक्राकार घुमा रहा था। शायद राजकुमार था। हमने दरबान से कहा कि केसरबाई तम्बोलिन ने हमें भेजा है। वे भी आ ही रही होंगी। भीतर जनाने में हमारी खबर करा दें तो ठीक होगा।

"ठीक है, ठीक है, केसरबाई को आने दीजिए। आप ड्योढ़ी के बाहर इन्तजार कीजिए।" दरबार ने बेरुखी से जवाब दिया। मैंने अपमानित अनुभव किया, पर अब क्या किया जा सकता था।

"आध घड़ी में ही केसरबाई आ पहुँची। वह दरबान से पूछे बगैर हमें साथ ले जनानी ड्योढ़ी में बेखटके दाखिल हो गयी। हम रुकने जा रहे थे, पर केसरबाई बोली, "अनारा कोई पर्दा नहीं करती। महाराज गजसिंह की रानियाँ सभी मारवाड़ में रहती हैं। यहाँ सिर्फ अनारा ही रहती है।" और हमें ले वह दुमंजिले पर एक विशाल कक्ष में दाखिल हो गयी। घुसते ही सामने एक विशाल शैया पर मसनद के सहारे अधलेटी मुद्रा में एक सुन्दरी को देखकर सहम गये। अवस्था केसर के ही समान थी, यही तीस-पैंतीस के आसपास, पर रंग केसर-सा गोरा नहीं, कुछ-कुछ साँवला था। इतने पर भी नाक-नक्श तीखे और चेहरा सलोना। मारवाड़ी वेशभूषा में सजी इस युवती को सम्बोधित करती केसर ने कहा, "क्या रानी जी, अभी भी आराम फरमा रही हैं। मैं इन बनारसी पण्डित और चितेरे कलाकार को आपसे मिलाने लायी हूँ। आपका हुक्म था ना।"

"अरे केसर, मैं तो भूल ही गयी थी।" और पास खड़ी तीन बाँदियों में से एक को पुकारते अनारा ने कहा, "गुलाबी, जा, कुछ फल और शरबत तो ला इनके लिए।" हमें पास की कालीन बिछी चौकी पर बैठने को कह अनारा ने हमारा परिचय पाने की जिज्ञासा प्रकट की।

"रानी जी, ये बनारस के पण्डित जगन्नाथ हैं। आपको याद होगा, पिछले साल एक संन्यासी महात्मा बनारस से आये थे। बादशाह सलामत से मिलकर उन्होंने हिन्दुओं पर लगाये जात्रा-कर को माफ करवा दिया था। उन्हीं के ये चेले हैं। पिछले साल ये भी उनके साथ आये थे। वकील आसफ खाँ के कहने से बादशाह ने हिन्दू मनसबदारों के लड़कों को पढ़ाने के लिए इन्हें यहाँ बुलाया था। पर इधर आसफ खाँ और उनके दीवान लाहौर चले गये। इनकी कोई खोज-खबर नहीं ले रहा है। बादशाह से मुलाकात भी नहीं हो पा रही है। बड़ा अन्धेर है इस आगरा शहर में। किसी तरह छः महीने से पड़े हैं। बादशाह ने

इनकी तनख्वाह तै कर दी थी। पर तीन महीनें से एक छदाम भी नहीं मिला है।

"ये टिके कहाँ हैं ?" अनारा ने पूछा।

"अरे, जौहरी बाजार के किरोड़ी के यहाँ टिके हैं। पान खाने के शौकीन हैं। मेरी दुकान तो वहीं पास में पड़ती है ना।" केसर ने स्पष्ट किया और वह अब श्यामलाल का परिचय देती बोली।

"ये श्यामलाल चितेरा हैं, रानी जी! बड़े ऊँचे दर्जे के चितेरा हैं। इन्होंने कई तस्वीरें बनायी हैं। शबीह भी बनाते हैं। आपकी इजाजत हो, तो आपकी ऐसी शबीह बना सकते हैं कि आप देखती रह जाएँ।"

"देखें, कैसे चित्र हैं?" अनारा ने पूछा।

श्यामलाल तो इसी का इन्तजार कर रहा था। उसने छः चुनिन्दा चित्र सामने रक्खे, फागवाला, हिंडोलावाला, खण्डिता और वासकसज्जा के चित्र तथा दो रागमाला के चित्र, एक राग ललित का, दूसरा राग मेघमलार का। अनारा ध्यान से देखती रही। तो यह कला-पारखी है, मैं सोचने लगा।

"चित्र खूबसूरत हैं, कलाकार। हमें पसन्द हैं। हम इनके तीन सौ दीनार दे रहे हैं और हाँ, अगर तुम हमारी शबीह बनाओ तो दो सौ दीनार और मिलेंगे। मैं इन्हें शाहजादी साहिबा को दिखाऊँगी, अगर उन्हें पसन्द आए, तो तुम्हें वहाँ से भी काम मिल सकता है।" अनारा ने बताया। केसर ने स्पष्ट किया कि आज ही शाम वे शाहजादी जहाँआरा से मिलने जा रही हैं। शायद उन चित्रों को दिखाने ले जाएँ। मोलभाव तै था, श्यामलाल को तुरन्त पाँच सौ दीनार दे दिये गये। शबीह के दाम पेशगी ही। श्यामलाल की आँखें खुशी से चमक उठीं।

"और हाँ, पण्डित जगन्नाथ आप हमारे राजकुमार को क्यों नहीं पढ़ाते? मैं महाराजा साहब से सलाह ले लूँ। आप लोग थोड़ा रुकें तो।" और अनारा तुरन्त चित्रों को ले मरदाने की ओर चल दी। दोनों बाँदियाँ भी उसके पीछे-पीछे दौड़ पड़ीं।

आधी घड़ी में ही एक बाँदी लौटी, और उसने हम तीनों को बताया कि महाराज गजसिंह ने हमें बुलाया है। साठ के आसपास की उम्र का वृद्ध व्यक्ति ईरानी कालीन पर मखमली खोल से मढ़े सुनहरी कामदार मसनद के सहारे बैठा था। मैंने उसे पहचान लिया। ज्योंही मैं मरदाने प्रकोष्ठ में दाखिल हुआ, वह उठ खड़ा हुआ। उसने मुझे पहचान लिया था।

"आइए, पण्डितप्रवर। आपके दर्शन तो श्रद्धेय कवीन्द्राचार्य के साथ पिछले साल भी हो चुके हैं। यहाँ बैठिए।" मैं आशीर्वाद दे उनके ही सामने मनसद के सहारे बैठ गया। मेरे बैठ चुकने के बाद ही महाराजा गजसिंह बैठे। केसर और

श्यामलाल मेरे इस सम्मान को देख चकित थे। अनारा भी समझ गयी कि महाराजा मुझे पहले से जानते हैं।

"तो आप यहाँ छः महीने से हैं, हमें खबर तक नहीं हुई। क्या करें भाई, आजकल मैं भी अस्वस्थ रहता हूँ।" वे रुक-रुककर बोल रहे थे। साँस फूलता-सा लगा। शायद महाराज दमें की बीमारी से परेशान थे।

उन्होंने बताया कि पिछले चार महीने से वे शाही दरबार भी नहीं जा पा रहे हैं। बादशाह कई बार उनकी बीमारी का हालचाल पुछवा चुके हैं। दो बार तो खुद शाहजादा दाराशुकोह आ चुके हैं। इधर बीमारी की खबर से हाड़ाराव छत्रसाल भी परेशान हैं। कल ही मिलने आये थे। राजकुमार जसवन्त के विवाह के बारे में जोर दे रहे थे। विवाह की सायत निकलवा चुके हैं। मैं सोचने लगा, तो उस ग्यारह-बारह साल के बच्चे का अभी से ब्याह रचाया जा रहा है। कितना अन्याय है इस समाज में। एक मैं हूँ, बाईस वर्ष का होने को आया, पर शास्त्रों के अनुसार तो गृहस्थाश्रम में प्रवेश करने के मेरे दो-तीन साल और अभी बाकी हैं। पर मैंने कोई टिप्पणी करना उचित न समझा। महाराजा ने वार्ता चालू रखते हुए कहा, "राजकुमार जसवन्त की अध्यापन-व्यवस्था अच्छी नहीं हो पायी है, पण्डितप्रवर। उसे फारसी पढ़ाने तो एक मौलवी आते हैं। आप तो जानते ही हैं, मुगल दरबार में इसके बिना काम नहीं चलता। पर हिन्दू शास्त्रों, काव्यों और विशेष रूप से नीतिशास्त्र का ज्ञान तो होना ही चाहिए। हमने खुद कालिदास, शुक्रनीति और कामन्दकीय नीतिसार पढ़ा है, और कुछ अंश पुराण और गीता के भी पढ़े हैं। हिन्दू राजा को इतनी जानकारी तो होनी ही चाहिए।"

"और फिर जसवन्त को तो मारवाड़ का महाराजा बनना है, अन्नदाता। उसकी पढ़ाई पर तो अधिक ध्यान देना होगा।" अनारा ने कहा।

"हाँ अनारा, मैं वचन दे चुका हूँ। मेरे बाद मारवाड़ की गद्दी पर जसवन्त ही बैठेगा। उस हठी और उद्दण्ड अमरसिंह को मारवाड़ की गद्दी कभी नहीं मिलेगी। मैं बादशाह से भी इसकी इजाजत दिलवा दूँगा। इसीलिए तो मैं जसवन्त के बारे में विशेष चिन्तित हूँ। आप जसवन्त का अध्यापन करें, पण्डितप्रवर। आशा है, आप हमारी प्रार्थना स्वीकार करेंगे।"

मुझे स्वीकार करना पड़ा।

"और हाँ, मैं कोशिश करूँगा कि शाही दरबार में भी आपका सम्पर्क हो जाय। वकील आसफ खाँ से पूरी मदद मिलेगी। आप किरोड़ी के यहाँ क्यों रुके हैं। हमारी हवेली में ही आपके निवास का प्रबन्ध हो जाएगा। अन्य शिष्यों को भी यहीं पढ़ने बुलवा लिया करें। अनारा, दीवान को बुलाकर इनके निवास की व्यवस्था करवा देना। कल से इनको कोई कष्ट न होने की जिम्मेदारी तुम्हारी है।" गजसिंह अनारा को आदेश दे उठे।

"मैं अभी दीवान को हुक्म दे दूँगी, अन्नदाता! और हाँ केसर, पण्डित जगन्नाथ और कलाकार के साथ दो घड़ी रुकना पड़ेगा। नाश्ता करके ही जा सकेंगे आप लोग। मेरे दरीखाने में प्रतीक्षा करें। मैं अभी आ रही हूँ।" उसने गुलाबी को इशारा किया। मुझे बिदा करते समय महाराज फिर खड़े हो गये। मैंने उन्हें आशीर्वाद दिया और हम गुलाबी के पीछे-पीछे चल पड़े। अनारा कुछ आवश्यक परामर्श के लिए वहीं रुक गयी।

हमें उसी कक्ष में छोड़ गुलाबी चली गयी। मैं सोच रहा था यह उद्दण्ड अमरसिंह और राजकुमार जसवन्त का क्या मसला है? रह न सका, मैंने केसर से दबी जबान में पूछा :

"यह राजकुमार जसवन्त तो वही हैं, ना, जो अभी बाहर चौक में घुड़सवारी सीख रहे थे।"

"हाँ, बनारसी पण्डित।"

"तो उनका क्या मामला है? महाराजा ने कहा था कि वे उन्हें मारवाड़ का भावी राजा बनाने का वचन दे चुके हैं। क्या इनके कोई और भी सन्तान है?" मैंने जिज्ञासा प्रकट की।

"हाँ पण्डित। बड़ा लड़का अमरसिंह है, छोटा यह जसवन्त। बड़ा निहायत हठी है। आगरा तो उसे फूटी आँख नहीं सुहाती। वह जसवन्त सुशील है। माँ की तरह अनारा को मानता है और अनारा ने भी बस इसे पेट से ही पैदा नहीं किया है। अरे, आखिर उसकी माँ तो है ही। महाराजा की रखैल होने के नाते जसवन्त की माँ नहीं, तो और क्या कहेंगे?" केसर ने दलील देते स्थिति स्पष्ट की।

"तो इन्हीं के कहने से महाराज जसवन्त को अपने बाद राजा बनाने का वचन दे चुके हैं। पर राजकुमार का विवाह इतनी कच्ची उम्र में करने क्यों जा रहे हैं, केसरबाई! अभी तो इनके खेलने-कूदने और लिखने-पढ़ने के दिन हैं।"

"अरे आप अभी क्वाँरे हैं क्या?" केसरबाई मेरे ही ऊपर व्यंग्य से मुस्करा उठी। थोड़ा झेंप गया मैं, पर झेंप मिटाते मैंने कहा, "हमारे शास्त्रों में पच्चीस वर्ष के बाद ही गृहस्थाश्रम में प्रवेश करने का विधान है।"

"कुछ भी हो पण्डित। इधर हम हिन्दुओं में शादियाँ बड़ी कम उम्र में हो जाती हैं। बच्चे-बच्चियों की शादियाँ यहाँ आम बात है। हिन्दू राजाओं में भी यही रीत चल पड़ी है। पर मुसलमान मनसबदारों और शाही घरानों में ऐसा नहीं है। शाहजादा औरंगजेब उन्नीस साल का हो गया। पर अभी, क्वाँरा है। सुनते हैं, महीने डेढ़ महीने बाद अब शादी होने जा रही है। बच्चों का ही ब्याह नहीं, हम हिन्दुओं में तो बूढ़ों के गले भी छोरियाँ बाँध दी जाती हैं। आपके बनारस की रीत दूसरी है क्या?" वह पूछ बैठी।

"नहीं, आम जनता में उधर भी ये दोनों दोष हैं, पर हम तैलंगों में शादियाँ देर से होने की रिवाज है।"

"मैं और अनारा दोनों इसी दोष की शिकार हैं, पण्डित, क्या करें!" मैंने देखा केसरबाई की सहज मुस्कान और आँखों की मृदुल भंगिमा पता नहीं कहाँ गायब हो गयी। तो केसरबाई का एक रूप यह भी है। मुझे लगा, यही उसका सच्चा रूप है। बाहर से मुस्कान की झलमलाती ज्योत्स्ना से तरल दिखाई पड़ते इसके मानस में कहीं कोई बड़वाग्नि छिपी है क्या? मैंने अनुभव किया, वह आग छिप नहीं पा रही है। केसरबाई से रहा न गया, वह न चाहते हुए भी अपना दर्द हमारे कानों में उड़ेलती जा रही थी।

"हम दोनों बचपन की सहेलियाँ हैं, पण्डित! फतहपुर सीकरी के पास के एक गाँव की रहनेवाली। अनारा जाट, मैं तम्बोली। बचपन में साथ-साथ खेली हैं। दोनों का नसीब भी एक-सा। एक सायत में ही हमारा ब्याह हुआ। दोनों को बूढ़ों के गले बाँध दिया गया। अनारा का पति महाराजा गजसिंह का अंगरक्षक था पर उम्र पचास साल के ऊपर। मेरा मालिक तो तुमने देखा ही है। इस वक्त सत्तर के आसपास है। ब्याह के दस साल बाद ही अनारा का पति मर गया। वह अनाथ हो गयी। हँसी-खुशी के दिन ही नहीं देखे थे पूरी तरह बेचारी ने। भला हो महाराज गजसिंह का कि इसे सहारा दे दिया। इधर पन्द्रह साल से वह इन्हीं के आसरे जिन्दगी गुजार रही है।"

"मुझे अफसोस है कि आपकी दुखती रग को छेड़ बैठा।"

"नहीं पण्डित, कोई तो सुननेवाला मिला। मुझे लोग छिनाल समझते हैं। मेरी दुकान पर सैकड़ों लफंगों की भीड़ का आखिर मतलब क्या है? तुम लोग खाली पान खाने तो आते नहीं। मुझे देखने भी आते हो और जब यही ठीक है, तो ठीक है, मैं भी मुस्कराती रहती हूँ, किसी तरह जिन्दगी तो काटनी है ना। मैं अपने को पाक-साफ नहीं कहती, पण्डित। लेकिन इतना बता दूँ, मैं बेसवा नहीं हूँ, जो लोग मुझे समझने की गलती करते हैं। मैं गरीब हूँ, बूढ़े पति को ले जिन्दगी तो गुजारनी ही होगी। हाँ, मैं अनारा से अधिक बदनसीब हूँ, वह महाराज गजसिंह को ही सब कुछ दे प्रसन्न है, पर मेरा तो कोई एक किनारा नहीं है। बूढ़ा अब अधिक दिन मेरा साथ देने से रहा, पण्डित! तब मेरा क्या होगा?" वह सिसक पड़ी।

"दिल ओछा न करें केसरबाई। भगवान सबका रखवाला है।"

श्यामलाल छलछलाती आँखों से गद्‌गद वाणी में केसरबाई को सान्त्वना देता बोला। पर वह सिसकती रही, सिसकती रही। मैं मूक बना अन्दर-ही-अन्दर घुटता जा रहा था। कुछ पलों में वह प्रकृतिस्थ हुई।

"महाराज गजसिंह इधर चार-छः महीने से काफी अस्वस्थ हैं। अनारा के

कारण महारानी और दूसरी रानियाँ इनसे रुष्ट हैं। ये भी मारवाड़ नहीं जाते। अनारा की भरपूर सेवा और इलाज के बावजूद रोग जाने का नाम नहीं ले रहा है। डर है, कहीं अमरसिंह मारवाड़ का राजा बना, तो अनारा बेचारी का क्या होगा? जसवन्त पर ही उसकी आसा टिकी है पण्डित। पति या प्रेमी के बाद औरत बेटे का ही तो सहारा खोजती है ना। अनारा भावी सुरक्षा के लिए महाराज से वचन ले चुकी है कि वे जसवन्त को ही उत्तराधिकारी घोषित करेंगे।" केसरबाई ने सारी योजना स्पष्ट कर दी।

वह जैसे हमसे कुछ नहीं छिपाना चाहती थी। योजना की राजनीतिक चालों के रहस्य का पर्दा हटाती कहे जा रही थी।

"पर अमरसिंह, कछवाहा राजा जयसिंह का बहनोई है। उसे उसका जोर है, पण्डित। इस बच्चे को भी अगर राजा बनाना है तो अपना बल बढ़ाना होगा। अनारा ने ही शाहजादी और शाहजादा दाराशुकोह के जरिये राव छत्रसाल के यहाँ इसकी सगाई पक्की करवा दी है। महाराजा गजसिंह के बाद शाही दरबार के हिन्दू मनसबदारों में राव छत्रसाल और राजा जयसिंह का बड़ा जोर है। यह सब तराजू के पलड़ों की लड़ाई है। राव छत्रसाल भी गजसिंह से सम्बन्ध जोड़ और मजबूत बनाना चाहते हैं। ये सारे हिन्दू मुसलमान मनसबदार यहाँ सब अपना-अपना मोर्चा मजबूत करने में जुटे हैं। हिन्दू मनसबदारों और मजहबी कट्टरपन से ऊपर उठे मुसलमान मनसबदारों में महाराजा गजसिंह मुख्य हैं। शाहजादी जहाँआरा और बड़े शाहजादा भी इनको बड़ा मानते हैं। पर वह रोशनआरा और शाहजादा औरंगजेब कट्टर मुसलमानों के हिमायती हैं। दरबार में इनका अलग गोल है। पूरा शाही दरबार रस्साकशी का शिकार है पण्डित! तुम भी छः महीने से इसी के शिकार बन रहे हो। पर अब अच्छे दिन दूर नहीं।"

केसरबाई तो बड़ी कुशल राजनीतिक साबित हुई।

"तो यह शक्ति-सन्तुलन के मसले हैं केसरबाई!" मैंने कहा।

"हाँ बनारसी पण्डित। तुम्हें आगरा में कदम बढ़ाते रहने को मदद मिले।" केसर जैसे मुझे राजनीति का पाठ पढ़ा रही थी, आगाह करती बोली, "अनारा को अमरसिंह ही नहीं, जयसिंह से भी डर है। राठौड़ और कछवाहों में भीतर-ही-भीतर लाग-डाट है। जयसिंह महाराज गजसिंह से दुश्मनी रखता है। वह चोरी-छिपे रोशनआरा वाले गोल से मिला है, हालाँकि अमरसिंह का उस गोल से कोई सम्बन्ध नहीं है। हाड़ाओं से भी कछवाहे डाह रखते हैं। इन राज-घरानों की लड़ाई यहाँ छोटी-छोटी बातों में भड़क उठती है, पण्डित। फूँक-फूँककर कदम रखने की जगह है यह आगरा शहर। कौन क्या है, कहना

मुश्किल है। तुम उस पीरू भटियारे की औरत को जानते हो क्या, वह रोशनआरा की मुँहलगी लौंडी है। खाली पान ही नहीं बेचती, क्या-क्या नहीं बेचती हरामजादी। हिन्दुओं के खिलाफ जहर उगलती उसकी मीठी जुबान मुसलमान सिपाहियों को धरम के नाम पर हमेशा बरगलाती रहती है।"

केसर यह भी संकेत करने जा रही थी कि पीरू भटियारे की दुकान शाही दरबार के ही राजनीतिक दंगल का एक छोटा-सा मरकज है। तो क्या केसर की पान की दुकान भी इसी दंगल का दूसरा केन्द्र है?

अब तक गुलाबी ने आकर नाश्ते की सामग्री सजा दी थी, आगरा के मशहूर पेठे और दालमोठ के अलावा घेवर और फेंणी भी। आम की फाँकें तश्तरियों में सजी थीं, और अन्य कई फल। बिल्लौरी पान-पात्रों में लाल और हरे रंग के शरबत छलछला रहे थे। हमने देखा, गति में मादकता छलछलाती अनारा चली आ रही थी। उसने हमारे समक्ष की मनसद के सहारे बैठ बाँदियों को इशारा किया। नाश्ते की सामग्री परोसी जाने लगी। हम सुस्वादु नाश्ता कर तृप्त हो अनारा से बिदा ले उठ पड़े। केसर ने कुछ देर और रुकने की इच्छा प्रकट की।

9

श्यामलाल की सराय से ही हम यमुना किनारे शाम गुजारने की मुद्रा में थे। उसकी सराय के इधर ही पीरू नानबाई की दुकान पड़ती थी। कहते हैं, पहले पीरू इसी सराय में भटियारा था पर पाँच बरस हुए, उसने अपनी नानबाई की दुकान खोल ली है। तन्दूरी, कुलीचा, भटूरे और नान की बिक्री होती थी, उस दुकान पर। पास में ही एक दूसरी दुकान थी, जहाँ तरह-तरह का पका गोश्त और पुलाव-बिरयानी बिका करते थे। प्याज और लहसुन के छौंक के बाद पकते गोश्त ने मेरे नथुनों में तीव्र वितृष्णा भर दी। श्यामलाल यहीं से सुबह-शाम नान या तन्दूरी लेता और पास की दुकान से बकरे की कलेजी खरीद सराय की कोठरी में ही खा लेता। दुकान के पास पहुँचते ही वह बोला, "शाम के लिए नान खरीद लूँ पण्डित। कोठरी में अचार रखा है रात को खा लूँगा। आज जी बड़ा दुःखी है। मांस खाने का जी नहीं है।" वह मेरे साथ ही पीरू भटियारे की दुकान की ओर मुड़ गया।

दुकान पर सुर्ख रंग का सुथना और हरा दुपट्टा ओढ़े पीरू की बीवी बैठी थी। सुर्ख रंग का कंचुक उसके मोटे शरीर को और विद्रूप बनाता जान पड़ा।

हाथ और गले में चाँदी के ढेर सारे गहने थे—पहुँचियाँ और घुँघरूदार चूड़ियाँ, जो ग्राहक को पान सौंपते वक्त झनझना उठती थीं, गले में जंजीरों की लड़ों से गुँथा चाँदी का हार और उन्नत सीने पर लटकती उसकी लड़ों के बीच रखी मोटी-सी हँसुली। उसके कानों में जरूर सोने के झुमके लटक रहे थे। फूल झुमकों की गढ़ाई में हिलाल के निशान थे। सिर के बीच सीस फूल भी सोने का था। पान से भरे मोटे गालों से वह जब मुस्कराती, तो चेहरा और भयानक लगने लगता। श्यामलाल ने उससे चार नान और चार कुलीचों की माँग की। दाम ले कागज के ठोंगे में नान और कुलीचे रख श्यामलाल को सौंपती वह पूछ ही बैठी :

"क्यों भई, कुछ काम बना तुम्हारा?"

"नहीं बड़ी बी, यहाँ कोई किसी की नहीं सुनता। तुम्हीं कुछ मदद कर दो ना।" श्यामलाल ने बताया।

"मैं तो तुम्हें पहले ही बता चुकी हूँ। तुम नाहक परेशान हो रहे हो। अरे, शाही दरबार में तुम्हारी तस्वीरों को कौन खरीदेगा। हाँ, हिन्दू मनसबदार खरीद लें, तो खरीद लें। उधर कोई कोशिश की तुमने? हमारे मजहब में तो तस्वीरों से सख्त नफरत की जाती है। फिर तुम्हारे पास वही हिन्दू देवी-देवताओं की तस्वीरें होंगी। ज्यादा हुआ, तो राधा और कान्हा का इश्क होगा।"

"नहीं बड़ी बी, मैं शबीह भी बनाता हूँ।" श्यामलाल ने उत्तर दिया।

"ना भई, यह शबीह भी बुतपरस्ती है। हमसे इस बारे में कोई मदद मिलने से रही। यहाँ कई शाइर, गवैये और चितेरे जूतियाँ-चटकाते फिरते हैं। मैंने सभी को टके-सा जवाब दे रखा है। अभी कुछ दिन हुए वह कव्वाल आया था, अच्छा-सा नाम था उसका, बन्ने खाँ। कहने लगा, बड़ी बी, कुछ कव्वालियाँ बनायी हैं। कहीं सुनाने का डीलडौल लग जाए। मैंने दो-टूक जवाब दे दिया, "कव्वालियाँ सुनाना हो तो किसी सूफी दरवेश की मज़ार का दरवाजा ढूँढ़ो। यहाँ कव्वालियाँ सुनने से रहे। और कोई हुनर सीखे हो, तो यहाँ गुजारा हो सकता है। हाँ, तो क्या नाम है तुम्हारा। ओं, याद आया, श्यामलाल! तुम नाहक आगरा में भटकने आ गये हो। भूखे मर जाओगे, भूखे।"

मैंन देखा, बड़ी जालिम है यह औरत। फिर भी श्यामलाल की ओर से जवाब देता बोला, "नहीं बड़ी बी, भूखे तो जानवर भी नहीं मरता। यहाँ नहीं, कहीं भी पेट भर ही लेगा।"

पीरू भटियारे की बीवी मुझे गौर से देखती बोली, "तुम भी हमराह मालूम होते हो, नौजवान। तुम्हारा इस्मशरीफ और सुकूनत?"

"इन्हें जगन्नाथ कहते हैं, बड़ी बी। ये बनारस के पण्डित हैं।" श्यामलाल ने मेरी ओर से उत्तर दिया।

"तो बरहमन हैं। ये भी रोजी-रोटी के चक्कर में आये होंगे।"

"यों ही समझ लें।" मैंने संक्षिप्त उत्तर दिया।

"तो आप भी चक्कर काटते रहें। क्या कुछ हिसाब-किताब और फारसी जानते हैं?"

"नहीं, बड़ी बी।" मैंने कहा।

"तब आगरा से कोई उम्मीद न रखें। बेहतर है, बनारस लौट जाएँ। सुना है, वहाँ बहुत मन्दर हैं, किसी मन्दर में बुत के आगे घण्टी बजाते रहिए। यहाँ काहे मारे-मारे फिरने आ गये हैं।"

अब तो किस्मत आजमाने आ ही गये, बड़ी बी। खुदा पर भरोसा है।"

"अरे तुम भी खुदा पर भरोसा रखते हो?" पीरू भटियारे की औरत चौंक पड़ी।

"हाँ बड़ी बी, भगवान का ही तो आसरा है।" मैंने स्पष्ट किया।

"अरे नामुराद, यही ढुलमुलपन तो तुम्हें चक्कर कटा रहा है। शैतान पीछे पड़ा है तुम्हारे।" भटियारे की औरत ने जैसे हमारे अभागेपन पर व्यंग्य किया।

"नहीं बड़ी बी, शैतान की क्या हिम्मत कि हमारे पीछे पड़ सके।"

तभी दुकान के पिछवाड़े से दुकान में दाखिल होते किसी ने भटियारिन को पुकारा, "नसीमन, तुम्हें याद है ना। आज खाँ साहब के यहाँ दो सैकड़ा नान भिजवाना है। रात को उनके यहाँ दावत है।"

मैंने उधर देखा। जिस शैतान की चर्चा हो रही थी जैसे वही दुकान में भटियारिन के पीछे नुमूद हो उसे पुकार उठा है। खौफनाक जल्लाद की शक्ल का काला-कलूटा प्रौढ़ खड़ा था। श्यामलाल ने इशारा किया, यही पीरू नानबाई है। चारखाने की तहमत और गाढ़े की बण्डी बदन पर थी, जो भट्ठी के धुएँ से काली हो उसके कालेपन को और काला बना रही थी। गले में काले डोरे में बँधा काले रेशम का चौकोर ताबीज जो धुएँ और पसीने से चीकट हो गया था। बायें बाजू पर भी एक ऐसा ही चीकट ताबीज और बँधा था। उसका सिर घुटा हुआ था, पर चेहरे पर चौड़े चकले पर भरी-भरी दाढ़ी को तराशकर नुकीला बना दिया गया था और उस्तरे से घनी मूँछों को साफ कर बारीक रेखों में काट दिया गया था जो काले ओठ से मिल तद्रूप बन गयी थी। उसके बाजुओं और सीने पर घने काले बाल थे। दाहिने हाथ में ललाट से चूते पसीने को पोंछता वह नसीमन को पुकारते हुए दुकान में दाखिल हुआ।

"हाँ भई, दो सैकड़ा नान भेज क्यों नहीं देते? फकीरे, झौवे में दो सौ नान रखकर अभी खाँ साहब के यहाँ पहुँचा आ। और देखो पीरू, शाहज़ादी साहिबा ने कल फकीरों और भिखमंगों को बाँटने के लिए दस सैकड़ा नान के लिए

कहा है। तुम्हें याद है ना। कल जिल्कादह की पन्द्रहवीं तारीख है। शाहजादा औरंगजेब की सालगिरह है। मैं कल शाम को दुकान से रुखसत पर रहूँगी। शाहजादी रोशनआरा के यहाँ जश्न में शामिल होना है। दुकान तुम्हें ही सँभालनी होगी। कल सुबह तक एक हजार नान तैयार रहें।" नसीमन पीरू को हुक्म दे उठी।

"अरे, एक हजार नान कौन बड़ी बात है। तुम बेफ्रिक रहो।" जवाब दे वह आकृति फिर गायब हो गयी। हम भी बेफ्रिकी से सराय की ओर मुड़ गये।

श्यामलाल नान का ठोंगा कोठरी में रख अब मेरे साथ यमुना किनारे चल पड़ा। अभी दिन ढलने में दो घड़ी बाकी थी। पर शाम की उदासी पहले ही श्यामलाल की वाणी पर उतरती प्रकट हो चुकी थी, "पण्डित, मुझे पता नहीं था कि केसरबाई इतनी दु:खी हैं उसकी कहानी सुनी तभी से मन भारी हो गया है।"

"हाँ श्यामलाल, मैं उसे छिनाल समझता था। पर वह तो घृणा नहीं, दया की पात्र है।"

"पर उसने यह सब हमसे क्यों कह डाला?"

"जाहिर है, वह तुमसे अपनापन अनुभव करने लगी है।" मैंने स्पष्ट किया।

"क्या कहते हैं, आप?"

"मैं ठीक कहता हूँ। तुम खुद ही इसे महसूस कर रहे हो। वक्त आते सब स्पष्ट होने वाला है। इश्क और मुश्क छिपे नहीं रहते, कलाकार।" मैंने बताया।

यमुना की ओर से बहकर आती ठण्डी हवा हमें छूकर मस्ती में भरने लगी। दाहिने ठेकेदार की दुकान से माजूम खरीद हम अब घाट की ओर बढ़ चले। एक डोंगी किराये पर की और मल्लाह ने जमुना के उस पार डोंगी को बढ़ा दिया। पश्चिम की धरती को छूता सूरज का लाल गोला यमुना को जाते-जाते रागारुण बना रहा था। इधर सामने एक ओर लाल गोला धरती से निकल आसमान की सीढ़ियों पर चढ़ने लगा। हमारी डोंगी बढ़ती जा रही थी। मैंने देखा पूरबवाला लाल गोला थोड़ी-थोड़ी देर में रंग पलटने लगा। अब वह सोने का पिण्ड जान पड़ा। उधर पश्चिम में सूरज पूरा डूब चुका था, अँधेरा बढ़ने की तैयारी करने लगा। पर जैसे उसे बढ़ने से रोकता पूरब का सुनहरा गोला अब किसी कुम्हलायी विरहिणी के कपोलों-फलक-सा पियराय गया, उसने प्रदोष के अँधेरे को अपने हाथों परे कर डाला और उसकी किरणें अब सरस मृणालजाल के रेशे की सफेद रेशमी डोरियों में हमें बाँधने लगीं। मुझे एक पुराना श्लोक याद हो आया। मैं

मस्ती से झूमता हुआ गा उठा :

प्रथममरुणच्छायस्तावत्ततः कनकप्रभः
तदनु विरहोत्ताम्यत्तन्वीकपोलतलद्युतिः।
उदयति किल ध्वान्तध्वंसक्षमः क्षणदामुखे
सरसविसिनीकन्दच्छेदच्छविर्मृगलांछनः ॥

आज के प्रदोष जो मजा आया, वह पिछले छः महीने आगरा में कभी नहीं आया। माजूम की खुमारी और बहरी तरफ निवृत्त होने का दिव्य आनन्द। चौचक बनारसी शाम गुजरी थी आज आगरा में। यमुना की दूधिया-नीली लहरों पर तैर लघु तरणी से हम लौट रहे थे। घाट से उत्तर मेरे निवास की ओर चल पड़े। चैत्र की पूनम की चाँद सोलहों कला की तूलिकाओं से आगरा की धरती के विशाल फलक पर रूपहरा चित्र बना चुका था। अँधेरा खरगोश के सींग की तरह केवल न्यायशास्त्र के 'अभाव' की शरण जा चुका था। हमारे मन का अँधेरा भी गायब हो गया। हम विजया के झोंकों में लहराते जब केसर की दुकान पर पहुँचे तो कव्वाल बन्ने खाँ सामने पड़ा, बोला, "अरे पण्डित, आपको तो यहाँ लोग ढूँढ़ रहे हैं, भई। वह देखो हिन्दू सिपाही अभी-अभी पूछ रहा था।" माजरा क्या है मैं जानने बढ़ने लगा, तो केसर बोली, "बनारसी पण्डित, महाराज गजसिंह के यहाँ से नौकर आये हैं। दो घड़ी से तुम्हारे इन्तजार कर रहे हैं। कहाँ चले गये थे? जाओ, अपना सामान वहीं ले जाओ। आज से हवेली में तुम्हारा इन्तजाम हो गया है।"

श्यामलाल और मैं तेजी से किरोड़ी की हवेली में पहुँचे। महाराजा गजसिंह के सेवक हमारे पीछे दौड़ पड़े। किरोड़ी के मुनीम को खबर दे आधी घड़ी में मैं तैयार था। अपरिग्रही वृत्ति थी अब तक अपनी। सामान बाँधने में ज्यादा देर नहीं लगी। किरोड़ी को भी सूचना मिल गयी थी। बिदा लेते समय उसे धन्यवाद दे मैंने किरोड़ी की हवेली को पीछे छोड़ दिया। केसरबाई की दुकान पर पान जमा तब इस मुहल्ले से बिदा लेना चाहता था। बन्ने खाँ पूछ ही बैठा, "क्यों पण्डित, अब तो मुलाकात नहीं होगी। आप जा रहे हैं। हमारी भी याद रखना। कहीं सिलसिला लगे, तो इस नाचीज़ को न भूलना। यह चौदहवीं का चाँद मुबारक हो।"

"ठीक है, बन्ने मियाँ।"

"तो आप चलें, बनारसी पण्डित। कलाकार के लिए भी इसी मुहल्ले में एक कोठरी किराये पर ढूँढ़ ली है। सराय में कब तक टिकेंगे? क्यों कलाकार, आप उस कोठरी में आ जाओ ना!" केसरबाई उसका भी इन्तजाम करती बोली।

"हाँ श्यामलाल, ठीक रहेगा। तुम्हें कोई तकलीफ नहीं होगी।" श्यामलाल को सलाह दी और फिर केसरबाई से बोला, "केसरबाई, आज बन्ने मियाँ को हमारी ओर से पान खिला दें।"

"नहीं, बनारसी पण्डित। आप इस मुहल्ले को छोड़कर जा रहे हो भाई, आज तो पान हमारी ओर से होंगे।" केसरबाई ने कहा। मैं आग्रह करता रहा, पर केसरबाई ने दाम लेने से इनकार कर दिया।

"अरे, इस तरह से तो लुट जाएँगी, केसरबाई!" मैंने टिप्पणी की।

"कभी-कभी लुटने में भी खुशी होती है, बनारसी पण्डित।" और सहज मुस्कान बिखेर पान पर चूना पोतने के बाद वह उस पर कत्थे की रागभरी खपच्ची फेरने लगी।

10

राजधानी दुलहिन-सी सजने लगी। शहर की सड़क मार्जनियों से उबटन लगवा साफ-सुथरी मशकों की केतकीवासित जलधारा में नहा चुकी थी। लजीली शाम ने गुलाबी जोड़ा ओढ़ चढ़ते जेठ की जवानी को मस्ती में भर दिया। इस शीतल सुखद अवसर पर आगरे की गर्मी भी अपनी नैसर्गिक तेजी भुला जश्न में शरीक होने को तैयार थी। काफी चहल-पहल थी आज महाराजा गजसिंह की हवेली में। हवेली में ही क्यों, हफ्ते भर से सारा आगरा-शहर गा-बजा रहा था। दिन भर कोई जुलूस निकलता रहता। दुलहिन के लिए मेहँदी या जोड़ा भेजा जा रहा है शाही दरबार की ओर से। कभी दुलहिन के यहाँ से तोहफे मयजुलूस के किले की ओर जा रहे हैं। दिन भर शहनाइयाँ बजती रही हैं, रात-भर पटाखे और आतिशबाजियाँ, नीले आसमान को सतरंगी आवाज में गुँजा रही हैं। हर दिन शाम को किसी-न-किसी मनसबदार के यहाँ नौशे की आवभगत के लिए मजलिस हो रही है। आज महाराजा गजसिंह के यहाँ मजलिस है।

हफ्ते भर पहले ही तीसरे राजकुमार, शाहजादा औरंगजेब का निकाह एक ईरानी मनसबदार की बेटी के साथ धूम-धाम से पढ़ा जा चुका है। कहते हैं कि यह सरदार ईरान के शाही खानदान का है, इसके वृद्ध प्रपितामह ईरान के शाह के सगे छोटे भाई थे। इसी खुशी में महाराजा गजसिंह ने नौशे मियाँ और दुलहिन को दावत दी है। लोग कहते हैं, बादशाह हुजूर भी पधारेंगे। उसकी पुरजोर तैयारी हो रही है। हमारी हवेली भी दुलहिन बन गयी है। केसरबाई को आज

बात करने की फुर्सत नहीं है। अनारा ने जनाने मेहमानों की आवभगत उसे जो सौंप दी है। श्यामलाल ड्योढ़ी पर डटा सेवकों को आदेश दे रहा है। बन्ने खाँ कव्वाल तक अपनी मण्डली के साथ सज-धज के डटा है। तंजेब के महीन कुरते पर कलाबत्तू की कामदार मखमली बण्डियों और सिर पर जरी की किश्तीनुमा टोपियाँ। इसकी मण्डली जहाँ खड़ी हो जाती है खश और गुलाब के इत्र की शीशियाँ-सी खुल जाती हैं। बन्ने खाँ कह रहा था, "भला हो केसरबाई का। हमें भी याद फर्मा लिया। उनका हुक्म है कि हमें नौशे राजा को कव्वाली की तर्ज में सेहरा सुनाना है। हिन्दवी में बहुत बढ़िया सेहरा बनाकर लाया हूँ, पण्डित। आज दिन-भर साथियों से रियाज करवा चुका हूँ। अल्लाहताला ने आखिर हमारी भी सुन ही ली।" वह बहुत खुश था, जैसे उसी की शादी है यह।

लोग आने लगे हैं। खोजों और बाँदियों के हुजूम के साथ कई पालकियाँ दुलहिन को लेकर आयीं। कुछ पालकियों में हिन्दू मुसलमान मनसबदारियाँ भी हैं। हवेलियों की बाँदियाँ, शाही खोजे और चोबदार इधर-उधर भाग रहे हैं। दो घड़ी में ही नौशे का जुलूस भी आ पहुँचा है। कई मनसबदार घोड़ों पर सवार तीन हाथियों को घेरे बढ़ रहे हैं। शहनाइयाँ बजती आ रही हैं। कोई दो-ढाई हजार की भीड़ है। एक हाथी पर अकेले बादशाह बैठे हैं। हवेली के दरवाजे से ही लाल मखमली पाँवड़े बिछाये अगवानी के लिए खड़े हैं। पास में ही उचित वेशभूषा में मेरा नया शिष्य जसवन्त भी। बादशाह और चारों राजकुमार हाथियों से उतर चुके हैं। महाराज ने दरवाजे के आगे बढ़ उनका मुजरा करते स्वागत किया है। बादशाह को नजर पेशकर अब वे बादशाह और नौशे की न्यौछावर कर रहे हैं। रुपये और अशर्फियों से न्यौछावर की जा रही है। मखमली पाँवड़ों पर कदम रखते शाही मेहमान हवेली में दाखिल हो चुके हैं।

हवेली की विशाल छत पर चाँदनियाँ बिछी हैं। ईरानी गलीचों पर मसनदें सजी हैं। जेठ की अँधियारी रात में शुक्ल पक्ष उतर आया है। रोशनी से गलीचे और मखमली मनसद जगमगा रहे हैं। बादशाह सलामत के बिराजने के बाद सभी मेहमान तशरीफ रख चुके हैं। उधर बारहदरी में जनाने मेहमानों की भी खातिरदारी करती अनारा राजरमणी की पूरी जिम्मेदारी निभा रही है। महाराजा के प्रधान सेवक अभैसजजी खींची के इशारे पर बन्ने खाँ की मण्डली आ डटी है। वह कव्वाली की तर्ज में सेहरा गा उठी है। कव्वाली के तरन्नुम में सारी मजलिस झूमती जा रही है, पर दूल्हे राजा गम्भीर मुद्रा में कव्वाली सुन रहे हैं। उन पर शायद बन्ने खाँ की रसीली तान का कोई असर नहीं हो रहा है। कव्वाली खत्म कर बन्ने खाँ की मण्डली इनाम इकराम पा मुजरा करती उठ चुकी है। दावत शुरू होने जा रही है।

दस्तरख्वान पर सैकड़ों सोने-चाँदी और कामदार चीनी मिट्टी की रकाबियों, दमकती सुराहियों और पान-पात्रों में खाद्य तथा पेय पदार्थ सज चुके हैं। हवेली के पिछवाड़े भी धूमधाम सुनाई दे रही है। शायद जुलूस के साथ आये सिपाहियों, अहदियों और सेवकों की दावत का इन्तजाम किया जा रहा है। कोई तीन-चार घड़ी तक मेहमान खाते रहे हैं। मैंने देखा, हिन्दू-मुसलमान मनसबदार छुआछूत का भेदभाव भुलाये एकरस हो दावत का पुरलुत्फ जायका ले रहे थे। मैं अभी पुराने संस्कारों के तौक को नहीं उतार पाया था। मैंने व्यवस्था पर नजर रखने का काम ले लिया था। अभैराजजी खींची मेरी देखरेख में सेवकों को सुपुर्द कर हवेली के पीछे शाही नौकरों का इन्तजाम देखने चले गये।

उस दिन राजा जयसिंह दावत में नहीं आया। कहते हैं, उसने तबीयत नासाज होने का बहाना बना लिया था। कुछ मुसलमान मनसबदार भी नहीं आये। नवाब आसफ खाँ, उनके दीवान राय मुकुन्ददास, राव छत्रसाल कई लोग शरीक हुए थे। मुझे लगा, पूरा शाही दरबार दो खेमों में बँटा है, खिलाफ खेमे के लोग नहीं आये थे। पर खिलाफत जाहिर करने के ये तरीके बड़े भद्दे हैं। क्या किया जाय, बड़ा जिद्दी जीव है यह इन्सान। इसी फिजूल की जिद ने तो उसे एक-दूसरे के गले मिलने से महरूम कर रखा है और आज जब मैं इन्सानी जिद सोच रहा हूँ तो मुझे राजहठ और बालहठ की वह घटना याद आ जाती है, जिनमें इन हिन्दू राजाओं की हठधर्मिता का एक पक्ष उजागर होता मिलेगा।

इसी साल जाड़े में जसवन्त का विवाह भी पक्का हो गया। बड़ी धूमधाम से तैयारियाँ होने लगीं। बरात जोधपुर से बूँदी जाने वाली थी। मैं जोधपुर तो न जा सका, पर शादी में शरीक होने के महाराजा गजसिंह के आदेश और राव छत्रसाल के आग्रह को नहीं टाल सका। जोधपुर न जाने का कारण यह था कि मैं रुककर 'आसफविलासचम्पू' पूरा कर उसे नवाब आसफ खाँ को समर्पित कर देना चाहता था। राय मुकुन्ददास को जब मैंने सुनाया, तो बड़े खुश हुए। चन्द्रभान ब्राह्मण ने भी मेरी कविता की दाद देते, कहा, "बड़ा सजीला नस्त्र[1] और नज़्म[2] लिखते हो, पण्डित। फारसी में अबुलफज्ल ने ऐसा ही सजीला नस्त्र लिखा है। मैं भी उसी तर्ज पर फारसी नस्त्र में एक किताब लिखना चाहता हूँ।" चन्द्रभान ब्राह्मण संस्कृत और फारसी दोनों के माहिर हैं। मैं इनसे इन दिनों फारसी पढ़ने लगा हूँ। शेख सादी की रचनाएँ 'गुलिस्ताँ' और 'बोस्ताँ' खत्म कर चुका हूँ। नवाब आसफ खाँ तो कवियों और कलाकारों के पारखी थे ही। मेरी सानुवाद रचना सुन मुस्कराते बोले, "अच्छा लिखते हैं, पर आपने इसमें नाहक तारीफ के पुल बाँध दिये हैं, पण्डित। हममें कोई ऐसी खशूसियत तो है नहीं। शाइर लोग हैं आप, जो चाहें कह डालिए।"

बानवाज आसफ खाँ की ओर जसवन्त के ब्याह में उनका प्रतिनिधित्व करने को पण्तित चन्द्रभान ब्राह्मण मुकर्रर किये गये। महाराज गजसिंह रुग्णावस्था के कारण बेटे के ब्याह में न जा सके। शादी का सारा प्रबन्ध वर की ओर से ठाकुर राजसिंह को सुपुर्द कर दिया गया, जो महाराजा के स्वामि-भक्त मन्त्री थे और जोधपुर का प्रशासन चलाते थे। बराती जोधपुर और आगरा, दो दिशाओं से हाड़ों की राजधानी बूँदी पहुँचे। मैं पण्डित चन्द्रभान ब्राह्मण के साथ ही आगरा से आँबेर, उनियारा और नगर होते हुए वहाँ पहुँचा। मुझे आज भी आँबेर के बाद पड़ने वाले इन दो मशहूर शहरों के नाम याद हैं। जाड़ा खत्म हो चुका था, सम्भवतः फाल्गुन का महीना था। पूरा एक सप्ताह लगा था हमें बूँदी पहुँचने में। दो-ढाई सौ बरातियों की टुकड़ी रवाना हुई थी आगरा से। जोधपुर से तो हजारों बाराती आने वाले थे। घोड़ों और ऊँटों का छोटा-मोटा काफिला था हमारे साथ। अभैराजजी खींची के इन्तजाम में कोई कोर-कसर नहीं थी।

शहर से कोई डेढ़-दो कोस पहले दक्षिण दिशा में हमें काफी ऊँचा दर्रा पारकर घाटी में दाखिल होना पड़ा। दोनों ओर ऊँची पर्वत शृंखलाएँ हमारे साथ बढ़ती जा रही थीं। आगरा से अब तक हम मैदान में सफर करते रहे। हाँ, आँबेर के पश्चिम में दूर क्षितिज पर छोटी-मोटी पहाड़ियाँ दिखाई पड़ीं। वे ही हमारे नजदीक आती-जातीं इस दर्रे पर एक-दूसरे से गुँथ हमारा रास्ता रोकने की मुद्रा में खड़ी थीं। दर्रे के चढ़ाव की चोटी पर जहाँ से घाटी का ढलान शुरू हो रहा था, एक विशाल गोपुर था और दायें-बायें पर्वतमाला पर कँगूरेदार ऊँचा प्राचीर जो दोनों ओर दूर तक फैल गया था। यहाँ एक फौज की टुकड़ी थी, हाड़ा राजधानी की सुरक्षा के लिए। जाहिर है, हम नगर के परिसर में थे, पर अभैराजजी ने बताया, अभी नगर डेढ़-दो कोस और दूर है। पौन कोस बाद ही हम एक खूबसूरत नहर के किनारे पहुँच गये। बड़ी हरियाली थी वहाँ। करीब एक पहर दिन चढ़े हम वहाँ पहुँचे थे। यहीं हमारी अगवानी का प्रबन्ध था।

स्नान-ध्यान से निवृत्त हो भोजन-विश्राम के बाद हम तीसरे पहर शहर की ओर रवाना हुए। एक ओर गोपुर पार किया। बायें एक विशाल बाग में मृत महाराजाओं की समाधियाँ, विशाल छतरियाँ, कोई आधे कोश बाद बायें एक विशाल जलाशय ऊँची पर्वतशृंखला के चरणों में लहरा रहा था। हरे पद्मपत्रों के बीच गुलाबी कमल खिले थे, जैसे पन्ने की तश्तरियों में हलके लाल माणिक के बड़े-बड़े नगों का नजराना सजाये जलाशय, पर्वतराज की खिदमत में आ गया हो। भौंरों की गुनगुनाहट हमारा मंगलाचार कर उठीं। दायीं ओर बागों में लाल फूलों के ओठों मुस्कराती दाड़िम-लताएँ अधपके फल के भार से नमित हो हमारा स्वागत करने लगीं। शाखाओं पर लदे, गदराये अमरूदों का उपभोग कर मस्ती

में चहचहाते तोते हमें पहुँचा देख खुशी से गा उठे। मंजरियों से रोमांचित रसाल-लताओं पर आन्दोलन सुख पाते पुंस्कोकिल कूक उठे। बागों के पास उतनी ही ऊँची पर्वत श्रृंखला हमारे दायें ओर भी थी। यहीं तालाब की मजबूत पाल पर सैकड़ों खेमे गड़े थे, बरातियों के लिए। अब हम फिर एक परकोटे से गोपुर को पार कर तालाब की पाल पर जा पहुँचे। दायीं ओर के पहाड़ पर किला सिर उठाये खड़ा था। कितना बौना लगता है एक छोटी-सी टेकरी पर बना आगरे का लाल किला। इसके आगे धरती और आसमान की दूरी को एक करता जान पड़ा यह दुर्ग। पहाड़ों की सीधी चढ़ाई इसकी दुर्गमता को और भयंकर बना रही थी।

हाड़ाराव के राजगुरु व्यास जी ने खासतौर पर मेरी और पण्डित चन्द्रभान की खातिरदारी सँभाल ली थी। कोई महीने भर रुके थे हम लोग। एक बार बनारस वाला वह मजा फिर मिला यहाँ, जिससे आगरा में वंचित रहा। जिस बाग या बगीचे में शाम को पहुँच गये, सिल-बट्टे पर भाँग घुटती मिली। तो यहाँ भी लोग विजया और बहरी तरफ के शौकीन हैं। लोगों ने कहा था, इधर राजपूताने में यह 'छोटी-सी काशी' के नाम से मशहूर है, तो काशी की यह रौनक भी यहाँ है। विद्वत्ता के लिहाज से भी यहाँ कई पण्डित मिले। व्यास जी स्वयं धुरन्धर पण्डित थे, भले ही वे नव्यन्याय नहीं जानते थे। वे मेरी विद्वत्ता के कायल हो गये। इतनी आत्मीयता हो गयी उनसे इसके बीच कि कई बार घर लिवा गये। शहर के बीचों-बीच उनकी विशाल हवेली थी। उनकी हवेली के ठीक सामने ही नगर का प्रमुख विष्णु मन्दिर था, जिसे राव छत्रसाल ने कुछ ही वर्ष पूर्व बनवाया था। इसमें गण्डकी नदी से लायी स्निग्ध श्यामल शिला में चतुर्भुज मूर्ति उत्कीर्ण थी। हवेली की छत से दोनों ओर उत्तर-दक्षिण में उठी पहाड़ियों के ढलान पर रात को दीये जलने पर एक के ऊपर एक मकानों की पाँत ऐसी लगती थी जैसे इन्द्रपुरी के महल पर चढ़ते दोनों ओर के जीनों की कतारें आसमान छू रही हों और रात के अँधेरे में इन जीनों पर जड़े रत्नदीप दमक उठे हों। पश्चिम में भी दूर पहाड़ियों की चोटियाँ नजर आ रही थीं पर पूरब में विशाल मैदान था, जो शहर के पार हरे वृक्षों की पाँत के बाद नीले खेतों में खो जाता था। शाम को पश्चिम की दाहिनी पहाड़ी की छत पर बनी छतरी के खम्भों के बीच उसकी फर्श पर उतरता सूरज का गोला ऐसा लगता, जैसे दिन-भर की यात्रा के बाद रात में इसी छत पर विश्राम के निमित्त लेटने जा रहा हो। लोगों ने इसीलिए इस छतरी का नाम ही 'सूरज-छतरी' रख दिया था।

राठौड़ों की बरात के अलावा एक और बरात आयी हुई थी। शहर के पूरब की ओर आग्नेय कोण में फैला मैदान तम्बुओं से पटा था। मैंने व्यास जी

की हवेली की छत से इन पटवश्मों की लम्बी कतारें देखी थीं। बरात सीसोदियों की थी। उदयपुर के राणा जगतसिंह के बेटे राजसिंह से राव छत्रसाल की बड़ी बेटी का सम्बन्ध इसी लगन में पक्का किया गया था। राठौड़ और सीसोदियों का सम्बन्ध तो अनिकुलिक सम्बन्ध था। एक-दूसरे को देखकर भड़कना स्वाभाविक था ही। कुछ राठौड़ सरदारों ने सीसोदियों का अपमान करने की नीयत से जसवन्त को भर दिया। तलवारें खिंचते-खिंचते रुक गयीं उस दिन।

गोधूली का मुहूर्त था। दिन ढलने के दो घड़ी पहले ही पश्चिम और पूरब की दो विपरीत दिशाओं से शहर में दाखिल होती बारातों की नाहर के चौहटे के चौक पर मुठभेड़ हो गयी, वहीं से किले के पहाड़ की चढ़ाई शुरू होती थी। दायीं ओर नगर की बस्ती थी, बायीं ओर पहाड़ की आधी चढ़ाई तक राजमहल थे और उसके बाद पहाड़ी मार्ग किले पहुँच तक जाता था। धूमधाम से दोनों बारातें पहाड़ की चढ़ाई पर चढ़, बायीं ओर दरवाजे की ओर बढ़ने जा रही थीं। इस विशाल गोपुर पर दो सोने के तोरण सजे थे। साँझ की लाली में इनका रंग और निखर उठा था। तोरण मारने की प्रथा नियमतः बड़े दूल्हे की पहले होनी थी। जसवन्त छोटा दूल्हा था। उसे राजसिंह के तोरण मार लेने के बाद ही तोरण मारना था। पर यहीं यह निरर्थक सवाल पैदा हो गया कि तोरण मारने की रस्म पहले किस दूल्हे को हो। सवाल राठौड़ों की ओर से ही उठाया गया था।

"पहले यह अधिकार राठौड़ का है।" राठौड़ों की माँग थी। पर सीसोदिये भी टस से मस नहीं हो रहे थे। राव छत्रसाल बड़े पसोपेश में थे। गोपुर पर महाराज के कुलगुरु की जिम्मेदारी निभाते व्यासजी भी चिन्तित हो उठे थे। मुहूर्त टलता जा रहा था। सूर्य अस्त हो चुका था और गोधूली का धूमिल पट अब कालिमा में डुबोया जाने लगा था। पर दोनों राजपूत अपनी आन पर डटे थे, कोई भी अंगुल भर झुकने को तैयार नहीं था। राठौड़ की दलील थी, "हम सभी हिन्दू राआओं में बड़े हैं। शाही दरबार में महाराज गजसिंह सबसे बड़े मनसबदार हैं। राणा जगतसिंह तो मध्यम दर्जे के मनसबदार हैं वहाँ। हमारे राजकुमार से छोटी राजकुमारी का सम्बन्ध होने जा रहा है तो क्या, मान-मर्यादा तो हमारी सबसे बड़ी है।'

"हाँ, हाँ, बड़ी देखी तुम्हारी मान-मर्यादा। अरे, तुम सीसोदियों को चुनौती दोगे? मुगल बादशाहों को जिस दिन तुमने डोले में राजकुमारियाँ दीं, उसी दिन बह चुकी तुम्हारी मान-मर्यादा। सीसोदियों ने कभी मुगल बादशाहों के आगे अपनी मूँछें नीची की हैं?" सीसोदिये मूँछों पर ताव दे उठे।

"हाँ, ठीक है, पहले यही। एक बार फैसला हो जाय कि कौन भारी पड़ता है। तलवार फैसला करेगी कि गढ़ के तोरण पर कौन राजकुमार पहले अपनी

तलवार मान रस्म पूरा करेगा।" राठौड़ ललकार उठे।

छत्रसाल काँप उठे। यह क्या होने जा रहा है! मैंने भी जसवन्त को समझाया, "देखो राजकुमार, लोकरीति की दृष्टि से राजकुमार राजसिंह को ही पहले यह कार्य सम्पन्न करना चाहिए।"

"नहीं गुरुवर। प्रश्न सम्मान का है। सीसोदियों से हम अधिक प्रतिष्ठित हैं।"

जसवन्त क्रोधित था। पर मारवाड़ी मन्त्री ठाकुर राजसिंह चतुर व्यक्ति थे। उन्होंने जसवन्त को समझाया। आखिर वह झुक गया। रंग में भंग होता बच गया।

पर फिर भी रंग में भंग हो ही गया। अभी बरात बिदा भी नहीं हुई थी कि शाही हरकारे आगरा से बूँदी आ धमके। ब्याह की खुशी में मातम की गमी छा गयी। माघ के महीने की ठण्ड ने महाराजा गजसिंह को आ दबोचा था। तभी से वे रुग्ण थे और विवाह में भी शरीक न हो पाये। ऋतु परिवर्तन से भी लाभ न हुआ। दमे और श्वास-कास ने यमदूतों का काम किया, वे स्वर्ग सिधार चुके थे। बादशाह ने राजकुमार जसवन्त को तुरन्त बुलाया था। अनारा का भी व्यक्तिगत हरकारा अलग आया था। डर था कि कहीं अमरसिंह राजा जयसिंह के साथ मिलकर कुछ बखेड़ा न खड़ा कर दे। हमें पता चला कि मरने से पहले महाराजा गजसिंह बादशाह से वचन ले चुके थे, बादशाह भी वचन दे चुके थे, और उन्होंने जसवन्त को तुरन्त आगरा पहुँचने का आदेश दिया था। हमें खबर पाते ही आगरा के लिए प्रस्थान कर देना पड़ा।

आगरा पहुँचते ही शाही तौर पर ग्यारह-बारह साल के जसवन्त को टीका दे बादशाह ने अपने हाथों महाराज घोषित कर दिया। उसे खिलअत, जड़ाऊ जमधर, हाथी और घोड़ों की बख्शीश दे चार हजार जात और चार हजार सवार का सम्मानित मनसब दे दिया गया। मर्यादा में वह बच्चा भी राजा जयसिंह के बराबर बन बैठा। झगड़े को शान्त करने की गरज से बादशाह ने अमरसिंह को भी दो हजारी मनसब दे मारवाड़ की कुछ जागीरें दे दीं। राजा जयसिंह और अमरसिंह तिलमिलाकर रह गये। महाराजा गजसिंह के उत्तराधिकारी के बारे में बादशाह फैसला दे चुके थे। अनारा की सुरक्षा पक्की हो गयी।

11

विकल कुररी की तरह रो उठी थी अनारा उस दिन। वैधव्य के कुहरे ने उसके मुखचन्द्र को निःश्वासान्ध बना दिया। उसकी आँखों की बरखा ने हमें कँपा दिया।

जसवन्त को बाँहों में समेट वह माँ की सारी ममता उसे दे रही थी। पति के प्रति उसका रति भाव ही अब रूप बदल वात्सल्य बन गया। उसने कहा था : "मैं आज विधवा हो गयी, पण्डित। जीवन की और कोई साध अब बाकी नहीं रही है। कौन इच्छा मेरी अधूरी रह गयी है। अब तो जै दिन जीना है, भगवान का भजन हो जाय। हाँ, जसवन्त को भगवान लोगों की बुरी नजर से बचाये रहे।" वह शंकित पक्षिणी-सी जसवन्त को अपने आँचल में दुबकाये उसकी सुरक्षा के लिए निरन्तर यत्नशील रही। उसे डर था कहीं जसवन्त का कोई अनिष्ट न कर दे। राजघरानों में षड्यन्त्र आम बात थी, जहर देकर या दूसरे ढंग से किसी की जिन्दगी को साफ करने का डर हमेशा बना रहता था। रखैल अनारा राजसी वृत्ति छोड़ शुभ्र सात्त्विकता के लिबास में ढल चुकी थी। उसने गीता पढ़ने की इच्छा प्रकट की और अब जसवन्त की भरपूर देखरेख और गीता की उपासना में ही उसका जीवन प्रौढ़ता की ओर उतर चला।

अगला पतझड़ आया और उस वर्ष पके पान-सा नन्दा तम्बोली भी संसार-वृक्ष से झड़ गया। ऐसा लगा, केसर की जिन्दगी भी माघ की टहनियों-सी ठूँठ हो गयी। एक महीने उसकी पान की दुकान की सारी चहल-पहल मर चुकी थी। पर एकाएक वसन्त के आते ही नयी कोपलों ने ताक-झाँक करना शुरू किया। वे रोमांचित व्रीड़ा से लाल हो धीर-धीरे सारे परिवेश को हरा-भरा बनाने लगी। नन्दा तम्बोली के स्थान पर नियति ने केसर की जिन्दगी में श्यामलाल को आदेश दे डाला। दोनों की अपरिस्फुट प्रणय-कलिका प्रस्फुट हो गयी। केसरबाई फिर सधवा हो गयी। कुछ दिनों तक उड़ी-उड़ी-सी उसकी रौनक फिर स्थिर हो गयी, पान की दुकान की रंगीनी वापस लौट आयी।

अकबराबाद में मेरा सम्मान बढ़ता जा रहा था। मैं अब मारवाड़ नरेश राजा जसवन्त सिंह का विद्यागुरु था। नवाब आसफ खाँ मुझसे काफी खुश थे। आर्थिक चिन्ता से मुक्त हो मैं स्वाध्याय और चिन्तन में जुट गया था। मेरे अध्यापन कौशल की धूम आगरा में फैल चुकी थी। बादशाह के दरबार में वृत्ति ढूँढ़ने आया वह भाषाकवि चिन्तामणि, मम्मट का काव्यप्रकाश पढ़ने चला आया था, यद्यपि चिन्तामणि उम्र में मुझसे बड़ा था। भाषा में कोई काव्यशास्त्र का ग्रन्थ नहीं था, वह मम्मट की छाया से भाषा में अलंकार ग्रन्थ लिखने की गरज से इसे पढ़ रहा था। चिन्तामणि कविता भी करता था, पर उसकी कविता बढ़िया नहीं होती थी। हाँ, उसका छोटा भाई मतिराम दोहे और सवैये अच्छे लिखता था। चिन्तामणि अधिक समय आगरा में नहीं रहा। कोई दो-तीन साल बाद ही यहाँ पूछ होती न देख वह शायद दक्षिण की ओर चला गया। पर मतिराम आगरा में ही रहा। मेरे पास उसने जयदेव के चन्द्रालोक, मम्मट के काव्यप्रकाश और भानुदत्त की रसमंजरी को पढ़ा था। संस्कृत के पंच काव्यों-'रघुवंश', 'मेघदूत', 'किरातार्जुनीय',

'शिशुपालवध' और 'नैषध' की पढ़ाई चल पड़ी। संस्कृत के गद्यकाव्य और नाटक को पढ़ने में कोई छात्र खास दिलचस्पी नहीं दिखाता था। श्रव्यकाव्य का जो जमाना था। उनकी दिलचस्पी महाकाव्यों से ज्यादा मुक्तक में थी। 'अमरुकशतक' और 'आर्यासप्तशती' के मुक्तकों को ये छात्र ध्यान से पढ़ते थे। इनका लक्ष्य इसी वजन पर भाषा कविता को ढाल वाहवाही लूटना था। कालिदास से भी ज्यादा वे माघ की तड़क-भड़क से प्रभावित थे। अलंकरण वृत्ति के तो सिरताज हैं माघ। जमाना भी अलंकरण वृत्ति का है, तरह-तरह की वेश-भूषाएँ आ रही हैं, जो रंग और काट-छाँट का नया नमूना पेश कर रही हैं। सुनार और जड़िया नये-नये किस्म के आभूषणों का ईजाद कर रहे हैं, उनमें नग को बिलकुल अलग-अलग ढंग से जड़ा जा रहा है। महलों में लगे गवाक्षों और झरोखों को छैनी से काटकर नये आकार दिये जा रहे हैं। वे केवल उपयोगिता की चीज नहीं रहे हैं। छज्जों का आकार देते घुड़लों के हाथी और घोड़ों में छन्द भरने लगी हैं संगतराश की हथौड़ी और छैनी। प्रस्तर फलक अब सूने नहीं लगते, फूलों और पत्तियों, कमल-कोरकों और उत्फुल्ल कमलों, रसाल वृक्षों और कदलीस्तम्भों से सजे वे सजीव हो उठे हैं। भिड़ते हाथियों और तैरती मछलियों, लहराते साँपों और उड़ान मारती मुद्रा में गतिशील बलाकाओं और हंस मिथुनों से प्रासादों की दीवारें जिन्दगी का पाठ पढ़ने लगी हैं। मरुभूमि-सा शुष्क इस्लामी दर्शन भी इस धरती पर उतर लहलहा उठा। जीवन के रस और मानव की नैसर्गिक कलाप्रियता और अलंकरण वृत्ति से वह अछूता नहीं रह सका।

उस दिन मैं नवाब आसफ खाँ के साथ दूसरी बार शाही दरबार में गया था। दीवाने-खास या गुस्लखाने में नवाब ने मुझे बादशाह सलामत के रूबरू पेश किया। सुरुचि-सम्पन्न अलंकरण-वृत्ति का जीवन्त उदाहरण लगा मुझे शाही दरबार। मैंने महसूस किया, अगर यहाँ रहना है, तो रसिकता और अलंकरण-वृत्ति से कतराया नहीं जा सकता। कालिदास और माघ दोनों का समन्वय करना होगा जिन्दगी में और जब जिन्दगी में यह चीज उतर आएगी, तो कविता में खुद-ब-खुद इसे आना ही होगा। कविता कुछ नहीं जिन्दगी का ही तो दूसरा नाम है।

नवाब आसफ खाँ ने मुझे बादशाह के समक्ष पेश करते कहा : "आलीजाह, ये वही कवीन्द्राचार्य सरस्वती के शागिर्द कवि जगन्नाथ हैं। हिन्दू मजहब और फलसफे के भी अच्छे जानकार हैं। आपके हुक्म से इन्हें हिन्दू मनसबदारों के लड़कों को पढ़ाने के लिए बनारस से बुलाया गया है। राजा जसवन्त सिंह भी इन्हीं के पास पढ़ रहे हैं।"

"हाँ, हमें याद है, वकील साहब। इन्हें यहाँ कोई तकलीफ तो नहीं है ना।" बादशाह सदर की ओर मुखातिब हो बोल उठे, "सदर, साहब, इन पण्डित शाइर को कोई परेशानी नहीं होनी चाहिए। आखिर ये शाही दरबार के मेहमान हैं।

हमने इन्हें बुलाया है।"

सदर ने सिर झुका आदेश स्वीकारा, "जो हुक्म, जिल्लेसुब्हानी।"

"नहीं, आलीजाह, मुझे कोई तकलीफ नहीं है। आपकी जेरे-नजरे-इनायत परेशानी कैसी?" और मैं आज ही बादशाह की प्रशंसा में बनायी अन्योक्ति को पुरतरन्नुम गा उठा :

समुत्पत्तिः स्वच्छे सरसि हरिहस्ते निवसति–
निवासः पद्मायाः सुरहृदयहारी परिमलः।
गुणैरेतैरन्यैरपि च ललितस्याम्बुज तव
द्विजोत्तंसे हंसे यदि रतिरतीवोन्नतिरियम्! ॥

(ऐ फूलों के सरताज कमल, साफ तालाब से बेदाग खानदान में तुम जनमे हो और परवरदिगार विष्णु भगवान के हाथों की खूबसूरती बढ़ाते हो, तुम खुद दौलत की देवी लक्ष्मी के मुकाम हो और तुम्हारे पास ऐसी खुशबू है जो फरिश्तों के दिल को लुभा ले। ऐसी ही बहुत-सी खसूसियत से खूबसूरत होने पर भी अगर तुम अच्छी नस्ल के पंछियों से ब्राह्मण कुल में पैदा हुए इस हंस में दिलचस्पी दिखा रहे हो तो यह सचमुच तुम्हारा बड़प्पन है।)

मेरे तरन्नुम ने मुसाहिबों को पहले ही मस्त बना दिया था। हिन्दवी तर्जमे को समझ वे कह उठे : "वल्लाह, क्या लाजवाब खाका खींचा है आपने। कवँल और हंस की मिसाल दे शाइरी में जान डाल दी। मुकर्रर इर्शाद।" फरमाइश होने पर शिखरिणी की सस्वर रागिनी से मैं एक बार गुस्लखाने के दरो-दीवार को फिर गुँजाने लगा और ज्यों ही दोबारा तर्जुमा पढ़ रुका, बादशाह सलामत मुसकुराते बोल उठे, "मान गये शाइर, संस्क्रित न जानते हुए भी नज़्म को सुनने में बड़ा मजा आया। नज़्म पढ़ने का तरीका संस्क्रित शाइरों को ही नहीं, दूसरों को भी आपसे सीखना चाहिए। वह शाइरी ही क्या, जो सुनते ही दिल पर असर न करे। माने समझने के पहले ही उसे दिल को छू लेना चाहिए। हम बहुत खुश हैं आपसे। यह छोटा-सा तोहफा हमारी ओर से।" बादशाह अपने गले से लटकते हारों में से ही एक लड़ी मुक्ताहार मुझे दे उठे। मैंने प्रणतिपुरस्सर उसे स्वीकार किया। मैंने अनुभव किया, जैसे उसी दौलत की देवी ने कमल की पंखुड़ी से कृपा-सान्द्र नेत्रों से मुझे निहाल कर दिया और फरिश्तों को भी लुभाने वाले सुरभित पराग कणों ने मेरे ऊपर छिटक मुझे सुवासित कर डाला।

बड़े शाहजादा काफी प्रभावित हुए। उन्होंने मुझे सम्बोधित करते हुए कहा :

"संस्क्रित जबान में इतना मिठास है, यह आज ही पता चला, पण्डित। और फिर इसकी शाइरी भी कितना पुख्ता होती है, इसकी मिसाल आपने पेश

कर दी। शायद इसीलिए फैजी ने संस्क्रित सीखी थी। फारसी शाइरी से भी ज्यादा पुख्ता जान पड़ी आपकी शाइरी। जी चाहता है, हमें भी कोई यह जबान सिखा दे। क्यों आलीजाह, इजाजत हो तो मैं यह जबान पढ़ना चाहूँगा।"

"हाँ शाहजादे, तुम बखूबी यह जबान पढ़ सकते हो। हिन्दुस्तान की हिन्दू रियाया का सारा इल्म इसी जबान में भरा पड़ा है। हिन्दुस्तान की रूह को समझने में बड़ी मदद मिलेगी इससे। हमें कोई एतराज नहीं है। पण्डित शाइर, अगर शाहजादे संस्क्रित जबान का इल्म हासिल करना चाहें, तो आप इन्हें अपना शागिर्द बनाने की मेहरबानी फरमाएँ।" बादशाह मुझे भी आज्ञा दे उठे।

"जैसा हुजूर फरमाएँ।" मैं स्वीकार मुद्रा में था।

"सदर साहब, आज से पण्डित जगन्नाथ को शाही शाइरों की फेहरिश्त में शामिल कर लिया जाय। दूसरे शाइरों से इनका दर्जा ऊँचा होगा, क्योंकि ये बड़े शाहजादा के उस्ताद भी हैं। और हाँ शाहजादे, आज जुमेरात का दिन है। हिन्दू लोग जुमेरात को अच्छा दिन मानते हैं। तुम चाहो तो आज से ही पढ़ाई शुरू कर सकते हो।" बादशाह की ओर से अप्रत्याशित बढ़ावा मिला। मुझे तो मुँहमाँगी मुराद मिल गयी। मेरा रोम-रोम बादशाह का कृतज्ञ था, आँखें हर्ष और उल्लास से तरल हो आयीं। मैंने आगरा को भी काशी बना डाला। कई शिष्य दूर-दूर से संस्कृत साहित्य और दर्शन पढ़ने आने लगे। भाषा कवि बिहारी ने अपने भानजे कुलपति मिश्र को आगरा बुला लिया। मेरा एक ही सजातीय तैलंग ब्राह्मण नारायण भट्ट आँबेर से मेरे पास पढ़ने चला आया। चिन्तामणि त्रिपाठी का छोटा भाई मतिराम पहले ही मेरे पास पढ़ने आने लगा था। मतिराम, नारायण भट्ट और कुलपति मेरी प्रिय शिष्यमण्डली थी। शाहजादा दाराशुकोह और राजा जसवन्त सिंह मेरे सम्मानित शिष्यों में थे। बरसों बाद राव छात्रसाल ने अपने पुत्र भावसिंह और राजा जयसिंह ने अपने राजकुमार रामसिंह को भी मेरे पास अध्ययनार्थ भेजा था। पर यह लगभग चौदह-पन्द्रह वर्ष बाद की घटना है। इन्हीं के साथ मतिराम का छोटा भाई घनश्याम त्रिपाठी भी मेरे पास पढ़ता रहा। तिकवाँपुर के ये कन्नौजिया बन्धु मेरे काफी निकट रहे।

शाहजादा दाराशुकोह बहुत प्रबुद्ध शिष्य साबित हुआ। संस्कृत सीखने में जैसी दिलचस्पी उसने दिखायी, वैसे तो जसवन्त में भी नहीं थी। बड़ी तेजी से संस्कृत व्याकरण के जटिल मार्ग को पार कर वह अब कालिदास की कविता-सरिता के हरे-भरे किनारों के नजदीक पहुँच उसकी शीतल बयार से मस्त हो उठा। एक प्रबुद्ध और भावुक शिष्य को काव्य पढ़ाने में शिक्षक को जो मजा आता है उसे शब्दों में कहना कठिन है। मैं कृतार्थ हो गया। मेरा अपना भी फारसी और अरबी दोनों का अध्ययन चलता रहा। इनकी व्याकरणिक

पद-रचना सीख मैं एक साथ फारसी शाइरी और अरबी शरीअत की ज्ञान-पिपासा शान्त करने लगा। इस्लामी धर्मपुस्तक पढ़ने के बाद मैंने उसके व्याख्या ग्रन्थ 'हदीस' को पढ़ने की ठानी। नया ज्ञान जानने की मेरी उत्कण्ठा निरन्तर बढ़ती रही। मैं अध्यापक होने पर भी छात्र बना रहा। वह अध्यापक ही क्या, जो जिन्दगी भर छात्र न बना रहे। पर मैं खाली पुस्तकों का छात्र नहीं था। जिन्दगी को महज आँखों से ही नहीं, दिलो-दिमाग से भी पढ़ने लगा और मुगलिया महौल की इस जिन्दगी ने मुझे जो-जो सिखाया, शायद वह मैं काशी में रहते जनम भर न सीख पाता।

12

उस दिन छात्रों को मैं नल-दमयन्ती की प्रणयकथा पर लिखे श्रीहर्ष का महाकाव्य पढ़ा रहा था। नारायण भट्ट, मतिराम त्रिपाठी और कुलपति मिश्र के साथ कई और भी छात्र सामने थे। दमयन्ती के पूर्वानुराग के चित्रण से सम्बद्ध पद्य को स्पष्ट करते हुए मैं एक साथ शास्त्र, काव्य और इतिहास की मिश्रित प्रतिक्रिया में ऊभचूभ हो रहा था।

उपासनामेत्य पितुः स्मरज्यते दिने दिने सावसरेषु बन्दिनाम्।
पठत्सु तेषु प्रतिभूपतीनलं विनिद्ररोमाजनि शृण्वती नलम् ॥

(वह दमयन्ती पिता की सेवा में उपस्थित होकर प्रतिदिन बन्दी-चारणों के यशोगान में रम जाती थी। वह उनके प्रत्येक राजा का यशोगान पढ़ने पर नल के विषय में सुनती हुई अत्यधिक रोमांचित हो जाया करती थी।)

मैं सोचने लगा, श्रीहर्ष ने नल-दमयन्ती की प्रणय-कथा को महाकाव्य के विषय के लिए क्यों चुना? और यदि चुना ही तो इस कथा को विवाह के बाद ही क्यों समाप्त कर दिया? कोई भी महाकाव्य या नाटक गर्भसन्धि और विमर्शसन्धि के संघर्ष के बिना सफल नहीं हो पाता। विवाह के बाद नायक-नायिका पर जो विपत्ति आयी और उसके बाद जो सुखमय अन्त हुआ, श्रीहर्ष ने कथा को वहाँ तक क्यों नहीं बढ़ाया? नैषध में जितनी कथा को चुना गया है वह तो खण्डकाव्य के लिए पर्याप्त थी। तब कथा के चुने हुए प्रसंगों को निरर्थक ही लम्बा कर-करके क्या श्रीहर्ष ने अपने काव्य के साथ न्याय किया?

श्रीहर्ष का परिचय छात्रों को देते हुए मैंने बताया : "श्रीहर्ष काशीराज

जयन्तचन्द्र के दरबारी कवि थे, यह मैं तुम्हें बता चुका हूँ। कवि होने के साथ-साथ वे अद्वैत वेदान्त के भी प्रकाण्ड पण्डित थे। कहा जाता है कि इन्होंने अपने पिता को पराजित करने को समुद्यत पण्डित के प्रयत्न को विफल करने के लिए माँ शारदा के कामबीज मन्त्राक्षर का जाप करके काव्य-सिद्धि प्राप्त की थी और रातों-रात कवि बन गये थे। इन्हीं की पाण्डित्यपूर्ण काव्यकृति यह नैषधीयचरित है : यमक, श्लेष और दुरारूढ़ उत्प्रेक्षाओं की संघटना।"

"हाँ गुरुवर, उस पद्य में ही कितना अच्छा यमक प्रयोग है जो आप अभी-अभी स्पष्ट कर रहे थे।" नारायण भट्ट ने कहा।

"पर फिर भी पद्य-रचना रमणीय नहीं बन पायी, नारायण। जान पड़ता है श्रीहर्ष ने भाषा की सुन्दरता और सुष्ठुता का विचार कभी रखा ही नहीं।"

"पर गुरुवर, विद्वानों ने तो इनके पदलालित्य की बहुत-बहुत प्रशंसा की है। इनके कई पद्यों में अनुप्रास का बड़ा सुन्दर विन्यास है।" कुलपति बोला।

"पर इन अनुप्रासों का संगीत भी बाहरी अधिक है, भीतरी कम। हृदय को यह कम छूता है। मस्तिष्क को अधिक। श्रीहर्ष का काव्य ही पाण्डित्य का काव्य है और यही उनकी कविता का दोष है।" मैंने बताया।

"सच ही, गुरुवर। सहज रमणीय पदशय्या की कमी श्रीहर्ष में बराबर खटकती है।" मतिराम ने अपनी धारणा उपस्थित की।

"श्रीहर्ष की कविता अनेक दोषों से भरी पड़ी है। खण्डकाव्य के लायक कथा चुनकर महाकाव्य लिखने की योजना के कारण उसमें भरती के स्थल अनेक हैं, वर्णनों और अप्रस्तुतों में पुनरुक्ति और पिष्टपेषण बहुत है। सिवा हंस-विलाप के कोई रसमय स्थल नहीं है। शृंगारी काव्य लिखने वाले कवि में दिल को छूते संयोग या विप्रयोग के चित्रों का अभाव है। संयोग के नाम पर कामशास्त्र के साम्प्रयोगिक रतिबन्धों की उद्धरणी है और वियोग के नाम पर अतिशयोक्ति की उछल-कूद। कैसी विडम्बना है? भाषा भी कहीं-कहीं लद्धड़ हो जाती है, जैसे इसी पद्य में।"

मैं तब छात्रों की श्रीहर्ष की कविता के दोषों के बारे में प्रचलित कथा सुनाने लगा : वाग्देवतावतार मम्मटाचार्य श्रीहर्ष के मामा थे। श्रीहर्ष अपने नैषधीयचरित पर मामा का मन्तव्य प्राप्त करने कश्मीर पहुँचे। मम्मटाचार्य ने अपने भगिनी-पुत्र की भारी-भरकम कृति को ध्यान से पढ़ा। उन्हें बड़ा खेद हुआ कि यह कृति उनके पास उस समय क्यों न पहुँची जब वे 'काव्यप्रकाश' में कविता के दोषों पर लिख रहे थे। कविता के दोषों के उदाहरण ढूँढ़ने में कितना-कितना परिश्रम करना पड़ा था उन्हें। श्रीहर्ष से वे बोले, "श्रीहर्ष, तुम्हारा यह काव्य यदि पहले मिल जाता तो मेरा बड़ा उपकार होता। प्रत्येक काव्यदोष का उदाहरण ढूँढ़ने

के लिए जो परिश्रम करना पड़ा मुझे, उससे मैं बच जाता।"

आचार्य मम्मट का मत जानकर श्रीहर्ष दुःखी मन लौट आये। अच्छा होता यदि फारसी शाइरों की तरह अपने काल में श्रीहर्ष ने भी अपनी कृति किसी को दिखायी होती और संशोधन-सुझाव ग्रहण किये होते! और एक क्षण को मुझे लगा कि श्रीहर्ष मेरे पास आये हैं और मैं उसी पद्य का संशोधित रूप उन्हें सुझा रहा हूँ :

उपासनाथ पितुरागतापि सा निविष्टचित्ता वचनेषु बन्दिनाम्।
प्रशंसतां द्वारि महीपतीनलं विनिद्ररोमाजनि शृण्वती नलम् ॥

(पिता की सेवा के लिए आयी होने पर भी राजद्वार पर महीपतियों की प्रशंसा करते हुए बन्दीजनों के वचनों के प्रति दत्तचित्त जब नल के विषय में सुनती तो सहज ही अत्यधिक रोमांचित हो जाती थी।)

बाद में मैंने छात्रों को बताया कि नल-दमयन्ती की कथा के बहाने वास्तव में श्रीहर्ष अपने ही समय की एक प्रणय-कथा कह रहे थे। काशीराज जयन्तचन्द्र की पुत्री संयुक्ता और दिल्ली के चाहुमाण सम्राट पृथ्वीराज की प्रणय-कथा।

दमयन्ती की तरह स्वयंवर में संयुक्ता भी निर्णय नहीं कर पाती कि पृथ्वीराज कहाँ है कि जयमाला उनके गले में डाल सके। नैषधीयचरित में इस अनिर्णय की स्थिति में यम, कुबेर, वरुण और इन्द्र के भी नलरूप में उपस्थित होने से पाँच-पाँच नल देखकर सन्देह में पड़ी दमयन्ती की अनिश्चयात्मिका बुद्धि द्वारा वर्णित किया गया है। इस प्रसंग में श्रीहर्ष ने श्लेषचातुरी का खुलकर प्रयोग किया है पर यहाँ भी दमयन्ती की ऊहापोहवाली मानसिक दशा की मार्मिक अनुभूति सहृदय व्यक्तियों को नहीं होने पाती। श्रीहर्ष ने तो जैसे दमयन्ती की मनोदशा की तुलना उस दार्शनिक की बुद्धि से करके छुट्टी पा ली है जो चारों कोटियों को छोड़ पाँचवीं कोटि-रूप अद्वैत तत्त्व के प्रति श्रद्धालु हो ही नहीं पाती।

नल के प्रति दमयन्ती के इस सघन पूर्वानुराग को निरखता-परखता हुआ मेरा मन हठात् दीवाने-आम में उस दिन घटी हुई घटना पर आ अटका। दीवाने-आम में उस दिन बड़ी हलचल थी। बादशाह सलामत दक्षिण से विजय प्राप्त करके लौटे हुए वीरों का अपने हाथों सम्मान करने जा रहे थे। सवेरे से ही किले के गोपुर के ऊपर नौबतखाने में नगाड़ों का घन-गर्जन घहरा रहा था। दरबार का वक्त होते ही सदर दरवाजे के ऊपर से तुरही की आवाज गूँजी। भीतर दीवाने-आम में खड़े तमाम वजीर, मनसबदार और मुसाहिब लोग चौकन्ने हो गये। शाहंशाह के पधारने की सूचना। नक़ीब की आवाज गूँजी। आफ़ताबे-मुगलिया,

सरताजे-हिन्द, शाहंशाह शाहजहाँ के दीवाने-आम में तशरीफ़ लाने की खबर उसने बुलन्द की। जन-समूह निस्तरंग समुद्र-सा शान्त हो गया। बादशाह के तख्ते-ताऊस पर विराजते ही दीवाने-कुल सद्रुस-सुदूर और दीवाने-बय्यूतात चौकन्ने हो गये। नजरें पेश की जाने लगीं। बादशाह के रूबरू पेश हो चहार तसलीम करते मनसबदार एक के बाद एक नजरें पेश कर पीछे पैरों लौटते आ रहे थे। नकीब मनसबदारों की नजरों की फेहरिस्त सुनाता जा रहा था। हाथी-घोड़े रत्नजटित आभूषण और स्वर्णमुद्राएँ भेंट की जा रही थीं। ईरानी एलची ने दो गाड़ी सूखे मेवे, दो गाड़ी ताजा फल और सौ मटके शीराजी शराब भेंट की। एक दर्जन तुर्की और इराकी घोड़े अलग थे।

अब बादशाह की ओर से सम्मान 'अता' फरमाये जाने थे। मुझे भी सम्मान मिलने वाला था। नवाब आसफ खाँ ने बादशाह सलामत की हुजूर में मेरी सिफारिश की थी। दीवाने-बय्यूतात राय मुकुन्ददास ने मुझे आगे बढ़ने का इशारा किया। नकीब ने 'बा-अदब बा-मुलाहिजा होशियार' की आवाज गुँजायी। मैं उस संगमरमरी छज्जे की ओर दबे पाँवों बढ़ रहा था जहाँ बादशाह विराजमान थे। सामने पहुँचकर मैंने दोनों हाथ उठा बादशाह का अभिवादन किया। बादशाह मुस्कराये। नकीब पुकार उठा : "बनारस के आलिम शाइर जगन्नाथ बादशाह सलामत के हुजूर में पेश हो रहे हैं। आफताबे-मुगलिया सरताजे-हिन्द शाहंशाह शाहजहाँ ने इनकी शाइरी से खुश होकर इन्हें 'कविराय' का खिताब अता फ़रमाने की मेहरबानी की है।" दीवाने-बय्यूतात के इशारे पर मैं बादशाही छज्जे के नीचे की चौकी पर चढ़ गया हूँ। बादशाह अपने हाथों मेरे भाल पर केसररंजित चन्दन का टीका लगा रहे हैं-'कविराय' बनने की निशानी। टीका लगा वे मुस्करा दिये हैं। दीवाने-बय्यूतात के इशारे पर अब मैं चौकी से उतर पड़ा हूँ। धर्माध्यक्ष के पास खड़े सेवक चाँदी की तश्तरियाँ लिये बढ़ रहे हैं। मुझे खिलअत, जड़ाऊ कंगन, कानों के मोती, गले का कण्ठा और सिरपेंच बख्शीश में मिले हैं। साथ में दो तुर्की घोड़े भी बाहर मेरी प्रतीक्षा में खड़े हैं। मेरा सालाना वजीफा भी बाँध दिया गया है। अब तक मैं नवाब आसफ खाँ का आश्रित था, आज से मेरा दरजा बढ़ गया है, मुझे दिल्लीवल्लभ के पाणिपल्लवों की छाँह मिल गयी है। सौभाग्य मेरे ऊपर आज आकर प्रसन्न हुआ था।

कुछ और व्यक्ति सम्मानित किये जा रहे हैं। अब कलावन्त लालखाँ की पारी है। कहते हैं यह तानसेन की शिष्य-परम्परा में हैं। अपने चारों बेटों के साथ बैठकर जब यह ध्रुपद गाते हैं तो दरबार में गजब का समा बँध जाता है। आलाप लेने की शक्ति और कुशलता तो कोई इससे सीखे। इसे 'गुणसमुद्र' की

उपाधि से अलंकृत किया गया है और काफी-काफी भेटों और उपहारों से लाद दिया गया है।

कई मनसबदारों के मनसब में इज़ाफ़े की घोषणा की जा रही है। नक़ीब की आवाज फिर गूँज उठी है : 'होशियार, दक्खिन में बेहतरीन फतेह हासिल करके मुगलिया सल्तनत का आफताब रौनक-अफरोज हो रहा है। दक्खिन के लौटे हुए सिपहसालार बूँदी के हाड़ा छत्तरसाल की बहादुरी से खुश होकर बादशाह सलामत उन्हें माही-मरातिब अता फरमा रहे हैं।'

हाड़ा राजा छत्रसाल का व्यक्तित्व और सुसज्जित वेश आज देखते बनता था। सफेद तनजेब के कलीदार जामे का घेरा उनके चलने के साथ लहरा उठा था। दबे पाँवों वे तख्ते-ताऊस की ओर गरदन उठाये बढ़ रहे थे। सिर पर बूँदी की तर्ज में बँधी केसरिया पाग थी जिस पर जरी के बन्दों से बँधा हुआ जगमग करता सिरपेंच था। शशिशकल-सा प्रशस्त ललाट, कर्णान्तायत नेत्रों पर खिंची वक्र भौंहें लगता जैसे रतिपति का धनुष दो नीलोत्पलों के तीरों से सजा हो; लम्बी और पतली उन्नत नासिका, जिसकी सुघड़ाई कैसी भी दृष्टि को बरबस अटका ले, भरे कपोलों को छूती उठी हुई घनी काली मूँछें, जैसे शृंगार का श्यामल रंग स्वयं वक्र हो उनके कपोलों का चुम्बन कर रहा हो; कानों के धनुष की प्रत्यंचा बने सुनहरे तारा में गुँथे दो मोटे-मोटे मुक्ताफलों के बीच चमकते माणिक, मानो किसी के गुप्त राग का रहस्य धीरे से कानों में कहने चले आये हों। उस वृषभस्कन्ध की चाल में एक सहज दर्प था जो दरबारी शिष्टता और सम्मान-प्रदर्शन के बावजूद प्रकट हो रहा था। मस्त हाथी-सी मन्थर गति से बढ़ते हुए उस वीर का विशाल वक्ष सहज ही दायें-बायें आन्दोलित हो उठता था। दाहिने हाथ में तलवार सँभाले सिंहासन के सामने पहुँचे, सीधे खड़े रहते तलवार से अपना भाल छूकर अभिवादन किया और फिर क्षण-भर तने हुए स्तब्ध खड़े रहे।

हाड़ा राजा छत्रसाल का अभिवादन करने का तरीका मुझे दूसरे मनसबदारों और हिन्दू राजाओं से भी बिल्कुल भिन्न लगा, यहाँ तक कि उनके अपने चाचा मुकुन्दसिंह हाड़ा के अभिवादन के तरीके से भी भिन्न। दूसरे दरबारी सामन्त चहार तसलीम किया करते हैं, इन्होंने चहार तसलीम नहीं किया। मुझे कुछ जिज्ञासा हुई जिसका शमन बाद में दरबार से लौटते वक्त उनके राजगुरु व्यास माणिकराम जी ने किया। उन्होंने बताया, भले ही बूँदी के हाड़ाओं का मुगल दरबार में सबसे बड़ा मनसब न हो, पर जो अधिकार इन्हें प्राप्त है वे किसी अन्य हिन्दू राजा को प्राप्त नहीं। राव सुरजन ने जब अकबर को रणथम्भोर की चाबियाँ सौंप मित्रता की सन्धि की तो उन्होंने कुछ शर्तें रखी थीं। मुगल सम्राट

ने राव सुरजन की वीरता की कद्र करते हुए उन शर्तों को मंजूर कर लिया था। उन शर्तों का पालन मुगल सम्राट आज भी करते चले आ रहे हैं। उदयपुर के राणा घराने के बाद बूँदी का ही राजपूत घराना ऐसा है जिसने मुगलों को डोले में बेटियाँ देना अस्वीकार किया था। और भी कुछ शर्तें थीं : हाड़ा राजाओं का निशान और नक्कारा बुलन्द दरवाजे तक बजता हुआ आएगा, वे दीवाने-आम तक घोड़े पर सवार आ सकेंगे, और दरबार में बादशाह के सामने झुककर दोजानू हो मुजरा नहीं करेंगे। दरबार में भी हथियार सहित आएँगे और तलवार को मस्तक से छुआकर बादशाह को सलामी देंगे।

तो, हाड़ा राव छत्रसाल उसी परम्परा का निर्वाह कर रहे थे। इस परम्परा-निर्वाह ने उस समय उनके वीरोचित सौन्दर्य में चार चाँद लगा दिये। कान्ति और दर्प, माधुर्य और ओजस्विता, रमणीयता और प्रगल्भता का विचित्र समन्वय था उनके व्यक्तित्व में। कोई भी देखकर प्रभावित हुए बिना नहीं रह सकता था। बादशाह ने अपने हाथों उन्हें हीरों का कण्ठा उपहार में देकर मुस्कराते हुए कहा, "राजा साहब, माबदौलत आपकी बहादुरी से बेहद खुश है। आप जैसे बहादुरों के बाजुओं पर ही यह मुगलिया सल्तनत कायम है। हमारा यह छोटा-सा तोहफा कबूल करें।" और नकीब ने एक लम्बी-सी फेहरिस्त पढ़ दी : राव को खिलअत, जीगा (सिरपेच), फूलकटार सहित जड़ाऊ तलवार, सोने की जीन सहित ईराकी घोड़ा, चाँदी के साज से सजे एक नर और एक मादा हाथी, एक लाख चाँदी के शाहजहाँनी सिक्के, और सबसे बढ़कर बादशाही निशान माही-मरातिब : सोने की एक विशालकाय मछली, उछलकर फिर पानी में डुबकी मारने की मुद्रा में, और दो सोने के बड़े-बड़े पंजे।

सम्मान पाकर अब राव बदे पैरों उलटे लौट रहे थे। दो-चार ही पग लौटे होंगे कि सिंहासन के पीछे छज्जे पर जरी के परदों के उधर से एक चीख सुनाई पड़ी। किसी ने धीरे से कहा : "शाहजादी को पता नहीं क्या हो गया है, आलीजाह। उन्हें एकाएक गश आ गया है।" बादशाह गम्भीर हो गये। आँखों से वजीर को इशारा किया, दरबार बरखास्त हो गया और बादशाह सलामत जरी के उन परदों की ओर चल दिये।

लौंडिया के मुद्दह एक कान से दूसरे तक फिसलता राज अब राज न रह गया। छत्रसाल के प्रति शाहजादी जहाँआरा का अनुराग धीरे-धीरे चर्चा का विषय बन आया। क्या हुआ उस दिन, इसका चित्र बरसों बाद मेरी लवंगी ने मेरी ही आँखों के फलक पर अंकित कर मुझे चमत्कृत किया था। बताया गया कि हाड़ा राजा के सौन्दर्य को जहाँआरा एकटक देखती रही। उनकी मदीली चाल उसकी आँखों में खुम के खुम उड़ेल गयीं। अधमुँदी निष्कम्प पलकों में अचंचल पुतलियों के दीप सँजोये वह ठक हुई बैठी रही। एकाएक आँखें छलछला आयीं और

कपोलों पर फुरहरी-सी छूटी। अपने दीन और दुनिया से बेखबर पता नहीं उस समय वह क्या सोच रही थी। ज्यों ही राव छत्रसाल बादशाह के सम्मान पाकर लौटने लगे, शहजादी का हाथ गले पर ऐसे गया जैसे भीतर से वह रुँधा आता हो। चेहरा एकदम सफेद पड़ गया था और इसके पहले कि लौंडिया सँभाले वह अचेत होकर वहीं-के-वहीं लुढ़क गयी थी।

13

मदमाती बहती हवा ने लताओं की सूनी टहनियों को रोमांचित कर डाला। रोयेंदार मखमली किसलयों के गाल लाल हो उठे। और शबनम से गीली आँखों की पाँखें सजाये वे बसन्त के दोस्त रतिपति का बड़ी तन्मयता से इन्तजार करने लगीं। रसाल-वृक्षों पर नयी मंजरियों ने फूट कामदेव के बाणों को सजाना शुरू कर दिया। अशोक के पुष्प-गुच्छों ने शाखाओं के हृदय को रागारुण बना डाला। नवमल्लिका की कलिकाएँ कामिनियों के मन को उत्कलित करने लगीं। उषा की रागमयी किरणों के यौवन को नेत्रदलों ने निर्निमेष पीते अरविन्दों का जलाशय-सा स्वच्छ हृदय आरक्त हो उठा। उनके बीच-बीच खिले नीलकमलों ने श्रृंगार की श्यामलता का अंजन दे प्रकृति के लावण्य में और अधिक मिठास भर दिया, कोमल बाणों से सज-धज अनंग वीर युवा हृदयों के मनोराज्य का दिग्विजय करने निकल पड़ा। अश्वमेध के घोड़े-सा चंचल दक्षिण पवन उसके आगे दौड़ पड़ा और जहाँ-जहाँ निर्बाध निकलता गया, सारी जड़-चेतन प्रकृति उसका प्रभुत्व नतमस्तक हो स्वीकार कर उठी। मुग्धाएँ अब तक अननुभूत कामना से आन्दोलित हो उठीं, अभिसारिकाएँ मन्मथ की मथानी से हिल्लोलित हो नवनीत की चिकनाई को पाने दौड़ पड़ीं, पर विरहिणियों के लिए तो वसन्त मास उल्लास को जलाते दावानल-सा फैलने लगा, उसकी मनोवनभूमि पर दहकती कामज्वालाओं ने तन को सन्तप्त कर डाला। वे विषम ज्वर से पीड़ित हो सन्निपात की वेदना से समस्त सखियों और परिजनों को भी सन्तप्त करने लगीं।

उस दिन मैं अनारा को श्रीमद्भगवद्गीता पढ़ा रहा था। भगवान श्रीकृष्ण अर्जुन को बता रहे थे, "हे अर्जुन, जब मनुष्य अपने मन की सभी कामनाओं का परित्याग कर देता है, तो वह आत्मरत हो आत्मा से ही सन्तोष पाने लगता है। इसी दशा में उसे स्थितप्रज्ञ कहा जाता है।" स्थितप्रज्ञ अनारा आत्माराम होकर सन्तोष का अनुभव कर रही थी, उसकी समस्त कामनाएँ लुप्त हो चुकी थीं।

वसन्त के दल-बल के साथ बढ़ता कुसुमकोदण्डधारी कन्दर्प उसका क्या बिगाड़ सकता था? वह ज्ञान का आलोक लिये आत्मप्रत्यभिज्ञान के पथ पर निधड़क बढ़ती चली जा रही थी। इन्द्रियाँ उसके मन का अपहरण करने में शिकस्त खा चुकी थीं। श्रीकृष्ण ने उसे इन्द्रियों की इस धोखेबाजी की असलियत की पहचान जो करवा दी थी, "हे कौन्तेय, बुद्धिमान् मनुष्य के लाख बचने की कोशिश करने पर भी मन को मथ डालने वाली इन्द्रियाँ बरबस इसे हर ही लेती हैं।"

केसर ने एकाएक हमारे मन को मथते प्रवेश किया। उसके चेहरे से विषाद फूटा पड़ता था। हमारा स्वाध्यायाध्यापन रुक गया। हम उसकी आँखों की वेदना से आतंकित हो उठे। अनारा ने उसे देखते ही प्रश्न किया :

"क्यों केसर, आज मुरझायी-सी क्यों हो?"

"कुछ न पूछो, रानी जी, गजब हो गया है। कल से ही शाहजादी साहिबा की तबीयत काफी नासाज है, कितना मुरझा गया है उनका चेहरा। पतझड़ के पत्ते से पियराये चेहरे को देख मैं काँप उठी। वे मुझे देखते हुए भी नहीं पहचान पा रही थीं। एकटक खोयी-खोयी नजर से हर सखी-सहेली और बाँदियों को देखने लगती हैं। घड़ी-घड़ी में बेहोश जो जाती हैं। होश में आने पर भी लगता है, वे बेहोश-सी हैं। पता नहीं, क्या सोचती रहती हैं। मूक बनी किसी सवाल का जवाब ही नहीं देतीं। उनकी इस हालत को देख सारा किला काँप उठता है।" केसर एक साँस में आविष्ट-सी कहे जा रही थी।

"आखिर माजरा क्या है?"

"शाही हकीम, मसीहुज्जमा, शाहजादी की बीमारी की जाँच-पड़ताल कर रहे हैं, हिन्दू वैद्य भी बुलवाये गये, पर कोई निदान नहीं कर पा रहे हैं। बादशाह को कुछ नहीं सूझ रहा है। हिन्दू ओझा और मुसलमान फकीर झाड़-फूँक कर चुके हैं, पर ऐसी बला है कि जाने का नाम नहीं लेती। सीकरी के शेख का गण्डा-ताबीज ले आने को सवार दौड़ा दिये गये हैं। हे भगवान, आखिर नाजुक शाहजादी पर यह कहर काहे ढा रहा है तू?" केसर दुःखी स्वर में रो पड़ी।

"यह कैसी बीमारी है?" अनारा सवाल कर उठी।

"हकीम-वैद्य कहते हैं, यह मौसमी बीमारी है। शाहजादी साहिबा को शीतल उपचार की जरूरत है। वक्त लगेगा, बीमारी मौसम के बदलते ही कम हो जाएगी।"

"तो यह कोई बीमारी है क्या?"

"हाँ रानी जी, उम्र की बीमारी है, वे किसी को अपना दिल दे बैठी हैं।"

"हाय राम, अब क्या होगा?" अनारा काँप उठी।

मुझसे भी न रहा गया, मेरे मुँह से भगवान श्रीकृष्ण बोल उठे, "इन्द्रियाणि

प्रमाथीनि हरन्ति प्रसम्भ मनः।" (मन को मथनेवाली इन्द्रियाँ बलपूर्वक उसे हर लेती हैं।)

"पहेली बुझौवल काहे कर रही हो, केसर? साफ-साफ पूरी बात क्यों नहीं कहती?" अनारा साफ तौर पर पूछ बैठी।

"आपके समधी राव छत्रसाल को बड़ी शाहजादी चाहने लगी हैं, रानी जी। उस दिन भरे दरबार में ही परदे के पीछे से उनकी खूबसूरती देख उन्हें गश आ गया था। तभी से वे दिन-ब-दिन घुलती जा रही हैं। अब तो यह राज बादशाह के कानों तक पहुँच गया है। हाड़ा राव का तो इसमें कोई कसूर है नहीं। अगर कवँल की सुगन्ध से खिंची भौंरी उस पर रीझ पड़े, तो कवँल ने क्या गुनाह किया है? बादशाह राव छत्रसाल से किसी कदर नाराज नहीं, क्योंकि उन्हें उनके चरित्र की पवित्रता पर कोई शक नहीं है, पर शाहजादी को वे समझाएँ तो कैसे? पसोपेश में पड़े हैं वे खुद भी।"

"यह बात है। पर इस मर्ज का तो कोई इलाज होने से रहा।" अनारा शाहजादी के रोग का निदान जान उपचार के अभाव का संकेत कर उठी।

"मैं इलाज की बात नहीं कहती, रानी जी। पर किसी भी तरह शाहजादी चंगी होनी ही चाहिए।"

"पर कैसे? शाहजादी वह चम्पे की कली है केसर, जिसमें रूप, रंग और बास भले ही हो, हाड़ा राव के मन का भौंरा भूलकर भी उस रास्ते भटकने से रहा। तुम तो जानती हो आगरा में लगभग सभी मुसलमान मनसबदारों की बीबियाँ ही नहीं, रखैलें तक हैं। हिन्दू मनसबदारों की रानियाँ यहाँ न रहती हों, पर कौन हिन्दू राजा ऐसा है, जो आगरा में रखैलें न पालता हो। अकेला हाड़ा राव इस खराबी से बचा है। ऐसे जितेन्द्रिय राजपूत की ओर झुककर शाहजादी ने बहुत बुरा किया है।"

"पर उनके बस की बात तो है नहीं, रानी जी।"

"हाँ केसर, यह मन आगे-पीछे नहीं देखता। काश, बादशाह शाहजहाँ अपनी बेटियों की कहीं शादियाँ कर देते।" अनारा ने कहा।

"पर वे ऐसा क्यों नहीं कर रहे हैं?" मैंने जानना चाहा।

"यह मुगलिया खानदान का रिवाज है, पण्डित जगन्नाथ। मुगल बादशाहों की बेटियों को जिन्दगी भर क्वाँरी ही रहना पड़ता है, यही उनका नसीब है।"

"पर ऐसा रिवाज तो अत्याचार है। इसका कारण क्या है?"

"अकबर बादशाह से ही यह शाही रिवाज बन गया है। अकबर की फूफी बैरम खाँ को ब्याही थी। उसके बाद कोई शाहजादी सुहागिन हो नहीं मरी। कहते

हैं, अकबर ने इस रिवाज को इसलिए चलाया कि शाहजादी के साथ शादी कर कोई मनसबदार मजबूत न बन जाय। नहीं तो, हो सकता है, शाही गद्दी का हकदार बन वह शाहजादों के लिए सिरदर्द हो जाय। अकबर की इसी नीति का पालन शाहंशाह शाहजहाँ भी कर रहे हैं। शाहजादी जहाँआरा और रोशनआरा का नसीब भी साफ नजर आता है। इन्हें जिन्दगी क्वँरिपन में ही काट देनी है।'' अनारा कारण स्पष्ट कर बैठी।

"पर मन को तभी विराग की ओर उन्मुख किया जा सकता है, जब उसकी परितृप्ति हो चुकी हो। अपरितृप्त मन का नियन्त्रण मन को विकृत बना सकता है, रानी साहिबा।''

"बात ठीक कहते हो, पण्डित। छोटी शाहजादी ने अपना रास्ता ढूँढ़ लिया है। तुमसे क्या छिपाना? वे इसके लिए बदनाम तक हैं। पर बड़ी शाहजादी तो पवित्र हैं। मजहबी रुझान और बाप की सेवा में ही हमेशा डूबी रहती हैं। ऐसी दशा में हाड़ा राव पर उनका प्रेम उनके लिए और कष्टदायक होगा।'' अनारा का मत था।

"पर इस रोग का इलाज क्या है?''

"मैं नहीं जानती क्या है? बड़ी शाहजादी को रोशनआरा की तरह तन का रोग नहीं है, कविराय जगन्नाथ। वे मन की मरीज हैं। तन का रोग वासना है, पर मन का रोग तो प्रेम या मुहब्बत है। मन के रोगी को तन की हविश उतनी नहीं होती, शरीर की भूख उसे उतनी नहीं सताती, पण्डित। वह प्रेम का प्रतिदान चाहता है, शारीरिक प्रतिदान नहीं, मन का प्रतिदान। प्रेम की यही दिव्यता तो उसे वासना से अलग करती है। शाहजादी जहाँआरा का प्रेम इसी कोटि का है।'' अनारा ने प्रेम के दर्शन पर व्याख्यान दे डाला।''

"पर हाड़ा राव छत्रसाल पर इसकी क्या प्रतिक्रिया हुई होगी।''

"जाहिर है, वे खुद पेसोपेश में होंगे। शाहजादी से कम परेशान नहीं होंगे वे। काश! मुझे उनकी दशा का पता चल पाता। आप इस बारे में मदद कर सकते हैं।''

"कैसे?''

"हाड़ा राव के कुलगुरु के पास आप जाकर कुछ अन्दाजा लगा सकते हैं। व्यास जी आपसे कुछ नहीं छिपाएँगे।'' अनारा का आग्रह था कि मैं हाड़ा राव के यहाँ जा कुछ टोह लगाऊँ। मैं इस आग्रह को टाल न पाया।

मैं हाड़ा राव की हवेली पहुँच ड्योढ़ी पारकर दुतल्ले पर बने उस कक्ष की ओर मुड़ गया, जहाँ व्यास जी ठहरे थे। ज्यों ही चढ़ कक्ष के द्वार पर पहुँचा, वे मुझे दूर से ही पुकार उठे, "आइए, पण्डितवर्य, इधर हफ्ते भर से आपके दर्शन

नहीं हुए।" इतना कह वे लाल बन्धन में बँधे हस्तलेख को लपेट गठियाने लगे, जो अभी पढ़ रहे थे। मैंने अभिवादन करते पूछा :

"क्या स्वाध्याय चल रहा है आपका आजकल?"

"अरे कुछ नहीं, कालिदास का विक्रमोर्वशीय नाटक था, कविवर! राक्षसों पर विजय पा लौटते पुरूरवा को देख स्वर्ग की अप्सरा उर्वशी उस पर रीझ गयी, वही प्रसंग पढ़ रहा था। कैसा सुन्दर वर्णन किया है, इस पूर्वानुराग का कवि-कुलगुरु ने?" वे कह उठे।

"रसराज शृंगार के विविध पक्षों के अंकन में तो कालिदास माहिर हैं ही, कितनी पैनी अन्तर्दृष्टि पायी थी इस सहृदय कवि ने।"

मैंने अपना अभिमत व्यक्त किया।

"और पुरूरवा तथा दुष्यन्त जैसे नायकों के अनुराग का भी कितना सरस चित्र खींचा है उन्होंने। शाकुन्तल में दुष्यन्त के मनोगत ऊहापोह को जिस रूप में वाणी दी है, वह भी कितना औचित्य विधायक है। शृंगार में भी औचित्य की रक्षा कोई इससे सीखे। क्या कहा है, "सतां हि सन्देहपदेषु वस्तुषु प्रमाणमन्तःकरणप्रवृत्तयः।"

"हाँ व्यास जी महाराज बड़ी सटीक बात कही है। सज्जनों के पवित्र अन्तःकरण से बढ़कर कौन प्रमाण हो सकता है, जो दुविधा की स्थिति से उबार सके।" मैंने स्पष्ट किया।

"हमारे राजा साहब को देखो ना, एक दुविधा में जा फँसे, पर उनके पवित्र अन्तःकरण ने आखिर उचित निर्णय ले ही डाला।" वे मुझसे कुछ नहीं छिपा रहे थे।

"मैंने भी इधर ऐसी बात सुनी है, व्यास जी महाराज। मैं भी जानने को उत्सुक हूँ, आखिर माजरा क्या है?" मैंने मौका देख अपनी उत्सुकता प्रकट कर दी।

"किसी से छिपा तो नहीं है, पण्डितवर्य, कि कन्दर्पकमनीय रावराजा को देख बड़ी शाहजादी आपा भूल बैठी हैं। पुरूरवा की एक झलक पा उर्वशी शाही महलों के नन्दनवन से हमारी धरती पर कदम रखने को तड़प उठी है। हाड़ा राव से भी यह बात छिपी नहीं रही। अरे, आगरा की हर जबान पर यही चर्चा फूट चली हो, तो छिपी कैसे रहेगी। पर हमारे राजा, पुरूरवा की तरह पागल होने से रहे कि सुधबुध खो उसके पीछे दौड़ पड़ें। शिव-से जितेन्द्रिय राजा का कामबाण क्या बिगाड़ पायेंगे? यह अवश्य है कि वे इस चर्चा से इधर काफी परेशान रहे हैं। पर इसमें उनका क्या बस! अब वे अपना निर्णय कभी का ले चुके हैं।"

"कैसा निर्णय?" मैंने जानना चाहा।

"अभी कल ही शाहंशाह ने राव राजा को एकान्त में बुलाया था। शाहंशाह शाहजादी की इस हालत से काफी दुःखी हैं। आप तो जानते हैं, अपनी सभी सन्ततियों में वे उन्हें सबसे ज्यादा चाहते हैं। शाहजादी की कुम्हलायी सूरत देख वे काँप उठे हैं। इसका कोई इलाज ढूँढ़ना चाहते हैं वे, पर इलाज नहीं पा रहे हैं। इसी सिलसिले में उन्होंने राव राजा को तलब किया था। वे न केवल सलाह-मशविरा करना चाहते थे, पर कदाचित् राजा साहब के दिल को टटोलना भी चाहते थे।"

"तो फिर क्या हुआ?" मैंने पूछा।

"शाहंशाह ने बताया कि शाहजादी की तबीयत क्यों नासाज है, इसका पता राव राजा को होगा ही। शाही खानदान के रिवाज के मुताबिक उनका ब्याह नहीं हो सकता। हाड़ा राव भी शायद उस शर्त से वाकिफ हैं जिसके अनुसार बूँदी के राजाओं के साथ शाही घराने का रिश्ता नहीं जुड़ सकता। ऐसी हालत में क्या किया जाय, कुछ समझ में नहीं आ रहा।"

"राव राजा ने क्या कहा?" मैंने आगे जानना चाहा।

"उन्होंने बादशाह को साफ बता दिया कि इस हालत के लिए वे कतई गुनहगार नहीं हैं। वे खुद मजबूर हैं, अगर शाहंशाह चाहें तो भी उसे कबूल नहीं कर सकते। वे शाहजादी को छोटी बहिन की तरह समझते आये हैं और हमेशा इसी नजर से देखते रहेंगे। वे बेशक शाहजादी से मुहब्बत करते हैं, पर बड़े भाई की तरह। किसी दूसरी नजर से उन्हें देखना भी पाप समझते हैं। शाहंशाह पर इसका काफी असर पड़ा। राव राजा के दुश्मनों ने बादशाह के कानों में तरह-तरह की शिकायतें भर दी थीं। उनके पानी से निर्मल व्यवहार ने यह सब मैल साफ कर डाला। शाहंशाह बड़े खुश थे। उन्होंने कहा कि माबदौलत को आपसे यही उम्मीद थी।"

"तब?"

"तब उन्होंने राव राजा को एक सुझाव दिया। अगर कहीं राव राजा खुद अपनी मंशा शाहजादी के सामने रख दें, तो शायद शाहजादी पर कुछ हमेशा के लिए टूट भी सकता है, पर और कोई चारा भी तो नहीं है। वे चाहते हैं कि हाड़ा राव खुद अपने मुँह से शाहजादी के समक्ष लाचारी जाहिर कर दें, ताकि इस मुसीबत से छुटकारा मिल सके।" व्यास जी ने इस प्रणय-प्रसंग का उपसंहार करते बताया। मैं भी उनसे बिदा ले अनारा को इसकी जानकारी देने लौट पड़ा।

बड़ी अनहोनी बात थी यह मुगलिया माहौल में। शाहजादी किसी से मुहब्बत करे और वह ठुकरा दे, इसका ख़याल ही नहीं कर सकता था कोई।

हाड़ा राव की बदनामी करते मनसबदारों के चमचे चुप हो चले थे। कुछ लोगों ने दबी जबान दूसरी बात कहना शुरू कर दिया कि शाही प्रकोप के डर से राव ने ऐसा किया है। पर अधिकतर लोग उनके चरित्र की प्रशंसा कर रहे थे। विलास और चारित्रिक दुर्बलता के पंक में कौन नहीं डूबा है यहाँ? ऐसे में अगर कोई इस काजल की कोठरी में बिना कालिख की लेख लगाये बेदाग रहे, तो वह श्रद्धा का पात्र ही है। बादशाह से लेकर मनसबदार तक किसी भी ढंग से वासना की तृप्ति करते हैं। 'फलाँ मनसबदार की फलाँ लौंडी हरकी दल्लाला है,' कान पक गये मेरे यह सुनते-सुनते। कैसे नरक में आ गया मैं! यह भी हो तो गनीमत। अरे, यहाँ तो यह भी सुना है जिस पर कान विश्वास ही नहीं करते। कहते हैं, फलाँ-फलाँ मनसबदार तो अमरद-परस्त भी हैं। बीबियों और रखैलों के हुजूम के अलावा एकआध हसीन गुलाम भी पाले हैं। कैसे पतित हैं ये? वह बल्ख खान नजाबत खाँ बड़ा बदनाम है इसके लिए। उसकी सूरत से ही मुझे घिन है। लम्बोतरा सुर्खरू चेहरा, उस पर ताँबे के रंग की घनी दाढ़ी-मूँछ बिल्कुल बर्रे के छत्ते-सा भयानक लगता है उसका चेहरा। कहते हैं, इसी से शाहजादी जहाँआरा के निकाह का सुझाव दे चुके हैं। कुछ मुसाहब।

उन्हीं दिनों चर्चा फैल गयी कि शाहजादी के मामूँ शायस्ता खाँ ने बादशाह को यह सुझाव दिया कि खान सरदार नजाबत खाँ के साथ उनकी शादी कर दी जाय। इस बर्बर के साथ शाहजादी को बँधवाकर कितना जुल्म करना चाहते हैं ये। शायस्ता के इस सुझाव के पक्ष में औरंगजेब और रोशनआरा भी थे। रोशनआरा तो यह चाहती थी कि किसी तरह शाही राजकुमारियों की शादी पर लगायी पाबन्दी टूटे तो बड़ी शाहजादी के बाद उसका भी सिलसिला बैठे। दारा और नवाब आसफ खाँ यह तो चाहते थे कि शाहजादी की शादी हो जाय, पर वे दोनों उस अशिष्टता की मूर्ति खान से सख्त नफरत करते थे। नजाबत खाँ इस रिश्ते के लिए ललचा रहा था और एक आध बार शायस्ता के साथ शाहंशाह से मिल चुका था। पर शायस्ता की सिफारिश का कोई असर नहीं पड़ा। बादशाह ने सिर्फ इतना जवाब दिया, "शाहजादी की मर्जी पर सब मुनहसिर है। फैसला उसी के हाथ है। मैं कोई जवाब कैसे दे सकता हूँ?" मामूँजान ने शाहजादी तक यह सुझाव पेश किया। केसर ने बताया कि शाहजादी ने टके-सा जवाब दे दिया, "आप काहे परेशान हैं, मामूँजान! मुझे शादी करनी ही नहीं है और अगर की भी, तो वही ललमुँहा बन्दर बचा है क्या दुनिया में?" शायस्ता और नजाबत खाँ इस जवाब से तिलमिलाकर रह गये और सुना है, अब पगलाया नजाबत खाँ शाहजादी को गन्दी-गन्दी गालियाँ देता फिरता है। उसने तो यह भी धौंस दी है कि 'उस काफिर मनसबदार राव छत्रसाल से कभी इसका बदला जरूर लूँगा,

क्योंकि उसी के इश्क में मुब्तिला होकर शाहजादी ने मुझे ठुकराया है। एक तैमूरी खानदान के खान की बेइज्जती करना मामूली बात नहीं है।"

हाड़ा राव, शाहंशाह के सुझाव पर पहले ही शाहजादी को समझा आये हैं कि वह उस तमन्ना को लिये नाहक तड़प उठी है, जो पूरी होनी मुश्किल है। केसर मुझे उसकी सूचना दे चुकी है। केसर ने बतलाया था कि कितनी हृदयद्रावक थी उन दोनों की यह मुलाकात। केसर उस दिन वहीं थी शाहजादी के पास। राव छत्रसाल खुद बादशाह की इजाजत पर शाहजादी से मिलने पधारे थे। पर्दे के बाहर वे शाहजादा, दाराशुकोह के साथ खड़े थे। उन्हें आते देख शाहजादी सहम गयी। वह जैसे मसनद के सहारे जकड़ गयी। उनके स्वागत में बाँदियों के दौड़ते ही खुद भी गलीचा छोड़कर उठना चाहती थी, पर पता नहीं क्यों वह उठ ही न पायी। क्षण भर ऐसा लगा कि वह उनकी अगवानी में उठ रही है, पर एकाएक तुरन्त ही उनकी सारी शारीरिक क्रिया कुठिण्त हो गयी। वह नीची नजरें कर बैठी रही। शाहजादा दारा पर्दे को हटाकर कक्ष के उस हिस्से में चले आये जहाँ वह बैठी थी। पर राव राजा पर्दे के बाहर ही ठिठके खड़े रहे। दारा बड़ी बहिन को सलाम कर उसके पास बैठ गये और शाहजादी से बोलेः

"हाड़ा राव छत्रसाल आपकी तबीयत की नासाजी से बेहद परेशान हैं, आपा। वे तशरीफ लाये हैं।" शाहजादी कुछ न बोली। उसने झुकी पलकें तनिक उठा झीने परदे के बाहर खड़े राव की ओर देखा फिर पलकें झुका लीं। केसर ने मुझे बताया था कि वह परदे के पास इसलिए जा खड़ी हुई कि दोनों में मध्यस्थ का काम कर सके। अभी तक राव राजा खड़े ही थे। परदे के बाहर मर्दों के बैठने को गलीचे और गाव तकिये सजे थे। केसर ने बैठने की प्रार्थना करते हुए कहा, "तशरीफ रखिए ना, राजा साहब! पिछले कई महीनों से शाहजादी की तबीयत ठीक नहीं चल रही है। सारा महलसरा दुःखी है। इनकी गमगीन हालत देख बाँदियाँ परेशान हैं और बादशाह हुजूर को कुछ नहीं सुहा रहा है। क्या करें! कोई रोग हो तो इलाज भी हो।"

केसर के उकसाने पर राव राजा ने शाहजादी को समझाते हुए कहा, "पादशाह बेगम, आप जैसी अक्लमन्द शाहजादी को जी इतना हलका करने की जरूरत नहीं। भला सोचिए तो, क्या यह गम आपकी शान के मुताबिक है।" शाहजादी सम्बोधित किये जाने पर भी सुनती रही। वह मूक बनी बैठी रही। राव राजा बोलते रहे, "मैंने इधर कुछ ऐसी बातें सुनी हैं, जिन पर यकीन ही नहीं हो पाता। मैं सोच ही नहीं पाता कि यह सब भी हो सकता है। पर अगर फिर भी यह सच है तो मुझे सख्त अफसोस है, पादशाह बेगम। यह नाचीज इस लायक कतई नहीं है। आखिर यह बचपना काहे सवार हो गया है आप पर।

कुछ तो अपनी पद-मर्यादा का खयाल कीजिए। आप हिन्दोस्तान के शाहंशाह की बेटी हैं, शाहजादी! एक शाहंशाह के स्वामिभक्त सेवक की इस दरख्वास्त पर गौर फरमाइए।" शाहजादी कुछ न बोली। वह एकाएक सुबकने लगी और सुबकते-सुबकते अब तेज स्वरों में रो पड़ी। केसर ने कहा कि शाहजादी की इस हालत पर दाराशुकोह रो पड़े और केसर की आँखें भी छलछला आयीं।

हाड़ा राव के चेहरे से ऐसा लगा जैसे उनके हृदय में तीव्र भावों का ज्वार-भाटा चढ़ता-उतरता जा रहा था। वे इस दशा को देख द्रवित होते जा रहे थे। पर जी कड़ाकर फिर बोले, "रोने से कुछ नहीं होगा, शाहजादी साहिबा! दिल को कड़ा कीजिए और कोई चारा नहीं है। आप शायद मेरी बेरुखी पर नाराज़ होंगी। पर मैं कर ही क्या सकता हूँ! कुछ मजबूरियाँ हैं मेरी। पहले तो मैं न केवल विवाहित हूँ, बल्कि मेरे दो-दो शादीशुदा बेटियाँ और दो बेटे भी मौजूद हैं। इस उम्र में अब मुझे वह सब शोभा नहीं देता। यह न समझिए कि मैं आपकी नजरे-इनायत को ठुकरा रहा हूँ। उसके लिए आपका शुक्रगुजार हूँ। मैं खुद आपसे मुहब्बत करता हूँ, मेरी बहन! क्या भाई को बहन से मुहब्बत करने का हक नहीं है? आप मुझसे बेशक मुहब्बत कीजिए वैसे ही जैसे छोटी बहन बड़े भाई से प्यार करती है।"

हाड़ा राव की बातें शाहजादी के घावों को सहलाती जा रही थीं। उनका क्रन्दन अब रुक चला था, पर वह अभी भी सिसक रही थीं। "प्यार-मुहब्बत बहुत बड़ी चीज है, शाहजादी साहिबा! इतनी विशाल है इसकी गोद कि इसमें केवल दो जवान दिलों के ही लिए जगह नहीं हैं। बाप का लगाव बेटी से, बेटी का लगाव बाप से, माँ की ममता बेटे पर और बेटे की श्रद्धा माँ पर, भाई का प्यार बहन से और बहन का अपने भाई से, यह सब उसी की अलग-अलग शक्ल हैं, मेरी बहन। मुहब्बत के इसी रूप को समझने की कोशिश करो। दुनिया में यह प्यार ही है, जो इन्सान को इन्सान से बाँधता है। कहते हैं, प्यार खुदा का रूप है, पर वह तभी यह बन सकता है जब हम इसे शुद्ध और सात्विक बना सकें। मेरी एक ही प्रार्थना है, प्यारी बहन, हमारा प्यार ऐसा ही शुद्ध और पवित्र बन सके, तो कितना अच्छा होगा। आशा है, बड़े भाई की इस प्रार्थना को मेरी छोटी बहन न ठुकराएगी।" राव कहे जा रहे थे और केसर ने देखा कि उनका कुछ असर होता जा रहा है। वाष्पवेग से रतनारी आँखों की नदी को शाहजादी ने अपनी सफेद रेशमी ओढ़नी के पल्लू से पोंछा, एक पल के लिए उन्होंने झुकी पलकें उठा पर्दे के बाहर खड़े हाड़ा राव को विषण्ण मुद्रा से देखा और फिर आँखें नीची कर लीं। हृदय के टूटते बाँध की आँखों की दरार से रिसना फिर बन्द हो गया, पर उनकी तेज साँस और धड़कता वक्ष बाँध

पर निरन्तर बढ़ते आवेग के थपेड़ों का अहसास करा रहा था। केसर पर्दे के पास से उठकर शाहजादी के पास जा पहुँची और उन्हें सान्त्वना देती बोली, "शाहजादी हुजूर, सब्र रखो। भगवान को यही मंजूर है। राव राजा का इसमें कोई दोष नहीं है। मेरी अन्नदाता, जी को कड़ा करो, आपका दिल टूट गया तो हमारा क्या होगा? किसके सहारे जिन्दा रह सकेंगी हम लोग? शाहंशाह का क्या होगा? मलिका-ए-आजम की मैयत के बाद कितने टूट गये थे शाहंशाह। एक आपकी खिदमत के सहारे ही वे जिन्दा हैं, मेरी आका। उनका तो कुछ खयाल रखो। प्यारी बेटी की यह हालत देखकर कितने छीजे जा रहे हैं वे! आप खुद अक्लमन्द हैं, हम नाचीज गुलाम आपको क्या नसीहत दे सकती हैं।"

केसर के इन सान्त्वना भरे वचनों से शाहजादी का रहा-सहा आवेग और बह पड़ा। वह केसर की बात पर करुणा-रस से झुकी घटा-सी झर-झर बरसने लगी। केसर भी रो पड़ी और कोई आधी घड़ी तक शाहजादी को बाँहों में कसकर उसकी पीठ को सहलाती रही। सिसकते-सिसकते शाहजादी ने लड़खड़ाते केवल एक वाक्य कहा, "मैं बहुत बदनसीब हूँ, केसर।" और फिर वह चुप हो गयी। केसर उसे समझाती रही, समझाती रही। उसने अब दबी आवाज में कहना शुरू किया, "खुदा ने मुझे शाहजादी क्यों बनाया, केसर! काश, मैं किसी हिन्दू किसान के घर जनमती। यह किला नहीं कैदखाना है, जहाँ शाहजादियों के नसीब में उम्र कैद की सजा लिख दी गयी है। मेरा नसीब ही यह है। राजा साहब को दोष क्यों दूँ। यह मेरा ही कुसूर है। इन निगोड़ी आँखों का गुनाह है, इस दिल का दोष है, बहन! जिन्दा तो रहना ही होगा, मेरे ऊपर जिम्मेदारियाँ न होतीं तो बेहतर था। मैं समझती हूँ मेरे टूट जाने पर शाहंशाह भी न रह पाएँगे। बेटी का गम उन्हें भी तोड़ देगा।" केसर उसे सीने से लगाये थी। वह कहने की रौ में आ चली थी। अपनी सारी वेदना को वाणी देती जा रही थी, "राजा साहब भूलने का सुझाव दे रहे हैं। मैं नहीं जानती बहन, कि इस तरह कोई भूल सकता है। इस जिन्दगी में तो क्या, यह दर्द ऐसा है केसर कि कयामत तक नहीं भुलाया जा सकता। उनकी नसीहत है कि मैं उनसे छोटी बहिन की तरह मुहब्बत करूँ। जैसा उनका हुक्म। यह नाचीज अपनी सारी तमन्नाएँ उनके कदमों पर न्यौछावर कर चुकी है। मेरी अपनी कोई तमन्ना अब नहीं रही है, केसर। उनकी खुशी में ही मेरी खुशी है। वे खुश रहें, मैं उन्हें खुश देखकर ही खुशी पाती रहूँगी। और क्या कहूँ! उनका हुक्म मानने पर कुछ भी एतराज हो, तो वह मुहब्बत ही कैसी।" शाहजादी ने अब अपना झुका चेहरा उठाया, अपनी कोमल हथेलियों से आँखों की पाँखों पर झिलमिलाती शबनम की कनियों को साफ किया और बेबस मुस्कराहट उसके काँपते ओठों पर खेलकर फिर छिप गयी।

14

नवयौवना शरद धरती पर उतर आयी थी। काले भयंकर जंगली सूअर आसमान से कभी के खदेड़ दिये गये थे। अब रुपहरे रोयेंदार बादलों के मेमने इधर-उधर हौले-हौले फुदकने लगे। नीले आसमान पर ये ऐसे लगते, जैसे नीलम के बड़े थाल में अभी हाल गिरे बर्फ के सफेद फाहे हों। पूनम की रात आज पूरी सजी-धजी थी। इस विशाल हम्माम की छत का फव्वारा दूधिया फुहारें छोड़ हम सबको एक साथ नहलाता जा रहा था। बादशाह और रियाया का भेद-भाव भुलाये हम सभी इस अमृत वर्षा में सिहरते जा रहे थे।

सम्मनबुर्ज के बाहर विशाल छत पर आज खास जलसा था, शारदीय पूर्णिमा का जलसा। बारहदरी के खम्भों के बीच बँधे झीने जरी के पर्दे चाँद की किरणों में झलमला रहे थे और उनकी लहराती पाँत के पार अन्तःपुरिकाओं के दमकते मुखड़े वैसे ही लगे, जैसे जलचादर के पीछे जगमगाते दीपक। बारहदरी के दायें-बायें खम्भों के पास दो विशालकाय हबशी औरतें ही केवल अपवाद थीं। अन्तःपुरिकाओं के बीच-बीच बादशाह बेगम बैठी थीं, ठीक बाण की महाश्वेता-सी, दुग्धधवल लिबास में सजी। इस जलसे में भी वे गमगीन नजर आ रही थीं। वे अनमनी-सी इस सारे जलसे में भाग ले रही थीं। खोयी-खोयी सी उनकी आँखों को देख ऐसा लगा जैसे इस शरद के उल्लास में भी कमल तुषारपात की आशंका से झुलस गये हों, बड़ी वेदना हुई मुझे उन्हें इस तरह देख। उनके पास एक चौदह-पन्द्रह वर्ष की किशोरी, जिसका थिरकता बचपन अपनी चंचलता को नियन्त्रित करने का नाम नहीं ले रहा था। वह कभी बादशाह बेगम की ओर कभी पास में बैठी दूसरी रमणियों की ओर निहार रही थी और बादशाह बेगम की आँखें बचाकर उन हबशी अंग-रक्षिकाओं की ओर मुँह बना-बना उन्हें चिढ़ाती जान पड़ती थी। बादशाह बेगम के सामने दो जड़ाऊ सोने की सुराहियाँ और पाँच-छः रत्नजटित स्वर्ण चषक पड़े थे। अभी दौर शुरू नहीं हुआ था।

खुली हुई छत पर दुग्धधवल चाँदनियाँ बिछी थीं और उन पर विविध बेलबूटे कढ़े गुदगुदे मोटे ईरानी कालीन। इनके बीचोंबीच एक विशाल चँदोवे के नीचे चौड़े संग के तख्त पर सुनहरी किमखाब का चादर बिछा था, जिसपर तीन ओर कई गावदी तकिये, स्वच्छता में चाँद की दुलहिन को भी चुनौती देते। इनकी सफेद खोलों पर जरी के बेल-बूटे चमक रहे थे। इस तख्त पर बादशाह हुजूर आसीन थे, उनके पास ही दायीं ओर हटकर बड़े शाहजादा दाराशुकोह थे। आज के जलसे में मुझे खास तौर पर आमन्त्रित किया गया था। इन जलसों में केवल परमप्रिय मनसबदार ही भाग ले पाते थे। कवि और कलावन्तों को भी

जलसों के लिए विशेष निमन्त्रण मिलता था। संजीदगी और बेतकल्लुफी, मर्यादित शिष्टता और अन्तरंग आत्मीयता, गाम्भीर्य और चंचलता के विरोधी भाव भी यहाँ आकर एकाकार हो जाते थे। तख्त के सामने कई जड़ाऊ चौकियाँ, इन पर अनेक शक्ल की गरदन और मुँह वाले सोने-चाँदी के मीने और रत्न जड़े मीनाकारी के काम वाले सुनहरे छोटे आकार के सागर सजे थे। कुछ पर तरह-तरह की गजक रखी थी–सामिष और निरामिषी और एक बड़े चाँदी के थाल में अंगूर, कुछ गाय के थन-सी लम्बी रसभरी गोस्तनी, कुछ गोल आबदार मोती-सी दमक वाली द्राक्षा। एक दूसरे थाल में पिश्ते, बादाम और खूबानियाँ भरी थीं।

बादशाह के तख्त के सामने नीचे कालीन पर वकील आसफ खाँ, महाराजा जसवन्त सिंह, राव छत्रसाल, राजा जयसिंह, राय मुकुन्ददास और राय चन्द्रभान ब्राह्मण थे। और भी कई मुसाहिब थे। कवियों में दो फारसी शायर कुदसी और शैदा, दो भाषा कवि, कविराय सुन्दरदास और कवि बिहारी, उन्हीं के पास मैं भी। उधर हमारे ठीक सामने कलावन्त लाल खाँ, उनके चारों लड़के, दो बीनसाज और सारंगीसाज और एक मृंदग लिये मार्दंगिक। इन्हीं के पास तीन रूपयौवनसम्पन्ना पतुरिया थीं, जिन्हें मुगल दरबार में 'कांचनी या कंचनी' कहा जाता है। अकबराबाद की मशहूर नवयौवना नर्तकी राणादिल को बादशाह ने इस जलसे में शरीक होने और अपनी कला बादशाह के सम्मुख पेश करने के लिए विशेष आदेश दिया था। वह सामने बैठी थी। नीले चीनांशुक की साड़ी इस दूधिया चाँदनी में अपना नीलापन और निखारती जान पड़ी। उसपर सलमे सितारे दमक रहे थे। जैसे तारों भरा आसमान चाँद के तीरों से अपने बचाव के लिए किसी दूसरे चाँद के पास आसरा माँगने चला आया हो। बादशाह आज इसी का मुजरा सुनना चाहते थे। वह अब बादशाह के मुखातिब है। उसने नीले आँचल को थोड़ा आगे खिसका चेहरे को छिपा लिया है। धरती पर उतर पराजित आकाश मानो फिर विजेता चाँद पर हावी हो गया है।

उधर एक और चाँद जमुना की नीली लहरों के घूँघट की ओट कभी छिपता और कभी प्रकट होता जा रहा है। मैं एक साथ तीन-तीन चाँद पारी-पारी से देख रहा हूँ–आसमान, धरती और पानी के चाँद को। कौन उपमेय है, कौन उपमान, कहना मुश्किल है। मुझे तो तीनों प्रस्तुत जान पड़े, साथ ही हर एक-दूसरे का उपमान भी।

"यह झीने बादल की ओट छिपा महताब कैसा खूबसूरत बन गया है, कविराय", बादशाह ने राणादिल के घूँघट में छिपे चेहरे को लक्षित कर कवि सुन्दरदास से मुखातिब हो फरमाया। राणादिल की पलकें झुक गयीं। बादशाह ने अब मुझसे फरमायश करते कहा, "क्यों कविराज जगन्नाथ, क्या आप इस चाँद

को शाइरी की जमीन पर उतार सकेंगे। माबदौलत आज आपकी संसकिरत की शाइरी सुनना चाहेंगे।"

बादशाह का आदेश पा मैं शब्दों की रेखाओं में राणादिल की खूबसूरती को बाँधने की कोशिश करने लगा। मैने सस्वर सुनाना शुरू किया:

> नीलांचलेन संवृतमाननमाभाति हरिणनयनायाः।
> प्रतिबिम्बित इव यमुनागम्भीरनीरान्तरेणांकः ॥

(इस मृगनयनी का नीले आँचल से ढँका चेहरा ऐसा नजर आ रहा है, जैसे जमुना के गहरे पानी के बीच झलकता चाँद हो।)

बादशाह खुश हुए, "क्या खूब, क्या लाजवाब मिसाल दी है। माशाअल्लाह, माशाअल्लाह!" मैंने अब पूरे तरन्नुम से एक बार आर्या को और पढ़ा और सभी मुसाहिब 'वाह वाह' कह उठे। बादशाह तो जैसे आज दो शाइरों को मिलान करने बैठे थे। वे बिहारी की ओर नजरें उठाकर बोले, "बिहारी लाल, बिलकुल यही जमीन लेकर आप भी कुछ फरमाइए। देखें इस तस्वीर को भाखा में किस रंगीनी से उतारा जा सकता है।"

बिहारी ने उसी जमीन को ले जो दोहा पढ़ा उसने मुझे निःसन्देह चमत्कृत कर दिया। बिहारी उसे दुबारा सुना रहे थे :

> छिप्यौ छबीलौ मुँह लसे नीले आँचर चीर।
> मनों कलानिधि झलमलै कालिन्दी के नीर ॥

सभी मुसाहिब प्रशंसा कर उठे। जरी के पर्दे के पीछे से भी गूँज सुनाई पड़ी "मुकर्ररइर्शाद मुकर्ररइर्शाद!" बिहारी बन्द आँखों दोहे को बार-बार फरमायश होने पर पढ़ते रहे। बादशाह से रहा न गया, वे दोहे की अर्धाली गा उठे, "मनों कलानिधि झलमलै कालिन्दी के नीर।" मैं भी कलानिधि बिहारी की कला पर रीझ गया। इस दोहे के सामने मुझे अपनी आर्या फीकी लगी। पदशय्या और कसावट का गजब का चमत्कार था बिहारी की कला में। मुझे अपना 'हरिणनयना' विशेषण व्यर्थ की भरती का पद जान पड़ा। चन्द्रमा के लिए 'एणांक' शब्द भद्दा और भदेस लगा, कलंक के दोष से युक्त। मेरा शब्दचयन भी वैसा नहीं था, जैसा निर्दोष इस बिहारी का। एक-सी गूँज की ध्वनियाँ-चुनकर कैसा संगीत पैदा कर दिया इसने-"छिप्यौ छबीलौ, नीले आँचर-चीर।" जी चाहता है, तेरी कलम को चूम लूँ। चन्द्रमा को 'कलानिधि' कहकर नायिका के मुँह की कला को कैसा उजागर कर दिया है, इस कवि ने। एक ही शब्द में कितना जादू भर दिया है और फिर यमुना को 'कालिन्दी' कहकर उसके नीलेपन को कितनी व्यंजना दे

दी है। साहित्यशास्त्री इसी को तो औचित्य कहते हैं। उचित पर्यायवाची पदों का प्रयोग कोई इससे सीखे, ऐसा पद जो अनेक अर्थों को समेटकर ध्वनित होता जान पड़े। मुँह का लसना और कलानिधि का कालिन्दी के नीर में झलमलाना कहकर इसने क्रिया को भी आकार दे दिया है। 'कलानिधि झलमलै' यह सुनते ही सचमुच आँखों के सामने यमुना की लहरों में झलमलाता चन्द्रबिम्ब आन्दोलित हो उठता है। बिहारी ने तो जैसे चन्द्रबिम्ब को ही पानी में ला खड़ा किया है, मेरे 'प्रतिबिम्बित इव' में यह बात नहीं है। मुझे अपनी कविता का घमण्ड चूर होता जान पड़ा, मेरा सहृदय हृदय श्रद्धा से झुक गया। मैं कह उठा, "मान गया, कविवर! मेरी ही जमीन को अपनाकर कितनी बेहतर कविता की है आपने। आपके इस दोहे पर मेरी सैकड़ों आर्याएँ न्यौछावर।" और मैं सोचने लगा, क्या यह 'भाखा' की अपनी करामात तो नहीं है, पर फिर मेरे हृदय के कोने से कोई बोल उठा, नहीं, कवि को श्रेय देना ही होगा। मैं कल्पना करने लगा, काश मैं ऐसा संगीत और उचित पदविन्यास अपनी कविता में ला पाता।

बादशाह के इशारे पर अब साजिन्दे तैयार हो उठे। मार्दनिक ने पखावज सँभाल लिया। सामने नीले नीर में झलमलाता चाँद और झलमलाने लगा। राणादिल अब मुजरे की मुद्रा में थी। बादशाह ने सेवकों की ओर देखा। रत्नजटित चषक में शीराजी मदिरा ढाल एक तश्तरी में उनके सामने पेश की जा रही थी। अब शेष मनसबदारों को भी सेवक भरे चषक थमाने लगे। मैंने देखा, जरी के पर्दे के पीछे भी मीनों से चषकों (सागर) में शराब ढाली जा रही थी। केवल बादशाह बेगम और किशोरी ही मादक शराब नहीं पी रही थीं। एक उदास-सी अन्तःपुरिकाओं की मदजनित मस्ती को देखकर भी अनदेखी कर रही थी और दूसरी उनकी झूमती गरदन और और चंचल नैनों की नकल करती फुदक रही थी। इधर हमारे कानों में और अधिक मीठी शराब ढालती राणादिल की सुराहीदार गर्दन भी हिल उठी। सारंगी के मृदु रणन को चुनौती देती उसकी मीठी तान राग कल्याण का सहारा लेती अब बीन के तार तार पर भी झंकृत हो उठी। उल्लास और उमंग से उसके पैर थिरक उठे। शरद-यामिनी के उल्लास को वह केवल वाणी ही नहीं, मुद्राओं के द्वारा भी नाचकर आकार देने लगी।

रही निर्मल सरद निस खोड़स कला परिपूरन ससि की जुन्हाई।
तिहँ समैं मंगलचार चीर तिलक अंजन आवत
और सिंगार के अपने गृह आँगन ठाढ़ी री माई ॥
मेरी जान पिया होई बातन अनहोई धोक देखे से दौर
आय चोंप के कण्ठ लगाई ॥

साहजहाँ प्रिय रसहित के मिलन में पै क्या कही जाये
जैसी आनन्द जियमें उपजै तैसेई की सुखदाई ॥

राणादिल कुशल नर्तकी या पात्र (पातुर) के समस्त लक्षणों से युक्त थी। उसका मुख भरा और गोल था, नेत्र कानों तक लम्बे, तोते की चोंच-सी नुकीली नासिका, दुपहरिया के फूल-से रागारुण ओठ, जिनपर जगमगाती दन्तपंक्ति, जैसे माणिक की सीपी पर गजमुक्ता रख दिये हों, शँख-सी वर्तुल ग्रीवा, पीन परिपुष्ट उरोज, दोनों बाँहें ऐसी कोमल जैसे दो चन्दनलताएँ हों और जब वह उन्हें मुद्राओं के साथ घुमाने लगी, तो ऐसा लगा जैसे लताएँ हवा से लहरा उठी हों। क्षीण कटि के बाद उभारदार नितम्ब और रमणभार, करिकरभ की सूँड़-सी उतारदार, किन्तु कदलीकाण्ड-सी अशिराल जाँघें और कमलकोमल चरणतल। इसका कद न अधिक लम्बा था, न अधिक नाटा, शरीर न स्थूल था न दुबला, जैसे नपे-तुले साँचे में ढालकर बनाया गया हो। वह बादशाह बेगम जैसी गोरी नहीं थी, पर उसके गेहुएँ रंग में भी ऐसी लुनाई थी, जो सहज ही आकर्षित कर लेती थी। बीस-इक्कीस वर्ष की इस तरुणी नर्तकी ने जब गमकयुक्त श्रुतिपेशल आलाप लिया तो जैसे कल्याण राग साकार अवतरित हो उठा। उसने ध्रुपद को गाने के पूर्व केवल आलाप द्वारा राग का स्वरूप बाँधा। आरोह में मध्यम और निषाद का वर्जन करते हुए उसने अवरोह में दोनों स्वरों का ग्रहण कर मध्यम की तीव्रता को अधिक उजागर कर दिया। गले से दैवी देन और अपूर्व रियाज दोनों व्यक्त हो उठे।

गायन के साथ ही अब वह इसे नृत्य से समन्वित कर ध्रुपद के भावों की व्यंजना कराने लगी। वासकसज्जा नायिका की मुद्राओं को आकार देती उसकी बाहुलताओं और अँगुलियों की चारिका दर्शनीय बन गयी। उसने दोनों बाहुओं को ऊपर आकाश की ओर उठा हौलें-हौले उलट नीचे उतारते हुए शरदनिशा की छिटकी जुन्हाई को रूपायित किया और फिर वह माँग, चीर, तिलक, अंजन आदि विविध शृंगार कर गृह आँगन में बड़ी बेताबी से प्रिय का इन्तजार करती सुन्दरी की प्रतिमूर्ति बन गयी। औचक आये प्रिय के कण्ठ लगाने के आनन्द को नेत्रों और हाथों की कोमल भंगिमाओं से प्रकट कर सुखदायी आनन्द की उमंग में वह थिरकने लग गयी। उसकी झुकी-झुकी आँखें और काँपते ओठ, दर्शकों के हृदय में वैसी ही मदिरा उड़ेल रहे थे, जैसी उसकी वाणी कान में। वासना की साकार मूर्ति बनी उसकी देहलता निरन्तर काँप रही थी, जैसे प्रिय के आलिंगन का बेताबी से इन्तजार करती नवयौवना हो। अन्य नर्तकियों की

अपेक्षा राणादिल में एक और विशेषता जान पड़ी, वह इन भावों को जैसे कल्पना में उतार तब वाचिक और आंगिक अभिनय में व्यक्त कर रही थी, जिससे उपयुक्त रतिभाव के समस्त सात्त्विक भाव स्वत: उसके नृत्य में आ झलके थे। वह शाहजादा दारशुकोह की ओर मुखातिव हो जैसे उन्हें ही अपना प्रिय समझ सारे भावों की गागर उड़ेल रही थी। शाहजादा भी विभोर हो उसके नृत्य को नि:स्पन्द नेत्रों से पी रहे थे।

अब उसके नृत्यों की गति विलम्बित से द्रुत लय की ओर बढ़ चली। पैरों में बँधे घुँघरुओं की गूँज तीव्र हो उठी। नर्तकी अपने पैरों को तेजी से मृदंग की ताल के साथ उठा-गिरा रही थी। वह फिरकनी की तरह थिरकने लगी। मार्दंगिक की पागल अँगुलियाँ मृदंग पर तेजी से बज उठीं। नर्तकी और मार्दंगिक होड़ाहोड़ी में बढ़ते चले द्विगुन, तिगुन और चौगुन की जुत से अतिद्रुत गति। ऐसा लगा, जैसे दोनों आवेश में थे। मार्दंगिक की इधर-उधर हिचकोले खाती गरदन, अनवरत प्रकम्पित करतल और अँगुलियाँ, नर्तकी के झनझनाते पैरों का कम्पन और उरोज-लहरियों का उत्थान-पतन मुझे भी अपने साथ बहा ले जा रहे थे। पखावजी के गाल और कपोलों पर पसीने की बूँदें छलछला आयीं, उसकी ठुड्ढी और नाक से स्वेदकण चूने लगे, राणादिल का चेहरा भी अनेक मुक्ताफलों से सज गया। वह थकावट से बेसुध वह नाचती रही, नाचती रही। एकाएक सम की विश्रान्ति का सहारा ले नृत्य शान्त हुआ और शाहजादा दाराशुकोह की ओर मुकुलित नेत्रों निहारती राणादिल वहीं अर्धमूर्च्छित-सी लुढ़क पड़ी, उसकी नि:स्पन्द तनुलता में केवल तेजी से धड़कते सीने का चढ़ाव-उतार ही अव उसके नृत्य की आरोहावरोहमय लय का अनुकरण कर रहा था।

शाहजादा की मदिरा की खुमारी को इस खुमारी ने और बढ़ा दिया। नृत्य के सम पर आने के साथ दो घटनाएँ युगपत् घटित हो गयीं। अर्धमूर्च्छित दशा में लुढ़कती राणादिल को देख शाहजादा उसी क्षण तेजी से अपना आसन छोड़ बेसुध-से उसे सँभालने दौड़ पड़े, जैसे आनन्द में विभोर नायिका को आलिंगन का सहारा देने नायक दौड़ पड़ा हो। पर इससे पहले ही दोनों पतुरियाँ उसे सँभाल चुकी थीं। शाहजादा किसी अजीब नशे की खुमारी महसूस करते तख्ते पर गावदी तकिये का सहारा ले वहीं अर्धनिमीलित नेत्रों शिथिल हो गये।

15

शाहजादी जहाँआरा फिर भी मानसिक दृष्टि से स्वस्थ न हो पायी थी। उसका जी बहलाने के लिए बादशाह हुजूर ने इस बार आगरा या लाहौर में गर्मी गुजारने की बजाय कश्मीर-यात्रा का प्रबन्ध कर डाला। कश्मीर का नाम काफी सुना है मैंने। कविता और कुंकुम की उस जन्मभू को देखने को जी चाहता था, जो आनन्दवर्धन, अभिनवगुप्त, मम्मट जैसे आलंकारिकों और वामन, कैय्यट तथा जैयट जैसे वैयाकरणों की ही नहीं, रत्नाकर, विल्हण, मंखक और कल्हण जैसे महाकवियों का भी पालना रही है। कहते हैं, भगवती शारदा का रमणीय विग्रह यहाँ दिखाई पड़ता है, जहाँ मुक्ताहारों से स्वच्छ झरने भक्तों को अमृत रस के स्तन्य पान से आप्यायित करते परिपुष्ट कुचकुम्भों-सी घाटियों के बीच बहकर अमरता का अहसास कराते रहते हैं। दूर क्षितिज को छूते तुषारमण्डित पर्वत शिखर पर जब उषा की अरुणिम रश्मियाँ अपना अनुराग बिखेरती हैं, तो ऐसा लगता है जैसे देवी के विशाल मस्तक का सुवर्ण किरीट जगमगा उठा हो। इस भूमि का अवलोकन कर निःसन्देह मैं धन्य हो उठा।

कोई दो महीने लगे होंगे हमें यहाँ पहुँचने में। हम लोग आगरा से दिल्ली होते हुए लाहौर पहुँचे। एक बहुत बड़ी फौज थी हमारे साथ। हमारे आगे-आगे फर्राशों, बावर्चियों और सिपाहियों के पेशखाने का एक अग्रगामी दस्ता चलता जाता था। यह दस्ता पहले ही पड़ाव के स्थान पर पहुँच सारी व्यवस्था कर देता। ऊँटों, घोड़ों, रथों और शिविकाओं का एक विशाल लवाजमा हमारे साथ था। मेघाडम्बर ये युक्त हाथी भी हमारे साथ थे। अन्तःपुरिकाएँ भी थीं। ये शिविकाओं, रथों और ऊँटों के ऊपर महमिलों में या हाथियों के हौदों में पर्दों के पीछे बैठी यात्रा कर रही थीं। बड़े शाहजादा और बड़ी शाहजादी के अतिरिक्त बेगमें, रखैलें और बाँदियों का हुजूम भी था। बादशाह हुजूर ने कुछ विशिष्ट मनसबदारों को साथ लिया था। लाहौर से नवाब आसफ खाँ हमारे साथ हो लिये थे। रास्ते में अगल-बगल के गाँवों से निकली तोरई के फूलों से हल्के पीले मुँह वाली पंजाबी औरतें सड़क के पास उगी लताओं में कसरैया के फूलों-सी आँखों से चोरी-छिपे पर्दे में कभी छिपती कभी दिखती बेगमों को देख रही थीं। चैत्र शुक्ल पक्ष के लगते-लगते हम लाहौर से रवाना हो चुके थे। कोई एक सप्ताह रुके थे हम लाहौर में। यहाँ से दस दिन में हम भोंभर पहुँचे, जो कश्मीर के पहाड़ी इलाके में घुसने का रास्ता है। एक विशाल काले ढालू पहाड़ के पादप्रदेश में यह कस्बा बसा है। यहाँ एक सराय भी है। कस्बे के पास ही पहाड़ से मैदान में उतरती पार्वत्यनदी पड़ती है जिसका नाम भी भोंभर ही है। सराय और

नदी के बीच पहाड़ की तलहटी में बड़ा मैदान है। यहाँ हमने दो दिन पड़ाव डाला और फिर चढ़ाई की यात्रा शुरू की।

कश्मीर यात्रा की याद आते ही मुझे अपनी ही आख्यायिका 'आसफविलासचम्पू' का यात्रा-विवरण स्मरण हो आया है। मै उसी शैली में यहाँ भी वर्णन करने जा रहा हूँ। विशाल सागर के समान सेना हमारे साथ थी और उसका कोलाहल तरंगों के संघटन से उत्पन्न जलधिगर्जन का अनुकरण करता पर्वत को चुनौती देता कश्मीर प्रदेश की ओर बढ़ चला था। रास्ते में पड़ने वाले फौजदार और राजा नजराने लिये करबद्ध हो शाहंशाह की सेवा में उपस्थित होते जा रहे थे और उनकी समस्त मार्गगत सुविधाओं का खयाल रखने में दत्तचित्त थे। किसी भी विघ्न बाधा का सवाल ही नहीं था, क्योंकि यह महावीर पहले ही अपने प्रचण्ड भुजदण्ड द्वारा मण्डलीकृत कोदण्ड से उड़ते सपुंख शरश्येनों से अवशिष्ट शत्रु-पक्षियों को खण्डित कर चुका था। दूर क्षितिज को छूती हिमधवल पर्वत श्रेणियों की ओर हमारी सेनाएँ बढ़ती जा रही थीं। उन्हें देख मुझे ऐसा लगा जैसे पर्वतों पर दमकता साफ बर्फ कुछ नहीं, इन्हीं शाहंशाह का यशोदुकूल था जिससे इस वसुमती ने अपने मुख को अवगुण्ठित कर डाला था। हमारे साथ कनपटियों से मटमैली तीखी गन्ध की मदधारा चुवाते हाथी हिचकोले खाते बढ़ते जा रहे थे, जैसे गौरीगुरु के इस विशाल आँगन में पर्वत शिशु बाल सुलभ चंचलता से रेंग रहे हों। घोड़ों के खुरपुटों से आहत शिलातल से छिटकती आग की चिनगारियाँ उनके पैरों के पास चमकती ऐसी लगीं, जैसे चंचला विद्युल्लता ने अपनी पुत्रियों को चंचलता की शिक्षा पाने के लिए शाही सेना के तेज घोड़ों के पास भेज दिया हो। तुर्की और एराकी नस्ल के सफेद घोड़े दायें-बायें थिरकते घाटी में इस तरह आन्दोलित हो रहे थे, मानो वे किसी प्रथम-समागम-त्रस्त मुग्धा के नाक के बुलाक में लटकते मोती की चपलता चुरा लाये हों और उसे छिपाने के लिए चौकन्ने-से इधर-उधर दौड़ रहे हों। लगाम को ध्यान से खींचकर सँभाले जाने पर ऊर्ध्वमुख तुरंग आकाश को चुनौती देते पहाड़ी पर चढ़ाई चढ़ रहे थे और पहाड़ी की ढलान पर पहुँच ज्योंही उनकी लगाम में ढील दी जाती, वे ढलान की ओर तेजी से ऐसे दौड़ पड़ते जैसे क्षणभर में ही यहीं से घाटी की तलहटी तक कुदान मार पहुँच जाएँगे। फिर चढ़ाई, फिर ढलान, फिर चढ़ाई, इस तरह भीषण आरोह-अवरोहमय पार्वत्यभूमियों को पार करते हम बढ़े जा रहे थे। यात्रा का यह सारा आयास हमें तिनका जान पड़ा क्योंकि हम समझते थे कि इसका परिणाम उसी तरह सुखद होगा, जिस तरह विविध आरोहावरोहमय उदात्त, अनुदात्त और स्वरित स्वरावृत्तियों के उच्चारण

क्लेश को सहन कर लेने पर ही वेद मन्त्रों से मिलने वाले सुखद फल की प्राप्ति सम्भव है।

अमृत के दूधिया झरनों को लाँघते हम अब ऐसी घाटी में जा पहुँचे, जहाँ मादक कुसुमगन्धी पवन बह-बह हमें भी मस्त बना रहा था। अखरोट के गगनचुम्बी वृक्षों की शाखों पर झूमते पन्ने से हरिताभ पुष्प अपनी मस्ती भरी सुगन्ध से खुद ही मस्त होते दिखाई दिये। ये पुष्प वृक्षों पर अब फलों में परिणत होने को तैयार थे। कश्मीर की वायु इस परिमल को पी नाच उठा था। शाहंशाह को पहुँचा हुआ देख वनदेवी की सखियों ने पक्षियों के संगीत से स्वागत किया और कश्मीर सुषमा पूरी रमणीयता से उनकी अगवानी कर उठी। हमारे दायें-बायें घाटी पेड़ों से आच्छादित थी। यहाँ वन और उपवन का भेद मिटा जान पड़ा। फल-फूलों से लदे पेड़ ही पेड़ दिखाई पड़े। निफूले या फलहीन वृक्षों का नामोनिशान तक न था। कश्मीर की ललनाओं की नैसर्गिक लाली लिये केसरिया कपोलों से सुनहरे रसभरे सेब शाखों पर झूम रहे थे। भौंरों की चोंचों के नखक्षत की खरोंच से हृदय के आन्तरिक राग को व्यक्त करती लताओं की फलीभूत जवानी मुस्करा रही थी। हरे पत्रान्तराल में छिपे अपरिस्फुट नाग और नाशपाती लुक-छिपते झ़ाँक रहे थे। घाटी के दोनों ओर द्राक्षालताएँ और बादाम के पेड़ वायु के कम्पन्न से हिल रहे थे। उनकी शाखों पर लटकते रसभरे अंगूर और बादामों के झुमके ऐसे लगे, जैसे मूर्तिमती कश्मीरलक्ष्मी ने गोल और अण्डाकार पन्नों के फूल झूमके कानों में पहन लिये हों और उसके मुखमण्डल के हौले-हौले हिलने से वे भी काँप उठे हों। कच्चे ताजा बादाम को मैंने यहीं चखा था। दुहरे आवरण में छिपी बादाम की गिरी को तोड़कर हासिल करने पर मुझे लगा कि जो भीतरी और बाहरी सरसता दाखों में है, वह इसमें कहाँ? फिर भी पोषणतत्त्व दाख की अपेक्षा इसमें ज्यादा मिला, उसी तरह जैसे आपाततः कठोर होने पर भी पोषणतत्त्व शाहंशाह के स्वभाव में था, पर दाख जैसा मधुर निष्यन्द तो मुझे शाहजादा दारा के स्वभाव में ही मिला था।

हमारे सामने चाँदी के परकोटे की विशाल दीवार-सा दूर-दूर तक गौरीगुरु हिमगिरि फैला था। उस पर छाये सफेद बादलों की टुकड़ियाँ चोटियों पर फैले बर्फ को दुहरापन दे उठी थीं। रसभार से तुन्दित फलों को लिये झुके हाथों, फूलों की गन्ध का मादक रस पी गुनगुनाते भौंरों के स्वागतगान से दरख्तों ने मेजमानों की तरह हमारी खातिरदारी की। ज्योंही घाटी पार कर हम आगे बढ़े, हमने एक विशाल झील देखी। पर्वत श्रृंखला के बीच चाँदी के लबालब भरे विराट् कटोरे-सा यह सरोवर देख मुझे कादम्बरी के अच्छोदसरोवर की याद आ गयी। एक क्षण

में बाण की कविता में खो गया। मुझे लगा, यह सरोवर जैसे त्रैलोक्यलक्ष्मी का स्वच्छ मणिदर्पण है, भगवती वसुन्धरा का स्फटिकशिलाओं से बना तलघर है, सागरों का जलनिर्गमनमार्ग है, दिशाओं का चुवाया हुआ स्वरस है, गगनतल का अंशावतार है, कैलास ही खुद द्रवीभूत हो गया है, हिमालय स्वयं पिघल गया है, चन्द्रातप ही रसरूप में परिणत हो गया है, भगवान अमरनाथ का अट्टहास ही जलभूत हो गया है, शरदभ्रखण्ड ही बरसकर दूधिया पानी में रूपायित हो गया है, या कश्मीर में निवास करते ऋषिकल्प मुल्ला शाह के ही स्वच्छ मन ने अपनी विराट्ता को व्यक्त करते यह आकार धारण कर लिया है। और भी ऐसी झीलें थीं इस इलाके में। परिफुल्ल पद्मिनियों को कँपाकर उनके पराग से पीले चंचुपुटों से सहचरों के कपोलों को खुजलाती रतिरसलम्पट राजहंसियों के कूजन से अन्त:पुरिकाओं के मणिनूपुरों की रुनझुन को अनुहारती, घाटियों के सघन पादपों के प्रतिबिम्ब की सुवापंखी वसुमती यहाँ सजीवता से थिरकती नजर आयी मुझे। इन झीलों में घूमते शिकारों, हरे-भरे केसर के खेतों के लहलहाने का तो यह मौसम था नहीं। वे सूने पड़े थे, मैं उनकी शोभा देखने से वंचित रहा, क्योंकि वे कार्तिक में खिलते हैं, पर मैंने उनकी नीललोहित पंखुड़ियों की उत्फुल्लता की धरोहर को सहेजती किशोरियों की लाजभरी पलकों और उनके रोमांचित केसरों की रागारुणता को चुराते कपोलों को देख केसर पुष्पों की भी खूबसूरती का अन्दाजा लगा ही लिया।

कश्मीर की शोभा को बढ़ाने में नवाब आसफ खाँ का खास हाथ रहा है। वैसे तो यहाँ की नैसर्गिक शोभा ही अनुपम है, पर कश्मीर के हृदयदेश में उन्होंने ऐसे उपवनों का निर्माण कराया था, जो सारे भारत में प्रसिद्ध थे। मैंने लाहौर में ही यहाँ के निशात बाग तथा शालीमार बाग की काफी चर्चा सुनी थी। यहाँ आकर मैंने अनुभव किया, जैसे देवराज का नन्दनवन ही अपनी दिव्यता को समेटे धरती पर उतर आया हो। हमारा पड़ाव कई दिनों तो इन्हीं बागों में लगा। नवाब तथा उनकी बहिन मलिका नूरजहाँ को सुन्दरता से कितना लगाव था, इसका पता इन बागों को देखकर चलेगा। क्या नाम रखे थे इन बागों के? 'निशात बाग' अर्थात् आनन्द का उपवन, और 'शालीमार बाग' अर्थात् प्रेम का उपवन। इसी तरह एक और बाग था, जहाँ की ठण्डी बयार के नाम पर नाम ही 'नसीम बाग' रखा गया था। शालीमार बाग का निर्माण नूरजहाँ की अभिरुचि के अनुकूल हुआ था और निशात का नवाब की। यह निशात बाग नवाब की अपनी मिल्कियत था। दोनों बागों में रिहायसी महल के अतिरिक्त कई बारहदरियाँ, छतरियाँ, जगह-जगह हौज, फ़ौव्वारे, नहरें और संगमरमरी चौकियाँ सजी थीं। फलों से लदे वृक्षों, लताओं और पुष्पित वल्लरियों और गुल्मों की रमणीयता इनकी सुन्दरता में चार चाँद

लगा रही थीं। सचममुच आनन्द और प्रेम के मूर्त रूप थे ये दोनों बाग। बादशाह सलामत शालीमार बाग में रुके थे और नवाब निशात बाग में। मेरा प्रबन्ध नवाब के साथ था।

कई बार बादशाह सलामत की अगवानी इस बाग में भी हुई। उन्हें यह बाग शाही बाग से भी ज्यादा पसन्द था। इस बाग की खास विशेषता वे झरने थे, जो ऊँचे से गिरकर हौजों और नालियों को भरते थे और सारे उपवन को लहलहाती हरियाली में सींचते थे। ऊपर से गिरते झरनों तथा धरती से आसमान के साथ फाग खेलते फव्वारों की खूबसूरती का मजा जो यहाँ था, वह शालीमार बाग में कतई नहीं था। शालीमार बाग की प्रमुख विशेषता वह काले संगमूसा का बना महल था, जिसमें बादशाह सलामत रुके थे। यह महल एक बहुत बड़े चौक़ोर हौज के बीचोंबीच बना था। हौज में कोई सौ से अधिक फ़व्वारे महल के चारों ओर खेलते रहते। हौज के पानी में सफेद और पीली कुमुदिनियों और गुलाबी कमल के फूल हँसते रहते और तटभूमि पर चमेली की झाड़ियों के पार चिनार के बड़े-बड़े गगनचुम्बी पेड़ थे। हौज का फर्श नीलापन लिये हरे ईरानी प्रस्तर-खण्डों से बना था, जो स्वच्छ दूधिया पानी को भी हल्के हरे रंग में रँगता जान पड़ा। इसमें रत्न-सी चमकीली आँखों वाली सुनहरी मछलियाँ तैर रही थीं। पर निशात बाग का नजारा तो और भी गजब का था। आयाम में यह शालीमार से भी बड़ा है और पूरा बाग शालीमार की ही भाँति परकोटे से घिरा है। दोनों बाग मर्दाने और जनाने भागों में विभक्त हैं। जनाने और मर्दाने दोनों भागों के महल निशात बाग में दुमंजिले हैं और नहर पर बने मार्ग से दोनों परस्पर सम्बद्ध हैं। इस बाग में कोई बारह निम्नोन्नत भू-भाग हैं, जिनसे झरनों का पानी उतरता नहरों और हौजों को भरता रहता है। नहरों और हौजों के बीच-बीच में फव्वारे हैं। दूसरे चौक में एक बहुत बड़ा कुण्ड है, जिसकी पाल पर ही मर्दाना दुमंजिला महल है। इस महल की निचली मंजिल में विशाल प्रकोष्ठ है, जिसके बीचोंबीच एक हौज है, जिसमें पाँच फव्वारे हैं। महल के दोनों ओर जालीदार गवाक्ष हैं। एक बाग की ओर झाँकता है, दूसरा झील की ओर खुलता है। महल भी काफी सुन्दर है और बाग के उस भाग में दर्जनों चिनार के पेड़ लगे हैं। फल-फूलों की समृद्धि तथा हौजों और फव्वारों की खूबसूरती में शालीमार इसका पासंग भी नहीं है।

कहते हैं, बरसों पहले बादशाह सलामत का जी ललचा गया और वे वकील की इस मिल्कियत को हथियाने की सोचने लगे। उन्होंने तीन-चार बार वकील आसफ खाँ से बाग की प्रशंसा इस लिहाज से की कि शायद यह बाग उन्हें नजर कर दिया जाय, पर वकील समझकर भी चुप रहे। यह बाग उन्हें जी-जान

से प्यारा था। वे स्वयं इस बाग की छोटी-छोटी सजावट का ध्यान रखते थे। मैंने स्वयं उन्हें इसके लिए समय देते पाया था। यहाँ गुलाब की कलमें रहेंगी, उस ओर मोगरे और बेला लगेंगे, उधर चाँदनी की बाड़ लगेंगी और इधर नरगिस के पौधे, इस ओर वेदमुश्क के पौधे लगाएँ और उस ओर दौना, अंगूर की बेलें यहाँ से हटाकर उस कोने में बारहदरी के पास लगायी जाएँ, इधर की बारहदरी पर जूही की लतर चढ़ा दें और उस पर मालती की, अगर कलमी अनार के पौधे तैयार न हों तो तैयार कर लें, अच्छी किस्म के, आदि-आदि निर्देश देते वे माली की कार्यकुशलता में इजाफा करते रहते। हौजों, फव्वारों और नहरों के रख-रखाव में भी काफी दिलचस्पी लेते और तरह-तरह की रंगबिरंगी मछलियों और मुर्गाबियों की मिजाजपुर्सी पूछने सुबह-शाम जरूर निकल जाते। बादशाह की माँग से नवाब को ऐसा लगा होगा, जैसे उनके जिगर के टुकड़े को ही अपने हाथों काटकर देने को कह दिया गया हो। शाही दरबार का रिवाज था कि अगर बादशाह को मनसबदार की कोई चीज पसन्द आ गयी तो उसे यह संकेत पर्याप्त था और वह स्वयं ही उसे बादशाह को नजर कर देता। पर नवाब आसफ खाँ ने सुनी-अनसुनी कर दी। जाहिर था, शाहंशाह नाराज हो गये। उन्होंने हुक्म दे दिया कि निशात बाग के बलखाते-इठलाते झरनों, मन्द मन्थर गति से बहती नहरों और खिलखिलाते फव्वारों की जवानी छीन ली जाय, उसकी खुशी को नेस्तनाबूद कर दिया जाय। बस, फिर क्या था, निशात बाग की ओर बढ़ते पानी का बहाव रोक दिया गया। जीवन रस से अछूत हो वृक्षों के पत्ते असमय में ही वलीपलित हो गये, उनके शुष्क स्कन्धों का सहारा लेती वल्लियाँ कुम्हला गयीं, गुलाब और नरगिस के पौधों की टहनियों पर खिलने की तैयारी करती कलियाँ मुरझाये गालों और शोकाकुल आँखों से कुछ क्षण अपनी विषण्णता व्यक्त कर सदा के लिए शान्त हो गयीं, हौजों और नहरों में प्रतिबिम्बित अन्तःपुरिकाओं की नयन भंगिमा को चुनौती देती सुनहरी और रागारुण मछलियाँ जल के अभाव में छटपटाने लगीं और उनकी छटपटाहट ने वकील के दिल को अपार पीड़ा से भर दिया। पर क्या किया जाता, वे शाहंशाह से क्या कहें! वे प्रतिदिन सुबह-शाम उजड़े बाग को देखने निकलते और कभी-कभी कई घड़ी तक एक ही स्थान पर छड़ी के सहारे खड़े विगलित नेत्रों मूक और निस्तब्ध बन जाते। महल में लौटते भी तो शैया पर आकर गिर पड़ते और खोयी-खोयी आँखों शून्य को देखने लगते, खाना-पीना तक नहीं सूझ रहा था उन्हें। कहते हैं, बाग के इसी सदर माली अब्दुल्ला से मालिक का दुःखदर्द न देखा गया। उसने एक रात झरनों की कड़ियाँ खोल दीं। कड़ियों के खोलते ही निशात बाग की जिन्दगी लौट आयी। निरानन्द उपवन फिर सानन्द हो गया। हौजों के छिछले पानी में जिन्दगी और मौत के

बीच जूझती मछलियाँ फिर हर्ष से नाच उठीं। शाहंशाह ने यह जानकर अब्दुल्ला को जवाबतलबी के लिए शालीमार बाग में बुलाया, पर उसकी स्वामिभक्ति से उनका भी हृदय द्रवित हो उठा और निशात बाग की माँग फिर कभी उन्होंने नवाब से न की। इसी निशात बाग की एक बारहदरी में मेरे रुकने का प्रबन्ध कर निःसन्देह वकील ने मुझसे भी उस आनन्द का उपभोग करा दिया था, जिसके लिए शाहंशाह शाहजहाँ तक लालायित रहा करते थे।

इसके अतिरिक्त कोई एक सप्ताह तक हमारा पड़ाव गुलमर्ग में भी लगा था, जो श्रीनगर से कोई चौदह-पन्द्रह कोस पर है। फूलों का तो यह खजाना है। पहाड़ियों के बीच उपत्यका में बसा यह इन दिनों हरिततृणसंकुल भूमि से हरिन्मणि के शकलों से पटे विशाल चौक-सा रमणीय बन गया था। उत्तर में नागा पर्वत और पश्चिम में हिमपर्वत शृंखलाएँ उस समय बड़ी भली लगतीं, जब अस्त होते सूर्य का माणिक्याभ बिम्ब अपनी किरणों को स्फटिकाभ बर्फ पर छिटकाकर उसे अपनी लाली में रँग देता। मादक कुसुमगन्धी अखरोटों की पुष्प समृद्धि अब फलों में परिणम हो चली थी। फल पक चले थे। कोई दो महीने तक कश्मीर में रुककर बादशाह सलामत आषाढ़ के लगते ही आगरा लौटने की तैयारी करने लगे तथा आषाढ़ के उतरते-उतरते वे लाहौर के लिए रवाना हो गये। मैंने नवाब से कहकर यह इजाजत ले ली थी कि मुझे श्रावणीपूर्णिमा तक कश्मीर में रुकने दिया जाय, क्योंकि मैं उस दिन देवाधिदेव भगवान अमरनाथ के दर्शन कर तभी वापस लौटना चाहता था। मुझे छोड़ सभी दरबारी बादशाह के साथ लौट गये। मैं श्रावण शुक्ल अष्टमी तक निशात बाग में ठहरा। कभी इधर-उधर घूम आता। उस दिन मैं दो सेवकों के साथ पहलगाँव के लिए रवाना हुआ। कोई तीन दिन लगे हमें पहलगाँव पहुँचने में। यहाँ एक रात गुजार हम चन्दनबाड़ी होते हुए अमरनाथ गुफा की ओर बढ़े। चन्दनबाड़ी से दो मार्ग हैं गुफा जाने के। एक मार्ग शेषनाग होकर जाता है, दूसरा पंचतरणी और हत्यारा ताल होते हुए। शेषनाग वाले मार्ग में सामने बर्फ से ढँकी सात पहाड़ियाँ दिखाई पड़ती हैं, शेषनाग की सात फणमण्डली-सी। हमने पंचतरणीवाला मार्ग चुना। पंचतरणी के बाद रास्ता सँकरा था। पहाड़ों के बीच भीषण सँकरे मार्ग से हमें पैदल बढ़ना पड़ा था। अपने टट्टुओं को हम चन्दनबाड़ी में ही छोड़ चुके थे। ज्योंही हम हत्यारा ताल पहुँचे, बादल घिर आये। धारासार वर्षा होने लगी। किसी तरह चतुर्दशी के दिन हम अमरनाथ पहुँच गये थे। मैंने चतुर्दशी तथा पूर्णिमा दोनों दिन अमरेश्वर का दर्शन किया, किन्तु पूर्णिमा के दिन मुझे जो अनुभव हुआ उसे मैं आज भी नहीं भूल पाता।

उस दिन गुफा के अन्दर पहुँचते ही ऐसा लगा जैसे किसी नयी दुनिया में आ गया मैं। यहाँ शान्ति थी, केवल शान्ति। गुफा के बाहर की कँपकँपाती

सरदी यहाँ न थी, मेरी चेतना को यहाँ गरमाती सुखद ऊष्मा मिली और वह परम विश्रान्ति का अनुभव करने लगी। गुफा के बीच साकार होते हुए भी निराकार हिम पिण्ड था, देवाधिदेव अमरनाथ का शिवलिंग, परमशिव का मूर्तिमान विग्रह। ऐसा लगा, जैसे गुफा के बाहर सारे विश्व में फैली स्पन्दमयी शक्ति ही सिमटकर इस जड़ हिमपिण्ड में समाहित हो चुकी थी। मैं उस बर्फ के गोले को एकटक देख रह था। कहते हैं यही गोला श्रावण शुक्ल प्रतिपदा से पूर्णिमा तक निरन्तर बढ़ता जाता है। आज इसका परिपूर्ण पिण्ड था और कल से फिर द्रवीभूत होने लगेगा और एक पखवारे में ही लुप्त हो जाएगा। ऐसा जान पड़ा जैसे महाशून्य से उत्पन्न होते और उसी में विलीन होते इस ब्रह्माण्ड का ही एक छोटा रूप था यह शिवलिंग। मैं तन्मय हो उसे निहारता रहा। एकाएक मुझे लगा, जैसे उस हिमपिण्ड के इर्द-गिर्द चाँदी के आव-सा-आलोकजाल फैलता जा रहा है, मेरी चेतना मुझे छोड़ उसी जड़पिण्ड में संक्रान्त होती जा रही है और मैं उस जड़ हिमपिण्ड को चेतन होते अनुभव कर स्वयं जड़ीभूत होता जा रहा हूँ। जड़ चेतन का फर्क मिटता जा रहा है और अब जड़ चेतन बन गया है, चेतन जड़। यों कहिए, क्षणभर में दोनों एक हो गये हैं। मुझमें और उस शिवलिंग में कोई फर्क ही नहीं रहा है। मैं अपने ही आपको उसमें पहचान उठा हूँ। अब मुझे वहाँ बर्फ का गोला नहीं दीख रहा है। बर्फ जैसी ही सफेद, चेतन, किन्तु समाधि की निश्छलता के कारण जड़ीभूत मूर्तिमान् परम शिव की साकार कान्ति मेरी चेतना की आँखों को शीतल बना रही है। वह पद्मासन मुद्रा की पर्यंकग्रन्थि में निष्कम्प बैठे परमशिव के मुकुलित नयन दलों पर मेरी नजर एकटक टिकी है। उनकी पलकों में चंचलता नहीं है, परा शक्ति को आँखों की कारा में बन्द कर दे उसकी सारी स्वतन्त्रता को नियन्त्रित कर चुके हैं। प्राणायाम की कुम्भक अवस्था के कारण श्वास-प्रश्वास की गति भी अवरुद्ध है और उनकी देहवल्ली के रोमांच और धमनियाँ भी स्तब्ध हो गयी हैं। ऐसा लगा कि समस्त इच्छा, ज्ञान और क्रिया-शक्तियों का निमीलन कर वह परम तत्त्व अपनी ही स्वतन्त्र इच्छामयी, पराशक्ति को संकुचित कर केवल स्वरूप के ही दर्शन में तल्लीन है। एक से दो बनने की लीला का संवरण कर वह फिर एक हो चला है। मैं भी अपने आपको भूल उसी के साथ एक हो चला हूँ। मुझे उस हिमपिण्ड में अजीब चमक मालूम पड़ी है, जैसे वह कोई महाकाय हीरा या स्फटिक है, जो अपने ही प्रकाश में दमक उठा हो और उसके प्रकाश ने मुझे ही नहीं, इस गुफा के अन्धकार को भी आलोकित कर डाला है। हिमधवल जटा-जाल का चुम्बन करता चन्द्रशकल अपनी दमक से पूर्णिमा के प्रकाश को विकीर्ण करता जा रहा है। इस अमृतवर्षा को पी मैं मदहोश हो चला हूँ।

धीरे-धीरे मेरी समाधि टूटती जा रही है। वह परम शिव का साकार विग्रह फिर जड़ हिमपिण्ड में ढलता जा रहा है। मुझे लगा, जैसे वही अमृत द्रव अब घनीभूत होता जा रहा है, वही शशिशेखर के चूड़ामणि का प्रकाश अब पिण्डीभूत हो चला है, वह डल झील और झरनों में स्पन्दनशील थिरकती महाशक्ति अब नृत्य-लीला को छोड़ स्तब्ध हो चुकी है। मेरी चेतना भी उस जड़पिण्ड को छोड़ इस पिण्ड में लौट आयी है। यह उस शीतल हिमपिण्ड का स्पर्श पा सिहर उठी है, पुलकांकुर स्पन्दनशील हो उठे हैं और आँखों के सहारे वही हिम अब द्रवीभूत हो बह चला है। ऐसा लगा, जैसे उस स्वयंप्रकाश्य महाचेतन प्राणेश्वर की प्रकाश किरणों का स्पर्श या मेरी चेतना भी अब सारे गाढ़ वियोग के सन्ताप को द्रवीभूत करती चन्द्रकान्त-मणिपुत्रिका-सी पिघल पड़ी है। मेरे मुँह से इसी भाव का परमशैव कश्मीरी कवि और साधक अभिनवगुप्तपादाचार्य का सरस पद्य स्तुति के कुसुम बिखेरता फूट पड़ा है :

त्वां चन्द्रचूडं सहसा स्पृशन्ती प्राणेश्वरं गाढवियोगतप्ता।
सा चन्द्रकान्ताकृतिपुत्रिकेव संविद्विलीयापि विलीयते मे ॥

भगवान अमरनाथ के दर्शन पा लौटा चला आ रहा हूँ। लौटते समय हम शेषनाग वाले मार्ग से आये। मेरे रास्ते के इर्द-गिर्द झरने भी मेरी तरह धरती की ओर सेवा में दौड़ पड़े हैं। जड़ हिम ही इन थिरकते झरनों की स्पन्दनशीलता में द्रवीभूत हो चला है और उनसे जीवन रस का स्पन्दन पा ये लता पादप भी लहलहाते नाच उठे हैं, जैसे परमशिव ने समाधि की बन्द आँखों की कारा में अवरुद्ध शक्ति को मुक्त कर दिया है। अब तक सोयी पराशक्ति शिव के हृदय का पर्यंक छोड़ उठी है और दिव्य लोक से धरती पर पैर रख अपनी लास्यचारिका और अपांग-विक्षेप से उस महाचेतन का मन रिझाती लीला-विलास कर उठी है। मैं भी इसके लीला-विलास को देख अपने आपको फिर भूल गया हूँ ऐसा महसूस हो रहा है, जैसे अमरनाथ के शिवलिंग में मैने जिस समाधिस्थ परमशिव के स्थिर सौन्दर्य को देखा था, उसका गत्वर रूप ही यहाँ झरने के बूँद-बूँद में, लता-गुल्म के हर किसलय में, वृक्षों के पत्ते-पत्ते में स्पन्दित हो उठा है। प्रकृति की सुषमा में उसकी दिव्य झलक पा मैं सचमुच धन्य हो उठा हूँ।

कश्मीर भूमि की सौन्दर्यश्री को देख ऐसा लगा, जैसे विराट रहस्य स्वयं प्रकट हो अपनी दिव्य रमणीयता को प्रतिपद पर छिटका रहा था, विशाल चोटियाँ उसकी महत्ता और गौरव को, मुस्कराते फूल उसके मादक उल्लास को, चंचल झरने उसकी स्पन्दनशीलता को और विस्तृत जलाशय, करुणासान्द्र हृदय को उद्घाटित कर उसकी आवरणहीन सुषमा का दीदार करा रहे थे। क्या कहा था,

सन्त मुल्लाशाह ने दारा से उस दिन "शाहजादे, उसका दीदार पाना चाहते हो ना। क्या उसके दीदार को तुमने कश्मीर के जर्रे-जर्रे में नहीं देखा, नादान? खुली आँखों देखने की जरूरत है।"

शाहजादा दाराशुकोह के साथ उस दिन मैं भी उस सन्त की खिदमत में पेश हुआ था। अभी पिछले दिन ही शाहजादी जहाँआरा को बादशाह हुजूर उसके पास ले गये थे। कुलसुम से मुझे यह सब पता चला था। कुलसुम शाहजादी की प्रिय दासी थी। यात्रा और कश्मीर प्रवास के दौरान काफी उपकृत हो गयी थी कुलसुम मुझसे। जान-पहचान तो पुरानी है। शाहजादी के यहाँ से केसर और अनारा के यहाँ यही सन्देश लाने का काम जो करती थी। पर यहाँ वह मेरे अहसान से लदी महसूस करने लगी। उन दिनों गुलमार्ग में शाही पड़ाव था। अपने खेमे में लेटा मैं पता नहीं किन-किन बातों में खोया था उस दिन। आँखों देखी कश्मीर शोभा की तुलना बड़ी देर तक कालिदास के हिमालय वर्णन से करता रहा, कभी-कभी बिना शब्द के छन्दों को गुनगुनाता अपनी ही उन अनुभूतियों को शब्दों के जाल में बाँधना चाह रहा था, जिनका असर मेरी चेतना पर प्रतिपल पड़ता जा रहा था, पर शब्द ही नहीं मिल पा रहे थे मुझे। कोई आधी रात गुजर चुकी थी। कविता बनती न देख शैया का परित्याग किया, एक कम्बल लपेटा और खेमे का मोटा पर्दा हटा बाहर झाँका। तेज बर्फीली हवा ने एकबारगी कँपा दिया, पर मैं रुका नहीं, उसकी अवहेलना कर खुले में निकल ही पड़ा। बाहर शान्त निस्तब्धता थी, कभी-कभी तेज हवा के झोंके उसे भंग कर देते, साँय-साँय। आसमान में एक पीन-गोल बर्फ का टुकड़ा पिघल पड़ा था और उसकी श्वेत जलधारा सारे गुलमर्ग पर ही नहीं, जहाँ तक नजर जाती थी, वहाँ तक बरस पड़ी थी। कँपाती सरदी में भी बड़ा आनन्द आया इस दूध में नहाते। मैं इधर-उधर खेमों के पास टहलने निकल पड़ा। शाहजादे के खेमे के बाहर पहरा देते दोनों पहरेदार जगते हुए ऊँघ रहे थे। उनके सामने आग में कुन्दे जल रहे थे। सुनहरी लपटों से मिल दूधिया चाँदनी भी स्वर्णिम व्रीड़ा से मुस्करा उठी थी, वैसी ही जैसी मैंने कश्मीर की बालाओं के कपोलों पर नाचती देखी है। आग के नजदीक खड़ा हो मैं अपने आपको गरमाने रुक गया। मुझे खड़ा देख ऊँघते पहरेदार ठिठक गये। वे चौकन्ने हो आँखें मलते उठ खड़े हुए। आँच की गर्मी से कम्पन को नियन्त्रित कर मैं दो-तीन खेमों की ओर बढ़ते हुए उनके पिछवाड़े से अपने खेमे की ओर लौट पड़ा। मैंने अपने खेमे के पीछे चाँदनी के सागर में डूबी दो आकृतियों को देखा। मैं चौंक गया। दोनों आकृतियाँ नीर-क्षीर की तरह आश्लेष-मुद्रा में बेखबर लेटी थीं। उन्होंने सम्भवत: मेरे पैरों की आहट सुन लीं। वे हड़बड़ाकर एक-दूसरे से अलग हो, मेरी ओर चौकन्नी नजरों से देखने लगीं।

"कौन है यहाँ?" मैंने कड़कते पूछा। दोनों आकृतियाँ अपराधी-सी मौन खड़ी रहीं। मैं आगे बढ़ा और देखा कि मेरे खेमे के पीछे ही घोड़ों की घास के पुआल पर कम्बल बिछा था और उस पर कम्बलों में लिपटी दो आकृतियाँ खड़ी थीं। मुझे पहचानने में देर न लगी, "कौन, यूसुफ तुम! यह दूसरा कौन है?" मैंने गौर से देखा, कुलसुम थी। "तुम हो कुलसुम! तुम यहाँ कैसे हो, अब समझ में आया।" और मैं उत्तर की प्रतीक्षा करता रहा। वे दोनों घिघियाते मेरे पैरों पर गिर पड़े। उन्हें डर था कि कहीं शाहजादा और शाहजादी को इसका पता न चल जाय। वे गिड़गिड़ा रहे थे, "हमें, मुआफ करें, कविराय, गुनाह हो ही गया।"

"तो तुम एक-दूसरे से मुहब्बत करते हो।" मैंने मुस्कराते कहा। मेरी मुस्कराहट से ही उन्हें ढाढ़स बँध गयी।

"हाँ, कविराय, आपसे क्या छिपाएँ, हुजूर!" यूसुफ बोल उठा। "पर मुहब्बत करना कोई गुनाह नहीं है। हाँ, सिर्फ जिस्मानी हविश बुझाना गुनाह जरूर है।"

"मैं नहीं जानता तुम एक-दूसरे से सच्चा इश्क करते हो या तुम्हारा लगाव महज जिस्मानी है।"

"नहीं हुजूर, ऐसी बात नहीं है। मैं कुलसुम को दिल से चाहता हूँ। वह भी मुझे ऐसा ही प्यार करती है। पर मजबूरी जो है, आप तो जानते ही हैं, हम दोनों गुलाम हैं। अगर शाहजादा-हुजूर और बादशाह बेगम को पता चल गया, तो खैर नहीं। हमारी जान आपके हाथ में है, मालिक।" वे दोनों मेरे पैरों पर गिरे थे।

"उठो, यूसुफ और सुनो कुलसुम, डरने की कोई जरूरत नहीं। क्या गुलामों पर इश्क करने की पाबन्दी भी है शाही दरबार में? तुम दोनों शादी क्यों नहीं कर लेते?"

"मालिक की इजाजत बगैर गुलाम और लौडियाँ शादी नहीं कर सकते, हुजूर! कुलसुम को शाहजादी साहिबा अपनी खिदमत से कतई नहीं छोड़ेंगी और यही हालत मेरी भी है, आप तो जानते ही हैं, मैं शाहजादा के हिफाजती दस्ते में हूँ। जब तक वे हमें गुलामी से आजाद नहीं कर देते हम लाचार हैं।"

"ठीक है, तुम निश्चिन्त रहो। वक्त आने पर मैं तुम्हारी मदद करने की कोशिश करूँगा। पर एक वादा करना होगा। तुम इस इश्क के पाकदामन को कभी दाग लगाने की गलती न करोगे और ताजिन्दगी एक-दूसरे के वफादार बने रहोगे। बोलो, मंजूर है?"

"हमें मंजूर है, मेरे मालिक!" दोनों एक स्वर में बोल उठे। इस घटना के बाद ही यूसुफ और कुलसुम दोनों की आँखें मुझे देखते ही कृतज्ञता के भार से झुकने लगीं और मैं भी इनके उद्धार की चिन्ता के बोझ से आक्रान्त हो उठा।

तो, कुलसुम ने ही मुझे बताया कि शाहंशाह ने सन्त से कुछ नहीं छिपाया। जहाँआरा के टूटे दिल का उपचार चाहते थे वे सन्त से। सन्त बड़ी देर तक शाहजादी को समझाते रहे। पता चला, उन्होंने कहा था, "मुहब्बत बहुत बड़ी चीज है, शाहजादी! इन्सान की बजाय खुदा में लौ काहे नहीं लगाती, पगली! इस दुनियाबी इश्क से ज्यादा मजा मिलेगा उसमें। इश्क-मजाजी को इश्क-हकीकी में बदल डालो, सारा गम दूर हो जाएगा। तुम अपने महबूब को पाना चाहती हो ना। अगर इस शक्ल में नहीं, तो उसकी शक्ल में तो तुम्हें वह मिल ही जाएगा। यह जो कुछ नूर दुनिया में नजर आ रहा है, उसी के, सिर्फ उसी के नूर की झलक है।" शाहजादी खोयी-खोयी आँखों देखती रही सन्त को। उसने सन्त से सिर्फ एक ही दरख्वास्त की, "मुझे शागिर्द बना लें, मेरे औलिया!" पर सन्त ने मना कर दिया। बार-बार मिन्नत करने पर उन्होंने एक ही जवाब दिया था, "वक्त आने पर वह भी हो जाएगा, शाहजादी। जाओ इस हिन्दोस्तान की खिदमत करो। मजहबी फिरकापरस्ती से ऊपर उठ इस मुल्क की गरीब रियाया की सेवा होती रहे, यही खुदा की सच्ची इबादत होगी। तुम्हारा महबूब तुम्हारे ही पास है, पगली! तुम खुद अपना हबीब और अपना महबूब हो।" कुलसुम ने बताया था कि सन्त ने एक फारसी शेर पढ़ इस रहस्य को समझाते कहा था :

> गुल और उसका हबीब बुलबुल दोनों तू ही है।
> अपने ही नूर की शमा पर मँडराने वाला पतंगा भी तू ही है।

मैं तभी समझ गया था कि मुल्ला शाह कोई साधारण साधु नहीं। ऐसी निश्छल सहिष्णुता पहुँचे सन्तों में ही हो सकती है। इसका परिचय मुझे भी अपनी मुलाकात में मिला। जब हम लोग दारा के साथ उसके निवास पर पहुँचे, तो उसने स्नेह-स्नान्द दृष्टि से मुझे देखकर पूछा था, "क्या ये ही वह बनारसी आलिम हैं, शाहजादे, जिनसे तुम इस मुल्क की जबान सीख रहे हो?" मेरे प्रणतिपुरस्सर स्वीकार करने पर उन्होंने कहा था, "तुम दोनों को मिलकर बहुत बड़ा काम करना है, पण्डित! तुम चाहो तो इस मुल्क की जमीन में पड़ी गहरी खाई को पाट सकते हो, मुझे बड़ी उम्मीद है तुम लोगों से। देखें खुदा को क्या मंजूर है!" और फिर बड़ी देर तक दार्शनिक चर्चा होती रही। दारा ने सबसे पहले खुदा की प्रार्थना पर सवाल पूछा, "मेरे औलिया, कुराने-पाक में एक आयत है, जिसका मतलब है, ऐ इन्सान जिनको यकीन है अगर तुम नशे में हो तो इबादत के नजदीक न जाओ। इस आयत का सही माने क्या है?"

"देखो, शाहजादे, कुरानशरीफ इन्सान की बनायी किताब नहीं है। चूँकि इसमें खुद खुदा की ओर से रसूलुल्लाह पैगम्बर मुहम्मद को मिले इलहाम हैं,

इसकी जबान दूसरी जबानों से खास किस्म की है। परत-दर-परत माने छिपे हैं, इस मजहबी किताब में। खुदा जब भी बोलेगा तो तुम्हारी हमारी जबान से ज्यादा माने भरा होगा उसके हर लफ्ज में।" सन्त ने स्पष्ट किया।

"तो क्या इस आयत का और कोई माने है? उलेमा इसका यह मतलब करते हैं, कि नशे की हालत में नमाज नहीं पढ़ना चाहिए।" दारा ने पूछा।

"यह माने तो है ही, शाहजादे! इस्लाम में यकीन रखने वाले को नशे की हालत में नमाज के नजदीक नहीं जाना चाहिए। पर यह माने महज मोमिनों के लिए है। क्योंकि दुनियावी नशा करने पर नमाज पढ़ने से इबादत नापाक हो जाएगी। इसकी वजह इबादत की इज्जत करना है। पर पहुँचे हुए सूफियों पर यह बात लागू नहीं होती और इसी आयत में इसको भी साफ कर दिया गया है।"

सन्त ने इस आयत के गूढ़ार्थ की ओर इशारा करते हुए कहा।

"सो कैसे, मेरे औलिया?" दारा ने जानना चाहा।

"नमाज की पाबन्दी हर मुसलमान के लिए जरूरी है, शाहजादे! पर एक सीढ़ी वह भी है, जहाँ ये पाबन्दियाँ तर्क की जा सकती हैं। पर वह सिर्फ पहुँचे हुए दरवेशों के लिए हैं। अगर कोई दरवेश उस परवरदिगार के दीदार की खुमारी में ही मुब्तिला रहता हो, उस हक के नशे में ही डूबा हो, तो उसे भी इबादत के नजदीक नहीं जाना चाहिए, क्योंकि इस नशे की खुमारी इबादत से भी बढ़कर है, शाहजादे! हमेशा उसी के नशे में डूबे सूफी को फिर नमाज की जरूरत नहीं रहती। पर यह नसीहत खुदा ने हर एक लिए नहीं दी है शाहजादे! बाकी लोगों के लिए तो नमाज पढ़ना लाज़िम है।" सन्त ने स्पष्ट किया।

मै ध्यान से सुनता जा रहा था और पवित्र कुरान की इस गूढ़ आलंकारिक शैली से निस्सन्देह चमत्कृत हो उठा। कविता जैसी लाक्षणिक अर्थवत्ता, श्लिष्ट अर्थच्छायाओं का ताना-बाना जान पड़ा मुझे उसकी भाषा में। दारा ने तब यह भी पूछा कि सच्चा मोमिन किसे माना जाय। इसका उत्तर भी सन्त ने बड़ी सरलता से बताया, "खुदा का दीदार और हकीकत को पाने वाला ही सच्चा मोमिन है, शाहजादे! जिसकी उसको असलियत का दीदार नहीं हो पाया है, वह उस पर यकीन करते हुए भी यकीन नहीं करता ही कहा जाएगा। मैं चाहता हूँ कि तुम सच्चे मोमिन बनो। खुदा तुम्हें अपने नूर का दीदार करा दे, ताकि तुम्हारे झूठे भरम खुद-ब-खुद गायब हो जाएँ। पर इसके लिए तुम्हें मेहनत करना होगा, भरपूर मेहनत करना होगा, समझे।"

"मैं तैयार हूँ, मेरे औलिया।" दारा प्रस्तुत था।

"बाहरी और अन्दरूनी दुश्मनों के साँस से अपने हकीकी इश्क की शमा

को बुझाने से बचाते रहना होगा, शाहजादे। जो इन्सान इसमें लगन से डटा रहता है, वही उसका सबसे प्यारा बन्दा है और उसी को तौहीद का सच्चा मजा मिल पाता है। पर किससे तौहीद? इस दुनिया के जर्रे-जर्रे में फैले उसके नूर से तौहीद हासिल करो। इन्सान की सारी कौम से तौहीद हासिल करो, यही सच्ची तौहीद है, उसे मिला ही समझो।" सन्त ने तौहीद अर्थात् अद्वैत का सच्चा माने समझाते कहा। वह कहे जा रहा था।

"मैं आपके हुक्म का मुहताज हूँ, श्रीमन्!" मैंने उत्तर दिया।

"तुम्हारा फलसफ़ा काफी पुख्ता है। अलबरूनी और अबुलफज्ल लिखते हैं कि तुम्हारी मजहबी किताबें भी इन्सानी न होकर खुदाई इलहाम हैं। तो फिर उनकी नसीहत भी हक की होनी ही चाहिए। काश, शाहजादे को तुम अपनी जबान ही नहीं, फलसफा भी पढ़ा सको, जिससे उसमें छिपे तौहीद की नसीहत की जानकारी भी उसे हासिल हो। तुम दोनों से मेरी एक ही उम्मीद है तुम दोनों मजहबों और फलसफों का मिलान कर डालो। मुझे यकीन है, इसमें रत्ती भर फर्क नहीं मिलेगा और ऐसी हालत में हिन्दू और मुसलमान के दिलों की दूरी हटा उन्हें नजदीक लाने में यह बहुत बड़ा काम करेगा। जाओ, जो काम शाहंशाह अकबर नहीं कर पाया, जो हम खुदा के दीदार की खुमारी में ही हमेशा मदहोश रहने वाले दरवेश नहीं कर सकते, वह तुम दोनों को मिलकर करना है। मेरी दुआएँ तुम्हारे साथ हैं! पर इस मंजिल को पाने के लिए तुम्हें जिन्दगी भर जूझते रहने का वादा करना होगा। आज नहीं, तो कल हम मंजिल पर जरूर होंगे।"

"हम वादा करते हैं", मैं और दारा साथ-साथ बोल उठे। मैंने देखा सन्त मुल्लाशाह की आँखों में चमक आ गयी और एक मादक हँसी उनके ओठों पर खेलने लगी। वे फिर बोले, "पर यह न भूलना कि तुम शुरुआत करने जा रहे हो, मंजिल इतनी नजदीक नहीं है, जिन्दगी भर बढ़ते रहना होगा, भले ही फरहाद की तरह मुसीबतों के पहाड़ को तोड़ते तुम्हारे हाथ लहूलुहान हो जायँ। कदम-कदम पर शैतान तुम्हें ललचाता और कभी डराता-धमकाता रहेगा। देखें, इम्तिहान में कितनी कामयाबी हासिल होती है तुम्हें।"

तब मैंने सन्त से कुछ पूछने की नीयत से सिर झुकाकर कहा, "आदरणीय सन्त, मैं आपसे चन्द सवाल पूछना चाहूँगा। क्या आपकी इजाजत है?"

"क्यों नहीं, क्यों नहीं, तुम बखूबी पूछ सकते हो, पण्डित।" सन्त ने इजाजत देते हुए कहा।

"आप बखूबी जानते हैं कि मेरा मज़हब दारा के मजहब से अलग है। मैं हिन्दू ब्राह्मण हूँ और जिन्दगी भर यह बना रहूँगा, इसमें कोई शक नहीं कर सकता।" मैंने दृढ़ता से कहा।

"तुम्हारे मजहब में कौन खलल डालने जा रहा है, पण्डित! हमें फ़ख है कि कि तुम जिन्दगी-भर अपने मज़हबी सलूक पर कायम रहना चाहते हो। मैं भी तुमसे यही उम्मीद रखता हूँ। मैं मजहबी फर्क नहीं मानता। मेरे लिए मजहब से बढ़कर चीज इन्सान है। इन्सानियत के मजहब की नजर से तो तुम हम हैं, हैं ना। इसे पहचानो। तुम नहीं जानते क्या, मैं मुसलमान होते हुए भी ठीक उतना ही बरहमन हूँ जितने तुम।" और उसने एक रुबाई सुना डाली–

हमारी तस्वीह का डोरा जनेऊ का डोरा बन गया है।
हमारे आलिमों ने हमें सुरंग में पहुँचा दिया है।
कुफ़्र की रोशनी ने इस्लाम के अँधेरे को छाँट दिया है।
इसके लिए और कौन मुसीबत हम पर आ सकती है?

"पर आपके मज़हब में तो हमें काफिर कहा जाता है और कयामत के दिन हमारे लिए दोजख में सड़ना तै किया गया है। यह बात मेरी समझ में कतई नहीं आ रही है। खुदा की निगाह में हर इन्सान यकसाँ होना चाहिए ना!" मैंने जानना चाहा।

"हाँ, खुदा की निगाह में हर इन्सान यकसाँ है। यही तो हम भूले बैठे हैं। हमें मजहबी फिरकापरस्ती से ऊपर उठ यही तो समझना है। रही बहिश्त और दोजख की बात। बहिश्त और दोजख खुदा ने नहीं, हमीं ने अपने करमों से बनाये हैं पण्डित! यही दुनिया बहिश्त और दोजख दोनों है, जो जैसा काम करेगा, वैसा भुगतेगा। इसमें हिन्दू या मुसलमान, पारसी या यहूदी का कतई लिहाज नहीं होगा। एक बात बताऊँ, तुम्हें। हमारे पीरो-मुर्शिद मियाँ मीर के पीर अब्दुल कादिर जीलानी ने तो साफ कहा है कि दोजख के दरवाजों को हमेशा-हमेशा के लिए बन्द कर देना चाहिए और बहिश्त के दरवाजे मुसलमानों और गैर-मुस्लिमों दोनों के लिए खोल दिये जाने चाहिए। मैं तो समझता हूँ तुम्हारे लिए बहिश्त के दरवाजे उतने ही खुले हैं, जितने मेरे लिए। उसमें घूसने से तुम्हें रोकने वाला कौन है, बशर्ते तुम्हारे खुद के बुरे काम कहीं अड़ंगा न डाल दें।" सन्त ने अपना अभिमत स्पष्ट करते पूछा, "और कुछ पूछना चाहते हो?"

"नहीं श्रीमन्, और कुछ नहीं पूछना है, मेरा सारा सन्देह दूर हो गया। केवल आपका आशीर्वाद चाहिए।" मैंने कहा।

"सो तो है ही" और उस सन्त ने अपने बायें हाथ को उठा मेरे प्रति आशीर्वाद मुद्रा प्रदर्शित की। सफेद ऊन के कनटोप और लबादे में ढँका सन्त मुझे कोई देवदूत-सा लगा, जो धरती के इन्सान को सच्ची राह दिखाने उतर आया था। उसका दर्शन कर मेरे मन के अँधेरे का कालुष्य छँट गया और ज्ञान

की शमा ने एक सुनहरी किरन छिटका उसे आलोकित कर डाला।

16

नवाब आसफ खाँ के निधन से शाही दरबार का पलड़ा गड़बड़ा गया। शाहंशाह बहुत बड़ी कमी महसूस करने लगे। नवाब आसफ खाँ शाही मनसबदारों में विशेष महत्त्वशाली व्यक्ति थे। वे दीवाने-कुल से भी अधिक महत्त्वपूर्ण 'वकील' पद पर नियुक्त थे और शाहंशाह हर अहम मसले पर उनकी राय जरूर लेते थे। इस दरबार में ही नहीं, सारी धरती पर मुझे नवाब आसफ खाँ के अलावा ऐसा सहृदय नहीं दिखाई पड़ा, जिसकी वाणी अमृत जैसी हो, मूर्ति साक्षात् वसुधा जैसी, कीर्ति चन्द्रमा की कान्ति-सी सफेद और बेदाग समुद्र जैसी गम्भीर। आज वे नहीं रहे थे। उनके अभाव में हम सभी आश्रित लोग ऐसी रिक्तता अनुभव कर रहे थे, जो कभी पूरी होने वाली न थी। पर यह अनोखी बात थी कि उनकी कीर्ति आश्रयहीन होने पर भी सारे भुवन में उल्लसित हो खेल रही थी।

शाही दरबार की तो रौनक ही थे वे। मजहबी भेद-भाव से ऊपर उठे वे द्विजकुल के लिए कल्पवृक्ष थे, विद्वज्जनों और कलाकारों के उपवन को रौंदते दारिद्र्य रूपी मत्तमातंग के दर्प को कुचलते प्रौढ़ पंचानन थे, वे वसन्त-से सदा सुमन विभूषित और चन्द्रमा की तरह कलाधर थे। बादशाह के सभी सामन्तों में वे ऐसे ही थे, जैसे समस्त वाङ्मय में काव्यकलाप, काव्यकलापों में ध्वनि, ध्वनि काव्यों में रस और रसों में शृंगार। मैंने वैसा विचक्षण व्यक्ति बिरला ही देखा है, जो काव्य, कला और शास्त्र का सार ग्रहण करने की वैसी अपूर्व क्षमता रखता हो।

शाही दरबार में कई महत्त्वपूर्ण व्यक्ति थे, पर उन्हें वह मर्यादा नहीं प्राप्त थी, जो नवाब आसफ खाँ को। उनके बाद वकील के पद पर नियुक्ति के सभी प्रबल इच्छुक थे। इनमें से कुछ स्पष्ट रूप से दारा से कुढ़ते तथा औरंगजेब के इतने हिमायती थे कि उसके दक्खिन में रहते हुए भी उसके हितों का सदा ध्यान रखते। औरंगजेब इन दिनों दक्खिन का सूबेदार था। किशोरावस्था से ही काफी सतर्क था वह और किसी न किसी तरह मुसलमान मनसबदारों से घनिष्ठ सम्पर्क बढ़ाकर शाही दरबार में अपना प्रभाव मजबूत करने लगा था। वह शाहजादा होते हुए भी मर्यादोचित गरिमा को भुलाकर इन मनसबदारों से अतिशय नम्रता से पेश आता था। और दारा अपनी पद मर्यादा का खयाल रखते हुए इनसे बर्ताव करता और उन्हें यह अहसास कराने से नहीं चूकता कि वह शाहंशाह का बड़ा

बेटा और मुगलिया तख्त का भावी उत्तराधिकारी है। कुछ मनसबदारों को औरंगजेब के पक्ष में करने की कोशिश में शाहजादी रोशनआरा भी जुटी थी तथा औरंगजेब की गैरहाजिरी में वह उसके लिए हमेशा सतर्कता से शाही दरबार की गतिविधियों को ध्यान में रखती जाती थी और यहाँ की रत्ती-रत्ती खबर अपने भाई के पास पहुँचाती रहती थी।

वकील का स्थान रिक्त होते ही शाही दरबार की राजनीति में तेजी और गरमी आ गयी। रोशनआरा और कुछ मनसबदार इस पद की नियुक्ति में काफी दिलचस्पी रखते थे। वे ऐसे व्यक्ति को चाहते थे, जो औरंगजेब का हिमायती हो। वकील का पद इतना महत्त्वपूर्ण था कि किसी सरकारी हाकिम को नौकरी की बहाली और बर्खास्तगी करने का अधिकार ही इसे नहीं था, बादशाह का घरेलू दफ्तर और सारा शासन-प्रबन्ध भी इसी की देखरेख में था। यद्यपि कुछ दिनों से बादशाह हुजूर सारे शासन प्रबन्ध में खुद दिलचस्पी लेने लगे थे, पर वे वकील आसफ खाँ की पद मर्यादा का पूरा ध्यान रख रहे थे और हर मसले पर उनकी राय जरूर लेते थे। आसफ खाँ तो स्पष्ट रूप से दारा और बड़ी शाहजादी के हिमायती थे ही। वे कहा करते थे, "हिन्दुस्तान की रियाया सिर्फ मुसलमान नहीं है। यहाँ ऐसे लोग भी हैं, जो हमारे मजहब को नहीं मानते। उन पर हुकूमत करने के लिए मजहबी कट्टरपन छोड़ना ही होगा। हिन्दुस्तान की हुकूमत करने में दारा ही कामयाब हो सकता है। पर औरंगजेब की तेज निगाहें मुगलिया तख़्त पर टिकी हैं। यही दारा के लिए कभी रोड़ा बन सकती हैं। औरंगजेब बड़ा दूरन्देश है, वह अच्छा लड़ाका और सूबेदार भी है, पर काश, वह यह समझ पाए कि मजहबी कट्टरपन से हिन्दुस्तान की हुकूमत होने से रही।"

वकील आसफ खाँ अपने मजहब के पाबन्द होते हुए भी कट्टर कतई न थे। वे हिन्दुओं के प्रति शाहंशाह से भी ज्यादा सहिष्णु थे। अपने नाना से यही सहिष्णुता दारा और जहाँआरा को मिली थी। दारा ने तो मुझे यह भी बताया था कि उसके परदादा सम्राट् अकबर भी सभी धर्मों को समान भाव से देखते थे और उसके दादा सम्राट जहाँगीर भी इतने सहिष्णु थे कि वे हिन्दू बैरागियों और सन्तों के यहाँ भी उपदेश के लिए जाया करते थे। कहते हैं, उज्जैन के पास एक खोह में रहने वाले गुसाँई के पास जहाँगीर कई बार मिलने गये थे और उन्हें काफी शान्ति मिली थी। शाहंशाह शाहजहाँ को अपनी स्थिति मजबूत करने के लिए आरम्भ में मजहबी कट्टरपन अपनाना पड़ा था, पर इधर वे भी हिन्दुओं के प्रति सहिष्णु हैं, जिससे शाही दरबार के कट्टर मुसलमान मनसबदार और मुल्ला-मौलवी शक्तिशाली हो उठे हैं कि कहीं उनका शोषण चक्र तो ढीला नहीं होने जा रहा है। औरंगजेब और रोशनआरा ने मौके का फायदा उठा इन

असन्तुष्ट लोगों के मुखिया बनने की ठान ली है और यह गुट अब वकील का पद खाली होते ही काफी सक्रिय हो उठा है। अलीमर्दान खाँ, सैयद मारा और अफजल खाँ अताउल्मुल्क इस गुट के प्रमुख मनसबदार हैं। इन्हीं के साथ सादुल्ला खाँ भी है जो इन दिनों दौलतखाना खास का दारोगा है और बाद में बढ़ते-बढ़ते वजीरे-कुल के पद तक पहुँच गया है। बादशाह हुजूर इस गुट के इरादे से नावाकिफ नहीं हैं। वे ऐसा कोई काम नहीं करना चाहते, जो भविष्य में शाहजादा दारा के लिए सिरदर्द साबित हो। फलतः उन्होंने वकील के पद को ही खत्म कर डाला है तथा किसी की नियुक्ति न कर इस गुटबाजी का अन्त करना चाहा है।

पर भीतर ही भीतर गुटबाजी चल रही है। शुजा भी कब चूकने वाला है। वह भी गुटबाजी की दौड़ में दबे पाँव शामिल होता जा रहा है। उसने एलान कर दिया है कि वह खानदानी सुन्नी सिलसिला छोड़ शिया सिलसिला अपनाने जा रहा है। अब वह मुहर्रम के दिनों काले कपड़े पहन मातम मनाने लगा है, उसने पैगम्बर मुहम्मद के दामाद हजरत अली और दूसरे इमामों के सिलसिले को स्वीकार कर लिया है और वह खलीफाओं के सिलसिले में यकीन करना छोड़ बैठा है। एक हलचल मच गयी है शाही दरबार में। सैयदों ने उसे 'राफिजी' घोषित कर दिया है। मुझे कुलसुम ने बताया है कि शाहजादी रोशनआरा भी उसे 'राफिजी' या भगोड़ा कहा करती है तथा औरंगजेब अपने पत्रों में उसके बारे में यह विशेषण दिया करता है। पर शुजा के इस सिलसिला बदलने का राज भी राजनीतिक है।

तैमूरी खानदान के बादशाहों का मज़हब सुन्नी सिलसिले से ताल्लुक रखता है, जो पैगम्बर मुहम्मद के साथियों और परम्परागत शागिर्दों तथा धार्मिक नेताओं, खलीफाओं के अनुयायी हैं। मजहबी रीति-रिवाजों और दार्शनिक चिन्तन में इस सिलसिले में कुछ अपनी विशिष्टताएँ हैं, जो इसे पैगम्बर मुहम्मद साहब के दामाद अली और अन्य ग्यारह इमामों के अनुयायी मुसलमानों के रीतिरिवाज और दार्शनिक चिन्तन से अलग करती हैं। वैसे रसूलुल्लाह हजरत मुहम्मद और खुदा की ओर से उन्हें इलहाम में प्राप्त कुरानशरीफ में दोनों आदर से समान विश्वास करते हैं। पर कुछ मान्यताओं की व्याख्या में अवश्य अन्तर है। दोनों में परस्पर उतना ही विरोध है, जितना हमारे यहाँ शैवों और वैष्णवों में। मुगल दरबार के मुसलमान मनसबदार इन दोनों फिरकों में बँटे हैं। बल्ख और बुखारा के खान और कई मुसलमान मनसबदार सुन्नी हैं, बारहा के सैयद भी सुन्नी है और इनका आदर इसलिए भी है कि ये एक मज़हबी साहित्य के प्रकाण्ड पण्डित हैं, साथ ही पैगम्बर की वंशपरम्परा में भी आते हैं। उनका सुन्नी समाज में वही आदर

है जो हमारे यहाँ कुलीन सुपठित ब्राह्मणों का। पर मनसबदारों में अधिक संख्या ईरानी सरदारों की है। ईरानी सरदार प्रायः शिया सिलसिले में विश्वास करते हैं। खुद वकील आसफ खाँ भी शिया थे। कुछ शिया और सुन्नी तो इतने कट्टर हैं कि एक-दूसरे को अपनी लड़की तक नहीं देते और सुन्नी तभी शिया लड़की से निकाह पढ़ते हैं, जब वह लड़की भी अपने खानदानी सिलसिले को छोड़ ख़ाविन्द का सिलसिला अपना लेने को राजी हो। शुजा ने देखा कि शाही दरबार में ईरानी मनसबदारों का पलड़ा भारी है और उसने इन्हें अपने पक्ष में कर लेने की गरज से अपने आपको शिया घोषित कर डाला है। इसी राजनीतिक स्वार्थ को मद्देनजर रखते हुए कुछ बरस बाद शाहंशाह के साले, शायस्ता खाँ, ने भी अपना खानदानी शिया सिलसिला छोड़ सुन्नी सिलसिला अपना लिया। क्षुद्र स्वार्थों की पूर्ति के लिए इस तरह की छिटपुट घटनाएँ और भी हुई हैं।

शाहजादा दारा के हिन्दुओं की मजहबी जबान संस्कृत पढ़ने के इरादे को वे काफी शक-ओ-शुबहा की नजर से देख रहे थे। शुरू-शुरू में उन्होंने दबी जबान शाहंशाह के सामने यह भी कहा कि शाहजादा को काफिरों की जबान पढ़ने में वक्त जाया नहीं करना चाहिए। उन्हें हुकूमत का काम सीखना चाहिए। एक आध बार तो शाहंशाह ने खुद इस तरह की शाहजादे की ख़ैरख़्वाही दिखाते दारोगा सादुल्ला खाँ को डाँट दिया था और बारहा के सैयंद से भी बड़ी नम्रता से कह दिया था, "किसी भी जबान को सीखना हमारे मजहब की निगाह में गुनाह नहीं है, सैयद साहब! अगर यह जबान पढ़कर उनके मज़हब के बारे में भी कुछ जानकारी हासिल कर लें तो कौन बुरा है। हमें अपने मज़हब को भी बेहतरीन तरीके से समझने की सूझबूझ हासिल होगी। अबुलफज्ल और फैजी ने भी तो इस जुबान और इसकी मजहबी किताबों को पढ़ा था। पर इससे वे अपना मजहब तो नहीं छोड़ बैठे।" सैयदों को दारा ने निरुत्तर कर दिया। पर भीतर ही भीतर वे दुष्प्रचार करते रहे। रोशनआरा तो जहाँआरा को सुना-सुनाकर कहा करती थी, "दादा भाई जू को भी क्या हो गया है, सुना है, काफिरों की किताबें पढ़ने लगे हैं, अरे रखा क्या है उसमें? अच्छा हो कि वे 'इब्लीस' के फन्दे से अपने आपको बचा लें।" कुलसुम ने बताया कि जब मेरे फारसी-अरबी पढ़ने की खबर रोशनआरा को मिली तो वह समझ नहीं पायी कि इसका राज क्या है। कहते हैं, उसने सुनकर कहा था, "बड़ा घाघ जान पड़ता है यह बनारसी बरहमन। सुना है, आजकल कुराने-पाक पढ़ने लगा है। तो क्या रसूलुल्लाह ने उसकी आँखें खोल दी हैं। अगर ऐसा है तो ठीक। ए खुदा, उसके गुनाहों को माफ कर उसे सच्ची राह दिखाना।" पर जब उसे बाद में पता चला कि मैं तो ज्ञानवर्धन के लिए अरबी के धार्मिक साहित्य को पढ़ रहा था तो वह बहुत

आगबबूला हुई। कहते हैं, उसने जहाँआरा को सावधान करते कहा था, "यह बनारसी बरहमन बड़ा खतरनाक आदमी है अजी। आप इससे होशियार रहिएगा। मैं कहे देती हूँ, यह बड़े शाहजादा को बरगलाने जा रहा है। आप चाहें तो उन्हें इस मुसीबत से बचा सकती हैं। मैं अब्बा हुज़ूर को भी बता चुकी हूँ, पर वे सुनते ही नहीं। उनकी राय है कि दादा भाई जू सिर्फ मज़हबी जानकरी के लिए हिन्दुओं की किताबें पढ़ रहे हैं और यह अच्छा ही है जिससे हिन्दुस्तान की रियाया की हुकूमत में मदद मिलेगी। पर मैं आगाह कर दूँ कि यह सौदा महँगा पड़ेगा और एक दिन हमें भाईजान को अपना मजहब छोड़ हिन्दू बनते देखकर दुखी होना होगा।" मुझे यह सुनकर बड़ा दुःख हुआ कि यह औरत कितनी क्षुद्र हृदय थी, शाहजादी होने पर भी यह राजोचित गरिमा तथा विशालहृदयता से सर्वथा शून्य थी।

इन सब बातों से खिन्न हो मैंने एक दिन शाहजादा से वापस बनारस लौट जाने की रुखसत देने को कहा, क्योंकि इस तरह के वातारवरण में मेरा दम घुटता जा रहा था। पर शाहजादा ने मुझे ढाँढ़स बँधाया और कहा, "यह मुगलिया दरबार है, कविराय! इन जरा-जरा-सी बातों से जी ओछा करेंगे तो काम कैसे चलेगा। आपने सन्त मुल्लाशाह के सामने जो प्रतिज्ञा की उसे इतनी जल्दी भुला देंगे क्या?" इतना ही नहीं, एक दिन तो शाहंशाह को भी शाहजादी ने मेरी चिन्ता का बोध करा दिया। इसे सुनकर बादशाह-सलामत को भी दुःख हुआ कि दरबार के कुछ लोग इन फालतू बातों में दिलचस्पी लेते हैं। उन्होंने मुझे बुलाया और समझाया, "देखो कविराय, हमारी ओर से आपके बारे में कोई शक नहीं है। फिर आपको गमगीन होने की जरूरत क्या है! आप मजे से शाहजादा को वह इल्म हासिल करने में मदद देते रहें जिसके लिए हिन्दुस्तान मशहूर है।" पर फिर भी कुछ धर्मान्ध लोग शाहजादे पर अँगुलियाँ उठाते ही रहे। एक दिन शाहजादा ने ही मुझे इस सबका कारण स्पष्ट कर यह बताया कि मुगल दरबार में दो तरह की मनोवृत्ति के लोग हैं। एक वे, जो सदियों से भारत में बसते हुए भी अपने आपको भारतीय मान ही नहीं पाये हैं। ये लोग अपने आपको भारत के निवासी नहीं, भारत के विजेता मानते हैं और इनकी यह मंशा है कि भारत की प्रजा के साथ इनके सम्बन्ध में हमेशा तवारीख के पन्ने पलटते ये अभी भी अपने को विदेशी मानते हैं और सदियों से यहाँ की आबोहवा में पनपते रहने पर भी इसके मुताबिक अपने ख़यालात और जज्बात नहीं ढाल पाये हैं। इस सिलसिले में दारा ने बताया था कि भले ही उसके बुजुर्ग तुर्किस्तान के रेगिस्तानी इलाके में जेहूँ के किनारे रहते हों, पर अब वह तुर्किस्तानी कतई नहीं हैं, वह सौ फीसदी हिन्दुस्तानी हैं। उस दिन उसने संक्षेप में मुझे अपने खानदान का इतिहास भी सुना डाला था।

"आप इस शाही दरबार में जिन मुसलमान मनसबदारों को देख रहे हैं, वे भले ही एक ही मजहब को मानते हों, पर उनकी कौम एक नहीं है कविराय! वह नजाबत खाँ बल्ख का तुर्क है और उसकी मादरी जबान फारसी-अरबी न होकर तुर्की है। मेरे नाना और उनके वालिद ईरान से आये थे, वे ईरानी कौम के थे और उनकी जबान फारसी थी। हमारा गुलाम यूसुफ इस्कन्दरिया अरब का है और इसकी जबान अरबी है, वही जबान जिसमें हमारी मजहबी किताब है। इस तरह यहाँ आने वाले मुसलमान अरब, ईरानी, तुर्क और मंगोल इन कौमों के हैं। गुरुवर ईरानियों के अलावा यहाँ पठान भी हैं, जो एक लिहाज से ईरानी कौम से उसी तरह जुड़े हैं जैसे उजबेग मंगोलों से। पर आज, तो ये सब हिन्दुस्तानी हैं, यही तो कुछ नादानों की समझ में नहीं आ रहा है।"

"पर यहाँ आकर तो इनमें से कई के रिश्ते आपस में जुड़ गये हैं, शाहजादे! अब तो न कोई अरब रहा है, न ईरानी ही, न तुर्क-मंगोल या पठान ही। इनके परस्पर वैवाहिक सम्बन्धों ने भारत में एक ऐसे मुसलमानों को जन्म दिया है, जो केवल भारतीय हैं, केवल भारतीय।"

"यही नहीं, कविराय, कि हममें विदेशी खून ही हो। हजारों सालों से भारत में रहती हिन्दू जाति का खून भी तो हममें से कई की रगों में दौड़ रहा है, इस हकीकत को हम भूल कैसे जाएँ? मेरे परदादा मंगोल तुर्क थे, पर मेरी परदादी और दादी तो राजपूतानियाँ थीं, मेरी माँ ईरानी। ऐसी हालत में मैं इसे कैसे भूल जाऊँ कि मेरा मंगोलों से जितना रिश्ता है, कहीं उससे ज्यादा नजदीकी रिश्ता मेरा हिन्दू राजपूतों और ईरानियों से है। अफसोस तो यह है कि मेरा मूरख भाई औरंगजेब और रोशनआरा इस हकीकत को समझना ही नहीं चाहते। यह जरूर है कि हमें इस बात का भी फख्र है कि हमारी रगों में तैमूर और बाबर जैसे विजेताओं का भी लहू दौड़ रहा है।"

"तैमूर खाँ, वही जिसने दिल्ली पर आक्रमण कर आतंक फैला दिया था। क्या वे भी आपके पूर्वज थे, शाहजादा?" मैंने आश्चर्य से पूछा।

"हाँ कविराय, मंगोल भी तुर्कों का ही एक कबीला है। यह कबीला कभी घुमक्कड़ों की तरह पामीर के उस पार तुर्किस्तान में फैला हुआ था। कहते हैं, इस्लाम के पहुँचने से पहले ये हिन्दुस्तान के बौद्ध भिक्षुओं के शिष्य बन गये थे और बुद्ध के बुत की पूजा किया करते थे। पर मिजाज से मंगोल बड़े खूँखार और जालिम थे। रेगिस्तानी आबोहवा ने, जहाँ जिन्दगी बसर करने के लिए काफी मेहनत-मशक्कत करनी पड़ती थी, इन्हें ऐसा बनने को मजबूर कर दिया था। लूटपाट कर लुटेरों की जिन्दगी गुजारते रहने से इनका आतंक फैलता गया था। शायद आपने चंगेज खाँ का नाम सुना हो, वह भी इस कबीले का था। पर वह

बौद्ध था, मुसलमान नहीं। वही चंगेज, जिसके नाम से तुर्किस्तान से फिरंगिस्तान और अरब से हिन्दुस्तान तक लोग काँपने लगे थे। दिल्ली पर धावा बोलने तक से वह बाज नहीं आया था। उसके बाद ही मंगोल इस्लाम के झण्डे के नीचे आ गये।

"तो यह मंगोल प्रकृति थी जो चंगेज और तैमूर खान की नृशंसता के रूप में प्रकट हुई।" मैंने समझना चाहा।

"हाँ, गुरुवर। पर वीरता में मंगोल एक ही थे। तिरसठ साल की उम्र में भी घायल पाँव की चिन्ता न कर तैमूर खाँ ने कई इलाकों को फतह किया। यह जरूर है कि उन्होंने दिल्ली की हारी हुई रियाया के साथ ठीक सलूक नहीं किया। लाखों कैदियों को उसने तलवार के घाट उतरवा दिया। पर इसकी वजह यह है कि ये अभी अपनी पुरानी आदतें, वही लूटपाट करने की आदतें, नहीं छोड़ पाये थे। असल में तैमूर खाँ यहाँ आये ही भारत को लूटने के लिए थे। इसलिए यहाँ की रियाया के साथ उनके दिल में हमदर्दी होने से रही। पर यह बात आपको हिन्दोस्तान में मुगल सल्तनत कायम करने वाले शाहंशाह बाबर के बाद नहीं मिलेगी।"

"हाँ, बादशाह बाबर तो यहाँ साम्राज्य स्थापना के लिए आये थे।" मैंने पुष्टि की।

"बादशाह बाबर के वालिद मामूली सरदार थे, गुरुवर! जब उनकी मौत के बाद उनकी जागीर लोगों ने छीन ली, तब बाबर नाबालिग थे। पर उन्होंने इसी उम्र में बहादुरी के साथ जिन्दगी से जूझना सीखा और काबुल कन्धहार ही नहीं, पानीपत की लड़ाई में इब्राहीम लोदी को हराकर दिल्ली को भी अपनी सल्तनत में मिला लिया। हिन्दोस्तान को उन्होंने अपना घर बना लिया और दिल्ली को दारुल-सल्तनत, और तब से हर मुगल बादशाह इस मुल्क की जमीन को मादरे-वतन मानता आ रहा है। और इस लिहाज से इस मुल्क की रियाया के साथ उसका भाईचारा जुड़ चुका है, भले ही उसका मजहब कुछ भी क्यों न हो।"

वह कहे जा रहा था, "भाईचारे की इस गाँठ को राणा साँगा की पत्नी की राखी कबूल कर बादशाह हुमायूँ ने और हिन्दू राजपूतों के साथ खानदानी रिश्ता जोड़कर बादशाह अकबर ने और मजबूत बना दिया। पर कुछ नादान अभी भी इस गाँठ को ढीला कर फिर खोल देना चाहते हैं, जबकि जरूरत इसे और जकड़ देने की है कि यह कयामत तक बँधी रहे। अफसोस तो यह है कि बादशाह अकबर के खानदान में ही कुछ ऐसे लोग पैदा हो गये हैं, जो उनके सारे

किये-कराये पर पानी फेर देना चाहते हैं। यही लोग अपने हिन्दुस्तानीपन को झुठलाकर महज मजहब का ढिंढोरा पीटा करते हैं।"

"पर इसका मकसद क्या है?" मैंने जानना चाहा।

"मकसद साफ है, यह मकसद मजहबी कतई नहीं है। मजहबी बातें सिर्फ बहाना है कि बुतशिकन मोमिन और बुतपरस्त हिन्दू गले कैसे मिल सकते हैं? असल में वजह सियासी है। मजहब की आड़ में वे यहाँ की रियाया को उस सभी हक से महरूम रखना चाहते हैं, जो मुसलमानों को मिल रहे हैं। शरीअत की दलील देकर वे उन पर जजिया थोपना चाहते हैं और दूसरी तरह के महसूल भी लगाना चाहते हैं। उन्हें वे आजाद कौम न मानकर गुलाम कौम मानने की दलील देते हैं। पर आखिर यह हो कैसे सकता है? यहाँ के हिन्दू भी उतने ही आजाद हैं, जितने मुसलमान। औरंगजेब और रोशनआरा का नजरिया मेरे और बादशाह बेगम के नजरिये से यहीं पर टकराता है, यह तो आप बखूबी समझ गये होंगे।" दारा ने स्पष्ट किया।

"हाँ, बात अब और साफ होती जा रही है। पर मैं समझता हूँ, मसला सिर्फ इतना नहीं है, शाहजादे। ऐसा जान पड़ता है, शासकवर्ग के कुछ मुसलमान मजहब की आड़ लेकर शासित जनता का दमन और शोषण करते रहना चाहते हैं। क्या आपने कभी देहात की रियाया की अन्दरूनी हालात को देखा है? मेरी समझ में शासित जनता में हिन्दू और मुसलमान का भेद नहीं है। गाँवों के मुसलमान और हिन्दू दोनों की समस्या न धार्मिक है, न राजनीतिक ही, वह केवल गरीबी की समस्या है और जो लोग मजहबी आवाज बुलन्द कर बार-बार फिरकापरस्ती का झण्डा बुलन्द करते हैं, वे असल में इसी गरीबी की समस्या को ज्यों का त्यों बने रहने देना चाहते हैं। आप जैसे दरियादिल शाहजादे का ध्यान इस असली मसले को सुलझाने की ओर भी जाना चाहिए। तभी भारत का उद्धार हो सकेगा।" मैंने असली समस्या की ओर शाहजादे का ध्यान दिलाया।

"आज रियाया का हाल काफी पुरदर्द है, कविराय, इतना तो मुझे मालूम है। हमारी सारी शानशौकत उन्हीं के खून-पसीने की बदौलत है। काश, हम उनकी हालत भी सुधार सकते। पर मैं सोचता हूँ कि अगर हम मजहबी और समाजी भेद-भाव को मिटा सकते, तो फिर रियाया की माली हालत ठीक करने की ओर तवज्जह दी जा सकती है। इसीलिए तो मैं हिन्दू धर्म के ग्रन्थों को मूल में पढ़कर उनकी असलियत जानना चाहता हूँ जिससे इस्लाम के साथ उसकी जाँच-पड़ताल का भेदभाव मिटाने की कोशिश की जाय। आपको इस पुण्य काम में मेरा रहनुमा बनना ही होगा। गुरुवर क्या आप मुझे इसी तरह मंजिल तक पहुँचने के लिए बेसहारा भटकता छोड़ जाएँगे?"

शाहजादा के इस दिन के वार्तालाप ने मुझे बाध्य कर दिया कि सारी विघ्न-बाधाओं के बावजूद मैं वाराणसी न लौटूँगा और उस लक्ष्य सिद्धि के लिए जूझता रहूँगा, जिसकी प्रेरणा मुझे गुरुवर कवीन्द्राचार्य से मिली थी और जिसके लिए सन्त मुल्लाशाह भी मुझे प्रोत्साहित कर चुके थे।

17

उस शरारती रतिपति ने एक को छोड़ा, तो दूसरे को जा दबोचा। पिछली शरद पूर्णिमा को बड़े शाहजादा नर्तकी राणादिल को देख बेचैन हो उठे थे, उस बीज को सींचकर पल्लवित करने का बड़ी बेताबी से इन्तजार करते मन्मथ ने मौका ढूँढ़ ही डाला। मकर संक्रान्ति आज से दसवें दिन थी। कड़ाके की सर्दी पड़ रही थी। पूरे उत्तर भारत में शीतलहरी फैल गयी थी। आगरा ऐसी जगह है, जहाँ गर्मी और ठण्ड जब भी पड़ती है, तो पुरजोर। इस कड़ाके की सर्दी को नजर-अन्दाज करता आगरा शाहंशाह हुजूर की सौर वर्षगाँठ मनाने जा रहा था। राजमार्गों में झण्डियाँ और पुष्पमालाएँ तान दी गयी थीं। इस अवसर पर शाही दरबार में उपस्थित होने को सभी मनसबदार जुट रहे थे। दूर-दूर के सूबेदार तक नायबों को अपना काम सौंप आगरा तशरीफ ला चुके थे। हफ्तेभर से जश्न मनाया जा रहा था। बादशाह की सौर तथा चान्द्र वर्षगाँठ और ईद खास मौके थे शाही उत्सवों के। अकबर ने शाही उत्सवों में दीपावली और होली को भी सम्मिलित कर लिया था, पर जो धूमधाम दोनों वर्षगाँठों के दिन होती, वैसी कभी नहीं होती थी। गवैये और कलाकारों, शाइरों और पण्डितों के लिए विशेष आनन्द का उत्सव होता था। पता नहीं, कब किसे कोई खिताब दे दिया जाय, या बादशाह खुश हो अपनी तरह उसके भी तुलादान करने का आदेश दे दें और चाँदी के सिक्कों से कलाकार या कवि को तौल वह रकम उसी को बख्श दी जाय।

ठेठ हिन्दू पद्धति से तुलादान होता था इस दिन मुगल बादशाह का। सप्तधान्य को वजन के बराबर-बराबर तौल भिखारियों को लुटा दिया जाता। चाँदी के सिक्कों और सोने की अशर्फियों से उन्हें तौला जाता और इन्हें फकीरों, आलिमों और कवि-पण्डितों को तकसीम कर दिया जाता। तुलादान के अतिरिक्त भी प्रत्येक कलाकार को यथोचित पुरस्कार मिलता। दिन-रात शाही महल संगीत और नृत्य के आमोद-प्रमोद के रस में पगे रहते।

उस दिन चार घड़ी दिन-चढ़ने के बाद दीवाने-आम में खास जलसा लगा। तुलादान की रस्म के बाद सभी उपस्थित मनसबदारों और विदेशी एलचियों ने नजरें पेश कीं और बादशाह की ओर से भी उनका यथोचित सत्कार किया गया। मध्याह्न के समय शाहंशाह विश्राम के लिए उठ गये और रात्रि के पहर दीवाने-खास में अन्तरंग गोष्ठी का आयोजन किया गया। हम कई लोग उसमें शरीक हुए थे। मैंने एक छोटी-सी अन्योक्तिपरक आर्या में कसीदा बनाकर सुनाया था उस दिन :

पृष्टाः खलु परपुष्टाः परितो दृष्टाश्च विटपिनः सर्वे।
माकन्द न प्रपेदे मधुपेन तवोपमा जगति ॥

(ए रसीली मंजरियों की सुगन्ध से मदमाते आम, फलों की मीठी शहद को पीने वाले भौंरे ने दूसरों पर पलने वाली कोयलों से पूछा, इर्दगिर्द घूमकर उन सारे दरख्तों को भी निरखा-परखा जो अपने खुशामदियों को पाला करते हैं, पर इसे तुम्हारी मिसाल दुनिया में मिली ही नहीं।) काफी दाद मिली थी मुझे इस कसीदे पर, पर उस दिन लाल खाँ बाजी मार ले गया। उसने जो ध्रुपद गाया, उसमें बोल के लिहाज से कुछ नहीं था। पूरा ध्रुपद शास्त्रीय संगीत की शब्दावली के अतिरिक्त कुछ नहीं, बादशाह की केवल प्रशंसा थी। पर इन भौंड़े को भी जब लाल खाँ ने अपने चारों बेटों के साथ आलाप ले श्रीराग में गाया, तो अजीब समाँ बँध गया। मैं आज बोल और तान की तुलना करने लगा हूँ, बोल थे:

तुम सुग्यान समझत सब परमान
तीन ग्राम सप्तसुर इक्कीस मूर्च्छना,
बाईस सुरति के करत बखान।
हो सकल कला परवीन प्यारे
हौं एक रसना सौं
प्रस्तुत कैसे कर सकों, मो मति अग्यान।
खट दरसन को निकस
चिरंजीव साहजहाँ सुजान।

काव्य की कसौटी पर कितनी भोंड़ी रचना है यह। जो संगीतशास्त्र न जानता हो, उसके लिए तीन ग्राम-षड्ज, मध्यम तथा गान्धार; सा, रे, ग, म, प, ध, नि, ये सात स्वर; प्रत्येक ग्राम के सात-सात स्वर के क्रम से इक्कीस मूर्च्छनाएँ और सातों स्वरों की बाईस श्रुतियाँ-षड्ज, मध्यम और पंचम की चार-चार, गान्धार और निषाद की दो-दो, ऋषभ एवं धैवत की तीन-तीन, कुछ नहीं निरर्थक वाग्जाल है। इतना

ही नहीं, छन्द की बन्दिश के लिहाज से भी इस ध्रुपद में कोई नियमबद्धता न थी। स्थायी और अन्तरा की पंक्तियों के बोलों को सीधे-सीधे लिखने पर ऐसा लगेगा जैसे ऊँट की शक्ल-सी बेतरतीब रचना हो। पर वाह रे लाल खाँ, किस कुशलता से कोमल ऋषभ तथा कोमल धैवत और तीव्र मध्यम को गले से निकाल आलाप और तान की वह कलात्मकता तुमने प्रदर्शित की कि बोलों का सारा शास्त्रीय जगड़वाल और प्रशंसा की तथ्यकथन की शैली के दुर्गुण छिप गये। जब मैंने गाना सुना तो मैं मस्त हो गया था, संगीत में बोल और उसके शाब्दिक अभिधेय का कोई महत्त्व नहीं है, अपितु स्वरों के आरोहावरोह की लय ही सीधे दिल के भावों को उत्तेजित करती है, इसका पूरा प्रमाण लाल खाँ ने पेश कर दिया था। संगीत और काव्य के इस महत्त्वपूर्ण भेद के बारे में जानता तो पहले से भी था, पर मुझे स्वयं इस भेद की अनुभूति उसी दिन तानसेन के इस दामाद लाल खाँ ने करायी।

यह गाने की लय थी, स्वरों के आरोहावरोह के आवर्तनों की कुशल योजना थी, जो मुझे बहा ले गयी थी। यही लय तो कविता में भी सहृदय को बहा ले जाती है। छन्दों में अक्षरों का उतार-चढ़ाव हमें कविता सुनने के साथ विभोर बनाता जाता है। कुशल कवि स्वर और व्यंजन ध्वनियों के आवर्तनों का कलात्मक प्रयोग कर अपनी कविता में भावानुकूल नयी-नयी लय पैदा करने का प्रयत्न करते हैं। मैं अपनी कविता की पदशैया में आजकल इस पर काफी ध्यान दे रहा हूँ। यह उतार-चढ़ाव वाली एक-सी आवर्तक-प्रणाली का बार-बार प्रयोग हर कला की जान है और इसका चमत्कार अन्यत्र भी देखना चाहते हों, तो आइए मेरे साथ, जरा राणादिल के नाच का नजारा ले लीजिए।

तो, उस दिन लाल खाँ के गाने के बाद जब राणादिल नाचने को तैयार हो खड़ी हुई, तो मुझे ऐसा लगा जैसे छन्दमयी कला खुद मूर्तिमती हो हमारे सामने आ गयी थी। शारदीयोत्सव की अपेक्षा उसके अंगों की लय आज और अधिक उजागर हो गयी थी। उस दिन वह भारतीय वेशभूषा में थी, साड़ी और लहँगे में, जो अंगों के उतार-चढ़ाव को परिधान के विशाल परिवेश में छिपाये थे। पर आज वह मखमल का पूरी बाँहों का कसा हुआ कंचुक और चुस्त पाजामा पहने थी। चुस्त पाजामे पर झीना श्वेत लहँगा था जरूर पर इतना पारदर्शी कि उसके उरुयुगल की रेखाओं की वक्रता साफ नजर आ रही थी। एक महीन दुपट्टा सिर पर पारदर्शी आवरण-सा झिलमिलाता। अंगों से सटा लिबास उसकी देह-वल्लरी की रमणीयता को छिपाने की बजाय और निखारता जान पड़ा। क्रमशः चढ़ाव-उतार वाली उसकी अंग-भंगिमा देख मुझे ऐसा लगा, जैसे वह आँखों में हरिणी-सी चपलता लिये उरोज शिखरों के आरोह से हृदय गगन को छूती काँप उठी हो।

झीण उदर और कटिप्रदेश के बाद उसी आरोह को अनुहारते पुष्ट नितम्बों और उभरे सघन जघन ने फिर छन्द को उछाल दिया था और उसके बाद क्रमशः अवरोहात्मक स्वरों की तरह उतरते अंगों की लय उसके कोमल चरणों के समपर रुककर परम विश्रान्ति का अनुभव करती जान पड़ी। मेरी आँखें इस मूर्तिमती शिखरिणी के उभारदार शिखरों पर चढ़ती-उतरती विचरण करने लगीं। नृत्य-मुद्रा में झम से आकर खड़े होते ही उसने हम सभी को अभिभूत कर दिया था। शाहजादा दाराशुकोह उसे निर्निमेष नेत्रों से निरख रहे थे। उसे देख वे उषा की रश्मियों का स्पर्श पा रोमांचित कमल-से खिल उठे थे।

कँपकँपाती सरदी में भी इस कक्ष को जलती अँगीठियों ने सुखद ऊष्मा से भर दिया था। वसन्त के वन में खिले पलाश कुसुमों से जलते अंगार-गुच्छों की आब झाड़-फानूसों के स्फटिकाभ परदों में झिलमिलाती शमाओं की चमक के साथ मिल राणादिल के सुनहरी लिबास के रंग और जरी के बीच-बीच जड़े सच्चे मोतियों को अपने स्पर्श से पुलकित बना रही थी। इस पुलक स्पर्श को सिहरता देख दर्शकों की आँखें जड़ीभूत हो गयी थीं। पूरे कक्ष को रूहे-हिना तथा रूहे-मुश्क का मादक गन्ध मजलिस में उपस्थित सहृदयों की जड़ीभूत चेतना को विचित्र स्पन्दन का अनुभव करा रहा था। कुछ क्षण तक स्तब्ध खड़ी राणादिल अब स्पन्दित हो उठी थी। उसने दुपट्टे को बड़े नखरे से सिर से झटककर कटिप्रदेश में कमरबन्द की तरह बाँध लिया, नृत्य के आवर्तनों में बल खाता क्षीण मध्य भाग कहीं टूट न जाय, इसलिए उसे पहले ही गाँठ बाँध मजबूत कर दिया हो। दुपट्टे को इस कुशलता से बाँधा गया था कि नर्तकी के कटिप्रदेश से नीचे बायीं जाँघ का स्पर्श करते उसके दोनों किनारे लहरा रहे थे और जब वह नाचने लगी, तो उसकी चारिकाओं का अनुकरण करते दिखाई पड़ते अब वह नृत्य-मुद्रा के लिए सन्नद्ध थी।

पखावजी ने पखावज के बोल बोलना शुरू किया। नर्तकी के पैरों में गति का संचार होने लगा। वह किसी भी गीत का आश्रय लिये बगैर केवल मुद्राओं और गति के आवर्तनों द्वारा ही भावोद्‌बोधन करा रही थी। कृतापराध नायक के प्रति रुष्ट खण्डिता के भावों का प्रदर्शन करती, वह नाच उठी थी। भाव था, "तुम मुझे रस की बातें सुना-सुनाकर काहे मनाने की कोशिश करते हो। बहुत धोखेबाज हो, तुम। कौन मूरख तुम पर भरोसा करेगा। तुम्हारे बदन पर अभी हाल के ताजे गुनाह के निशान मौजूद हैं। मेरे नैन तुमसे लगे हैं, इसलिए ठगी-सी तुम्हारी अगवानी के लिए दौड़ी चली आयी। पर तुम्हारी यह हालत है कि बेझिझक रँगे हाथों चले आये। कुछ तो सोचे-विचारे, बेशरम, अपने गुनाह पर क्यों नहीं ध्यान देते? लौट जाओ। वहीं लौट जाओ, जहाँ तुम्हारे अंग-अंग को

सुख मिला है। जाओ उसी निगोड़ी के पास, जिसे तुमने पुतली बनाकर आँखों में बसा रखा है। तुम भी तो यही चाहते हो न? जाओ, सब तियाओं को छोड़, उसी की खिदमत में जाओ, जिस पर तुम वारे-न्यारे होते जा रहे हो।"

रूठी नायिका की मुद्राओं को वाणी देते उसकी भौंहों, आँखों और हाथों की चारिकाएँ क्रोध, डाँट और तीव्र भर्त्सना की व्यंजना करा रही थी। बार-बार उन्हीं चारिकाओं के आवर्तन से वह अपने क्रोध को रूपायित करती, नायक की बेशरमी पर ताने मारती, झनझनाते पैरों बलखाती नाच उठी। रोष के उफान के बाद उतरता भावावेश व्यंग्य और भर्त्सना की व्यंजना कराने लगा। तानें और झिड़क की बार-बार आवृत्ति करती उसकी मुद्राओं ने दर्शकों के हृदय को द्रवीभूत कर पानी-पानी बना डाला। हम खुद कृतापराध नायक-से बन बैठे थे। गुस्से को प्रकट करती नर्तकी मुँह फेर, दर्शकों की ओर पीठ किये, नाचने की मुद्रा में ज्यों ही नदी की भँवर-सी चक्कर खाने लगती, उसके दायें और बायें पुष्ट नितम्बों पर छन्द की गति से हिचकोले खाती लहराती वेणी ऐसी लगी, जैसे रोष से काँपती नागिन हिल उठी हो। वह तेजी से अपने पैरों को अनवरत उठा-गिरा रही थी, जैसे गुस्से से पैर पटक-पटक नायक को आँखों से दूर चले जाने को फटकार रही हो और नूपुरों की तेज झनझनाहट उस फटकार की गूँज-सी चीख उठी हो। पर क्षणभर में वह फिर आँखों की भावभंगिमा बदल नायक की ओर मुखातिब हो जाती और मुँह बना उसके गुनाह के निशानों का संकेत करती। उसकी बेशरमी पर चुटकी कसने लगती और फिर हाथों से उसे वापस वहीं लौट जाने को कहती जान पड़ती। एक भाव के बाद दूसरे, फिर तीसरे, चौथे और पुनः उन्हीं को बार-बार नये ढंग की मुद्रा-भंगिमाओं और अंगहारों द्वारा प्रदर्शन कर वह आँखों की डोरी से हमारे मन-कूप में उतर किसी थिरकती गगरी-सी रस को विविध आर्वतनलहरियों से विक्षुब्ध बनाने लगी। उसके नाच के भँवर में फँसी हमारी नैनों की नाव एक ही जगह चक्कर काट रही थी। नृत्य के छन्द के साथ हमारी गरदन भी छन्दमय हो चली थी। पखावजी के बोलों और नर्तकी की चारिकाओं के आवर्तन की कालसीमा अब तेज हो चली थी। पहले की अपेक्षा वह आधे और बाद में पाव समय में ही पूरी चारिका का प्रदर्शन करती तेजी से नाच उठी। अतिद्रुत गति के आश्रय ने उसकी थिरकती मूर्ति को ऐसा सजीव बना दिया था, जैसे आकाश को छोड़ दामिनी यहाँ चक्राकार चमकती घूम रही थी और वह हमें बेसुधी के रस में डुबोती निःस्पन्द-सी लुढ़क पड़ी।

शाहजादा दाराशुकोह इस भाव-गरिमा के बोझ को न सँभाल पाये। उनका समस्त शरीर काँप उठा। चेहरा लाल हो गया। आँखें छलछला आयीं और वे एकाएक मदपान के अतिरेक से आघूर्णित व्यक्ति से वहीं बदहवाश हो लुढ़क

पड़े। मुझे ऐसा लगा, जैसे राणादिल के नाव की भँवरों में फँसी उनके मन की नाव रस के आवेग से इतनी भर उठी थी कि वह उसमें पूरी तरह डूबती जा रही थी। शाहंशाह भाँप गये। उन्होंने दो सेवकों को इशारा किया कि शाहजादा को आराम के लिए ले जाएँ और दो खोजा उन्हें सँभाल दीवाने-खास के पीछे अन्तःपुर की ओर लिवा ले गये।

बादशाह-हुजूर के इशारे पर जलसा जारी रहा। राणादिल फिर प्रकृतिस्थ हो कुछ टुकड़े नाच-नाचकर दिखाने लगी। वह खुद नाच के बोल बोलती जा रही थी और बोल बोलने के बाद पखावजी को संगत करने की चुनौती देती नाचने लगती। पखावजी की पूरी कोशिश थी कि कहीं सम चूक न जाय। कोई आध घड़ी तक वह नाच के टुकड़ों का प्रदर्शन करती रही, पर मेरा मन न लगा। शाहंशाह भी इसमें कोई रस लेते नजर नहीं आ रहे थे। उनकी मुख-मुद्रा से मुझे लगा, वे कुछ विचारमग्न थे। अन्त में उनके संकेत पर नृत्य बन्द हुआ और जलसा बर्खास्त हो गया। मैं भी लौटते हुए रास्ते भर शाहजादा के राणादिल के प्रति आकर्षण पर सोचता रहा।

18

कालिदास के यक्ष का सन्देश पढ़ते-पढ़ते ही दूसरे दिन शाहजादे की जो दशा हो गयी थी, उसे याद कर आज भी मेरी आँखों के सामने उनकी वह भावाकुल मूर्ति आ गयी है। उनका गला मन्दाक्रान्ता की मन्द मन्थर लय के गान के साथ रुँध गया था। वाणी के अवरोध से रुके भाव आँखों के सहारे बह चले थे। वाष्पपुर ज्यों ही द्रवित हो पलकों से कपोलों पर लुढ़कता उनके सघन श्यामल श्मश्रुजाल को मोतियों के दानों से भरता, त्योहीं हृदय में उमड़े भावों के बादल फिर आँखों के शून्य में मँडराने लगते और आँखों के कटोरे फिर उनके रस से लबालब भर जाते। वे काँप रहे थे जैसे किसी अज्ञात देहहीन आत्मा ने उनके अन्तरतम में प्रविष्ट हो उन्हें आविष्ट बना डाला था। उनके रोमांच उन्निद्र हो उठे थे और वे बड़ी उत्सुकता से किसी की अगवानी के लिए बेताब थे। उनकी साँस बड़ी तेजी से चल रही थी, उसकी बढ़ी धौंकनी को देख मुझे यह अनुमान सहज ही हो गया कि उनके हृदय में जलती वियोगाग्नि निःसन्देह तेज, और अधिक तेज हो भड़कती जा रही थी। उनके ओठ लड़खड़ाते शब्दों में केवल एक ही पंक्ति कोई पाव घड़ी तक बुदबुदाते रहे, "क्रूरस्तस्मिन्नपि न सहते संगमं नौ

कृतान्तः।" मुझे लगा वे भी यक्ष की तरह कल्पना की दुनिया में ही अपनी प्रेयसी से मिल लेना चाहते थे, पर भावों के आवेग को बढ़ाकर यह क्रूर विधाता उनके इस काल्पनिक मिलन को भी तो पूरा नहीं होने दे रहा था।

रामगिरि पर्वत पर प्रवासी यक्ष आकाश में घुमड़े बादल को देख प्रिया-वियोग से छटपटा उठा था। वह अलकापुरी में योजनों दूर बैठी विरह-विदग्धा प्रेयसी के पास उस अचेतन मेघ के हाथों सन्देश भेजने की मिन्नत कर रहा था। उसके पुरदर्द सन्देश को पढ़ते राजकुमार को अपना दर्द उभरता महसूस हुआ और वे इस दर्द को रोक न पाये। यक्ष ने सन्देश भिजवाया कि यह कठोर हृदय साकार मृत्यु बना विधाता पता नहीं क्यों उसे इतना पीड़ित कर रहा है कि यथार्थ में न सही, कल्पना में भी उससे मिलने नहीं दे रहा है। बेचारा यक्ष रामगिरि के शिलाफलक पर गेरू के रंगों में यक्षिणी की प्रणयकुपित मूर्ति को उरेहता है। प्रणय कोप की वक्र भृकुटि से तरेरी आँखों को फिर सहज मुद्रा में उल्लास भरे रंगों से भरता उस मूर्ति के कमल-कोमल चरणतलों पर अपना सिर रख कोप-प्रसादन करना चाहता है, पर तभी उसकी आँखें वाष्पपुर से भरकर धुँधली हो जाती हैं और उसकी आँखों की पुतलियों के वाष्पान्ध दर्पण में उस मूर्ति का स्पष्ट प्रतिबिम्ब ही नहीं उभर पाता। यह यमराज बना विधाता आखिर उसे प्रेयसी की काल्पनिक मूर्ति को भी साफ-साफ देखने से काहे रोक रहा है?

त्वामालिख्य प्रणयकुपितां धातुरागैः शिलाया-
मात्मानं ते चरणपतितं यावदिच्छामि कर्तुम्।
अस्रैस्तावन्मुहुरुपचितैर्दृष्टिरालुप्यते मे
क्रूरस्तस्मिन्नपि न सहते संगमं नौ कृतान्तः।।

विरह के जहरीले भुजंग ने शाहजादे को डँस डाला था। वे उस पद्य के चौथे चरण को बुदबुदाते लहरें लेते रहे और एकाएक मैं सँभाल पाऊँ, उससे पहले ही उस ज़हर के असर से बेहोश हो गावतकिये के सहारे लुढ़क पड़े। मैंने प्रकोष्ठ के द्वार पर ही बैठे उसके प्रिय खोजा बसन्त को घबड़ाकर पुकारा। वह दौड़ा-दौड़ा आया। और कई दास दौड़ पड़े। हम सभी चिन्तित थे। हमने विसंज्ञ शाहजादा को उनके मदनि आरामगाह में, जो इस बैठक से ही सटा था, पहुँचाया और उन्हें शैया पर लिटा दिया। उनका शरीर तवे की तरह जल रहा था, साँस धौंकनी-सी धधक रही थी। अपने दाहिने करतल से उन्हें सहलाता रहा। खोजा बसन्त उनके पैर दबाने लगा और यूसुफ पंखा झलने लगा। महमूद बिन अबुलहसन, जो उनका पार्श्वचर था, हकीम साहब को बुलाने दौड़ पड़ा। मदनि आरामगाह से सटा ही शाहजादा का हरम भी था। मैंने देखा, बिजली दौड़ पड़ी।

दर्जनों बाँदियों से घिरी वे इस प्रकोष्ठ के वाम पार्श्व के दरवाजे के पास जरी के पर्दे के पास बैठी रो रही थीं और उन्हें दो बाँदियाँ सान्त्वना दे रही थीं। वह विदेशी लौंडी, जो शाहजादे की ताम्बूलकरंकवाहिनी थी, पनडब्बा वहीं छोड़ हमारे पास दौड़ आयी और खोजा बसन्त को उसने इशारा किया कि उसे शाहजादा के पैर दबाने दे। कोई आध घड़ी बाद शाहजादा को होश आया, उन्होंने पलकें खोलीं, पर उनके ओठ फिर भी वही पंक्ति गुनगुना रहे थे।

"क्रूरस्तस्मिन्नपि न सहते संगमं नौ कृतान्तः ॥"

तब तक हकीम भी आ पहुँचे थे। उन्होंने शाहजादे की नब्ज देखी, पलकों और आँखों को निरखा-परखा, जीभ की जाँच की, फेफड़े, जिगर और तिल्ली को हाथ से टटोला और पर्दे की ओर मुखातिब हो कहा, "कोई खास मर्ज नहीं है, बेगम साहिबा, आप गम न करें। नब्ज कुछ तेज जरूर है, पर सारी जिस्मानी हरकतें ठीक हैं, कोई गैरमामूली बात नहीं है। हाँ, शाहजादे को आराम की सख्त जरूरत है। मैं महमूद को ले जाकर इनके लिए कुछ नुस्खा भेज रहा हूँ। इन्हें मोती और कुछ दूसरे जवाहरात की खाक शहद में मिलाकर दें। उन्हें असलियत में कोई जिस्मानी बीमारी नहीं है। हाँ, ये कुछ सोच रहे हैं, क्या इधर कोई ऐसी वारदात हुई है, जिसका असर इनके दिलो-दिमाग पर पड़ा हो।"

मैं समझ गया। मैंने बसन्त को इशारा किया। उसने एकान्त की माँग करते हुए कहा, "तख्लिया" और हमें तथा ताम्बूलकरंकवाहिनी फिरंगी बाँदी को छोड़ शेष सभी दास वहाँ से चले गये। तब खोजा बसन्त ने फुसफुसाते हुए हकीम को कल की घटना सुना दी कि कैसे शाहजादे राणादिल के नाच को देखकर कल भी भरी मजलिस में विसंज्ञ हो गये थे। बुद्धिमान हकीम भाँप गया, "तो, अब मर्ज समझ में आया। इसकी दवा भी वही है।" और वे एक फारसी शेर गुनगुना उठे जिसका भाव यह था कि जिसने दर्द दिया है, वही दवा भी दे सकेगा। उनका साफ इशारा था कि राणादिल से शाहजादे का मिलन ही इस रोग की अक्सीर औषधि है। बोले, "मैं फिर भी शाहजादे के लिए कुछ अर्क और दवा भेज देता हूँ जिससे इनका मेदा बदस्तूर काम करता रहे। ऐसी हालत में गमगीन रहने से मेदे पर खास असर पड़ता है। अगर बुरा न हो तो मैं इस बारे में शाहंशाह से गुफ्तगू करना चाहूँगा, ताकि इनके मर्ज का माकूल इलाज हो सके।" हकीम सदरा दास महमूद को ले लौट गये। शाहजादा होश में आ चुके थे, पर चेहरे पर वह उत्फुल्लता अब न थी।

कोई एक घड़ी तक बाहरी प्रकोष्ठ में मैं बसन्त के साथ परामर्श करता रहा। हम लौंडिया और दूसरे खोजों को छोड़ शाहजादा के आरामगाह के बाहर

के बैठके में आ गये थे, ताकि बड़ी देर से दुखी नादिरा बेगम को शाहजादे के पास आने का मौका मिले। नादिरा बेगम शाहजादे की एकमात्र परिणीता पत्नी।

कोई नौ साल पहले नादिरा बेगम के साथ शाहजादे का निकाह हुआ था। यह सम्बन्ध मरहूम मलिका मुमताजमहल ही तै कर गयी थी। दुलहिन शाहजादे के ही स्वर्गीय चाचा सुल्तान परवेज की पुत्री थी। रूपयौवन की दृष्टि से कम न थी और पतिभक्ति की जो उदात्तता उनमें मैंने पायी, वह कम ही राजरमणियों में मिलेगी। उन्हें अब तक चार सन्तानें हो चुकी थीं, जिनमें केवल एक पुत्र और एक पुत्री सुलेमानशुकोह और पाक निहाद बानू विद्यमान थे। इस अपत्य-ग्रन्थि ने पति-पत्नी के प्रेम को और दृढ़ बना दिया था। यद्यपि शरीअत के मुताबिक शाहजादे को तीन और भी शादियाँ कर लेने का हक था, पर वे नादिरा से इतने सन्तुष्ट थे कि अन्य शादी का विचार ही मन में नहीं आया। परिणीता पत्नियों के अतिरिक्त रखैलों और बाँदियों से भी यौन परितृप्ति करते रहना बादशाहों और शाहजादों का ही नहीं, साधारण मनसबदारों तक के जीवन में मामूली बात थी। पर शाहजादा दारा इस दोष से भी अछूते थे। यहाँ तक कि शाहंशाह शाहजहाँ तक इससे नहीं बच पाये थे। राजकुमार के चरित्र की इस निर्मलता और बेगम की निश्छल पतिभक्ति ने भी इनके प्रेम को प्रगाढ़ बना दिया था। राणादिल के प्रति राजकुमार के आकर्षण की यह घटना पहली थी, जिसने उनके दाम्पत्य जीवन में हलचल पैदा कर डाली थी।

एक से एक सुन्दर लौंडियों के रहते भी राजकुमार उनके यौवन की दीपशिखा में जलने से बचते रहे। मुझे बसन्त खोजा ने बताया था कि इस विदेशी ताम्बूलकरंकवाहिनी तक से शाहजादा का कोई जिस्मानी ताल्लुक नहीं है, यद्यपि वह उनकी अन्तरंग परिचारिका है और इसके मांसल शरीर, फूटते यौवन, नरगिसी आँखों, गुलाबी गालों और मदमाती चाल को देखकर कोई भी अपने आपको रोक नहीं सकता। इस घटना के कोई पाँच बरस बाद अवश्य इसके रूप यौवन की शमा ने शाहजादा के दिल के परवाने को लालायित कर ही डाला था और उन्होंने इसे अपनी रखैल बनाकर 'उदयपुरी बेगम' का खिताब दे डाला। आज दारा के शहीद होने के बाद यह जार्जियाई रमणी औरंगजेब की अंकशायिनी बन बैठी है और अपने स्वामी के सारे अहसानों को भुला चुकी है पर वाह रे राणादिल, तुमने सचमुच अपने सात्त्विक प्रेम की रक्षा की है। औरंगजेब की कामुक दृष्टि का तिरस्कार कर तुम निःसन्देह शाहजादा दारा के प्रेम का प्रतिदान उनके दिवंगत होने के बाद भी चुकाती रही हो। प्रेम के आदर्श अगर कोई प्रेयसी सीखना चाहे, तो तुमसे सीखे।

तो इसी हिन्दू नर्तकी राणादिल के प्रति शाहजादा का आकर्षण था। वे

उसे पाने को वैसे ही तड़प उठे थे जैसे फारसी प्रेम-कथाओं के मजनूँ लैला को पाने को, यूसुफ जुलेखा को पाने को, फरहाद शीरीं को पाने को। सूफी साधक के प्रेम की तीव्रता लिये वे राणादिल के ही नाम का जाप करने लगे और हर क्षण उसी संगेदिल के तसव्वुर में डूबे रहने लगे।

खोजा बसन्त चाहता था कि किसी तरह एक बार शाहजादे का अंगसंसर्ग उस नर्तकी से हो जाय तो कामज्वर की बाढ़ उतर जाएगी और वे उसे भूल जाएँगे। वह इसी प्रयत्न में था। जब वह इस योजना को सफल बनाने के लिए राणादिल के यहाँ गया, तो उसे निराश लौटना पड़ा। उस स्वाभिमानी नर्तकी ने खोजा बसन्त के प्रस्ताव को ठुकरा दिया। सम्भवतः वह शाहजादा दारा की पात्रता की परीक्षा कर लेना चाहती थी कि वे उसके प्रणयदान के अधिकारी भी हैं या नहीं।

राणादिल कहने को नर्तकी थी, पर वह कुलीन गणिकाओं के कुल में उत्पन्न थी। कहते हैं, तीन पीढ़ी पहले बादशाह जहाँगीर के जमाने में उसका खानदान ग्वालियर से आगरा आ बसा था। लोगों का तो यह भी कहना था कि ग्वालियर के प्रसिद्ध कला-पारखी राजा मानसिंह तोमर के दरबार की शोभा था इसका घराना। इसकी वृद्ध प्रमातामही उनकी प्रिय रानी मृगनयनी की भी प्रियपात्र रही है। उनके यहाँ जितनी भी संगीत एवं नृत्य-कुशल पतुरियाँ रहीं उनमें वह मूर्धन्य थी। ये जाति से कलावन्त बारहठ हिन्दू थीं और इनके पति भी कुशल संगीतज्ञ होते थे। इनका पेशा केवल कला की आराधना था। ये वे रूपाजीवाएँ न थीं, जो यौवन को बेचकर पेट पालती हैं। जाहिर था, उसी कुल में उत्पन्न राणादिल खोजा बसन्त के इस प्रस्ताव को स्वीकार ही कैसे कर सकती थी? उसने सिर्फ यही कहा, "नाजिर साहब, मुझे शाहजादा की यह हालत सुनकर दुःख हुआ है। पर मैं कर ही क्या सकती हूँ? मुझमें ऐसी कोई अच्छाई तो है नहीं जिससे शाहजादा मुझे चाहने लगे हैं। जैसी उनकी मर्जी। आपके प्रस्ताव को मैं स्वीकार कैसे कर लूँ? आप जानते हैं हम नाच-गाने से पेट पालती हैं, पर देह तो नहीं बेचतीं। मुझे अफसोस है कि मैं इस बारे में आपकी मदद नहीं कर सकती।"

नादिरा बेगम से यह छिपा न रह सका। पादशाह बेगम भी भाई की हालत से घबड़ा उठी। उन दोनों ने परामर्श कर खोजा बसन्त के साथ फिर एक लौंडी को राणादिल के पास भेजा। उनका आग्रह था कि राणादिल शाहजादे को मंजूर कर ले, नहीं तो शाहजादे का दिल टूट जाएगा और उनकी बीमारी बढ़ती जाएगी। नादिरा बेगम अपने पति के स्वास्थ्य लाभ के लिए इसके लिए भी तैयार थी कि अगर राणादिल उनके सुहाग को बाँट भी लेती है, तो उन्हें कोई एतराज नहीं। पर राणादिल टस से मस न हुई। उसने कहा था, "हम मुगल दरबार के चाकर

भले ही हों, पर इस तरह हर रोज ईमान नहीं बेचती फिरेंगी, नाजिर साहब! जो भी हमारा हाथ पकड़ेगा, वह जिन्दगी भर निभाने की प्रतिज्ञा करेगा। हम बेसवा नहीं है कि रोज नये-नये के नीचे पसरती रहें। अगर इस दरबार में नहीं तो कहीं भी जाकर पेट भर लेंगी, पर जिसे देह देंगी, उसे ही हमेशा के लिए अपना देवता मान बैठेंगी। हम बीवी जरूर बन सकती हैं, रण्डी, लौंडी या रखैल नहीं। बोलिए, यह सब मंजूर होगा?" बसन्त फिर लौट आया। मैं भी यह सुनकर इस हिन्दू नर्तकी की चरित्रनिष्ठा पर मुग्ध हो गया। नादिरा बेगम को इस पर भी कोई एतराज नहीं था। वे किसी भी तरह शाहजादा को चंगा देखना चाहती थीं। उन्होंने पादशाह बेगम को भी राजी कर लिया कि अगर राणादिल परिणीता पत्नी की तरह ही शाहजादे के अन्तःपुर की शोभा बढ़ाना चाहे तो उसे अपनी इस सौत का स्वागत करने में भी हर्ष होगा। नादिरा बेगम ने सारा हालचाल जान अपनी इच्छा शाहजादे के समक्ष भी प्रकट कर दी थी और उन्हें भी तैयार कर लिया था कि वे राणादिल से दूसरी शादी कर लें। पर जब तक शाहजादा की इजाजत न मिले तब तक कुछ भी होना मुश्किल था।

शाहंशाह ने वैसे तो मजलिस में शाहजादे को मूर्छित होते देखकर ही सब कुछ भाँप लिया था, पर वे शायद समझ बैठे थे कि क्षणिक आवेग के बाद सब कुछ ठीक हो जाएगा। हकीम सदरा और जहाँआरा बेगम से शाहजादा की दिन-ब-दिन बिगड़ती हालत सुन वे भी परेशान हो गये और उनका स्वास्थ्य जानने को कई बार आ चुके थे। यदि राणादिल बिना किसी शर्त के समर्पण कर दे तो उन्हें भी कोई आपत्ति न थी, पर इस हिन्दू नर्तकी की हेठी पर वे रुष्ट थे। कुछ ने तो यहाँ तक कहा था कि वह ऐसे नहीं मानेगी, उसे अपनी खूबसूरती का घमण्ड है, क्यों न उसे जबर्दस्ती लाकर शाहजादे के हरम में डाल दिया जाता है? शाहजादे के एक प्रिय दास ने तो मेरे सामने गुस्से में यह भी कहा था, "अरे, कविराय, जब चिउँटी की मौत आती है तो उसके भी पर निकल आते हैं। इस हरामजादी के भी पर निकल आये हैं। शाही खानदान की तौहीन करने पर तुली है रण्डी। पेशा रण्डी का है और चरित्तर पतिबरता के। पर मेरे ऊपर कोई असर नहीं हो पाया, उलटे मैंने इस दास को ऐसी निरर्गल बातें न करने की हिदायत दे दी। कुछ लोग तो शाहजादे, नादिरा बेगम, और पादशाह बेगम के सामने भी राणादिल की निन्दा करते रहे। नर्तकी की माँग थी कि वह राजकुमार की पत्नी बनने को तैयार है, पर अपना मजहब नहीं छोड़ेगी। शाहजादे के अन्तःपुर में भी जोधाबाई की तरह हिन्दू बनी रहेगी। उसे अपने धर्म अनुसार पूजा करने का अधिकार होगा। इस पर शाहंशाह को एतराज था। मुल्ला-मौलवी तो यह सुनकर और आग-बबूला थे, क्योंकि अकबर और जहाँगीर के बाद ही मुगल

अन्तःपुर में यह परम्परा कभी की समाप्त की जा चुकी थी। यदि कोई हिन्दू रमणी किसी मुसलमान की पत्नी बनती, तो उसके लिए पहले इस्लाम धर्म में दीक्षित होना जरूरी माना जाने लगा था। जाहिर था, शाहंशाह ने इनकार कर दिया और पादशाह बेगम की सिफारिशों का कोई असर नहीं हुआ।

कोई डेढ़ महीने का समय गुजर गया। शाहजादे का स्वास्थ्य दिन-ब-दिन बिगड़ता जा रहा था। मेरे अध्यापन में अनध्याय हो चला। हम सब इस चिन्ता में थे किसी तरह कोई उपचार हो सके। प्रकृति अपनी शिशिर ऋतुवाली क्लान्ति बसन्त के द्वारा सुकुमार टहनियों की अंगयष्टियों पर दिये नख चिह्नों-सी ललायी लिए सोये मन्मथ को जगाने लगी। पुंस्कोकिल की कूक मधु माधुरी को चखने के बाद और मादक हो उठी। सघन शीतल अमराई के नीचे रुक-रुक मस्त हथिनी की चाल से आती श्रमस्वेद के मकरन्द बिन्दुओं से सिहरती सजीली दक्खिनी हवा अपने कोमल स्पर्श से युवकों के हृदय को कण्टकित बनाने लगी। भुक्तभोगी ही जान सकते हैं कि क्या गुजर रहा होगा शाहजादे के दिल पर। कुसुम-समृद्धि के इस मौसम में शाहजादे को फूलों से सुकुमार राणादिल के अंगों की याद रह-रहकर आने लगती और उन फूलों के बाणों की चोट से वह कुसुमधन्वा उनके प्राणों को व्याकुल बनाने लगा। काव्य, संगीत और चित्रकला द्वारा हम शाहजादे का जी बहलाने का निरन्तर प्रयत्न करते रहे, पर कोई खास फर्क नहीं पड़ा। बन्ने खाँ सूफी गजलें और कव्वालियाँ सुनाता रहा और श्यामलाल चितेरा अपने एक से एक रुचिर चित्रों से शाहजादे को उस ओर से ध्यान हटाने का प्रयास करता रहा।

उस दिन श्यामलाल एक बढ़िया चित्र बनाकर लाया था। चित्र बनाकर उसने मुझे दिखाया और मुझसे प्रार्थना की कि मैं उसके लिए इसी भाव का एक छोटा-सा पद्य बना दूँ जिसे वह चित्र के हाशिये पर खुशखत में लिख देना चाहेगा। मैंने भी इसके लिए ललित 'सुन्दरी' छन्द बना दिया। वह मेरे साथ शाहजादे के पास इस चित्र को लेकर गया। शाहजादा बड़ी देर तक खण्डिता के इस चित्र को देखते रहे, देखते रहे।

प्रातःकाल होने को है। हल्की नीली तूलिका के स्पर्श से शान्त आकाश में हर-भरे आम्रवृक्षों और कदली-पादपों के शिखरों को छूती उषा के आलता पुते चरणों की लाल आभा की क्षीण रेखा दो एक रागमयी तूलिका का सहारा ले थिरक उठी जान पड़ी। चित्र के निचले भाग में रस से भरे जलाशय में स्पन्दनशील धरती, जिसमें रात-भर सोये कमल कोरक अपनी नींद की खुमारी से भरी आँखें खोलने को तैयार बैठे हैं और उनके पत्र पुट खुलने की बाट जोहते मधुरस के लोभी भौंरे इर्द-गिर्द मँडराने दौड़ पड़े हैं। कारण्डवों के जोड़े प्रभातवायु का सुखस्पर्श

पा चहक उठे हैं और जलाशय में तैरने का आनन्द लेते जान पड़ते हैं। जलाशय के ऊपर तीन ओर संगमरमरी शिला-शकलों का पाट है, जिसके तीनों ओर की सोपानपंक्तियाँ जलाशय के रस में स्नानक्रिया के लिए उतर रही हैं, और उसके बाद बायें एक दुमंजिला महल जिसका बारजा ठीक जलाशय के ऊपर झाँकता है। दाहिनी ओर महल जैसी ही सुधाधवल इकमंजिली गुम्बद है। यह गुम्बद कुछ नहीं महल में जाने का जीना है। जीने के दरवाजे से चार-पाँच सोपानपट्ट कोणाकार रेखाओं में अंकित हैं। गुम्बद के ऊपरी सिरे पर बायें एक द्वार खुलता है, जिसके आगे विशाल छत या हर्म्यपृष्ठ है। इस हर्म्यपृष्ठ के नीचे बारहदरी है। बारहदरी के ऊपर इस खुले हर्म्यपृष्ठ से होकर बायीं ओर महल का रास्ता है, जिसका टेढ़ा बारजा चित्र के वाम भाग में दिखाया गया है। बारजे की छतरी, घुड़ले और गवाक्ष की रेखाओं का कुशलता से अंकन किया गया है। दाहिनी ओर का गवाक्ष साफ दिख रहा है। बारजा सामने खुला है। चित्र में दो मानव-आकृतियाँ भी हैं। एक आकृति पुरुष की, जो दायीं ओर के जीने के दरवाजे के भीतर है, बायाँ दालान में दरवाजे से बाहर। वह बारजे पर बैठी स्त्री-आकृति को देखकर ठिठक गया मालूम पड़ रहा है। उसकी वेशभूषा क्लान्त है। जामें की आवश्यकता से अधिक सिलवटें उसके मरगजेपन का संकेत करती हैं। सिर पर पगड़ी की बन्धेज ऐसा जता रही है कि शायद उसे जल्दी-जल्दी में बाँधा गया है। आँखों में उनींदेपन की खुमारी है। श्यामलाल ने एक और धूर्तता बरती है, उसने उसके गले में हार के स्थान पर करधनी पहना दी है, कदाचित् मुँह-अँधेरे में ही वह करधनी को हार समझकर पहन आया है। बारजे पर बैठी युवती की मुद्रा से ऐसा लगता है, वह सज-धज कर रात भर किसी की प्रतीक्षा करती रही है। शायद यह वही पुरुष है जिसकी प्रतीक्षा वह करती रही है। उसे देखते ही उसकी भौंहें खिंच आयी हैं और वह अपने दाहिने हाथ के अँगूठे को ठुड्डी पर टिकाये तर्जनी से दक्षिण कपोल को सँभालती, साचीकृत (वक्र) मुद्रा में दाहिने कान के तरौने से कन्धे को छूती, बायें तरौने को तरेर उठी है। उसकी दोनों पुतलियाँ अपांगों तक खिंच आयी हैं और आँखों के कोनों को श्यामलाल ने क्रोध अंजन से आँज दिया है। गुस्से के कारण उसके नथुने फूले-से लग रहे हैं और अधररस का पान करता बुलाक का मोती दाहिने कपोल पर झुका अपने दक्षिणत्व का प्रमाण पेश करता जा रहा है। रेखाओं के अलावा श्यामलाल ने इस चित्र में गजब का रंग-मिश्रण चुना है। आसमानी, हरे, गुलाबी, सफेद और नीले रंगों की विविध छायातपमयी भंगिमा ही नहीं, नायक का श्वेत लिबास तथा नायिका की बसन्ती साड़ी और आभूषणों में जहाँ-तहाँ सुनहरी आब का उपयोग कर चित्र की भास्वरता को और अधिक चमका दिया गया है।

शाहजादा कोई आध घड़ी तक इसे ध्यान से देखते रहे और चित्र को देख

लेने पर वे रागबद्धता से उसी भाव को शब्दों की रेखाओं और अलंकारों के रंगों में उरेहते, चित्र के हाशिये पर लिखे मेरे पद्य को गाने लगे :

उषसि प्रतिपक्षनायिकासदनादन्तिकमञ्चति प्रिये।
सदृशो नयनाब्जकोणयोरुदियाय त्वरयारुणद्युतिः ॥

चित्रों को आँकने में इधर एक नयी शैली अपनायी थी श्यामलाल ने। उसने मुझसे पढ़-पढ़कर अमरुक के चार-छः पद्यों के भावों को ले श्रृंगारी चित्र बनाये थे और उसके साथ अमरुक के सम्बद्ध पद्य को भी चित्र के हाशिये पर लिखा था। इसी तरह उसने लगभग एक दर्जन बिहारी दोहों पर भी चित्र बना डाले। उसका एक चित्र मुझे काफी चमत्कारी लगा। परिपुष्ट यौवनवती नायिका छींके पर रखी दहेंड़ी को उतारने जा रही है, न उसने उस दहेंड़ी को उतारा ही है, न छींके पर धरकर छोड़ ही दिया है। दहेंड़ी के सिरे को पकड़ उसे उतारने की स्थिति में गतिशील नायिका के उन्नत अग्रकाय, ऊर्ध्वमुख नयन युगल, छींके को छूते दाहिने हाथ और सीने की उभारदार आवर्त-भंगिमा को ऐसी कुशल वक्र रेखाओं में श्यामलाल ने रेखांकित किया था कि रंगों की अत्यधिक भास्वरता के बिना भी यह चित्र काफी सजीव हो उठा था। चित्र के द्वारा सचमुच उसने बिहारी के प्रसिद्ध दोहे की कल्पना को आकार दे नायिका की मुद्रा को उजागर कर दिया था। हाशिये पर यह दोहा लिखा था :

अरे दहेंड़ी धरे जिन तू लेइ उतारि।
नीके है छींकौ छुवै ऐसे ही रहु नारि ॥

शाहजादे के लिए श्यामलाल ने जो दो-तीन चित्र इन दिनों बनाये थे, उनका एक प्रयोजन था। राणादिल के प्रति दारा के आकर्षण से अन्दर ही अन्दर हम लोग दुखी थे, क्योंकि हमें इससे नादिरा बेगम के प्रति दारा के भावी अनाकर्षण की आशंका थी। स्पष्ट है कि खण्डिता के उक्त चित्र द्वारा श्यामलाल शाहजादे को उनके अपराध का अहसास कराना चाहता था। और नादिरा बेगम की मनःस्थिति का काल्पनिक चित्र रख उनके प्रति शाहजादे की कर्त्तव्यनिष्ठा का बोध करा रहा था ताकि वे राणादिल के प्रति आकर्षण से विरत हो जायँ। पर इसका यह प्रभाव इसलिए न पड़ सका कि स्वयं नादिरा बेगम ही खण्डिता की मनःस्थिति में न थी। शाहजादे ने चित्र को देखकर जो टिप्पणी की थी, उसने भी इसका संकेत कर दिया था।

"नहीं, चित्रकार, यह चित्र न तो मेरी ही हालत का संकेत करता है, न हमारी बेगम की ही। नादिरा बेगम और तुम्हारे चित्र की नायिका में यही तो फर्क है। तुम्हारे चित्र की नायिका शायद इतनी खुदगर्ज है कि उसे अपने प्रिय

की खुशी का कोई खयाल नहीं। पर हमारी नादिरा, वह तो हमारी खुशी के लिए अपनी खुशी को न्यौछावर कर सकती है। इसी वफादारी की वजह से तो जी चाहता है कि मैं बेगम के कदम चूम लूँ। मैं इस चित्र को उन्हें भी दिखाऊँगा। देखें, उन पर क्या असर होता है।"

मुझे बाद में पता लगा था कि इस चित्र को देख नादिरा बेगम पर बड़ी विचित्र प्रतिक्रिया हुई थी। वह पहले इसे खोयी-खोयी आँखों से देखती रहीं और फिर हल्की-सी मुस्कराहट बिखेर उन्होंने केवल इतना कहा था, "श्यामलाल की कलम में गजब की खूबसूरती है। तस्वीर सचमुच लाजवाब है।"

पादशाह बेगम हर रोज बादशाह-सलामत से मिन्नतें कर रही थीं कि शाहजादा की तमन्ना पूरी करने की इजाजत बख्श दें, पर वे इस प्रस्ताव को कि दोनों ब्याह करा दिया जाय, ठुकराते ही रहे। योजना सफल होती न देख जहाँआरा बेगम ने आखिरी अस्त्र अपनाया। उन्होंने घोषणा की कि अगर शाहजादे को कुछ भी हो गया तो वे भी जिन्दा न रह सकेंगी। इधर शाहजादा प्रतिदिन अत्यधिक दुर्बल होते जा रहे थे। उनका चेहरा पतझड़ के पत्तों-सा पियराय गया था। हमेशा सँवारी जाती दाढ़ी के बाल बेतरतीब हो उठे थे और आँखों की नैसर्गिक चमक प्रभात-दीप की तरह धुँधली पड़ गयी थी। पादशाह बेगम उनकी हालत देखकर एक दिन दो घड़ी तक रोती रही और उसी दिन किले पहुँचते ही उन्होंने एलान कर दिया कि जब तक शाहंशाह राणादिल के साथ शाहजादा दाराशुकोह के ब्याह की इजाजत न देंगे, वे अन्न-जल न लेंगी। किले में तहलका मच गया। आखिरकार बादशाह सलामत को ही झुकना पड़ा। अपनी प्यारी बेटी के प्रस्ताव को न चाहते हुए भी उन्होंने स्वीकार कर लिया। नादिरा बेगम का अन्तःपुर एक नये मेहमान की अगवानी के लिए सजने लगा और राजकुमार की आँखों की नैसर्गिक चमक फिर लौट आयी।

19

राणादिल के हठ के आगे शाही सम्मान को झुकना पड़ा। इश्क ने झूठी मान-मर्यादा को पराजित कर दिया। मुगल दरबार के माहौल में जो नसीब अनारक़ली को न मिल पाया, उससे भी बढ़कर खुशकिस्मती को आखिरकार राणादिल ने हासिल कर ही लिया, मुसलमान शाहजादा की परिणीता पत्नी बनकर

भी वह मन से ही नहीं, रीति-रिवाज से भी हिन्दू बनी रही। वह राजकुमार के अन्तःपुर में आते समय अपने साथ राधा-कृष्ण की युगलमूर्ति लेती आयी थी, जिसे अपने कक्ष में स्थापित कर सुबह-शाम उनकी पूजा-आरती करने लगी। कभी-कभी उसकी पूजा में शाहजादा और नादिरा बेगम भी शामिल होते थे। जन्माष्टमी के दिन वह बड़ी धूमधाम से कृष्णजन्म का उछाह मनाती और हिन्दू पतिव्रताओं के प्रायः सभी व्रतोपवास रखती शाहजादे की मंगल-कामना के लिए करवाचौथ के चन्द्र को अर्घ्यदान देती और हरितालिका को रात्रिजागरण करती अनाहारजनित आयास को भी हँसते-हँसते सहती रहती।

ब्याह तो उसका मुस्लिम पद्धति से हुआ। शादी से दो दिन पहले नादिरा बेगम ने बाँदियों के साथ डोली भेजकर दुलहिन को अपने अन्तःपुर में बुला लिया। बेगम ने अपने हाथों दुलहिन के कोमल करतलों को मेहँदी की पत्ररचना से सजाया और ढोलनियों को बुलाकर बनड़ी के लोकगीत गवाये। पादशाह बेगम की देखरेख में अन्तःपुर की अछूते यौवन वाली क्वाँरी बाँदियों ने हिना से शाहजादा दाराशुकोह के हाथों को रँगा और हम उपस्थित लोगों को भी अँगुलियों को हिना की लाली में रच-पच डाला। दूसरे दिन काजी की देखरेख में दोनों का ब्याह हुआ। पादशाह बेगम खुद दुलहिन की वकील बनी और जब दुलहिन ने तीन बार पूछे जाने पर शाहजादा दाराशुकोह से ब्याह करना मंजूर कर लिया तो काजी ने दोनों को आशीर्वाद दिया। तब नादिरा बेगम ने राणादिल को सहारा दे दारा के पास बिठाया और सभी उपस्थितों ने दम्पती को नजरें पेश कीं। यह संस्कार विशेष धूमधाम से नहीं हुआ था। कोई खास निमन्त्रित अभ्यागत नहीं थे। शाहंशाह को इसकी खबर तो थी, पर वे नहीं आये, उनका मौन समर्थन मिल चुका था। केवल पादशाह बेगम और दारा के निजी परिजनों के अतिरिक्त अन्य कोई शामिल नहीं था इसमें। इस दिन नादिरा बेगम की ओर से खास जलसे का प्रबन्ध किया गया, नाच गाने का, दुलहिन के स्वागत में। नादिरा बेगम के इस त्याग को देखकर मैं आश्चर्य से अभिभूत था, उन्होंने वासवदत्ता की तरह अपने हाथों उदयन के गले को रत्नावली से सजा दिया था। उनके इस दाक्षिण्य की प्रशंसा शाहजादे के नौकरों-चाकरों की जबान पर नाचने लगी।

मजलिस के बाद दूल्हे राजा की ओर से अपने परिजनों को पुरस्कृत करने की रस्म शुरू हुई। उन्होंने सबसे पहले मुझे बुलाया और सरोपा तथा आभूषणों का पुरस्कार देना चाहा। मैं पहले से ही योजना बनाये बैठा था। जब शाहजादे के समक्ष गया तो उन्होंने मुझे सम्बोधित कर कहा, "गुरुवर, कालिदास के मेघदूत की सुखमय परिसमाप्ति हो चुकी है। मेरा कालिदास का अध्ययन पूरा हो गया।

इस नाते मेरी ये तुच्छ गुरुदक्षिणा कबूल करें।"

"शाहजादे, गुरुदक्षिणा तो मिलेगी ही, पर एक सवाल है। क्या मुझे मंशा माफिक दक्षिणा माँगने का हक है?" मैंने पूछा।

"क्यों नहीं, गुरुदेव, हुक्म कीजिए।"

"पर वादा करने पर मुकरना नहीं होगा।"

"कतई नहीं, गुरुवर। आप माँगकर तो देखिए।"

"तो आप अपने हिफाजती दस्ते के यूसुफ को गुलामी से आजाद कर दें। वह आपके हिफाजती दस्ते में फिर भी बना रहेगा, पर उसे आजाद इन्सान के हक-हकूक हासिल होने चाहिए।"

"पर इसका गुरुदक्षिणा से क्या ताल्लुक है, समझ में नहीं आ रहा है। गुलाम यूसुफ की आजादी में आपकी इतनी दिलचस्पी क्यों है?"

"दिलचस्पी जरूर है, शाहजादे! अभी तो गुरुदक्षिणा की माँग अधूरी है। मैं तो पादशाह बेगम से इस खुशी के मौके पर इनाम पाने का मुहताज भी हूँ। क्यों पादशाह बेगम?" मैं जरी के झीने पर्दे के पीछे बैठी अन्तःपुरिकाओं की सदारत करती जहाँआरा को सम्बोधित कर बैठा।

"आखिर कविराय हमसे क्या इनाम पाना चाहते हैं?" वे बोल उठीं।

"तो आप भी अपनी बाँदी कुलसुम को गुलामी से आजाद करने की मेहरबानी कर दें, पादशाह बेगम! वह आपकी खिदमत फिर भी बराबर करती रहेगी।"

"पर आखिर बात क्या है?" शाहजादा और पादशाह बेगम साथ-साथ पूछ उठे।

"बात साफ है, यूसुफ और कुलसुम दोनों एक-दूसरे को चाहते हैं, शाहजादे! इस खुशी के मौके पर इन दो दिलों को भी खुशी बख्श सकें तो कितना अच्छा होगा। इन दोनों को आजाद इन्सानों की तरह घर बसाने दीजिए, पादशाह बेगम।"

"ए खुदा, यह गुल खिला रही है कुससुम! कहाँ है यह शैतान?" जहाँआरा मुस्करा उठी। उनकी आँखें कुलसुम को ढूँढ़ने लगीं, पर वह तो अन्दर के कक्ष में जा छिपी थी। मोरछल से शाहजादे को हवा करता यूसुफ चित्रलिखित मुद्रा में धरती पर आँखें गड़ाये खड़ा था। शाहजादा मुस्करा रहे थे। उन्होंने गरदन हिलाते हुए कहा :

"ठीक है, गुरुवर, हमने यूसुफ को आजाद किया, पर कुलसुम तो हमारी गुलाम नहीं। उसके बारे में तो फैसला करने का हक बाजी को है।"

"तो बाजी को भी कविराय की माँग पूरी करनी ही पड़ेगी, शाहजादे! पर वह कुलसुम कहाँ भाग गयी? अरे चम्पा, ओ चमेली, ढूँढ़ो ना उस शैतान को।

अभी हाल उसे गिरफ्तार कर हमारे सामने हाज़िर करो। इस हरकत की माकूल सजा उसे मिलनी ही चाहिए।" पादशाह बेगम की आवाज सुनाई पड़ी।

पर्दे के पीछे दो बाँदियाँ दौड़ पड़ीं। कुलसुम को शाहजादी की अदालत में हाजिर किया गया। मैंने देखा वह जरी के पर्दे के पार अपने मालिक के सामने सिर झुकाये खड़ी थी। पादशाह बेगम ने उसे बाइज्जत रिहा करने का फैसला सुनाया।

"क्यों निगोड़ी, ये चुपके-चुपके क्या गुनाह करती रही है? खैर जा, कविराय की सिफारिश पर तुझे आजाद किया। और देखो यूसुफ, बहुत बड़ी जिम्मेदारी सँभालने जा रहे हो तुम। मेरी गुड़िया-सी कुलसुम को कोई तकलीफ न हो, समझे।"

शाहजादी का आदेश पा कुलसुम पर्दे से बाहर मदनि हिस्से में आयी और उन्होंने उसे यूसुफ के हाथों सौंप उनकी गुलामी की बेड़ियाँ अपने कृपाकटाक्ष से काट दी। दोनों गुलामों की आँखें उल्लास की किरण का स्पर्श पा कवँल की आजाद पंखुड़ियों-सी खिल उठीं।

आज आजाद हुए इन दोनों गुलामों की भी अपनी कहानी है। यूसुफ ने मुझे इसे सुनाया था। यूसुफ इसकन्दरिया का अरब था। और कुलसुम गुजरात की अनाथ हिन्दू बालिका, जिसे मुसलमान बना लिया गया था। कोई दस साल पहले दोनों गुलामों को आगरा शाही खिदमत के लिए खरीदकर लाया गया था। दोनों को एक ही दिन खरीदा गया था और जब यूसुफ आया, उसकी मसें भींगने लगी थीं, वह कोई सोलह साल का होगा उस वक्त! कुलसुम और कमसिन थी, यही तेरह-चौदह के आसपास। सूरत से आगरा तक उन्होंने साथ-साथ यात्रा की थी। समान परिस्थितियों ने परिचय को प्रगाढ़ बना दिया था।

भारत में पश्चिम जलधि पर ताप्ती के नदीमुख पर बसा सूरत प्रसिद्ध पोतपट्टण ही नहीं, विख्यात व्यापार केन्द्र भी है। रोम, यूनान, मिस्र, अरब, फारस और सुदूर पश्चिम के कई देशों की पण्य वस्तुओं से भरे रहते हैं यहाँ के हाट बाजार। हीरे जवाहरात ही नहीं, इन्सान तक बिकते हैं इस बाजार में। आबनूस से काले हब्शी मर्द-औरत खरीद लीजिए और जी चाहे तो गुलाबी गालों वाली फिरंगी सुन्दरियाँ, संगमरमरी जिस्म से दमकती अरब और ईरानी नाजनीनों, या मिस्री लौडों को दाम चुका अपना बना लीजिए। दूसरे माल की तरह इनके भी दलाल और सौदागर हैं। विदेशी सौदागर इन्हें विदेशों से लाते और हिन्दोस्तानी सौदागार लाभ कमाने के लिए इन्हें खरीद लेते। फिर भारत भर के शहरों में साहूकारों, मनसबदारों, राजाओं या शाही दरबार को बेच आते। यूसुफ और कुलसुम दोनों को शाही दरबार के लिए खासतौर से दो साल पहले सूरत में ही खरीदा गया था। कहते हैं, "पहले यह ईसाई थी।" इराके के उत्तर में बसे कुर्द लुटेरों

ने जार्जिया के एक गाँव पर हमला कर कुछ ईसाई लड़कियों को पकड़कर कैद कर लिया और उन्हें बसरा के सौदागरों को बेच डाला। बसरा के सौदागर से यह जार्जियाई होने के कारण शाहजादा की खिदमत के लिए खरीद ली गयी थी। इसकी खूबसूरती पर रीझकर ही बादशाह बेगम ने इसे शाहजादे की अंतरंग परिचारिका नियुक्त करने का सुझाव दे डाला था।

सूरत का नाम आये दिन सुनता रहता था मैं, पर इस जिन्दगी में सूरत की सूरत देखने का अवसर ही नहीं मिल पाया मुझे। पादशाह बेगम की तो यह जागीर थी इन दिनों। बादशाह-सलामत ने सनद दे अपनी प्यारी बेटी के पनडब्बे के खर्च के लिए सूरत को बख्श दिया था, पान खाने की काफी शौकीन जो थी पादशाह बेगम। कुलसुम इसी सूरत के पास के किसी गाँव की अनाथ कृषक बालिका थी। कोई अपनी जमीन नहीं थी इसके पिता के पास। गाँव के एक ठाकुर की जमीन जोतते फिरते। कुलसुम के पिता एक दिन हैजे में चल बसे। कुलसुम उस वक्त कोई पाँच-छः बरस की थी। ठाकुर ने इसकी माँ के सौन्दर्य पर डाका डालने की नीयत से उसके साथ सहानुभूति बरतना शुरू किया और एक रात अनिच्छुक कुलसुम की माँ का शीलभंग कर उसे रखैल बनने को बाध्य कर डाला। कोई सात-आठ साल तक कुलसुम की माँ उसकी यौन-पिपासा शान्त करती रही। पर एक रात वह मरी पायी गयी। उसकी देह नीली पड़ गयी थी, शायद उसे जहर दे दिया गया था। ठाकुर यह चाहता था कि कुलसुम की माँ को अब कोई सन्तान न हो। दो एक बार जब-जब भी गर्भ रहा, उसके न चाहते हुए भी ठाकुर ने कोई दवा देकर गिरवा दिया, पर इस बार वह इस पर तुली बैठी थी कि वह हमल नहीं गिराएगी। वह एक पुत्र की कामना से तड़प उठी थी। उसने जब हठ कर गर्भ को पूरे दिन तक सहेजकर सुरक्षित रखना चाहा तो ठाकुर ने उसे धोखे से जहर दे डाला, ताकि न रहे बाँस न बजे बँसुरिया। उस समय कुलसुम की माँ को कोई पाँच-छः महीने का गर्भ था। कुलसुम का यह सारा किस्सा मुझे यूसुफ से मालूम हुआ था। कुलसुम इन दिनों तेरह के आसपास थी। इस कच्ची कली को ठाकुर खिलने से पहले ही मसल देना चाहता था। एक रात ठाकुर ने कुलसुम के कोमल कैशोर्य को जा दबोचा। वह चिल्ला उठी। पास-पड़ोस के लोग जाग गये। ठाकुर को बेटी समान कुलसुम के साथ बलात्कार करने की हरकत करते देख लोग थू-थू कर उठे। उन्होंने उस दिन तो ठाकुर से उसकी रक्षा कर ली; पर पानी में रहते मगर से कोई कब तक बच सकता था। वह वृद्धावस्था की ओर ढलते ठाकुर से वैसे ही खौफ खाती थी। एक रात शौच क्रिया के बहाने भाग खड़ी हुई और आठ कोस चलकर सुबह होते-होते सूरत जा पहुँची। यहाँ वह भिखारियों के झुण्ड में शामिल हो गयी।

ठाकुर ने सम्भवतः लोकलाज के डर से फिर नहीं ढूँढ़ा। एक बुड्ढे भिखारी ने पहले तो इसे बाप का प्यार दिया, फिर एक छोटे सौदागर को बेच दिया और इस तरह यह सूरत के गुलाम बाजार की हाट पर चढ़ा दी गयी। यह इसका सौभाग्य ही था कि इसे मुगल दरबार के लिए खदीद लिया गया।

उसी दिन इस यूसुफ को भी खरीदा गया था। यूसूफ की कहानी भी पुरदर्द है, पर बिलकुल अलग किस्म की। इसका बाप इसकन्दरिया में घोड़ों का व्यापार करता था। वह तुर्की और एराकी घोड़ों को फिरंगियों के हाथों बेचा करता था। उसके चार बेटे थे और कोई दर्जन भर बीवियाँ और बीसों लौडियाँ। यूसुफ एक उपपत्नी से जन्मा था, जो इसे जन्म देते ही मर गयी थी। शेष तीन बेटे ब्याहताओं से थे। ये तीनों बेटे उम्र में यूसुफ से काफी बड़े थे, सभी यूसुफ के बाप की उम्र के, जिनके अपने भी लड़के-बच्चे थे। यूसुफ के जन्म के वक्त अरब सौदागर साठ पार कर चुका था और इसके पाँच बरस के होते-होते वह भी चल बसा। जब तक वह जिया उसने अपनी चहेती उपपत्नी की याद की तरह यूसुफ को आँख से ओझल नहीं होने दिया, पर उसके मरने पर यह अनाथ हो गया। तीनों बेटों ने बाप के मरते ही उसकी सम्पत्ति का बँटवारा कर डाला। सौदागर की कुछ बीवियाँ तो उसके आगे ही मर चुकी थीं। जो छः बीवियाँ बचीं उन्हें उनका हिस्सा दे दिया गया। लौंडियों में जो भी जवान थीं उन्हें तीनों भाइयों ने आपस में बाँट लिया। प्रौढ़ और वृद्धा लौंडियों को आजाद कर पिण्ड छुड़ाया। यूसुफ को भी उन्होंने बेजान मिल्कियत की तरह बँटवारे में रखा और सबसे बड़े भाई के हिस्से में यह आया। वह इससे छुटकारा पाने की फिराक में था। कोई दो बरस बाद जब वह हज को गया तो इसे भी लेता गया और उसने हज से लौटते समय एक और पुण्य कमाया कि फिलिस्तीन के एक ईसाई अरब को इसे सिर्फ नौ दीनार में बेच डाला। इस ईसाई अरब ने तीन बरस तो इसे अपने पास रखा, फिर एक दूसरे मुसलमान अरब का गुलाम बना डाला। दूसरे अरब ने भी इसे गुलामों के सौदागर को बेच दिया और इस तरह घाट-घाट का पानी पीता यूसुफ भी सूरत के उस बाजार में पण्य वस्तु बन बैठा, जहाँ इन्सान भी बिकता। ईरानी प्रेम-कथाओं के जुलेखा के उस अमर प्रेम की पुरदर्द कहानी याद हो आयी, जिसे उसके बेरहम भाइयों ने गुलाम बनाने को बेच डाला था। सूरत के बाजार में ही इसने उस दिन पहले-पहले अपनी जुलेखा को देखा था, पर तब तक उसे क्या पता था कि यह हिन्दुस्तानी लड़की जो उसी के साथ शाही खानदान के लिए खरीदी गयी है, एक दिन मिस्र के वजीर की बेगम जुलेखा की तरह उसके दिल की मलिका बन बैठेगी। फर्क इतना जरूर था कि ईरानी प्रेमकथा का यूसुफ गुलाम और जुलेखा वजीर की बेगम थी, पर हमारी प्रेमकथा के यूसुफ और

कुलसुम दोनों गुलाम थे। यही वजह है कि इनकी कहानी इश्क की वैसी पुरदर्द कहानी न बन पायी।

इन दोनों को शाहजादी जहाँआरा के लिए खरीदा गया था। यूसुफ को बधिया बनाकर शाहजादी का खोजा बनाने का हुक्म दिया गया और कुलसुम को उनकी बाँदी बना लिया गया। पहले दिन ही जब उन्हें शाहजादी के समक्ष पेश किया गया तो एक अघटित घटना हो गयी। ज्यों ही खोजों के सरदार ने जरी के पर्दे के भीतर बैठी शाहजादी से यह इजाजत माँगी कि इस नये गुलाम को खोजा बनाने की इजाजत दें, यूसुफ चिल्ला उठा–वह टूटी-फूटी हिन्दवी में चीख उठा, "मुझपर रहम करें, शाहजादी साहिबा। मेरी जिन्दगी खत्म करने का हुक्म न दें, मेरे आका।" वह बड़ी देर तक रोता-कलपता रहा। उसे रोता देखकर कुलसुम भी रो पड़ी थी। वह क्या बात है, कुछ समझी तो नहीं, पर उसे यह अहसास हो गया था कि यूसुफ के बारे में कोई सख्त हुक्म दिया गया है। वह शाहजादी के पैर पकड़कर आध घड़ी तक यूसुफ को ऐसी सख्त सजा न देने की मिन्नतें करती रही। आखिर किशोरी शाहजादी का भी दिल पसीज गया और उन्होंने सदर खोजा को हुक्म देते हुए कहा, "ठीक है, सदर नाजिर। इसे खोजा न बनाएँ। यह हमारा गुलाम रहेगा और जनाने से बाहर का ऊपरी काम करता रहेगा।" यूसुफ ने बताया कि वह आज जो भी है वह कुलसुम की कृपा का फल है।

कोई छः बरस यह बड़ी शाहजादी की खिदमत में रहा। इस बीच इसका पौरुषोचित सौन्दर्य और प्रखर हो चला। उसकी आकृति फौलाद के साँचे में ढली लगती थी। कहते हैं, एक दिन जनानी ड्यौढ़ी के बाहरी दरवाजे पर पहरा देते देख छोटी शाहजादी रोशनआरा की आँखें चमक उठीं। इन्होंने अपनी माँग बड़ी बहिन के समक्ष पेश करते कहा था, "बाजी, आपकी चाकरी में तो और भी अरब खोजा गुलाम हैं। इस यूसुफ को मेरे यहाँ महलसरा का बाहरी काम देखने को काहे नहीं दे देतीं। सुना है, अरब गुलाम काफी ईमानदार होते हैं। मेरे यहाँ का बाहरी काम करने वाले सभी गुलाम बेईमान हैं। वे चोर हैं और सौदा-सुलुफ करने में बड़ा गोलमाल करते हैं।"

पर जहाँआरा ने मना कर दिया। वे भाँप गयी थीं कि रोशनआरा की चाल बड़ी गहरी है। उन्होंने सिर्फ इतना कहा, "रोशन बहन, यह तो शाहजादा दारा की अमानत है। वे इसे पहले ही माँग चुके हैं। मैं वादा भी कर चुकी हूँ।" और हफ्ते भर बाद ही जहाँआरा बेगम ने यूसुफ को दाराशुकोह को बख्शीश में दे डाला। तबसे यूसुफ शाहजादे के हिफाजती दस्ते का सेवक बन गया। कुलसुम ने भी अपनी सेवा से शाहजादी का मन जीत लिया था। शाहजादे के यहाँ बड़ी

बहिन का गोपनीय सन्देश पहुँचाने का काम वही करती थी और इस तरह आये दिन कुलसुम की मुलाकात यूसुफ से होती रहती थी। पुराने परिचय का बीज धीरे-धीरे मन की धरती के बीच फूटता रहा और अब वह पल्लवित हो लहलहा उठा और पुष्पित होने का बेताबी से इन्तजार करने लगा, मेरी सिफारिश ने समय पर गिरी बारिश-सा काम किया और उनके प्यार का पौधा अब कामना की कलियों से लद उठा और इसके साल भर बाद ही वह सुफलीभूत हो गया। यूसुफ और कुलसुम के मिलन ने नन्हे से 'सूरतबख्श' के रूप में आजाद इन्सान को जन्म दिया। उन्होंने यह नाम रखते समय मुझे बताया था, "यह विचित्र नाम उसके पुरदर्द अफसाने को कहता जान पड़ेगा। मैंने इस बच्चे का नाम बदलकर 'सुरतिबख्श' रख दिया था अर्थात् पवित्र प्रेम की देन, आधा संस्कृत, आधा फारसी।

20

फारसी शाइरी पढ़कर पण्डित चन्द्रभान ब्राह्मण के घर से लौटते वक्त कुँजड़ों के बाजार से गुजर रहा था। फलों और तरकारियों से भरी पड़ी थीं दुकानें। रास्ते में दुकानों की पटरियों के नीचे झब्बों में जिन्स लिये छोटे कुँजड़े बैठे थे। फल और साग-सब्जी खरीदने आये मर्द-औरतों, ठेलों और लड्ढियों पर लदे सामान लादे हमालों ने रास्ते में चलना हराम कर दिया था। कन्धे से कन्धा रगड़े बगैर कोई आगे बढ़ नहीं सकता था। मनसबदारों के दासों और दासियों को खरीद-फरोख्त के बहाने मिलने का अवसर मिला करता था यहाँ। कुछ युवती हिन्दू-मुसलमान कुँजड़ियाँ सज-धजकर बैठी थीं और पण्य वस्तु को बेचते समय अपनी मुस्कराहट का भी दाम जोड़ अधिक पैसे कमा लेती थीं। कश्मीरी सेब, असमी अनन्नास, बुरहानपुर की मीठी खिरनियों और भुसावल के कदलीफल भरे पड़े थे दुकानों में। बनारस के लँगड़े और अवध के दशहरी आमों के अलावा और भी कई किस्म के आम थे। सफेदा, हापुस और नुकीली चोंचवाले तोतापरी। आडू, आलूबुखारों तथा काली-काली बेरियों, बल्ख और जौनपुर के खरबूजों, कन्धारी और कानेरी तरबूज, मतीरों, बिहार की लीचियों और ईरानी अंगूरों के झुमकों से सजी थी फलों की हाट। रसभरी गदरायी नारंगियों की केसरिया कान्ति को देख माणिक की हँसी। रसभरी बरबस ध्यान बँटा लेते थे। क्या-क्या गिनाएँ? मैंने एक दुकान से एक तरबूज और कुछ अंगूर इस इतमीनान के बाद खरीदे

कि तरबूज निखालिस कन्धारी हैं और अंगूर भी ईरान से आये हैं। घर लौटते समय मैं कई बातें सोचता रहा।

ईरान से हमारा कितना नजदीक का रिश्ता है। कहते हैं, उसकी परम्परा हमारी परम्परा से निकट से जुड़ी है। मुगलों के लिए तो ईरान सदा से आकर्षण का विषय बना रहा है। शाहंशाह हुमायूँ के समय से ईरान से घनिष्ठता स्थापित हो गयी थी, पर इधर ईरान के शाह के साथ मुगल शाहंशाह का संघर्ष चल रहा है। कन्धार ऐसी महत्त्व की जगह है जिस पर दोनों की आँखें लगी हैं। दोनों इसके किले को कब्जे में रखना चाहते हैं। कन्धार की स्थिति ऐसी है कि जिसका भी इस पर कब्जा हो, वह दूसरे देश के हमले से अपनी हिफाजत कर सकता है, ईरान और अफगान की सीमा का प्रहरी कन्धार जो है। विवाह के बाद ही एक-डेढ़ महीने नये वैवाहिक जीवन का सुखोपभोग कर शाहजादा कन्धार फतह के लिए चल दिये। उन्हें गये एक महीना हो चुका था। मुझे उधर से फुर्सत मिल चुकी थी। मैंने फारसी शायरी के अध्ययन में अधिक समय देना तय किया। मुल्ला जामी की प्रसिद्ध फारसी मसनवी 'यूसुफ जुलेखा' अभी-अभी समाप्त की है और अब पण्डित चन्द्रभान मुझे मशहूर सूफी शाइर उमर खैयाम की रूबाइयात पढ़ा रहे हैं। ईरानी अंगूरों के ठोंगे को लेकर घर आते मैं खैयाम की रूबाइयों में खो गया। मुझे उस कविता की माधुरी ने मस्त बना डाला जिसने इन्हीं अंगूरों के रस के मादक मिठास को चुरा लिया था।

द्राक्षालताओं की थिरकन, द्राक्षासव का तीखा मीठापन और दाखों के रसभरे लबों के सौन्दर्य का काव्य है खैयाम की रूबाइयात। फारसी जुबान में मुझे वैसी ही माधुरी और कोमलता मिली। सुर-भारती में भी काव्योचित कमनीयता है, पर दोनों में एक खास फर्क मिला मुझे। एक की खूबसूरती में शराब की छलकती लालिमा थी, जो राग की मादकता से मन को मदहोश बना देती है, दूसरी के सौन्दर्य में सुधा-सी स्वच्छ धवलिमा जो मन और आत्मा को निरतिशय आनन्द से विभोर कर डालती है। शराबवाला शबाब है फारसी शाइरी में, पर संस्कृत कविता का सौन्दर्य तो पीयूष-निस्यन्द-सी अमरता का अहसास कराता है। हर जबान और शाइरी की अपनी परम्परा है, अपने नैसर्गिक गुण हैं। लाहौर और नारनौल की जुबान कितनी अक्खड़ है, ठीक पंजाब और नारनौल के जट्टों-सी लट्ठमार, पर यह आगरा और मथुरा की बोली तो गोरस बेचने की फेरी देती जसवन्त सिंह के यहाँ के मारवाड़ियों की भी है और जब इसे कोई कोकिलकण्ठी बोलती है तो इसके पंचम की तान और मीठी हो जाती है। यह फारसी भी ऐसी ही जनानी जुबान है, नाजनीनों की जुबान, ऐसी जुबान जिसमें शृंगारी शाइरी जितनी फबती है, वैसी दूसरे भावों की कविता नहीं। वीररस की भाव-व्यंजना

के लिए वह अपनी मौजूँ नहीं जान पड़ती, भले ही उस गजनी के अमर कवि फिरदौसी के 'शाहेनामा' में वीररस की ही व्यंजना प्रधान हो, पर वीररस की उसकी पदशैया में वह घन-गर्जना नहीं मिलती जो संस्कृत कवियों में और संस्कृत, यह भाषा क्या शृंगार, क्या वीर, क्या कोमल, क्या कठोर दोनों भावों को व्यक्त करने में समर्थ है। रमणीजनोचित मृदुता और पुरुषोचित काठिन्य का ऐसा सम्मिलन किस भाषा में मिलेगा, एक साथ कोमल पदविन्यास वाले शृंगारी काव्य जितनी मार्मिकता लिये होते हैं। यहाँ, उतना ही उदात्त और गाम्भीर्य लेकर गाढ़बन्ध वाले वीररस व्यंजक पद्य आ धमकते हैं। फिर भी ईरानी दलित द्राक्षा के निस्यंद-सी फारसी शाइरी के रस को पीते बड़ा मजा आ रहा है। इस निस्यन्द की भट्ठी पर चढ़ाकर उतारी तीखी मादकता को चखने का अहसास तो मुझे नहीं है, बनारसी ब्राह्मण हूँ, मित्रवर, इसकी कटार-सी तेज जलनवाले दुर्गुण और चेतना को नशे की खुमारी में डुबोती खराबी का तो नहीं, पर आत्मा को मस्ती की फुहारों में नहलाते मीठे दाखों को गारकर चुवाये प्रपाणक रस का मजा तो मुझे मिल ही गया है।

उमर खैयाम की कविता सुरा और सुन्दरी दोनों की कविता है। इश्क-मजाजी मान लेना चाहें तो यह मांसल शृंगार की कविता है। पर असल में खैयाम तो पहुँचे हुए सूफी फलसफी थे। उनकी कविता का प्यासा, इश्क-हकीकी के रस से लबरेज़ है। उनकी सुरा उस दिव्य आनन्द की मस्ती है और सुन्दरी खुद वह अलौकिक लावण्य-मूर्ति जिसके पाने को सूफी साधक तड़पता रहता है और उसे पाकर अपने जीवन को धन्य मान बैठता है। पण्डित चन्द्रभान ब्राह्मण ने मुझे इन रूबाइयों की निहित व्यंजना को न भुला देने को आगाह किया था। मैं सुरा और सुन्दरी दोनों अनुभूतियों से अछूता रहा हूँ, फिर भी पता नहीं। किन प्राक्तन जन्म के संस्कारों की वासना के कारण मुझे खैयाम के शृंगारी वर्णनों में भी बड़ा रस मिल रहा है। मैं कभी-कभी खुद खैयाम की ईरानी नाजनीन के तसव्वुर में खो जाता हूँ, उसकी नरगिसी आँखें, पाटलाभ कपोल और सुराहीदार गर्दन मुझे न चाहते हुए भी ईरान के द्राक्षाकुंजों की शाद्वल भूमि में अपहृत कर ले जाते हैं।

खैयाम ईरान के मशहूर ज्योतिषी और गणितज्ञ थे पेशे से, पर इससे भी कहीं बढ़कर वे शाइर और फलसफी थे। और उन्होंने मजहब के ढोंग की जो खबर रूबाइयों में ली है, वह उनके मुक्त चिन्तन का प्रमाण है। प्रकृति और यौवन के लावण्य की स्रोतस्विनी बहती है उनकी कविता में। संगीत की जो तान मुझे उनकी रूबाइयों में सुनाई पड़ी, वैसी कम ही फारसी शाइरों में मिलेगी, मैंने अपनी संस्कृत कविता के पदविन्यास में फारसी शाइरी से बहुत कुछ सीखा

है। संस्कृत कविता पर फारसी की शाइरी का असर? हँसिए नहीं, पण्डितप्रवर। मैंने अपनी कोमलकान्त पदावली में कालिदास की आत्मा को तो अपनाया ही है, पर खैयाम की गूँज को भी देने की कोशिश की है। जरा मेरे शृंगारी पद्यों का आस्वाद तो लीजिए। वही दाखों के रस-सा मिठास मिलेगा। एक गुप्त बात बताऊँ आपको। आपको मेरी कविता के बारे में मीठी मृद्धकी (मीठे छोटे दाख) का उपमान जगह-जगह कहा गया मिलेगा, मैं क्यों कहूँ, आप खुद इसका प्रमाण देंगे। 'न हि कस्तूरिकामोद: शपथेन विभाव्यते–कस्तूरी की खुशबू के लिए कसमें खाने की जरूरत तो नहीं है। देखें आपको कैसी लगती है? पर मुझे शृंगारी कवि समझने की गलती न कर बैठिएगा। मेरे वीररस के पद्यों में आपको बिलकुल अलग रंग मिलेगा। परस्पर टकराते शब्दों का उच्चारण करते वक्त आपको ऐसा लगेगा जैसे रणदुन्दुभि घरहरा उठे हों या सिंहध्वनि करते दर्पोन्मत्त भटों की वेगवती कृपाणधारा निर्बाध गति से बह चली हो। यह मजा आपको फारसी शाइरी में कतई नहीं मिलेगा। यह शुद्ध संस्कृत परम्परा है। इसको अगर अन्यत्र देखना चाहें तो मेरे शिष्य भाषा कवि घनश्याम त्रिपाठी के कवित्तों में पा सकते हैं। अनजाने के झोंक में आकर मैं अपनी काव्य-प्रेरणा के स्रोतों का सकेत कर बैठा हूँ। जाती बहक के लिए माफ करें। छोड़िए भी इन व्यक्तिगत बातों को।

तो, प्रेम की दिव्यता पर आज ही पण्डित जी ने एक लम्बी तकरीर सुना दी थी। इस तकरीर का लुब्बेलुबाब यह था कि इश्क-मजाजी या लौकिक प्रेम कुछ नहीं, उस दिव्य प्रेम का ही छोटा रूप है। दो प्राणियों को एक बनाने की प्रक्रिया असल में उस मंजिल पर पहुँचने की शुरुआत है, जहाँ यह सांसारिक एकता आध्यात्मिक एकता में परिणत हो जाती है। जिसने दुनिया में प्रेम नहीं किया, वह ईश्वर से भी प्रेम करना क्या जाने? यह सारी तकरीर वे आज एक ऐसी रूबाई पढ़ाते वक्त करने लगे, जिसमें प्रेमी और प्रेमिका के एकाकार हो जाने की बात कही गयी है। मैं इसी रूबाई को गुनगुनाता घर लौट रहा हूँ :

असरारे-अजलार रा न तु दानी ऊ न मन्,
व् ईन ह्र्फ़े-मुअम्मा न तु ख्वानी ऊ न मन् ॥
हस्त अज़ पसे-पर्दा गुफ्त ऊ न पशे मन् उ तू,
चूँ पर्दा बार-उफ्रतद् तू मानी ऊ न मन् ॥

(जैसे अवगुण्ठन के उठ जाने पर प्रेमी और प्रेमिका का द्वैतत्व समाप्त हो जाता है, वैसे ही इस सत्य पर पड़े रहस्यमय पर्दे के उलटने की देर भर है, फिर न मैं मैं रहूँगा, न तुम तुम।)

इस तौहीद् की मस्ती में डूबने के लिए क्या-क्या नहीं किया था खैयाम ने। उसने खुद कहा है कि उसका कुफ्र से इतना लगाव है कि लोगों की निगाह में बहुत बड़ा गुनाह किया है उसने। एक छिछले शराब के प्याले में अपनी सारी इज्जत डुबो दी थी, और एक नग्मे के लिए अपनी समस्त कीर्ति को बेच डाला था। पर यह तो उन मूर्खों की मान्यता है, जो प्रेम को समझ नहीं पाते। पण्डित चन्द्रभान ब्राह्मण के बारे में भी लोग कुछ ऐसी ही अनाप-शनाप बातें बका करते हैं। क्या कहते हैं, बलभद्र मिश्र, "पडित चन्द्रभान का कुछ समझ में नहीं आता। पण्डित होते हुए भी ये मांस-मदिरा का सेवन करते हैं और पहले तो इन्होंने एक मुस्लिम युवती को अपनी उपपत्नी भी बना लिया था।" इसी बात पर बलभद्र से एक दिन मेरा झगड़ा होते-होते बचा। बलभद्र मिश्र ओरछा का सनाढ्य ब्राह्मण है, कभी-कभी पुरस्कार पाने की गरज से मुगल दरबार की शरण चला आता है। इसके बड़े भाई केशव मिश्र बादशाह जहाँगीर के दरबार में आया करते थे और उनपर एक प्रशस्ति काव्य भी लिखा था उन्होंने। बलभद्र ने बताया था कि उन्होंने भगवान रामचन्द्र के चरित्र को लेकर ऐसा महाकाव्य लिखा है कि भाखा में उसकी जोड़ का कोई काव्य नहीं मिला। उस समय मतिराम भी मेरे पास था। उसने तीन-चार घड़ी तक उसका कुछ अंश पढ़कर सुनाया और फिर अपनी सम्मति देते हुए कहा, "काव्य है या गुदड़ी बाजार। हर अलंकार और छन्द की बानगी ले लें। पर काव्य कहाँ है, काव्य तो मर गया जान पड़ता है। कुछ नहीं, काव्य का प्रेत है।" फिर तो बलभद्र के स्वर्गीय बड़े भाई को लोगों ने 'काव्य का प्रेत' कहना आरम्भ कर दिया और जब भी बलभद्र आता दिखता, ये नये भाषा-कवि फुसफुसाने लगते "चुप रहो, काव्य के प्रेत के भाई तशरीफ ला रहे हैं।" इसी बलभ्रद ने एक रोज पण्डित जी के बारे में यह टिप्पणी दे मारी थी।

पण्डित जी कश्मीरी ब्राह्मण हैं। उनके पूर्वज अकबर के जमाने में आगरा आ बसे थे। इन ब्राह्मणों के यहाँ मांस-मदिरा का सेवन विहित है, पण्डित जी ही बुलाये जाते हैं। अलंकृत फारसी गद्य लिखने में तो वे सारे मुगल दरबार में माहिर हैं। मुसलमान आलिम भी उनके फारसी प्रयोगों को प्रमाण मानते हैं। खुशखती भी ऐसे कि उनका सानी नहीं है आगरा में। शाइर इतने ऊँचे दर्जे के कि मुगल दरबार का सबसे बड़ा फारसी शाइर अबुल तालिब कलीम तक उनसे शाइरी के बारे में बातचीत करता है और मुनीर तो कई बार अपनी ग़ज़लों पर उनके पास इसलाह लेने चला गया है। पादशाह बेगम और दाराशुकोह भी अपनी रचनाओं पर उनकी सम्मति लिया करते और उनके संशोधनों को स्वीकार करते हैं। कविता के ऐसे सहृदय भावुक कम ही देखे हैं मैंने। उस दिन यह रूबाई पढ़ाते वक्त वे कैसे खो गये थे और बड़ी देर तक इसे गुनगुनाते रहे थे :

वक्त सहर अस्त खीज ऐ माय-ए-नाज,
नर्मक्-नर्मक् बादह् खुश्त ओ चंग नवाज।
केह् इन्हा कि ब-जायन्द न-आयन्द् बसी,
ऊ आन्हा कि शुदन्द कस् नमी आयद् बाज ॥
(सहर का वक्त है, उठ जाओ ऐ रुहे-नाज,
हौले-हौले ढले मय और बजाओ तुम साज
जो हैं, वे न रहेंगे बज्म में हरदम
लौट के आएगा न कोई मेहमाँ आज ॥)

मुझे यह कहने में कोई झिझक नहीं है कि पण्डित जी ने एक यवनी को कभी उपपत्नी बनाया था। पर इस समाज में यह गुनाह नहीं है और इसकी भी अपनी कहानी है, जो पण्डित जी ने मुझे खुद बता दी थी। कोई पन्द्रह साल पहले की बात है। पण्डित जी उन दिनों भरी जवानी में विधुर हो गये थे। इस समय वे पैंतालीस के आसपास हैं और पूरे सूफी बन बैठे हैं। यहाँ तक कि शराब भी नहीं छूते अब। वे एक ईरानी मनसबदारजादे को फारसी पढ़ाने जाया करते थे उन दिनों। उसकी बड़ी बहन भी पर्दे के पीछे हर रोज इन्हें पढ़ाते देखा करती थी। कई बार वह पर्दा हटाकर इन्हें देखने से बाज नहीं आती थी। एक दिन आँखें चार हो ही गयीं। आँखों के सहारे वह इनके दिल में आ उतरी। धीरे-धीरे यह आकर्षण प्रगाढ़ हो चला। राज छुपा न रहा पाया। मनसबदार को पता चला तो बड़ा नाराज हुआ, लड़की को बुरा-भला कहा। पर वह तुली बैठी थी कि पण्डित जी के साथ ही जिन्दगी बसर करेगी। लड़की की माँ मर चुकी थी। बाप ने उसे बड़ा समझाया, डाँटा-फटकारा, पर कोई असर नहीं। इसी बीच एक हमले में वह मैदानेजंग में खेत रहा। मनसबदारजादी पण्डित जी की उपपत्नी बन गयी। भाई ने कोई एतराज नहीं किया, उसकी भी रजामन्दी थी। कुछ दिन लोग भुनभुनाये, पर फिर सब शान्त हो गये। चार-पाँच साल बाद ही वह ईरानी सुन्दरी चेचक में गुजर गयी और पण्डित जी आज भी उसको भूले नहीं थे। वे प्रेम की कविता पढ़ते-पढाते समय इतने सुध-बुध खो बैठते थे कि उसी अपनी दिवंगत प्रेयसी की याद में तड़प उठे हों। उनकी आँखों से अविरल अश्रुधारा बहने लगती। उस दिन यह रूबाई पढ़ते-पढ़ते ही रोने लगे और बार-बार रूबाई का आखिरी मिसरा गाते रहे, "लौट के आएगा न कोई मेहमाँ आज।"

खैयाम पढ़ते समय पता नहीं किन भूली यादों में मैं भी खो जाता हूँ। इश्क-मजाजी का कोई अनुभव नहीं है अब तक, इश्क-हकीकी की बात तो दूर। पर मन में ऐसा अहसास होता है कि कोई अनाम वस्तु है, जिसे पाने को मैं तड़प उठा हूँ। फारसी प्रेमकथा और संस्कृत प्रणयकाव्य पढ़ते समय एक स्पष्ट

भेद मिला है उनसे हमारे संस्कृत शृंगारी काव्यों से। संस्कृत काव्य नायिका की तड़पन और विरह-वेदना का वर्णन विस्तार से करते हैं और प्रेम भावना का उदय भी पहले उसी में दिखाते हैं। नायक की विरह वेदना के चित्रण में उतनी तीव्रता यहाँ नहीं मिलती। पर फारसी काव्यों में तड़पन ज्यादा नायक में ही दिखाई जाती है। वे ही अपना गरेबाँ फाड़े पागल से बेहाल दरसाए जाते हैं। नायिका तो वहाँ वह संगेदिल कातिल है, जिसे नायक को तड़पाने में ही मजा आता है। फारसी शाइरी की नायिका हमारी राणादिल की तरह हठी है। पर भारतीय काव्य की नायिका बादशाह बेगम की तरह विरह-वेदना में घुलती सात्त्विक प्रेम की दीपशिखा। और इस भेद का कारण है लौकिक प्रेम को आध्यात्मिक प्रेम की झलक मानना। हमारे यहाँ भक्त की आत्मा नायिका है और भगवान नायक, लेकिन ईरानी काव्य-परम्परा में भक्त पुरुष है, और उपास्य स्त्री रूप नाजनीन। भगवान को पाने की ललक तो भक्त में ही होती है ना। मैं भी उस अज्ञात अनाम को बुनियादी शक्ल में पाने को मन ही मन कसमसा उठा हूँ। कुछ कमी महसूस हो रही है मुझे। ऐसी कमी जिसे पाने को बड़ी से बड़ी चीज न्यौछावर की जा सकती है। सुल्तान की हुकूमत भी उसके आगे कुछ नहीं अगर वह मिल जाए तो बस केवल माणिक-सी शराब की मस्ती और काव्यग्रन्थ पास में हों, फिर आधी रोटी भी जिन्दगी के लिए काफी है। अपनी सबसे पसन्दीदा रूबाई को गुनगुनाता मैं हरदम इसी ख्वाहिश का इजहार करता रहता हूँ।

तुंगे मय-ई लअल ख्वाहम् ऊ दीवान
सद्दे-रमकी बायद ऊ निस्फे-नान
ब-आंगह मन् ऊ तू निशस्त दर-बीरान
ख्वुश्तर बुवद् अज़ ममलिकते सुलतान
(लाल मयके पीने की है ख्वाहिश,
और हो इक दीवान,
जीने भर को बहुत है,
बस आधी-सी नान,
मैं और तुम, बैठे रहें,
इसके आगे, क्या चीज भला
ममलिकते-सुलतान)।

21

साँवरी बदरिया झिरमिर-झिरमिर रस बरसा रही थी। सुबह से ही बहुत नशीला मौसम था आज। सावन की पूनम पूरे हुस्न पर थी। जमना के किनारे जा मैं नैमित्तिक कर्म से छुटकारा पा अभी हाल लौट रहा था, ऋषि-तर्पण जो करना था। श्रावणी के दिन शास्त्रों में ऋग्वेदियों और यजुर्वेदियों के लिए उपाकर्म या ऋषि-तर्पण का विधान है। कहते हैं, साल भर किये सारे पापों का छुटकारा सिर्फ आज के ऋषि-तर्पण से हो जाता है। व्यास जी मेरे साथ थे। हम दोनों यजुर्वेदी हैं, फिर भी फर्क है। व्यास जी ने शुक्ल यजुर्वेदी संहिता के ज्ञान को त्याग डाला था, उसी को कुछ ऋषिपुत्रों ने तीतर बन अपना लिया था। मैं उन्हीं तीतरों की शाखा में हूँ, अर्थात् तैत्तिरीय कृष्ण यजुर्वेदी। व्यास जी रंग से भी शुक्ल हैं, मैं कुछ साँवला। वेदमन्त्रों के साथ हमने सप्त ऋषियों और विष्णु का खास तौर पर तर्पण किया, सावित्री मन्त्र से प्रत्यक्ष देवता आदित्य और शेष देवों को भी तृप्त कर डाला। अभी हाल बदले केसररंजित यज्ञोपवीत, ललाट पर केसरिया त्रिपुण्ड तथा धौतवस्त्र और उत्तरीय से सुसज्जित हम घर को लौट पड़े थे।

पर इस धार्मिक पर्व से भी बढ़कर एक और पर्व था आज। आज बहिन भाइयों के प्रकोष्ठ पर रक्षासूत्र बाँध अपनी रक्षा का भार उन्हें सौंप देती हैं। अकबर ने रक्षाबन्धन के पर्व को शाही पर्व मान लिया था। सुनते हैं, वह कहा करता था कि राणा साँगा की पत्नी कर्मावती ने उसके पिता शाहंशाह हुमायूँ को राखी भेजकर ही तो राखीबन्द भाई बनाया था। हिन्दू-मुसलमान का भेदभाव भुलाये बहिनें अपने माँ-जाये ही नहीं, मुहँ-बोले भाइयों को भी राखी बाँधतीं। शाहजादी जहाँआरा राखी के दिन बड़ी धूमधाम से अपने भाइयों को राखी पहनाती। दाराशुकोह और शुजा राखी बँधावने आते, मुराद को तो शराब से ही फुर्सत नहीं मिलती थी तथा औरंगजेब हिन्दू काफिरों के किसी भी रस्मो-रिवाज को मानना बर्बरीयत समझता था। राव छत्रसाल ने जहाँआरा के प्रेम का आदर तो किया था, पर उसी तरह जैसे कोई बड़ा भाई छोटी बहिन का करता है और वे भी बड़े भाई के रूप में उनसे मुहब्बत करतीं, उन्हें राखीबन्द भाई बना चुकी थीं। मुल्लाशाह का ऐसा असर हुआ था शाहजादी पर कि वह प्रेम की वासनात्मक प्रकृति को ठुकरा उसे सात्त्विक रूप दे चुकी थीं।

घर पहुँचते ही मुझे खबर मिली कि शाहजादा दाराशुकोह ने तुरन्त बुलाया है। मैं दरबारी लिबास पहन शाहजादे की हवेली की ओर चल पड़ा। सिर पर मुगलिया तर्ज की पगड़ी, घेरेदार अँगरखा और पाजामा, कमर में कमरबन्द, गले में मुक्ताहार, कलाइयों में जड़ाऊ कड़े, कानों में मोतियों के कुण्डल और सिर

पर जड़ाऊ पेंच। देखकर कोई भी मुझे शाही दरबार का मनसबदार मानने की भ्रान्ति कर सकता था। शाहजादा मेरी प्रतीक्षा में ही थे। पहुँचते ही उन्होंने बताया कि शाहजादी साहिबा ने सलोनी की रस्म के लिए हम लोगों को बुलाया है। हाड़ा राव का गोयन्दा कह गया है कि एक पहर दिन चढ़े हाड़ा राव वहाँ पहुँच जाएँगे। शुजा इस वक्त आगरा में है नहीं। शाहजादी का सन्देशा है कि कविराय जगन्नाथ भी राखी-बँधाई की रस्म के वक्त मौजूद रहें। हम लोग किले के लिए रवाना हो गये। हाथी के हौदे पर शाहजादा किले की ओर जाते ऐसे लगे जैसे काले मेघ पर बैठ देवराज इन्द्र अमरावती की ओर बढ़ रहे हों। मैं भी एक सफेद घोड़े पर बैठा हाथी के दाहिनी ओर थिरकता चला जा रहा था। हमारे आगे-पीछे कोई सौ घुड़सवार और इतने ही पैदल सेवक भी लवाजमे में थे। भाई की ओर से बहिन को नजर की जाने वाली भेंटें लिये गुलाम हमारे साथ थे।

पहले पहर की समाप्ति पर बजते नौबतखाने के संगीत के साथ हम हाथीपोल दरवाजे से किले में दाखिल हुए। राजद्वार पर पहरा देते प्रथम याम के सैनिकों का स्थान दूसरे याम की पारीवाले ले रहे थे। शाही रिवाज के मुताबिक आस्थान मण्डप में पहरे पर उपस्थित मनसबदार अपना कार्यभार दूसरे मनसबदार को सौंप रहे थे। शाहजादा का अभिवादन करते इन्हें छोड़ हम किले के विशाल चौक में पहुँचे। यहाँ पहुँच शाहजादा हाथी से उतर पड़े। मैंने भी सेवकों को घोड़ा सुपुर्द किया। राव छत्रसाल यहाँ पहले से ही हमारी प्रतीक्षा में थे। शाहजादा को आया जान हलचल मच गयी। खोजे, बाँदियाँ और सेवक दौड़ने लगे। उनके दिखाये मार्ग से हम बढ़े चले जा रहे थे। नवयौवना सेविकाओं के नैनों के इन्दीवर अपनी पंखुड़ियाँ हमारे मार्ग में फैलाये थे। उनकी मुस्कराहट की मधुसुरभि के गन्धजल से पहले ही इसे सींचा जा चुका था और उनके हृदय के सराग पाँवड़े बिछ चुके थे। कुलसुम की सज-धज आज देखने लायक थी। सुवापंखी साड़ी और लहँगे में वह ऐसी हरी-भरी लगी, जैसे सावन की शाद्वल धरती स्वयं रूप धारण कर चली आयी हो। शाहजादा के पीछे-पीछे हाड़ाराव और मैं भी शाहजादी जहाँआरा के कक्ष में पहुँचे। उनके इस निजी कक्ष में आने का मेरा पहला अवसर था। वैसे मैं अब तक कई बार उनसे मिल चुका था, पर मेरी मुलाकात प्रायः उनकी पूजा-इबादत के समय मोती मसजिद में ही हुई थी।

हम सुन्दर प्रकोष्ठ में थे। कक्ष के बीचोंबीच एक छोटा-सा हौज था, जिसमें फव्वारा था। हौज में लाल और सुनहरी मछलियाँ तैर रही थीं। जालीदार गवाक्ष ठीक यमुना की ओर खुले थे। भित्तियों में कलापूर्ण नक्काशी की गयी थी। दीवारों में सभी ओर फर्श से कोई दो हाथ ऊपर छोटे-छोटे ताखे बने थे। सफेद वज्रचूर्ण

के लेप से चमकती दीवारों के हाशियों पर काली और लाल लतरें बनाकर उन्हें कलात्मकता दे दी गयी थी। फर्श के चारों ओर भी ऐसी रंगीन लतरों और ऋजु रेखाओं के हाशिये थे। संगमरमरी शिलाकलश जड़े थे, इनमें लहराते नाग दम्पतियों, कमल कोरकों और उत्फुल्ल अरविन्दों को उकेर दिया गया था, कहीं पत्तियों के साथ टहनियों पर झूमते अन्य फूल भी बेजान पत्थर में खिलखिला रहे थे। इनमें तरह-तरह के रंगबिरंगे रत्न-शकल जड़े थे। सावन की अँधियारी घटा ने आज दिन को भी रैन में बदल डाला था। पर कक्ष की छत के झाड़फानूसों में जलती शमाओं ने यहाँ ऐसा प्रकाश फैला रखा था, जैसे दिन का सारा आलोक बाहर से सिमटकर यहीं आ गया हो। उनकी दमक में हौज में तैरती मछलियों की सुन्दरता और निखर गयी थी।

जरी के पर्दे को हटा ज्योंही कुलसुम ने हमें इस कक्ष में पहुँचाया, कक्ष में बैठी रमणियों में हलचल मच गयी। शाहजादी उठ खड़ी हुईं। उन्होंने विशाल गलीचे पर मसनद के सहारे हमें बैठाया। मैंने देखा, एक किशोरी मुझे देखते ही पास के प्रकोष्ठ की ओर दौड़ पड़ी और जरी के झीने पर्दे के हौज में तैरती दो चंचल मछलियाँ मुझे दिखाई पड़ीं। मैं सभी की नजरें बचा कभी-कभी उन मछलियों की ओर देखने से अपने आपको न रोक पाया। मुझे महसूस हुआ, जैसे वे मछलियाँ मेरी ही दिशा में तैरती चली आ रही हैं, ज्यों ही मैं उधर देखता हूँ, किसी अजान लहर की झोंका पा फिर दूसरी ओर मुड़ जाती हैं।

कैशोर्य और यौवन की चौखट पर कामदेव की अगवानी के लिए मंगल घट को लेकर खड़ी इस नवयौवना को देखते ही इसके प्रथम दर्शन की स्मृति मेरे हृदय में कौंधती जा रही है।

रसालवृक्षों की शाखों पर फलों के झुमके लटक रहे हैं। घने हरे पत्तों के अवगुण्ठन को चुनौती देते गदराये आम अपनी हरी और पीली आभा बिखेर सारे अंगूरी बाग को सरसब्ज बना रहे हैं। मीठी तुर्शी लिये डाल पर पके फलों की गन्ध हवा को मस्त बनाती जा रही है। भौंरों की पाँत गुनगुनाकर उनकी मीठी खुशबू का कसीदा गा रही है और अनंगदूती कोयल कानों में मधुरस उड़ेलती किसी भूली याद को जगा रही है। रागारुण ओठों से आम्रलताओं की मधुरिमा का आस्वादन कर तोता का झुण्ड मुहब्बत का इजहार करता कव्वाली गा उठा है। झुकते आषाढ़ के कजरारे बादल आकाश में घिरे हैं, पर अभी रसवर्षा शुरू नहीं हुई है। सावन को आता जान, आम के कन्धों पर दोलाओं की बाँहें उलझ चुकी हैं। पुरवैया बहने लगी है और उसका स्पर्श पा इस बाग की सारी वनस्पतियाँ दोला महोत्सव मनाने निकल पड़ी हैं। इस मादक दृश्य को देख आज जी कैसे-कैसे हो रहा है? उधर सामने आमों के झुण्ड के पार से मीठे स्वर बहे

चले आ रहे हैं। मैं तन्मय हो इन स्वरों को कर्णपुटों से पीता जा रहा हूँ। ब्रज के लोकगीत की धुन में भक्त कवि सूरदास का पद गाया जा रहा है :

झूलन आयी रंग हिंडोले,
पँच रंग बरन कुसुम्भीसारी, कंचुकि सोंधे बोरे
छबि की उठति झकोरे
सूरदास प्रभु मन हरि लीन्हों,
चपल नैन की कोरे।
झुलन आयी रंग हिंडोरे।
झू..........लन............

स्वरों के आन्दोलन ने मेरी चेतना को पता नहीं किस झूले की पेंग पर चढ़ा दिया है। मैं पलक में ही सुध-बुध खो किसी अनजानी दुनिया में बहा चला जा रहा हूँ। अनेक आवरणों को भंग कर मेरी चेतना किसी जननान्तर सुहृदभाव में रसमग्न होती जा रही है, भूले जन्मों की पुरानी अनभूली यादें मीठी कसक लिये अँगड़ाइयाँ लेती जग रही हैं। नाम, रूप और गुण से रहित ऐसी अनुभूति मुझे सता रही है, जो एक साथ सुख और दुःख के घनसंश्लिष्ट आवेग में डूबी हुई है। अज्ञात पिपासा, निरुद्देश्य उत्कण्ठा, निर्विषयक कामना से मैं छटपटा उठा हूँ। इस अजीबो-गरीब प्यास से मेरा गला रुँधा जा रहा है, आँखों में झाईं आ रही है, मेरे पैरों की गति विजड़ित हो गयी है और मन अवरुद्ध हो गया है। आखिर होता क्या जा रहा है मुझे! हिंडोले का गीत अब रुकता जा रहा है, उसके स्वरों के उतार के साथ मेरे इस अनाम आवेग की बाढ़ भी उतर चली है। झूले की पेंग लौट आयी है और मेरी चेतना अब उस अतीन्द्रिय अनुभूति से उतर अपने भौतिक धरातल पर स्थिर हो चली है। मेरे मुँह से पता नहीं कब बरबस कविकुल गुरु कालिदास की उक्ति फूट पड़ी है :

रम्याणि वीक्ष्य मधुरांश्च निशम्य शब्दान्
पर्युत्सुकीभवति यत्सुखितोऽपि जन्तुः।
तच्चेतसा स्मरति नूनमबोधपूर्वं
भावस्थिराणि जननान्तरसौहृदानि ॥

उस दिन पादशाह बेगम की बुलाहट पर मैं उनसे मिलने जा रहा था। शाहजादा दाराशुकोह इन दिनों कन्धार के अभियान पर गये थे। पिछले चैत्र में ही वे सिपहसालार बन राजा जयसिंह, राजा जसवन्त और कई सेनापतियों के साथ रवाना हो चुके थे। पिछले तीन बरस के कन्धार को पूरी तरह हस्तगत करने के

प्रयत्न चल रहे हैं, पर अभी भी पूरी तरह कन्धार मुगलों के कब्जे में नहीं आ पाया है। तीन साल पहले भी शाहजादा को अपने अभियान में नाकामयाब हो लौट आना पड़ा था। वे इस बार सफलता प्राप्ति के बाद ही लौटने का वादा करके गये हैं। कल ही शाहजादा का खत पादशाह बेगम को मिला है और इसी सिलसिले में मुझे बुलाया गया है। जाते समय शाहजादा मुझसे कह गये थे, कि उनके ज्योतिषी भवानीदास की मदद लेकर मुन्शी बनवारीदास ने संस्कृत नाटक 'प्रबोध चन्द्रोदय' का फारसी अनुवाद 'गुलजारे-हाल' के नाम से कर रखा है, मैं उसे देख लूँ ताकि शाहजादा के लौटने तक वह पूरा हो जाय। हो सकता है, इसी बारे में कोई सन्देश हो।

बायीं ओर मुड़ आमों के कुंज की ओर बढ़ते ही मुझे मस्ती-भरी खिलखिलाहट सुनाई दी, ठीक उसी दिशा में, जहाँ से अभी हाल सावनिया गीत के स्वर तैरते आ रहे थे। मैं एक घने गुल्म के पीछे ठिठककर खड़ा हो गया। दो-तीन बार असाढ़ के इस पाख में पानी बरस चुका है। लाल और गहरे बैगनी जामुनों के गुच्छे मेरे पास के पेड़ पर झूम रहे हैं। मैं अपने आपको रोक नहीं पाया हूँ। कुछ रसभरे जामुन तोड़ उन्हें चुभलाने लगा हूँ, उनका कसमिट्ठा स्वाद मेरे गले की खुश्की को मिटाकर भी एक लिजलिजा स्वाद भर रहा है। इधर दायीं ओर रोमांचित कदम्ब गोलक मुकुलित हो अपनी सुरभि बिखेर रहे हैं। उनकी मदिरगन्ध से मेरी चेतना अजीब नशे की खुमारी महसूस करती जा रही है। मैंने देखा, एक बड़े से आम के पेड़ की डाल पर झूला पड़ा है। झूले की दुहरी रस्सी के बीचोंबीच रंगीन पटिया पर दो युवतियाँ खिलखिलाती पेंग मार-मार झूले को धरती से आकाश में बढ़ाये ले जा रही है। पेंग की तीव्रता के साथ हिचकोले खाता झूला आकाश की दो विपरीत दिशाओं में क्रम से उड़ता जा रहा है और ज्यों ही बीच में आकर रुकने लगता है, धरती पर खड़ी एक किशोरी उसे फिर धकियाकर आसमान में उछाल देती है। छः नवयुवतियाँ हैं यहाँ, दो झूले पर, चार झूले के पास दायें-बायें बगल में खड़ी हैं। सभी पँचरंगी लहरदार साड़ियाँ पहने हैं। लाल, पीली, हरी, आसमानी और नारंगी तरंगों में लहराती साड़ियाँ इन्द्रधनुषी आभा बिखेर उनकी खूबसूरती को निखारती जान पड़ी हैं। झूले पर झूलती दोनों नवयुवतियों की साड़ियाँ पुरवैया के पुलकस्पर्श और झूले के आन्दोलन से ऐसे फरहरा उठती हैं जैसे शृंगार के परचम लहरा रहे हों। मैं आध घड़ी तक इनके दोला-विलास का जायजा लेता रहता हूँ। झूला अब रुकता जा रहा है और झूले के विमान पर बैठी दोनों अप्सराएँ धरती को खुशनसीब बनाने उतर पड़ी हैं। मैं इन्हें गौर से देख रहा हूँ। एक को पहचान पाया हूँ। पादशाह बेगम की प्रिय सेविका कुलसुम है। पर उसके साथ ही दूसरी युवती

को पूरी तरह नहीं पहचान पाता। इन छहों में उसकी नैसर्गिक शोभा सबसे निराली है। इसके लावण्यपुर के आगे शेष पाँचों सहेलियों की कान्ति फीकी नजर आ रही है, जैसे हूरों की मजलिस में रमणीयता की अधिदेवता रति के पहुँचते ही रम्भा, उर्वशी, मेनका, घृताची और तिलोत्तमा अपना सौन्दर्यदर्प खो निस्तेज हो गयी हों। ये सभी एक साथ मिले स्वर में बातें करती जा रही हैं। इसे सुन ऐसा लगा, जैसे समान स्वर में मिलाए कई तन्त्रीवाद्यों के तार एक साथ झनझना उठे हों।

"वे उस डाली के आम कितने पके हैं, कुलसुम, जरा तोड़ तो दे"। वही युवती कुलसुम से फरमायश कर बैठी। कुलसुम उचककर आम को तोड़ना चाहती है, पर तोड़ना तो दूर उसे छू तक नहीं पाती। कुलसुम को असफल जान अन्य सखियाँ भी तोड़ने की कोशिश में फुदकती हैं, पर अपने नाम को झुठलाता रसालवृक्ष उन्हें आकर्षित होते देखकर भी नमित होने का नाम ही नहीं लेता। कुदक-कुदककर वे कई बार उसे झुकाना चाहती हैं, पर इनकी कोमल अँगुलियों का स्पर्श उसमें कोई रस संचार नहीं कर पाता और फल-प्राप्ति में असफल हो वे फिर अपनी कामना की आँखों और बाँहों की आश्लेष मुद्रा को मन की धरती पर लौटा लेती हैं। रसाल वृक्ष की जड़ता पर मुझे बेहद गुस्सा आ रहा है। अपनी सखियों को आम तोड़ने में नाकामयाब पा अब युवती दोनों हाथ ऊपर उठाये फलों से लदी डाली की ओर उचक पड़ी तो ऐसा लगा, जैसे धरती के स्पर्श से अछूती कोई दिव्य माधवी लता इस सहकारतस का सहारा पाने के लिए अपनी टहनियों को फैला रही हो। कलियों-सी कोमल अँगुलियाँ आमों को छू तो लेती हैं, पर उसके करपुट में आम आ नहीं पाते वह कई बार प्रयत्न कर निराश हो उठी।

"बहुत ऊँचे आम हैं, कुलसुम, दिखने में तो बड़े नजदीक लगते हैं। क्या तुममें से कोई पेड़ पर चढ़कर तोड़ सकता है?" उसी युवती ने सुझाव दिया।

"नहीं, नहीं, गिरने का डर है, चोट लग सकती है। पादशाह बेगम के यहाँ आज ही सुबह टोकरी भर आम मालिन लायी है। आप उन्हें खा लीजिएगा।"

"नहीं कुलसुम, हाथ से तोड़े डालपक आम के खाने में जो मजा आता है, वह पकाये आमों में कहाँ? डाल पर लगे ताजा आम में जो खट-मिट्ठापन है, वह उनमें नहीं मिलता। और एक बार कोशिश करो ना।"

"नहीं, चोट लग गयी तो पादशाह बेगम नाराज होंगी। हम पर डाँट पड़ेगी। आपसे लाड़-प्यार में वे कुछ नहीं कहेंगी, पर हम पर बेहद नाराज होंगी।" कुलसुम बोली।

तो, यह कौन है, जिसे पादशाह बेगम इतना लाड़-प्यार करती हैं। जाहिर है यह कोई सेविका नहीं है। पर मैंने पादशाह बेगम के साथ इसे कभी नहीं देखा है। हो सकता है, यह कोई शाहजादी हो और इसे अन्तःपुर के नियन्त्रण में रखा

जाता हो। मैं उसे ध्यान से देख रहा हूँ। अरे, यह तो वही किशोरी है, जो उस दिन शारदोत्सव के समय हब्शिनियों को मुँह चिढ़ा रही थी। मुझे एकाएक तीन-चार साल पहले की घटना याद आ गयी। ऐसा लगा जैसे इस बीच इसका चंचल बचपना यौवन के अनुशासन की डाँट पा भाग चला हो, और भागते-भागते भी कनखियों से पीछे देखता जा रहा हो। अंगों की उभरती गुरुता मन और कनखियों की उछल-कूद को फिर भी न रोक पायी थी।

मेरा दिल जरूर पसीज उठा। मैंने ऊँचाई का फायदा उठा दो डालपक आम तोड़े और गुल्म के अन्तराल से प्रकट हो उसके समक्ष नजर करते हुए कहा, "लीजिए, बिलकुल डालपक आम हैं।" मुझे देख सभी किशोरियाँ सकपका गयीं। कुलसुम अचम्भे में थी। वह बोली, "अरे आप, कविराय जगन्नाथ!" वह किशोरी जकड़ी-सी खड़ी रही, इसने न तो आम छुए ही, न कुछ कहा ही। मैंने फिर मनुहार करते कहा, "लीजिए!" वाणी से अधिक मनुहार करती आँखें उसकी आँखों से जा टकरायीं। इसके नैनों की उछलकूद पता नहीं कहाँ गायब हो गयी। पलकों के दल झुका इसने पुतलियों के फुदकते भौंरों को नियन्त्रित कर डाला, और वे पंखुड़ियों के किनारे से सट अपने मूक गुंजन से मुझे निहाल करने लगे। एक क्षण में ही क्या से क्या हो गया! बेसुध हम आँखों के रास्ते एक-दूसरे की आत्मा का दीदार पाते रहे। एकाएक अपने आपको नियन्त्रित कर आम लेना चाहा, पर रेशमी अँगुलियों के मेरी अँगुलियों से छूते ही उसकी कोमल तनु-लता को अजीब सिहरन की बयार छू गयी। मैं भी चंचल हो उठा और आमों का नजराना धरती पर लुढ़क पड़ा। कुलसुम ने सहायता की। उसने आम किशोरी को सौंपते कहा, "ये कविराय जगन्नाथ हैं। आप तो इन्हें जानती ही होंगी। आम ले लीजिए।" किशोरी ने यन्त्रचालित-सी गति से एक आम ले लिया और मुझे झुकी पलकों निहारती वह भाग चली। वह तेजी से गुल्म की ओर दौड़ी और गुल्म की ओट में छिपते-छिपते उसने एक बार फिर नैनों की कोर से मेरे मन को कुरेदा और ओठों की बाँकी मधुरता बिखेरती किसी अपरिस्फुट कलिका-सी लतान्तराल में अन्तर्हित हो गयी। मेरी नजर इसे ढूँढ़ती रही, ढूँढ़ती रही, पर कामयाबी मिली ही नहीं। अब सभी सखी-सहेलियाँ भी मुझे सूने आम्रकुंज में तनहा छोड़ गायब हो चुकी थीं। उस दिन मैंने जिन्दगी में खास किस्म की तनहाई महसूस की।

और आज इसी किशोरी को फिर यहाँ देख मैं अपने आपे में नहीं रहा हूँ, कहीं खोता जा रहा हूँ। मुझे इसके रूपदर्शन पर बनाया काव्य कानों में गूँजता सुनाई दे रहा है, मेरा मन अभी भी अव्यक्त स्वरों में उसे गुनगुनाता जा रहा है :

कैशोरे वयसि क्रमेण तनुतामायाति तन्व्यास्तना–
वागामिन्यखिलेश्वरे रतिपतौ तत्कालमस्याज्ञया।
आस्ये पूर्णशशाङ्कता नयनयोस्तादात्म्यमम्भोरुहां,
किं चासीदमृतस्य भेदविगमः साचिस्मिते तात्त्विकः ॥

कुलसुम के निरीक्षण में सेविकाएँ काफी व्यस्त थीं। रूमाल से ढँकी सोने की कई तश्तरियाँ भीतरी कक्ष से ला-लाकर वे हमारे सामने सजाने लगीं। अब शाहजादी का इशारा पा कुलसुम ने एक तश्तरी से रूमाल को हटाया। सोने के तार में बँधी तीन खूबसूरत राखियाँ और तीन गुलाब के हार रखे थे, एक कटोरी में केशर का चन्दन, दूसरी में रोरी। शाहजादा के संकेत पर शाहजादी ने पहली राखी हाड़ा राव छत्रसाल को बाँधी। मैंने देखा, वे काँपते हाथों तार को गठिया रही थीं। उनके नेत्रों में लबालब रस छलक रहा था, गालों में लाली दौड़ पड़ी थी और वे पुलकित कदम्बमाला की तरह सिहर उठी थीं। हाड़ा राव की आँखों में आनन्दाश्रु झलक उठे थे और वे मुस्कराते भ्रातृ-वत्सलता से लदे जान पड़ते थे। भाई-बहन के इस अनुपम मिलन को देख मैं भी धन्य हो उठा, कैसी दिव्य झलक दिखाई पड़ी मुझे इस प्रेम में!

शाहजादा दाराशुकोह को राखी बाँध अब उन्होंने मेरी ओर नजरें उठायीं और मुझे पुकारते कहा : "आओ, भैया जगन्नाथ। तुम राखी नहीं बँधवाओगे।" मैं नहीं जानता था कि मुझे इसलिए बुलाया गया है। वैसे तो मैं जन्म से ही अभागा हूँ। माता-पिता का प्यार कैशोर्य में ही उठ गया था। बहिन के प्यार से सदा वंचित रहा हूँ। यह पता नहीं था कि मुझे भी इस जीवन में बहिन का प्यार मिलेगा और बहिन भी जहाँआरा जैसी शाहजादी। मैं एक क्षण पता नहीं क्या सोचता रहा? दारा ने मेरी विचारधारा को भंग किया : "क्या सोच रहे हैं, कविराय! बड़ी बहन का हुक्म है।"

मैंने यन्त्रचालित-सा अपना दाहिना हाथ आगे बढ़ा दिया। उस मुसलिम बहिन ने मेरे ललाट पर अँगूठे से रोरी का तिलक लगाया और अपने हाथों मेरी दाहिनी कलाई पर एक ऐसा दृढ़ सूत्र बाँध दिया जो हिन्दू-मुसलमान का भेद नहीं मानता, बल्कि इन्सान-इन्सान को बहुत मजबूरी में बाँध देता है। मेरी आँखें खुशी से नम हो उठीं।

"आज से तुम भी मेरे भाई हो, कविराय! सोचा शुजा नहीं है। तीसरी राखी सूनी ही पड़ी रहेगी क्या? मेरे भाइयों में अब एक बरहमन भी है, जो हिन्दुस्तान की सबसे ऊँची कौम है, है ना जगन्नाथ! अब मैं कह सकूँगी, छः भाई हैं मेरे, मेरा बड़ा भाई उस हिन्दू कौम का है, जिसकी बहादुरी की शोहरत सारे हिन्दुस्तान में गूँजती है और एक छोटा भाई ऐसा भी है, जिसके इलम और शाइरी में कोई सानी नहीं है।" शाहजादी हर्ष से कह उठी।

"हाँ बहन, ठीक कहती हो। यह रिश्ता हिन्दू और मुसलमान, दो कौमों का प्यारा रिश्ता है। यह रिश्ता जुग-जुग तक बना रहे, यही खुदा से मेरी माँग है।" दारा ने पुष्टि करते कहा।

"यह अमर इन्सानियत का रिश्ता है, दीदी! मजहब की झूठी दीवारें इस रिश्ते के आड़े कभी नहीं आ सकतीं। मैं सचमुच खुशकिस्मत हूँ आज। मेरे कोई बहन नहीं थी और बहन मिली तो आप जैसी। मैं सोच रहा हूँ क्या मैं इसके लायक हूँ। कौन पुण्यार्जन किया है मैंने इसके लिए?" मैं बोला।

"आप सचमुच भाग्यशाली हैं, कविराय, कि हमारी तरह शाहजादी जैसी बहन मिली। हम लोगों ने अवश्य ही उत्तम कर्म किया होगा, जिसका यह सुफल है।" हाड़ा राव ने कहा।

"पर हमारी खुशनसीबी और बढ़कर है, भाई साहब!" इतना कह शाहजादी ने पीछे मुड़कर देखा। उनकी आँखें किसी को ढूँढ़ रही थीं। बोली, "लौंगी कहाँ गयी, कुलसुम। वह शाहजादा को राखी बाँधेगी।" उन्होंने देखा वही किशोरी पर्दे के पीछे छिपी खड़ी थी।

"अरे लौंगी, वहाँ क्यों छिपी हो? इधर आओ। किससे पर्दा कर रही हो? ये जगन्नाथ कविराय हैं और हाँ अब तो ये हमारे भाई हैं। इनसे पर्दा कैसा!"

पर्दे के पीछे एक हल्का-सा कम्पन्न हुआ। वही किशोरी पलकें झुकाये मन्थर गति से चली आ रही थी। ऐसा लगा, जैसे मानस की मन्द लहारों के अनजान सहारे बहती कोई राजहंसी आ रही हो या कोई बालकरेणुका हौले-हौले बढ़ चली हो। लाल कुसुम्भी साड़ी में उसका गुलाबी हुस्न और खिल उठा था। धरती की ओर पलकें झुकाये वह इतनी मूक गति से पाँव धरती आ रही थी कि उसकी रमणीयता की गुण गरिमा का गान करते मणि नूपुरों की मुखरता को भी उसने नियन्त्रित कर डाला था। इतने पर भी कभी-कभी वे अपने उत्साह का प्रदर्शन कर झनझना उठते थे। साड़ी के परिवेश में ही अपनी सारी कान्ति को समेटती वह दारा के आगे आ बैठी, उसने निष्कम्प हाथों उनको राखी बाँधी, बलैया ली और कनखियों से मुझे एक बार देख फिर वह तेजी से उठ पर्दे के पीछे जा खड़ी हुई। जाते-जाते उसने जिस भंगिमा से मुझे देखा उससे मैं निहाल हो उठा। आँखों के किनारों की सफेदी और नीलम की पुतलियों की श्यामलता की दो हलकी फुहारों ने क्षणभर में ही मेरे ऊपर बरस मुझे रस में नहला दिया। मेरे मन को ऐसा लगा जैसे एक साथ अमृत और जहर की दो नन्हीं लहरें मेरी चेतना की जनम-जनम की प्यास बुझा चुकी थीं। मेरी चेतना और मदहोशी की भाव मिश्रित खुमारी में डूब चली। मैं पता नहीं, किस दुनिया में खो गया और मेरी निद्रा तब टूटी जब शाहजादी मुझे ही सम्बोधित करती बोल उठी, "हाँ तो कविराय, आप हमें गीता कब पढ़ाएँगे? सुना है, आपने मरहूम राजा गजसिंह के

जनाने को गीता पढ़ायी है। वह केसर बता रही थी। कहते हैं, उसके पढ़ने से दिल की सारी परेशानी खत्म हो जाती है और मन का मैल छँट जाता है। तो आज की हमारी राखी बँधवाई वही रही।"

"जैसा आपका हुक्म, शाहजादी साहिबा!" मैंने आदेश स्वीकार किया। अब हाड़ा राव और शाहजादी की ओर से बहिन को तरह-तरह की भेंट नजर की जाने लगीं। खोजा सेवक तश्तरियाँ लिये आ रहे थे, रंग-बिरंगे जोड़े, ढाके की मलमल के झीने बेस, कोमल रेशमी लिबास, और गुदगुदे मखमली कंचुक और पाजामे। ये सभी जरी के गोटे, किरन, फूलों से सजी लतरें सिलमें-सितारों से जगमगा रहे थे, मोती, हीरे, पन्ने, माणिक और नीलम जड़े हार, कंगन और पायजेब। फलों और मिठाइयों से भरी थालियाँ। मैं लज्जा से गड़ गया। मैं क्या दूँ? मैं आँखें चुरा रहा था। पर कुछ तो दे रस्म पूरी करनी होगी। मैंने ग्यारह मोहरें एक रूमाल पर रख अपनी बड़ी बहन को राखी बँधाई के तौर पर नजर की। शाहजादी ने उन्हें ले लिया और अपनी ओर से कुछ और अशर्फियाँ मिला वापस देते हुए कहा, "छोटे भाई की नजर बहन ने कबूल की। अब यह बहन की ओर से भाईजान की मिठाई की रकम है।" मुझे स्वीकार करना पड़ा। अब शाहजादी ने फिर उसी किशोरी को पुकारा। वह कई बार बुलाने पर आयी और व्रीड़ा की साकार मूर्ति बनी दारा की ओर से अपने लिए आये बेस पर नजर डाल पैरों के नाखूनों से गलीचे के रोयें कुरेदती रही। दारा ने अपने ही गले से एक हार उतारते उसी की ओर बढ़ाया और कहा, "यह तुम्हारा राखी का इनाम, लौंगी बहन।" उसने काँपते हाथों से ले लिया।

मैं सोचता रहा, आखिर यह है कौन? नाम का तो पता चला, लौंगी। कैसा खूबसूरत नाम है? मेरे मन ने उसी समय संस्कृत रूप दे डाला–लवंगी! मैंने महसूस किया, एक लवंगी लता मेरे आगे ही गलीचे के थाले में उगी थी, पर अभी उसमें कलियाँ नहीं खिली थीं। कलियों की घुड़ियाँ जरूर उभरती आ रही थीं और वह दिन दूर नहीं, जब वह मुस्कराते फूलों से लद सारी धरती और अन्तरिक्ष को सुरभित बना देगी। उसका परिचय दे उठी। "बड़ी शैतान है यह, पता नहीं इन दिनों काहे मिट्टी की मूरत बनी है, भाई जान। हरदम ये उछल-कूद मचाती रहती थी। बचपने में इसकी उछल-कूद से आजिज आ अम्मी जान मरहूम मलिका-ए-आजम ने इसका नाम ही 'लौंगी' रख दिया था। कहती थी, लौंग में जैसा चरपरापन होता है ना वैसा ही है इस शैतान में। लौंडियों तक के नाक में दम कर डालती थी, कभी उनके कन्धों पर जा बैठती थी, कभी सिर पर चपतिया के छुप जाती। खोजों की पगड़ियाँ उछाल देती, या कमरबन्दे को खींच भाग खड़ी होती। वे भी इसकी बचकानी हरकतों में रस लेते और जब अम्मीजान

इसे डाँटती तो कहते, "मुआफ कीजिए, मलिका-ए-जमानी, बच्ची है। पर हुनर सब सीखे हैं इसने, अच्छा गाती है, रबाब और बीन बजा लेती है, आजकल नाच की गतें सीख रही है। फारसी में उम्दा शाइरी भी कह लेती है। नाक-नक्श देखो तो ऐसा जैसा मेरी दादी मलिका नूरजहाँ ही हों, हाँ उनसे थोड़ा कद ओछा है। वही ईरानी खून है इसमें। एकहजारी ईरानी मनसबदार की औलाद है। माँ-बाप बचपन में ही चल बसे। इसके दादा ने अम्मीजान को इसे सौंप दिया, "मलिका-ए-जहाँ, तुम्हारे साये में इसकी भी परवरिश हो जाएगी।" अम्मीजान ने इसे बेटी-सा मान भरपूर प्यार दिया था, और इस दुनिया से बिदा लेते वक्त वह मुझे हिदायत दे गयी हैं, 'शाहजादी, इसका खयाल रखना। मेरी लौंगी को कोई तकलीफ न हो।' मैं पूरा-पूरा खयाल रखती हूँ कि इसे कोई तकलीफ न हो, पर पता नहीं क्या हो गया है इसे इन दिनों? सारी शरारत गायब हो गयी है। हरदम गुमसुम-सी बैठी रहती है।"

पता नहीं कब विधाता ने महल के थाले में उगी तन्वी लता से मेरे दिल के गमले को ला सजाया और मैं उसी दिन से अपनी रस बरसाती आँखों से सुरभित फूलों की कामना लिये इसे सींचता जा रहा हूँ।

सावन की पूनम को घिर आयी बदरिया ने मेरे शून्य हृदय में ऐसा डेरा डाल लिया था कि वह हटने का नाम ही नहीं ले रही थी। रह-रहकर तमन्नाएँ बिजली-सी कौंध उठती थीं, और उससे आलोकित होकर भी मेरे दिल का कोना-कोना अनजाने अँधेरे में काँप उठता था। मुझे बेहद गुस्सा आ रहा था उस अनंग पर, जो पता नहीं, किस कोने में छिपा मुझे अपने पैने तीरों का शिकार बना चुका था। अगर मिल जाय तो पूछूँ कि भले आदमी, क्या कर डाला तूने यह, कुछ तो सोचता-विचारता। कहाँ वह मुस्लिम गौरांगी और कहाँ मैं धर्मनिष्ठ इस विलास-नगरी में जहाँ रतिपति के कटाक्षपात से कोई नहीं बच पाता? गुरुवर ने कहा था, "मुगल दरबार में पद्मपत्र की तरह रहना।" पर मैं क्या करूँ, लाख चाहने पर भी मेरा मन इस रस के सरोवर में पुरइन के पात-सा अछूता नहीं रह पाता, पौनार की तरह आमूल-चूल रस में डूब जाना चाहता है। बहुत समझाता हूँ उस दिन से इसे। उपनिषदों को पढ़-पढ़ वेदान्त की औषधि का काढ़ा पिला रहा हूँ इसे, योगेश्वर कृष्ण की वाणी के मधु में मिला-मिला सांख्य और योग की भस्में चटा चुका हूँ, पर पता नहीं, ऐसा कैसा ज्वर चढ़ा है मुझे कि उतरता ही नहीं। मन के मन्दिर में चहलकदमी करती उस चन्द्रमुखी की झलक पाते ही जूड़ी-सी कँपकँपी छूटने लगती है, ताप बढ़ जाता है, और होश नहीं रहता। वह जूड़ी भी ऐसी कि चढ़ने पर जाने का नाम ही नहीं लेती।

उपनिषदः परिपीता गीताऽपि च, हन्त मतिपथं नीता।
तदपि न हा विधुवदना, मानसदनाद्बहिर्याति ॥

22

कादिरिया सिलसिले के सूफी सन्त मुल्लाशाह के सम्पर्क से शाहजादी में काफी परिवर्तन होने लगा। प्रेम की वास्तविकता को समझ वह स्वयं प्रेममूर्ति बन गयीं। उन्होंने अपने लौकिक प्रेम को आध्यात्मिक रंग में रँग डाला। इश्क-मजाजी की समस्त अपरितृप्ति इश्क-हकीकी की दिव्य दुनिया में तृप्ति पाने लगी। मुहब्बत की राह गुजरते हुए ही उन्होंने उस सत्य की हलकी-सी झलक पा ली थी, जहाँ मुहिब, महबूब और मुहब्बत तीनों मिलकर एक हो जाते हैं। मुल्लाशाह ने उन्हें स्वयं तो दीक्षा नहीं दी, किन्तु अपने प्रवचनों से यह अनुभूति करा दी कि प्रेमी और प्रिय में तादाम्य स्थापित किये बगैर प्रेम का सच्चा माने नहीं समझा जा सकता। उन्होंने कहा था, "गुल और उसका हबीब बुलबुल दोनों तू ही है। अपने ही नूर की शमा पर मँडराने वाला पतंगा भी तू ही है।" इसका असर इतना हुआ कि शाहजादी साहिबा आत्मलीन हो साधना-मार्ग पर चढ़ चलीं।

मुल्लाशाह इस जमाने के सबसे बड़े सूफी सन्त मियाँ मीर के शागिर्द थे। इस्लाम के सुन्नी सिलसिले ने अद्वैत वेदान्त के जिस नजरिये को सूफी दर्शन के रूप में पेश किया, उसे भले ही कट्टर सुन्नी मुल्लाओं ने स्वीकार न किया हो, पर नजरिया हिन्दू मुसलमान सहृदयों को एक साथ आकर्षित करता जा रहा था। जमाने के मुताबिक मियाँ मीर ने इस्लामी मजहब और फलसफे की नयी व्याख्या की थी। वे जबरन धर्म-परिवर्तन के कतई खिलाफ थे और हर धर्म को आदर की निगाह से देखते थे। मुल्ला-शाह को ये सभी गुण अपने श्रद्धेय पीरोमुर्शिद से मिले थे। मियाँ मीर उन सन्तों में थे, जो जबर्दस्ती चेलों का हुजूम नहीं बढ़ाते थे। हर अधिकारी-अनधिकारी को वे दीक्षा देने के पक्ष में नहीं थे। कहते हैं, बादशाह जहाँगीर उनसे दीक्षा लेने गये थे। पर बादशाह को उन्होंने दीक्षा नहीं दी। उनका आदेश था "रियाया के लिए तुम्हारी सख्त जरूरत है, बादशाह! तुम्हारी हुकूमत से फकीरों को भी अपनी इबादत अमन चैन से करने का मौका मिलता है। तुम्हारा रास्ता फकीरों के रास्ते से अलग है। अपने ही रास्ते पर ईमान के साथ बढ़ते चलो। यह भी इबादत का एक तरीका है। हाँ, अगर तुम हमारे ही रास्ते पर आना चाहते हो, तो पहले अपनी जगह किसी काबिल शख्स को

रियाया की खिदमत के लिए तख्त पर बिठा दो।" शाहंशाह शाहजहाँ भी मियाँ मीर से बहुत प्रभावित थे और शाहजादा दाराशुकोह तो सन्त के ब्रह्मज्ञान और अध्यात्मसाधना पर उपदेश सुने इतने प्रभावित हुए कि उन्होंने कई बार उस महान गुरु का शिष्य बनने की अभिलाषा प्रकट की। यह अभिलाषा मुल्लाशाह से पूरी हुई। मियाँ मीर के शागिर्द मुल्लाशाह ने दारा को अध्यात्मसाधना में दीक्षित कर डाला।

मुल्लाशाह के उस दिन के उपदेश से शाहजादी इतनी प्रभावित हुई कि वे साधना की पहली सीढ़ी तक ही नहीं रहना चाहती थीं। सन्त मुल्लाशाह को पत्र लिख-लिख वे दीक्षा के लिए प्रार्थना करती रहीं, पर सन्त उनकी प्रार्थना को टालते रहे। शान्ति की खोज में वे अर्जुन को दिये कृष्ण के उपदेश का फारसी अनुवाद भी पढ़ती रहतीं। मुझसे कई बार उन्होंने गीता के पवित्र उपदेश पर चर्चा भी की, पर उनकी तृष्णा न बुझ पायी। बुद्धि और श्रुतज्ञान उनकी कोई मदद नहीं कर पा रहे थे। मैंने उन्हें इतना बता दिया था "वह परवरदिगार जिसे चुन लेता है, वही उसे पा सकता है और उसी के सामने वह रूहे-आजम, परमात्मा अपनी असलियत को खोल पाता है।" मेरा खुद का ज्ञान भी महज किताबी था। गीता, उपनिषद् और ब्रह्मसूत्र के शांकरभाष्य को पढ़ लेने पर भी क्या मैं सत्य का ज्ञान पा सका था? मैं शाहजादी को क्या समझाता! निरन्तर विघ्न-बाधाओं के बावजूद वे साधना की चौथी मंजिल 'हकीकत' तक बढ़ जाने को बेताब थीं, सत्यदर्शन की प्रबल उत्कण्ठा ने हाड़ा राव छत्रसाल के प्रति उनके प्रेम को दबा दिया था। पर नहीं, क्या वे उस प्रेम को भूल पायी थीं? वह प्रेम ही मन की धरती की निचली परत में कहीं फूट पड़ा था, संवित् की तह में छिपी वह वासना ही अंकुरित हो इस नये पौधे के पत्तों को धरती के ऊपर प्रस्फुटित कर लायी थी। राव छत्रसाल और रूहे-आजम में जहाँआरा बेगम के लिए कोई फर्क नहीं रहा था, वह रूहे-आजम की शक्ल में ही छत्रसाल को पाने के लिए तड़प उठी थीं।

उस दिन जब मैं मुसम्मन बुर्ज पहुँचा, तो वे भावविह्वल हो तानपूरे की झंकार से शून्य आकाश को भरती मीरा के पद को श्रुतिमधुर रागिनी से संगीत का अजस्र स्रोत बहा रही थीं। धवल दुपट्टे, अँगरखे और चूड़ीदार पाजामे में सात्त्विकता की साकार मूर्ति बनी शाहजादी को देख पुण्डरीक की उपलब्धि के लिए अच्छोद सरोवर के तीर पर तपस्यारत किन्नरकुमारी महाश्वेता का चित्र मेरी आँखों के सामने उभर आया। वे यमुना की ओर मुँह किये पूर्वाभिमुख हो बैठी थीं। सूर्य पूरब में निकल चुका था। उसकी सुनहरी किरणों ने शाहजादी के रेशमी लिबास को भी सोने के पानी में रँग डाला था। उनकी अलकावली एक जूड़े में गुँथ पीठ पर शान्त पड़ी थी, जैसे विरह-वेदना की लहराती नागिन क़ो उन्होंने

नियन्त्रित कर डाला हो। मैं दबे पाँव जाकर उनके पीछे बैठ गया। वे बड़ी तन्मयता से मीरा बनी अपने आत्मनिवेदन को वाणी देती जा रही थीं :

"म्हानै चाकर राखो जी,
गिरधारी, म्हानै चाकर राखो जी।
चाकर रहस्याँ बाग लगास्याँ
नित उठ दरसन पास्याँ,
वृन्दावन की कुंज गलिन में, तेराई गुन गास्याँ ॥
म्हानै चाकर राखो जी। गिरधारी........"

टेक को वे इतनी आत्मविभोर हो बार-बार गाती रहीं, जैसे चाकर बनाने से इनकार करते गिरधारी को अपनी मनुहार से आखिर वह राजी कर ही लेंगी, उस पत्थर-दिल को पिघल झुकना ही पड़ेगा। अपनी तपस्या से हिमनन्दिनी की तरह वे उसे बाध्य कर देंगी कि आकर उनकी बाँह गह ले, ताकि वे अपने जीवन को उसके चरणों में उत्सर्ग कर धन्य हो जाएँ।

अब उनकी मधुसान्द्र वाणी का सोता मेरी चेतना के समुद्र में लीन होता शान्त हो गया है। तानपूरे की तान भी अनुस्वान करती व्यक्त से अव्यक्त शब्द ब्रह्म की पराशक्ति में लीन हो गयी है। परम संविद्-विश्रान्ति का अनुभव कर मेरी चेतना फिर से जागृति की ओर लौट रही है। वे भी उस समाधि दशा से दुनिया के माहौल में लौट पड़ी हैं, समुद्र बनी बूँद फिर अपने सीमित स्वरूप में ढल गयी है। तानपूरे को रख प्रकृतिस्थ हो ज्यों ही गरदन मोड़ वे मुझसे कुछ कहने जा रही थीं, शाहजादा दाराशुकोह देवदूत की तरह पवित्र सन्देश लिये पधार आये :

"मुबारक हो, बहिन! बहुत खुशनसीब हो तुम।"

"कैसी खुशनसीबी, भाईजान?"

"खुदा की मेहरबानी समझो कि उन्होंने तुम्हें चुन लिया है। पीरों के पीर, रसूले-पाक के प्यारे मुल्लाशाह ने तुम्हें शागिर्द बनाना मंजूर कर लिया है। मुझे अभी-अभी उनका खते-पाक मिला है। तुम्हारा सारा गम दूर हो चुका है।" दारा ने मुल्लाशाह के खत का जिक्र करते बताया।

"तो मेरा सपना सच्चा निकला।" हर्षोत्फुल शाहजादी बोल उठीं।

"कैसा सपना?"

"मैंने कल बड़ा अजीबोगरीब सपना देखा, भाईजान। मैंने देखा कि मैं नमाज की सभी बयालीसों को पूरी करने के बाद नमाज पढ़ मक्के की ओर मुँह किये वहीं चहार-जानू हो बैठ गयी हूँ। अपने आप जैसे मेरी साँस रुक गयी और मन

पता नहीं कहाँ मुझे ले उड़ चला। बादलों की परत-दर-परत पार करती मैं उड़ी चली जा रही थी और तब, तब मैंने पाया कि खुद रसूल और उनके चारों साथी, चहार मीर खलीफा अबूबकर, उमर, उस्मान और अली चौकियों पर बैठे हैं। चारों के चेहरों के इर्द-गिर्द तेज का गोला फूट पड़ा है। उनके पैरों के पास पीर मुल्लाशाह भी बैठे हैं। पीर का सिर रसूल के पैरों पर रखा था। मैंने रसूल की ओर आँखें उठाकर देखना चाहा, मेरी आँखें उनकी चमक न सह पायीं। मेरे कानों ने सिर्फ उनकी मीठी आवाज सुनीं, शहद और शीराजी शराब से भी ज्यादा मिठास थी उसमें। वे मुल्लाशाह से पूछ रहे थे 'ए मुल्लाशाह, तू ने क्यूँकर उस तैमूरी को रोशनी दी?' मुल्लाशाह ने कुछ जबाव दिया, जिसे मैं न सुन पायी। मेरी आँख अचानक खुल गयी। मैं फिर से उस मिश्री के मिठास में घुली आवाज के लिए तड़पती रही, सुबह तक फिर मेरी आँखें ही नहीं लग पायीं।'' शाहजादी ने अपने सपने का अनुभव सुना दिया।

"यह सपना नहीं हकीकत है, बहन। हकीकत का दरवाजा तुम्हारे लिए खुल चुका है। तौहीद की रोशनी तुम्हारे रास्ते का सारा अँधेरा हटाने जा रही है। रसूल ने सपने के जरिये तुम्हें आलमे-लाहूत का इशारा किया है। पर इसको पूरी तरह पाने की तुम्हें कोशिश करनी होगी।''

"पर इसे पूरी तरह कैसे पाया जा सकेगा, भाईजान, काश मैं उसको हमेशा, हमेशा के लिए पा सकूँ।''

"इसके लिए तुम्हें मेहनत करनी होगी, बहन। यह बड़ी मुश्किल राह हैं, पर जो मंजिल पर ही रुकने की ठानकर चल पड़ा, उसे इसकी मुश्किलात नहीं रोक पाती। इस राह की शुरुआत इसी दुनिया या आलमे-नासूत से होती है, जिसमें हमारी पाँचों हवासे-जाहिरी (बाहरी इन्द्रियाँ) और पाँचों हवासे-बातिनी (भीतरी इन्द्रियाँ) मुब्तिला रहती हैं। इसके बाद सूफी अपनी हवास को बाहर से भीतर ले जाने लगता है। दो और पड़ावों पर रुक वह मंजिले-मकसूद पर पहुँच जाता है", दारा साधनापद्धति का संकेत कर उठा।

"ये पड़ाव कौन से हैं, शाहजादे?''

"इस दुनिया से ऊपर एक और दुनिया है, बहन, मन की दुनिया। हमारे सोये रहने पर भी यह दुनिया जागी रहती है। इसे 'आलमे-मलकूत' कहते हैं। यह फरिश्तों और देवदूतों की दुनिया है। कल रात सपने में जिस दुनिया की झलक तुम्हारे मन ने देखी है, वह यही आलमे-मलकूत की झलक थी। पर हकीकत की खोज में बढ़ती रूह का यह महज पड़ाव है, मंजिल नहीं। मन को एक ही मरकज पर टिकाने पर सूफी शागिर्द इसका अहसास करने लगता है। पर आगे की राह और कड़ी है।''

"वह कौन-सी राह है?" जहाँआरा ने जानना चाहा।

"अब रूह को ऐसी दुनिया की ओर बढ़ना है, जहाँ हवासें (इन्द्रियाँ) तो क्या, मन भी खुराफात करना बन्द कर देता है। रूह उस खुशी का अहसास करती है जो मैं को तू समझने से होती है। सिवा उस मजे या सुख के कुछ नहीं रहता, जो अपनेपन के खत्म होने से महसूस होता है। फना की इस हालत की भी अपनी मस्ती है, बहन, वैसी ही मस्ती जैसी गहरी नींद में आती है। पर इससे भी बढ़कर एक और मस्ती है। सच्चा सूफी तो उसी मस्ती की खोज में बढ़ता रहता है, इस तीसरे पड़ाव 'आलमे-जबरूत' या मस्ती की दुनिया तक ही नहीं रुका रहता।"

"पर कुछ लोग रुक जाते होंगे, दारा।"

"हाँ, बहन, जो आगे नहीं बढ़ पाता, वह यहीं भटकता रहता है। उसे मैं 'तू की आरसी' में तो दिखाई पड़ने लगता है, पर मैं और तू की तौहीद का, दोनों के एक होने का सच्चा अहसास नहीं हो पाता। बूँद समन्दर का कतरा है, इसे वह नहीं महसूस कर पाता। जरूरत तो उस असलियत को जानने की है, जहाँ बूँद समन्दर बन जाय और फिर भी बूँद बनी रहे। हमारी रूह वह लोहे का गोला है, बहन, जो आग की आँच में तप आग भी बन जाय, लोहा भी बना रहे।"

"पर यह कैसे हो सकता है?" जहाँआरा चौथी दशा के बारे में पूछ बैठी।

"यहाँ मैं और तू एक हो जाएँगे बहन। उनमें कोई फर्क नहीं बना रहेगा। मैं तू बन जाएगा, पर जब तक तू को भी मैं न बना लिया जाय, तब तक पूरी मंजिल तय नहीं होती। यह जो कुछ दिखाई दे रहा है, जो कुछ हम महसूस कर रहे हैं वह, और जो हमारी दुनिया की जानकारी के ऊपर है, वह भी जब तक हम न हो जाएगा। तब तक सच्ची जानकारी नहीं हो पाती। इस जानकारी की मंजिल का नाम 'आलमे-लाहूत' है। जिस दुनिया में हक के सिवा किसी का अहसास नहीं होता और तब सूफी खुद हक बनकर शहीद हल्लाज मंसूर की तरह कह उठता है-'अनहल हक्'।

"तो यही आखिरी मंजिल है, भाईजान।"

"हाँ, प्यारी बहन, यही वह मंजिल है, जिसका इशारा सभी पैगम्बर करते आये हैं। जब वे कहते हैं अपने आपको पहचानो, तो उनका यही मतलब है। हजरत मूसा, हजरत ईसा और खुदा के सबसे प्यारे पैगम्बर रसूले-पाक मुहम्मद साहब की यही नसीहत है। हर ऊँचे दर्जे के मजहब की यही नसीहत है, बहन। हिन्दू धर्म में भी वेदान्त और उपनिषद् यही कहते हैं। इन चारों आलमों का जिक्र वहाँ भी है, क्यों गुरुवर!" दारा ने मुझसे पुष्टि माँगी।

"हाँ, शाहजादी साहिबा। उपनिषद् में 'तत्त्वमसि'–तू वही है, 'ब्रह्ममास्मि'–मैं खुद खुदा हूँ, जैसे महावाक्यों द्वारा इसी असलियत या आलमे-लाहूत की स्थिति की ओर इशारा किया गया है। सूफी साधना की जिन चार दशाओं का जिक्र अभी हाल शाहजादा ने किया है, वे भी उपनिषदों में मौजूद हैं। 'आलमे-नासूत' को हम जागृत अवस्था कहते हैं, जो 'अन्नमय कोश और प्राणमय कोश' की चीज है। 'आलमे-मलकूत' स्वप्न अवस्था या 'मनोमय कोश' का ही नाम है। 'आलमे-जबरूत' मेरी समझ में 'सुषुप्ति अवस्था' है, जहाँ मन की चंचलता खत्म होने से गहर[illegible] का सुख मिलता है। वेदान्त में इसे कहा गया है कि वह ऐसी नींद है, जहाँ सिर्फ सुख मिला, पर कोई खास अनुभूति नहीं थी 'सुखमहमस्वाप्सम् न किंचिद्वेदिषम्।' परम आनन्द की स्थिति को हमारे शास्त्रों में 'तुरीया' कहा गया है। 'आलमे लाहूत' यही दशा है।"

"पर एक फर्क जान पड़ता है, गुरुवर! हमारे यहाँ सूफी लौटकर जीवन में पूर्णता प्राप्त करता है। वह अपने आपको उस रूहे-आजम का गुलाम समझ जिन्दगी भर उसी के बाद फिर भक्ति की ओर लौट पड़ता है, गुरुदेव!"

"हाँ, शाहजादे! इस दृष्टि से सूफी दर्शन में ज्ञान और उपासना दोनों पद्धतियों का सम्मिश्रण कर दिया गया है। शंकराचार्य बुद्धि और ज्ञान के मार्ग से जिस परम सत्य की प्राप्ति का संकेत करते हैं, रामानुज, मध्वनिम्बार्क और वल्लभ उसे उपासना के मार्ग से पाने का सरल तरीका बताते हैं। मार्ग भेद की बात है, शाहजादे! शंकराचार्य का मार्ग बुद्धिसाध्य है, उपासना का मार्ग हृदय है। उपासना मार्ग में द्वैत में अद्वैत और पुनः अद्वैत में द्वैत देखना जरूरी हो जाता है, जो शंकराचार्य के यहाँ नहीं है। सूफी सन्तों का आशिक और माशूक भी इसलिए दो होते हुए भी एक हो जाते हैं, एक हो जाने पर फिर भी दो बने रहते हैं। प्रेम की राह में इसी सच्ची अनुभूति की जरूरत होती है।"

"एक और फर्क जान पड़ता है, गुरुवर। ज्ञान का रास्ता अपने ही अन्दर इस सारी दुनिया को देखना है, पिण्ड में ही इस ब्रह्माण्ड को पाने की कोशिश करना है। गोरखनाथ के चेलों का यही रास्ता है ना। पर भक्ति का रास्ता तो ब्रह्माण्ड की सारी खूबसूरती को उसी की झलक मानकर उसमें अपने असली रूप को पाने का है। एक दुनिया से भाग खड़ा होता है, दूसरा दुनिया में रस लेता है। सूफी दुनिया से, इन्सान से मुहब्बत करता, है, गुरुदेव, नफरत नहीं करता और जब दुनिया से मुहब्बत है, तो इसे छोड़ने या इन्सान से, नफरत करने का सवाल ही पैदा नहीं होता। यहीं तो खुदा का नूर दिखाई पड़ेगा। फुल-पत्ते, पहाड़-नदियाँ, चाँद-सूरज, इन्सान-फरिश्ते सभी में उसी का नूर छिटका है। इसी वजह से मलिक मुहम्मद जायसी ने उस नूर का जिक्र करते कहा है :

नयन जो देखा कवँल भा, निरमल नीर सरीर।
हँसत जो देखा हंस भा, दसन जोति जग हीर ॥

"हाँ, शाहजादे, जरूरत अपने आप में दुनिया को नहीं, दुनिया में अपने आपको देखने की है। पहला निवृत्ति का मार्ग है, उनका जो सिर्फ अपना भला चाहते हैं, दूसरा प्रवृत्ति का मार्ग है, उनका जो सारे लोक का भला चाहते हैं। एक व्यक्ति के कल्याण तक सीमित है, पर दूसरे में तो समष्टि के कल्याण की कामना है।" मैंने दर्शन को समाज की उपयोगिता पर परखते कहा।

"पर फिर भी रास्ता इतना सरल नहीं है, गुरुवर। असलियत को पाना बड़ा मुश्किल है, बहन। हम सचमुच खुशनसीब हैं कि मुल्लाशाह जैसे पीरोमुर्शिद मिले। तौहीद को पाने के लिए दूसरे सूफी पीर तरह-तरह की जिस्मानी और रूही मशक्कत करवाते हैं, पर मुल्लाशाह ने अपने शागिर्दों के लिए एक ऐसा सहज रास्ता ढूँढ़ डाला है कि इस राह में बहुत कम दिक्कतें आती हैं। पर इस रास्ते को बताने में कितने हीले-हवाले किये थे उन्होंने। वे पहले परखते हैं, तब चुनते हैं। शुक्र है, कि उन्होंने तुम्हें परखकर चुन लिया।"

"उनकी बहुत बड़ी मेहरबानी है, भाईजान! पर वे मुझे कब शागिर्द बनाने जा रहे हैं?"

"आज ही बहन, आज ही।"

"क्या वे आज यहाँ पधार रहे हैं?"

"नहीं, मुझे उनका हुक्म मिला है कि मैं उनकी ओर से तुम्हें उनके सिलसिले का शागिर्द बना लूँ। मेरे जरिये वे खुद तुम्हें मारिफत के रास्ते की झलक दिखाएँगे। चलो, हम अब्बा हुजूर को यह खुशखबरी सुनाकर उनकी इजाजत हासिल कर लें।" दारा ने स्पष्ट किया और हम सब उठ खड़े हुए। मैंने बिदा लेते शाहजादी से कहा :

"मुबारक हो, शाहजादी साहिबा, आखिर उसने आपको चुन ही लिया।" और मन उपनिषद् की ये पंक्तियाँ गुनगुनाने लगा :

यमेवैष वृणुते तेन लभ्यः
तस्यैष आत्मा विवृणुते तनूं स्वाम् ॥

23

इस साल ईद का त्यौहार काफी धूमधाम से मनाया गया। आठ महीने तक बीमारी से परेशान बेगम अब पूरी तरह चंगी हो गयी थीं। नयी जिन्दगी पायी थी उन्होंने। शाहंशाह हुजूर ने इस साल की ईद के त्यौहार के साथ उनके स्वास्थ्यलाभ की खुशी में बहुत बड़े जलसे का आयोजन कर डाला। आज मार्गशीर्ष शुक्ल चतुर्थी थी। परसों ही शव्वाल की पहली तारीख को शनिवार के दिन ईद थी और शुक्रवार की रात को प्रतिपदा के दिन ज्यों ही नया चाँद दिखाई पड़ा था, तोपों की गड़गड़ाहट और तूर्यनाद के द्वारा सारे आगरा ने स्वागत किया था। ईद का नया चाँद पादशाह बेगम की बीमारी से अब तक दुखी बादशाह के लिए खुशियों का खजाना लुटाता आया था और इस खुशी को पा बादशाह ने भी अपने खजाने का मुँह खोल दिया था। इस बार जितनी जकात शाही खजाने से निकली उतनी कभी नहीं निकली थी, लाखों गरीबों को सोने-चाँदी से निहाल किया गया। कई शाइरों, कवियों, आलिम और पण्डितों के वजीफों की रकम में बढ़ोतरी की गयी और कई को माफी जमीन पट्टे में मिली।

ईद का त्यौहार वैसे भी शाही दरबार में काफी शानोशौकत से मनाया जाता। रमजान की समस्त उपवासजनित क्लान्त को भुला पूरा आगरा शहर नाच उठता। दिल की मलिनता को हटा इन्सान-इन्सान से गले मिलने दौड़ पड़ता। हिन्दू भी अपने मुसलमान भाइयों से ईद-मुबारक कहने जाते और बदले में स्वादिष्ट मेवा-मिष्टान्न पा सारे वातावरण को मधुमय बना देते। बच्चे-बूढ़े, औरत-मर्द कई दिन से इस त्यौहार का इन्तजार करते रहते। ईद के दिन नये कपड़ों में लदकर वे सुबह से ही ईदगाह की ओर झुण्ड के झुण्ड जाते नजर आते। दोपहर के बाद वहाँ जाकर ईद की नमाज में शामिल होते। नमाज के वक्त बादशाह और गुलाम का भेदभाव भुलाये सभी खुदा के दरबार में कन्धे से कन्धे भिड़ाये इबादत करते। कुराने-पाक के अंशों का पाठ होता। पिछले दो-तीन वर्ष से मैं नियमित रूप से इस धार्मिक उत्सव का नजारा लेता रहा हूँ।

तीन दिन तक काफी चहल-पहल रहती थी ईद के मौके पर। दीवाली के त्यौहार की तरह ही आतिशबाजियाँ और पटाखों से आसमान जगमगा उठता और किले से ईदगाह तक का सारा रास्ता जनता की उल्लासतरंगों से लहरा उठता। मेले की रौनक देखते ही बनती। देश-देश के व्यापारी अपनी दुकानें लेकर आते। रहँट-चर्खियों पर बच्चे झूलते रहते, नटों, मदारियों और जादूगरों के खेल-तमाशे देखने लोगों की भीड़ जुट-जुट रास्ते चलतों का ध्यान बँटाती रहती। इस दिन दीवाने-आम में भी खास जलसा होता। शाहजादे, मनसबदार, मुसाहिब और सरकारी

मुलाजिम बादशाह-सलामत को ईद-मुबारक कहने जाते, तोहफे और इनाम इकराम पाते।

पर इस बार ईद का त्यौहार विशेष आनन्द लेकर आया। बादशाह का हुक्म था कि ईद के तीसरे दिन शाहजादी के स्वास्थ्यलाभ की खुशी में दीवाली जैसा उत्सव मनाया जाय। अभी एक महीने पहले दीवाली थी। मुगल दरबार में दीवाली का उत्सव भी मनाया जाता था। सारा किला दीपों से जगमगा उठता था। किले के प्राचीर पर जब दिवटे झलमलाते तो ऐसा लगता जैसे तारे कतार बाँध बादशाह की खिदमत में जमीन पर उतर आये हों। आज भी वैसी ही दीवाली मनायी गयी। दिन भर खैरात बँटती रही। भिखारियों और फकीरों को कपड़े-लत्ते, कम्बल, मिठाइयाँ, रुपये-अशर्फियाँ बाँटे गये। रात को खास जलसे और मुशायरे का आयोजन किया गया। इस मुशायरे में जाने-माने शाइरों ने हिस्सा लिया था। खुद पादशाह बेगम पर्दे के पीछे बैठी इसकी सदारत कर रही थीं।

अब बादशाह बेगम शारीरिक और मानसिक दोनों दृष्टि से स्वस्थ हो चली थीं। पिछले चैत्र में जब वे एक दिन बादशाह हुजूर के कक्ष से अपने कक्ष की ओर आ रही थीं, तो उनका लहँगा रास्ते में जलायी गयी शमा से जल उठा। देखते-देखते उनके कपड़ों ने आग पकड़ ली। बाँदियाँ और खोजे चिल्लाते दौड़ पड़े। किसी तरह आग बुझायी जा सकी, पर फिर भी शाहजादी इतनी जल गयी थीं कि कई महीनों तक वे जिन्दगी के लिए जूझती रहीं। शाही हकीम के सभी इलाज नाकामयाब रहे, पर एक गुलाम ने ऐसा मलहम सुझाया कि वे चंगी हो गयीं। एक फिरंगी हकीम ने भी शाहजादी को स्वस्थ बनाने में अपने उपचार-कौशल का प्रमाण दिया।

पिछले आठ महीने शाहजादी के शुभचिन्तकों के लिए कैसे गुजरे हैं, हम ही जानते हैं। उनके जलने की खबर हिन्दुस्तान भर में आग की लपटों-सी फैल गयी थी। दूर-दूर के सूबे के हाकिम-हुक्काम तक उनकी मिजाजपुर्सी के लिए आगरा आते रहे। और तो और इलाहाबाद से मामूँ शायस्ता आये थे तथा औरंगजेब भी वैशाख के अन्त में औरंगाबाद से आगरा चला आया था। बहाना तो बहिन की मिजाजपुर्सी का था, पर नीयत दूसरी ही थी। उसने आते ही एलान कर दिया था कि वह सूबेदारी से ऊब गया है। उसके शासन में शाहजादा दाराशुकोह की ओर से नाजायज दखलन्दाजी की जा रही है। बादशाह सलामत की ओर से दारा की सलाह पर औरंगजेब को दक्खिन की सूबेदारी करने में बात-बात पर अड़ंगा लगाया जा रहा है। वह इस्तीफा देने जा रहा है और अब फकीर की जिन्दगी बसर करना चाहता है। पिछले छः महीने से इन्हीं हरकतों से बादशाह सलामत उससे सख्त नाराज हैं। इतने नाराज कि औरंगजेब की ड्यौढ़ी बन्द कर दी गयी

है। शाही हुक्म के मुताबिक वह बादशाह के रूबरू दरबार में पेश नहीं हो सकता। औरंगजेब बेइज्जत-सा अपने ही में कैदी की जिन्दगी गुजारता रहा है इन दिनों। पर इस जलसे में आज वह भी शरीक हुआ था। बादशाह बेगम ने ईद की खुशी में बादशाह सलामत से सिफारिश कर औरंगजेब के सारे गुनाह मुआफ करा दिये। उसकी सूबेदारी फिर बहाल होने जा रही है और चर्चा है कि इस बार उसे दक्खिन न भेजकर गुजरात का सूबेदार बनाकर भेजा जा रहा है।

औरंगजेब की इस बेइज्जती की भी अपनी कहानी है। ईद के दिन परसों जब मैंने उसे शाहंशाह के इशारे पर दारा के गले मिलते देखा था, तो मुझे दोनों भाइयों का चरित्र स्पष्ट नजर आ गया था। ईद का मुबारकबाद देने के बाद गले मिलते वक्त दारा की आँखें छलछला आयी थीं, औरंगजेब के प्रति समस्त क्रोध जैसे भ्रातृस्नेह की धारा में बह चला था, उनका चेहरा हर्ष से खिल उठा था और माँजाये भाई को आलिंगन करते समय वे काँप रहे थे। उनकी समस्त रोमराजि जैसे औरंगजेब के स्वागत में उठकर चंचल हो चली थी, किन्तु इस मजहबी मौके पर भी अपने भाई के गले मिलते औरंगजेब पर कोई स्नेहभरी प्रतिक्रिया नहीं दिखी मुझे। उसके चेहरे पर वह रूखी-सूखी मुस्कान एक क्षण प्रकट हो फिर शान्त हो गयी थी। इस मुस्कान में स्नेह की चिकनाई नहीं, व्यंग्य की कडुआहट जान पड़ी मुझे। औरंगजेब बचपन से ही दारा को अपना बड़ा भाई नहीं बल्कि प्रबल प्रतिद्वन्द्वी मानता रहा है। वह मौक-बेमौके उसका अपमान करने से नहीं चूकता था। कई किस्से मशहूर हैं यहाँ शाही दरबार में इनके सम्बन्धों को लेकर।

कहते हैं, जब औरंगजेब केवल चौदह साल का था, एक बार उसकी जान खतरे में पड़ गयी थी। बादशाह हुजूर उस दिन झरोखे से हाथियों की लड़ाई का जायजा ले रहे थे। दो सबसे खूँखार हाथियों की लड़ाई का आयोजन था। सुधाकर और सूरतसुन्दर की लड़ाई देखने शाहजादे और मनसबदार अपने-अपने घोड़े पर मैदान में डटे थे, जब सूरतसुन्दर हारकर भाग खड़ा हुआ तो पीछा करते सुधाकर ने पास खड़े औरंगजेब पर आक्रमण कर दिया। औरंगजेब घोड़े से उठ खड़ा हुआ और उसने हाथी पर भाले से वार किया। हाथी क्रुद्ध हो उस पर झपटा। औरंगजेब को बचाने दूसरे राजकुमार और मनसबदार दौड़े, पर इसी बीच सूरतसुन्दर फिर लौट आया, उसने सुधाकर का पीछा किया और उसे भगा दिया। इस तरह औरंगजेब की जान बच गयी उस दिन। जब बादशाह सलामत ने उसे गले लगाते उसकी रक्षा के लिए ईश्वर को धन्यवाद दिया, तो औरंगजेब ने व्यंग्य करते कहा, "अगर मैं न भी बचता तो भी कोई बुरी बात नहीं थी, अब्बा हुजूर! पर मेरे भाइयों ने तो सचमुच बेशर्मी का सबूत दे ही दिया।" उसका यह कथन

स्पष्टतः उन भाइयों के प्रति वैमनस्य था, जो चाहते हुए भी उसे न बचा पा रहे थे।

इस साल वैशाख में आते ही एक घटना घटित हो गयी। शिकार के मौके पर दोनों भाइयों में झड़प होते-होते बच गयी थी। फिर किसी मौके पर यह किस्सा सुनाऊँगा। पर इससे भी बढ़कर एक ऐसी वारदात और हो गयी जब औरंगजेब अपने खुद के दिल के जहर को ही दारा पर आरोपित कर चुका था। इस घटना से बादशाह हुजूर नाराज हो गये थे और उन्होंने औरंगजेब को भारी दण्ड दे दिया था कि वह दरबार में पेश न हो। किस्सा है तो बड़ा ओछा, लेकिन इससे दारा के प्रति उसके द्वेष और शत्रुता का प्रमाण मिल सकता है।

बादशाह हुजूर ने दारा को अपना नया महल बनाने को काफी रकम बख्शीश दी थी। यह महल जमुना के किनारे बनाया गया था। महल में एक ऐसे गर्भगृह का निर्माण दारा ने करवाया था, जो ठीक जमुना के नजदीक था और उसमें नदी की ओर बड़े-बड़े आदमकद दर्पण लगे थे।

ज्येष्ठ के महीने में भी महल के इस गर्भगृह में वैसी ठण्डक थी जैसी मैंने एक बार कश्मीर में भगवान अमरनाथ की गुफा में महसूस की थी। दारा अपने भाइयों के साथ इस गर्भगृह में उसकी शीतलता का जायजा ले रहा था। यहाँ आते ही ग्रीष्म ऋतु का समस्त भीषण ताप शान्त हो चुका था। गर्भगृह में घुसने का एक ही दरवाजा था। शाहजादा, बादशाह हुजूर की आवभगत की व्यवस्था का निरीक्षण कर रहा था। औरंगजेब बादशाह और मुराद की तरह गर्भगृह में नहीं घुसा। हम सभी तहखाने में थे। पर वह दरवाजे पर ही ईर्ष्या और सन्देह की ऊष्मा से जलता दरबान की तरह बैठा था। बादशाह को भी उसका वहाँ बैठना बुरा लगा। उन्होंने औरंगजेब को सम्बोधित करते हुए कहा, "बरखुरदार, मैं बखूबी जानता हूँ कि तुम आलिम हो और साथ ही फकीर की तरह सादी जिन्दगी बसर करते हो। इतने पर भी हर एक को अपनी इज्जत का तो खयाल होना चाहिए। एक कहावत है–जो अपनी इज्जत का ख़याल नहीं रखता वह मुलहिद है। समझ में नहीं आ रहा है, तुम ऐसी जगह क्यों बैठे हो जहाँ से नौकर-चाकर तक गुजरते हैं।" औरंगजेब ने कोई माकूल जवाब न दे इतना ही कहा, "अब्बाहुजूर, मैं इसकी वजह फिर कभी बताऊँगा।" बाद में तीसरे पहर की नमाज पढ़ने के बहाने वह वहाँ से चला गया और फिर नहीं लौटा। उसके इस अशिष्ट व्यवहार से बादशाह कुपित हो गये। उन्होंने औरंगजेब की ड्यौढ़ी बन्द कर देने का आदेश दे दिया। कोई छः-सात महीने तक उसकी ड्यौढ़ी बन्द रही। इस बीच वह पादशाह बेगम की खुशामद करता रहा कि वह उसका गुनाह मुआफ करवा दें, पर फिर भी उस दिन की अशिष्टता का कारण नहीं बताया। ईद के दो दिन

पहले पादशाह बेगम की सिफारिश पर बादशाह ने यह जानना चाहा कि उस दिन उसने वह अशिष्ट आचरण क्यों किया था; पहले इसका पता लगाए। पादशाह बेगम को उसने जो बताया उससे स्वयं उसी के ईर्ष्यामलिन हृदय का पता चला, जिसकी कलुषित प्रतिच्छाया उसने दारा के दर्पण से स्वच्छ हृदय में देखने की धृष्टता की थी। उसने कहा था, "उस दिन दारा ने हम सभी को तहखाने में दावत दी थी। तहखाने में सिर्फ एक दरवाजा था। मुझे लगा, उसकी नीयत यह थी कि अब्बा हुजूर और हम दोनों भाइयों को वह तहखाने में बन्द कर देना चाहता था ताकि हमसे छुट्टी पा ले और हुकूमत पर कब्जा कर ले। इसीलिए मैं दरवाजे पर पहरा देता रहा, जिससे वह हमें तहखाने में सड़ने को न डाल सके। पर मैं इस वजह को वहाँ नहीं बताना चाहता था। अब्बा हुजूर ने मुझे पहरा देते रोका, तो मैं खुदा से उनकी हिफाजत के लिए दुआएँ माँगता चला आया।" औरंगजेब की इस दलील पर पादशाह बेगम हँसी थीं और खुद बादशाह ने भी दारा पर शक की नजर को अच्छा नहीं समझा था। पादशाह बेगम ने उस समय औरंगजेब से केवल इतना कहा था, "तुम दारा को नहीं पहचानते, औरंगजेब! नाहक उस पर इस तरह शक करते हो। पता नहीं, तुम्हारे मन में उससे गिला क्यों हैं? काश, तुम्हारा आपसी मनमुटाव दूर हो सकता। खैर!" फिर भी पादशाह बेगम ने इतना किया कि औरंगजेब की ड्योढ़ी बहाल करवा दी और ईद के दिन वह फिर सात महीने बाद दीवाने-आम में नजर आ सका।

औरंगजेब को शाइरी में कोई दिलचस्पी नहीं थी, फिर भी आज पादशाह बेगम की सदारत में होने वाले मुशायरे में वह भी श्रोता के रूप में मौजूद था। उसे आशंका थी कि कहीं फिर बादशाह सलामत नाराज न हो जाएँ। मुगल दरबार और आगरा के जाने-माने शाइरों को बुलावा दिया गया था। साहब, शैदा, सालीह, कुदसी, कलीम, माहिर, फानी और तालिब सभी आये थे। मेरे उस्ताद पण्डित चन्द्रभान ब्राह्मण भी थे। श्रोताओं में मैं और मतिराम भी आमन्त्रित थे। कवि सम्मेलनों की विशिष्ट परम्परा थी उन दिनों आगरा में। बादशाह, पादशाह बेगम और शाहजादा दारा के अतिरिक्त कई मनसबदार इसमें दिलचस्पी लेते थे। शाइर लोग आपस में एक-दूसरे के घर जाकर भी गजलें सुनाते। उनसे अपने प्रयोगों पर सलाह लेते। मेरे उस्ताद चन्द्रभान बरहमन, मुल्ला मुहम्मद जान कुदसी से अपनी गजलों पर सलाह मशविरा लिया करते थे। हर हफ्ते या पखवाड़े में एक न एक मुशायरे का जलसा हो ही जाता। एक मनसबदार ख्वाजा मुहम्मद सादिक के घर पर नियमित रूप से हर पन्द्रहवें दिन मुशायरा होता था। इनमें कभी-कभी भाषा कवि भी शामिल होते थे और मुझे भी अपनी संस्कृत कविता और हिन्दवी तर्जुमे से फारसी शाइरी के श्रोताओं का मनोरंजन करने का अवसर मिला करता

था। विशेष अवसरों पर दारा और पादशाह बेगम भी मुशायरे का आयोजन करवाते। आज का यह मुशायरा पादशाह बेगम ने आयोजित किया था। सदारत भी वही कर रही थीं।

शमा जल चुकी थी। शाइरी के परवाने मँडराने लगे। सदर के इशारे पर शमा एक-एक शाइर के सामने लायी जाने लगी। सारा वातावरण रसमय हो उठा। कविगण तरन्नुम के साथ गजलें, कसीदे और रूबाइयात पेश करने लगे। पूर-मुशायरे का तजकिरा देना फजूल होगा। कोई दो दर्जन शाइरों ने शाइरी सुनाई थी। दारा और पादशाह बेगम ने भी। जायका बदलने के लिए दारा के सुझाव पर अन्त में मुझसे और मतिराम से भी अपनी कविता सुनाने की फरमायश की गयी। उस दिन पण्डित चन्द्रभान ब्राह्मण, तालिब और मतिराम की कविताएँ काफी जमीं। मुशायरे की शुरुआत राजकवि मलिकुश्शुअरा कलीम के कलाम से हुई। उन्होंने बेदर्द माशूक को सम्बोधित करते हुए एक ग़ज़ल सुनायी जिसका शेर लोगों ने काफी पसन्द किया :

अज शर्म आब शुदम काबरा शिकस्तन नीस्त।
बहैरत मनकि मरा रुजगार चूँ बशिकस्त ॥

(मैं इसलिए शर्म से पानी-पानी हो गया कि पानी को तोड़ा नहीं जा सकता (जैसे पत्थर को), मैं सचमुच हैरत में आ गया हूँ कि जमाने ने मुझे फिर भी कैसे तोड़ डाला।)

शाब्दिक चमत्कार वाला यह शेर मुझे ज्यादा पसन्द न आया, क्योंकि सारी वक्रोक्ति महज 'शिकस्त' शब्द का खिलवाड़ थी।

कोई आधे दर्जन शाइरों के ग़ज़ल सुनाने के बाद शमा पण्डित चन्द्रभान ब्राह्मण के सामने आ गयी थी। उन्होंने ग़ज़ल शुरू करने से पहले दो रूबाइयाँ सुनाई। मस्ती से रूबाइयाँ पढ़ते पण्डित की आँखें रस से छलछला उठीं और ज्योंही उन्होंने रूबाइयाँ पढ़ गजल शुरू कीं, वे झरझर बरस पड़ीं। शबनम से नम पंखुड़ियों-सी आँखों और बादे-सबा-सी उच्छ्वासमवी वाणी ने उनकी गजल के भाव को मूर्तिमान बना दिया था। एक अन्य शाइर सालीह ने तो उसी वक्त घोषित कर दिया कि गजल में शाइर बरहमन के अपने दुखदर्द की गूँज जान पड़ती है।

मुझे आज भी उस वक्त पढ़ी पण्डित जी की एक रूबाई और गजल का एक शेर याद हो आया है। उनकी रूबाइयों और गजलों में पूरा सूफियाना रंग रहता है। वे अब रूबाई पढ़ते जा रहे थे।

मरा जामे-शबाना मस्ती दीगर अस्त
बारस्तगी अज कैदे हस्ती दीगर अस्त।
मा बरहमनीम लीक दर मजहबमाँ
हक् दीगर और शग्ले-बुतपरस्ती दीगर अस्त ॥

(रात की शराब में हमने अलग ही मस्ती पायी, इस मस्ती की कैद से हमें अनोखी आजादी मिली। हम ब्राह्मण हैं, लेकिन हमारे मजहब में बुतपरस्ती का शगल दूसरी चीज है, पर सत्य दूसरी चीज)।

उनकी गजल का मत्ला या प्रारम्भिक शेर यह था :

चूँ बर रुखसारे- उ निकाब उफ्ताद
अब्र बर रूए-आफताब उफ्ताद

(जब उसके चेहरे पर नकाब, गिरा, तो जैसे सूरज के चेहरे पर बादल छा गया।)

कैसी सुन्दर कल्पना थी जो एक साथ नकाब में ढँके नाजनीन के मुँह और रहस्य के पर्दे से ढँके उस दिव्य प्रकाश की व्यंजना करा रही थी, जिसके पर्दे को हटाने के लिए कभी उपनिषद के ऋषि ने कहा था :

"तत्त्वं पुषन्नपावृणु सत्यधर्माय दृष्टये।" (हे सूर्य, उस आवरण को हटा दो ताकि सत्य धर्म का दर्शन हो।) पण्डित जी अपनी फारसी शाइरी में हमेशा भारतीयता का पुट अवश्य डाल देते थे। इस गजल का एक शेर लोगों ने काफी पसन्द किया था। पसीने की बूँदों की शबनम गिराती नाजनीन के चेहरे को देख प्रेमी की आँखों से झरते आँसुओं का जो चित्र उन्होंने खींचा, वह बेजोड़ था।

"अज गुले-रूए-उ अरक बचकीद
अज दोचश्मे-तरम गुलाब उफ्ताद"

(उसके चेहरे के गुल से अर्क टपक रहा था, मेरी दोनों भींगी आँखों से भी गुलाब जल बरसने लगा।)

सभी शाइर और श्रोता शेर को सुन वाह-वाह कर उठे और बार-बार फरमाइश करने पर उन्होंने बार-बार यह शेर पढ़ा।

पण्डित जी के बाद तालिब ने गजल पढ़ी। उसकी गजल

जिगरति चमनत बर बहार मिन्नत हास्त
कि गुल बदस्त तू अज शाख ताजातर मानद।

(ए नाजनीन तूने चमन को गारत करके भी वसन्त ऋतु पर अहसान किया है, वसन्त सचमुच तेरा आभारी है, क्योंकि तेरे हाथ में फूल शाख से भी ज्यादा ताजा बना रहता है।)

शमा फिर आगे बढ़ चुकी थी। कई शाइरों के काव्यपाठ के बाद वह लौटकर सदर की ओर बढ़ चुकी थी और सदर के ठीक दायें बाजू बैठे शाहजादा के सामने थी। शाहजादा ने भी मस्ती से एक रूबाई सुनायी जो मुझे आज भी याद है। रूबाई लौकिक प्रेम के साथ ही साथ आध्यात्मिक प्रेम की व्यंजना थी और रूबाई में पाण्डित्य और ज्ञानदम्भ के ऐनक से उसके सौन्दर्य को देखने वालों की मीठी झिड़की भी थी।

हर चन्द निकाब दरमियान दारद यार
रूअश खुशो-खूब-सी नुमायद बिस्यार
चूँ ऐनके-तू बूबद निकाबे-रुखे-यार
ऐनक न कुनद पेशे-चश्मे-तू गुबार ॥

(जबकि यार के दरमियान नकाब हो, तो उसका चेहरा अच्छा और खूबसूरत नजर आता है, मगर जब ऐनक ही महबूब के चेहरे का नकाब बन जाय, तो यह न हो कि तेरी ऐनक ही तेरी आँखों के लिए गुबार बन जाय।)

तब मुझसे फरमायश की गयी। मैंने देखा, पूरा माहौल ही शृंगार का था। अतः मैंने भी शृंगारी पद्य ही सुनाया। सखी नायिका से मनुहार कर रही थी कि वह अपने भाल देश पर कस्तूरी का तिलक लगाकर शाम के वक्त महल की छत को अलंकृत कर दे, ताकि चाँद से सूना आसमान जगमागा उठे और इस अनोखे चाँद को मुस्कराता देख बन्द कुमुदिनियों की आँखों की पाँखें मस्ती से खिलखिला पड़े और दिशाओं के मुँह दमक उठें। हो सकता है, इस चाँद के निकलने का बेताबी से इन्तजार करता नायक वहीं दूसरी छत पर खड़ा हो, जिसके लिए सखी यह मनुहार कर रही थी। मैं मस्ती से कोमल ऋषभ और दोनों मध्यम का सहारा लेता, पंचम का वर्जन कर समय के अनुकूल ललित राग के सहारे झूमता इस भाव के पद्य को गा उठा और सारे श्रोता राग की लहरी में बहते हिचकोले खाने लगे।

कस्तूरिकातिलकमालि विधाय सायं
स्मेराननना सपदि शीलय सौधमौलिम्।
प्रौढि भजन्तु कुमुदानि मुदामुदारा-
मुल्लासयन्तु परितो हरितो मुखानि ॥

हेमन्त के माहौल में भी मेरी रागबद्धता ने वसन्ततिलका की सृष्टि कर

दी। एक-सी गूँज वाली कई ध्वनियों को संगीत के सहारे तैरती सुनकर असंस्कृतज्ञ श्रोता भी वाह-वाह कर उठे और जब मैंने हिन्दवी में इसका तर्जुमा सुनाया, तो व्यंजित रूपक अलंकार के ध्वन्यात्मक प्रयोग से निःसन्देह वे और चमत्कृत हो गये। कुदसी ने दाद देते कहा, "मान गये, कविराय, बिना असली चाँद के भी आपने कुमुदनियाँ खिला डालीं और आसमान को भी जगमगा दिया। आपकी नाजनीन के मुखड़े की तरह आपकी मिसाल ने सचमुच शाइरी को जगमगा दिया है।" मतिराम ने उस दिन ज्ञातयौवना मुग्धा का एक चित्र कवित्त छन्द में सुनाया :

कानन लौ लागे मुसकान प्रेमपागे
लोने लाजभरे लागे लोल लोचन अनंग तैं।
भारु धरि भुजनि डुलावति चलति मन्द
और ओप उलहत उतंग तैं ॥
मतिराम जोबन पवन की झकोर आय
बढ़ि के सरस रस तरल तरंग तैं।
पानिप अमल की झलक झलकन लागी।
काई-सी गयी है लरिकाई कढ़ि अग तैं ॥

शब्दशैया और परम्परित रूपक अलंकार तथा उपमा और यमक की जो धूपछाहीं शोभा मतिराम के कवित्त में मिली, उसने हम सभी श्रोताओं के मन को आनन्दित कर डाला। अवतीर्णयौवना नायिका-सी मन्थरगति से कदम रखती मतिराम के पढ़ने की तर्ज ने भी उसकी रमणीयता में चार चाँद लगा दिये थे। अन्त में सदर ने सिर्फ एक अध्यात्मपरक शेर पढ़ा और इसके साथ मुशायरा बरखास्त कर दिया गया।

24

साहित्य के रसास्वाद के बाद भी दारा की ज्ञानपिपासा शान्त न हुई। वह आध्यात्मिक रस के सागर में डूब मरजिया की तरह उन रत्नों को भी निकाल लाना चाहता था, जो उपनिषदों के रहस्यमय नागलोक के कोशगारों में छिपे थे। एक कुशल आखेटक-सा शाहजादा अपनी अन्तर्दृष्टि से इस लक्ष्य को ओझल नहीं होने दे रहा था। लक्ष्यवेध के लिए सन्नद्ध सिद्ध वीर की तरह वह डटा था। आज मैं उसे मुण्डकोपनिषद् का अध्ययन करा रहा था। मन्त्र था :

धनुर्गृहीत्वौपनिषदं महान्तं शरं ह्युपासानिशितं सन्धयीत।
आयम्य तद्भावगतेन चेतसा लक्ष्यं तदेवाक्षरं सौम्य विद्धि ॥

(ऐ खुशनसीब, तुम उपनिषदों के बड़े कमान को या उपनिषदों में बताये महामन्त्र (ओम्) के कमान को ले उस पर उपासना के तीखे और तेज तीर को चढ़ा दो, और उस ब्रह्म में एकाग्र चित्त से धनुष को खींच अक्षर ब्रह्म को निशाना समझ बेध डालो।)

औपनिषदिक ऋषियों की इस तत्त्वद्रष्टा कवि किस तरह गूढ़-से-गूढ़ बात को भी उपमा या रूपक का सहारा ले सरल ढंग से स्पष्ट कर देते थे। एकाग्रचित्तता के लिए बाण द्वारा लक्ष्यबेध से बढ़कर और कौन मिसाल दी जा सकेगी? जरा चूके कि तीर निशाने से फिसला। लक्ष्यबेध करने वाला पेड़, पत्ती या चिड़िया नहीं, चिड़िया की आँख, सिर्फ चिड़िया की आँख, देखता है। चित्त की आँख को अगर चिड़िया की आँख से पलभर के लिए भी हटने दिया, तो मजाल तीर की कि ठीक निशाने पर न बैठे। योग-साधना में भी यही होना चाहिए। योग कुछ नहीं, चित्तवृत्ति का निरोध, उसका इधर-उधर न भटकने देना ही तो है ना।

"ब्रह्म के निशाने को बेधने का तरीका तो ठीक बताया है, पर मुश्किल तो दिल को उस मरकज पर पूरी तरह टिकाने की है, गुरुदेव!" दारा ने कहा।

"सो तो है, पर बार-बार प्रयत्न करते रहने से एक स्थिति आ सकती है, जब चित्त मरकज पर खुद-ब-खुद टिकने लगता है, शाहजादे!" मैंने स्पष्ट किया।

"यह निशानेबाजी की मिसाल देकर खुलासा कर दिया गया है। तीर और बन्दूक में निशानेबाजी की भरपूर तालीम ले लेने पर सूरमाँ लड़ाई में जौहर दिखा पाते हैं। इनमें जरा भी हिले कि निशाना चूका। इसी तरह साधना में भी मन एक जगह कायम न रहा तो असलियत का दीदार ही न हो पाएगा।" दारा बोला।

"यह स्थिति केवल शिकारी, निशानेबाज या साधक की ही नहीं है, राजकुमार। कवि और कलाकार के लिए भी यह शिकारी-सी सटीक निशानेबाजी की एकाग्रता जरूरी है। अगर कवि या कलाकार की समाधि न लगी, उसका भी चित्त तद्भावगत न हुआ तो निशाना चूका ही समझो। शब्द का धनुष और अर्थ का बाण बेकार जाएगा। रेखाओं का कमान और रंगों के तीर नाकामयाब रहेंगे। उस श्यामलाल चितेरे को ही देखो ना, कैसे दिल को छूते हैं उसके चित्र! पर क्यों? इसलिए कि इसी निशाने पर उसकी चित्तवृत्ति शिकारी की आँख की तरह गड़ी रहती है।" मैंने उदाहरण दिया।

"श्यामलाल चितेरा क्यों गुरुवर? उससे ज्यादा अच्छी मिसाल तो आपकी शाइरी भी है। पर एक बात पूछूँ, क्या शाइरी लिखते वक्त हमारी हालत ठीक वही होती है, जो साधक की समाधि में?" दारा ने पूछा।

"देखो, शाहजादे, ये सब समाधि दशा को स्पष्ट करने के तरीके हैं। जब हम कहते हैं कि उसकी आँखें नरगिस हैं, तो हम बखूबी जानते हैं कि न आँखें नरगिस हैं, न नरगिस आँखें। फिर ये भी मिसाल देने के लिए दोनों के फर्क को नजर-अन्दाज कर देते हैं। ऐसे ही यह मानते हुए भी कि शिकारी की एकाग्रचित्तता, शाइर की रचनामूलक समाधि और योगी की साधनामूलक समाधि में काफी फर्क है, मिसाल देने के लिए उन्हें ले आते हैं।" मैंने बताया।

"पर वह फर्क आखिर है क्या? मैं भी फारसी ग़ज़लें लिख लेता हूँ, आप जानते ही हैं, पर यह फर्क नहीं मालूम है।" दारा ने जानना चाहा।

"योगी की समाधि निरपेक्ष कोटि की है, कलाकार और कवि की सापेक्ष कोटि की। कवि की यह समाधि सर्जनात्मक है, वह समाधि के क्षण में निर्माण भी करता जाता है जो योगी नहीं करता और यह निर्माण उसकी कविता या कलाकृति, चित्र, मूर्ति आदि के रूप में प्रादुर्भूत होता है। यह कलाकृति वस्तुतः उन समस्त अनुभूतियों के साथ बिम्ब-प्रतिबिम्ब भाव से जुड़ी रहती है, कवि या कलाकार ने जिनका साक्षात्कार अपनी समाधि की स्थिति में किया था और साथ ही जिनसे सम्बद्ध अनुभूतियों को खुद अपनी जिन्दगी में भी भोगा था। इस तरह कविता या कलाकृति की सफलता या असफलता की परख कर हम यह भी जान पाते हैं कि कलाकार की पूरी एकाग्रचित्तता हो भी पायी थी या नहीं। पर योगी की समाधि दशा का प्रमाण तो वह स्वयं है, वह सचमुच समाधि में बैठा है, उसे ब्रह्म साक्षात्कार होता भी है या ढोंग करता है, इसका प्रमाण क्या है? मीमांसकों की परिभाषा में कहूँगा, योगी की समाधि दशा स्वतः प्रामाण्य पर आधारित है, और कवि कर्मगत समाधि को परतः प्रामाण्य की कसौटी पर परखना होगा।" मैंने स्पष्ट करने की चेष्टा की।

"मैं समझ गया, गुरुदेव, ठीक उसी तरह जैसे तीर से निशाना छिद जाने पर शिकारी की एकाग्रता की खुद परीक्षा हो जाती है।" दारा बोला।

"हाँ, शाहजादे, तुम क्यों न समझोगे। ऐसा जान पड़ता है जैसे वैदिक ऋषि ने यह मिसाल तुम्हारे ही लिए दी है। तुम तो खुद कुशल तीरन्दाज हो और तुम्हारी बन्दूक का निशाना भी अचूक है।" मैंने शाहजादा की निशानेबाजी की दाद देते कहा।

और आज जब मैं इस प्रसंग को याद करता हूँ तो मुझे शाहजादे से सम्बद्ध दो घटनाएँ याद आ गयी हैं। राव छत्रसाल ने बादशाह हुजूर को शिकार के लिए अपने राज्य में आमन्त्रित किया था। उनके राज्य में अरावली के दक्षिणपूर्वी भाग की पर्वत शृंखलाओं और भीषण घाटियों में फैले जंगल पड़ते हैं जो धीरे-धीरे मालवा की समतल भूमि की ओर ढलान में उतर जाते हैं। कोसों तक फैली

इन गिरिमालाओं में असंख्य गुफाएँ हैं, जो सिंह, व्याघ्र, शूकर और भालुओं से भरी हैं। यहाँ सिंह तो उतनी अच्छी नस्ल के नहीं होते, जितनी गुजरात के गिरनार पर्वत में हैं, लेकिन व्याघ्रों के लिए यह इलाका सारे भारत में मशहूर है। तेंदू, खैर, महुआ, पाकड़, शमी और धोकड़े जैसे वन्य पादपों से यह पार्वत्य-प्रदेश भरा हुआ है। आँवले और सीताफल के पेड़ मनमाने ढंग से उग आते हैं यहाँ, और भीलों की आजीविका के प्रधान साधन हैं। प्रसिद्ध दुर्ग रणस्तम्भ की पर्वत शृंखला ही दक्षिण की ओर बढ़ती यहाँ तक फैली हुई है। हाड़ा राव के राज्य में यहाँ कई शिकारगाह हैं, शिकार खेलने आये राज-जनों के लिए यहाँ विश्राम-स्थल है। पहाड़ियों के सघन परिवेश में बने ये विश्राम-स्थल मुझे अन्य रमणीयता और भयावहता के विभिन्न समन्वय जान पड़े। मुझे शिकार का दृश्य देखने में दिलचस्पी जरूर थी, और जब दारा ने मुझे साथ चलने को कहा, तो मैं भी सहर्ष तैयार हो गया। यात्रा के साथ-साथ दारा का अध्यापन भी चलता रहा।

ग्रीष्म ताक-झाँक करने लगा था। यह मौसम शिकार के लिए इसलिए उपयुक्त था कि वन्य पशु जल और आहार की खोज में इन्हीं दिनों दूर-दूर तक निकल जाते थे। इस प्रदेश में गाँवों की बस्ती भी दूर-दूर थी, जो प्रायः पहाड़ों की तलहटियों में बसे थे। हम ग्राम तलवास में टिके थे। आये दिन गाँव में चरागाह से लौटते किसी-न-किसी ग्वाल बालक, घर के बाहर मँचिया पर सोये वृद्ध और शौचक्रिया के लिए गयी ग्राम-ललना को हिंस्र पशु द्वारा आहत किये जाने या उठाकर ले जाये जाने की खबर आम बात थी। तलवास में हमारे पहुँचने के दो दिन पूर्व ही एक भेड़िया खेत की मेंड़ पर मँचिया पर लेटी स्त्री के पास सोये शिशु को उठा भागा था और उसकी कोख सूनी कर गया था। जब वह स्त्री अपने पति के साथ हाड़ा राव के पास अपनी फरियाद लेकर आयी, तो उसके करुण क्रन्दन से हम सभी विचलित हो उठे। दारा और मेरी तो और बात, एक बार मुराद जैसा कठोर हृदय भी दुःखी हो उठा था। इस शिकार में बादशाह हुजूर नहीं आ पाये। औरंगजेब गुजरात में था और शुजा बंगाल में। मुराद ने शिकार पर आने की इच्छा खुद प्रकट की थी। इसमें कोई शक नहीं था कि निशानेबाजी में चारों भाइयों में मुराद जैसा कुशल तीरन्दाज कोई नहीं था। द्वन्द्व-युद्ध में भी वह औरों से बीस पड़ता था। कसरत से कमाया हुआ बदन था उसका, जैसे फौलाद को साँचे में डालकर कोई खूबसूरत मूर्ति गढ़ दी हो। अंगों की समानुरूपता ने उसे बेहद खूबसूरती दे दी थी। पर इसके साथ ही कुछ खराबियाँ थीं उसमें, ऐश और शराब में भी उतनी ही दिलचस्पी थी, जितनी

कसरत में। घमण्डी तो वह पहले सिरे का था। वह हमेशा यह कहा करता था, "मुझसे ज्यादा बहादुर कौन है?"

साँझ की लाली काजल के जल में डूब चुकी थी। हम लोग पेड़ पर बाँधे गये मचानों पर बैठे थे। पहाड़ी दर्रे के दोनों ओर ढलानों पर दो दिशाओं में मचान बाँधे गये थे। उधर सामने दर्रे के उस पार भी एक मचान था। उस पर शाहजादा मुराद और कुछ दूसरे लोग थे। इस मचान पर दारा और शाहनवाज खाँ के साथ दर्शक बना मैं भी। राव छत्रसाल मुराद के मचान पर थे। कृष्ण तृतीया का चाँद निकल चुका था और उसके प्रकाश ने अँधियारी रात को भी उजियारी बना दिया था। महुए की तीखी गन्ध नथुनों में शराब की मादकता उड़ेल रही थी। हमारे मचान के पास ही तेंदू का पेड़ था। पियराये हरे फल लटक रहे थे और श्यामलिमा में डूबा उनका उदर भाग चाँदनी के दूध में नहाता ऐसा जान पड़ा, जैसे इन्हीं पहाड़ियों की तलहटी के गाँव में बसी भिल्ल-नवयौवना के उभरते उरोज हों, जिनके प्रान्तभाग की पाण्डुता से युक्त आवरणहीन मध्य भाग का सलोना साँवलापन-नैसर्गिक मन्द स्मित की जुन्हाई में दमक उठा हो।

दायीं ओर दूर ढोल ढमढमा उठे। उनकी निरन्तर बढ़ती प्रचण्ड ध्वनि से जंगल की निस्तब्धता काँप उठी। पता चला, उसी ओर अभी हाल में एक 'सुनहरा नाहर' दिखाई पड़ा है। उसे ही देखकर इस ओर लाने की कोशिश की जा रही थी। ढोलों की घरहराती आवाज के अन्तराल में जन कोलाहल भी वायु-मण्डल को गुँजा रहा था। ढोलों की आवाज निकट से निकटतर आती जा रही थी। लोगों का होहल्ला भी बढ़ा चला आ रहा था। सूचना मिली कि चीता दर्रे में दाखिल हो चुका है और तेजी से उस ओर बढ़ा चला आ रहा है, जिधर दो दिशाओं में हमारे मचान थे। बजते ढोल, जलती मशालें, तेज भालें, बन्दूकें और तीर-कमान लिये भील ग्रामीण-जन और वीर सिपाही तीन ओर से उसे चाँपे बढ़े आ रहे थे। मैंने दाहिने देखा, एक चंचल पदार्थ पृथ्वी से आसमान में कुदान मारता बढ़ा आ रहा है। अब उसकी आकृति साफ नजर आने लगी है। एक भयानक व्याघ्र है। जब वह जमीन को क्षणभर के लिए छू फिर छलाँग मारता है तो अपूर्व छन्द भर जाता है उसमें। उसका अग्रकाय शरीर के पिछले हिस्से को तेजी से खींचता नजर आता है, आँखों को शून्य की ओर उठाये वह उछल पड़ा है, उसके पैर जैसे आकाश की थाह लेने उठ गये हों और थाह लेने में असमर्थ हों फिर लौटने वाले हों, उसके पुट्ठों में दुर्दम शक्ति उफन आयी है। वह हमारे सामने ही नीचे दर्रे में छलाँग मारकर हमारी गन्ध पा चौकन्ना हो गया है। दोनों मचानों से कुछ दूर दो दिशाओं में बकरे बँधे हैं। शायद उनकी गन्ध भी उसने पा ली है और इसलिए वह उन्हीं दोनों दिशाओं की ओर घूरता जा रहा है। अजा-पुत्रों को भी

व्याघ्र के आने का अहसास हो उठा है, वे भय से मिमिया रहे हैं। चाँदनी के पूरे उल्लास में शार्दूल की सुनहरी शोभा और निखर उठी है। कितनी भली लग रही हैं ये काली रेखाएँ इसके बदन पर। ऐसा लगता है, मानो सोने के शिला-शकल ने आज कसौटी के ही खरेपन को चुनौती दे डाली हो, और ये कसौटी की काली रेखाएँ उस पर अपने भी खरेपन का अहसास करा रही हों। चीते के इस हेम-कुर्बर कलेवर पर पड़ी चाँदनी की आब ऐसी लगी, जैसे धातु को कसौटी के प्रस्तर-खण्ड की परीक्षा करते देख सजातीय गर्व से चाँदी हँस उठी हो और उसने हँसी में सोने को नहला दिया हो।

क्षण-भर लगा होगा इस सबमें। अब वह हिंस्र पशु गर्जन कर उठा, उसी मुद्रा में वह था, जिसमें भगवती दुर्गा के ऊपर आक्रमण करते महिषासुर पर वह कूदने जा रहा होगा। पलक झपकते वह अपनी बायीं ओर मुड़ा और वहीं दर्रे से हमारे मचान की ओर छलाँग मार बैठा। मैं डर-सा गया। मैंने देखा, दो जलती मशालों-सी चमकती पिंगल आँखें हमारी ओर द्रुततर गति से बढ़ी आ रही हैं। और अब वह हमें जला देंगी, पर वाह रे दारा। उसने तुरन्त बन्दूक दाग दी। गोली शिकार के कन्धे को, जख्मी करती फिसल गयी, पर उसके वेग से चीता नीचे लुढ़क गया। वह करवट ले नीचे गिरा। दारा ने तुरन्त एक और निशाना बनाया पर इस बार भी चोट घातक न थी, यह गोली उसके पुट्ठे के आर-पार हो गयी। घायल चीता मुराद के मचान की दिशा में आक्रमण की क्रुद्ध मुद्रा में दौड़ा और उसने अब एक तेज छलाँग दर्रे से उस मचान पर लगायी। कोई आधा हाथ ही वह मचान से था कि मुराद ने निशान साध बन्दूक दाग दी : धाँय-धाँय। पेड़ों पर घोसलों में दुबके पंछी नींद में खलल पा चिल्ला उठे। मचान के नीच बँधे बकरे रो पड़े। भीषण गर्जना से घाटी गुँजाता चीता लुढ़कता नजर आया। हमने समझा, उसका काम तमाम हो गया। वह बेहद घायल हो गया था। वह तेजी से कराह रहा था। दोनों ओर से दबोचा जाता देख वह हमारे बायीं ओर घाटी के नाले में अपने बचाव के लिए भागा, तभी मुराद और दारा दोनों ने उसके गले को निशाना बना गोलियाँ दाग दीं। मुराद की गोली गरदन की चमड़ी को छीलती फिसल गयी, पर दारा की गोली चीते के गले की बायीं ओर मर्मस्थल को बेधती पार हो चुकी थी। अन्तिम, करुण भयंकर गर्जना कर वनराज वहीं ढेर हो गया।

मशाल ले सेवक धीरे-धीरे शिकार की लोथ की ओर बढ़े, डरते-डरते कि कहीं साँस न बाकी हो और जाते-जाते भी बदला न लेता जाय। जब उसके मर जाने का पूरा यकीन हो गया, तो हम लोग भी दोनों मचानों से उतरे। मैंने देखा, वहीं जंगल के हर चेतन प्राणी को कँपाता हिंस्र जन्तु ठण्डा और स्तब्ध पड़ा

था। आसपास की भूमि उसकी रक्तधारा में नहायी हुई थी और अभी भी उसके गले के पास से खून की क्षीण धारा रिसती जा रही थी। भय का विभाव अब करुणा के आलम्बन में बदल गया था मेरे लिए। मुराद और हाड़ा राव भी आ पहुँचे थे। शिकार के लिए रवाना होते वक्त तय हो चुका था कि शिकार पर उसी का अधिकार होगा, जिसकी गोली से वह मरेगा। उसी राजकुमार के कक्ष में उसको भूसा भरकर जीवित-सी मुद्रा में सजावट के लिए रखा जाएगा। चर्चा थी कि वह चीता आयाम और साहस दोनों में असाधारण है। कोई आठ हाथ लम्बा बदन, महाकाय सिर, सोने में जड़े हीरे के बड़े टुकड़ों-सी आँखें, जिनमें पीछे पुखराज की पुतलियाँ मँढ़ दी थीं। मुझे क्षणभर उन्हें देख पहले जैसे ही डर का आभास हुआ, पर ज्यों ही पता चला कि वह मर चुका है, वे आँखें अब मेरे लिए रमणीय बन गयीं। यह निर्णय करने में देर न लगी कि शिकार दारा की गोली से मरा है। क्योंकि बायीं ओर से दायें गले को छेदकर प्राणों का अपहरण करती गोली खुद प्रमाण थी। हाड़ा राव और शाहनवाज खाँ दोनों का यही मत था। पर मुराद माने तब ना।

"दारा भाई की गोली ने मरे हुए चीते को मारा है, राजा साहब, गले को छेद बदन को बेधती मेरी गोली पहले ही उसके दिल को निशाना बना चुकी थी।" हाड़ा राव ने मुराद को बहुत समझाया, पर वह अड़ा रहा। दारा ने उदारता का परिचय देते हुए बाघ को मुराद के ही कक्ष की सजावट के लिए दे डाला। पर इस घटना से दोनों भाइयों के मनमुटाव की झलक मुझे दिखाई पड़ गयी।

इसी तरह की एक घटना औरंगजेब और दारा के मनमुटाव की भी याद हो आयी है, धौलपुर के पास की। माघ का महीना था। शीत ऋतु होने पर भी चटक धूप निकली थी। यहीं पास में एक विशाल जलाशय था, जहाँ इस मौसम में दूर-दूर के पक्षी आया करते थे-राजहंस, हंस, कादम्ब, सारस, बगुले, बतखें, जलमुर्गाबी तरह-तरह के रंग-बिरंगे छोटे-बड़े परिन्दे, जिनकी खूबसूरती का जायजा लेने शाहजादा दाराशुकोह आये थे, शिकार खेलने नहीं। जलाशय के पास के जंगल में घूमते चौकड़ी भरते हिरनों, चीतलों, बारहसींगों और नीलगायों, फुदकते खरगोशों का नजारा लेते हम घूम रहे थे। एक पेड़ के पास गुनगुनी धूप का आनन्द लेते चीतल के एक जोड़े को देख हम उसे देखते रहे, देखते रहे। नर चीतल अपनी रसना से मादा चीतल के मुँह को सहला रहा था और वह निमीलित नेत्रों से इस नर्म-लीला का आनन्द ले रही थी। उन्हीं से कोई तीन-चार हाथ हटकर एक नन्हा चीतल शिशु कभी दूब को चूँटता और कभी फुदकता बाल-क्रीड़ा से थिरक रहा था। तभी हमारे दायें घने पेड़ों की पाँत के पार खुरपुटों की तेज आवाज सुनाई दी। इसके पहले कि हम जानें कि कौन बढ़े आ रहे

हैं, साँय-साँय करते एक-एक तीर ने चीतल दम्पती का हृदय छेद डाला। वे दोनों आर्तनाद करते धरती पर लुढ़क छटपटाने लगे। शेष चीतलों में भगदड़ मच गयी। क्षण-भर भी न लगा होगा कि एक तीर और आया : साँ-साँ। इस तीर का निशाना वही नन्हा फुदकता छौना था, पर नियति सम्भवतः उसे बचाना चाहती थी। तीर उसकी पिछली दाहिनी टाँग को बेधता पार हो गया। दिल को दहलाने वाले करुण क्रन्दन से चिल्लता छौना गिर पड़ा और छटपटाने लगा। दारा के इशारे पर हम घोड़ों से उतर पड़े। आहत चीतलों को छोड़ शेष पशु कभी के पलायित हो चुके थे। हम उनके नजदीक पहुँचे तब तक दोनों चीतल दम्पती आखिरी साँस गिन रहे थे। हमारी आँखों के सामने वे तेजी से तड़पे और जीवन का स्पन्दन जड़ता में डूब गया। मेरी आँखें शोक में नम हो आयीं। मादा चीतल ने पहले देह छोड़ी और उसे जाते देख निरीह नेत्रों से निहारता-कराहता नर चीतल भी तेजी से काँपा और क्षण-भर बाद ही उसका अनुगमन करने दौड़ पड़ा। नन्हा छौना अभी भी छटपटा रहा था। दारा ने उसे गोद में उठा लिया। उसकी दाहिनी बाँह चीतल शिशु की टाँग से रिसते रक्त से लाल हो गयी। शाहजादे का हृदय देश खून के छीटों से अलंकृत हो उठा, जैसे उस निरीह पशु के प्रति अनुराग के शीकर कणों ने दारा को धन्य बना दिया हो।

दायीं ओर बढ़ते घोड़ों की टाप और तेज हो चली। कुछ ही पलों में हमने देखा शाहजादा औरंगजेब और शायस्ता खाँ के पीछे कोई बीस-एक तीर-कमान से लैस घुड़सवार इधर ही वृक्षों की कतारों को चीरते चले आ रहे थे। हमें देखते ही उन्होंने घोड़ों की चाल मन्द कर दी, अब वे धीरे-धीरे हमारी ओर बढ़ते आ रहे थे। दारा ने उन्हें देख शायस्ता को सम्बोधित करते कहा, "इन बेजुबान जानवरों को हलाक कर बड़ा बुरा किया है, मामूँजान। मैंने अपनी आँखों इन्हें छटपटाते देखा है और यह छौना तो अभी भी चोट का अहसास नहीं भूल पाया है। इन गरीब चीतलों को मारने से आपने क्या हासिल किया आखिर?"

"यह शिकार है, शाहजादे! शिकार के वक्त चीतल और चीते का फर्क नहीं किया जाता। जो भी सामने आ गया, उसकी खैर नहीं, क्यों शाहजादा औरंगजेब!" मामूँजान अपनी पुष्टि औरंगजेब से माँग उठे।

"हाँ, मामूँजान, अगर यही खयाल रखना हो, तो बेहतर है शिकार ही न खेला जाय।" औरंगजेब बोला।

"तो क्यों, मामूँजान शिकार खेलते वक्त अक्ल ताखे पर रख देना जरूरी है क्या? शेरों, चीतों और खूँखार जंगली भैंसों को न मारकर इन नादान हिरनों और चीतलों को मारना कौन-सी अक्लमन्दी है?" दारा ने बताया।

"अक्लमन्दी?" औरंगजेब मुस्करा उठा।

"तुम भी तो शिकार खेलने आये हो ना, शाहजादे!" शायस्ता खाँ ने पूछा।

"हाँ, मामूँजान, पर इन भोले जानवरों का नहीं, खूँखार चीतों का। और मैं तो इन लहरों से नाचते तालाब, पानी में तैरते सारसों, चहचहाते परिन्दों और हवा के झोकों से बलखाती पेड़ों की शाखों की खूबसूरती भी देखने आया हूँ। इसी खूबसूरती का एक नजारा मुझे चीतलों में भी मिला, उसे नेस्तनाबूद करके आपने खुदा की निगाह में बहुत बुरा किया।" दारा बोला।

"तो ये शिकार खेलने नहीं, शाइरी करने आये हैं, मामूँजान। और उस पर हमें मजहबी नसीहत भी सिखाने का दावा करते हैं।" औरंगजेब व्यंग्य कर उठा।

"मजहबी नसीहत कोई किसी को नहीं दे पाता, मामूँजान! मजहब महज किताबों से नहीं, जिन्दगी से सीखा जाता है। जो दिन-ब-दिन की जिन्दगी में मजहब को न उतार पाए, उसके खाली पाँच बार पूरी पाबन्दी से इबारत करते रहने से कुछ होने से रहा।" दारा ने व्यंग्य का जवाब व्यंग्य से दिया।

"मैं मुलहिद से मजहब के बारे में तकरीर सुनने का कतई आदी नहीं हूँ, मामूँजान! हम शिकार खेलने आये हैं," और अब उसने अपने सेवकों को आदेश दिया, "देख क्या रहे हो?" वे शिकार को घोड़े पर कसने लगे। तब औरंगजेब शायस्ता खाँ से बोला, "मामूँजान, वह चीतल का बच्चा भी हमारा ही शिकार है। हमारे तीर से वह घायल हुआ है। हैदरअली, उसे भी ले लो, आज हमारे लिए दावत में इसी को पकवाया जाय।" हैदरअली उसे लेने बढ़ा। दारा ने इनकार करते हुए कहा, "हैदरअली, इस पर तुम्हारे मालिक का कोई हक नहीं है। इसे पाने की उम्मीद वे छोड़ दें, तो बेहतर है। इसकी जिन्दगी अभी बहुत बाकी है। खुदा की भरपूर मेहर इसे हासिल हो गयी। क्यों मामूँजान, सुना है, मारने वाले से बचाने वाले का हक बड़ा होता है।" दारा ने कहा।

"तो इनसे कह दें, मामूँजान, ये सीधे से उस चीतल के बच्चे को हमारे हवाले कर दें। अगर हिरनों के बच्चों से इतना ही प्यार है, तो दरवेश बनकर जंगल में कुटिया बना लें और हिरनों को पाला करें। हमारा शिकार तो इन्हें छोड़ना ही होगा। न देंगे, तो मैं खुद छीन लूँगा।" औरंगजेब तेवर चढ़ाते बोला।

"किसकी हिम्मत है मुझसे छीनने की? देखें कौन बढ़ता है? बिना खून-खराबा हुए इस छौने को छू भी सकता है कोई? आ जाए मैं तैयार हूँ।" दारा छौने को एक सेवक को दे खड्गहस्त हो गया और उसने दाहिना हाथ तलवार की मूँठ पर जा पटका। मैं काँप उठा। हे राम, यह क्या होने जा रहा है? औरंगजेब भी आँखें लाल किये सेवक से छौना छीनने बढ़ा, पर शायस्ता ने औरंगजेब के बायें कन्धे पर हाथ रख धीरे से समझाते कहा, "छोड़ो भी शाहजादे, इन छोटी-मोटी बातों पर खून-खराबा नहीं करते। जाने भी दो। खेमे पर लोग इन्तजार कर रहे

होंगे। दस्तरख्वान लगने का वक्त हो गया। और देखो, इसकी चर्चा बादशाह हुजूर से करना फजूल है।" शायस्ता की वाणी ने औरंगजेब के गुस्से को ठण्डा कर दिया। पल भर में ही फिर वह प्रकृतिस्थ हो गया। पर दारा अभी भी अपमान से जल रहा था। मैंने महसूस किया दोनों में एक बहुत बड़ा फर्क है। दारा अपने गुस्से को रोक नहीं पाता, पर औरंगजेब के पास उसे मौके पर छिपा डालने का भी अपूर्व गुण है।

25

आग-सी लग गयी थी मुगल दरबार में। जली तो उस दिन शमा से पादशाह बेगम थी। पर जल-भुनकर खाक हो गयी थी रोशनआरा। पादशाह बेगम तो अब हकीम सदरा के इलाज और उस फिरंगी हकीम के मलहम से चंगी हो गयी थी, पर रोशनआरा की जलन बरकरार थी। जिस दिन से उसे लौंगी के मेरे प्रति आकर्षण की खबर हुई, उसी दिन से वह मुझे मुगलिया दरबार का सबसे बड़ा दुश्मन घोषित कर चुकी थी। नाराज तो वह मुझसे तभी से थी, जबसे शाहजादा दाराशुकोह मेरे शिष्य बन संस्कृत भाषा, साहित्य और दर्शन पढ़ने लगे थे। जहाँआरा बेगम की अतिशय कृपा और राखी के दिन मुझे अपना राखीबन्द छोटा भाई बना लेने की घटना ने उसके घावों पर और नमक छिड़क दिया। वह समझती थी कि शायद मैं इस्लामी मजहब के ग्रन्थ पढ़ उस धर्म में दीक्षित हो जाऊँगा, पर उसकी इस आशा पर भी पानी फिर चुका था। उसने अब दारा, बड़ी शाहजादी और मेरे खिलाफ खुला जिहाद बोल दिया। वह लौंगी को भी समझाने गयी। उसकी योजना थी कि लौंगी अपने पिता के भाई के बेटे जफर खाँ की बीवी बनना कबूल कर ले। इधर दो-तीन साल से वह भी इसके लिए बेहद प्रयत्नशील था। वह जब-जब इलाहाबाद से आगरा आता लौंगी से मिलता रहता था, पर लौंगी को उसकी कामुक हँसी फूटी आँखों नहीं सुहाती थी। उसने दो-एक बार बेगम को भी इस तरफ इशारा किया। वह लौंगी को अपनी बीवी बनाना चाहता है, क्योंकि पादशाह बेगम लौंगी की सरपरस्त जो थीं, पादशाह बेगम को यह अहसास हो गया था कि लौंगी उसके साथ सुखी न रह सकेगी। बहरहाल उन्होंने इस मामले में जफर खाँ की कोई मदद नहीं की।

जफर खाँ ने रोशनआरा के जरिये इस प्रस्ताव को शाहंशाह तक भी पहुँचाया। शाहंशाह एक मौके पर राजी भी हो गये, पर जहाँआरा बेगम से परामर्श

करने के बाद उन्होंने भी उसकी इस दरख्वास्त पर कोई ध्यान नहीं दिया। इसी बीच लौंगी का अनुराग मेरे प्रति हो गया और धीरे-धीरे मानो कस्तूरी को हृदय की नाभि में छिपाये उस अनोखी हरिणी की प्रेम-सुरभि की चर्चा ले महलसरा की हवा बहने लगी। मैं लज्जा, आतंक और आशंका से गड़-सा गया। यूसुफ और कुलसुम से मुझे रत्तीभर की खबर मिलने लगी। मेरा कोई अपराध न होते हुए भी मैं पादशाह बेगम और शाहजादा के समक्ष अपने को अपराधी महसूस करने लगा। वे दोनों भी इस घटना से चिन्तित हो उठे। वे दोनों यह अवश्य जानते थे कि इसमें मेरा कोई कसूर नहीं है, पर मैं अपने आपको बेगुनाह तो कैसे मान लूँ, मेरी युवावस्था का तो कसूर था ही। मेरे लिए लौंगी जितनी परेशान थी, उससे कम मैं उसके लिए नहीं था, पर मैंने अपने भावों पर नियन्त्रण कर रखा था, पुरुष जो हूँ मैं। पर लौंगी तो पूर्वानुराग की वेदनामयी अनुभूति से तड़प उठी थी और इन दिनों वह रुग्णताजनित दौर्बल्य से पादशाह बेगम और उनकी बाँदियों के कमजोर मन को झकझोरती जा रही थी।

कुलसुम ने बताया था कि अभी परसों ही रोशनआरा लौंगी की मिजाजपुर्सी के बहाने आयी थी। वह बड़ी देर तक उसे फुसलाती रही। जब कोई असर न पड़ा तो बात पर सीधे आती बोली, "क्या यह सच बात है, लौंगी, कि तू उस बरहमन के इश्क में मुब्तिला हो गयी है। आखिर यह क्या खब्त सवार हो गयी है, तुझे। अपनी जिन्दगी को क्यों बरबाद करने पर उतारू है, बेवकूफ!"

लौंगी ने कोई जवाब नहीं दिया। विरह के क्षाम चेहरे से वह केवल रोशनआरा की ओर गुमसुम-सी देखती रही।

"जफर खाँ कब से तेरे लिए बेताब हैं। तू यह बखूबी जानती है। तू तीन बरस से उनके पैगाम ठुकरा रही है और अब रीझी भी तो उस काफिर भिखारी पर। आखिर दीन-दुनिया को काहे मिट्टी में मिलाने की ठान ली है तूने। मैं फिर समझाने आयी हूँ, मान भी जा, जफर खाँ के साथ चैन से जिन्दगी क्यों नहीं काटना चाहती?"

"मैं जफर खाँ से शादी नहीं कर सकती, शाहजादी साहिबा। कतई नहीं।" लौंगी ने कहा।

पर क्यों ? आखिर खराबी क्या है उसमें ? यह न भुला कि शरीअत के मुताबिक भी 'उसका तेरे ऊपर हक् तो है ही। अरे, हजरत अली का ब्याह भी तो अपने चचाजाद पैगम्बर की लड़की से हुआ था।" रोशनआरा ने दलील दी।

"कुछ भी हो, शाहजादी साहिबा, मुझे वह पसन्द नहीं है।"

"जफर खाँ तुझे पसन्द नहीं है, हरामजादी, और वह कलमुँहा काफिर पसन्द है?"

"इस बारे में मैं क्या जवाब दूँ, शाहजादी साहिबा, आप जो चाहे समझ लें।"

"हूँ, सिर फिर गया है तेरा, जी चाहता है मार कोड़ों के तेरी खाल उधेड़ दी जाय, और अगर तू अपनी मंशा से जफर खाँ से निकाह न करना चाहे, तो तुझे उनकी जबर्दस्ती रखैल बना दिया जाय।"

"यही बाकी बचा हो, तो वह भी खुशी-खुशी कर लें, शाहजादी साहिबा! पर भूलिए नहीं, मैं आपकी लौंडी तो हूँ नहीं।"

"इसी का तो घमण्ड है तुझे, हरामजादी! दो हजार मनसबदार का पैगाम ठुकराने की हिमाकत करती है। तुझे मालूम नहीं है, उसकी मुगलिया दरबार में क्या इज्जत है। और वह हमारे चन्द टुकड़ों पर पलनेवाला मुफलिस हिन्दू, उसकी औकात ही क्या है, शैतान की, जिस दिन चाहें उस दिन उसे...। चिउँटी में कोई फर्क नहीं है।"

"हुजूर, आपके गुस्से के आगे हमारी बिसात ही क्या है? उन दोनों का यह फर्क मैं खुद भी बखूबी समझती हूँ। मैंने उस दो हजारी की शान-शौकत और इज्जत के बारे में तो कभी कोई नुक्ताचीनी नहीं की।"

"तो फिर उसकी बीवी न बनने की मंशा क्या है? मैं फिर पूछती हूँ, क्या खोट है उसमें?"

"कोई खोट नहीं, शाहजादी साहिबा! जब उसमें एक से एक अच्छाइयाँ हैं, तो आप ही उनसे निकाह क्यों नहीं पढ़ लेतीं। हमारे पास वकालत करने काहे आ गयी हैं?"

"चुप रह, कमीनी, जीभ खींच लूँगी, अगर ऐसी बात फिर कभी मुँह पर लायी तो। बाजी ने तुझे सिर पर चढ़ा रखा है। तेरी यह हिम्मत कि तू मुझसे जबानदराजी करने चली है। जा भाड़ में जा, हरामजादी, जिस दिन दोखज के कुत्ते नोचेंगे, उस दिन याद करेगी हमारी नसीहत को, नामाकूल। एक काफिर को दिल दे बैठने की सख्त-से-सख्त सजा मिलेगी तुझे उस दिन।"

"नाहक क्यों कोस रही हैं, शाहजादी साहिबा। मैंने आपका गुनाह ही क्या किया है, हुजूर! फिर भी आप मालिक हैं, जो जी में आये कह लीजिए। हाँ, आपकी तरह मैं इन्सान को हिन्दू और मुसलमान के फिरकों में बाँटकर नहीं देखती। शायद इसे ही आप गुनाह मानती हैं।"

रोशनआरा भुनभुनाकर गुस्से से जलती चलती बनी और उसके चले जाने पर लौंगी कोई दो घड़ी तक फफक-फफककर रोती रही। कुलसुम और कुछ बाँदियों के समझाने पर भी न रुकी। इस वारदात के वक्त पादशाह बेगम अपने महल में न थीं, वे अपने प्यारे भाई दारा से मिलने उनके यहाँ गयी हुई थीं।

उसी दिन से लौंगी की स्थिति अत्यधिक दयनीय है। वह छटपटाती रहती है। चेहरा पीला पड़ गया है और शरीर की गदराई मांसलता भी इस विपत्ति में उसका साथ छोड़ रही है। वसन्त ऋतु ने अपनी पूरी सेना के साथ उस पर धावा बोल दिया है। उसकी सेना से अकेले जूझते लौंगी के मन की हिम्मत टूटती जा रही है। कुलसुम इसी सिलसिले में मेरे पास आयी है। उसी ने मुझे रोशनआरा वाली घटना सुनायी है। मैं पादशाह बेगम के पास उनके अपने निवास पहुँचा। पादशाह बेगम का अपना महल किले के बाहर शहर के किनारे पर है। वैसे वे अधिकतर किले में बादशाह के पास ही रहती हैं, पर सप्ताह में एक-दो दिन अपने व्यक्तिगत महल में भी रहती हैं। यह महल एक विशाल उपवन के बीच स्थित है। उपवन फलों और फूलों से समृद्ध है तथा हौजों में खेलते फव्वारे उसकी खूबसूरती और बढ़ा देते हैं। महल के एक ओर सेवकों के निवास बने हैं, खोजे और बाँदियों के अतिरिक्त उपवन के माली भी यहीं रहते हैं। इन दिनों पादशाह बेगम यहीं हैं और लौंगी का उपचार करवा रही हैं।

पादशाह बेगम के समक्ष मैं अपराधी-सा उपस्थित हुआ। उन्हें अभिवादन कर उनकी इजाजत पा मैं उन्हीं के पास गलीचे पर बैठ गया। हमारे बीच हल्की-सी सफेद ढाके की चिलमन पड़ी थी। वे दो-ढाई हाथ दूर बैठी थीं। पाँच-दस पल तक मैं धरती की ओर मुँह गड़ाये बैठा रहा। मौन भंग करती वे ही बोलीं :

"इधर बड़े दिनों से लौंगी की तबीयत नासाज है, कविराय। वह काफी गमगीन है। उसकी हालत देख रोना आता है। कितना मुरझाया है उसका फूल-सा ज़िस्म!"

मैं चुप रहा। वे कहे जा रही थीं "आपको तो यह सब मालूम होगा ही।"

"हाँ, पादशाह बेगम, मुझे भी उनकी इस हालत की खबर सुनकर बेहद दुःख हो रहा है। मुझे कुलसुम से उनकी हालत के बारे में पता चला था।"

"आपको मालूम है, उसकी यह हालत क्यों होती जा रही है?"

"उड़ी-उड़ी खबर मेरे कानों तक भी पहुँची है, पर मैं कर ही क्या सकता हूँ, पादशाह बेगम। मेरा इसमें कसूर ही क्या है?"

"किसी का कसूर नहीं है, कविराय, कसूर तो उम्र का है। इस उम्र में हर एक को यह हो ही जाता है। हम खुद इस मर्ज से गुजर चुकी हैं। पर किसी तरह खुदा ने इस पर काबू पा लेने की हिम्मत बख्श दी। लौंगी इस पर काबू नहीं पा सकेगी, वह टूट जाएगी, यही सोचकर तो जी दुःखी हो रहा है।"

"उन्हें काबू पाना ही होगा।"

"मर्द और औरत में यही तो फर्क होता है, कविराय! मर्द काबू पा लेता है। औरत के लिए यह बड़ा मुश्किल है। काश, इसका कोई इलाज हो सके। वह

जिद पर तुली है। जानते हो, वह क्या चाहती है?"

"क्या?"

"वह तुम्हारे साथ शादी कर जिन्दगी बसर करना चाहती है। वह तुम्हें अपना देवता मान बैठी है।"

मैं जानता तो पहले से हूँ। खुद भी तो अपने मन-मन्दिर में देवी की तरह उसकी मूर्ति को स्थापित कर चुका हूँ। मैं भी तो उसे पाने को बेताब हूँ इधर। पर फिर भी मैंने कोई उत्तर न दिया, चुप रहना ही ठीक समझा। पादशाह बेगम मेरी स्थिति समझती बोलीं :

"ठीक वही दिक्कत सामने आ गयी है, जो मेरे सामने कभी आयी थी। आप हिन्दू बरहमन हैं और वह मुसलमान। दोनों अपनी-अपनी मजहबी पाबन्दी में कट्टर। अगर यह मजहबी भेदभाव दीवार न बनता, तो यह मसला कभी का हल हो सकता था। मगर यह हल न हुआ, तो साफ है लौंगी अब अधिक दिन बचने वाली नहीं है, कविराय।"

"पर इसमें मैं क्या कर सकता हूँ, पादशाह बेगम। हाँ, उनके इस झुकाव को देख मैं दिल से उसकी इज्जत करने लगा हूँ।"

"मुझको वह भी मालूम है। मुझसे कोई बात छिपी नहीं है, पण्डित! तभी तो मैंने आपको बुलाया है। हमें लौंगी की जिन्दगी को बचाना ही होगा और आपका फर्ज तो और ज्यादा है, इसे न भूलें।"

तो, इन्हें सब कुछ मालूम है। उन हरकतों का भी पता है, जो पता नहीं, किस आवेग के क्षण में मैं कर बैठा था, और उन्हें यह भी मालूम है कि जिन दिनों मैं उन्हें हर दिन गीता पढ़ाने जाता रहा, लौंगी चोरी-छिपे मुझे देखा करती थी। कुलसुम ने यूसुफ को ये सारी बातें बता दी थीं और यूसुफ ने एक दिन डरते-डरते मुझसे कहा था, "मुझे आपको यह सब बताते खौफ हो रहा है, कविराय, कि लौंगी बेगम का आपकी ओर झुकाव हो गया है। मुझे कुलसुम से इस बात का पला चला है। मैंने आपको वह बता देना वाजिब समझा।" यूसुफ की ये बातें सुन मैं चुप रहा, पर सोचने लगा, आखिर यह राज कब तक छिपा रहेगा?

मेरा पादशाह बेगम को पढ़ाने जाने का कार्यक्रम चलता रहा। एक दिन एक अजीब घटना घटित हो गयी। मैं जीने का मोड़ चढ़ शाहजादी के प्रकोष्ठ की ओर बढ़ रहा था। मेरे आगे-आगे कुलसुम मुझे रास्ता दिखाती जा रही थी। मुगल महलों की सीढ़ियाँ खास किस्म की बनी होती हैं। उन पर दो-दो, तीन-तीन मोड़ पार करके चढ़ना होता है और वे इतनी सँकरी होती हैं कि एक साथ दो व्यक्ति चढ़-उतर नहीं पाते। ज्यों ही कुलसुम के पीछे मैं जीने के पहले मोड़ से बायें जीने पर चढ़ा, उधर से लौंगी जीना उतरती चली आ रही थी। उसके

पीछे-पीछे चमेली दो-तीन जीने पीछे थी और अगले मोड़ पर ठिठककर वह कुलसुम से बतियाने लगी। न तो लौंगी को ही पता था कि मैं जीने पर चढ़ रहा था और न मुझे ही उसके उतरते आने का अहसास था। मैं अपनी धुन में बढ़ा जा रहा था, एकाएक मोड़ की ओर बढ़ने ही जा रहा था कि वह मोड़ के बायें से अपने दायें उतरी। मुठभेड़ हो गयी। क्षण-भर दोनों ठिठक गये। वह तो हक्की-बक्की हो दीवार से जा सटी और जीने की ओर नजर झुकाये चित्रलिखित-सी खड़ी हो गयी। मैं अनजाने मुस्करा दिया। एकाएक मन में क्या आया कि मैंने अपने दाहिने हाथ में लिये लीलाकमलकोरक से हौले से उसके बायें कपोल को छू दिया। छूना था कि उसका कपोल रोमांचित हो उठा और उसी लीलाकमल की लाली ने उसे अपने रंग में रँग डाला। जैसे कमलकोरक ने उसके गालों पर गुलाल मलने की शरारत कर डाली हो। था भी तो उन दिनों होली का मौसम। चार दिन पहले ही होली थी और यहाँ आगरा में होली के एक सप्ताह पहले से और कोई दस दिन बाद तक हुड़दंग चलता ही रहता है। आगरा और ब्रजमण्डल में तो हर युवक जन्मसिद्ध अधिकार समझने लगता है इन दिनों कि वह किसी भी परिचित या अपरिचित युवती के गालों पर गुलाल मल दे या रस भरी पिचकारी छोड़ उसे फागुनी मस्ती में सराबोर कर दे। चमेली और कुलसुम पता नहीं, क्या खुसुर-पुसर अभी भी अगले वाले मोड़ के दासे पर कर रही थीं। लौंगी ने उल्लास-भरे क्रोध की व्यंजना करती कनखियों से मुझे देखा। मैंने अपने दाहिने हाथ की अँगुलियों से उसके रोमांच-रमणीय वाम कपोल को छू डाला। क्रोध की लालिमा को ही लज्जा का अनुभव बनाती उसकी आँखें झुक गयीं। उस नवनीत कोमल कपोल के स्पर्श से मैं सिहर उठा। जी हुआ कि इस स्पर्श से ऐसे ही सिहरता रहूँ। पर इसी बीच उधर से चमेली के नूपुरों की अब एक शान्त बनी रुनझुन सुनाई पड़ी। सम्भवतः वह उतरती आ रही है। मुझे समस्त भावनाओं को नियन्त्रित करना पड़ा। मैंने हाथ से छू लौंगी के चिबुक को उठा आँख में आँखें डाल मुस्कराकर बिदा लेते ऊपरी जीने पर दाहिना कदम बढ़ाया। उसकी आँखों के रस से भरे दोनों सरोवरों में झाँकते मुझे उनमें जो चमक दिखाई दी, लज्जा, कामना, उल्लास, विभ्रम और सम्भ्रम की जो तरंगे लहराती मिलीं, उन्हें मैं जीवन भर भूल कैसे सकता हूँ, निर्मल पानिप से भरे उस सौन्दर्य-सरोवर को देख मुझे मतिराम के कवित्त का चौथा चरण याद हो आया और मैं उसे गुनगुनाते हुए सीढ़ियाँ चढ़ने लगा :

पानिप अमल की झलक झलकन लागी,
काई-सी गयी है लरिकाई कढ़ि अंग ते।

बड़ी देर तक मुझे मूढ़ बना देख पादशाह बेगम भावनालोक से यथार्थ की धरती पर खड़ाकर झकझोरती कहने लगीं, "काश, आप उसकी जिन्दगी को सुखी बना सकते, कविराय।"

"पर यह कैसे सम्भव है, पादशाह बेगम?" मेरे मुँह से अनायास ये शब्द निकल पड़े।"

"यही तो सोचना है। यह निगोड़ा मजहब आड़े आ रहा है। आप हमारे मजहब को कबूल करने से रहे, यह हम बखूबी जानते हैं और आपसे ऐसी उम्मीद करना फ़ज़ूल है। उधर यह भी नामुमकिन है कि लौंगी आपके धरम को मान ले। इस हालत में भी नमाज पढ़ना कतई नहीं भूलती। नमाज पढ़ते-पढ़ते ही वह एक दिन खुदा से दुआ माँगते फफक-फफककर रो पड़ी थी। उसे रोती देखकर मैं दौड़ पड़ी और उसे बड़ी देर तक छाती से लगाये रोती रही। कविराय जगन्नाथ, बेटी की तरह पाला है मैंने उसे। अपनी बेटी की हालत मुझसे कतई बर्दाश्त नहीं हो पा रही है।"

"मुझे भी कोई रास्ता नहीं सूझ रहा है, पादशाह बेगम। अक्ल काम नहीं दे रही है मेरी।"

"यह भी नहीं हो सकता कि आप उसे हिन्दू बना लें। आपको पता है, इधर कुछ साल पहले पंजाब में ऐसी वारदात हुई है, जहाँ लोग अपना मजहब बदलते रहे हैं। कुछ हिन्दू मर्दों ने मुसलमान औरतों से शादी कर उन्हें भी अपने मजहब में ले लिया है। मुसलमान मर्द भी इसी तरह हिन्दू औरतों से शादी करते हैं। यहाँ तक होता रहा है कि मुसलमानों से शादी करने पर भी वे हिन्दू बनी रही हैं, जैसे मेरी दादी और परदादी। मुसलमान किसी हिन्दू से शादी करे तो पहले औरत को इस्लाम कबूल करना होगा। राणा दिल इसी पर तो तुली थी ना कि उसके साथ ऐसा न हो, कितनी दिक्कत पेश आयी थी, उसकी शर्त मानने में। ऐसी ही शर्त पर लौंगी भी तुली है और अगर मान लिया कि वह आपके धरम को मानने पर राजी हो जाय, तो भी शरीअत के मुताबिक यह कतई नामुमकिन है। वह ऐसा कर ही नहीं सकती।"

"धर्म और मजहब की तो मैं नहीं कहता। उनके दोनों ठेकेदारों को तो इस पर भी आपत्ति होगी, पादशाह बेगम! पर आप जानती हैं, मैं इन्सान के धर्म को वास्तविक धर्म मानता हूँ। मेरा धर्म तो अद्वैत वेदान्त या तौहीद का मजहब है, जहाँ ये जाति और धर्म के बाहरी ढोंग मिथ्या हैं। मुझे खुद इससे कोई एतराज नहीं होगा कि वे अपने मजहब को मानती रहें। पर हमारा वैवाहिक बन्धन वैदिक पद्धति से बाँधा जाएगा।"

"इसकी वजह?"

"वजह साफ है। आपके मजहब में शादी सुविधा और समझौते की चीज

है, पादशाह बेगम। खाविन्द जब चाहे तीन बार कह देने भर से बीवी को तलाक दे सकता है। हमारे यहाँ ऐसा धार्मिक बन्धन है, जो इसी जन्म के लिए नहीं, जन्म-जन्म के लिए बँध जाता है। हमारे यहाँ पति, पत्नी को तलाक दे ही नहीं सकता। मैं तो ऐसा पति बनना चाहूँगा, जो अपने ही अंग के आधे हिस्से की तरह पत्नी को अपने से कभी जुदा न कर सकूँ। जो गाँठ ऐसा बन्धन बाँध सके मैं उसी तरह की गाँठ में बाँधना चाहूँगा।"

"ठीक है," पादशाह बेगम ने संक्षिप्त-सा उत्तर दे स्वीकृति की मुहर लगा दी।

26

लवंगी के प्राणों की रक्षा के लिए ही हमें आगरा छोड़ लाहौर की शरण लेनी पड़ी। चैत के बाद बादशाह की सवारी दिल्ली आ पहुँची थी, जहाँ बादशाह नयी दारुलसल्तनत बनवा रहे थे। पिछले छः-सात साल से दिल्ली के पास यह नयी राजधानी बन रही थी। इन दिनों वे काला महल में टिके थे और किले के निर्माण का निरीक्षण करने आये थे। उस्ताद हमीद और उस्ताद हीरा के निरीक्षण में किले के निर्माण का कार्य तेजी से होता जा रहा था। दिल्ली में कोई हफ्ते भर रुक शाहजादी साहिबा ने लाहौर जाने की इजाजत माँगी। उन दिनों सन्त मुल्लाशाह लाहौर में थे और शीघ्र ही कश्मीर चले जाने वाले थे। पादशाह बेगम के साथ हम भी लाहौर के लिए रवाना हो गये। मेरे रुकने की व्यवस्था पण्डित चन्द्रभान ब्राह्मण के यहाँ की गयी। यूसुफ, कुलसुम और चमेली के अतिरिक्त अनेक लौंडियाँ और सेवक हमारे साथ थे। दिल्ली से गन्नौर, कर्नाल, सरहिन्द और फिल्लौर होते हुए कोई दस दिन में हम लहौर पहुँचे। यह सारा मार्ग दोनों ओर खूबसूरत कतारों में लगाये दरख्तों से सजा है।

रावी के किनारे बसा लाहौर उत्तरी भारत का प्रसिद्ध नगर है। आगरा और दिल्ली से भी ऊँचे-ऊँचे मकान हैं यहाँ। नवाब आसफ खाँ ने इसकी खूबसूरती को बढ़ाने में कितनी दिलचस्पी ली थी। किसी जमाने में रावी ठीक नगर के पास बहती थी, आज वह नगर से काफी दूर है। नवाब ने इसलिए शहर तक नहर लाकर पानी की समस्या सुलझा डाली थी। उपवनों से समृद्ध है यह नगर। पर ऐसा लगा, नवाब के निधन के बाद क्या-से-क्या हो गया लाहौर को। नवाब मरते वक्त अपना महल और अतुल सम्पत्ति-सोने-चाँदी, हीरे-जवाहरात बड़े

दौहित्र शाहजादा दाराशुकोह के नाम वसीयत में दे गये थे। शायस्ता खाँ तभी से शाहजादा से नाराज था। यहाँ के महल की देखरेख में शाहजादे ने कई सेवक रख छोड़े थे, पर उनके विशेष ध्यान न देने से अब वह रौनक नहीं थी जो मैंने चार-पाँच साल पहले देखी थी, जब मैं नवाब के साथ कश्मीर यात्रा पर गया था।

हमारी योजना थी कि लौंगी और मैं लाहौर में परिणयसूत्र में आबद्ध हो जाएँ। आगरा इस दृष्टि से उपयुक्त न था। चुपके से हम यहाँ विवाह कर कुछ दिन यहीं या अन्यत्र कहीं तब तक गुजारना चाहते थे, जब तक हमारे विरोधी शान्त न हो जाएँ। इसमें पादशाह बेगम की पूर्ण सहमति थी और शाहजादा दाराशुकोह को भी इस पर कोई आपत्ति नहीं थी। पादशाह बेगम इससे पूर्व शाहंशाह से यह इजाजत चाहती थीं कि वे इस शर्त पर लौंगी का मुझसे विवाह कर लेने दें कि वह मेरी पत्नी होते हुए भी इस्लाम धर्म में आस्था बनाये रखेगी। किन्तु शाहंशाह ने जब अनुमति न दी, तो हमें यह योजना बनानी पड़ी। लाहौर पहुँचते ही हमने सन्त मुल्लाशाह को यह बता दिया कि हम दोनों विवाह करना चाहते हैं और सन्त का आशीर्वाद चाहते हैं। सन्त को यह सुन प्रसन्नता हुई और आशीर्वाद देते उन्होंने कहा, "मुझे खुशी है, पण्डित, कि आप मजहबी कट्टरपन से ऊपर उठ उस पाक इश्क की दुनिया में आ रहे हैं, जो खुद खुदा का असली रूप है। मैं तहे-दिल से आप दोनों को दुआएँ देता हूँ। खुदा आपकी इस नयी जिन्दगी को खुशियों से भर दे।"

लवंगी और मैंने नतमस्तक हो सन्त के चरण छुए और तब उन्होंने तीन बार लौंगी से पूछा, "लौंगी क्या आप जगन्नाथ वल्द पेरम भट्ट से शादी करना चाहती हैं।" तीन बार लवंगी के स्वीकारने पर उन्होंने कुरानशरीफ की कुछ आयतें पढ़ हम दोनों को आशीर्वाद दिया।

जब हम पण्डित चन्द्रभान ब्राह्मण के यहाँ सन्त के दर्शन कर लौटे तो वैदिक पद्धति से हमारे विवाह की रस्म की पूरी तैयारी होने लगी। कुलसुम और चमेली ने दुलहिन के हाथों को मेहँदी की पत्रावलियों से सजाया। उसे मंगल स्नान करा, सोलहों शृंगार से अलंकृत किया और जब रेशमी कौसुम्भी परिधान में लवंगी विवाह मण्डप में लायी गयी, तो मैं उसे क्षण-भर पहचान ही नहीं पाया। बिना किसी धूम-धाम के सूक्ष्म पद्धति से पण्डित चन्द्रभान ने हमारे विवाह की व्यवस्था करवा दी थी। एक पंजाबी सारस्वत पण्डित ने वैदिक मन्त्रों से हमारी सप्तसदी करवायी। लवंगी को शिलाकलश पर खड़ा कर वैसा ही दृढ़ बनने का उपदेश दिया। अब लवंगी मेरी विधिपूर्वक अर्धांगिनी हो चुकी थी। उसे इस बात का गर्व था कि उसका विवाह मुल्लाशाह जैसे सन्त की दुआ और सारस्वत पण्डित द्वारा पढ़े-वेद

मन्त्रों द्वारा हुआ था और इस तरह यह दो विरोधी धाराओं को मिलाने का अनोखा प्रयास था।

पर जाहिर है कि इस विवाह की सूचना से लोग क्षुब्ध होंगे ही। जबसे आगरा में यह खबर फैल गयी थी कि लौंगी और मैं एक-दूसरे से प्रेम करते हैं, और मैं हिन्दू रहते हुए लौंगी को अपनाना चाहता हूँ, तो रोशनआरा पर जो भी गुजरा था, उसे बता चुका हूँ। औरंगजेब तो इन दिनों गुजरात में था और शायस्ता इलाहाबाद में। पर रोशनआरा ने लौंगी को फुसलाने में नाकामयाब हो मेरे पीछे गुण्डे छोड़ दिये थे। कुलसुम को कहीं से इसकी भनक पड़ गयी। यूसुफ ने दारा से प्रार्थना कर दो महीने की रुखसत ले ली। उसकी जिस्मानी ताकत से वैसे ही लोग खौफ खाते थे। वह अकेला दस गुण्डों के लिए काफी था। उसने इन गुण्डों के सरदार इब्लीस से कहलवा दिया था, "अगर कविराय पर नजर भी उठायी, तो आँखें निकाल लूँगा। फिर जो भी होगा देखा जाएगा।"

गुण्डों के बारे में यह सभी जानते हैं कि वे जितने बहादुर होते हैं, उतने ही कायर। सेर के सामने सवा सेर पड़ते ही वे कुत्ते की तरह दुम दबाकर भाग खड़े होते हैं, बस, गुण्डों का खतरा टल गया। फिर भी हम आगरा में विवाह सूत्र में नहीं बँधना चाहते थे। इस बीच कुलसुम के प्रयास से मेरी मुलाकत लौंगी से एकान्त में कोई पाच-छः बार हो चुकी थी। पहली मुलाकात को जब भी याद करता हूँ आज वृद्धावस्था में भी मेरा शरीर रोमांचित हो जाता है। उसके साथ अर्धरात्रि में मेरे प्रथम मिलन की जो योजना कुलसुम ने बनायी थी, उसे मेरा सौभाग्य ही मानें कि मैं कैसे सैकड़ों उपाय कर चोरी-छिपे उस बारहदरी में जा पहुँचा था, जहाँ वह सुधाफेन सोयी पड़ी थी और मैंने उस चकितनयनास्मेरवदना लवंगी को जगाकर मिलन-सुख से सिहरते साँसों उसका केवल आलिंगन करके भी अब तक अनभोगे सुख को भोग लिया था। बाद में मैंने महसूस किया था कि उसी दिन से लवंगी का विरह-ज्वर कम होने लगा था और कुलसुम के किये उपचार से वह स्वस्थ हो चली थी।

कुशलता से सजायी रचना-शैया की ओर अग्रसर होती कोमल पदविन्यास वाली मेरी यह प्रणयकथा पाठकों के हृदय में रस का संचार कर सकेगी या नहीं, इसके प्रमाण तो वे ही हैं, किन्तु उस दिन विवाह के बाद पहली रात मन्द-मन्थर पदविन्यास की थिरकन से कक्ष ही नहीं मेरे मन में भी कदम रखती, मिलन रस की सरिता-सी उमड़ती आती उस अभिनववधू लवंगी को स्वयं शैया पर आया पा सचमुच मेरे हृदय को अनुराग की लाली ने रँग डाला था और जब उसने वीणा विनादित स्वर में मेरे कानों में आलाप का सुधारस चुवाया तो मेरी आत्मा उसे पी कैसी मस्त हो उठी थी? उसे पा महाकवि बाण की उस

अभिनववधू का चित्र मेरे सामने आ गया था जो खुद ही प्रिय से मिलने के रस में विभोर हो शैया पर चली आयी हो और मैं उस चित्र को गुनगुनाते हुए मोतिया रंगके घूँघट की ओट में छिपे लवंगी के चेहरे को एकटक देखता रहा :

स्फुरुत्कलालापविलासकोमला
तनोति रागं हृदि कौतुकाधिकम्
रसेन शय्या स्वयमभ्युपागता
कथा जनस्याभिनवा वधूरिव।।

सचमुच उसके चेहरे को मैं राग और कौतुक से बड़ी देर से देख रहा हूँ। आज लवंगी मुझे बिलकुल अलग लगी है। निराली ही छवि है उसकी। एक पहर रात ढलने पर जब मैं शयनकक्ष में पहुँचा, तो कुलसुम और चमेली के साथ मैंने उसे वहाँ पहले से ही पाया। मेरे पहुँचने पर दोनों बाँदियाँ उठ खड़ी हुईं। मैंने अनुभव किया, रमणीय पुष्प-शैया पर बैठी लवंगी उठना चाहते हुए भी न उठ पायी। पता नहीं किन भावनाओं ने उसकी समस्त वृत्ति को कुण्ठित कर दिया। वह घूँघट में छिपे चेहरे को झुकाये चित्रलिखित-सी बैठी रही। कोई पन्द्रह पल बाद दोनों बाँदियाँ कुछ न कुछ बहाना बनाकर चल दीं और उस एकान्त कक्ष में मुझे लवंगी के समीप अकेला छोड़ गयीं। वह अब भी उसी मुद्रा में बैठी थी। मैं शैया के समीप पहुँचकर पर्यंक के किनारे बैठ गया और उसे सुनाते पण्डित जी का एक शेर मैंने पढ़ दिया :

चूँ रुखसारे-नूर निकाब उफताद,
अब्र बर रूए-आफताब उफताद।

(जब उसके चेहरे पर नकाब गिरा, तो जैसे सूरज के चेहरे पर बादल छा गया।)

शेर सुनकर भी आज पता नहीं क्यों लवंगी सारी हरकत दबाये बैठी थी। फारसी शाइरी उसे बेहद पसन्द है, यह मुझे पता था और वह खुद भी अच्छे शेर कहती थी। मैंने कोई हलचल होते न देख कहा :

"ऐ आफताब, इस अब्र के घूँघट में तूने अपने नूर को क्यों छिपा रखा है। हटा तो दे इसे जरा, ताकि दुनिया की आँखें तेरे नूर को पा रोशन हो उठें।"

मैंने देखा, घूँघट का बादल कुछ हिला जरूर पर आफताब पर कोई असर न हुआ, वह हलके गुलाबी बादल की ओट ही छिपा रहा। झीने बादल की टुकड़ी के पास उसकी कुछ-कुछ झलक मिल रही थी। मेरी गुंजाइश ने उसे लाज भरी उषा की लाली में जरूर रंग दिया, पर उसका खुला दीदार न मिल पाया था अभी।

उस आफताब की चमक ने अलकपट्टिका के बीच मोतियों-भरी माँग से ललाट पर लटकते माँगटीके, कानों में झलमलाते फूलझुमकों, नाक के बीच में थिरकते बुलाक में मोती और बायें कपोल के पर्यंक पर विश्राम करती नथ में जड़े हीरों को जगमगा दिया था और इनके किरणजाल ने मुखड़े की नैसर्गिक शोभा के इर्द-गिर्द अनोखा परिवेश-मण्डल सजा डाला था। पर इस परिवेश-मण्डल ने ऐसी चकाचौंध पैदा कर रखी थी कि मेरी आँखें उस अनुपम लावण्य-कान्ति-परिपूरित मुख-मण्डल की स्वाभाविक रमणीयता का जायजा ही नहीं ले पायीं। मेरा मन तो उसके आवरणहीन रमणीयता का दर्शन करना चाहता था, उस सत्य का दर्शन करना चाहता था जो द्वैतत्व को पैदा करते पर्दे के हटते ही ऐसे अद्वैत की अनुभूति करा दे, जहाँ फिर दो का भान न रहे, मैं और तू दोनों एकाकार हो जाएँ। मैंने फिर आजिजी करते कहा :

"मेरी नजरों पर छाये माया के झूठे आवरण से इस घूँघट को अब तो हटा दो, देवि, ताकि तुम्हारे पूर्णचन्द्र-बिम्ब की जुन्हाई से यह मानस लहरा उठे।" मेरी गुजारिश का कुछ असर अवश्य हुआ। उसने केवल निषेधसूचक एकाक्षर शब्द के द्वारा मौनभंग किया 'उहूँ' और स्थल-कमल-सा उसका चेहरा इस तरह थोड़ा-सा हिल उठा जैसे उसे वासन्ती बयार छू गयी हो। बार-बार गुजारिश करता रहा, पर वही संक्षिप्त उत्तर मिलता रहा। अब मैंने सोचा कि इस रहस्य के पर्दे को अपने ही हाथों हटाना होगा, मैंने हटाने को उसे छुआ। मैं सोच रहा था कि एक ही आवरण होगा, लगता ऐसा ही था। पर यह क्या, एक के बाद एक आवरण था, घूँघट का पट एक नहीं था, सात-सात झीने आवरणों के बाद कहीं जाकर मैं उस आफताब के निवारण लावण्य को देख पाया। मेरी आँखें चौंधिया गयीं। हजारों सूरज की रोशनी और लाखों चाँदों की शीतलता मिली मुझे उसके दीदार में। मैं सचमुच कृतार्थ था। मेरी आँखें उस रोशनी से अभ्यस्त हो जाने पर फिर बड़ी देर तक निरखती रहीं, निरखती रहीं।

लवंगी अभी भी अपना चेहरा गरदन की टहनी पर झुकाये बैठी थी। जब उसने अपने हाथों आवरण को हटाने में मुझे क्षण भर के लिए रोका, तो मेरे हाथ का स्पर्श पाते ही उसका हाथ काँप उठा और उस कम्पन ने उसके गालों को छू उन्हें भी लाल तूलिका का हल्का-सा स्पर्श दे रोमांचित कर दिया। इस लाली ने उसके संगमरमर-से स्वच्छ, नवनीत-से कोमल कपोलों पर माँग के सिन्दूर की रागारुणता को छिटका दिया। मेरी आँखों के कटोरों में प्रतिबिम्बत हो उस लाली ने मेरे तन-मन को भी अनुरक्त बना डाला। एक अजीब-सी शराब की खुमारी मुझ पर हावी हो गयी और उस खुमारी की झोंक में मैंने लवंगी को थोड़ा सहारा दे झुके फूल से उसके चेहरे को अपने करतल की टेहनी पर

उठा लिया। मैंने अनुभव किया, सुबह की हवा के छूते ही खिलने के पहले ही कली में जैसी सिहरन हो उठती है, वैसे ही उसके मुखड़े पर तरलित हो उठी और उस सिहरन ने मेरे हाथों को भी अनोखी कँपकँपी से भर दिया।

पर फिर भी वह मुकुलित नेत्रों से बैठी रही। उसने अपने समस्त अंगों को जरी और सच्चे मोतियों के काम से झलमलाती हलकी गुलाबी पचतोरिया साड़ी के परिवेश में और समेट लिया। उसकी साँस की पद्मगन्ध से मेरी चेतना मदहोश हो उठी। मैं उस गन्ध के खजाने को पाने का लोभ संवरण न कर सका। मुझे बुलाक के जड़ मोती से बेहद रश्क होने लगा जो सहज स्पन्दन से थिरकता उसके अधर को छूता जा रहा था। सुधाधर की दिव्य अधरसुधा की रखवाली करते उसकी बुलाक के मोती को अपने हाथ से परे कर, मैं बरजे जाने पर भी उस अभिनव मधुरस का पान कर निरतिशय तृप्ति का अनुभव करने लगा।

...लाज के नाल पर झुका कमलकोमल मुख अपनी मुँदी पलकों की पंखुड़ियों में और अधिक सुन्दर लगा। मैंने उसे अपने करतल का सहारा दे उठाया, मुँदी पलकों में कुछ कम्पन हुआ, वे कनखियों से खिलती-सी लगीं, अरुण अधरदलों पर हलकी-सी मुस्कराहट के खेलते ही हीरों से दमकते दाँतों की किरण क्षण-भर के लिए छिटक फिर ठिठक गयी। अस्त-व्यस्त अलकावली की दो लटें दायें-बायें कपोलों पर लहराती ऐसी लगीं, जैसे भौंरों की चंचल पाँत उस अनोखे कमल के मकरन्द का पान करने चली आयी हों। मैंने पुनः उस मकरन्द का पान करने की इच्छा से लवंगी को सम्बोधित करते कहा :

"ऐ प्रिये, ये इस कवँल के केसर तेरे दाँतों की किरणों के बहाने लहरा रहे हैं, जब तेरे बालों की लटों के वेश में सजे ये चंचल भौंरे भी इस मादक शहद को पीने को बेताब हैं, तो भला हम बेताब क्यों न हों?

दयित रदनत्विषां मिषादयितेऽमी विलसन्ति केंसराः।
अपि चालकवेषधारिणो मकरन्दस्पृहयालवोलयः ॥"

27

तीर्थंकर भगवान पार्श्वनाथ की मूर्ति के समक्ष आचार्य भद्रविजय सूरि के साथ खड़ा हूँ। मन्दिर के गर्भगृह में पद्मासन मुद्रा में उन तीर्थंकर की मूर्ति है, जो कभी मेरी ही जन्मभूमि वाराणसी में जनमे थे और जिन्होंने कर्मकाण्ड में पाखण्ड की अभिवृद्धि हो जाने पर जनता को मोक्ष का नया मार्ग दिखाने को ज्ञान की

दीपशिखा जलायी थी। इस महापुरुष ने पुराणों के चौबीस अवतारों में प्रसिद्ध ऋषभ के मार्ग को अपना जिन धर्म का प्रवर्तन किया था, ऐसी कठोर तपस्या की थी उन्होंने सम्यक् दर्शन और सम्यक् ज्ञान प्राप्त करने के लिए कि उनके सम्यक् चारित्र से प्रभावित स्वयं नागराज अपने फणामण्डल से छत्र सजा उनकी सेवा में आ जुटा था। इसी मुद्रा में तीर्थंकर पार्श्वनाथ की समाधिस्थ मूर्ति मेरे सामने पीठिका पर स्थित है। मन्दिर के कुट्टिमपरा तण्डुल, बादाम और चन्दन से अनेक खागणितीय मण्डल बनाये गये हैं। आचार्य भद्रविजय सूरि मूर्ति के समक्ष खड़े प्राकृत गाथाओं का पाठ पढ़ते जा रहे हैं।

जगमोहन में रंग-बिरंगी पगड़ियाँ और सफेद अँगरखे पहने अनेक पुरुष खड़े हैं। अवगुण्ठनों में लिपटी साड़ियाँ और कलीदार घाघरे पहने कई स्त्रियाँ, बच्चियाँ, युवतियाँ और वृद्धाएँ। इन्होंने आधी बाँहों की ऐसी कंचुकियाँ पहन रखी हैं, जिनमें केवल वक्ष ढँका है, उदर तथा नाभि अनावृत छोड़ दी गयी हैं। ये अपनी भाषा में भक्ति-गीत गा रही हैं। यहाँ की भाषा मेवाड़ी है। मेदपाट या मेवाड़ की राजधानी उदयपुर में मेरे आ पहुँचने की भी कहानी है। पिछले साल भर से मैं उदयपुर में टिका हूँ। शैव, वैष्णव तथा जैन धर्मों का गढ़ है यह मेदपाट। यहाँ के राणा शैव हैं। कहते हैं इनके मूल पुरुष बप्पा रावल शैव थे और एक शैव महात्मा के आशीर्वाद से ही इस प्रदेश में अपना राज्य स्थापित कर सके थे। उदयपुर से कोई दस कोस दूर ही पार्वत्य प्रदेश के बीच बप्पा रावल द्वारा स्थापित एकलिंग का प्रसिद्ध मन्दिर है, जो इनके कुलदेव हैं। इसी वंश की वधू मीराबाई थीं, जिन्होंने अपने पदों में वैष्णव भक्ति-धारा प्रवाहित की थी। पहले राणाओं की राजधानी चित्रकूट थी, जिसे चित्तौड़ भी कहते हैं। मैंने अजमेर से उदयपुर आते हुए इस स्थान को देखा था, जहाँ पर्वत शिखर पर विशाल दुर्ग है। इस दुर्ग के लिए मुगलों और राणाओं से सदा युद्ध होता रहा है। यहाँ के राणा और अधिकांश प्रजा शैव और वैष्णव हैं, किन्तु यहाँ के वणिक् वर्ग में बहुत से जैन हैं, गुजरात और मेदपाट जैन धर्म के प्रधान केन्द्र हैं। यहाँ के राजा अपने कुल धर्म के अतिरिक्त विष्णु और जिन देवालयों का पूर्ण सम्मान करते हैं। वर्तमान महाराणा जगतसिंह तो इन्हीं दिनों नगर के मध्य में एक विशाल वैष्णव देवालय का निर्माण भी करवा चुके हैं, जहाँ भगवान जगदीश की मूर्ति स्थापित की गयी है।

महाराणा के अमात्यों में कई जैन धर्मावलम्बी ओसवाल बनिये हैं। कोठारीजी भी ओसवाल हैं। लवंगी से विवाह कर लेने के पश्चात् कुछ दिन अज्ञातवास के लिए मैं इन्हीं के माध्यम से उदयपुर आ गया हूँ। लाहौर में विवाह सूत्र में बँध जाने पर मैं आगरा नहीं जाना चाहता था, न वाराणसी ही। पण्डित

चन्द्रभान ब्राह्मण ने परामर्श दिया कि मैं उदयपुर चला जाऊँ। उदयपुर में मेरा परिचय है। जिन दिनों मैं आगरा में नगरसेठ किरोड़ी के यहाँ रहता था, उनकी पत्नी की घनिष्ठ सहेली वहाँ आयी हुई थी। नगरसेठ की पत्नी अग्रवाल जैन है और उनका पितृगृह अजमेर है। उसके पड़ोस में ओसवाल जैन परिवार रहता है। यह उसी परिवार की पुत्री है और उदयपुर के उस कोठारी परिवार की वधू है, जो राणा लोगों के मन्त्री हैं। आगरा के नगरसेठ की पत्नी के पास यह तीन-चार महीने रुकी थीं। उन दिनों नगरसेठ की पत्नी अपने धार्मिक-स्तुति ग्रन्थ 'भक्तामरस्तोत्र' को मुझसे पढ़ रही थीं और इसने भी उन दिनों इस स्तोत्र का अध्ययन किया था। मेरा अनुमान था कि इस माध्यम से मैं कुछ महीने उदयपुर में तब तक मजे से गुजार लूँगा जब तक विरोधियों का दुष्प्रचार शान्त नहीं हो जाता। मैं इसी बहाने यहाँ के राणा जगतसिंह के भी सम्पर्क में आ जाना चाहता था। बूँदी में जसवन्त सिंह के विवाह के समय मेरा परिचय राजकुमार राजसिंह से हो गया था। उस पुराने परिचय से यहाँ के राजदरबार में भी मेरी पहुँच हो ही सकती थी। यह सब सोचकर मैंने उदयपुर को ही समुचित स्थान समझ यहाँ आने की योजना बना डाली। नगरसेठ की पत्नी के कोठारी परिवार की बहू के नाम एक पत्र भिजवा दिया था। इसके साथ हमने गुप्त रूप से लाहौर से उदयपुर तक की कठिन यात्रा की। कोई डेढ़ महीने में हम उदयपुर पहुँचे।

हमने मार्ग चुनने की एक सतर्कता बरती। हम दिल्ली न जाकर लाहौर से थली की मरुभूमि के मार्ग से आम्बेर होते हुए अजमेर पहुँचे थे और फिर वहाँ पुष्कर में स्नान कर तब चित्तौड़ होते हुए उदयपुर। मरुभूमि को पार करते समय ज्येष्ठ मास में जो कठिनाइयाँ आयीं, उनकी याद आते ही जैसे आज दाँतों में रेत की किरकिरी आ समायी है और दृष्टि को रेत के बबण्डरों ने तिरोहित कर दिया है। ऊँटों से मरुभूमि को पार करते कई विचित्र अनुभव हुए थे हमें। लवंगी एक ऊँट पर महमिल में बैठी यात्रा कर रही थी और उसे देख मुझे अरब के रेगिस्तान के महमिल पर यात्रा करती सूफी प्रेमकथा की लैली याद हो आयी थी। आसमान में तपता वृष का सूर्य भाड़ की रेत-सी जलती भूमि, वृक्षों और गुल्म की हरियाली से रहित निज रेत के टील-ही-टीले, ऐसे टीले जो लू के थपेड़ों से आहत हो यहाँ से उड़-उड़कर वहाँ उसी तरह जा गिरते जैसे पुराणों के पक्षधारी पर्वत उड़कर बस्तियों पर गिरा करते थे।

डर था, कहीं ये हमें यह समूचे-का-समूचा न दफना दें। कोसों तक न बस्ती, न हरियाली, न जलाशय, न विश्रामस्थल। कोसों बाद कोई दस बीस झोंपड़ियाँ दिख जातीं। यहाँ पाताल के तले जीवन को छिपाये कुछ के पास एक-दो हरे-भरे नीम के पेड़, कीकर और अन्य काँटेदार ऐसे तरु गुल्म जिनकी

छाँह मुँह ढाँकने को भी पर्याप्त न थी। पर यही धरती, जब तारों भरी रात, दिन में थके विश्व को आँचल से सुलाते आती, तो चन्द्रमा की किरणों-सी शीतल हो जातीं। दिन भर लू के थपेड़ों से विक्षुब्ध धरती चाँदनी रात में खिलखिलाती नजर आती, जैसे उसका कण-कण उल्लास से नाच उठा हो। दिन की यात्रा-जनित समस्त क्लान्त का ऐसी रात में पूर्णतः अपनोदन कर हम फिर तरो-ताजा हो मंजिल की ओर बढ़ते रहे और सकुशल उदयपुर जा पहुँचे।

वाराणसी, आगरा, दिल्ली और लाहौर में भारत का जो रूप मुझे देखने को नहीं मिला था, वह इस यात्रा में मिला। इसी यात्रा में पहले-पहल मैंने इस देश की प्रजा की दरिद्रता को देखा। केवल सिर पर फटा-सा फटा बाँधे, घुटनों तक धोती पहने अधनंगे पुरुषों को देखा, मैली-कुचैली वेशभूषा में लिपटी स्त्रियों को देखा, जो हँसी-खुशी इस गरीबी को सहती जा रही थीं। इसी यात्रा में मैंने निर्मम प्रकृति से संघर्ष करती मानव की दुर्दम झाड़ियों की पत्तियों की खोज में घूमते ग्रामीणों को देखा, दो-दो कोस जलती धरती पर पैर रखती पानी की खोज में जाती ग्राम-वधूटियों को देखा, और चाँदनी रात में झोंपड़ियों के पास खुले मैदान में खाट डाल मस्ती से लोकगीत अलापते नवयुवकों को देखा। कैसे वे इन लोकगीतों की तान में संघर्ष-जनित सारे श्रम और वेदना को भुला देते थे।

मैं सोचने लगा, कौन-सा है भारत? क्या भारत वह है, जिसको मैंने दीवाने-आम और दीवाने-खास में देखा है, जिसको मैंने स्वर्णाभूषणों या मणि-मुक्ताओं की चमक में देखा है या भारत यह है जो इन झोंपड़ियों में संघर्षरत जीवन व्यतीत करते अर्धनग्न स्त्री-पुरुषों में है। क्या भारत की आत्मा लाल खाँ के शास्त्रीय गान और राणादिल के नृत्य-कौशल में गूँजती है, या उसका स्पन्दन ढोल की ताल पर गाते ग्रामयुवकों और नाचती ग्रामवधुओं की नृत्य-मुद्राओं में आन्दोलित हो रहा है? कितना अन्तर है, भारत के इन दो रूपों में और जब तक यह अन्तर नहीं मिटेगा, भारत की खोयी आत्मा नहीं मिल सकेगी। इन्सान और इन्सान का यह अन्तर मजहब और धर्म का नहीं है, सम्प्रदाय और सिलेसिले का नहीं, जाति और फिरके का नहीं है, गरीब और अमीर का है। इन सभी भेदों को मिटाना होगा, तभी मानवता का सच्चा स्वरूप प्राप्त हो सकेगा। अद्वैत और तौहीद की सच्ची अनुभूति तो उसी दिन हो सकेगी।

साल-भर से ऊपर हो गया है मुझे उदयपुर पहुँचे। कैसा सुन्दर नगर है उदयपुर। जलाशयों का जो रामणीयक यहाँ मिला, वह वाराणसी, आगरा, दिल्ली और लाहौर में कहाँ। हाँ, कश्मीर में अवश्य है यह। ऐसा लगा जैसे वही विराट् सौन्दर्य सूक्ष्म हो यहाँ आ सिमटा है। हरे-भरे उपवनों से घिरे जलाशय के

बीचों-बीच बना महाराज जगतसिंह का बनाया राजप्रासाद तो धरती पर उतरे स्वर्ग का टुकड़ा लगा मुझे। सावन के महीने में लबालब कटोरे से भरे तालाब के बीच इसकी संगमरमरी शोभा ऐसी लगी, जैसे मोतियों के पर्वत से दमकता द्वीप जलाशय के जल को चीर सर उठाये आ खड़ा हो। इन दिनों श्रावण मास चल रहा है। श्रावण मास में जैन मन्दिरों की भी चहल-पहल को देखने से मैं रोक नहीं पाया हूँ अपने आपको। कट्टरपन्थियों के अनुसार मैं छोटी-सी जिन्दगी में दो-दो अपराध कर चुका हूँ। तीस-बत्तीस बरस की भी कोई जिन्दगी होती है-यही तो उम्र मेरी है इस समय। दो ऐसे बड़े अपराध किये हैं मैंने उनके शब्दों में, जिन्हें करने की बजाय मर जाना बेहतर था, हाथी के पैरों तले कुचल दिया जाना अच्छा था मैंने आगरा में रहते यावनी भाषा पढ़ी है।-फारसी ही नहीं, अरबी भी। उदयपुर में आकर जिन मन्दिर में भगवान पार्श्वनाथ के दर्शन किये हैं। मैं नहीं समझता कि मैंने कोई अपराध किया है? कितने नासमझ हैं वे लोग, कितने क्षुद्र-बुद्धि हैं वे लोग, जिन्होंने यह फतवा दे डाला है :

न वदेद्यावनीं भाषां प्राणैः कण्ठगतैरपि।
हस्तिनां ताड्यमानोऽपि न गच्छेज्जिनमन्दिरम्॥

ऐसे अविवेकपूर्ण फतवों से ही इन्सान की आत्माओं की दूरी बढ़ती जाती है। पर आखिर ऐसे फतवे देते क्यों हैं लोग? शायद कुछ लोगों के स्वार्थों को ठेस पहुँचती है। सारी मानवता को एक मान लेने पर। उनकी अपनी महत्ता का झूठा अभिमान खण्डित हो उठता है। और तब वे धर्म की मूल मनोवृत्ति को झुठलाते ऐसी अनुत्तरदायित्वपूर्ण बातें करने लगते हैं।

आचार्य भद्रविजय सूरि ने मेरे साथ कोई द्वेषभाव न बरता। यह जानते हुए भी कि मैं उनके धर्म को नहीं मानता। वे मेरे पाण्डित्य से प्रभावित थे। कोठारी परिवार के माध्यम से मैं राजकुमार राजसिंह से मिल चुका था और मुझे अब राणा जगतसिंह से सम्मान प्राप्त हो चुका था। ये महाराणा प्रताप के प्रपौत्र तथा महाराणा कर्ण के पुत्र हैं। मैंने उनकी प्रशंसा में कई पद्य बना एक प्रशस्ति-काव्य समर्पित किया है-जगदाभरण। जिस दिन मैंने यह काव्य समर्पित किया, आचार्य भद्रविजयसूरि भी राजसभा में उपस्थित थे। आचार्य संस्कृत के धुरन्धर विद्वान हैं, जैन न्याय और दर्शन के पण्डित ही नहीं, कुशल कवि भी। वे मेरा काव्य सुन अत्यधिक प्रभावित हो गये थे। उन्होंने मुझे अपने यहाँ निमन्त्रित भी किया और इधर सात-आठ महीने से इनसे मेरी घनिष्ठता हो गयी है।

यद्यपि उदयपुर में मैंने शैवों, वैष्णवों और जैनों में कोई भेदभाव नहीं पाया, इस्लाम धर्मानुयायियों के प्रति यहाँ कटुभाव है। इस कटुभाव का कारण धार्मिक

न होकर राजनीतिक अधिक है, क्योंकि मुसलमान बादशाहों ने सदा से राणाओं के राज्य की स्वतन्त्रता का अपहरण करने का अपराध किया है। पण्डित चन्द्रभान ने मुझे लाहौर में ही यह सब बता दिया था और सलाह दी थी कि लवंगी को वहाँ बड़ी सतर्कता से रहना होगा। मैंने उसे सारी परिस्थिति स्पष्ट कर दी थी और यहाँ उसने मुगल दरबार की हिन्दवी जबान, बोलना छोड़ आगरा की प्रजा की भाषा बोलना शुरू कर दिया, जो वह धड़ल्ले से बोलती थी।

समय गुजारने को मैं प्रतिदिन आचार्य भद्रविजय सूरि के पास चला जाता था। हम परस्पर एक-दूसरे को अपनी काव्य-कृतियाँ सुनाते। काव्य और शास्त्र की चर्चा से वातावरण जीवन्त हो उठा। उनके पास अनेक दुर्लभ ग्रन्थों के हस्तलेख थे। मम्मट के काव्यप्रकाश पर एक दुर्लभ टीका का हस्तलेख, जो किसी जैन मुनि माणिक्यचन्द्र ने लिखी थी, कोई साठ साल पहले ही बाण की कादम्बरी पर लिखी उन दो जैन मुनियों की टीका, जो मुगल सम्राट अकबर के दरबार से सम्बद्ध थे। इनके अतिरिक्त अनेक ललित महाकाव्य, आख्यायिका और चम्पूकाव्य के भी हस्तलेख थे उनके पास, जिनमें अधिकांश के रचयिता जैन कवि थे। धार्मिक भेदभाव को भुलाये वे कालिदास, माघ, भवभूति और बाण ही नहीं पढ़ते थे, मैं उन्हें पातंजल योगसूत्र और बादरायण का ब्रह्मसूत्र भी पढ़ते पाया, जिनके भी हस्तलेख थे उनके पास मुझे यह जानकर परम हर्ष हुआ कि जैन कवियों और पण्डितों ने संस्कृत भाषा के साहित्य को समृद्ध बनाने में कितना योग दिया है। साहित्य ही नहीं, दर्शन के क्षेत्र में भी कई पाण्डित्यपूर्ण रचनाएँ दिखायी थीं उन्होंने। उस दिन जैन दर्शन पर ही बातें छिड़ गयी थीं और मुझे उनकी कुछ बातें काफी रुचिकर लगीं।

"आपको कदाचित् यह भ्रान्ति हो, पण्डित जगन्नाथ जी, कि हम नास्तिक हैं, क्योंकि ब्राह्मण धर्मानुयायी गलती से हमें चार्वाकों के साथ खतियाते रहते हैं, पर यह मान्यता त्रुटिपूर्ण है।" मुनिजी ने कहा।

"मैं स्वयं भी आपके दार्शनिक विचारों के विषय में विस्तार से समझना चाहता था, आखिर इस देश में इन अनेक वैचारिक प्ररोहों के उदय में मूल कारण क्या है?"

"हम नास्तिक नहीं, जीव की चेतन सत्ता को जड़, पुद्गल की सत्ता से अलग मानने वाले को नास्तिक कह ही कैसे सकते हैं? हाँ, हम वेदों और वैदिक कर्मकाण्ड को प्रमाण नहीं मानते। हमें अवैदिक कहना ठीक हो सकता है। पर फिर भी हमारा दर्शन किसी सीमा तक उन वैदिकों के बड़ा समीप है, पण्डित जी, जो वेदों को प्रमाण मानते हैं।"

"यह कैसे?"

"मीमांसा दर्शन कर्म को प्रधान मानता है। कर्म ही जीव का फलदाता है। कर्म को जीव के बन्धन का नियामक हम भी मानते हैं। एक और समानता है। वेदों के मानते हुए ही मीमांसक अनीश्वरवादी हैं। वे किसी ऐसे ईश्वर में विश्वास नहीं करते, जो हमारे भाग्य का विधाता हो और इच्छानुसार हमें सुख या दुःख देने की क्षमता रखता हो। हम भी जीव में सारी क्षमता मानते हैं, पण्डित जगन्नाथ जी, कि वह स्वयं बन्धन से छुटकारा पा मुक्त हो सकता है। मुक्त होने पर जीव ईश्वर बन जाता है। वह ईश्वर जो हमारे कर्मफल का निर्णायक नहीं है, किन्तु वह ईश्वर जो ऐसे दर्शन, ज्ञान, सुख और वीर्य से विभूषित हो जाता है, जिसका कभी अन्त नहीं होता, जो साधारण जीव की तरह फिर से पैदा होने और फिर से मरने के चक्कर में नहीं फँसता। इस स्थिति में ही जीव को ईश्वर कहते हैं।

"तो आपके यहाँ तीर्थंकरों की यही स्थिति है।"

"हाँ पण्डितजी, कर्म-बन्धन से छुटकारा पाकर ही हम यह स्थिति पा सकते हैं। और यह तो आप जानते हैं, कर्म से छुटकारा पाने के लिए भी तो कर्म करना पड़ेगा। यही कारण है, हम सत्कर्म, आचार या धर्म पर जोर देते हैं, अहिंसा पर जितना बल हमारे दर्शन में दिया गया है, उतना कहीं नहीं मिलता। मीमांसक वैदिक पद्धति से किये यज्ञ को ही कर्म मान बैठे हैं, पर हम तो कर्म का विस्तार जीव समष्टि की सेवा तक मानते हैं।"

"यह तो बहुत अच्छा पक्ष है, मुनि जी, समस्त चेतना जीवों की सेवा करना ही तो मानव के जीवन का लक्ष्य होना चाहिए।"

"आपको यह जानकर सन्तोष ही होगा कि हमारा अहिंसा का सिद्धान्त इतना व्यापक है कि किसी जीव के दिल को दुखाना तक हम हिंसा मानते हैं। मान लीजिए, आप ऐसी बात मान बैठे हैं जो हमें ठीक नहीं जँचती, तो हम यह नहीं मानते कि आपका पक्ष सर्वथा त्रुटिपूर्ण है। हो सकता है, सत्य को परखने का वह भी एक पक्ष हो, पर हमारी मान्यता है कि वही एकमात्र पक्ष नहीं है। हम यदि आपका खण्डन भी करेंगे तो यही कहकर कि सत्य को परखने के इतर पक्ष भी हो सकते हैं और सभी पक्षों में केवल आंशिक तथ्य है।"

"आप सम्भवतः उस सिद्धान्त का जिक्र कर रहे हैं, मुनिजी, जिसे दर्शन में 'सप्तभंगी' सिद्धान्त कहा जाता है। ब्रह्मसूत्र की टीका 'भामती' पढ़ते समय इसकी जानकारी मुझे मिल चुकी है।"

"हाँ, पण्डित जगन्नाथ जी, हम यह मानते हैं कि प्रत्येक मत या सिद्धान्त किन्हीं विशेष परिस्थितियों में पैदा होता है। चार्वाक और बौद्ध, मीमांसा और जैन, न्याय और वैशेषिक, सांख्य और वेदान्त सभी अपनी-अपनी परिस्थितियों की देन

हैं। वे सब सत्य के अंशभाव को लेकर चलते हैं और उस अंश में वे ठीक भी हो सकते हैं। पर सभी को पूर्ण सत्य का पता नहीं है। हम कठहुज्जती एकान्तवादी न होकर ऐसे अनेकान्तवादी हैं, जो सभी का समन्वय करना चाहते हैं। वेद जैसे ग्रन्थों को शब्द प्रमाण मान लेने पर यह सम्भव नहीं है। इसलिए हम उन्हें प्रमाण नहीं मानते।"

"चेतन जीव का स्वरूप आप क्या मानते हैं और मनुष्य तथा पशु में क्या भेद है?" मैंने उस तत्त्व के बारे में जानना चाहा जो मनुष्य को समस्त जड़ सृष्टि से विशिष्ट बनाता है और उस धर्म से पूरी तरह जुड़ा हुआ है, जिसे मानवता या इन्सानियत कहते हैं। मानवता कुछ नहीं जीव का ही तो धर्म है ना। जड़ पत्थर से आप मानवता की आशा कभी नहीं रखते और अगर किसी इन्सान में आपको यह विशिष्ट धर्म न मिले तो आप उसे जड़ या पत्थरदिल कह बैठते हैं, उसे कभी आप जानवर या हैवान भी कह देते हैं।

"हम जगत् को दो तरह का मानते हैं, पण्डित जी, चेतन जीव और जड़ पुद्गल। पुद्गल माने अणु, जिससे यह भौतिक संसार बना है, जिनसे बन्धनमय देह हमें कर्म के फल के रूप में मिलता है। बुरे कर्म हमें पशु बनाते हैं, अच्छे कर्म से हम देवता तक बन जाते हैं, पर ईश्वर तो हम तभी बन सकते हैं, जब कर्मों के बन्धन से मोक्ष प्राप्त हो। फिर भी वेदान्त के जीव और हमारे जीव की मान्यता में भेद है।"

"यह भेद क्या है?"

"हम सांख्य की तरह जीवों की अनेकता मानते हैं, सांख्य भी अनेक पुरुष मानते हैं। प्रत्येक जीव विभु हैं, बन्धन में फँसकर यह जिस देह में जाता है उसी आकार का हो जाता है, चिउँटी में वह चिउँटी के आकार का है, हाथी में हाथी के और मनुष्य में मनुष्य के। वह अणु भी हो सकता है, महान भी, यही उसकी विभुता है। आपके उपनिषदों में भी तो उसे 'अणोरणीयान् महतो महीयान्' कहा गया है ना। पर विभु होते हुए भी यह प्रभु तभी बन पाएगा, जब इस कर्म-बन्धन से छुटकारा पा ले।"

"नहीं, हम आपके यहाँ के शांकर वेदान्त जैसे ऐसे ब्रह्म को नहीं मानते, जो जीव से अभिन्न हो और न ही दूसरे वेदान्तियों की तरह जीव को किसी अन्य विराट् अंगीरूप सत्ता का अंश ही मानते हैं। हमारे तीर्थंकर की कल्पना आपके निर्गुण ब्रह्म अथवा सगुणोपासना के विष्णु से सर्वथा भिन्न है।"

"पर आप भी तो तीर्थंकर की मूर्ति की उपासना करते हैं।"

"जिन की मूर्ति हमारा वह आदर्श है, पण्डित जी, जिसे पाना प्रत्येक जीव का लक्ष्य होना चाहिए। उन्हीं की तरह हम इस भव-बन्धन से मुक्त हो शुद्ध

स्वरूप पाना चाहते हैं। पर हमारे यहाँ ऐसा भी सम्प्रदाय है, जो मूर्तिपूजा में विश्वास नहीं करता।"

"यह तो नयी बात बतायी आपने।"

"हाँ, इस उदयपुर में तीन सम्प्रदाय हैं हमारे। हम श्वेताम्बर हैं, किन्तु यहीं ऐसे भी जैन धर्मानुयायी हैं, जो मुनि के लिए पूर्णतः अपरिग्रही होना आवश्यक मानते हैं। परिग्रहवृत्ति बन्धन हैं। वस्त्र भी परिग्रह है। अतः पूर्णतः अपरिग्रही मुनि के लिए सर्वथा वस्त्रत्याग भी आवश्यक है। इन्हें दिगम्बर जैन कहा जाता है। ये भी मूर्तिपूजक हैं। इनके मुनि वस्त्रादि से निस्संग हो विचरण करते हैं। इस सिद्धान्त भेद से यह भी अन्तर आ गया है हम दोनों में, हम पुरुष और स्त्री दोनों देहों में आबद्ध जीव को मोक्ष का अधिकारी मानते हैं। दिगम्बरों के अनुसार स्त्री देह में आबद्ध जीव को मोक्ष-प्राप्ति नहीं हो सकती। इसके लिए उसे पुरुष रूप में जन्म लेना होगा।"

"पर अभी आप कह रहे थे कि आपके यहाँ कुछ लोग मूर्तिपूजा को नहीं मानते।"

"हाँ, मैं वही कहने जा रहा था, उदयपुर में ही एक सम्प्रदाय स्थानकवासियों का है। अभी ये बहुत कम हैं। डेढ़ सौ साल पहले गुजरात में हमारे श्वेताम्बरपन्थी सम्प्रदाय का ही नया प्ररोह उगा है यह। ये स्थानकवासी कहलाते हैं और अपने स्थानकों में मूर्ति की स्थापना नहीं करते। इनकी दलील है कि हमारे प्राचीन आगमों में जिन की मूर्तिपूजा का कोई उल्लेख नहीं है। उदयपुर में अभी-अभी पनपने लगे हैं ये लोग। जैन धर्म एक विशाल सागर है, पण्डित जगन्नाथ जी, और ये विविध मतमतान्तर उसमें उठती गिरती वीचियाँ हैं। पर अनेकता में भी एकता है और वह समुद्र में बूँद के समान है।"

"जैन-धर्म ही क्यों, मुनिजी, सारा भारतीय चिन्तन महासागर है, ये सभी धर्म, सभी दर्शन, सभी सम्प्रदाय, सभी मान्यताएँ उसकी अंगभूत लहरें हैं। इन लहरों को ही समुद्र का असली स्वरूप मान लेने की भ्रान्त धारणा से झगड़ा-फसाद और शास्त्रीय वितण्डावाद खड़ा हो रहा है और इसी में फँसकर मानव संसार-समुद्र में गोते खाता उस अवलम्बन को ढूँढ़ता फिरता है, जो उसे किनारे तक पहुँचा दे। राग-द्वेष के अज्ञान-बन्धन से छुटकारा पाये बिना ज्ञान का किनारा मिलने से रहा। एक बात मुझे पसन्द आयी आपके दर्शन में। मानव को यह ज्ञान की मशाल स्वयं जलानी होगी, कोई उसका भविष्य-निर्माता नहीं है। वह खुद अपना भाग्यविधाता है। हाँ, अपना भाग्य-विधाता बनने की प्रेरणा जरूर उसे इन तीर्थंकरों से मिल सकती है, जो स्वयं ज्ञान की ज्योति अपने हाथों जला अपने भाग्य-विधाता बन बैठे हैं।"

"हाँ पण्डित जी, जैन धर्म और दर्शन का यही प्रतिपाद्य है। हम तीर्थंकर से केवल प्रेरणा लेते हैं, फलभोक्ता और फलदाता स्वयं हम और हमारे कर्म हैं।"

और मैंने आज पाया, सैकड़ों की संख्या में उस निःसंग शुद्ध-बुद्ध स्वरूप जिन भगवान्, पार्श्वनाथ से प्रेरणा लेते श्रावकगण मन्दिर में जुटे भाव-विभोर हो गा बजा रहे हैं। अब पुरुष श्रावक हाथों में डण्डे लिये चक्राकार घूमते लोक भाषा निबद्ध काव्य गाते जा रहे हैं। मुझे बाद में मुनिजी ने बताया कि वे वासुदेव कृष्ण के ही भाई तीर्थंकर नेमिनाथ के जीवन से सम्बद्ध काव्य गा रहे हैं, जिन्होंने विवाह के पूर्व ही अतिसुन्दरी दुलहिन को इसीलिए छोड़कर संन्यास ले लिया कि बरातियों की आव-भगत में हजारों-लाखों जीवों की हत्या होते देख उन्हें परम ग्लानि हो गयी। बाद में दुलहिन उनके अनुराग में खिंची स्वयं साध्वी हो गयी। मैं सोचने लगा, जिस देश का ऐसा चिन्तन हो, जहाँ जीव मात्र को पीड़ा पहुँचाना पाप माना जाय, उस देश में इन्सान की परस्पर द्वेष-भावना का जहर उसकी चेतना को कैसे मिटा सकता है?

मुनि जी अब तीर्थंकर से संसार समुद्र का किनारा पाने की प्रेरणा पाते कोई संस्कृत पद्य गा उठे हैं। भाव है-"चरणों में झुके भक्त देवताओं के स्वर्ण मुकुटों में जड़ी मणियों की किरणों को छिटकाये, पाप के अँधेरे को छाँटते, जाज्वल्यमान जिन के चरण युगलों का हम नमन करते हैं, जो संसार के महासमुद्र में अगाध जल में बीच डूबते हमारे लिए एकमात्र आलम्बन है।"

अरे, ये तो 'भक्तामरस्तोत्र' का पहला पद्य पढ़ रहे हैं-

भक्तामरप्रणतमौलिमणिप्रभाणा-
मुद्योतकं दलितपापतमोवितानम्।
सम्यक् प्रणम्य जिनपादयुगं युगादा-
वालम्बनं भवजले पततां जनानाम् ।।

28

खोया आलम्बन फिर मिल गया। पिछले दो वर्ष से पुनः मुगल दरबार में मुझे पुराना सम्मान मिल गया है। बादशाह-सलामत ने दो साल पूर्व अपनी दारुल-सल्तनत आगरा से शाहजहाँनाबाद बदल डाली थी, पर मनसबदारों के रिहायसी मकान और हवेलियों के पूरी तरह न बन पाने के कारण राजधानी अभी भी आगरा और शाहजहाँनाबाद में बँटी रही। शाही दफ्तर पूरी तरह अभी तक यहाँ नहीं आ पाये थे। यद्यपि दो साल पहले ही शाहंशाह की चान्द्र सालगिरह

के मौके पर नयी राजधानी की स्थापना हो चुकी थी, तथापि इस साल फाल्गुन त्रयोदशी को उनकी इकसठवीं चान्द्र वर्षगाँठ के दिन पुनः राजधानी में बड़े जोर-शोर से जलसा मनाया गया। इस्लामी पद्धति के अनुसार इस दिन हिजरी संवत् के चौथे महीने रबीउस्सानी की ग्यारहवीं तारीख है। दो वर्ष पहले जब मैं पादशाह बेगम के आदेशानुसार अपने उदयपुर प्रवास के बाद चान्द्र सालगिरह पर यहाँ के महोत्सव में शामिल हुआ था, तो यह तिथि चैत्र शुक्ला त्रयोदशी को पड़ी थी। हर तीसरे साल इस्लामी महीने की तिथि हमारे भारतीय पंचांग के मुताबिक एक महीने पहले ही आ पड़ती है। उस साल भी ऐसा संयोग पड़ा था कि शाही दरबार में दो-दो उत्सव साथ-साथ मनाये गये थे—नौरोज का महोत्सव और शाहंशाह की चान्द्र सालगिरह। इस साल भी संयोग ऐसा आ पड़ा है कि उनकी चान्द्र सालगिरह के आसपास ही फगुआ का त्यौहार भी है।

नौरोज मुगल दरबार का उतना ही महत्त्वपूर्ण त्यौहार है, जितना इदुल-फित्र। यह ईरानी त्यौहार है और मुगल बादशाह इसे ईरानी परम्परा से अपनाते हैं। ईरानी पंचांग के अनुसार चैत्र में जिस दिन सायन गणना से सूर्य मेष राशि पर आता है, नये वर्ष का समारम्भ माना जाता है। इसी को हमारे ज्योतिष में विषुवद्दिन भी कहते हैं। यह वसन्त ऋतु के आगमन के मनाने की परम्परा शाहंशाह अकबर के जमाने से ही चली आ रही है। दो वर्ष पूर्व जब बादशाह बल्ख और बदख्शाँ के अभियान का निरीक्षण कर काबुल से यहाँ लौटे थे तो उन्होंने यह निश्चय किया कि उसी वर्ष नौरोज के उत्सव की समाप्ति पर नयी राजधानी का शुभारम्भ कर दिया जाय, क्योंकि संयोगवश उसी दिन उनकी चान्द्र वर्षगाँठ भी पड़ रही थी। कोई तीन-चार महीने पूर्व ही वे आदेश दे गये थे कि शाहजहाँनाबाद के लाल किले का निर्माण कार्य तेजी से समाप्त कर दिया जाय ताकि रबीउस्मानी की ग्यारहवीं तारीख को वे अपनी वर्षगाँठ नयी राजधानी के दीवाने-आम में ही मनाएँ।

दिल्ली की लुटी हुई रौनक फिर लौट आयी थी। आगरा की गरमी से परेशान हो बादशाह नयी राजधानी यहाँ ले आना चाहते थे। एक समय था, जब यह नगरी ऐश्वर्य और समृद्धि के समुद्र-सी लहराती थी। कभी यहाँ पाण्डवों और पृथ्वीराज चाहमाण जैसे प्रतापी राजाओं की राजधानी रही। दिल्ली बड़े दिनों तक मुगल सम्राटों के पूर्व भी मुसलमान सुल्तानों की राजधानी रही है। पर सम्राट अकबर के अकबराबाद को राजधानी बना लेने के बाद तो यह वैसे ही उजड़ गयी थी जैसे कुश के परित्याग के बाद इक्ष्वाकुओं की राजधानी साकेत। किसी समय सरसब्ज फीरोजशाह तुगलक का रम्य उपवन बियावान जंगल में बदल गया था। इन दिनों वहाँ रमणियाँ दिन में भी वन-विहार करने से डरती थीं, उनके

स्थान पर शृगालियाँ जरूर उछलकूद करती मिल जाती थीं। पुराने राजप्रासाद खँडहरों के रूप में पड़े थे और सम्राट हुमायूँ का कुतुबखाना तक टूट-फूट चला था। शहर के बीचोंबीच बहती पानी की नहर सूख गयी थी। इसलिए नयी राजधानी के अनुरूप महल और किले के निर्माण के लिए बादशाह शाहजहाँ ने यमुना के किनारे नयी जगह चुनी। उस्ताद हीरा के सुझाव पर एक ऊँची पहाड़ी को चुनकर पिछले आठ साल से किले का निर्माण करने के लिए शाहंशाह, शाहजादा दाराशुकोह और पादशाह बेगम समय-समय पर यहाँ पधारते रहे हैं।

किले में मर्दाने और जनाने महल, दीवाने-खास, दीवाने-आम और आवश्यक इमारतों के बनते ही बादशाह ने अपनी उनसठवीं वर्षगाँठ के मौके पर नयी राजधानी का शुभारम्भ करने का निश्चय कर डाला। किले का निर्माण ज्योतिषियों से सलाह ले भारतीय पद्धति के अनुसार करवाया गया, पर कहीं-कहीं ईरानी वास्तुशिल्प का मिश्रण भी कर बुर्जों और गुम्बजों की रचना की गयी। सूखी नहर में फिर पानी आ गया और किले में भी नहर द्वारा जल की व्यवस्था की गयी। किले से ही सटा बाग बनवाया गया जिसे आगरा के किले के बाग की तरह ही 'अंगूरी बाग' कहा जाने लगा। किले के बाहर भी बाजारों, बस्तियों और बागों की नींव पड़ चुकी थी। जामा मस्जिद के पास कुछ रिहायसी हवेलियाँ भी बनती जा रही थीं। किले के सामने के कोतवाली बाजार के दायीं ओर पादशाह बेगम एक बड़ी-सी कारवाँ सराय और उसी के पास बहुत बड़ा उपवन बनवा रही थीं। फूलों और फलों के दरख्त लगाये जा चुके थे और बाग में नहरें खुद चुकी थीं। किले के दिल्ली दरवाजे के बाहर सभी तरह के सामान की खरीद के लिए बाजार बनाया जा रहा था। शाहंशाह का हुक्म था कि इस बाजार का नाम वजीरे-कुल सादुल्ला खाँ के नाम पर 'सादुल्ला चौक' रखा जाय। फिर भी अभी बहुत कमी थी। मनसबदारों के रहने की बड़ी दिक्कत थी। सिपाहियों और अदने नौकरों की बात तो दूर। आगरा में प्रायः सभी मनसबदारों की हवेलियाँ या मकान हैं। छोटे-नौकरों के भी रहने की कोई तकलीफ नहीं है। पर यहाँ तो बड़े-बड़े मनसबदार तक कच्चे खपरैल के मकानों या तम्बुओं में टिके थे। मैं भी दो बरस महोत्सव के दिनों एक कच्चे खपरैल के मकान में ही टिका था।

उदयपुर प्रवास के समय मेरा सम्पर्क कोठारी परिवार तथा आगरा के किरोड़ी परिवार के माध्यम से पण्डित चन्द्रभान ब्राह्मण से बना हुआ था। और इस तरह मुझे शाहजादा तथा पादशाह बेगम की खबर मिलती रही। उस वर्ष फागुन के लगते-लगते मुझे पण्डित जी का एक खत मिला कि चैत के पहले पखवाड़े में एक सप्ताह के लिए पादशाह बेगम अजमेर ख्वाजा साहब की दरगाह की ज़ियारत के लिए जा रही हैं और उनका आग्रह है कि कविराय जगन्नाथ

लौंगी के साथ अजमेर पहुँचकर उनसे मिलें। इस पत्र से यह भी पता चला कि नये विक्रम संवत् के लगते ही बादशाह हुजूर नयी दारुल-सल्तनत की स्थापना करने जा रहे हैं और चैत्र शुक्ल त्रयोदशी को उनकी सालगिरह के मौके पर शाहजहाँनाबाद में इस खुशी में बहुत बड़ा जलसा मनाया जाएगा। पादशाह बेगम ने कहलवाया था कि अब वातावरण प्रतिकूल नहीं है और बादशाह सलामत की मेहरबानी फिर हासिल हो सकती है। पत्र मिलने पर हम बड़ी बेताबी से चैत के पहुँचने का इन्तजार करते रहे और होली के एक सप्ताह बाद ही अजमेर के लिए चित्तौड़ और माँडल होते हुए रवाना हुए।

अजमेर से मुगल सम्राटों का गहरा सम्बन्ध रहा है। पादशाह बेगम तो हर साल कम-से-कम एक बार ख्वाजा मुईनुद्दीन चिश्ती की दरगाह की तीर्थयात्रा जरूर करती हैं। अभी दो साल पहले ही उन्होंने दरगाह के बाहर संगमरमर का बरामदा बनवाया है। शाहजादा दाराशुकोह की तो अजमेर जन्मभूमि ही है, गरीब-नवाज ख्वाजा के ही आशीर्वाद से वे जनमे थे। कोई तैंतीस वर्ष पूर्व यहीं चैत्र कृष्ण अमावस्या सोमवार की मध्य रात्रि के समय उन्होंने धरती पर पहले-पहल कदम रखा था। हमारा इरादा था कि भारतीय चान्द्र तिथि की पद्धति से हम अजमेर में ही शाहजादा की सालगिरह मनाएँ। हम त्रयोदशी को अजमेर पहुँच गये थे। आना सागर के पाल पर संगमरमरी महलों में पादशाह बेगम टिकी थीं। दूर-दूर तक खोजों, बाँदियों और हिफाजती दस्तों के खेमे लगे थे। किले में अजमेर के सूबेदार के साथ न टिक वे यहीं रहना पसन्द करती थीं। यहीं एक खेमे में मेरा भी प्रबन्ध कर दिया गया।

अजमेर बड़ी खूबसूरत जगह है और आना सागर की पाल का तो नजारा ही निराला है। सामने लहराता विशाल ताल। तालाब की पाल के दायें-बायें दोनों ओर दो पहाड़ियाँ। उधर तालाब के उस पार भी पहाड़ियों की कतारों-की-कतारें। इन्हीं पहाड़ियों से बाँयीं ओर की पहाड़ी के उस पार पुष्कर है। पुराण कहते हैं, यही वह स्थान है, जहाँ शेषशायी विष्णु की नाभि से निकले कमल से ब्रह्मा पैदा हुए थे, सृष्टि का पहला स्फुरण। इस तालाब के बारे में भी कई किंवदन्तियाँ हैं। कहते हैं चौहान सम्राट पृथ्वीराज के पूर्वज अर्णोराज ने इसी स्थान पर विदेशी अरबों से युद्ध किया था। हजारों अरब खेत रहे। उनके रक्त से यह भूमि अपवित्र हो गयी। तब इस भूमि को खुदवाकर विजयी अर्णोराज ने तालाब बना दिया। पराजित अरब तो चले गये, पर तभी से इस्लाम से सम्पर्क होता गया इस भूमि का, और आज से कोई पाँच सौ साल पहले यहाँ एक बहुत बड़ा मुसलमान सन्त आया। हिन्दू प्रजा तक उसकी आध्यात्मिक शक्ति से प्रभावित हो गयी। उसने अजमेर को अपना स्थायी निवास बना लिया और यहीं समाधि भी पायी। यही

सन्त थे, ख्वाजा मुईनुद्दीन चिश्ती। हिन्दू-मुसलमान भारतीय प्रजा समान भावना से इन्हें पूजती है, मनौती मानती है। मनौती पूरी होने पर चादर, भेंट और प्रसाद चढ़ाती है। लवंगी ने भी प्रवास काल में यह मनौती माँग रखी थी कि जब बादशाह सलामत कविराय से फिर खुश हो जाएँगे, तो वह ख्वाजा को धूमधाम से चादर चढ़ाएगी, केसरिया पुलाव का कड़ाह फकीरों में बाँटेगी।

चैत्र कृष्ण अमावस्या के दिन हम ख्वाजा के दर्शन के लिए गये। ज्यों ही खिलजियों के जमाने के विशाल दरवाजे को पार कर हम दरगाह के आँगन में पहुँचे, दायें-बायें दो भट्ठियों पर चढ़े कड़ाहों में पकते केसरिया भात की सुगन्ध के साथ घी और शक्कर में पकते पुलाव की खुशबू से ही मेरे मुँह में पानी भर आया। आँगन के बायीं ओर एक बहुत बड़ी बारहदरी। कई फकीर, दरवेश और मलंग बैठे थे। कुछ अपनी ही मस्ती में डूबे तस्वीह के मनके फेर रहे थे। विचित्र वेशभूषाओं में सजे फकीर, सफेद लबादे पहने दरवेश, काले कम्बल लपेटे मलंग, और थिकली लगे चिथड़े पहने और गले, हाथों और पैरों में लोहे की जंजीरों में बँधे कलन्दर। हमारे साथ बाँदे-बाँदियाँ तश्तरियों में फूलों के गजरे, किमखाव की चादरें और भेंट-भटावन लिये थे। हमारी सवारी के सदर दरवाजे पर पहुँचते ही पादशाह बेगम और लवंगी भी पर्देदार पालकी से उतर पड़ी थीं। लवंगी ने भी चेहरे पर हल्का-सा झीना नकाब डाल रखा था। हमें पहुँचा हुआ जान फकीरों में हलचल मच गयी। उन्होंने पादशाह बेगम का इस्तकबाल करते हुए दुआएँ दीं। सेवकों को उन्हें रुपये-अशर्फियाँ तकसीम करने का आदेश दे, वे एक और दरवाजा पार कर अब दरगाह के आँगन की ओर बढ़ चलीं। हम भी साथ-साथ थे।

दरगाह के आँगन में, हमने देखा शेख के मजार के सामने कव्वाली की मण्डली जुटी है। पादशाह बेगम के पहुँचते ही सदर कव्वाल ने आलाप ले कव्वाली की तान छेड़ दी :

ए दिलवर बता दे, कहाँ तू छिपा है,
नजर ढूँढ़ती है, कहाँ तू छिपा है।
ए दिलवर...नजर...
दे दिखा हुस्न की इक़ झलक मेरे मौला,
वो चिलमन उठा दे, जहाँ तू छिपा है।
तेरा नूर छिटका है सारे जहाँ में,
तुझे पाते बन्दे यहीं इस जहाँ में,
हमें अब तो मिल जा, बता क्यूँ छिपा है।
ए दिलवर.........।

कव्वाली की एक कड़ी को दुहरा-तिहरा कर गाती पूरी मण्डली की तान सुन उन्हीं की तरह मेरी गरदन भी झूम उठी, एक अजीब शराब की खुमारी पा मेरी चेतना भटकने लगी और मैं भी उन मलंगों और कलन्दरों की तरह दीवाना बना उसके नूर की झलक पाने को तड़प उठा। लौबान की धूप और मजार पर चढ़ते गुलाबी गजरों की खुशबू सारे वातावरण को विभोर बनाती जान पड़ी। कोई एक घड़ी तक हम मजार के सामने दुआएँ माँगते रहे। दरगाह के सदर शेख ने हमें ख्वाजा पर चढ़ी माला दी। जिसकी एक-एक गुलाबी पंखुड़ी को मैंने प्रसाद की तरह ग्रहण किया। दोपहर का वक्त हो चुका था। पादशाह बेगम का इरादा दोपहर की नमाज पढ़ने का था। वे लवंगी और कुछ बाँदियों को ले मजार के पिछवाड़े की विशाल मसजिद में चली गयीं। मैं मजार के बाहर ही बैठकर आत्मस्थ हो उसके नूर की झलक पाने की कोशिश करने लगा।

अजमेर में ही नये चाँद के नूर का दीदार या दूसरे दिन हम यहाँ से सीधे दिल्ली के लिए रवाना हो गये और ठीक रामनवमी के दिन दिल्ली पहुँच गये। दिल्ली का नाम अब बदलकर शाहजहाँनाबाद होने जा रहा है। ठीक चौथे दिन बादशाह-सलामत की चान्द्र सालगिरह के शुभ मुहूर्त में किले में धूमधाम से प्रवेश हुआ। इस खुशी के मौके पर पादशाह बेगम और शाहजादा के प्रयासों से शाहंशाह ने मेरे और लवंगी के सारे गुनाह माफ कर दिये थे। नौरोज के महोत्सव के साथ शाहंशाह की वर्षगाँठ और किले के शुभारम्भ की खुशी में सारा शाहजहाँनाबाद उल्लसित हो उठा था। दो वर्ष बाद राजधानी के पूरी तौर पर बन जाने पर जो जलसा मनाया गया, वह तो गजब का था। इस जलसे में दूर-दूर के सूबेदार, हाकिम-हुक्काम, विदेशी एलची तक आये थे। गुरुवर कवीन्द्राचार्य तक को निमन्त्रित किया गया था। वे भी पधारे थे और शाहजहाँनाबाद की रौनक पर उन्होंने कविता भी लिखी। फाल्गुन शुक्ल त्रयोदशी को पादशाह की इकसठवीं वर्षगाँठ के आयोजन में उन्होंने ये कविताएँ दरबार में सुनायी थीं। मुझे आज भी दो दोहे याद रह गये हैं :

सप्त द्वीप नवखण्ड में भुवन चतुर्दश माँहि।
साहिजहाँनाबाद सो नगर दूसरो नाँहि॥
नहिं उपमा को दूसरो जामें छ ऋतु स्वाद।
साहिजहाँनाबाद तो साहिजहाँनाबाद॥

29

शाहजहाँनाबाद में एक और व्यक्ति हो गया। लवंगी की धाय बीबी खानम अपने पति खुदादाद खाँ के साथ समारोह में भाग लेने आगरा से आयी थीं। उनकी इकलौती बेटी गुलशन, जिसे माँ प्यार से ललिता पुकारती थी, साथ में आयी। यही चौदह-पन्द्रह साल की चंचल लड़की। चूँकि हमें अब दिल्ली में रहना था, इसलिए उस दिन जब बीबी खानम बेटी के साथ पादशाह बेगम के यहाँ मिलने आयी, तो लवंगी ने उसे अपने पास छोड़ने की फरमाइश कर डाली। लाल किले से जब समारोह के बाद लवंगी पादशाह बेगम की कारवाँ सराय के कोने में बने हमारे निवास में लौटी, तो गुलशन भी उसके साथ थी। गुलशन को मैं पहले से ही जानता था। आते ही लवंगी ने मुझे सम्बोधित करते कहा :

"अब गुलशन भी हमारे साथ रहेगी, कविराय। मैंने बीबी खानम से इसे माँग लिया था। बीबी खानम तो इसे नहीं छोड़ना चाहती थी, पर मैंने जोर-दबाव डालकर उसे राजी कर लिया है। आखिर अकेले रहने से तो हम दो रहेंगी, जी बहलता रहेगा।"

"हाँ, हाँ, क्यों नहीं? गिनती तो होने से रही।" मैंने व्यंग्य किया।

"अरे, तुम्हारा क्या! तुमको शाइरी से फुर्सत मिले तब ना। जब भी शाइरी से फुर्सत पाते हो, तो शाहजादा तलब कर लेते हैं। तनहाई के लमहों में गुलशन का सहारा नहीं रहेगा क्या?" उसने अपनी आँखें मटकाते कहा।

"तो हमें अब रुखसत मिलने जा रही है।" मैंने रूठने की मुद्रा में कहा।

"हाय अल्लाह, मजाक में भी बुरा मान गये। गुलशन बहिन बुरा न मानना इनका। ये तो इनकी आदतें हैं।" लवंगी उसको आश्वस्त करती बोली।

"नहीं दीदी, ऐसी कोई बात नहीं है। जीजा की बात का बुरा कैसा?"

"तुम्हारी बात नहीं है गुलशन। लवंगी के साथ तो हमारी खटपट चलती ही रहती है। जहाँ तक इस घर का सवाल है यहाँ पर तुम्हारा उतना ही हक है, जितना उसका।"

गुलशन अब हमारे परिवार के वास्तविक सदस्य की तरह रहने लगी। हमने भी इसका भरसक ध्यान रखा कि उसे अपने माँ-बाप की याद न सताए। चार-छः महीने में एक बार हम तीनों आगरा भी हो आते थे, जहाँ शाहजादा ने मुझे एक मकान भेंट में दिया था। वह मकान कारवाँ सराय से किले जाने वाली सड़क पर पड़ता था। खुदादाद खाँ आगरा में ही फौज की टुकड़ी के साथ रहता था। इसी सड़क पार उसका भी मकान था। इस बीच एक बार हमें राजा जयसिंह के निमन्त्रण पर आँबेर भी जाना पड़ा। राजा से मेरा अब तक कोई घनिष्ठ सम्पर्क

नहीं था। यही औपचारिक परिचय था, पर एक घटना ऐसी घटी कि वह निकट सम्पर्क में आ गया। शाहजहाँनाबाद में दारुल-सल्तनत आ जाने पर एक दिन वह दुःखी-सा मेरे पास आया। उसने बताया कि कुछ मुसलमान मनसबदार उसे हमेशा ताने सुनाते रहते हैं। कहते हैं कि वह सच्चा राजपूत नहीं है। उनकी दलील है कि हिन्दू किताबों में लिखा है कि परशुराम ने क्षत्रियों का कई बार सफाया कर डाला था। जब यह सच है, तो जो भी आज राजपूत कहलाते हैं, उन्हें सूर्य और चन्द्र का वंशज कैसे मान लिया जाए? वे कोई शास्त्रीय प्रमाण चाहते थे। मैंने बताया कि कभी सवाल मेरे सामने उठे तो मैं जवाब दे सकता हूँ। एक दिन शाहजादा दाराशुकोह की मौजूदगी में जफल खाँ ने राजा जयसिंह पर यही फबती जब मेरे सामने कसी, तो मैंने कहा, "खाँ साहब, इसका जवाब तो किसी आलिम से पूछिए। हम जवाब देंगे आपके सवाल का।"

"आप क्या जवाब देंगे। क्या झूठ है कि परशुराम ने राजपूतों का सफाया कर दिया था? तब ये नये राजपूत कहाँ से आ टपके?"

"आपको इतना मालूम होना चाहिए, खाँ साहब, कि परशुराम ने राजपूतों का एक ही बार नहीं, इक्कीस बार सफाया किया था। हर बार कुछ राजपूत छिपते रहे। पुराण कहते हैं, एक बार तो एक सूर्यवंशी लड़के को उनके डर से जनाने ने छिपा लिया। इक्कीसवीं बार सफाया करने पर भी दो-चार जरूर बच रहे होंगे। फिर परशुराम औरतों पर तो हाथ उठाते नहीं थे। कुछ हमल भी तो बचते रहे होंगे। उन्हीं में से कुछ की औलाद आज के राजपूत हैं।"

"तो ये उन्हीं जनाने में छिपे लोगों की औलाद हैं। मान गये, भई, कविराय। यकीन हो गया कि वे सचमुच राजपूत हैं।"

जफर खाँ मेरी दलील को कबूल करते हुए राजा साहब पर चुटकी कर ही बैठा पर इससे इतना तो हुआ कि भविष्य में फिर किसी ने भी उनके क्षत्रियत्व पर व्यंग्य न किया।

जफर खाँ की आदत हमेशा हमें चुनौती देते रहने की थी। एक दिन उसने हमारे शास्त्रों को भी चुनौती दे डाली।

"आप हमेशा संसकिरत की बुलन्दी का हवाला देते रहते हैं और कहते हैं कि यह जुबान फरिश्तों की जुबान है।"

"हाँ संस्कृत देववाणी है, खाँ साहब। इसमें क्या शक है?"

"पर खुदा और फरिश्तों की जुबान तो अरबी है। दुनिया की सारी जुबानें उसी से निकली हैं। संसकिरत भी इस लिहाज से अरबी से निकली जान पड़ती है। सबसे पुरानी जुबान अरबी ही है, संसकिरत नहीं।"

"मैं यह कभी नहीं कहता कि अरबी संस्कृत से निकली है, पर संस्कृत भी अरबी से नहीं निकली। दोनों जुबानों की अलग-अलग अहमियत है।

कुराने-पाक अरबी में है। वहीं यह बताया गया है कि खुदा अलग-अलग जुबान बोलने वाले के लिए अपने-अपने पैगम्बर भेजता है। यह चौदहवें सूरह् की चौथी आयत से साफ है।"

"हाँ, कुराने-पाक में यह है और "मा अरसल्ना मिररसूलिन् इल्ला विलिसानि कौमिल्हि लहुम्।" पास ही बैठे दानिशमन्द ने यह आयत पढ़ दी।"

"तो इससे साफ है कि अरबी के साथ-साथ दूसरी जुबानें भी खुदा, फरिश्तों और दूसरे रसूल या पैगम्बरों की जुबानें हैं ही तब संस्कृत को फरिश्तों की जुबान मानने में बेजा बात क्या है? खुदा तो हमारी तरह है नहीं। वह हर जुबान बोल सकता है। यही हाल फरिश्तों का भी है।" मैंने तर्क दिया।

इस तर्क से राजा जयसिंह की आँखें चमक उठीं। शाहजादा दाराशुकोह भी प्रभावित थे। वे जफर खाँ से बोल उठे :

"क्यों खाँ साहब, फिर भी एतराज है क्या आपको अरबी की तरह संस्कृत को भी खुदा की जुबान मानने में।"

जफर खाँ चुप हो गया था।

इसके बाद राजा जयसिंह इतना प्रभावित हुआ कि मुझसे कई बार यह फरमायश कर बैठा कि मैं आँबेर आ बसूँ। वहाँ राजकुमारों को संस्कृत की शिक्षा दूँ और संस्कृत विद्यालय की स्थापना करवाऊँ। मैंने आँबेर को स्थायी निवास बनाना अस्वीकार कर दिया।

"राजा साहब, मैं दिल्लीवल्लभ को छोड़कर नहीं जा सकता। जब वही मेरे सारे मनोरथ पूरे करने में समर्थ हैं, तो मैं दूसरे भूपालों के आश्रय में जाने से रहा। आप मेरे शिष्य नारायण भट्ट को आँबेर को पवित्र करने के लिए बुला सकते हैं।" राजा से मैंने प्रार्थना की।

"हाँ, मैं दो-चार महीनों के लिए शाहंशाह और शाहजादा से रुखसत लेकर चला चलूँगा। वहाँ रहकर नारायण भट्ट का विद्यालय स्थापित कराऊँगा। नारायण वहाँ शिष्यों को तैयार करता रहेगा, जो आँबेर को संस्कृत का केन्द्र बनने में योग देते रहेंगे।"

उसी वर्ष मैंने वसन्त पंचमी के दिन नारायण भट्ट के विद्यालय का आँबेर में शुभारम्भ करवाया। इस अवसर पर लवंगी और गुलशन के साथ मैं दो महीने आँबेर की ब्रह्मपुरी में रहा। कवि बिहारीलाल कोई पाँच-छः बरस पहले ही मथुरा की ससुराल और आगरा का शाही दरबार छोड़कर आँबेर आ बसे थे। जिन दिनों मैं आँबेर रहा उनके साथ मेरी प्रतिदिन गोष्ठी होती रही। कुलपति मिश्र भी अब यहीं अपने मामा के पास रहता था। नारायण भट्ट और कुलपति को संस्कृत विद्यालय सौंप मैं वापस शाहजहाँनाबाद आ गया। मेरा मन आँबेर में न लग पाया, क्योंकि

राजा जयसिंह मुझे दे ही क्या सकता था? वह जो कुछ भी मुझे देता, वह तो मेरे लिए साग-पात और नमक के खर्च के लिए भी नाकाफी होता।

30

सुरमई साँझ अपनी रतनारी आँखों में सुरमा आँज चली आयी। आसमान शरद् के नील ताल-सा लबालब भरा था। पश्चिम का क्षितिज क्षण-क्षण में रंग बदलता जा रहा था। पीला, सुनहरा और गहरा गुलाबी बन वह अब बैंगनी रंग में रँग चला था। दिन-भर जगत् को आलोक लुटाता सूरज अपनी थकावट दूर करने के लिए साँझ की गोद में सिर रख सोने जा रहा था। लाहौर का मौसम वैसे ही बड़ा मादक है। न यहाँ आगरा जैसी बेहद गर्मी पड़ती है, न कश्मीर जैसी बहुत ठण्ड ही, जहाँ इन गर्मी के दिनों में भी गरम कपड़ों की जरूरत होती है। इस गर्मी को इस बार यहाँ गुजारने का इरादा है। फागुन के महीने में ही शाहजादा फौज के साथ फिर कन्धार के अभियान में निकल गये हैं। कितना सरदर्द हो गया है, यह कन्धार हम लोगों के लिए! पीढ़ियों से इसे लेने की कोशिश चल रही है, पर कामयाबी ही नहीं मिल पा रही है। दो बार तो खुद शाहजादा दारा भी असफल हो लौट चुके हैं। औरंगजेब भी इससे पहले दो बार अपनी बहादुरी की आजमायश कर चुका है, पर कन्धार है कि झुकने का नाम ही नहीं लेता। वाह रे ईरानियो, तुमने अभी भी अपना स्वाभिमान बनाये रखा है।

इस बार मैं भी जाना चाहता था, लड़ने नहीं, उस भूमि को देखने, जहाँ उदित उषा के लावण्य को देख वैदिक ऋषियों की वाणी खुद-ब-खुद कविता में ढल चुकी थी। उस मूजवन्त पर्वत को अपनी आँखों निहारना चाहता था, जिसकी सरसता सोम की रसभरी लताओं में लहलहा उठती है, वह सोम जिसके लालच में इन्द्र भी स्वर्ग छोड़ धरती पर दौड़े आता था। मैं कमलों पर छिटके बालारुण की लाली-सी, गुलाबी गालों पर खिली पारसीक सुन्दरियों का जायजा खुद लेना चाहता था, जिसकी चर्चा कवि कालिदास ने मस्ती से की थी और स्वयं भी। शाहजादा की फौज के सैनिकों के साथ अंगूरी लताओं से घिरी तलहटियों में भेड़ों की गुदगुदी रोयेंदार खालों पर रात गुजारना चाहता था। जी तो यह भी था, अगर एक बार मौका मिले तो यहीं न रुकूँ, वक्षु के किनारे तक विचरण कर आऊँ, उन नदियों के निकारे पर घूमूँ, जहाँ उसे केसर के पराग बहाता वायु भी राग में मस्त हो उठता है, और हूणरमणियों को भी देख आऊँ

जिनके केसरिया कपोलों का जिक्र हमारा साहित्य बहुत करता रहा हैं। पर क्या करूँ, लवंगी ने जाने की इजाजत ही नहीं दी।

बड़ी मिन्नत की थी मैंने, "लवंगी, मेरी प्यारी, उस धरती की खूबसूरती देखने को जी बहुत चाहता है। चन्द दिनों की बात है, फिर तो हमें लौट आना है।" पर उसने मना कर दिया। मैंने बड़ा समझाया, चिरौरी की, इतना तक कहा, "इस यात्रा में मेरी शाइरी के लिए मुझे अच्छी गिजा मिलेगी, जानेमन। एक बार उस जमीन को अपनी आँखों से देख आने दो, जहाँ तुम्हारे ओठों की मिठास की बराबरी करने की हिमाकत करते अंगूर, तुम्हारी आँखों की लुनाई को अनुहारते बादाम, और तुम्हारे सीने की होड़ पाने को तड़पते काबुली अनार जनमते हैं, जहाँ की केसर-गन्ध मिली बयार तुम्हारे साँसों की खुशबू पाने को दौड़ती रहती है, और जहाँ उगी मादक सोम लताएँ तुम्हारे नाजुक बदन की कोमलता छूने की तमन्ना से बलखाती रहती हैं। शायर लोग तुम्हारी खूबसूरती की इनसे मिसाल देने की बात शाइरी में कहते हैं। जरा देख आऊँ कि तुम्हारे बेमिसाल हुस्न की तारीफ में शाइर इन बेजान चीजों को क्यों ला खड़ा करते हैं और अब मैं कहूँगा, बन्द करो यह सब बकवास, मेरी लवंगी की कोई मिसाल नहीं है, कोई मिसाल नहीं है।"

"हाँ, हाँ, कोई मिसाल नहीं है चापलूसी करने में आपकी कोई मिसाल नहीं है, शाइरे-आजम।" लवंगी ने ताना मारा।

"बस एक बार हाँ कह दो, मेरे महबूब!"

"हूँ, तो एक शर्त है। मुझे भी साथ ले चलो।" लवंगी ने शर्त रख दी।

"जरा सोचो तो सही, लवंगी। फौज के साथ तुम्हें कितनी तकलीफ होगी। हम मर्द तो इस तकलीफ को गँवारा कर लेंगे, पर तुम जैसी नाजनीनों को कितनी तवालत उठानी पड़ेगी।" मैंने समझाने की कोशिश की।

"तुम्हारे रहते मुझे कोई तवालत नहीं होगी, मेरे जगन्नाथ! रास्ते की सारी परेशानी तुम्हें देखते ही रफा हो जाएगी। या तो मुझे ले चलो या फिर तुम्हें भी न जाने दूँगी।"

"नहीं लवंगी, ऐसा न कहो, मेरी सारी तैयारी हो चुकी है। शाहजादा की भी इजाजत मिल चुकी है, बस हमारी मलिका की इजाजत बाकी है। मुझे रुखसत दे दो, मेरी मलिका।"

"रुखसत, नहीं, बिलकुल नहीं।" लवंगी ने साफ इनकार कर दिया।

"बड़ी भद होगी मेरी रानी, शाहजादा क्या कहेंगे। आखिर अब उनसे यह भी कैसे कह सकूँगा कि मैं न चल पाऊँगा। मुझे जाना ही होगा। मैं लाहौर में नहीं जा सकता, मेरे जाने की सारी व्यवस्था हो चुकी है। शाहजादा मेरा इन्तजार

कर रहे होंगे, तो अलबिदा, मेरी जान, अपना ख़याल रखना।" मैं बिदा ले द्वार की ओर मुड़ पड़ा। लवंगी की भौंहें कामदेव के चढ़े धनुष-सी खिंच गयीं, उसकी आँखों में बिदाई की छलछलाती नमी की जगह गुस्से की झाईं उभर आयी, पास ही फुदकते, बर्फ के फाहे जैसे रोयेंवाले पालतू बिल्ली के छौने को उसने अँगुली से मूक इशारा किया और उसने एकाएक मेरे सामने आ मेरा रास्ता काट दिया। मैं बेबस ठिठका-सा वहीं खड़ा रह गया।

आमन्त्र्य वल्गुवचनैर्विनिवारितेऽपि
रोषात्प्रयातुमुदिते मयि दूरदेशम्।
बाला कराङ्गुलिनिदेशवशंवदेन
क्रीड़ाविडालशिशुनाशु रुरोध मार्गम्।।

तो मेरा जाना रोक दिया गया। आज तीसरे पहर मैं सन्त मुल्लाशाह के दर्शन को निकल पड़ा था। ये सन्त शाहजादी जहाँआरा और शाहजादा दाराशुकोह के धर्मगुरु हैं। लवंगी शिया सिलसिले में आस्था रखते हुए भी मुल्लाशाह को बड़ा मानती है। वह कहा करती है, "ये सूफी सन्त मजहबी कठमुल्लापन से कितने ऊँचे उठ गये हैं, जगन्नाथ। असलियत का जायजा ले लेने पर कितना दरियादिल हो जाता है इन्सान। मैंने भी पाया कि मुल्लाशाह मुझसे भी वैसा ही सलूक करते थे जैसे अपने मुसलमान भक्तों से। मुझसे तो अकेले में उन्होंने यह भी कहा था, "अपने ही ढंग से इबादत करते रहो, बरहमन पण्डित। वह रास्ता भी ठीक है। यह जो लोग कहते हैं कि हमारे दीन को न मानने वाले को दोजख मिलेगा, उसका सिर्फ इतना मतलब है कि ज्यादा-से-ज्यादा तादाद इस दीन को कबूल कर ले। मैं तो सुलहकुल में यकीन करता हूँ, इन्सान को सुखी देखना चाहता हूँ। यह दोखज और बहिश्त के बीच की दीवार हमीं ने बनवायी है, काश हम इसे ढहा दें। एक धरम पर कायम रहो, वह है इन्सानियत का धरम। हैवानियत को जीत, इन्सानियत को बुलन्द करो, बहिश्त खुद तुम्हारे कदम चूमेगा। मैं किसी को जबरन कोई मजहब अख्तियार क़रने के लिए मजबूर करने को ठीक नहीं मानता। हमारा मजहब खुद यही कहता है। कुराने-पाक की आयत है-'ला इकराह फिहदीन', हमारे दीन में कोई जोर-जबर नहीं है। तुम तो खुद अरबी के आलिम हो, यह आयत पढ़ी होगी न तुमने।"

सन्त ने अपना स्थायी निवास तो कश्मीर में बना रखा था, पर वे साल में दो-चार महीने लाहौर में गुजारते थे। मैं उनके धर्मोपदेश सुनने कभी-कभी अकेले भी चला जाता था। दर्शन और तत्त्वज्ञान पर बातें होतीं। पर मेरा एक मकसद और भी था। लवंगी को मैं दो-चार बार सन्त के दरबार में ले गया था। न कहने

पर भी सन्त हमारी मिन्नत भाँप गया। उसने कहा था, "सब उसकी मर्जी पर मुनहसर है, पण्डित। तुम लोगों की तमन्ना जरूर पूरी होगी, आगे खुदा मालिक।" साल के ऊपर गुजर चुके थे हमारी शादी को, पर लवंगी की कोख अभी भी सूनी थी। एक कचोट थी, जो लवंगी और मुझे सताया करती थी। उस दिन सन्त ने आश्वासन दे तस्वीहवाला बायाँ हाथ उठा आशीर्वाद दिया था, देखें, उसका आशीर्वाद कब पुरअसर साबित होता है?

आज सन्त के पास से लौटते-लौटते मुझे साँझ हो आयी। नहर के किनारे बने नवाब आसफ खाँ के महल में हम इन दिनों टिके थे। अब नवाब की मृत्यु के बाद वह महल शाहजादा दाराशुकोह की मिल्कियत थी। नहर के पानी में नहाकर आती चैती हवा मुझे छू रोमांचित बना रही थी। चैती पूनम का चाँद कागदी कबूतर-सा पूरब के क्षितिज पर बैठा नजर आया। साँझ की लाली ने उसके हिमधवल परों को भी गुलाबी आब दे दी। जब मैं मुंडेर पारकर महल की छत पर पहुँचा तो मैंने लवंगी को कबूतरों को चुग्गा चुगाते पाया। डलिया में मोती से दमकते मुट्ठी से बिखरते दाने ऐसे जान पड़े जैसे कल्पलता की टहनियों से हीरे की कनियाँ धरती पर बिखर रही हों, या नन्ही-नन्ही जूही की कलियाँ किसी जानदार बेल के हिलते ही बरस पड़ी हों या गोरी बदरी के शबनम की बूँदें छिटक पड़ी हों। उसकी बुलाहट पर आये कई कागदी कबूतर छत पर चटुल-चपल मुद्रा में थिरकते चुग्गा चुग उसे गुटकते जा रहे थे। मेरे पहुँचते ही वे सकपका गये और दाना चुगना छोड़ सहमे-से मेरे पैरों की ओर निहारते रहे। एक-एक कर वे उड़ने लगे, फुर्र-फुर्र- फुर्र-फुर्र। अब केवल हमारे पालतू कबूतरों का जोड़ा ही बचा रहा। वह कुछ देर छत पर मस्ती से फुदकता रहा। अपने पंखों को धुनी हुई रूई की तरह फैलाता नर कबूतर तेजी से गुटरगूँ, गुटरगूँ कर उठा। वह चुग्गा चुगना छोड़ मादा कबूतर की ओर फुदकता बढ़ा। मादा कबूतर ने उसे कनखियों से देखा, वह फुदक कर आगे उड़ चली। बड़ी देर तक दोनों का यह लीला-विलास चलता रहा। कपोती को छूने की हर चन्द कोशिश कपोत करता रहा, कई बार उसे पुकार रुकने की प्रार्थना की, पर वह सुन ही नहीं रही थी। आखिर वह उस मुंडेर पर जा बैठी, जहाँ मैं खड़ा था। मैंने तत्काल उसे अपने दोनों हाथों की अँजुरी में भर लिया और तेजी से बढ़ चहकते कपोत के नजदीक आ रक्खा। कबूतरी को कबूतर के पास रख मैं ढिठाई से मुस्कराया। मैंने देखा बिदा होती साँझ की लाली लवंगी के कपोलों पर कुछ खेली और उसके मुस्कराहट से भीगे चेहरे के कवँल को हौले-हौले झुका लिया।

निरुध्यायान्तीं तरसा कपोतीं कूजत्कपोतस्य पुरो ददाने।
मयि स्मिताद्रां सा मन्दमन्दं नमयाम्बभूव ॥

इसी बीच फुदकती कबूतरी-सी गुलशन ने आ हमें बताया 'दस्तरख्वान बिछ चुका है। भाई जान। देर न कीजिए। खाना लगाया जा चुका है। आज आपके पसन्द की चीज भी बनी है, बाजरे की रोटियाँ और गुच्छी की शोरबेदार तरकारी।" और हम खाने के लिए चल पड़े।

खाने से छुटकारा पा बड़ी देर तक हम चौसर खेलते रहे। पता नहीं, कैसी सायत थी आज। मेरी गोटियाँ पिटती रहीं, जब भी पासे फेंके, सूने रहे और उधर लवंगी छूकर उछाल भर देती थी कि पौ-बारह। हर बाजी वही जीतती रही। बड़ी झुँझलाहट आ रही थी मुझे। लवंगी आँखें नचाती चिढ़ा रही थी, "छोड़ो भी चौसर खेलना। शाइरी लिखो, कविराय तुम्हें यह खेल आने से रहा।"

"इस बार देखो, इस बार तुम्हें न हराया, तो नाम जगन्नाथ नहीं।" मैंने ललकारा।

"अच्छा, यह धौंस, तो ठीक है, एक बार बाजी और सही।" लवंगी ने चुनौती दे डाली।

"छोड़ो भी, भाई जान! आप भी काहे जिद पर तुले हैं। आज सितारे लौंगी दीदी के ही हक में नजर आते हैं। चार बाजी तो यह जीत चुकीं, कहीं पाँचवीं भी न जीत लें।" खेल की दर्शन बनी गुलशन ने मुझे आगाह करते बिसात समेट ली।

"अरे नहीं गुलशन, तुम्हारी दीदी को चार बाजी जीत लेने का बड़ा गुमान हो आया है। इस गुमान को मिट्टी में मिलना जरूरी है।" मैंने कहा।

"अच्छा हुजूर, हमारे गुमान को मिट्टी में मिलाएँगे आप? ठीक है, मिलाइए मिट्टी में। गुलशन बहन, गोटियाँ और पासे न समेटो, एक बार और बिसात बिछ जाय ताकि इनके जौहर का इम्तहान फिर हो जाय।" लवंगी तैयार थी।

एक बार और बिसात बिछ चुकी थी। बाजी मैंने शुरु की। देखते-देखते मेरी दो गोटियों को पीटती लौंगी की दो लाल गोटियाँ चारों दिशाओं की बिसात पर घूमती वापस अपने ही खाने में आ चौखाने में पहुँच चुकी थीं और बाकी दो भी बिसात के खाने में निरन्तर आगे बढ़ती जा रही थीं। मेरी गोटियाँ पिटी पड़ी थीं और दो के भी पीछे पड़ी बिसात के खानों पर दौड़ती लवंगी की दो गोटियों के डर से झिझकती-झिझकती धीमी चाल से आगे बढ़ रही थी। मेरी हरी गोटियों को तेज चाल से हराती वे आगे बढ़ चलीं। इन्हें त्वरित गति से चौखाने में पहुँचा, खेल खत्म कर लौंगी बोली, "अभी आपकी गोटियों को कयामत तक सफर करते रहने दीजिए, कविराय, कभी-न-कभी तो मंजिले-मकसूद

तक पहुँच ही जाएँगी। इतनी जल्दी भी कैसी?" वह खिल-खिलाकर हँस पड़ी। डेढ़ पहर रात ढल चुकी थी। गुलशन की आँखें उनिंदिया रही थीं। वह हमसे रुखसत पा सोने चल दी।

हमने भी सुधास्नात चाँदनी से सजे पर्यंक का सूनापन मिटा दिया। बड़ी देर तक हम लाहौर की खूबसूरती, अनारकली के बाजार की चहल-पहल, मलिका नूरजहाँ के बनाये बाग की रौनक की चर्चा करते रहे। मैं आँखें बन्द किये सोने का उपक्रम करने लगा। कोई एक घड़ी तक सोने का बहाना बनाये पलकें मूँदे पड़ा रहा। लवंगी को नींद नहीं आ रही थी, वह कभी इधर, कभी उधर करवटें बदलती रही। आधी घड़ी बाद लगा जैसे वह भी सो गयी है। मैंने मुँदी पलकों की कनखियों को खोल देखा, वह अपने मुँह को मेरे मुँह की ओर झुका आधी बन्द पलकों से मुझे देख रही है। कमलकोरक की पंखुड़ियों से रेशमी लब मेरे ओठों पर झुकते आ रहे हैं। पद्म पराग की गन्ध-सी उसकी श्वास-सुरभि ने मुझे बेचैन बना दिया। मैं मुँदी पलकें खोल मुस्करा दिया और वह लाज-भरी झेंप में गड़ गयी। मेरा मन इस नजारे को देख गा उठा :

शयिता सविधेप्यनीश्वरा सफलीकर्तुमहो मनोरथान्।
दयिता दयिताननाम्बुजं दरमीलन्नयना निरीक्षते ॥

31

पहले दिन सहज समाधि में स्थित उस मुण्डिया साधु को देख मुझे उपनिषदों में पढ़ी समाधि की परिभाषा का अर्थ लगता नजर आया :

"तद्यया प्रियया सम्परिष्वक्तो बाह्यं न वेद नान्तरम्।" ब्रह्मलीन समाधिस्थ साधक उसी तरह बाहरी और भीतरी किसी भी अन्य अनुभव से शून्य होता है, जैसे प्रिया के आलिंगनपाश में आबद्ध प्रिय उस आनन्द के अतिरिक्त किसी अन्य अनुभूति से रहित होता है। हम कोई आध घड़ी से बैठे थे, पर वह तो अपनी ही मस्ती में खोया था। शाहजादा और मेरे उसके दर्शन के लिए आने की कोई अनुभूति उसे नहीं हो रही थी। आध घड़ी बाद उसने समाधि से उतर हमें देखा और स्नेहसान्द्र नेत्रों और मुस्कराते ओठों से हमारा स्वागत किया। इन दिनों पंजाब ही नहीं पूरे उत्तरी भारत में इस सन्त की काफी शोहरत थी। लाहौर के ही कोटला-मेहराँ में इस सन्त का निवास था और इसका निवासस्थान हिन्दू और मुसलमान भक्तों की भीड़ में हमेशा पटा रहता था। पण्डित चन्द्रभान ब्राह्मण

पर इसकी बड़ी कृपा थी। मैं बता चुका हूँ कि पण्डित चन्द्रभान का रुझान आध्यात्मिकता की ओर पिछले बीस साल से दिन-ब-दिन बढ़ता जा रहा है। वे साधु सन्तों और दरवेशों की संगति में अपना अतिरिक्त समय गुजारने के आदी थे। जब दारा को इस सन्त की महत्ता का पता चला तो उसने पण्डित चन्द्रभान से अनुरोध किया कि वे सन्त के साथ शाहजादा की मुलाकात का प्रबन्ध कर दें। शाहजादा के कन्धार के अभियान में पहली मुलाकात का प्रबन्ध कर डाला। सन्त बाबा लाल ने जिनका पूरा नाम बाबा लालदयाल था, नौ दिन तक शाहजादा के साथ महत्त्वपूर्ण आध्यात्मिक विषयों पर हिन्दवी में वार्तालाप किया। प्रत्येक दिन दो बार बैठकें हुईं। इन सभी बैठकों में मैं पण्डित ही के साथ शाहजादा तथा सन्त के संवाद का नियमित श्रोता रहा। ये बैठकें विविध स्थानों पर होती रहीं।

शाहजादा कन्धार से लौट आये थे, किन्तु विजय प्राप्त किये बगैर उन्हें अत्यधिक आत्म-ग्लानि थी। वे जाते समय जो प्रतिज्ञा कर गये थे, वह पूरी न हो पायी। कन्धार का किला झुका नहीं, अपना ऊँचा सिर उठाये अब भी हुकूमत को चुनौती देता खड़ा था। शाहजादा के इस तरह खाली हाथ लौट आने में उनके विरोधियों का षड्यन्त्र प्रमुख कारण था, जिससे वे अत्यधिक खिन्न थे। पूरी तैयारी के साथ शाहजादा कन्धार जीतने गये थे। रुस्तम खाँ, कुलिज खाँ, राजा राजरूप और राजा जयसिंह जैसे सिपहसालार साथ थे। तोपों और अस्त्र-शस्त्र से लैस वाहिनी लाहौर से मुलतान होते हुए काबुल की ओर बढ़ चली थी। शाहंशाह के शाहजादे को मुलतान के साथ-साथ काबुल का सूबेदार भी मुकर्रर कर दिया था। मैं बता चुका हूँ कि मैं भी जाना चाहता था, पर लवंगी ने नहीं जाने दिया। शाहजादे में एक ऐब था, वह ज्योतिषियों, नजूमियों, तान्त्रिकों तथा ऐन्द्रजालिकों का अन्ध भक्त था। जब-जब भी वह कहीं अभियान के लिए जाता, तो इनके जत्थे-के-जत्थे साथ चलते। सायत निकाली जाती। उचित मुहूर्त निकलवाकर धावा बोला जाता। तान्त्रिकों और ऐन्द्रिजालिकों से भी मदद माँगी जाती, ताकि वे भी अपनी दिव्य शक्ति का उपयोग कर शत्रु-सेना को पराभूत कर सकें। उसके शक्ति-बल और मनोबल को कमजोर कर दें। इस बार भी ये साथ थे। मुझे कन्धार के सफल अभियान से लौटकर आये सिपाहियों से पता चला था कि एक बहुत बड़ा तान्त्रिक इन्द्रगिरि भी शाहजादा के अभिमान की बात सुन कन्धार जा पहुँचा था। कहते हैं, इस इन्द्रगिरि ने एक जबर्दस्त प्रेत को वश में कर रखा था। दो महीने गुजर चुके थे अभियान के। कन्धार के किले के चारों दरवाजों पर आक्रमण हो रहे थे। शाहजादा किले से आधा कोस दूर कामरान के बाग में खेमा डाले पड़े थे। इस घेरेबन्दी का कन्धार के ईरानी सूबेदार औतार खाँ पर कोई असर

नहीं हो पा रहा था। साम, दाम, दण्ड, भेद अपनाये जा रहे थे, पर औतार खाँ था कि वह न डर रहा था, न फिसल रहा था। तान्त्रिक इन्द्रगिरि से शाहजादे ने सहायता माँगी। शराब के मटकों, टुम्मों और नाजनीनों का बन्दोबस्त किया गया। रात-भर इन्द्रगिरि तान्त्रिक क्रिया करता रहा और प्रातः उसके आदेश पर फिर अभियान में तेजी आयी। पर नतीजा नदारद। तीन दिन तक इन्द्रगिरि शाहजादे को दम दिलासा देता रहा और तीसरे दिन की तान्त्रिक क्रिया के बाद उसने बताया, "शाहजादे, किले की हिफाजत में एक देव डाँटों है। कल रात उस देव के साथ मेरी भारी कुश्ती हुई है। पर वो देव ज्यादा ताकतवर है। मुझे अफसोस है, मैं मदद नहीं कर पाऊँगा। जब तक वह देव मौजूद है, मैं कुछ नहीं कर सकता।" तब चालीस जिन्नात को एक साथ बस में रखने वाले एक मुसलमान हाजी ने कन्धार के किले को जीतने अपने जिन्नात भेजे, पर वे भी नाकामयाब रहे। जादू की लड़ाई जादू से भी हो रही थी। इधर ईरानियों ने दूसरे दिन एक मरे बकरे के पेट में भात भरकर एक टोटका मुगल सेना की ओर रात को रखवा दिया था। मुगल सिपाहियों में दहशत छा गयी। जादू की लड़ाई में भी ईरानी कमजोर साबित न हो सके।

चार महीने गुजर गये इस बीच कन्धार को पाना नामुमकिन था। पर शाहजादा फिर भी डटे थे। उनकी प्रतिष्ठा का प्रश्न था। यह प्रतिष्ठा राजनीतिक महत्त्व की भी थी। दो बार वह कन्धार से असफल हो लौट चुके थे तथा औरंगजेब भी इस बात में असफल सिद्ध हो चुका था। शाहजादा दारा जीत जाते, तो मुगल दरबार की निगाह में उनकी इज्जत बढ़ जाती और वह साबित कर देते कि भावी मुगल सम्राट बनने की योग्यता उन्हीं में है पर विधना का विधान ही कुछ और था। फिर भी वे डटे रहे। राजा जयसिंह को पुनः धावे की तैयारी का आदेश दिया गया, किन्तु राजा ने इनकार कर दिया। यहीं से शाहजादे और राजा के दिलों में गाँठ पड़ने लगी। राजा वैसे तो पक्का अवसरवादी था ही, उसके चरित्र के ढुलमुलपन से शाहजादा पहले भी रुष्ट थे, पर इस समय तो हुक्म-उदूली ने उन्हें और भड़का दिया। कुछ मनसबदार भी दोनों के परस्पर कान भरते रहे। एक दिन विचित्र घटना घटित हो गयी।

शाहजादा भाँडों और मसखरों का हुजूम पालते थे। ये लोग रात के समय शाहजादा का मनोरंजन करते। तरह-तरह के स्वाँग बनाकर ये उपस्थित होते, विचित्र लहजों में लतीफे सुनाते और मजाकिया ढंग से उपस्थित लोगों पर फबतियाँ कसते। कभी किसी मनसबदार के उठने-बैठने, चलने-फिरने के तौर-तरीकों की नकल करते। सारी सभा हँसते-हँसते लोट-पोट हो जाती और जिसकी नकल की जाती वह बेचारा पानी-पानी हो उठता। शाहजादा इसमें रस लिया करते थे। कहते हैं, उस दिन कामरान के बाग में टिके शाहजादा के खेमे में भाँडों और नक्कालों ने

राजा जयसिंह की नकल करते हुए जो फबतियाँ कसीं, उसमें राजा भड़क उठा।

कई मनसबदारों ने रस लिया, पर राजा जयसिंह की भृकुटि टेढ़ी हो गयी, वह तेजी से क्रोध में खेमा छोड़ उलटे पैरों लौट गया। उसके मन में यह गाँठ बैठ गयी कि भाँडों ने शाहजादा के इशारे पर ही उसे 'मिरासी' कहकर उसका अपमान किया है। पर असलियत दूसरी थी। शाहजादा ने बाद में मुझे बताया था कि उन्हें भी इस घटना का सख्त अफसोस है, यह सब कुछ मनसबदारों की चाल थी, जो दोनों के कटु सम्बन्धों को कटुतर बना देना चाहते थे। बाद में इन सम्बन्धों को फिर से ठीक करने का प्रयास शाहजादा की ओर से जारी रहा। उन्होंने अपने पुत्र सुलेमानशुकोह की शादी जयसिंह की भतीजी, दिवंगत अमरसिंह राठौड़ की पुत्री के साथ करने का प्रस्ताव रखा। जिससे राजा साहब के साथ उसके पारिवारिक सम्बन्ध स्थापित हो जाएँ। राजा जयसिंह इसे बड़े दिनों तक टालता रहा। मैं भी दोनों से दूर हटता गया। स्पष्ट था, रोशनआरा दबे-दबे इसका लाभ उठाने लगी। और उसने राजा जयसिंह को अन्दर-ही-अन्दर औरंगजेब का हितैषी बना डाला।

तो कन्धार के घेरे से नाकामयाब शाहजादा जब लाहौर लौटे, तो मानसिक तनाव से टूटे नजर आ रहे थे। मैं इस बीच लाहौर में ही रहा। सन्त मुल्लाशाह कश्मीर लौट गये थे। इन दिनों लहौर में एक हिन्दू सन्त टिका था। घर-घर इसकी शोहरत फैल गयी थी। मैंने इस सन्त के विषय में चार वर्ष पूर्व शाहजहाँनाबाद में भी सुना था। उन दिनों यह लाहौर में टिका था। दारा ने भी उस वक्त उसकी चर्चा सुनी थी, पर हमें अब तक मुलाकात का मौका नहीं मिल पाया था। इस सन्त का नाम था, लालदयाल। यह मुँडिया सन्त था, दुबला-पतला इन्सान, जिसके चेहरे से विशेष तेज टपकता था। पंजाब में इन दिनों जो नयी धार्मिक क्रान्ति फैल रही थी उसके प्रसार में इस सन्त का बहुत बड़ा हाथ था।

पंजाब पिछली तीन-चार सदियों से हिन्दू धर्म और इस्लाम धर्म का मिलन केन्द्र बन चुका था। समन्वित संस्कृति की स्थापना का प्रयास किया जा रहा था यहाँ, और इस कार्य में सूफी दरवेश और हिन्दू सन्त समान भाव से हाथ बँटा रहे थे। दोनों अपने-अपने धार्मिक आडम्बरों और निरर्थक रूढ़ियों के तौक को उतार मानव-धर्म का उपदेश देते जा रहे थे। एक ओर मियाँ मीर जैसे सूफी सन्तों ने इस काम का बीड़ा उठाया था, तो दूसरी ओर कोई सात पीढ़ी पहले बाबा नानक ने एक नये मत की नींव डाली थी। हिन्दू-मुस्लिम का भेदभाव भुलाये उस सन्त ने ईरान और अरब तक की यात्रा की थी और जनता की बोली में अपने पद रच सीधे-सादे शब्दों में धर्म के मूल तत्त्व को समझाया था। पंजाब की आम जनता इस मत के प्रति तेजी से आकर्षित होती जा रही थी। हिन्दू

धर्म की अनेक रूढ़ियों की व्यर्थता सिद्ध करते कई सन्तों ने ऐसा ही प्रयास दो सदी पूर्व वाराणसी में भी किया था। स्वामी रामानन्द की शिष्य मण्डली में कई निम्न जाति में उत्पन्न महापुरुष थे, जिन्होंने समाज की कुरीतियों का पर्दाफाश किया, समाज की एकात्मकता को विखण्डित करती जाति-प्रथा, धार्मिक ढोंग और झूठी मर्यादाओं को चुनौती दी। कबीर और रैदास ने हमारी कूटनीतियों पर करारी चोट की थी, तिलमिला देने वाली वाणी में हमें ललकारा और धर्म तथा मजहब के बाह्याडम्बर को छोड़ सच्चे दिल से राम के चरणों में समर्पित होने का मार्ग सुझाया था। पंजाब के सन्तों में इन वाराणसी के सन्तों से एक भेद था। वाराणसी के कबीर की तरह नानक और बाबा लालदयाल धार्मिक बाह्याडम्बरों, जाति-प्रथा, मूर्तिपूजा आदि का खण्डन तिलमिला देने वाली शैली में नहीं करते थे। इनका रास्ता खण्डन का कम था, अपने मत का मण्डन का ही अधिक। बाबा दयाल में भी इस दृष्टि से कबीर जैसा लट्ठमार अक्खड़पन नहीं था।

कहते हैं, यह सन्त उज्जैन की तरफ का है। इसके गुरु कोई चेतन गुसाई थे, जो खुद बड़े पहुँचे हुए सन्त थे। एक दिन संसार से विरक्त हो जंगल में घूमते बाबा लाल ने उसे देखा। वे दोनों पैरों के बीच लकड़ी जला खिचड़ी पका रहे थे। बाबा लाल प्रभावित हुए। समझे, कोई पहुँचे हुए सिद्ध हैं। चरणों में झुक प्रार्थना की कि शिष्य बना लें। खिचड़ी का एक कण देकर ही उन्होंने उन्हें ज्ञान दे डाला। एक दिन गुरु ने परीक्षा लेनी चाही, "जाओ, द्वारिका जाकर मेरे लिए गोपीचन्दन ले आओ।" बाबा लाल साधना की एक सीढ़ी तक पहले ही पहुँच चुके थे। उन्होंने सूक्ष्म देह से द्वारका की यात्रा कर गुरु को गोपीचन्दन ला दिया। गुरु ने शिष्य की साधना का प्रमाण पा लिया। तबसे दिल्ली, नारनोल, लाहौर और पंजाब के दूसरे शहरों में घूमते बाबा लाल अपने उपदेश देने लगे। उन्होंने काबुल, कन्धार की यात्रा की। हजारों-लाखों की संख्या में उनके शिष्य होने लगे। इन्हीं सन्त से मुलाकात कर शाहजादा अपना मानसिक तनाव कम करना चाहते थे।

नौ दिन तक बैठक हुई दोनों की। बातचीत तो हिन्दवी में हुई, पर बाद में पण्डित चन्द्रभान ने इन्हें फारसी में रूपान्तरित कर डाला। मैं भी ध्यान से इस वार्तालाप को सुनता रहा। कई सवाल पूछे थे शाहजादा ने। हिन्दू धर्म, शास्त्र मन, आत्मा और समाधि से सम्बद्ध। सन्त ने बड़े हल्के-फुल्के ढंग से उलझे सवालों के सुलझे हुए जवाब दे हमें प्रभावित कर दिया। शाहजादा ने पूछा, "नाद और वेद में क्या फर्क है, मोजिज सन्त?"

"देखो शाहजादे, नाद बादशाह है और वेद उसका हुक्म। बादशाह तो हमेशा

हुक्म देने वाला बड़ा होता है। हुक्म से भी बड़ा हाकिम है, वेद से भी बड़ा नाद है।"

"एक सवाल और है। हिन्दू मजहब बुत की पूजा करता है। पर बुत तो खुदा नहीं है, तब ऐसा क्यों करते हैं हिन्दू?" शाहजादे ने पूछा।

"मूर्ति-पूजा मन को एकाग्र करने के लिए है शाहजादे! जो सत्य का साक्षात्कार कर चुका है, उसे इसकी जरूरत नहीं है, पर जिसका मन साफ नहीं है, चंचल है, उसे तो इसे अपनाना ही होगा। तुमने छोटी-छोटी बच्चियों को गुड्डा-गुड्डी से खेलते देखा होगा। वे उनकी शादियाँ तक करती हैं। क्या वे गुड्डा-गुड्डी सच्चे दूल्हा-दुलहिन हैं। पर जब वे ही बच्चियाँ बड़ी हो जाती हैं, तो क्या गुड्डा-गुड्डी से खेलती हैं? जिन्हें राम नहीं मिल पाता, वे उसकी मूरत में ही उसे पाने की कोशिश करते हैं, पर राम ज्यों ही मिला, आत्म-साक्षात्कार हुआ, वे इसे छोड़ देंगे।"

"कहते हैं काशी में मरने से मुक्ति मिलती है? क्या पापी और पुण्यात्मा दोनों को वहाँ बराबर समझा जाता है?" तीसरा सवाल था।

"काशी जीवनमुक्ति का प्रतीक है, शाहजादे! काशी कहीं बाहर नहीं है। संसार के मोह से आजाद रूह ही काशी है। इस हालत में जो भी मरेगा, उसे मुक्ति मिलेगी ही, इसमें शक ही क्या है?"

"फारसी किताबों में जमीन, पानी, आग और हवा चार अनासिर माने गये हैं, पर हिन्दू पाँच महाभूत मानते हैं। पाँचवाँ महाभूत क्या है?"

"पाँचवाँ महाभूत आकाश है। यह श्रवण-शक्ति है शाहजादे! यही तो हमें खुदा तक पहुँचाती है।" सन्त ने बताया।

"फकीर दुनिया से किस तरह अलग माना जा सकता है?" कई सवालों के बाद उत्तर पा शाहजादे ने अब यह जानना चाहा।

"फकीर और दुनियावी इन्सान दोनों में फर्क सिर्फ इतना है कि दुनियावी इन्सान खाते, पीते, सुनते, देखते, आराम करते वक्त विषयों से बँधा रहता है, पर फकीर यह सब काम करते हुए भी इनसे बँधता नहीं, वह अनासक्त रहता है।"

"खालिक और मखलूक में क्या फर्क है? मैंने एक से पूछा था, उसने बताया, 'वही जो पेड़ और बीज में है।' क्या यह ठीक है?"

"खुदा या खालिक समन्दर के मानिन्द हैं और मखलूक या बन्दा पानी से भरे कटोरे की तरह। समन्दर का पानी और कटोरे का पानी एक होते हुए भी फर्क तो है ही। कटोरे का पानी एक हद में बन्द जो है। यही ईश्वर और उसकी सृष्टि जीव और जगत् में भेद है, शाहजादे!"

"परमात्मा जीवात्मा कैसे बन जाता है। और फिर वापस अपनी असली हालत में कैसे पहुँच जाता है।"

"देखो शाहजादे, शराब में पानी और दूसरी नशीली चीजें मिली रहती हैं। परमात्मा साफ पानी है, जीवात्मा शराब। अगर तुम शराब को जमीन में गिरा दो, तो क्या होगा? साफ पानी जमीन के नीचे बैठ जाएगा और नशीली चीजें जमीन की ऊपरी सतह पर ही रह जाएँगी। इसी तरह जीवात्मा जब अपनी नशीली चीजों, पाँचों इन्द्रियों की दुनियावी रुझान को अलग कर देता है, तो पानी की तरह परमात्मा से एकाकार हो जाता है।" बाबा लाल ने बड़े सरल ढंग से जटिलतम प्रश्न का उत्तर दे डाला।

"हिन्दुओं के यहाँ 'निद्रा' का क्या मतलब है।"

"निद्रा से दो मतलब हैं, शाहजादे! एक तो दुनियावी लोगों की नींद जो हमेशा दुनियावी रुझान में गाफिल रहते हैं, दूसरी सन्तों की नींद।"

"सन्तों की नींद से आपका मतलब?"

"दुनियावी रुझान से आजाद होना ही सन्तों की नींद है, शाहजादे! वह अपनी नींद में दुनियावी चीजों के सपने नहीं देखते। सन्त खुद ऐसी गहरी नींद हैं। वे दुनियावी सोने और जागने की हरकतों से ऊपर उठे रहते हैं। और कुछ पूछना चाहते हैं?"

"नहीं, मुअज्जिज दरवेश, कुछ नहीं। बस इतना बता दें कि मैं अपने लिए क्या करूँ?"

"तुम्हें कुछ नहीं करना, शाहजादे! तुम्हें न शेख ही बनना है, न सन्त ही, और न अचरज भरे कारनामे करने की ताकत ही पाना है। अगर बनना ही चाहते हो, तो झूठे दिखावे से पाक-साफ ईमानदार फकीर बनो, शाहजादे, मंजिल तुम्हारे लिए कभी दूर नहीं रहेगी। पर एक बात याद रखो, जब तक वासना खत्म नहीं होगी, अल्लाह के, राम-रहीम के दर्शन नहीं होंगे।

देहा भीतर श्वास है श्वासे भीतर जीव।
जीव के भीतर वासना, किसविध पाइए पीव।

पीव को पाना हो तो वासना को दबा डालो।"

बिदा लेते समय उस सन्त ने दारा को और मुझे गोपीचन्दन की एक-एक टिकिया प्रसाद स्वरूप दी। हमने सिर झुका उसे ग्रहण किया। हम लौट पड़े थे। सन्त के समक्ष ढोलक की ताल पर गाते शिष्य के मीठे स्वर हमारा पीछा करते आ रहे थे, जिनके द्वारा सन्त नानक की बानी मुखरित हो रही थी। हम उस रस में डूबकर खुद भी रसरूप बन रहे थे।

आपै रसिया आपु रसं, आपै रावणहारू।
आपै होवै चोलड़ा, आपै सेज भतारू।
रँगरता मेरा साहिबा, रविं रहिया भरपूरू।
आपै माछी मछुली आपै पाणी जालु।
आपै बहुविधि रँगुला सखी री मेरा लालु।
नित्त रवैं सोहागणी देखु हमारा हालु ॥
प्रणवै नानक बेनती तू सरव रूतू हंस।
कबँलु ते है कवींआ ते है, आपे बेखि विगासु ॥

32

जाल फैलाया जा रहा था और मुगल दरबार उसमें फँसता जा रहा था। पता नहीं, कौन अदृश्य मछेरा हमें बाँधने लगा था। हम विवश-से उस जाल में जकड़े जा रहे थे। मुगल दरबार का वातावरण कन्धार से असफल हो लौटे शाहजादा के विरुद्ध होता जा रहा था। दीवान सादुल्ला खाँ उन्हें दिन-प्रतिदिन परेशान करने लगा था। आये दिन भरे दरबार या गुस्लखाने में ही उनमें झड़पें होने लगीं। सादुल्ला कुशल प्रशासक होते हुए भी अत्यधिक संकीर्ण मनोवृत्ति का था। दारा की धार्मिक सहिष्णुता से वह बेहद चिढ़ता था। दारा पर अपने उपदेश का कोई असर होता न देख उसने अब खुले तौर पर औरंगजेब का पक्ष लेना आरम्भ कर दिया था और दारा को आये दिन वह अपमानित करने लगा था। एक दिन उसने शाहजादा के मुन्शी द्वारा पेश किये हिसाब को नामंजूर कर दिया और शाहजादा को शाही खजाने से दी जाने वाली रकम को भी तब तक रुकवा दिया, जब तक कि ठीक-ठीक हिसाब नहीं आ जाता। शाहजादा पर इसकी तीव्र प्रतिक्रिया होती जा रही थी। वे भी सादुल्ला को अपमानित करने से नहीं चूकते थे। वे इसे कतई बर्दाश्त नहीं कर सकते थे कि शाही वली अहद को इस तरह जलील होना पड़े।

शाहजहाँनाबाद में इन दिनों मैं पादशाह बेगम की कारवाँ सराय के कोने पर बने महल में टिका हूँ। किले के लाहौरी दरवाजे से कोतवाली बाजार की सड़क पर बाजार के बीचोंबीच यह कारवाँ सराय है। कारवाँ सराय के पीछे ही पादशाह बेगम का बाग है। चहारदीवारी से घिरे इस बाग में संगमरमरी बारहदरियाँ, नहरें और फव्वारे हैं और फलों और फूलों के कई दरख्त और पौधे।

वसन्त लग चुका है। अभी कल ही वसन्त पंचमी थी। सारा बाग वसन्त की मस्ती में झूम उठा था। पूरे दिन बाग में काफी चहल-पहल रही। शाही बेगमें बाग में गोठ मनाने चली आयी थीं। दिन-भर बीन की झनकार, ढोलक और तबलों की ताल, नूपुरों की रुनझुन सुनता रहा मैं अपने प्रकोष्ठ से, जो ठीक बाग की ओर पड़ता था। लोकगीतों, वसन्त और ललित की राग लहरियों तथा गजलों की कूक सुनकर आम की डालियों पर झूमती कोयलें चौंकती रहीं और अपनी स्पर्धा करती सुन्दरियों को बार-बार ललकारती जान पड़ीं। रात-भर मैं इसी वासन्ती खुमारी में डूब रहा हूँ।

"रुस्तम खाँ आये हैं, कविराय, और आपसे इसी वक्त मिलना चाहते हैं।"

"उन्हें यहाँ लिवा लाओ।" मैंने कहा।

"बाँदी दो पल में ही उन्हें ले आयी। रुस्तम खाँ ने प्रकोष्ठ में घुसते मुझे अभिवादन किया, "सलामोअलैकुम, कविराय!"

"वालैकुमसलाम' खाँ साहब। कहिए, सुबह-सुबह कैसे तकलीफ फरमायी है?"

"शाहजादा की ख्वाहिश है कि आप फौरन से पेश्तर उनसे मुलाकात कर सकें, तो मेहरबानी होगी। वे आपसे बहुत जरूरी गुफ्तगू करना चाहते हैं। शाहजादा के हुक्म के मुताबिक ही मैं आपकी खिदमत में पेश हुआ हूँ। आपको मेरे साथ ही चलना है।"

"ठीक है आपको एक घड़ी इन्तजार करना होगा। मैं स्नान-ध्यान से निवृत्त हो लूँ।"

मैं उठा और स्नानादि से निवृत्त हो, सन्ध्या तथा गायत्री जपकर रुस्तम खाँ के साथ काला महल की ओर रवाना हुआ, जहाँ इन दिनों शाहजादा रहते थे। हमने लम्बा रास्ता न पकड़ छोटे रास्ते से जाना तय किया।

लाहौरी दरवाजे से सीधे किले तक जाने वाली सड़क को पारकर मैं कटरा अशरफी की ओर मुड़ गया और कच्चे खपरैलों से ढँकी बस्तियों के बीच से गुजरता जामा मस्जिद की ओर बढ़ चला। ये बस्तियाँ मनसबदारों की हवेलियाँ थीं। कहाँ आगरा की पक्की हवेलियाँ और कहाँ ये फूस से ढँकी खपरैलें। खरीद-फरोख्त के लिए जामा मस्जिद के उत्तर-पूर्व में स्थित सादुल्ला चौक की ओर आते-जाते नौकर मिले। काला महल पहुँचते ही शाहजादा को खबर मिल गयी और अब हम उनके कुतुबखाने में थे।

"मैंने बहुत जरूरी काम से आपको तकलीफ दी है, कविराय! इस मामले में आप कुछ मदद कर सकते हैं।" शाहजादा ने बात शुरू करते कहा।

"आखिर मसला क्या है? मैंने जानना चाहा।

"आप जानते हैं कि मरहूम अमरसिंह राठौड़ की लड़की से शाहजादा सुलेमानशुकोह के ब्याह की बातचीत पिछले साल-भर से चल रही थी। लड़की के मामा राजा जयसिंह ने मंजूर भी कर लिया था पर अब वे हीलेहवाले करते जान पड़ते हैं।" दारा ने बताया।

"पर क्यों?"

कन्धार की चढ़ाई के मौके पर वे कुछ नाराज हो गये। तभी से कटे-कटे-से रहने लगे हैं। इधर सादुल्ला और रोशनआरा ने उन्हें फोड़ लिया है। यह भी सुनने में आ रहा है कि उनकी यह चाल है कि राजा जयसिंह की भानजी का रिश्ता सुलेमानशुकोह के साथ न हो, बल्कि उस ढोंगी फकीर के बेटे शाहजादा मुहम्मद सुलतान से हो जाय। आप तो जानते ही हैं, मैं राजा जयसिंह को अपने पक्ष में करने के लिए कितना चाहता हूँ। अगर यह रिश्ता सुलेमान के साथ न होकर मुहम्मद सुलतान के साथ पक्का हो गया तो दुश्मनों की शतरंजी चालें कामयाब हो जाएँगी।"

"पर इसमें मैं क्या कर सकता हूँ?"

"आप राजा साहब को समझाएँ, कविराय! उन्हें समझाएँ कि राजपूतों के लिए मेरे दिल में कितना लगाव है। फिर राजा साहब से तो हमारे पुराने खानदानी रिश्ते हैं। सुलेमान और उनकी भानजी का रिश्ता हमें और मजबूत कड़ी में बाँध देगा। हिन्दुस्तान की दो कौमों को ज्यादा-से-ज्यादा नजदीक लाने में यह कदम मजबूत और पायेदार होगा। मैं चाहता हूँ कि एक महीने के अन्दर-अन्दर यह रिश्ता हो ही जाय।"

"आप कहते हैं कि वे इन दिनों आपसे कुछ खफा हैं। मामला क्या है?" मेरी जिज्ञासा सुन शाहजादा ने कन्धार में घटी घटना सुना दी, "कुछ मुसाहबों ने भाँड़ों को भड़काकर राजा साहब को मिरासिया कहलवा दिया था। वे इसे नाहक मेरी साजिश समझ बैठे। वे आपकी इज्जत करते हैं। आपका असर जरूर पड़ेगा।"

मैं तुरन्त ही रुस्तम खाँ के साथ राजा जयसिंह की हवेली की ओर चल पड़ा। उनसे काफी खुलासे के साथ बात हुई। यद्यपि राजा बड़ी चतुराई से असलियत छिपा रहे थे, फिर भी यह साफ हो गया कि उन्हें दो बातें काफी साल रही थीं। शाहजादा दाराशुकोह की सिफारिश पर राजा जसवन्त पाँच हजारी मनसबदार बन बैठा था, पर राजा जयसिंह अभी चारहजारी मनसबदार ही थे। उन्हें अपने से कम उम्र के इस मारवाड़ नरेश को दरबारे-आम में अपने ऊपर की मनसबदारों की पाँत में खड़ा देखकर कचोट होती थी। दूसरे यह कि शाहजादा

के इशारे पर इनके खुशामदी इनका अपमान किया करते थे। मैंने स्पष्ट किया कि शाहजादा पाक-साफ हैं, उन्हें राजा साहब के प्रति कोई गलतफहमी नहीं है। उनके हितैषियों को समझा दिया जाएगा कि राजा साहब की इज्जत खुद शाहजादा की इज्जत समझी जाय। दूसरी बात पर भी मैंने उन्हें आश्वासन देते हुए कहा, "मैं वादा करता हूँ, राजा साहब कि आपके दरबारी ओहदे में भी इजाफा करवाने में शाहजादा पूरी मदद करेंगे। आपकी भानजी के साथ सुलेमानशुकोह का रिश्ता हो जाने पर वैसे भी शाही दरबार में आपकी इज्जत और बढ़ जाएगी और जसवन्त से किसी भी तरह आप नीचे ओहदे पर नहीं रहेंगे, यह मैं वचन देता हूँ।" राजा को राजी कर मैं शाहजादा को खुशखबरी सुनाने दौड़ पड़ा। इसके डेढ़ महीने बाद ही चैत्र मास की इस्लामी पद्धति से सुलेमानशुकोह का जसवन्त की भतीजी और राजा जयसिंह की भानजी से ब्याह हो गया। राजा जयसिंह भी कुछ दिनों बाद पंचहजारी मनसबदार बन गये। मेरी सिफारिशों का उचित लाभ उन्हें मिल गया।

उस दिन जब मैं राजा से मिलकर शाहजादा के पास लौटा, तो एक और घटना घटित हो गयी। कुलसुम लाल किले में दौड़ी-दौड़ी आयी और उसने शाहजादा को खबर दी कि पादशाह बेगम ने उन्हें तुरन्त बुलाया है। महलरा में खतरनाक वारदात हो गयी है, शाहजादा हुजूर! आपका वहाँ पहुँचना सख्त जरूरी है।"

"बात क्या है?" मैंने पूछा।

"शाहजादी रोशनआरा के हरम के बौने गुलाम मसूद ने जमना की ओर के मैदान में किले की दीवार से छलाँग मार खुद्कुशी कर ली है, कविराय! तहलका मच गया है। दो हिन्दू नौजवान भी महलसरा में पकड़े गये हैं। बादशाह-हुजूर ने उन्हें कत्ल किये जाने का हुक्म दे दिया है।" इतना कह कुलसुम चुप हो गयी। जाहिर है, वह कुछ छिपा रही थी। शाहजादा अपने अंगरक्षकों को ले किले के लिए रवाना हो गये और मैं भी बिदा ले वापस कारवाँ की ओर चल दिया।

शाम को जब यूसुफ मेरे निवास पर शतरंज खेलने आया, तो उसने सारी घटना तफसील के साथ सुनायी। यूसुफ के साथ मेरी शतरंज की बैठक प्राय: हुआ करती थी। इस खेल में वह मेरा गुरु था, पर अब तो मैं उससे भी बढ़िया खेलने लगा था। यूसुफ खुद अब मेरे खेल की दाद देता था और जब भी मौका पाता, मेरे यहाँ आ धमकता था। बिसात बिछ चुकी थी। यूसुफ अपने दाहिने ऊँट को टेढ़ा बढ़ाकर मेरे वजीर के रुख पर ले आया था, मुझे वजीर को बचाना

था, पर एक ओर उसका फील भी सामने डटा था। वजीर को बचाने की फिक्र में मैं लगा था। वजीर पर दाहिना हाथ रखे मैं सोच रहा था, कहाँ बचाऊँ, अभी मुहरा हिलाया नहीं था। कोई दस पल तक इसी मुद्रा में रहा। ऐसे मौके पर हमेशा यूसुफ कोई किस्सा या लतीफ़ा सुना मुझे बहलाने की कोशिश करता था ताकि मैं चाल भूल जाऊँ। बस, मौका देख उसने महलसरा की वारदात की किस्सागोई शुरू कर दी।

"हद हो गयी, कविराय! यह छोटी शाहजादी बादशाह का नाम डुबो कर रहेगी।"

शतरंज से ज्यादा रस मिला मुझे, छोटी शाहजादी के किस्से में। उत्सुकता बढ़ गयी। दाहिना हाथ वजीर के मुहरे को छोड़ बैठा। मैंने रस लेते पूछा, "कौन छोटी शाहजादी, रोशनआरा? क्या मामला है उसका?"

"अरे, यही उनकी रँगरेलियों का किस्सा है, कविराय! आज शाहजादा हुजूर जो किले गये थे वह भी वही मामला था। बेचारा बौना मसूद इसी में दुनिया से चल बसा और दो नौजवान खूबसूरत हिन्दुओं को जल्लाद के खाण्डे ने कभी का काट डाला होगा। मुझे उनकी खूबसूरती देख काफी गम हुआ, हुजूर! कुसूर शाहजादी रोशनआरा का, और सजा मिली उन खूबसूरत नौजवानों को। अजीब इन्साफ है मुगल दरबार का।"

और अब उसने पूरी तफसील से किस्सा सुनाना शुरू कर दिया। मैं किस्सा सुनता जा रहा था और मेरी आँखों के सामने फुदकते-फुदकते गोल-मटोल शक्ल के दो हाथ-लम्बे हब्शी बौने मसूद की मूर्ति उछल-कूद मचाने लगी। सलवार चपकन और पगड़ी में लिपटा काला-कलूटा मसूद। दाढ़ी-मूँछों से उसका भारी-भरकम सिर और भयंकर लगता था। छोटे-छोटे हाथ और पैर हृष्ट-पुष्ट थे। और जब वह कुबड़ी बाँदी खादिमा के साथ महलों में दौड़धूप करता मिल जाता, तो मेरे ओठों पर बरबस हँसी खेल जाती। दोनों गुलाम रोशनआरा के प्रिय पात्र थे। बौना मसूद बेखटके जनानखाने तक पहुँचता था। हालाँकि वह खोजा नहीं था, पर उसकी विद्रूपता इसका सबूत थी कि जनाने को उससे कोई खतरा नहीं था। मुझे इसका अनुभव था कि बौना मसूद रोशनआरा का दलाल था। कोई आठ साल पहले की बात है। मैं आगरा के किले में पादशाह बेगम को भगवद्-गीता पढ़ाकर लौट रहा था कि किसी ने मुझे सलाम करते पुकारा, "अस्सलाम वालेकुम, कविराय!" मैंने नजर उठाकर देखा। मछली महल की ओर से आता एक बौना था। मैं तब तक इसे नहीं जानता था। एक काले-कलूटे बौने को देख मन वितृष्णा से भर गया। मैंने औपचारिकता के नाते सलाम का जवाब दिया। उसने मेरे पास आकर अपना परिचय दिया–

"मैं मसूद हूँ, कविराय! छोटी शाहजादी रोशनआरा का गुलाम हूँ। आपके इल्म की चर्चा सुना। मिलना चाहता था। शाहजादी साहिबा भी आपके इल्म से काफी खुश हैं वे भाखा की शाइरी पढ़ना चाहती हैं। क्या आप तकलीफ फरमाएँगे?"

मैं भाँप गया, क्योंकि शाहजादी की शोहरत मेरे कानों में पहले ही पहुँच चुकी थी। मैं अपना पिण्ड छुड़ाता बोला, "मसूद मियाँ, मैं छोटी शाहजादी साहिबा का शुक्रगुजार हूँ। मैं संस्कृत का आलिम और शाइर हूँ। बेहतर है, शाहजादी साहिबा किसी भाखा के शाइर की खिदमत हासिल कर लें। अगर मैं लायक होता, तो शाहजादी की खिदमत करने में अपने को खुशनसीब समझता।" मसूद समझ गया कि बड़ा घाघ है और बाद में जब-जब भी मसूद से मुठभेड़ हो जाती, वह रुख बचाकर निकलने लगता। दुआ-बन्दगी भी बन्द कर दी। फिर तो रोशनआरा मेरे पीछे हाथ धो पड़ गयी और लवंगी और मेरी जानी दुश्मन बन बैठी।

यूसुफ कहे जा रहा था, "शाहजादी रोशनआरा के मर्ज से तो आप वाकिफ हैं ही, कविराय! बात यूँ है कि पिछले तीन दिन से उन्होंने दो नौजवान पंजाबी हिन्दुओं को जनाने में छिपा रखा था। यही मसूद उन्हें औरतों के वेश में बुर्का ओढ़ाकर महसलरा में ले गया था। आप तो जानते ही हैं, मसूद का यही काम है। मसूद और खादिमा दोनों रोशनआरा के मददगार हैं इन मामलों में। वैसे तो यह चलता ही रहता है, पर इस बार किसी तरह यह खबर छिपी न रह पायी। सदर खोजा को किसी ने जाकर कहा कि शाहजादी रोशनआरा के महल में दो नौजवान छिपे हैं।"

"पर यह भण्डाफोड़ कैसे हुआ?"

"बात यूँ है, कविराय, कि शाहजादी की दो मुँहलगी बाँदियों को हिस्सा मिला करता था। कहते हैं, कल रात शाहजादी ने दोनों को अपने यहाँ तलब कर लिया। एक मुँहलगी लौंडी ने एक को माँगा, तो मना कर दिया। उसी ने आज सुबह-सुबह ही सदर खोजा के कान तक यह खबर पहुँचा दी कि शाहजादी ने दौ नौजवान छिपा रखे हैं।"

"तब?"

"तब सदर खोजा हब्शिनियों को ले महल में जा पहुँचे। कोने-कोने की ढुँढ़वाई हुई। दोनों नौजवान हम्माम में जा छिपे थे। पर पकड़ लिये गये। और उन्हें मुश्कें बाँध बादशाह सलामत के सामने पेश किया गया। रोशनआरा बेगम साहिबा भी तलब की गयीं। कुलसुम से जो भी पता चला वह यह है। रोशनआरा ने साफ इनकार कर दिया कि दोनों नौजवानों को उसने बुलाया है। उसने अपनी

बाँदी का नाम लिया कि उसी ने उन्हें छिपा रखा है, 'मुँह जली यह नाजायज हरकतें करती फिरती है और हमारे मुँह पर कालिख पोतती है।' तहकीकात शुरू हुई। बौने मसूद का भी नाम आया। नौजवानों ने कहा कि उन्हें बौना मसूद लिवा लाया है। रोशनआरा अपनी बेगुनाही साबित करने के लिए फूट-फूटकर रोने लगी, 'हाय, इन हरामजादे गुलाम-लौंडियों ने मुझे कहीं का न रखा। इन हरामजादियों को सख्त-से-सख्त सजा मिलनी चाहिए।' शाहंशाह समझ गये कि कुसूरवार शाहजादी ही है, पर शाही खानदान की इज्जत का सवाल जो था, कविराय!"

"फिर क्या हुआ?"

"शाहंशाह ने हुक्म दिया, बौने मसूद और दोनों हिन्दू नौजवानों को सजा-ए-मौत दी जाती है। सूरज गुरूब होने से पहले उन्हें हलाक कर दिया जाय और बाँदी को ताउम्र तहखाने में सड़ने को फेंक दिया जाय।"

"पर मसूद ने खुदकशी कैसे कर ली?"

"हुक्म सुनते ही मसूद चीख पड़ा, कविराय! वह मुट्ठियाँ बाँधे रोशनआरा की ओर दौड़ा, जैसे उसका गला घोंट देगा। उसने वो-वो गन्दी गालियाँ शाहजादी को दीं कि कान पक गये सुननेवालों के। उसने शाहजादी की सारी पोल खोल दी और यहाँ तक कबूल किया कि शाहजादी उसका भी नाजायज तौर पर इस्तेमाल किया करती थी। उसने चीखते हुए कहा था, 'मैं शाहजादी से मुहब्बत करता था, पर मेरी वफादारी का वह यही इनाम देगी, इसका कयास भी नहीं था। यह शाहजादी नहीं जहरीली नागिन है।' और इतना कह वह तेजी से जमुना की ओर के झरोखे पर दौड़ा और छज्जे पर चढ़ पलक झपकते नीचे मैदान में कूद पड़ा। नीचे से एक तेज दर्दनाक आवाज सुनाई पड़ी। मसूद ने खुदकुशी कर ली थी। बौना मसूद शाहजादी रोशनआरा के आशिकों में था, कविराय! कितनी कातिल निकली उसकी माशूका। हथियारबन्द हब्शी बाँदियाँ भी उधर दोनों नौजवानों को सजा देने ले जा चुकी थीं। बाँदी को तहखाने में डाल दिया गया।"

"तब?"

"तब तक हम लोग जा पहुँचे। मुझे तो बाहर ही रोक दिया गया। सुना है पहुँचते ही सारी बातें जान शाहजादा हुजूर ने शाहजादी रोशनआरा को बीसों खरी-खोटी सुनायी कविराय, कि कुछ न पूछिए। उन्होंने उसी वक्त बादशाह सलामत को सलाह दी कि रोशनआरा को एक महीने के लिए नजरबन्द की सजा दी जाय क्योंकि असली गुनाहगार वही है। उसे एक महीने के लिए नजरबन्द कर दिया गया है।"

"यह तो अच्छा हुआ।"

"आप रोशनआरा को नहीं जानते, कविराय! वह जहर की पुड़िया है। वह पहले ही शाहजादा दाराशुकोह को बुरा मानती है। इससे तो वह उनकी जानी दुश्मन बन बैठेगी।"

"ठीक है, वह शैतान, शाहजादा का बाल भी बाँका नहीं कर सकती।" मुझे कोई चाल नहीं सूझ पा रही थी।

यूसुफ ने अब शतरंज की बाजी की ओर इशारा करते कहा, "चलिए कविराय, चाल आपकी है।" मैंने प्यादे को बढ़ाकर वजीर को जोर दिया। यूसुफ ने मेरे वजीर को मारकर अपना ऊँट खो दिया और फिर मेरे प्यादे को मार अपना फील बादशाह के रुख में बढ़ाया। मैंने शाह को बचाया। उसने अब घोड़े को ढाई घर बढ़ाकर घोड़े के द्वारा बादशाह पर शह दी। वह चिल्लाया, "यह दूसरी शह, कविराय, बचिए।" मैं फिर शह बचा तो उसने अपने बायें ऊँट को बढ़ा तीसरी शह दे दी, "यह फिर शह, बचिए।" फील और ऊँट ने मेरे शाह को सीधी और टेढ़ी दोनों चालों में फँसा डाला था और घोड़ा भी उस पर नजर गड़ाये था। तीनों की व्यूह-रचना में मेरा शाह बन्दी हो गया। मुझे कुछ न सूझा। यूसुफ ने मात दे डाली। मेरा बादशाह हार गया।

33

अशिथिल परिरम्भ–मुद्रा में एक दायें और एक बायें बाहु को फँसाये हम नीर–क्षीर से एकरस रातभर पता नहीं क्या-क्या बातें करते रहे, न बीतने वाली बातें। एक बात से दूसरी, दूसरी से तीसरी पर पेंग मारती हम दोनों की एकाकार चित्तवृत्ति विचित्र दोला-विलास का अनुभव कर रही थी। स्वेद-सान्द्र और रोमांच-कण्टकित मेरी हृदय-भूमि उस अनुपम स्पर्श की सिहरन से अमृतसिक्त हो सतरंगी भावों के अंकुरों से हरी-भरी हो गयी। बातें करते-करते जब लवंगी श्रमशीकरों से ओदी कपोल-पालि पर थिरकते बायें कान के तरोने को हिला कनखियों से मुझे निहारने लगी, तो मदहोश बनाती मदिरेक्षणा की उस रमणीय दशा को देख मेरे मन में आनन्द-कन्द से अंकुर फूटने लगे। मैं आज भी जब उस दशा का स्मरण करता हूँ तो वैसा ही पूर्वानुभूत आनन्द फिर मेरे मन की धरती पर अंकुरित होने लगता है।

उस दिन किले से आने के बाद से ही लवंगी दिन-भर थिरकती रही। कभी मस्ती में फारसी शेर गुनगुनाने लगती, कभी बिहारी के शृंगारी दोहे, कभी लालखाँ कलावन्त से सीखे ध्रुपद को सम ताल में गाती राग नट की अवतारणा करने लगती। रात को सोने से पहले उसने एक ध्रुपद मुझे सुनाया था। उसने गुलशन से संगत करने की फरमायश करते कहा, "गुलशन, बड़े दिनों से जगन्नाथ को मेरा नग़मा सुनने की तमन्ना है। आज मेरा पोर-पोर नाच रहा है और मेरी

रग-रग गाना चाहती है। जा, रबाब तो ले आ। तुझे संगत करना है और देख, घुँघरू भी लेती आना।" और बिना तबले-पखावज के भी सम ताल की बन्दिश में लवंगी ने 'ध्रुपद' की गजब की रागानुरक्ति के साथ सुनाया। उसके स्वर भी आगतपतिका नायिका की उमंग और उल्लास-भरी पदचाप का अनुसरण कर रहा था। सखियों को मोतियों चौक पुराने की मनुहार करती सुन्दरी के बड़भाग को व्यंजना देती लवंगी की स्वर-लहरी मुझे दिव्य रस में नहलाती जा रही थी। वह लालखाँ का बना ध्रुपद गा रही थी।

> बाज रहे मंदला बाज, सुहाव बीन बाज़, परन खर।
> एक गावत एक तन्त बजावत, एक निरतत लागे झर ॥
> मोतियन चौक पुराओ सखी री, न्यौछावर ले आये सुर नर।
> पायो री माई सबही लगनन, बड़े भाग मन साहजहाँ बर॥

गुलशन ने भी जैसी कला और रियाज का प्रदर्शन आज किया, मैं भूल नहीं पाता। उसकी अँगुलियाँ जैसे तारों पर थिरक रही थीं। एकाएक देखते-देखते लवंगी ने पास पड़े घुँघरू बाँधना शुरू कर दिया। मैं अब केवल श्रोता बना नहीं रह सका। दौड़ा, और प्रकोष्ठ से मृदंग उठा लिया। लवंगी के पैर झनझना उठे। वह नृत्य की मुद्रा में थी, ध्रुपद के भावों को अंगहार का सहारा ले आंगिक व्यंजना देती। मैं बोलों को बोलता पखावज पर निकालने लगा, "ताथेइ ताताथेइ", और लवंगी पखावज की ताल पर नाच उठी। सखियों से 'मोतियन चौक पुराने' की प्रार्थना करती मुद्रा में उठी उसकी दाहिनी बाँह हवा से मन्दान्दोलित चन्दनलता की शाख-सी आगे बढ़ी, न्यौछावर ले आये सुर-नरों को उसने दोनों हाथों के पुरस्कृत सम्पुट द्वारा आकार दिया। कभी मन्थर, कभी त्वरित पद-चारिकाओं उल्लास-भरी अनेक दृग्-भंगिमाओं, हाथों और अँगुलियों की विविध गतियों, कटि के विलासमय आवर्तनों द्वारा उसने हर्ष, उल्लास और आनन्द को रूपायित कर दिया। वह थिरकती रही, थिरकती रही। दुहरे-तिहरे आवर्तनों वाले परन के बोलों को बोल-बोल मैं खुले हाथ से मृदंग पर बजाने लगा। अब लवंगी की लयकारी तेज हो उठी। नाचते-नाचते अतीन्द्रिय रस में डूबी, अधमुँदी आँखों पता नहीं किस कल्पनालोक में वह उठी जा रही है, उसके ललाट और कपोलों पर मोती-सी आबदार बूँदें झलमला उठीं, उसके वक्ष की धड़कन बढ़ चली है। पैरों की झनझनाहट अब उतार की ओर है। उसके नूपुरों की अन्तिम ताल मेरे मृदंग की अन्तिम थाप के साथ सम पर विश्रान्त हो गूँजती जा रही है। रतिश्रान्त-सी लवंगी को मैं सहारा दे शैया पर लिटा रहा हूँ। वह अधखुली कलियों से मुझे निहार दो अरुण किसलयों को थोड़ा हिला मुस्कराती है और फिर मुझे अपनी

कोमल-टहनियों में बाँध लेती है। गुलशन पता नहीं, कब बारहदरी से बाहर जा चुकी है। नीले आकाश के ताल में खिले श्वेत पुण्डरीक से छनता रूपहरा पराग हमारे लिए सफेद मसहरी का अवगुण्ठन-जाल बुनता जा रहा है।

मेरी कविता-सी गुणवती लवंगी वीणा विनिन्दित वाणी से श्रवणपुटों में अमृत-रस उड़ेलती जा रही थी। वह धीमे स्वरों में कहने लगी, "मेरे जगन्नाथ, आज मैं तुम्हारे लिए बहुत बड़ी खुशखबरी लायी हूँ। बोलो, क्या इनाम मिलेगा?"

"इनाम तो जरूर मिलेगा, लवंगी, पर पहले खबर तो सुना दो।"

"उहूँ, पहले इनाम का वादा करना होगा। मैं ऐसा मुँहमाँगा इनाम लूँगी, जैसा आजतक नहीं माँगा होगा।"

"नहीं लवंगी, मुँह से माँगकर इनाम पाया, तो क्या पाया। मैं पहले ही इनाम दे दूँ।" और मैंने धृष्टतापूर्वक उसके कोमल रागारुण किसलयों को मादक मुद्रा से अंकित कर दिया। वह आँखें तरेर उठी, "देखी न तुम्हारी चालबाजी, झूठे कहीं के। जाओ हम नहीं सुनाते कोई खबर।" लवंगी रूठने की मुद्रा में थी। मैं आजिजी करता बोला, "रूठ-रूठकर दिल न दुखाओ, जानेमन। आखिर ऐसी कौन-सी खबर है, जिसे तुम दिल की तह में हमसे भी छिपाकर रखना चाहोगी। मान भी जाओ। यहाँ दिल सुनने को बेताब है और आप हैं कि तड़पाये जा रही हैं।"

"हाँ, यही तुम्हारी बेताबी तो हमेशा परेशान करती रही है। कभी-कभी तो तुम ठौर-कुठौर तक नहीं देखते। अरे, बेगम के सामने भी तो उस दिन तुम इन हरकतों से बाज नहीं आये थे।"

लवंगी उस दिन की याद दिलाते हमेशा मुझे ताने मारती थी, जब मैंने जनानखाने में बेगम जेओ और कई मनसबदारिनियों के बीच बैठी लवंगी की ओर लीलाकमल के बीज चुपके-से फेंक मारे थे और कानों के कुण्डलों को हौले-हौले घुमा, भौंहों की लताओं को तरेर अपने आघूर्णित नेत्रों से मुझे देखा था।

"मैं क्या करता, लवंगी! कभी-कभी तुम्हारी अदाएँ बेकाबू कर देती हैं। पर हाँ, वह खुशखबरी वाली बात क्या है, भई!"

"अरे, जिस दिन के लिए तुम सारी साध सँजोये बैठे हो, वह बहुत जल्द आने वाला है। कल मैंने इन्हीं कानों से शाहंशाह हुजूर और बेगम जेओ को सलाह-मशविरा करते सुना है।"

"क्या सुना है?"

"यही कि शाहंशाह शाहजादा दारा को जल्द ही बुलन्द इकबाल का खिताब दे वली अहद मुकर्रर कर देना चाहते हैं। वे शाहजादी से फर्मा रहे थे कि नुजूमियों

और हिन्दू ज्योतिषियों को बुला कोई अच्छा दिन निकलवा लें। बादशाह अब इस फैसले में देर नहीं करना चाहते। उन्हें शाहजादा औरंगजेब पर कोई भरोसा नहीं। इसके पहले कि उसके मन का खोट बाहर आए, वे शाहजादा दारा के हाथ पूरी तरह मजबूत कर देना चाहते हैं, जिससे मुगलिया मनसबदारों को मुस्तकबिल फर्ज का अभी से अहसास हो जाय।"

"तो आप हमीं से यह खबर छिपा रही थीं, क्यों? शाहजादा दारा के वली अहद बनने पर इस अकबराबाद में हमसे बढ़कर खुशी किसे होगी। अपने शिष्य, अरे, शिष्य नहीं अजीज दोस्त को तख्ते-ताऊस का वारिस बना देख मैं अपने सौभाग्य को कितना सराहूँगा, लवंगी। बेगम जेओ की सारी इबादतें, मन्नत मनौतियाँ अब सफल होने जा रही हैं। तुझे याद है ना, उस दिन फतहपुर सीकरी से शेख की दरगाह के सामने क्या मन्नत माँगी थी उन्होंने, 'मेरे शेख, मेरे बिरादर दारा का बाल भी बाँका न करना। शायस्ता और औरंगजेब की बुरी नजर से इसे बचाना। तुझे शाहंशाह अकबर के अधूरे काम को दारा के ही हाथों पूरा करवाना है। मैं हीरे-मोतियों जड़ी चादर चढ़ाऊँगी, मेरे मौला!"

"क्यों है ना खुशखबरी? तो लाइए जनाब इनाम।" लवंगी ने माँग पेश कर दी।

"अरे फिर कभी ले लेना।"

"नहीं, भई। अभी देना होगा।"

"तो हुजूर को इस गुलाम पर कोई भरोसा नहीं है।"

"है क्यों नहीं, पर आप वादा करके मुकर जाने के भी तो आदी हैं।"

"इस बार ऐसा नहीं होगा। दारा के वली अहद मुकर्रर होते ही मुँहमाँगा इनाम मिलेगा, पक्का वादा है।"

"तो, तै रहा।"

"हाँ।"

लवंगी मुस्कराती सिर हिला उठी। "और एक खुशखबरी है। पर तुम्हें नहीं बताऊँगी।" उसने मेरी जिज्ञासा-वृत्ति को और गुदगुदाया। तो अब कौन, इससे भी बड़ी खुशखबरी है, मैं सोचने लगा। मैंने उत्सुकता जाहिर की, "बताओ भी न!"

"उहूँ, कभी नहीं।" और उसने चटुल-चपल नेत्रों को लाज की रेखाओं से आँज दिया। उसके कपोल आरक्तिम हो उठे, वह सुराहीदार गर्दन के वृन्त पर कमल-कोरक से मुँह को थोड़ा झुका मौन बन गयी। उसने न कहकर भी सब कुछ कह दिया। मैं प्रसन्नता के आवेग को न रोक पाया, मेरी बाहु-तरंगें तरलित हो लवंगी को और अधिक समेटने लगीं। गद्गद अक्षरों में मैंने कहा, "तो यह मंगलमय क्षण भी आने वाला है। दो संस्कृतियों का पुण्य संगम धरा पर अवतीर्ण

होने जा रहा है। शुक्र हो, लवंगी, मैं आज धन्य हो गया।"

लवंगी केवल मुस्कराती रही, मुस्कराती रही। मैं सोचने लगा, तो यह शुक्ति अब फलवती होने जा रही है। पर अभी आठ महीने इन्तजार करना होगा। लवंगी कनखियों से मादक मुस्कराहट बिखेरती अपना दक्षिण कपोल मेरे दक्षिण कपोल पर रख सो जाना चाहती है।

परिरम्भ-कुम्भ की मदिरा पी मैं फिर खुमारी में डूबने लगा। रजनीगन्धा और शेफाली की मिश्रित गन्ध-लहरी मुझे थपकियाँ दे सुलाने लगी जिससे रात की थकावट दूर हो जाय। पर यह क्या, कमल परिमल को चुराकर भागते, अन्तरिक्ष में कुदान मारते हवा के छौने क्यों मुझे छू रहे हैं, कहीं उनके पीछे कोई सुनहरी छड़ी वाला पहरुवा तो दौड़ता नहीं आ रहा है? बाहर पौ फटती नजर आ रही है। रात-भर के उनींदेपन से थकी लवंगी मुझसे पहले जगकर भी नहीं उठ रही है, कहीं मैं न जग जाऊँ? गवाक्ष के रन्ध्रों से चोरी-छिपे इस लीला-विलास को निहारते भोर के तारे को देख में त्रपासन्त्रस्त हो गया हूँ। तन्द्रा और त्रपा से आघूर्णित पुतलियाँ झुका लवंगी कोमल किसलयों से मेरी खुलती आँखों की पाँखें फिर बन्द कर देती है। उधर उस गवाक्ष से झाँकती प्राची हमें देख शर्म से लाल होती जा रही है। अब तो जगना ही होगा। शिथिल नीवी का नियमन करती कमलनयना लवंगी पूर्व दिशा में उषा के प्रकाश को निहार शयन छोड़ने जा रही है, उसकी कमलगर्भ-सी वर्तुल और गम्भीर नाभि से मेरी नजर हट नहीं पा रही है, उसकी नाभि की वह छवि आज भी मेरे मन से उतरने का नाम ही नहीं लेती।

नीवीं नियम्य शिथिलामुषसि प्रकाश-
मालोक्य वारिजदृशः शयनं जिहासोः।
नैवावरोहति कदापि न मानसान्मे
नाभेः प्रभा सरसिजोदरसोदरायाः।।

34

आज ही मेवाड़ से पण्डित चन्द्रभान ब्राह्मण का पत्र आया है, दारा के नाम। मेवाड़ के राणा जगतसिंह को गुजरे दो साल हो गये हैं। और उनका बेटा राजसिंह अब राणा बन गया है। अपने जीवनकाल में ही जगतसिंह ने चित्तौड़ के किले की मरम्मत करवाना शुरू कर दिया था और कोई दो साल से यह मरम्मत हो

रही है। गुप्तचरों से यह खबर सुन बादशाह आसन्न युद्ध की आशंका से चिन्तित थे। दारा इस मत का था कि राजा राजसिंह को समझाने किसी जिम्मेदार व्यक्ति को भेजा जाय। सादुल्ला खाँ चाहते थे कि चित्तौड़ पर तुरन्त धावा बोलकर राजसिंह के हौसले को नेस्तनाबूद कर दिया जाय और मेवाड़ की हमेशा-हमेशा के लिए कमर तोड़ दी जाय। इस मसले को लेकर दोनों में कई बार झड़पें भी हो चुकी थीं। औरंगजेब उधर दक्खिन में भी उलझनें पैदा करता जा रहा था। दो वर्ष पूर्व ही उसे मुलतान से हटाकर दक्खिन का सूबेदार बना दिया गया था। अब लाहौर और इलाहाबाद के अतिरिक्त मुलतान की सूबेदारी भी दारा के ही पास थी। औरंगजेब मुलतान से हटाये जाने के कारण दुःखी था। वह दिल्ली से इतना दूर नहीं रहना चाहता था, पर शाहंशाह उसको दारुलसल्तनत से दूर रखना चाहते थे, जिससे वह दरबार के षड्यन्त्रों में कोई भाग न ले सके। पर फिर भी वह दक्खिन से ही इन षड्यन्त्रों में सक्रिय भाग लेता रहता था। उसका वकील रोशनआरा और सादुल्ला खाँ के निकट सम्पर्क में रह रहा था और यहाँ की रत्ती-रत्ती खबर उसे मिलती जा रही थी। वह इन दोनों से मिलकर दरबार में दारा के प्रभाव के बढ़ने में हमेशा कोई-न-कोई अड़ंगा डलवाता रहता था। पर दारा भी उसके सहयोगियों की प्रत्येक चाल का डटकर मुकाबला कर रहा था।

शाहंशाह इधर हर राजनीतिक मसले पर दारा की राय अवश्य लेने लगे थे। सादुल्ला तो वजीर ही था। मेवाड़ और दक्खिन दोनों मसलों पर दारा की राय सादुल्ला की राय से बिल्कुल अलग थी। दोनों की विरोधिता अब खुले-आम शत्रुता का रूप ले चुकी थी। शाहंशाह दोनों को सँभाले थे। वे सादुल्ला खाँ की प्रशासन-कुशलता के कायल थे। काश, वजीर धर्मान्ध न होता। इन दोनों के झगड़े से पण्डित चन्द्रभान ब्राह्मण बहुत परेशान थे। पण्डित चन्द्रभान दारा के प्रिय व्यक्ति थे। वकील आसफ खाँ की मृत्यु के बाद वे शाहजादा के दीवान बन गये थे, पर उनकी कार्य-कुशलता और फारसी की विद्वत्ता से प्रभावित होकर बादशाह ने उन्हें निजी दफ्तर में नियुक्त कर दिया था। अब वे सादुल्ला खाँ के साथ उनके नायब बना दिये गये। शाही फरमान, खतो-किताबत, मुरासिले पण्डित जी के ही निरीक्षण में भेजे जाते थे। वे फारसी गद्य लिखने में सिद्धहस्त माने जाते थे। इस नाते वे एक प्रकार से शाही दरबार के सान्धि-विग्रहिक के पद का कार्यभार सँभालते थे। कितनी खतरनाक स्थिति थी उनकी। शाही दरबार का कोई राज उनसे छिपा नहीं था। दारा और सादुल्ला दोनों का कृपापात्र एक साथ बने रहना खाँड़े की धार पर चलना था। पर पण्डित जी ने इसे पूरी तौर पर निभाया। वे कहा करते थे, "शाही हुक्काम को वफादार बने रहना चाहिए।

उनको हर राज को छिपाये रखने की आदत बनानी होगी। पर बादशाह के वफादार होते हुए भी इसे कभी नहीं भूलना चाहिए कि कोई कदम शाही दरबार से ऐसा न उठे जिससे रियाया को नाहक तकलीफ हो जाय। रियाया के लिए भी दरबारी हुक्काम का फर्ज है, इसे नजर-अन्दाज नहीं करना होगा।"

मेवाड़ पर चढ़ाई करने की सलाह सादुल्ला खाँ बार-बार देते जा रहे थे। दारा की सलाह थी कि राणा राजसिंह को समझाने किसी जिम्मेदार आदमी को भेजा जाय और सुलह से ही मसला तय हो जाय, तो ठीक। बादशाह-सलामत दोनों सलाहकारों का पलड़ा बराबर रखने की नीति बरता करते थे। कभी दारा की ओर झुकते, कभी सादुल्ला की ओर। इस मसले पर भी उन्होंने यह नीति बरती। उन्होंने सादुल्ला खाँ को हुक्म दिया कि तीस हजार की फौज लेकर अजमेर के लिए रवाना हो जाय। शाहंशाह खुद भी दो सप्ताह में ही वहाँ पहुँच जाएँगे। पर शाही हुक्म मिलने तक इन्तजार करें, चित्तौड़ पर हमला न करें। दूसरी ओर उन्होंने राजसिंह को समझाने के लिए पण्डित चन्द्रभान को उदयपुर रवाना कर दिया। पण्डित जी मुझे भी ले जाना चाहते थे, पर दारा ने दिल्ली में रोक लिया, क्योंकि इन दिनों वह श्रीमद्भगवद्गीता का फारसी अनुवाद कर रहा था और अपने मुंशी से गुरुवर कवीन्द्राचार्य के 'भाखा योगवासिष्ठ' का फारसी अनुवाद भी करवा रहा था। इसके साथ वह वेदान्त दर्शन का अध्ययन करने में भी जुटा था। इसका इरादा था कि सूफी दर्शन और वेदान्त दर्शन की तुलना करते हुए कोई ग्रन्थ लिखा जाय, ताकि मुल्ला-मौलवियों के सामने यह साफ हो सके कि दोनों मजहब और फलसफे एक-दूसरे के कितने नजदीक हैं। वह केवल किताबी ज्ञान ही प्राप्त नहीं कर रहा था, बल्कि जहाँ भी किसी फकीर, दरवेश, साधु-सन्त की शोहरत सुनता, उनका सत्संग करने चला जाता और उनके तत्त्वज्ञान और साधना की गूढ़तम समस्याओं पर बातें करता।

उसकी इन आदतों को देख कट्टर लोग बदनामी फैलाते जा रहे थे, 'वह हिन्दू बन गया है, नंगे भिखमंगों और साधु-सन्तों की सोहबत करने लगा है, उसने सारी शाही इज्जत को खाक में मिला दिया है।' लोग तो यह भी कहते थे, कि 'उसने अपनी अँगुली में हिन्दू देवता का नाम खुदवाकर अँगूठी पहन रक्खी है और नमाज तक पढ़ना छोड़ दिया है।' पर असलियत दूसरी थी। बात यों है कि उसने अपनी अँगूठी पर 'अल्लाह' के नाम का भाखा में अनुवाद कर नागरी में खुदवा लिया था। वह भाखा में 'अल्लाह' को 'प्रभु' कहता था और यही 'प्रभु' उसकी अँगूठी पर लिखा था। वह कहता था, 'अल्लाह, खुदा और प्रभु तीनों एक ही परवरदिगार के अलग-अलग नाम हैं, कविराय। उसे अरबी में अल्लाह, फारसी में खुदा और भाखा में प्रभु कहेंगे। जब हमें फारसी नाम खुदा से परहेज नहीं,

तो प्रभु नाम से परहेज क्यों?' और वह कुराने-पाक की एक आयत पढ़ देता–'कुलिद्अल्लाह अविदअुर्रहमान अय्यम्मा तद्अफ लहुल अल्लाह' कहकर पुकारो या रहमान कहकर, जो भी कहकर पुकारोगे, सभी अच्छे नाम उसी के हैं।' नमाज के बारे में भी उसकी मान्यता यह थी कि नमाज गुप्त साधना है, जो दिखावे के लिए नमाज पढ़ते हैं, वे सच्चे नमाजी नहीं हैं। वह कहता है, "कौन कहता है, मैं नमाज नहीं पढ़ता। मैं नमाज कब पढ़ता हूँ, इसे कौन जानता है।' और मैंने उसे कई बार वक्त-बेवक्त कादिरी पद्धति के अनुसार सहज प्राणायाम मुद्रा में अवस्थित देखा है, वह दोनों जानू मोड़ घड़ी-दो घड़ी तक साँस रोके अपनी गरदन को बार-बार सीने पर झटका देते हुए पवित्र कलमा 'ला इलाह इल्लिल्लाह' (अल्लाह के सिवा दूसरा अल्लाह नहीं) का जाप करता रहता है। पर यह साधना वह सदा एकान्त में किया करता है।

वह तो यह भी कहा करता है कि उसे कई बार साधना की अवस्था में दिव्य तेज और पैगम्बर मुहम्मद के दर्शन होते हैं और दिव्य सन्देश भी प्राप्त होते हैं। असलियत क्या है, यह वही जाने। पर इतना स्पष्ट है कि कट्टर मुसलमान होते हुए भी वह सर्वधर्मसहिष्णु हो गया है। हिन्दू धर्म के मूल ग्रन्थों का तो वह अध्ययन कर ही रहा है, पर इन दिनों वह खिस्ती धर्म की जानकारी प्राप्त करने के लिए पुर्तगाली पादरी से पुर्तगाल के साथ-साथ यहूदी (इब्रानी) भाषा भी पढ़ने लगा है। उसके साथ पैगम्बर यीशू के उपदेशों पर भी बातचीत करता रहता है। उसका सर्वधर्मसहिष्णुता का परिचय मुझे उस दिन और स्पष्ट रूप से मिला, जब गुरुवर कवीन्द्राचार्य का 'भाखा योगवासिष्ठ' पढ़कर दूसरे दिन उसने सुबह-सुबह अपने मुंशी से उसका फारसी अनुवाद करने का आदेश देते एक सपने का जिक्र किया।

"कल रात मैंने बड़ा अजीबो-गरब सपना देखा, कविराय। दो महापुरुष मेरे सामने आये। एक के सिर पर सफेद जटा थी, दूसरा शख्स काले बालों वाला था। एक वशिष्ठ थे, दूसरें रामचन्द्र। मैंने दोनों का इस्तकबाल किया। वसिष्ठ ने मुझे प्यार से देखा, मेरी पीठ थपथपायी और फिर रामचन्द्र से कहा, "राम, यह तुम्हारा भाई है, क्योंकि तुम्हारी तरह यह सत्य का राहगीर है।" उन्होंने राम को हुक्म दिया कि मुझे आगोश में ले। राम ने प्यार से मुझे गले लगाया। तब वशिष्ठ ने राम को कुछ मिठाई दी। राम ने उसे मुझे दिया और मैंने वह मिठाई खायी। ज्योंही मिठाई खायी, मेरा सपना काफूर हो गया। मुझे वसिष्ठ ने खुद हुक्म दिया है, कविराय, कि उनकी नसीहतों का फारसी में नया तर्जुमा करवाऊँ।"

दारा में एक कमी थी। वह इन सपनों में जरूरत से ज्यादा विश्वास करता था और हर एक के सामने अपने इस दिव्य अनुभवों का इजहार किया करता

था। कट्टर धर्मान्ध व्यक्ति इसलिए भी उसके खिलाफ होते जा रहे थे। साफ है, रोशनआरा और दूसरे लोग इन बातों का अपने ढंग से राजनीतिक उपयोग करते जा रहे थे और दरबार में कट्टर लोगों का एक दल दिन-ब-दिन बढ़ता जा रहा था जो औरंगजेब को दारा से बेहतर पसन्द करने लगा था।

सादुल्ला खाँ इन दिनों अजमेर गया था। शाही फौज वहाँ डटी थी। दो दिन हुए बादशाह भी अजमेर के लिए रवाना हो चुके थे। पण्डित चन्द्रभान का जो पत्र आज मिला, वह काफी पुरदर्द था। वे यही चाहते थे कि मेवाड़ के साथ युद्ध न हो। उन्होंने साफ लिखा था, "लड़ाई होने से शाही हुकूमत और मेवाड़ के राणा का नुकसान इतना नहीं होगा, जितना मेवाड़ की रियाया का। मेवाड़ की रियाया बेहद गरीब है, शाहजादे! अजमेर से उदयपुर तक आते हुए मैंने गाँवों की माली हालत देखी है। इतने गरीब हैं, यहाँ के देहाती इलाके के लोग कि तन ढँकने को कपड़ा तक नहीं मिलता उन्हें। दोनों जून का खाना भी मयस्सर नहीं होता। लड़ाई की तैयारी करने पर मेवाड़ टूटकर रह जाएगा। राणा और सरदारों का तो कुछ नहीं बिगड़ेगा। वे फौजी तैयारी के लिए गरीब रियाया से माली इमदाद वसूल कर ही लेंगे, पर गरीब रियाया का जीवन दूभर हो जाएगा। यहाँ की जमीन भी पथरीली है, इतनी जरखेज नहीं कि अच्छी काश्त होती हो, और लड़ाई हुई तो सारी खेती-बारी ठप्प हो जाएगी। हमारी फौजों के अजमेर पहुँचने की खबर सुनते ही रियाया में खलबली मच गयी है। मैंने खुद माँडल से चित्तौड़ तक गाँवों की रियाया को जान बचाने की भागदौड़ करते देखा है। गरीब किसान गाय-बैल और कुनबा लेकर घर-बार छोड़ हाड़ौती और मारवाड़ की ओर भागने लगे हैं। लड़ाई होने से पहले ही गाँवों की आबादी उजड़ने लगी है। महँगाई बढ़ती जा रही है। ज्वार-बाजरा और मक्का तक महँगी हो चली है। बनियों ने लड़ाई होने का अन्देशा जान जखीरेबाजी शुरू कर दी है। आम जरूरत की चीजें तक मिलना मुश्किल होता जा रहा है। मेवाड़ की रियाया को तबाही से बचाना ही होगा, शाहजादे। राणाप्रताप के जमाने की लड़ाइयों से ही मेवाड़ की कमर इतनी टूट गयी है कि यह धरती अभी भी माली खुशहाली पूरी तौर पर नहीं पा सकी है। मैं पूरी कोशिश कर रहा हूँ। राणा राजसिंह को समझा रहा हूँ। मुझे उम्मीद है कि रियाया का यह खतरा जरूर टल जाएगा।"

प्रजा का संकट सचमुच टल गया था। मेवाड़ की धरती उजाड़ होने से बच गयी। पण्डित चन्द्रभान ने राणा राजसिंह को राजी कर लिया। उसने सन्धि कर यह स्वीकार कर लिया कि चित्तौड़ के किले की मरम्मत करवाना बन्द कर देगा। पर दक्खिन में औरंगजेब की उछलकूद जारी है। गोलकुण्डा के अब्दुल्ला कुतुबशाह के साथ लड़ाई होने का खतरा बढ़ता जा रहा है। कुतुबशाह लड़ाई करना नहीं चाहता। वह बार-बार दारा, पादशाह बेगम और शाहंशाह के पास खत

भेज लिख रहा है कि शाही सूबेदार शाहजादा औरंगजेब उसे नाहक परेशान कर रहे हैं। खबर मिली है कि औरंगजेब ने कुतुबशाह के वजीर मीर जुमला को मिला लिया है और बहमनी रियासत को नेस्तनाबूद करने के लिए एक नया मोहरा तैयार किया है। महत्त्वाकांक्षी मीर जुमला अब औरंगजेब का कृपा-पात्र बन गया है। औरंगजेब बची-खुची दो बहमनी रियासतों–बीजापुर और गोलकुण्डा–को पूरी तरह खत्म कर अपनी ताकत बढ़ाने की ताक में है। दारा के लिए इस तरह दक्खिन में खतरा पैदा होने लगा है। शाही तख्त पर नजर गड़ाये औरंगजेब धीरे-धीरे दक्खिन में मोर्चेबन्दी करता जा रहा है। औरंगजेब की इन सारी साजिशों को नाकामयाब करना दारा के लिए जरूरी हो गया है। इसलिए भी कुतुबशाह का वह जमकर पक्ष लेने लगा है।

इसी बीच दक्खिन में आर्थिक संकट आ गया है। बहमनी रियासतों के सिक्के की कीमत घट गयी। शाही रुपया और बहमनी हून के परिवर्तन की दर में काफी उतार आ गया। औरंगजेब ने गोलकुण्डा से मिलने वाले खिराज की रकम को नयी दर से माँगी है और इसी नयी दर से पिछले बीस साल की बकाया रकम भी तलब की है। आर्थिक दृष्टि से टूटा गोलकुण्डा इस रकम को देने में असमर्थ है। गोलकुण्डा के सुलतान का वकील दारा से बार-बार मिल रहा है कि सुलतान पुरानी रकम नहीं चुका सकता। पर औरंगजेब और सादुल्ला तुले हैं कि यह रकम देनी ही पड़ेगी। कोई साल भर से कशमकश चल रही है। बकाया रकम की वसूली के बहाने गोलकुण्डा के सुलतान पर धावा बोल दक्खिन की बची-खुची बहमनी इज्जत को पूरी तरह मिट्टी में मिलाने को औरंगजेब तैयार बैठा है। वह सिर्फ शाही हुक्म का इन्तजार कर रहा है। बार-बार उसके खत आते जा रहे हैं, पर शाहजादा दाराशुकोह और पादशाह बेगम लड़ाई के बिगड़ैल घोड़े की लगाम कसे हैं। औरंगजेब के खत अब बौखलाहट से भरे आने लगे हैं। वह शाहजादा पर तोहमत लगाने लगा है कि उसकी सलाह में आकर बादशाह-हुजूर उसकी सूबेदारी में अड़ंगा डालते जा रहे हैं। कशमकश बढ़ती जा रही है। मन का गिला, आपसी द्वेष, अब खतो-किताब्रत में भी जाहिर होने लगे हैं और निजी वैमनस्य राजनीतिक दंगल का उग्र रूप लेता जा रहा है।

बड़ी भारी तराजू पर बैठा हूँ मैं। तराजू के दूसरे पलड़े पर रजत और स्वर्ण मुद्राएँ तौली जा रही हैं। मेरे वजन के बराबर सोने-चाँदी के सिक्के शाही खजाने से चढ़ाये जा रहे हैं और शाहंशाह का आदेश है कि यह रकम मुझे दे दी जाय। इससे पहले खुद शाहंशाह और शाहजादा दाराशुकोह का भी तुलादान हुआ है आज। मुझे तौले जाते देख गुरुवर कवीन्द्राचार्य की आँखें हर्षोत्फुल्ल हैं। वे अपने शिष्य के इस सम्मान से स्वयं सम्मानित हो उठे हैं। अब मैं नये खिताब से अलंकृत हो चुका हूँ। बादशाह ने मुझे आज तीसरी उपाधि दे डाली है, 'पण्डितराय' की उपाधि। इससे पहले मुझे उन्होंने 'कविराय' तथा बाद में 'महाकविराय' के खिताब अता किये थे। शाहजादा दाराशुकोह भी आज नया खिताब पा 'शाहे-बुलन्द-इकबाल' बन बैठे हैं और उन्हें यह सम्मान मिल चुका है कि वे अब शाही दरबार में दीवाने-आम में सोने के सिंहासन पर बैठे हैं। अब तक वे दूसरे सरदारों की तरह दरबार में हाथ बाँधे खड़े रहते थे। मुझे तुलते देख वे मुस्करा रहे हैं। मैंने जो बारह पद्यों का प्रशस्तिपत्र शाहंशाह को उनकी वर्षगाँठ पर आज पेश किया है, उससे वे इतने खुश हुए हैं कि धर्माध्यक्ष को हुक्म दे उठे, "पण्डितराय जगन्नाथ की शाइरी से माबदौलत बहुत खुश हुए सदर साहब, आलिम शाइर का भी तुलादान किया जाय और वह रकम इन्हीं को भेंट में दे दी जाय।" पर मैं सोच रहा हूँ, क्या यह रकम वजन में मुझे पूरी तरह तौल पाएगी? यह रकम मेरी पण्डिताई और कविताई के लिहाज से पासँग भी नहीं है, भले ही मेरे शरीर के वजन के बराबर क्यों न हो! फिर भी मैंने शाहंशाह का आदेश नम्रतापूर्वक स्वीकार किया है और मैं आज तराजू के एक पलड़े पर बैठा तौला जा रहा हूँ।

इस अवसर पर किले की सजावट भी देखने लायक है। कोई डेढ़-दो महीने से तैयारियाँ हो रही थीं चान्द्र वर्षगाँठ की। हर साल यह उत्सव पाँच दिन तक मनाया जाता रहा है। इस बार तो उत्सव में दुहरा आकर्षण है हमारे लिए, क्योंकि शाहजादा दाराशुकोह की पदोन्नति जो होने जा रही है। दीवाने-आम और दीवाने-खास की सजावट आज वर्णन से परे है। दीवाने-आम के बाहर के मैदान में सोने की जरी के बेलबूटे कढ़े लाल मखमल की बड़ी-बड़ी छोलदारियाँ और महाकाय तम्बू ताने गये। इनको आधार देते लोहे और बाँस के खम्भे कोई छः-सात पुरुष ऊँचे हैं। दीवाने-आम से सटकर लगायी छोलदारियों के दण्डों पर सोने के पत्तर चढ़े हैं, दूसरे पर चाँदी के पत्तर हैं। इनकी रासें भी कई रंगों के सूत और रेशम से बँटी हुई हैं। दीवाने-आम के मुख्य दरबार में सभी मनसबदार

पद के अनुरूप स्थान पर खड़े हैं, अपनी अत्यधिक अलंकृत दरबारी वेशभूषा में हैं ये सब। बाहर खड़े राजसेवक, घोड़े, ऊँट और हाथी भी सोने-चाँदी के अलंकरणों से जगमगा रहे हैं।

दरबार शुरू होने से पहले ही हम सब लोग यथा-स्थान आ जमे हैं। सभी लोग हाथ बाँधे दरबारी मुद्रा में खड़े हैं। शाही झरोखे पर तख्ते-ताऊस या मयूर-सिंहासन रखा है। शाहंशाह के बैठने के ऐसे सात सिंहासन हैं, पर यह उन सबमें अनुपम हैं, कोई चार हाथ लम्बा और ढाई हाथ चौड़ा है यह। डेढ़ हाथ ऊँचे चार सोने के पायों पर टिके इस सिंहासन पर बारह स्वर्ण खम्भों पर मखमली चँदोवा है। इन सभी में अनगिनत हीरे, माणिक और पन्ने जड़े हैं। हर खम्भे के बीचोंबीच एक बड़ा भारी माणिक जड़ा है और उसके चारों ओर एक-एक बड़ा पन्ना जड़ा है। इनके बीच-बीच माणिक, पन्ने, नीलम, और पुखराज हैं, जो अपनी चमक से सारे सिंहासन के इर्द-गिर्द इन्द्रधनुषी किरणों का जाल फैला रहे हैं। सिंहासन पर शाहंशाह के सहारे के लिए तीन गावतकिये रखे हैं। बीच का गावतकिया बड़ा है, दायीं-बायीं ओर के कुछ छोटे। इनके मखमली लाल खोलों पर जरी और निखालिस मोतियों का काम है। सिंहासन के चँदोवे के नीचे भी हीरे-मोती जड़े हैं और उसके किनारों से मोतियों की झालरें लटक रही हैं। चँदोवे के ऊपर सिंहासन का ऊपरी हिस्सा मोर की शक्ल का है। यह नृत्यशील मोर कई बहुमूल्य बड़े-बड़े नीलम-रत्नों से बना है, इसकी पूँछ में विविध रंगों की मणियों के चन्द्रक जड़े हैं। इस मोर के सीने पर एक बहुत बड़ा माणिक जड़ा है, और एक अण्डाकार मोती वक्ष से लटक रहा है। मोर के दोनों ओर फूलों के दो गुलदस्ते बने हैं। इन सोने के गुलदस्तों में टहनियाँ, पत्तियाँ और फूल रंग-बिरंगे रत्नों के हैं।

एकाएक हलचल मची। नकीब-चोबदार दौड़ने लगे। नकीब ने शाहंशाह के दरबार में उपस्थित होने की खबर बुलन्द की। झरोखे पर आ बादशाह ने सिंहासन को अलंकृत किया। शाही हाथियों की सलामी आरम्भ हुई। सबसे पहले बादशाह की सवारी वाला प्रधान हाथी दीवाने-आम के बाहर शाही झरोखे के सामने लाया गया। स्वर्णाभूषणों और स्वर्णकिंकिणियों से अलंकृत शाही हाथी ने अगले पैर झुका सिर विनत कर तीन बार सूँड उठा शाहंशाह को सलामी दी। हर सलामी के बाद वह मेघगर्जना-सा चिंघाड़ता। तब उस दिन के पहरे पर तैनात मनसबदार के रिसाले ने सलामी दी और फिर शाही दरबार की विविध रस्में शुरू होने लगीं। विदेशी एलचियों और सूबेदारों, राजाओं और मनसबदारों ने प्रचुर उपायन भेंट किये-हीरे, मोती, जवाहरात, स्वर्णमुद्राएँ और बेशकीमती लिबास।

शाही दरबार की सारी गन्दी कूटनीति को बादशाह ने शान्त करने की नीयत से अपनी वर्षगाँठ के अवसर पर शाहजादा दाराशुकोह को खुले आम युवराज घोषित कर दिया। उन्हें यह अधिकार दिया गया है कि वे शाही झरोखे के नीचे सोने की कुर्सी पर बैठ सकें। इस अवसर पर उन्हें हीरे-मोतियों जड़ा जरी का लिबास पहना बेशकीमती खिलअत दी गयी है। कहते हैं यह लिबास एक लाख रुपयों की कीमत से बना है। खिलअत्त अता करने के बाद शाहंशाह के इशारे पर नकीब ने आवाज बुलन्द करते कहा, "होशियार, आफताबे-मुगलिया अबुल मुजफ्फर शिहाबुद्दीन मुहम्म्द साहिब किरानसानी बहादुर ने खुश हो शाहजादा दाराशुकोह को शाहे-बुलन्द-इकबाल का खिताब अता किया है। उन्हें चालीस हजार जात और बीस हजार सवार का सबसे बड़ा शाही मनसब भी अता फरमाया जा रहा है और दरबार में शाही झरोखे के नीचे सोने की कुर्सी पर बैठने का हक भी दिया जा रहा है।" पास में खड़े वजीरे-कुल सादुल्ला खाँ शाहजादा को खिलअत पहना चुके थे और उनसे कुर्सी पर बैठने को कह रहे थे। शाहजादा हिचक रहे थे। अब्बाजान के सामने यह बेअदबी कैसे करें। उन्हें संकोच की स्थिति में देखकर बादशाह ने स्वयं आदेश दिया, "शाहे-बुलन्द-इकबाल, आप सिर्फ मेरे बेटे नहीं हैं, इस मुगलिया सल्तनत के वलीअहद हैं। यह हुक्म मानना ही होगा। यह वली अहद की जगह है, शाहजादे! आपकी जगह वहाँ नहीं है, आइए, इस कुर्सी पर बैठिए।" शाहजादा को सिर झुका हुक्म मानना पड़ा और अब वे शाही झरोखे के नीचे दरबार में संगमरमरी चौकी के बगल में सोने की कुर्सी पर आसीन थे।

शाही झरोखे पर बादशाह-सलामत रत्न-जड़ित तख्ते-ताऊस पर विराज रहे थे। सिंहासन में जड़े हीरे, पन्ने, माणिक और पुखराज की सतरंगी किरणें उनके रत्न-जड़ित लबादे, पगड़ी पर बाँधी मोतियों की माला और सिरपेंच की दमक को और ज्यादा चमका रही थी। उनके पीछे सिंहासन में खँचित जड़ाऊ मोर ऐसा लगा जैसे पंख फैलाये अब थिरकने जा ही रहा है। कई लोगों को खिताब बख्शे गये आज। जवाहरात से बादशाह को तौला गया। उनका वजन पिछले साल से पाँच सेर ज्यादा निकला। इस बढ़ोतरी से सारी सभा प्रसन्न हो उठी। अशर्फियों से शाहजादा को तौला गया और पता चला, वे भी वजन में बढ़ चुके थे। प्रथा यह थी कि अगर जवाहरात से बादशाह को भी तौला जाता, तो रत्नराशि तकसीम नहीं की जाती थी, उसे वापस शाही खजाने में जमा कर दिया जाता था।

इस रस्म के बाद उपस्थित शाइरों ने दीवाने-आम में ही अपनी-अपनी शाइरी सुनायी। गुरुवर कवीन्द्राचार्य ने आज भाखा का एक कवित्त पढ़ा। शाही प्रताप का वर्णन करते वे गा रहे थे :

भाडन घमंड के अखंड नव खंडन में
चंड मारतंड जोति लौं बखानियत है।
प्रलै पारावार पय पूरि से पसारी परे।
पुहमी के ऊपर यों पहिचानियत है ॥
खंडन के दाह समै पांडव के बान जिमि
मंडि महिमंडल के अरि भानियत है।
जंबूदीप सो उपरि तंबू तानियत है ॥

दीवाने-आम के बाहर के किले के मैदान में ही नहीं, किले के बाहर भी कोतवाली बाजार, सादुल्ला चौक और जामा मस्जिद तक और एक ओर अजमेरी दरवाजे, दूसरी ओर लाहौरी दरवाजे और यहाँ तक कि उधर काबुल दरवाजे और इधर दिल्ली दरवाजे जहाँ तक नजर आ रहे थे, शाहजहाँनाबाद की सारी धरती पर फौज-ही-फौज नजर आ रही थी। आँखों के सामने फौज के अलावा और कोई नजारा नहीं था, मानो सारे जम्बूद्वीप पर ही फौजी तम्बू तान दिये गये हों।

मैंने श्यामलाल चितेरे से रेशमी वस्त्र पर खुशखत में अंकित करवाकर अपना प्रशस्ति-पत्र शाहंशाह को भेंट किया है आज। विविध छन्दों में अलंकृत बारह पद्यों का कसीदा श्यामलाल ने सुनहरे बेलबूटों के हाशियों के बीच इन पद्यों को लिखा था। पद्यों के ऊपर उसमें शाहंशाह की खूबसूरत शबीह भी बना दी थी। रेशमी लाल फन्दों की जरी की डोरी में बँधे प्रशस्ति-पत्र को खोल मैंने अपने सभी पद्यों को मस्ती से राग भरे स्वर में पढ़ा। प्रत्येक पद्य के बाद हिन्दवी में उनका अनुवाद भी समझाता गया। संस्कृत पद्यों को पढ़ने की तर्ज के लिए तो मैं मशहूर हूँ शाही दरबार में। एक तो संस्कृत पद्यों में स्वतः संगीत होता है, फिर शास्त्रीय संगीत का मेरा ज्ञान और रियाज भी इसमें हमेशा मदद देता रहा है। फारसीदाँ लोग भी इसलिए मेरी शाइरी को बड़े चाव से सुनते हैं, चाहे वे संस्कृत न जानते हों। कुछ लोगों ने तो मुझे शाइर न मान संगीतज्ञ ही कहना शुरू कर दिया है। वे मुझे भी लालखाँ कलावन्त की तरह कोरा कलाकार मान बैठे हैं, जबकि मैं कवि हूँ। वह मरहूम फारसी लेखक अब्दुल हलीम लाहौरी तो, कहते हैं, मुझे महज गवैया मानता था और उसके अधूरे ग्रन्थ को पूरा करता यह शाही तवारीख लेखक मुहम्तद वारिस भी मुझे संगीतज्ञ ही लिख बैठा है, खैर।

इस अवसर पर बादशाह के शेष तीनों बेटे अपने-अपने सूबों में ही रहे। शुजा बंगाल में था, औरंगजेब औरंगाबाद में और मुराद गुजरात में। जब से सुलेमानशुकोह की शादी अमरसिंह राठौड़ की बेटी और राजा जयसिंह की भानजी

से हुई, औरंगजेब के कान खड़े हो गये थे। यहाँ चर्चा है कि औरंगज़ेब अपने लड़के मुहम्मद सुलतान की शादी शुजा की लड़की से करना चाहता है। इस वैवाहिक सम्बन्ध के बारे में उनमें पत्र-व्यवहार भी चल रहा है। औरंगजेब ने शाहंशाह के इस वैवाहिक सम्बन्ध के लिए अनुमति भी माँगी थी, पर उन्होंने इजाजत देने से मना कर दिया है। वे समझ गये हैं कि इस सम्बन्ध को स्थापित करने में औरंगजेब की गहरी राजनीतिक चाल है। वह यह सम्बन्ध स्थापित कर दारा के विरुद्ध एक मोर्चा तैयार कर रहा है। शाहंशाह की अनुमति के बिना शाही खानदान के किसी व्यक्ति का वैवाहिक सम्बन्ध कहीं भी तय नहीं हो सकता, इसलिए शुजा और औरंगजेब चाहते हुए भी एक-दूसरे के समधी नहीं बन पा रहे हैं, पर यह सुनाई दे रहा है कि उनमें कुछ आपसी समझौता हो गया है और जहाँ तक दारा की खिलाफत का प्रश्न है, औरंगजेब ने उसे अपना समधी तो बना ही लिया है। शाहजादा दारा को प्रकट रूप में वलीअहद मुकर्रर कर यह अधिकार दिये जाने से कि अब कोई भी शाही फर्मान उनके दस्तखत के बिना नहीं जाएगा और बादशाह हर राजनीतिक और शासन के मसले पर उनकी सलाह लिया करेंगे, शाहजादा के विरोधियों पर क्या प्रतिक्रिया होगी, हम बखूबी समझ सकते हैं। दरबार में ही सभी मनसबदारों को यह भी आदेश हुआ है कि दरबार के बाद वे शाहजादा के महल जाकर उन्हें व्यक्तिगत रूप से बधाई दें। कई दिन तक इस खुशी में जलसे मनाने का भी ऐलान किया गया है और शाम को बादशाह सलामत की सवारी भी शाहजादा के महल तशरीफ ले जाने वाली है।

आज शाहंशाह की तारीफ में फारसी और भाखा के जितने कसीदे पेश किये गये उन सबमें मेरा कसीदा सबसे अच्छा रहा। शाहंशाह और शाहजादा भी इसके प्रत्येक पद्य को पुरतरन्नुम पढ़ा जाता सुन वाहवाही करते जा रहे थे। कई पद्यों को तो मुझे दो-दो, तीन-तीन बार पढ़ना पड़ा। यद्यपि सभी पद्यों में प्रौढ़ोक्ति और अतिशयोक्ति का चमत्कार था, पर उसके साथ उपमा, रूपक, व्यतिरेक, प्रतीप, उल्लेख जैसे अन्य कई अलंकारों के नग भी मैंने कुशलता से काव्य में जड़ दिये थे और उससे भी बढ़कर सभी पद्यों में शाहंशाह के प्रति मेरे रतिभाव की, श्रद्धा की, भाव-ध्वनि की व्यंजना मुखरित हो मेरी रागमयी वाणी की अनुगूँज-सी ध्वनित होती जा रही थी। बाद में इनमें से कई पद्य मैंने प्राणाभरण में भी डाल दिये हैं और अपने अलंकार-ग्रन्थ 'रसगंगाधर' में इन सभी पद्यों को प्रतिपाद्य अलंकार के नमूने के रूप में उपन्यस्त भी कर दिया है।

अब मैं प्रशस्ति-पत्र के अन्तिम पद्य को पढ़ रहा था। मैंने तुलादान के अवसर को ध्यान में रखते हुए यह पद्य लिखा था।

भूमिनाथ शिहाबुदीन भवतस्तुल्यो गुणानों गणै
रेतद्भूतभवप्रपंचविषये नास्तीति किं ब्रूमहे।
धाता नूतनकारणैर्यदि पुनः सृष्टिं नवां भावये-
न्न स्यादेव तथापि तावकतुलालेशं दधानो नरः ॥

(ए अब्दुल मुजफ्फ़र शिहाबुद्दीन मुहम्मद साहिब किरानसानी बहादुर, शाहे-जहाँ, इस दुनिया में अब तक ऐसा कोई पैदा नहीं हुआ है जो अपनी अच्छाइयों से आपकी बराबरी कर सके, हम आपके बारे में और क्या कहें? अगर कहीं खुदा नयी खीचें जुटाकर एक नयी दुनिया बनाए, तो भी उसमें ऐसा इन्सान ढूँढ़ने से भी नहीं मिल सकेगा, जो तराजू पर तौलने पर आपके वजन के पासँग के बराबर तक हो सके।)

36

गर्भभारालसा लवंगी अभी हाल लालकिले से हमारे निवास लौटी थी। वह महलसरा के जलसे में भाग लेने गयी थी। तीन दिन से लगातार जलसे मनाये जा रहे हैं। परसों शाहजादा दाराशुकोह के महल में शाही मेहमान की अगवानी थी। बादशाह के अलावा पूरा जनाना, कई मनसबदार और उनकी बीबियाँ भी आमन्त्रित थीं। हम भी शरीक हुए थे। कल पादशाह बेगम ने भाई के ओहदे की तरक्की में जलसे का आयोजन किया था। दावत और संगीत गोष्ठी तथा मुशायरे का आयोजन था। आज सारी कटुता भुलाकर रोशनआरा ने जलसा रक्खा था। इस जलसे में लवंगी भी निमन्त्रित थी। यद्यपि वह पैर भारी होने के कारण खिन्न थी, तथापि इन जलसों में बड़े उत्साह से शरीक हो रही थी। सारी खिन्नता को भुलाये संगीत, नृत्य आदि में भी जमकर भाग ले रही थी। मैंने कई बार समझाया, "देखो, इस हालत में तुम्हें अपना ख्याल रखना है।" पर वह हँसकर टाल देती थी "मुझे कुछ नहीं होने का। ऐसा मौका फिर तो आएगा नहीं। आज शाहजादा को सबसे बड़ा खिताब मिला है और हम खुशी मनाने से भी महरूम रहें।"

अभी हाल वह किले से लौटी थी। अर्धरात्रि होने जा रही थी। इस जलसे में मैं आमन्त्रित न था। लवंगी भी नहीं जाना चाहती थी, पर मैंने उसे साग्रह भेजा। मेरे कहने पर वह गुलशन के साथ जलसे में भाग लेने गयी थी, हालाँकि वह खुद रोशनआरा से बुरा मानती थी। आज माघ शुक्ल पूर्णिमा थी। परसों ही शाहंशाह की चान्द्र वर्षगाँठ थी। मौसम कुछ-कुछ बदलता जा रहा था। गुलाबी

जाड़ा जरूर पड़ रहा था, पर आसमान कुहरे से साफ होने लगा था। वसन्त की ताजगी प्रकृति में भरती जा रही थी। आसमान में पूनम का चाँद जगमगा रहा था और चाँदनी चौक पर उसकी चाँदनी छिटक पूरे पड़ोस को दूध में नहला रही थी। किले के सदर फाटक से कोतवाली बाजार तथा चाँदनी चौक के बीच बहती अली मर्दान खाँ की नहर और उसके मध्यवर्ती विशाल हौज की नन्ही लहरों से अठखेलियाँ करती चाँद की किरणों की झाँकी ने मुझे हलकी सिहरन से भर दिया। दिन-भर और अर्धरात्रि तक लोगों की चहलकदमी, मनसबदारों के घोड़ों, हाथियों के तामझाम और शिविकाओं के आवागमन से थका राजमार्ग इस समय सुख-चैन की नींद सो रहा था और उसे सोते देख मेरी आँखों में नींद उतरती आ रही थी, पर लवंगी फिर भी नहीं आयी थी। मैं कोई दो घड़ी से उसकी प्रतीक्षा कर रहा था। आसमान में कई नक्षत्रों के बीच चाँद अपनी अमृतमयी किरणों से आँखों को तृप्त कर रहा था। उसकी कान्ति के आगे इन हजारों-हजार नक्षत्रों की चमक फिजूल जान पड़ी। उसकी किरणों का स्पर्श पा मेरी काव्य-प्रतिभा की चन्द्रकान्तशिला-सी द्रवित हो चली। मैं कल्पना के सागर में डूबता जा रहा था और मेरे मुँह से इस पूर्ण चन्द्र के उदय की प्रशंसा करता अन्योक्तिपरक पद्य फूट पड़ा, जिसमें शाहजादा के भाग्योदय का भी जिक्र था :

नक्षत्राणि बहूनि सन्ति परितः पूर्णोदयान्यम्बरे
किं तैः शान्तिमुपैति दीर्घतिमिरं किं वाब्धिरुज्जृम्भते।
किं स्यादार्तचकोरपारणविधिर्भ्रातः सुधादीधिते
तन्नूनं भुवनैकतापशमनः श्लाघ्यस्तवैवोदयः ॥

(हे अमृत की किरणों वाले भाई चन्द्रमा, आसमान में पूरी तरह दमकते अनेक नक्षत्र चारों ओर मौजूद हैं, पर क्या उनसे यह बड़ा अँधेरा खत्म हो पाता है, और क्या उनसे यह समुद्र उल्लास से उफन पाता है? क्या वे दुःखी और प्यासे चकोर की भूख मिटाने का काम कर पाते हैं। यह सारा काम तुम्हीं कर सकते हो। इसलिए सारे संसार के सन्ताप को मिटाने वाले पूर्ण चन्द्र, तुम्हारी तरक्की सचमुच प्रशंसनीय है।)

इस पद्य को मैं कोई एक घड़ी से बार-बार पढ़ रहा हूँ। तभी मैंने बारहदरी से देखा, वही आसमान का चौदहवीं का चाँद हमारे दरवाजे पर शिविका से उतर अब धरती पर आ गया है। पूरी सड़क उसकी पीयूषवर्षिणी किरणों में नहा उठी है। इस दमक ने चाँदनी की दमक को द्विगुणित कर दिया है। सफेद दूधिया लिबास में लिपटी लवंगी चली आ रही थी। उसके ठीक पीछे गुलशन थी। साथ में कुलसुम, एक और बाँदी और छः प्यादे उसे छोड़ने आये थे। मुझे उसे देखते

ऐसा लगा, जैसे कोई ज्योत्स्नाभिसारिका चाँदनी के परिवेश में दूधपानी-सी घुली-मिली तरंगायित होती बढ़ी आ रही है। मुझे उस भाखा कवि बिहारी का एक दोहा याद आ गया और ज्यों ही वह खुली छत को पार करती बारहदरी की ओर बढ़ी, मैं उसका स्वागत करते वह दोहा गा उठा :

> जुवति जोन्ह में मिलि गई नैकु न देत लखाय।
> सोंधे के डोरे बँधी अली चली सँग आय ॥

उसने भौंहें टेढ़ी कर वक्र दृष्टि से मुझे देखा और क्षण-भर में ही अब एक मन्द मुस्कराहट उसके ओठों पर बिखर गयी। कुलसुम और प्यादे उसे हमारे निवास तक पहुँचाकर दरवाजे से ही लौट गये थे। चूँकि मैंने यह दोहा गुलशन की मौजूदगी में पढ़ दिया था, इसलिए उसने कृत्रिम रोष प्रकट किया। गुलशन भी अब शयन की व्यवस्था करने चली गयी। एकान्त पा मैंने शिकायत के स्वर में कहा, "बड़ा इन्तजार करवाया।" उसने मेरे वाक्य के व्यंग्यार्थ को समझते हुए भी नजर-अन्दाज कर दिया। सीधा-सादा जवाब देते बोली, "जलसा अब खत्म हुआ। शतरंज जम गयी थी। उसके साथ नाच-गाने का भी बन्दोबस्त था। शाहंशाह खुद पधारे थे।"

"पर हमारी जान तो निकली जा रही थी। अब कुछ करार आया है दिल को।"

"हटो भी। हरदम मजाक सूझता रहता है तुम्हें।"

"असलियत के इजहार को तुम मजाक कहती हो। हम पर क्या बीती जा रही थी, हमीं जानते हैं।"

"क्या बीती जा रही थी हुजूर पर। जरा हमें भी तो पता चले।"

"यही कि पल-पल जुग-जुग की तरह बीत रहा था आपकी गैरहाजिरी में।"

"जब देखो तब शाइरी। कुछ दीन-दुनिया की भी खबर है कि नहीं।"

"जब आप सामने हैं, तो भाड़ में जाय दीन-दुनिया। इन लमहों की अपनी अलग ही मस्ती है, जानेमन। तो सुनाइए जलसे का हाल। क्या-क्या इन्तजाम किया था रोशनआरा ने।"

"जलसा तो अच्छा रहा। तवायफों की कव्वाली अच्छी जमी। एक ने गजल भी सुनायी। ईरानी ढंग का एक नाच पेश किया लौंडियों ने। नाच बढ़िया रहा। तुम होते तो बड़े खुश होते।"

"हम ऐसे खुशकिस्मत ही कहाँ कि महलसरा के जनाने जलसे का नजारा ले सकें। यह आपको ही मुबारक हो। वहाँ तो पूरी घघरिया मजलिस रही होगी।"

"क्यों? शाहंशाह और शाहजादा भी थे।"

"अरे फिर भी और सब तो आप ही लोग थीं। वैसे इन दो मर्दों के अलावा कुछ खोजे जरूर रहे होंगे। न तो हम शाही मर्द ही हैं और न उस तरह के जीव ही। हमें बुलाकर खतरा कौन मोल लेगा?"

"तुम हमेशा चुहल करते रहते हो। यही तो हमें नापसन्द है तुम्हारी आदत।"

"अब पसन्द हो या नापसन्द। गले तो पड़ ही गये।"

"हाँ, हाँ, गले तो पड़े ही हो, बाबा। आजिज आ गये तुमसे।"

मैंने प्रसंग बदलने की नीयत से प्रश्न किया, "कैसा मजा रहा? खूब ढली होगी आज तो।"

"तुम जानते हो, मुझे तो यह शौक है नहीं। तुम्हारी तरह शराब से मुझे भी मजहबी परहेज है, फिर चिढ़ाने के लिए क्यों पूछते हो?"

"हाँ, हाँ, शराब को खुद शराब पीने की जरूरत भी नहीं है। बिना पिये ही आँखों में हमेशा खुमारी रहती है और पैरों में लड़खड़ाहट। हमें भी आपके इस शबाब को आँखों से पीकर ही मस्ती चढ़ जाती है। यह तो रोशनआरा जैसों के लिए है जो नकली खुमारी और आँखों की लाली के लिए तड़फती हों। मैं उन्हीं के बारे में पूछ रहा हूँ।"

"क्यों फ़िर बहकते जा रहे हैं, बिना पिये ही यह हालत है जनाब की। अगर कहीं रोशनआरा जैसी साकी मिल जाय तो पता नहीं क्या हाल होगा। आज तो कमाल ही कर दिया था उसने। दावत का अच्छा इन्तजाम था। शराब भी थी। पर वहाँ कोई मुराद जैसा पियक्कड़ तो था नहीं कि सागर-पर-सागर खाली करता रहे और न शायस्ता ही था दावत में।"

"तुम भी क्या बात कर बैठी। रोशनआरा और साकी? उस सूपनखा को तुम साकी बना रही हो। हाँ साकी कहीं खूबसूरत हो तो पक्के-से-पक्का नमाजी का भी दो घूँट पी लेने को जी चाहेगा।"

"तौबा करो। कैसी बातें करते हो।"

"सच्ची बात कह रहा हूँ। तुमने नहीं सुना क्या शाहजादा औरंगजेब का किस्सा। आजकल उसकी चर्चा हर जबान पर है।"

"क्या?" उसने चौंककर पूछा।

"अरे यही कि हीराबाई तवायफ को देखकर औरंगजेब जैसा नमाजी भी आपा भूल बैठा और कहते हैं ओठों से शराब छूने को राजी हो गया उसके हाथों। अब तो उसने हीराबाई को अपनी रखैल बना जैनाबादी का खिताब भी दे डाला है।"

"पर हीराबाई कौन है?"

"मैं नहीं जानता। पर सुनी-सुनायी बात यों है कि शाहंशाह के साढू खाने-जमाँ, जो बुरहानपुर के सूबेदार हैं, उनकी रखैल तवायफ थी हीराबाई पहले। औरंगजेब मौसा के यहाँ बुरहानपुर में ठहरे थे। जनाने में भानजे का कोई पर्दा नहीं करता था। सूबेदार के क्रीड़ा-उपवन में घूमते शाहजादा एक आम के पेड़ पर छलाँग मार गदराये आम तोड़ती नवयौवना हीराबाई को देख दिल को काबू में न रख पाये। आपको भी तो हम आम तोड़ते देखकर ही आपा खो बैठे थे, क्यों आया याद!" मैंने मुस्कराते हुए कहा।

"हटो भी छोड़िए ये किस्सा। हम नहीं सुनते।"

"अब तो सुनना ही पड़ेगा। तो मर्ज बढ़ता गया। मौसी को पता चला। हीराबाई खाने-जमाँ की रखैल थी। तो बात यों है कि शाहजादा मौसा की रखैल पर ही आशिक हो गये। दिन-ब-दिन घुलने लगे। आखिर खाने-जमाँ तक मौसी ने बात पहुँचायी। खाने-जमाँ इस बात पर राजी हुआ कि औरंगजेब अपनी रखैल छतर बाई के बदले हीराबाई को ले सकते हैं। बदला-बदली हो गयी। हीराबाई अब शाहजादे की रखैल जैनाबादी बन गयी है। शाहजादे के प्रेम की परीक्षा के लिए उसने एक दिन उससे शराब पीने का आग्रह किया। कहते हैं औरंगजेब ज्यों ही कटोरे को ओठ लगाने जा रहा था उसने रोककर कहा, "मैं तो मुहब्बत का इम्तिहान लेना चाहती थी। शराब जैसी खराब चीज आपके लिए नहीं है।"

"तब तो जैनाबादी कोई अक्लमन्द औरत मालूम होती है, रक्कासा नहीं है।"

"पर एक बात से खुशी हुई मुझे।"

"क्या?"

"अरे, मैं अब तक औरंगजेब को संगदिल समझता था, महज पत्थर-सा सख्त। पर ऐसा लगता है उसके पास भी दिल जैसी मुलायम चीज है, जो मनुष्य का सबसे बड़ा धर्म है। दिल न होता तो वह सौन्दर्य के प्रति आकृष्ट हो ही कैसे सकता था? तब तो फिर उसके हृदय में प्रेम, स्नेह, ममता, करुणा और वात्सल्य का सोता भी कहीं दबा होना ही चाहिए। पर दुःख है, उसके ये भाव छिपे क्यों हैं?" मुझे औरंगजेब के प्रति सहानुभूति हो आयी। काश, उसके मानवोचित गुण-धर्म उद्घाटित हो पाते। मैंने जलसे का हाल-चाल पुनः जानने की गरज से पूछा :

"और क्या-क्या रहा?"

"शतरंज की बाजी आज अच्छी जमी। दोनों बहनों ने जमकर बाजी खेली।"

"कौन जीता?"

"खेल काँटे का रहा। खेलीं तो पादशाह बेगम भी अच्छी, पर वे जीत न पायीं। रोशनआरा ने उन्हें शह-मात दे ही दी।"

शतरंज का नाम सुनते ही मेरी उत्सुकता बढ़ गयी। यूसुफ के अतिरिक्त खाली वक्त में मैं लवंगी के साथ भी शतरंज खेला करता हूँ। चौसर और शतरंज उसके भी प्यारे खेल हैं। मैंने जानना चाहा कि चालें कैसी रहीं और तब लवंगी ने तफसील से खेल का विवरण देना शुरू किया। उसने बताया कि दावत के बाद रोशनआरा ने बादशाह का मनोरंजन करने के लिए शतरंज के खेल की इजाजत चाही। कोई तीन घड़ी तक बाजी चलती रही। पादशाह बेगम की सोलह बाँदियाँ अंगूरी लिबास में थीं। जानदार मुहरों की बाजी शुरू हो गयी। मोर्चेबन्दी तगड़ी थी दोनों ओर से। कोई एक घड़ी बाद ही प्यादों और दूसरे मुहरों में मुठभेड़ होने लगी। पादशाह बेगम ने पहल की। रोशनआरा के दो प्यादे दो चाल से मार गिराये। पर रोशनआरा भी कम न थी। उसने पादशाह बेगम के बढ़ते हाथी को ऊँट से पीट दिया और अगली चाल में घोड़े को ढाई घर बढ़ाकर एक प्यादा पीट डाला। इतना ही नहीं घोड़े की अगली ढाई घर की चाल में पादशाह बेगम का ऊँट साफ हो गया और दो चाल बाद वजीर भी मारा गया। दोनों डट के खेल रही थीं। कुछ देर करारी बाजी जमी रही। रोशनआरा के कई मुहरें और आगे बढ़ आये और पादशाह बेगम के बहुत से मुहरे खेत रहे। और रोशनआरा का एक प्यादा बिना पिटे पादशाह बेगम के वजीर के खाने में पहुँचकर फरजी बन गया और टेढ़ी चाल चलकर कभी का पादशाह बेगम को शह-मात दे चुका था।" लवंगी ने खेल का विवरण समाप्त किया।

"तो शतरंज के खेल में रोशनआरा विजयी रही।" मैं अनमने भाव से इतना कह शून्य की ओर देखने लगा।

अचानक लवंगी को उदर-पीड़ा जान पड़ी। वह कराह उठी।

"क्या बात है?" मैंने चौंकते हुए पूछा।

"पेट में मरोड़-सी हो रही है। बेहद दर्द हो रहा है।" और इतना कहकर वह निढ़ाल हो गयी। हाथ-पाँव पटकने लगी। मैं घबरा गया। चिल्लाकर गुलशन को पुकारा और दास हमीद को तुरन्त वैद्य को बुलाने भेज दिया। इस बीच में लवंगी का सिर सहलाता रहा। रह-रहकर वही वेदना फिर उठ जाती थी। लवंगी को बिना जल के मछली की तरह तड़पते देख मैं भी तड़प उठा। एक घड़ी तक वह छटपटाती रही। मैं डर गया। लवंगी के खोने की आशंका से मेरा हृदय काँप उठा। वैद्य जी के आने पर कुछ ढाँढ़स बँधा। उन्होंने आते ही लवंगी की परीक्षा की।

"गजब हो गया, पण्डितराज। इन्हें तो किसी ने विष दे दिया है।" वैद्य जी बोले।

"पर अभी-अभी तो यह शाही महलसरा से लौटी हैं, वैद्यराज। मजे-मजे में बातें कर रही थीं। आखिर हो क्या गया है?" मैंने पूछा।

गुलशन से पूछा गया। उसने बताया कि आते समय रोशनआरा ने अपने हाथों से बड़े प्यार से लवंगी को पान नजर किया था। उसके खाते ही इन्हें पालकी में बैठते वक्त एक हल्का-सा चक्कर आया था। शक होने पर पान थूक दिया। हो सकता है, उसी का असर हो।

"ऐसा जान पड़ता है। उस पान में जहर था, कोई भीषण जहर। उसके थूक देने पर भी एक आध पीक की घूँट पेट में चली ही गयी है। उसी का असर है। ईश्वर की कृपा है कि पान थूक दिया, नहीं तो गजब हो जाता। इनका जीवन संकट में होता। फिर भी संकट पूरी तरह गया नहीं है। इनके गर्भ के लिए तो ये एक-घूँट भी घातक हो गयी है। उदर-पीड़ा के लक्षण यही संकेत कर रहे हैं।"

वैद्य जी ने छटपटाती लवंगी को एक पुड़िया शहद के साथ चटवायी। उसे कुछ राहत मिली, और नींद आ गयी। दूसरे दिन सुबह फिर वही दर्द उभरा। और तेज दर्द। वैद्यराज फिर आये। वे आये तब तक लवंगी का गर्भस्राव हो चुका था। दासियाँ उसकी सेवा-शुश्रूषा में व्यस्त थीं। मैं दुःखी हो बैठके में निढ़ाल हो पड़ा था। वैद्यराज के आने पर यह खबर देते गुलशन रो पड़ी थी, "रोशनआरा बेगम इतनी जालिम हैं यह खबर न थी, वैद्यराज! इस मुगलिया माहौल में किसी की जान जा सकती है। हमारी सारी तमन्नाएँ एक झोंके में खत्म हो गयीं। बड़े दिनों से हम नये मेहमान की आवभगत का इन्तजार कर रहे थे।" और उसकी बातें सुन मेरी आँखें भी नम हो आयीं। वैद्यराज ने मुझे रुआँसा देख ढाँढ़स बँधाया :

"भगवान के आगे किसी का बस नहीं, पण्डितराज। अपनी फिक्र करें और पत्नी के स्वास्थ्य पर ध्यान दें। उनकी जान बच गयी, यही क्या कम है!"

मैं सोचने लगा। रोशनआरा आखिर चाहती क्या है? लवंगी की जान के पीछे वह क्यों पड़ी है, या उसे लवंगी का गर्भवती होना अखर गया? कौन उसकी आँखों में काँटे-सा खटकने लगा है। लवंगी या उसका गर्भ?

मेरे मन से कोई बोल उठा, "रोशनआरा दोनों संस्कृतियों के संगम को कभी बर्दाश्त नहीं कर सकती।"

37

वह पगला फकीर हमारे सामने कच्चे चबूतरे पर बैठा था। सिर पर उलझे बाल थे और चेहरे पर घनी दाढ़ी-मूँछें बेतरतीब फैली थीं। हाथों में नाखून बढ़े थे। मैंने कई बार इसे शाहजहाँनाबाद की गलियों और चाँदनी चौक से गुजरते देखा था। जिस ओर यह निकल जाता, रईस, सर्राफ और दुकानदार, राह चलते मर्द और औरतें बड़ी इज्जत से इसे देखने लगते। पागल समझ इसका पीछा करते छोकरों को डाँट-फटकार कर जा खड़ा होता, दुकानदार अपना भाग खुल गया समझता। इस यदृच्छागमन सन्त की आवभागत में लोग जुट पड़ते। फलों, मिठाइयों, रुपये-पैसों की भेंट चढ़ने लगती और वह मुस्कराता साथ में घूमते बच्चों में सारी भेंट बाँटकर, वीतराग मुद्रा में खिलखिलाता फिर आगे बढ़ जाता। दिल्ली में आते ही यह मनसबदारों और गरीब भिखमंगों, हिन्दुओं और मुसलमानों के दिलों का बेताज बादशाह बन बैठा और कोटला फिरोजशाह के पास मैदान में इसकी कुटिया पुण्यतीर्थ में बदल गयी।

यह अपरिग्रही सन्त दिगम्बर वेश में बेखटके दिल्ली भर में घूमता रहता और इसकी यह मुद्रा देखकर भी स्त्रियाँ इसके प्रति आदर भाव से झुकी किसी तरह शर्म का अनुभव नहीं करती थीं। पुराणों के शुकदेव-सा सुन्दर यह सन्त गठीले बदन का था और उसके आजानुलम्बित बाहु महापुरुष के सामुद्रिक लक्षण का संकेत करते थे। पद्मपलाश-से नेत्र आत्मानन्द की मदिरा के आस्वाद से और लाल हो गये थे। आगन्तुकों की भीड़ की परवाह किये बगैर शोहरत दिल्ली में इतनी फैल गयी थी कि शाहजादा दाराशुकोह आज इसके दर्शन करने कोटला फिरोजशाह में इसकी कुटिया पर पहुँच गये थे। शाहजादा का दलबल कुटिया के बाहर मैदान में फैला था। शाहजादा को आया देख सन्त के दर्शनार्थ आयी भीड़ ने रास्ता बना दिया। हम लोग कुटिया की ओर बढ़ रहे थे। चबूतरे पर बैठे कई लोग उठ खड़े हुए। सन्त के पास बैठा एक खूबसूरत गोरा युवक शाहजादा की अगवानी करता हमारी ओर दौड़ आया। सन्त ने खलबली सुन नजरें उठा थोड़ी झुँझलायी मुद्रा में हमारी ओर देखा और क्षण-भर बाद ही नाक की नोक पर दृष्टि टिकाकर निश्चय मुद्रा धारण कर ली। समाधि के निस्तरंग समुद्र में हलकी कंकड़ी ने गिर थोड़ा कम्पन किया और पलभर बाद ही वह गम्भीर आनन्द-सागर फिर स्थिर हो गया।

इस महापुरुष ने पहली ही झलक में मुझे प्रभावित कर डाला। उसके साथी हिन्दू युवक का इशारा पा हम पास बिछी दरी पर बैठ गये। उस वीतराग आत्माराम पर हमारी उपस्थिति का कोई असर नहीं पड़ा। वह निर्विकार मुद्रा में

अर्ध-मुकुलित नेत्रों ओठों को हिलाता जाप करता रहा। मेरे कान जाप के अपरिस्फुट अक्षरों को सुनते रहे। मुझे ऐसा लगा कि वह पवित्र कलमा पढ़ रहा था। इस पवित्र मन्त्र के पूर्वार्ध का जाप वह स्पष्ट शब्दों में उच्चारण करता सुनाई पड़ता था। मेरे कान 'ला इल्लाह इल्लिल्लाह' शब्दों को साफ सुन रहे थे, पर मन्त्र का शेषभाग 'मुहम्मद रसूलल्लाह' का जाप सम्भवतः अजपावृत्ति से कर रहा था, क्योंकि पूर्वार्ध के जाप के बाद उसके ओठ चुप हो जाते थे और क्षण-भर बाद फिर पूर्वार्ध का जाप सुनाई पड़ने लगता। कोई आध घड़ी तक वह उसी अविचल मुद्रा में जाप करता रहा। सारा जनसमूह शान्त था और उसकी कृपा-कोर की प्रतीक्षा में उसके चेहरे पर एकटक नजरें गड़ाये था।

तुरीया स्थिति से उतर जब उसकी आँखें जागृत अवस्था में लौटीं, तो उसने शाहजादा की ओर मुस्कराकर देखा। शाहजादा ने दोजानू हो उसे अभिवादन किया और सारा जनसमूह उसे अभिवादन कर उठा। मैंने भी कमल-कोरक-सी बद्धांजलि से उसे प्रणाम किया और उसने मेरी आँखों में मुस्कराती आँखें डाल सिर हिलाकर मेरे अभिवादन को स्वीकार किया। शाहजादा के मुंशी बनवारीदास के इशारे पर सेवक दौड़ पड़े। रेशमी रूमालों से ढँकी सोने-चाँदी की तश्तरियाँ सन्त को नजर की जाने लगीं। क्रमशः रूमाल हटाये जा रहे थे, अशर्फियाँ, हीरे-जवाहरात, मिठाइयाँ, फल-फूलों भरी थालियों से चबूतरा पट गया। इस सारी भेंट को वह निर्विकार फकीर भोले बालक की तरह देखता रहा, देखता रहा। जब सारी भेंट सजायी जा चुकीं, तो उसने एक थाल से गुलाब का हार उठाया और अपने साथी युवक को दे इशारा किया उसे शाहजादे को पहना दे। शाहजादा की भेंट कबूल कर वह महापुरुष उसे फिर शाहजादा को ही सौंपने जा रहा था। पास की तश्तरी से एक सन्तरा उठा उसने प्रसाद स्वीकार किया। और अब सारी भेंट को जनसमूह में तकसीम करने का मूक हाथों हुक्म दे वह फिर प्रकृतिस्थ हो गया। पलक झपकते भक्तजनों ने सारी भरी थालियों को एकत्रित लोगों में बाँट रीता कर दिया और सोने-चाँदी के कीमती थालों को भी वहीं इकट्ठे गरीबों को दे डाला। सन्त फिर प्रकृतिस्थ हो गया और उसके साथी के संकेत पर भक्तजन एक-एक कर छँटने लग गये।

उसने अब मुस्कराते हुए हमारी ओर मेहरबानी की नजरें डाली। उसके साथी हिन्दू युवक अभयचन्द ने, शायद यही उसका नाम था, शाहजादा की ओर से प्रार्थना करते कहा, "पीरोमुर्शिद-मन् शाहजादा दाराशुकोह आपकी खिदमत में तशरीफ लाये हैं और आपकी नजरे इनायत के मुहताज हैं।"

"शाहजादा हैं!!!" यह कह उसने घूरती नजरों से दारा को देखा। हम सकपका गये। पर फिर मुस्करा उठा और शहद-घुली वाणी में बोला, "हम फकीरों

से शाहजादा का कौन-सा मतलब हल होगा? क्यों शाहजादे, हम आपकी क्या खिदमत कर सकेंगे?"

"खिदमत न कहिए, पीरोमुर्शिद! मुझे तो आपकी मेहरबानी चाहिए।" दारा ने जवाब दिया।

"कौन कहता है कि आप मुफलिस हैं। उस परवरदिगार की सारी दौलत आपके कदमों पर लुटी पड़ती है, मेरे औलिया! आपके पास वह दौलत है जो दुनिया में ढूँढ़ने पर भी मिलने से रही।"

"तुम्हें गलतफहमी है, शाहजादे, लोगों को गलतफहमी है कि सरमद कोई जादूगर है, जो चुटकी मारते ही अनहोनी कर दिखाएगा। यह जो कुछ हो रहा है और होनेवाला है, उसकी मर्जी के बगैर नहीं होता। पर वह आखिर है कौन, इसे सरमद भी नहीं जान पाया है।"

"नहीं मेरे औलिया, आपने उसे पा लिया है, तभी तो यह कह रहे हैं कि आप उसे नहीं जान पाये हैं।"

"उसे जान पाना बड़ा मुश्किल है, शाहजादे! मैं इतने नतीजे पर तो पहुँचा हूँ कि जो कुछ भी हम देख रहे हैं, जिसे भी हम इस दुनिया में खुदा मान बैठे हैं, वह हमारी मंजिल नहीं है। वह यह नहीं है, इतना भर मैं जान पाया हूँ। इससे ज्यादा और कुछ नहीं जानता।" सन्त ने निषेध-शैली में परमतत्त्व का वर्णन करते हुए कहा।

"पर हमारा मजहब साफ कहता है, उस एक परवरदिगार के अलावा कोई और इलाही (देव) नहीं है।" दारा ने दलील दी।

"हाँ, शाहजादे, मजहब यह जरूर कहता है। सभी सच्चे मजहब यही कहते हैं। पर आखिर हमें महसूस क्या होता है? मुझे इतना तो महसूस हो गया है कि कोई और नहीं है, वह जो भी है, क्या है, कैसा है, यह अभी नहीं जान पाया हूँ और जब तक उसकी असलियत को महसूस न कर लूँ उसके बारे में कुछ भी कहना बेवकूफी ही होगी। मैं उसकी असलियत के बारे में किसी ठोस नतीजे पर अभी नहीं पहुँचा हूँ। झूठ बोलकर गुनाहगार क्यों बनूँ?"

"इसका मतलब है कि वह है।" दारा सन्त को कुछ जानने की नीयत से उलझाने लगा।

"मैं नहीं जानता।" सन्त संक्षिप्त-सा उत्तर दे उठा। फिर बोला, "मूरख, कहाँ-कहाँ ढूँढ़ोगे उसे। हर जगह लुका-छिपी खेलता मिलेगा वह। ढूँढ़ते रहो, जिन्दगी भर ढूँढ़ते रहो, अपने आपको उसी में भुला दो। उसके पीछे पागल हो दौड़ते रहो, कहाँ मिलेगा वह और कहाँ नहीं मिलेगा वह! मैं भी तो उसी के पीछे दीवाना हो गया हूँ। मुझे अभी तक वह पूरी तौर पर नहीं मिल पाया है। मैं इसी अभयचन्द में उसके नूर को देखता आ रहा हूँ। मैं नहीं जानता कि मेरा

खुदा अभयचन्द है या दीगर।" और वह पहेली-सी शैली में बोलता हँस पड़ा।

"पर उसके बारे में कोई तो दो-टूक बात कहेंगे?" दारा ने पूछा।

"दो-टूक बात। हा...हा...हा...। जाओ ना, गिर्जा, मन्दर और काबा में पूछ क्यों नहीं आते? गूँगे फकीरों से पूछने चले हो। इसका जवाब शेखो-बरहमन से ही पूछो तो बेहतर होगा, शाहजादे।" और यह जवाब दे सन्त ने एक फारसी रुबाई पढ़ डाली–

मूरत कौन है और गढ़ने वाला कौन है?
महबूब कौन है और मुहब्बत करने वाला कौन है?
गिर्जा, मन्दर और काबा में जाके पूछो तुम,
सब जगह गूँगी तनहाई है, सब जगह घुप अँधेरा है।"

"तो फिर उसके बारे में आखिर पूछा किससे जाए?"

"उसके बारे में पूछना चाहते हो, पगले। अपने आपसे काहे नहीं पूछते? अपने ही आपको पीरोमुर्शिद क्यों नहीं बनाते?" और फिर उसने एक रुबाई पढ़ दी :

तुम्हारी जुबान बोल पाती है क्या? तो यह उसी का राज खोलती है।
तुम्हारा दिल अक्लमन्द है क्या? तो महबूब वहीं है।
तुम्हारे कान सुन पाते हैं क्या? तो ये सिर्फ उसी की आवाज सुनते हैं..

मैं सन्त का प्रवचन ध्यान से सुनता जा रहा था। मुझे लगा उपनिषदों-सी गूढ़ शैली में वह उसके राज को खोलता जा रहा था और शाहजादा तन्मय हो उसे सुनते जा रहे थे। मस्ती में आँखें बन्द किये वह नंगा फकीर कहे जा रहा था :

"उसके बारे में पूछने की उतनी जरूरत नहीं है, शाहजादे, जितनी उसे जानने की जरूरत है, पहचानने की जरूरत है। दिक्कत तो यह है कि उसे पहचाने बगैर जाना नहीं जा सकता और जाने बगैर पहचाना नहीं जा सकता। कौन जगह ऐसी है जहाँ उसकी पहचान नहीं हो पाती।" एकाएक शाहजादा से बातें करते-करते वह खो गया और किसी अज्ञात सम्बोध्य को सम्बोधित करता ये पंक्तियाँ गा उठा :

"तुम कभी सुरू हो, कभी गुलाब, और कभी चमेली का फूल,
कभी पहाड़ हो, कभी रेगिस्तान, और कभी फूलों भरा गुलिस्ताँ।
कभी चिराग की रोशनी हो, और कभी फूलों की खुशबू।
कभी तुम बाग में मौजूद हो, और कभी बज्म में नजर आते हो।"

शाहजादा दारा ने अब और कुछ जानना चाहा। खुदा और बन्दे के रिश्ते पर वह कुछ जानना चाहता था। उसने पूछा, "मेरे पीरोमुर्शिद, आपके मुताबिक मैं मैं ही हूँ। अगर ऐसा है तो फिर मेरी मन्शा पूरी क्यों नहीं होती। कई दिनों से मैं आपकी खिदमत में पेश होना चाहता था, पर फिर भी मेरी मंशा पूरी क्यों नहीं हो पा रही थी? और अगर मैं मैं नहीं हूँ, तो इसमें कमी कहाँ है, और मेरा गुनाह क्या है कि मैं 'मैं' नहीं हो पाता। उल्माएँ-जाहिरी का कहना है कि सब्र की तालीम दी जा रही है।

हजरत मुहम्मद की जिन्दगी में भी ऐसी बातें हुई हैं, जिनसे इन तालीमे-सब्र का पता चलता है। पर एक सवाल उठता है, हजरत मुहम्मद जैसे पहुँचे हुए पैगम्बर को भी इस तालीम की जरूरत क्या थी? जिसे असलियत की जानकारी हो गयी, जो 'मैं' हो गया, उसके साथ ऐसा क्यों होता है?"

सन्त मुस्करा उठा। उसने संक्षिप्त उत्तर देते हुए कहा, "फलसफे की बातें करते हो, शाहजादे! हम सारा फलसफा भूल चुके हैं। अब कुछ याद नहीं रहा है।" और उसने दार्शनिक बातचीत का उपसंहार करते कहा :

"जो कुछ पढ़ा था, वह सब भूल गये हैं,
महबूब की बातचीत के अलावा हमें कुछ याद नहीं है।"

और इतना कह वह फिर से नासिका की नोक पर अधमुँदी आँखें टिकाये उस विस्मृति की मस्ती में खो चला। मैंने ध्यान से देखा बिना पूरक क्रिया के ही उसका श्वास कुम्भक की स्थिति में रुक गया था। क्षण-भर में ही सहज प्राणायाम की मुद्रा में अवस्थित हो वह केवल 'मैं' बन गया। उसके चेहरे के इर्द-गिर्द अपूर्व आलोक-जाल फैल पड़ा और प्रगाढ़ निद्रा में सोये शिशु-सी शोभा उसके मुखारविन्द पर खेलने लगी। हम लोगों के लिए यह बिदा लेने का संकेत था।

मैंने इस सन्त के बारे में कई भली-बुरी बातें सुनी थीं, पर मुझे इसे देख जो अनुभूति हुई वह अपनी अमिट छाप छोड़ गयी है। माना कि संसार के तेज ग्रीष्मातप ने इसे भी कभी तपाया हो, पर आज तो इसने अविवेक की मजबूत बेड़ियों को बलपूर्वक तोड़ डाला था और झूठी दुनियावी आशाओं के परित्याग से शीतल बने विशुद्ध आत्मा के अमृतसरोवर में डुबकी लगा-लगाकर यह नहा

रहा था। मुझे सचमुच यह सन्त उन भाग्यशाली महापुरुषों में से जान पड़ा जिन्होंने अपने सारे पापों के फन्दों से छुटकारा पा लिया था। मैं इसकी भाग्यशालिता की प्रशंसा करने से अपने आपको नहीं रोक पाया :

भवग्रीष्मप्रौढातपनिवहसन्तप्तवपुषो,
बलादुन्मूल्य द्राक्निगडमविवेकव्यतिकरम् ।
विशुद्धेऽस्मिन्नात्मामृतसरसि नैराश्यशिशिरे
विगाहन्ते दूरीकृतकलुषजालाः सुकृतिनिः ।।

38

अधकचरे मजहबी आलिमों की कटु आलोचना से शाहजादा बहुत दुःखी थे। इस्लाम और हिन्दू धर्मों की तुलना और समानता दिखाते हुए उन्होंने जो ग्रन्थ इधर लिखा था, उसकी तीव्र प्रतिक्रिया हो रही थी। राजनीतिक षड्यन्त्रों को एक नया शगूफा मिल गया इनके विरोध का। कुछ उलमा रुष्ट थे। वे खुलेआम शाहजादा को इस्लाम-विरोधी घोषित करने लगे। उन्हें यह गलतफहमी होने लगी कि अगर शाहजादा दारा भावी मुगल सम्राट बने तो शाही मजहब खतरे में पड़ जाएगा। यद्यपि 'मज्ज-उल् बहरैन' या 'समुद्र-संगम' इस नवीन ग्रन्थ में कोई खटकने वाली बात नहीं थी और अत्यधिक सम्मान के साथ इस्लाम धर्म के सिद्धान्तों की स्थापना की गयी थी, तथापि उन्हें यह भी खटकता था कि कुफ्र की मजहबी बातों की भी उतनी ही इज्जत की जाय। ग्रन्थ का मूल आशय था कि इस्लाम और कुफ्र दोनों उसी एक परवरदिगार की मंजिल की ओर बढ़ते हैं और दोनों में काफी समानता है। इस ग्रन्थ में दोनों सत्यान्वेषी मार्गों की मान्यताओं का विद्वत्तापूर्ण विवेचन किया गया था। शाहजादा को यह अन्देशा था कि दोनों मतों के धर्मान्ध अनुयायी इस प्रयास से नाराज ही होंगे। उन्होंने इस ग्रन्थ के दीवचः (भूमिका भाग) में लिखा था कि यह ग्रन्थ नादानों के लिए नहीं, बल्कि वे समझदारों के लिए तथा स्वात्म-सन्तोष के लिए ही यह ग्रन्थ लिख रहे हैं। बाद में उनके अनुरोध पर मैंने इस ग्रन्थ का संस्कृत अनुवाद भी कर डाला था। इस्लाम तथा वैदिक धर्म के समुद्रों को मथकर ऐसे ज्ञानरत्न इस ग्रन्थ में निकाले गये थे कि शाहजादा के ही शब्दों में 'समुद्र-मन्थन' के बाद देवों

और दैत्यों द्वारा निकाले चौदहों रत्नों से भी ज्यादा नायाब और बेशकीमती थे।" अफ़सोस है कि कुछ लोगों की आँखें इन रत्नों की चकाचौंध ही न सह पायीं।

उस दिन शाही दरबार में इस्लाम के दोनों सिलसिलों के आलिमों के सामने उन्होंने अपनी मान्यताएँ रखी थीं और मुझे भी हिन्दू शास्त्रों की उन मान्यताओं का संकेत करने को कहा था, जो इस्लाम में प्रतिपादित सिद्धान्तों से मेल खाती थीं। पर इस सबके बावजूद अधकचरे मुल्ला रुष्ट थे। जब शाहजादा को कुछ आलिमों की प्रतिक्रिया का पता चला, तो वे बड़े दुःखी हुए। उनसे रहा न गया और उनकी यह वेदना ही एक फारसी गजल में व्यक्त हो उठी :

बहिश्त आ जाकि मुल्लाई न बाशद
जि मुल्ला शोरो-गोगाई न बाशद।
जहा खाली शबद अज़ शोरे-मुल्ला
जा फ़तवा हाश परवाई न बाशद।
दरान शहरे कि मुल्लाखानह् दारद
(बहिश्त वहाँ है जहाँ कोई मुल्ला नहीं रहता,
जहाँ मुल्ला का शोर-शराबा नहीं है।
यह दुनिया मुल्ला के शोर से खाली हो जाय,
उसके फतवों पर कोई ध्यान न दे।
जिस शहर में मुल्ला का निवास है,
वहाँ कोई अकलमन्द नहीं मिलता।)

दरअसल दोनों मजहबों में अपने में ऐसी कोई चीज नहीं है, जो एक-दूसरे धर्मानुयायी को नागवार गुजरे, पर जब कुछ रूढ़िवादी लोग गतानुगतिकता लादने लगते हैं और ऐसी रूढ़ियों पर जोर देने लगते हैं, जो बाहरी ढोंग और कर्मकाण्ड के बाह्याडम्बर से सम्बद्ध है, तो बुद्धिमान लोग उन्हें तर्क पर कसकर मानने से मना कर देते हैं। मुल्लाओं को दोष देना व्यर्थ है, ऐसे लोग हमारे यहाँ भी हैं और वे भी कम कठहुज्जती नहीं हैं। किस धर्म में कठमुल्लापन की कमी है। काश, यह कठमुल्लापन सभी धर्मों से दूर हो सकता! उस दिन जब मुसलमानों के सामान्य उलेमा ने हमारे समक्ष अपने सिद्धान्तों का प्रतिपादन किया तो उनके विवेचन में मुझे कोई बात नागवार नहीं गुजरी थी। केवल छोटी-मोटी बातों पर मतभेद थे हम लोगों में। क्या इन छोटे-मोटे मतभेदों को हम नजरअन्दाज नहीं कर सकते? उस दिन शिया और सुन्नी सिलसिले के दो प्रकाण्ड पण्डित धर्माधिकारियों ने अपने-अपने सम्प्रदाय की मान्यताओं की जो जानकारी शाहंशाह और शाहजादा के समक्ष रखी थी, उसे सुनकर मेरा स्वयं का भी ज्ञानवर्धन ही

हुआ था। दोनों ने कुरान में प्रतिपादित धर्म की अपने-अपने ढंग से सुन्दर व्याख्या की थी। यह गोष्ठी शास्त्रार्थ गोष्ठी नहीं थी, जहाँ महज शाब्दिक वितण्डावाद के आधार पर सही मत का खण्डन किया जाता है और गलत मत की जमकर स्थापना की जाती है। वह गोष्ठी तो परस्पर विचारों के आदान-प्रदान की गोष्ठी थी। ऐसी धार्मिक गोष्ठियों की परम्परा अकबर महान ने डाली थी, जहाँ सभी धर्मों के अनुयायी अपनी-अपनी मान्यताओं को सामने रखते थे। उस दिन शिया धर्म पण्डित मुल्ला तवक्कुल अली और सुन्नी विद्वान् मौलाना हसन देहलवी ने अपने-अपने मतों का प्रतिपादन किया। तदनन्तर मैंने और शाहजादा ने भी अपने-अपने विचार सामने रखे।

सबसे पहले मुल्ला तवक्कुल अली ने अपना मत प्रकट किया : "अल्लाह एक है, उसके अलावा कोई दूसरा नहीं है। वह कोई दुनियावी चीज नहीं है, न इन्सान की तरह ही। इन्सान जैसी कोई बात उसके साथ लागू नहीं होती। कुरान में उसके हाथ वगैरह का जिक्र है। पर यह महज मुहाविरा है। असल में उसके हाथ, पैर, आँख, नाक, कान हैं ही नहीं। हम उसका जिक्र सिर्फ यों कर सकते हैं कि वह इस सारे जहाँ का खालिक है। इन्सान को सही रास्ता दिखाने के लिए वह पैगम्बर भेजता रहता है। उसने आदम से हजरत मुहम्मद तक एक लाख चौबीस हजार पैगम्बर भेजे हैं। दुनिया के अलग-अलग हिस्सों में उसने पैगम्बर भेजे हैं और उन सभी की नसीहतें इस्लाम की नसीहतों से मिलती हैं। इन सभी पैगम्बरों ने पैदाइश से अपने आखिरी दुनियावी वजूद तक कोई गुनाह नहीं किया, वे पूरी तरह पाक-साफ इन्सान थे। न वे कभी झूठ बोले, न कोई ओछा काम ही उन्होंने किया। सभी पैगम्बरों को खुदा अल्लाह से इलहामी पैगाम मिलते रहे हैं। अगर कहीं ये पैगम्बर अल्लाह से गुनाह माफ करने के इल्तिजा करते मिलते हैं, तो अपने गुनाहों के लिए नहीं, क्योंकि वे तो बेगुनाह हैं, वे सिर्फ अपने में यकीन करनेवालों के गुनाहों को माफ करने के लिए दुआएँ इलहाम पुख्ता है और उनमें कोई दरद्दोबदल करने की गुंजाइश नहीं है। आलिम से आलिम शख्स को भी यह अख्तियार नहीं है कि वह कुरान की नसीहतों में अपने कियास के मुताबिक नयी बात जोड़ सके। इब्लीस पहला शख्स था जिसने कियास किया था। उसने खुदा की हुक्मउदूली कर इन्सान की इज्जत करने से मना किया। खुदा ने उसे बहिश्त से गिरा दिया। अगर आलिमों की जमात-की-जमात भी बैठकर कुछ नये फैसले करे, तो भी वे हजरत मुहम्मद की नसीहतों के आगे कोई वकत नहीं रखते। इन्सान को सच्ची राह दिखानेवाले इमाम की हमेशा जरूरत रहती है। पैगम्बर के बाद भी ग्यारह इमाम सच्ची राह दिखाने दुनिया में आये थे और बारहवें इमाम अल्-मेहदी अभी भी मौजूद हैं, वे छिपे हैं, पर जब भी वक्त आएगा, वे हमारी इमदाद करने के लिए सामने

आएँगे। हर इन्सान को कयामत के दिन होने वाले इन्सान का खयाल रखना चाहिए, उसे किसी भी तरह के गुनाहों से बचते रहना चाहिए।"

तब मौलाना हसन देहलवी से अपने विचार प्रकट करने को कहा गया। उन्होंने बताया, "सिर्फ एक इलाही में यकीन करो। अल्लाह के अलावा और कोई इलाही नहीं है। अल्लाह का अपना एक वजूद है। यह कहना मुश्किल है कि उसका जिस्म इन्सान जैसा ही है या दूसरी तरह का। कुराने-पाक में उसके जिस्म का जो जिक्र मिला है। वह महज मुहाविरा नहीं है। इसमें कोई शक नहीं कि अल्लाह वक्त-बर-वक्त बस हर इन्सानी जमात के लिए अपने-अपने पैगम्बर भेजता रहता है, पैगम्बर दूसरे इन्सान से इस बात में बढ़कर होते हैं कि उन्हें खुदाई इलहाम हासिल है कि जिन मामलात में पैगम्बर को कोई वाजेह हुक्म मौजूद नहीं, उसका वे वक्त के मुताबिक फैसला कर सकें। पैगम्बर के इन साथियों, असहाबुन्नबी की नसीहतों की कम वकत नहीं है। कियास या इज्मा गुनाह नहीं है। पैगम्बर मुहम्मद के साथ चहारमीर-अबूबकर, उमर, उस्मान और अली चमकते सितारे हैं, जो भूले-भटके इन्सान को राह दिखाते हैं। इस्लाम की सच्ची नसीहत है, पाँच बातों में यकीन करना। यह सभी इस्लामी सिलसिले मानते हैं, शिया हो या सुन्नी, सूफी हो या कादरी। ये पाँच बातें हैं- (1) अल्लाह सिर्फ एक है और मुहम्मद उसका पैगम्बर है। (2) इन्सान को पाक-साफ होकर उसकी इबादत करनी चाहिए, नमाज पढ़नी चाहिए, (3) गरीबों और फकीरों को जकात देनी चाहिए, (4) रोजा रखना चाहिए और (5) हज करना चाहिए।

तब बादशाह सलामत ने मुझे इशारा किया कि मैं भी हिन्दू धर्म के बारे में अपनी राय जाहिर करूँ। मैंने भी संक्षेप में इस्लाम और हिन्दू धर्म की तुलना करते हुए अपनी बातें रक्खी :

"हिन्दू धर्म भी एक ईश्वर मानता है। वेदों और उपनिषदों में साफ है कि वह एक ही है, पर आलिम लोग उसका कई तरह से जिक्र करते हैं। एकं सद्विप्रा बहुधा वदन्ति। उसी ने सबसे पहले पानी बनाया और उसके बाद सारे महाभूतों या अनासिर को पैदा किया। वह निर्गुण है, सारे जहाँ में फैला इस जहाँ के बाहर भी है। पर वह निर्गुण होते हुए सगुण भी बन सकता है। वह हमारी तरह जिस्म में भी आता है। अवतारों के रूप में वह सगुण बनकर इन्सान की रक्षा के लिए धरती पर उतर आता है, उसी तरह जैसे अल्लाह पैगम्बर भेजता है। इस सगुण अवतार की हालत में वह नसीहतें भी देता है, जैसे कृष्ण भगवान ने अर्जुन को नसीहत दी थी। जीवात्मा या रूह उसी की एक चिनगारी है, पर जैसे कटोरे का पानी समन्दर के पानी के मिसाल होते हुए भी हदबन्दी में बँधा रहता है और आजाद नहीं होता, उसी तरह जिस्मानी हदबन्दी में बँधी रूह की हालत

है। अगर रूह आजम बन सकती है, जैसे घड़े या कटोरे को तोड़-फोड़ देने पर हद में बन्द पानी फिर समन्दर के साथ एकाकार हो सकता है। वह परमात्मा या रूहे-आजम एक ही है, पर अलग-अलग शक्ल में लोग उसकी इबादत करते हैं, कोई ब्रह्मा मानता है, कोई विष्णु, कोई शिव, कोई दुर्गा, कोई सूर्य, कोई गणेश। यह सिर्फ कहने का फर्क है। पर इसमें भी एक वजह है। जब हम उसकी इस ताकत का जिक्र करना चाहते हैं कि वह सारे जहाँ को पैदा करने वाला है तो ब्रह्मा नाम दे देते हैं, पालनहार है तो विष्णु, और खत्म करने की ताकतवाला है तो शिव कह बैठते हैं। वह न आदमी है, न औरत, फिर भी दोनों है, इसलिए कभी उसकी शक्ल मर्द की मानते हैं, कभी देवी की तरह औरत की। यह तीन रंगों की दुनिया उसी का अजूबा करिश्मा है। वेदों में कहा है कि यह दुनिया लोहित, शुक्ल एवं कृष्ण वर्ण की है। कुराने-पाक में भी कहा है, "अल्लाह ने आसमान से पानी उतारा है और उससे हमने रंग-बिरंगे फल उगाये। इस्लाम की तरह ही सर्वाधिपति, सर्वशक्तिमान् और प्रयलंकारी मानते हैं। वह जिस पर दया करता है, उसे ही उसका दीदार मिल पाता है। ईमानदार जिन्दगी जीना, इन्सान को कभी न सताना और सारे जीवों की सेवा करना इन्सान का फर्ज है। हमारे यहाँ सच्चे धर्म का यही लक्षण है, जिसकी तफसील तरह-तरह से मिलती है। इन्सान की सेवा करते हुए जो भी अपने आपको उसके आसरे छोड़ देता है, उसे वह जरूर मिलता है। जो इन्सान को दुःख पहुँचाते हैं, उन्हें बार-बार दुनिया में अपने करम के मुताबिक पैदा होना पड़ता है। और कर्मों का फल भोगते रहना पड़ता है। कर्मों के इस बन्धन से इन्सान की रूह या जीवात्मा तभी छुटकारा पाती है, जब वह कर्म तो करता रहे, पर राग-द्वेष में फँसकर उसके फल में न फँसे। हिन्दू धर्म के सभी सिलसिले यही बात कहते हैं। फर्क सिर्फ लिबास का है, पूजा-इबादत के बाहरी ढंग का है। सभी उसी एक मंजिल तक पहुँचने वाली राहें हैं, कोई सीधी, कोई टेढ़ी। पूरे भारतीय मजहब का यही लुब्बे-लुबाब है। "रुचीनां वैचित्र्यादृजुकुटिलनानापथजुषां नृणामेको गम्यस्त्वमसि पयसामर्णव इव ॥" यह राहों का फर्क इन्सानों की अलग-अलग जमात की आदत का फर्क है, किसी को अल्लाह तक सीधे रास्ते से जाना पसन्द है, किसी को टेढ़े रास्ते, पर हर मजहब उसी तरह उसी मंजिले-मकसूद पर पहुँच जाता है, जैसे छोटी-बड़ी, टेढ़ी सभी दरियाओं का पानी आखिर समन्दर में ही तो जाकर पहुँचता है।"

मुल्ला तवक्कुल अली और मौलाना हसन देहलवी साहब कह उठे, "वल्लाह, कैसी अच्छी नसीहत है, हिन्दू मजहब में भी। हमें इसमें ऐसी कोई बात नहीं जान पड़ती, जो दूसरे किसी भी मजहब को नागवार गुजरे।"

"पर एक सवाल है, पण्डितराय। आपके यहाँ रूह का बार-बार जिस्मानी

चोले में जन्म लेना माना जाता है। ऐसा क्यों?" एक मौलवी पूछ बैठा।

सवाल अच्छा था कि आखिर हर जन्म के बाद रूह को फैसले के लिए तलब करने की तवालत खुदा क्यों उठाता है, क्यों न कयामत के दिन ही एक साथ फैसला कर देता है। मैंने इसका उत्तर शास्त्र द्वारा न देकर युक्ति द्वारा दिया।

"देखिए मौलवी साहब, हिन्दू धर्म के मुताबिक अल्लाह फैसला करने में ज्यादा वक्त जाया नहीं करता। इधर रूह ने गुनाह किया कि मौत के बाद तुरन्त फैसला हो गया। आखिर उसका इजलास कब तक इन्तजार करता रहेगा फैसले के लिए? इससे उसकी अदालत में हमेशा पुराने गुनाहगारों के मुकदमों के फैसले ही नहीं होंगे। हमारे मुताबिक अल्लाह के फैसले तुरन्त-तुरन्त होते हैं।"

मेरे उत्तर को सुन सभी हँस पड़े।

तब शाहजादा ने बताया कि हिन्दू मजहब की अच्छाइयों और इस्लाम की नसीहतों का एक साथ मिलान करते हुए उन्होंने एक किताब लिखी है अभी हाल में। वे चाहेंगे कि उस किताब की चन्द बातों को आलिमों के सामने पेश करें। वे कहने लगे : "इस मजलिस में हिन्दू पण्डित और इस्लामी मजहब के दानिशमन्द आलिम मौजूद हैं। इस नाचीज ने दोनों मजहबों की किताबें पढ़कर अपनी अक्ल के मुताबिक दोनों का मिलान कर यह पाया कि दोनों अलग-अलग ढंग से एक ही बात कहते हैं, फर्क सिर्फ अल्फाज का है, नसीहतें दोनों में एक हैं। हमें चाहिए कि इस रूह को पहचानें, जिससे फिरकापरस्ती के झगड़े-फसाद खत्म हों। जिसे रास्ता पसन्द हो, वह उसे अख्तियार करें, जैसे मुझे रसूलिल्लाह सल्लल्लाहुअलैहिवसल्लम मुहम्मद साहब का रास्ता पसन्द है, हिन्दू आलिम पण्डितराज जगन्नाथ को वेदों वाला रास्ता, पर कुरान और पुरान दोनों की नसीहतों में रत्ती भर भी फर्क नहीं है।"

तब शाहजादा ने अल्लाह, रूह, दुनिया और मुक्ति सम्बन्धी मतों की विवेचना की। इस विवेचना में उन्होंने अल्लाह के जमाल (सौन्दर्य) और जलाल (प्रभुता) का विवरण प्रस्तुत किया और सृष्टिक्रम के विकास की विस्तार से चर्चा की। उन्होंने बताया कि इस्लाम के जिब्रील, मीकाइल और इसाफील फरिश्ते ही हिन्दू मजहब के ब्रह्मा विष्णु और महेश हैं। उन्होंने चार अनासिर या महाभूत, दसों इन्द्रियों के सूक्ष्म तथा स्थूल शरीर के सम्बन्ध में दोनों मतों की तुलना कर बताया कि कैसे रूह स्थूल शरीर में बँध जाती है और इस बन्धन से वह आजाद कैसे हो सकती है। यह आजादी या मुक्ति पाना ही इन्सान की आखिरी तमन्ना है, यह तभी पूरी हो पाती है, जब उसे अल्लाह के जलाल का पूरा अहसास और जमाल का पूरी तरह दीदार हो जाता है।

शाहजादा दारा के इस ग्रन्थ के कुछ हिस्से सुन बादशाह-सलामत काफी

खुश हुए। मुल्ला तवक्कुल अली और मौलाना हसन देहलवी ने भी इसकी दाद देते कहा: "शाहे-बुलन्द इकबाल! आपके इस काम की सख्त जरूरत है हिन्दोस्तान को। आपने अपनी किताब से अलबरूनी और अबुल-फजल के साथ-साथ बादशाह अकबर के काम को भी आगे बढ़ाया है। हिन्दुस्तान के हिन्दुओं और मुसलमानों की फिरकापरस्ती और दिलों की दूरी को कम करने के लिए आपकी किताब बहुत बड़ी अहमियत रखेगी। सचमुच आपने दो समन्दरों का संगम कर डाला है, शाहजादे। हम आपको बधाई देते हैं और आपकी किताब का इस्तकबाल करते हैं।"

मजलिस में तो और किसी ने कुछ नहीं कहा, पर धीरे-धीरे यह साफ हो गया कि कुछ अधकचरे आलिम जिन्हें अपने मजहब की भी पूरी जानकारी न थी इस किताब से खफा थे और शाहजादे के राजनीतिक शत्रुओं को एक और नया अस्त्र मिल गया था, जहर उगलने का। रोशनआरा इन अधकचरे आलिमों को मिलाकर उनके खिलाफ झूठा प्रचार करवाने लगी, जिसे सुनकर ही शाहजादा ने वह गजल लिखते हुए उनकी भर्त्सना की थी।

39

"पगले फकीरों और धोखेबाज बरहमनों के फेर में पड़कर शाहजादा पगला गया है। रही-सही लुटिया ये फिरंगी पादरी डुबो देंगे। शैतान मुगलिया सल्तनत का बेड़ा गर्क करके रहेंगे। इस्लाम का खुदा ही मालिक है। मुझे बरबादी के आसार नजर आ रहे हैं, इब्लीस।" पीरू भटियारे की बीवी की कर्कश आवाज मेरे कानों में पड़ी। उसकी दुकान के पास कोई दस-बारह लफंगों का हुजूम था। इस हुजूम की सदारत करता इब्लीस दुकान के पट्टे के ठीक सामने खड़ा था। दुकान पर नसीमन अपनी चिरपरिचित वेशभूषा में बैठी थी। बुढ़ापा उसके केशकलाप पर उतर चुका था। खिचड़ी बालों की एक लट उसके चेहरे पर लटक रही थी। इस बीच उसकी स्थूलता और बढ़ गयी थी, वाणी और भद्दी हो गयी थी। उसकी हाँ में हाँ मिलाता इब्लीस बोल उठा:

"नसीमन बी, सुना तुमने। आज ही शाहजादा पुर्तगाली गिरजे में उस बूढ़े पादरी से मिलने गये थे।"

"और साथ में वह शैतान बनारसी बरहमन भी था। लोग कहते हैं वहाँ ये लोग इबादतगाह में भी जाते हैं और पादरी से इंजील भी सुनते हैं।" हुजूम में से एक बोल उठा।

"अरे, इतना ही नहीं, इन दिनों शाहजादा इन फिरंगी पुर्तगालियों की जबान भी पढ़ रहे हैं। एक पुर्तगाली उस्ताद पढ़ाने जाता है।"

"तो, अब इस बनारसी बरहमन का पत्ता कटा ही समझो। बदमाश अपने आपको अफलातून समझता है। कैसा सज-धज के घोड़े पर निकला करता है, जैसे बहुत बड़े मनसबदार हों। अरे, ये कहिए आगरा से भाग गया था कहीं, नहीं तो उसी वक्त मेरा एक खंजर काफी था। इसका पत्ता तो तभी कट गया होता।"

"तुम बातें बहुत करते हो, काम कम, इब्लीस। यूसुफ के डर से तुम खुद दुम दबा के भाग गये थे।" एक नौजवान बोल उठा।

"हाँ, उस्ताद, बात तो यही थी।" एक ने इब्लीस को उकसाया।

"चुप बे चरकटे, तुझे इब्लीस की ताकत क्या मालूम? कल के लौंडे हमसे मुँह लगोगे। एक धौल जमाया, तो जमीन पर नजर आओगे।" इब्लीस गुस्से में था।

"छोड़ो ये झगड़ा, मुझे तो इस्लाम की फिक्र लगी है। बस, मँझले शाहजादे से उम्मीद थी, पर उन्हें तो दक्खिन में भेज रक्खा है। उनकी छाँह को भी दिल्ली-आगरा के पास नहीं फटकने दे रहे हैं ये चालबाज। मुसलमान रियाया भी तो बुत बन गयी है, कोई हरकत नहीं हो रही है। बड़े शाहजादे को मुलहिद बना देखकर भी जबान पर ताले पड़े हैं सबके।" नसीमन ने कहा।

"हुकूमत का सवाल है, बड़ी बी। हुकूमत की सारी बागडोर भी तो उन्हीं के हाथ में है। कहने को शाहंशाह शाहजहाँ का राज है। पर राज तो असल में शाहजादी जहाँआरा और शाहजादा दारा का है। जो भी जबान खोलेगा, उसकी जबान ही कटी नजर आएगी।" एक हट्टा-कट्टा जवान बोला। वेशभूषा से वह सिपाही लग रहा था। पीठ पर ढाल बँधी थी और कमरबन्द में तलवार लटक रही थी।

"अरे, शाहजादी। उनकी बात मत कहो। बड़ी हिन्दुस्तानी होने चली थी, पर राव छत्रसाल ने जब ठुकरा दिया तो बैरागन बन गयी। ये हिन्दू भी क्या कौम है, नसीमन बी, अपने आपको फरिश्ता समझते हैं, और दूसरों से बड़ा मानते हैं अपने धरम को। तभी राव छत्रसाल ने शाहजादी को ठुकरा दिया।" दूसरा बोला।

"नहीं, नौजवान, बात दूसरी है। शाहंशाह शाहजादी जहाँआरा की शादी ही नहीं करना चाहते। चाहते तो हमारे आका खान साहब कौन बुरे थे।" वही सिपाही बोल उठा।

"पर क्यों?" हुजूम में से एक ने पूछा।

"इसका जवाब, नसीमन बी से पूछो। क्यों, बड़ी बी?" सिपाही ने जवाब दिया।

में नहाया चित्र सौरी से उठकर सूर्यपूजन के बाद दमकती नवप्रसवा-सा लगा। वस्तुतः वह था भी एक नवप्रसवा का चित्र।

श्यामलाल अब मुगल दरबार का जाना-माना चितेरा था। दाराशुकोह का तो वह निजी कलाकार था। शाहंशाह और पादशाह बेगम के यहाँ काफी पूछ थी। मुगल चित्रशाला से नियमित वजीफा मिल रहा था उसे पिछले पन्द्रह-सोलह साल से। दूर-दूर के शिष्य उसके पास चित्रकला की शिक्षा पाने आते रहते थे। उसके कई शिष्यों ने अपने-अपने आश्रयदाता ढूँढ़ लिये थे, और कुछ ऐसे भी थे जो चित्र बना-बनाकर रोजी-रोटी के लिए मनसबदारों के यहाँ घूमते रहते थे। श्यामलाल ने केसरबाई से कई बार पान की दुकान हमेशा के लिए बढ़ा देने का आग्रह किया था, पर केसरबाई राजी न हुई। दुकान बदस्तूर चलती रही। यह अवश्य है कि वह अब दिन भर नहीं खुलती थी, सिर्फ शाम को एक-डेढ़ पहर के लिए खुला करती थी। यहाँ श्यामलाल से प्रतिदिन मुलाकात हो सकती थी। पर इधर जब से मैं आगरा लौटा, दुकान नहीं खुली थी, क्योंकि केसरबाई आसन्नप्रसवा थी और अब तो वह एक सुन्दर बालक को जन्म भी दे चुकी थी।

"कौन-सा चित्र है, कलाकार? क्या इधर कोई नया चित्र बनाया है?" मैंने पूछते हुए ध्यान से देखा। अब तक के उसके चित्रों से भिन्न शैली का लगा यह चित्र मुझे। मैं चित्र के विषय को देखते ही समझ गया। अरे, यह तो बिलकुल वैसा ही चित्र है, जैसा पुर्तगाली गिरजे में मैंने देखा है। नवप्रसवा मरियम का चित्र। ईसा और उसकी माता मरियम की कहानी बड़ी श्रद्धा से सुनायी थी पादरी बुजेओ ने। ईसा वेदों के पल्लवनकर्ता और पुराणों के रचयिता कृष्ण द्वैपायन की तरह कानीन थे, कानीन अर्थात् कन्या की सन्तान। वह सन्तान जो पतितों और दीनजनों का उद्धार करने को पैदा हुई थी, जिसने मैत्री, करुणा, मुदिता और उपेक्षा का सन्देश जनता को देते हुए हँसते-हँसते सलीब पर टँगकर अपने भौतिक शरीर की, सत्य की रक्षा के लिए, बलि दे दी थी। चित्र को देखते ही मेरी आँखें सहज ही श्रद्धा से झुक गयीं। मेरे प्रश्न का उत्तर देते कलाकार बोला :

"मरियम और ईसा का चित्र है, पण्डितराज। इस चित्र में वह श्रृंगारी लालित्य और कलात्मक अंकन भले ही आपको न दिखे, पर मरियम के मुख की मुद्रा को ध्यान से देखिए। कितनी दिव्य प्रसन्नता और सहज उल्लास है आँखों में उसके। नवजात यीशु के मुखमण्डल में आपको जो दैवी ज्योति मिलेगी, वैसी मैंने सिर्फ एक बार सन्त सरमद के समाधिस्थ रहने पर उसके चेहरे पर देखी थी। आप कविता में जिसे अतिरिक्त वात्सल्य और ममता की अलौकिक झलक भी मिलेगी यहाँ।"

"पर यह प्रेरणा कहाँ से मिली तुम्हें?" मैंने पूछा।

"मुगल चित्रशाला में एक-दो विदेशी चित्रकारों की कलम के चित्र हैं इस तरह के। उसकी नकल के कुछ हमारे यहाँ के चित्र भी हैं। दो अकबर महान के समय के हैं, दो जहाँगीर बादशाह के समय के। मुझे ये चित्र अच्छे लगे। सोचा, मैं भी ऐसा चित्र बना सकता हूँ या नहीं। दो दिन पुर्तगाली गिरजे वाले ऐसे ही चित्र को भी देख आया हूँ। कहते हैं, वह किसी महान कलाकार की रचना है। कई दो सौ साल पुरानी रचना है वह। रोम के किसी चित्रकार ने उसे बनाया था। मैंने इन सभी चित्रों से प्रेरणा ली है।" उसने उत्तर दिया।

"बस इतना ही नहीं, कलाकार सच्ची प्रेरणा तो तुम्हें अपने घर के बालगोपाल के जन्म से मिली है, यह क्यों नहीं कहते। बधाई हो तुम्हें दोनों कलाकृतियों के लिए। हमारी मिठाई कहाँ है?" मैंने माँग पेश कर दी। शामलाल उत्तर दे इससे पूर्व ही भीतर के कक्ष से केसरबाई की आवाज सुनाई पड़ी, "मिठाई भी मिलेगी, पण्डितराज। सब आपके ही आशीर्वाद का फल है।" और वाक्य पूरा होने के पहले ही वह किसी भीतरी कक्ष से इस कक्ष में प्रवेश करती देहली पर खड़ी थी। उसकी गोद में एक नन्हा इन्सान हाथ-पैर की चटुल-चपल मुद्रा में गतिशील दिखाई पड़ा। उसकी चमकती आँखों में मुझे मानवता की अमरज्योति जगमगाती दिखी, आस्था और विश्वास की दो जलती दीप-शिखाओं-सी। क्षण-भर मैं फिर खो गया। मुझे लगा, जैसे उसके दोनों नेत्रों में वैसी ही चमक है, जैसी मैंने पुर्तगाली गिरजाघर में वेदी के सामने दीपाधारों में जलती मोमबत्तियों की लौ में देखी है। आत्मा के अमर प्रकाश की प्रतीक लौ। मेरे कानों में पादरी बुजेओ के स्वर गुनगुनाते जान पड़े, "तुम इस दुनिया की रोशनी हो। पहाड़ी पर बना शहर कभी छिपा नहीं रह सकता। लोग मोमबत्ती को जलाकर नाँद में नहीं रखते, बल्कि शमादान में रखते हैं। और वह सारे घर भर को रोशनी देती है। इन्सानों के सामने अपनी रोशनी इस तरह जलने दो कि लोग तुम्हारे भले काम देख पाएँ और बहिश्त में मौजूद तुम्हारे पिता की इज्जत करें।"

40

मेरा बहुत बड़ा काम आज पूरा हुआ। पिछले दो महीनों से मैं वाराणसी में टिका हूँ। शाहजादा के अनुरोध पर मैंने उनके साथ दिल्ली में ही लगभग कई उपनिषदों

के फारसी अनुवाद का मसबिदा तैयार कर डाला था। वाराणसी में हम इसी पर पण्डितों की राय लेने आये हैं। इस बीच शाहजादा इलाहाबाद भी आते-जाते रहे हैं। उपनिषदों के अनुवाद के बारे में हममें आपसी विचार-विमर्श चलता रहा है। गुरुवर कवीन्द्राचार्य, वेदान्ती स्वामी नृसिंहाश्रम और पण्डित रामानन्द त्रिपाठी के अतिरिक्त कई पण्डितों से भी इस कार्य को अन्तिम रूप देने में सहायता ले रहा हूँ। हमारी योजना है कि उपनिषदों के मन्त्रभाग का केवल शाब्दिक अनुवाद न किया जाय। उनके विचार-विषय को अधिकाधिक स्पष्ट करने के लिए जहाँ भी अनावश्यक हो शंकराचार्य के भाष्य के भावों को भी समेट लिया जाय। यह भी आवश्यक है कि मन्त्रों में निहित आध्यात्मिक रूपकों और प्रतीकों की खुलासे के साथ व्याख्या हो, जिससे भारतीय परम्परा से अनभिज्ञ पाठक भी प्रतिपाद्य विषय को हृदयंगम कर सकें। अनुवाद पूरा होने पर आज भी शाहजादा के साथ बैठकर मैंने उसका द्वितीय वाचन समाप्त किया है, क्योंकि आज अपराह्ण में वाराणसी के प्रमुख पण्डितों की सभा के बीच में रख उनकी सम्मति लेना है। इस अवसर पर शाहजादा ने तीन दिन तक बहुत बड़े समारोह का आयोजन भी कर डाला है। कल पण्डितों का विविध शास्त्रों पर शास्त्रार्थ का आयोजन है, और परसों संस्कृत कवियों की कविगोष्ठी भी।

आज महाशिवरात्रि है। फाल्गुन कृष्ण त्रयोदशी के पवित्र दिन हम उपनिषदों के अनुवाद 'सिरे-अकबर' (महत्तम रहस्य) की पूर्णाहुति में दत्तचित्त हैं। इस्लामी पंचांग के अनुसार छठे महीने जमादिउस्मानी की 27वीं तारीख। वाराणसी के कर्मकाण्डी पण्डितों की सभा, सुना है, पिछले दो दिनों में बिन्दुमाधव के मन्दिर में एकजुट शास्त्रार्थ कर रही है कि शिवरात्रि की व्रतोपवास आज होना चाहिए या कल। निरर्थक शास्त्रार्थ। ज्योतिष की गणना से आज त्रयोदशी के दिन ही शाम को चतुर्दशी आ पड़ी है। कल सूर्योदय चतुर्दशी में होगा, पर रात के पहली पहर के बाद चतुर्दशी न रहकर अमावस्या आ पड़ती है। प्रश्न है, शिवरात्रि कब मानी जाय? पण्डित लोग दो फिरकों में बँट गये हैं, एक कहता है आज, दूसरा कहता है कल। निरर्थक रस्साकशी चल रही है। भगवान की उपासना में भी झगड़ा झंझट और शास्त्रार्थ। पण्डित एक-दूसरे के ज्ञान को ललकार रहे हैं, अपने सिवा सबको मूर्ख घोषित कर रहे हैं, भट्टोजि दीक्षित की सदारत में किसी निर्णय लेने पर जुटे हैं। वाराणसी के महान धर्मशास्त्री स्वर्गीय पण्डित कमलाकर भट्ट का 'निर्णयसिन्धु' प्रमाण रूप में पेश किया जा रहा है, जो उन्होंने नवाब आसफ खाँ के आश्रय में रहकर आज से कोई तीस-पैंतीस वर्ष पहले लिखा था। कहते हैं, इन भट्टोजि ने भी शब्दों की व्याकरणिक मीमांसा छोड़कर अब धर्मशास्त्र पर फतवे देना शुरू कर दिया है और अभी हाल में ऐसी ही समस्याओं को सुलझाने

के लिए एक ग्रन्थ लिखा है– 'तिथिनिर्णय'। अधिकतर लोग शिवरात्रि आज ही मानने के पक्ष में हैं, क्योंकि आज शाम से ही चतुर्दशी लग गयी है और रात को भी रहेगी। प्रमाण है, 'चतुर्दशी उसी दिन मानो, जिस दिन प्रदोष और निशीथ दोनों में वह हो।' पर दूसरे लोग दूसरा प्रमाण देते हैं, 'दान, व्रतोपवास, अध्ययन आदि में उसी तिथि को ग्रहण करो, जिस तिथि में सूर्योदय हो।' छोड़ो भी इन सब झगड़ों को, किसी भी दिन क्यों नहीं मान लेते? इन मसलों को सुलझाने से बढ़कर और कोई मसले नहीं हैं क्या समाज और देश के सामने, उन्हें सुलझाने में अपना अमूल्य समय दो। देश में मेधा की कमी नहीं है, पर वह खण्डित हो गयी है, उसका दुरुपयोग हो रहा है, उसका उपयोग केवल भेदबुद्धि को और अधिक बढ़ाने में हो रही है। हे महादेव, सद्बुद्धि दो इन पण्डितों को, जिससे इनकी ज्ञानराशि देश की उन्नति के काम आ सके। मुझे भी इस सभा में उपस्थित होने का न्यौता मिला था। पर मैंने अपनी यही राय जाहिर कर दी थी कि इस मसले पर समय बरबाद करने में मेरी दिलचस्पी नहीं है। वैसे मैंने स्वयं आज ही शिवरात्रि मनायी है और मैं उपवास रखे हूँ।

अपराह्ण में वाराणसी के बड़े-बड़े दार्शनिक पण्डित मत्स्योदरी तीर्थ के उत्तर पूर्व में स्थित हवेली में जुटे, जहाँ इन दिनों शाहजादा टिके थे। इस सभा की अध्यक्षता गुरुवर कवीन्द्राचार्य ने की। उपनिषदों के फारसी अनुवाद को इस सभा के समक्ष रखा गया। पण्डितों की राय थी कि कुछ महत्त्वपूर्ण स्थलों के अनुवाद को सामने रखा जाय, जिससे यह पता लग सके कि अनुवाद कितना ठीक है। गुरुवर ने आदेश किया कि पण्डितों के साथ मैं फारसी अनुवाद का हिन्दवी रूपान्तर करता जाऊँ। उनके आदेश पर मैं कठ, केन और मुण्डक उपनिषदों के कुछ पद्य भाग और छान्दोग्य तथा बृहदारण्यक के कुछ गद्य भागों का अनुवाद पढ़ना चाहा। मैं फारसी हस्तलेख देखता जा रहा हूँ और उसे मौन स्वर में पढ़ने के साथ-साथ ही मेरे मुँह से हिन्दवी अनुवाद की निरर्गल धारा बहती जा रही है। मैं अब जीवात्मा और परमात्मा की प्रकृति से सम्बद्ध मन्त्र का अनुवाद मुण्डकोपनिषद् से सुना रहा हूँ। मन्त्र है :

> द्वा सुपर्णा सयुजा सखाया समानं वृक्षं परिषस्वजाते।
> तयोरन्यः पिप्पलं स्वाद्वत्ति अनश्नन्नन्यो अभिचाकशीति ॥

अब मैं वह अनुवाद पढ़ने जा रहा हूँ, जिसमें मन्त्र के अर्थ के साथ-साथ शंकराचार्य के भाष्य को भी समेट लिया गया है।

"दो अच्छे परिन्दे हैं और दोनों एक-दूसरे के साथ रहते हैं, दोनों एक-दूसरे के दोस्त हैं। और एक ही दरख्त पर रहते हैं। उन दोनों में एक उस दरख्त

के मेवे को मीठा समझकर खाता जीवात्मा है और दूसरा कुछ नहीं खाता और देखता रहता है। इन दो परिन्दों में जो खाता है, वह आत्मा है। और दूसरा जो नहीं खाता वो परमात्मा है। दरख्त से मुराद बदन हैं और उस दरख्त का मेवा जिसको वो मीठा समझ के खाता है उससे मुराद करमों का नतीजा (नतीजा-ए-आमाल) है और वो परिन्दा, जो उस दरख्त के मेवे को खाता है, अपनी नादानी की वजह से वो अपनी हकीकत से वाकिफ नहीं है। इसी वजह से वो हमेशा फिक्रोग़म और तकलीफ में मुब्तिला रहता है। जिस वक्त कि वो उस परिन्दे की हकीकत को, जो नहीं ख़ाता है और देखता रहता है, जान लेता है, तो वो भी खाने से अपने को रोक लेता हैं और वो उसी के मिस्ल हो जाता है, याने अमल के कैद से फारिग हो जाता है, बेफिक्र और बेगम हो जाता है।"

सभी उपस्थित पण्डित एक साथ बोल उठे, "सुन्दर, अतिशय सुन्दर! अनुवाद के सटीक होने का पर्याप्त प्रमाण मिल गया।"

"तो पण्डितों की राय है कि यह फारसी अनुवाद प्रामाणिक है।" सभापति गुरुवर ने जानना चाहा।

"इसमें सन्देह ही क्या है?" स्वामी नृसिंहाश्रम बोल उठे।

"हम सभी पण्डित इस अनुवाद पर 'सही' करते हैं। इससे भारत का महत्तम रहस्य देश-देशान्तर में फैलेगा, इसमें सन्देह नहीं।" पण्डित रामानन्द के साथ एक स्वर में कई पण्डित कह उठे।

इस सभा में नीलकण्ठ भी आया था। उसने खुद जानना चाहा :

"तनी एक प्रश्न हौ, पण्डित रामानन्द।"

"क्या प्रश्न है, भाई?" रामानन्द जी ने पूछा।

"प्रश्न ई हौ कि उपनिखद वेद हौ। वेद क सुनब सूद्र अउर स्त्रियन के बदे मना हौ, जवन सास्त्र इनन्हके बदे निसिद्ध हौ, बिधरमी बदे तवन निसिद्ध हौ।"

"ज्ञान केहू बदे निसिद्ध नाहीं हौ, नीलकण्ठ।" प्रश्न का उत्तर देते मैं बोल उठा। शाहजादा नीलकण्ठ को ध्यान से देखते रहे।

"हाँ, हाँ, ज्ञान पर समस्त मानवता का अधिकार है, नीलकण्ठ पण्डित।" पण्डित रामानन्द त्रिपाठी ने कहा।

"लेकिन ज्ञान के पवित्रता कऽ सवाल हौ, त्रिपाठी जी।"

"क्या व्यर्थ का प्रश्न उठा रहे हो, खसूचीगुरु।" एक संन्यासी वेदान्ती नवयुवक व्यंग्य करते कह उठा।

"राजदरबार और पण्डितों की सभा की मर्यादा के अनुसार आचरण करो, नीलकण्ठ। यह साव जी का क्षेत्र नहीं है भैया।" एक और युवक पण्डित बोला। कुछ और पण्डितों ने नीलकण्ठ को चुप रह जाने को इशारा किया। अपना पलड़ा

कमजोर देख वह उद्धत पोंगा पण्डित चुप हो गया। सभा में उपस्थित पण्डितों का शाहजादा ने समुचित आदर सत्कार किया। नीलकण्ठ को भी तीन मुहरें दक्षिणा स्वरूप प्राप्त हुईं। दक्षिणा लेते समय उसने पवित्रता-अपवित्रता का खयाल नहीं रक्खा।

शिवरात्रि को अर्धरात्रि के समय में अपने कुछ शिष्यों के साथ मछोदरी तीर्थ के बायें से ब्रह्मा घाट के पास की गलियों से गुजरता चला जा रहा था। सिद्धेश्वरी होते हुए मैंने मणिकर्णिका की ओर गंगा में मिलते नाले-ब्रह्मना को पार किया और मणिकर्णिका के पार के जंगल के किनारे पर बने विशाल देवालय के प्रांगण में जा पहुँचा। विश्वनाथ के प्रांगण में बड़ी भीड़ थी। रात्रि जागरण करते भक्तों की स्तुतियों, रूद्रसूक्त और महिम्नस्तोत्र की गूँज सारे वातावरण को पवित्र बना रही थी। बीच-बीच में 'हर-हर महादेव' की ध्वनि भी हरहराती जल-लहरी की बाढ़-सी सारे शोर को अपने में समेटती बढ़ रही थी। मैंने मन्दिर के विशाल चबूतरे पर चढ़ निज मन्दिर में प्रविष्ट हो भवानीपति भूतनाथ के दर्शन किये और शिवमहिम्न का पूरा पाठ कर रुद्रसूक्त का सस्वर गान किया। दर्शन कर ज्यों ही मैं लौट रहा था, मेरी मुलाकात दो ब्राह्मण नवयुवकों से चौखम्भा के पास हो गयी। इन दोनों युवकों ने मुझे प्रणाम कर अपना परिचय देते कहा, "प्रणाम, पण्डितराज। बड़े दिनों से हम आपके दर्शन के लिए उत्सुक थे।"

"ये बच्चा त्रिपाठी हैं, कविवर!" एक युवक बोला।

"और इनका नाम फेंकू दूबे है।" बच्चा बोल उठा।

"क्या अध्ययन करते हैं? क्या-क्या पढ़ा है, आप लोगों ने?" मैंने प्रश्न किया।

"पढ़ाई तो, पण्डितराज, देर से आरम्भ की हम दोनों ने। पास के गाँव के हैं। परिवार में तो अब तक कोई पढ़ा नहीं। पिताजी खेती-बारी सँभालते हैं। यही दो-चार बीघा जमीन है। बचपन तो गाय-भैंस चराते गुजर गया। पर ज्ञान लालसा अब काशी ले आयी। अभी तो केवल अष्टाध्यायी और अमरकोष पढ़ा है और रघुवंश के पाँच सर्ग। पर इच्छा है कि महाभाष्य और वेदान्त पढ़ें।"

"किसके पास पढ़ रहे हैं?"

"गुरु भट्टोजि के विद्यालय के छात्र हैं। वहीं उनके पुत्र से पढ़ते हैं।" फेंकू बोला।

"ठीक है। ज्ञानार्जन में परिश्रम करते रहो।"

"एक प्रार्थना है, पण्डितराज। हम बड़े गरीब हैं, कुछ दक्षिणा आदि से आर्थिक सहायता हो जाय तो बड़ी कृपा होगी।" बच्चा बोला।

"सुना है, आज कई पण्डितों को आपने स्वर्णमुद्राएँ दिलायी हैं। हम पर भी कृपा कर दें, पण्डितराज।" फेंकू ने निवेदन किया।

"पर तुम तो आज नहीं आये। आते तो तुम्हें भी दक्षिणा मिलती। सभी उपस्थित ब्राह्मणों को दक्षिणा मिली थी।"

"क्या करें, पण्डितराज, गुरु भट्टोजि के डर से नहीं आये।" फेंकू बोला।

"पर उनका पट्टशिष्य नीलकण्ठ तो आया था।" मैंने कहा।

"सो भी एक रहस्य है, पण्डितप्रवर।" फेंकू बोला।

"मैं समझ गया कि नीलकण्ठ सभा की खबर लेने भेजा गया था तो उस ने सारी खबर दी ही होगी। क्या सम्मति है तुम्हारे गुरु जी की?"

"सम्मति क्या है, पण्डितराज, वे तो रुष्ट हैं। समझते हैं, विधर्मियों के संसर्ग से हमारा धर्म भ्रष्ट होता जा रहा है। वे तो क्रोध में यह भी कह बैठे, "यह पेरम भट्ट का पुत्र म्लेच्छ हो गया है। सारा पाण्डित्य दूषित कर दिया पातकी ने।" फेंकू ने बताया।

"हूँ", मैं केवल इतना कह गम्भीर हो गया। तन-बदन में आग लग गयी। मन-ही-मन मैं भट्टोजि के प्रति क्रोध से जल उठा। पर मैंने क्रोध जब्त किया। मैं उन युवकों से बिदा लेते बोला, "ठीक है कल अपराह्ण में शास्त्रार्थ सभा है, तुम दोनों आना।"

"किन्तु पण्डितराज?" दोनों एक साथ बोल उठे।

"न सही। दक्षिणा तो मिलेगी ही।" मैंने कहा। वे भी अतिशय नम्रता से झुक मेरा चरण छू ब्रह्माघाट की ओर मुड़ गये। मैं रास्ते भर भट्टोजि के व्यंग्यबाण से विद्ध हो तिलमिलाता रहा।

दूसरे दिन प्रातः ही नित्य नैमित्तिक कर्म से निवृत्त हो पुनः भगवान विश्वनाथ के दर्शन करने गया। रुद्राभिषेक किया। हवेली में लौटकर पारण कर, कुछ आराम करना चाहा, पर दिन भर वही वाक्य मन में उमड़ता-घुमड़ता रहा : "यह पेरम भट्ट का पुत्र म्लेच्छ हो गया है।" ठीक है, यही सही, तो कभी भट्टोजि के पाण्डित्य को अपनी मेधा के निकषोपल पर कस उसके खरे-खोटेपन की परख करनी ही होगी। मैं साबित कर दूँगा कि विश्व में अकेले वैयाकरण भट्टोजि नहीं हैं, उनकी प्रौढ़ मनोरमा का कुचमर्दन न किया, तो नाम जगन्नाथ नहीं। आखिर जब उन्होंने म्लेच्छ करार दे ही दिया, तो इसका प्रमाण भी तो उन्हें मिलना ही चाहिए। मैंने अपने अगले व्याकरण-विषयक ग्रन्थ का शीर्षक तय कर लिया 'प्रौढ़मनोरमाकुचमर्दन' इस ग्रन्थ में मैं गुरुद्रोही भट्टोजि दीक्षित की उन समस्त मूर्खतापूर्ण दलीलों का खण्डन करूँगा, जो उन्होंने मेरे गुरु शेष वीरेश्वर के गुरु और पिता, स्वयं भट्टोजि के भी आचार्यचरण, शेषावतार महावैयाकरण शेषकृष्ण के व्याकरण ग्रन्थ का खण्डन करते हुए अपनी कृति 'प्रौढ़मनोरमा' में दी है। मैंने गुरुद्रोह जैसा पातक तो नहीं किया है, मैं म्लेच्छ किसलिए हूँ?"

41

अपराह्न में शास्त्रार्थ सभा हुई। व्याकरण और न्याय पर शास्त्रार्थ हुए। अद्वैत वेदान्तियों और द्वैतवादी सांख्यशास्त्रियों की मुठभेड़ हुई। अन्त में कवीन्द्राचार्य ने सुझाव दिया कि एक शास्त्रार्थ काव्यशास्त्र पर भी रक्खा जाय। उनका सुझाव था कि अलंकारवादी मण्डन भट्ट पूर्वपक्ष उपस्थित करें, मैं रस के सिद्धान्त पक्ष को प्रतिष्ठित करूँ। मण्डन भट्ट ने अलंकार ग्रन्थ केशव मिश्र तथा अप्पय दीक्षित से पढ़े हैं। इन्हीं के पास नीलकण्ठ ने भी काव्यशास्त्र के कुछ ग्रन्थों के पन्ने उलटे-पलटे हैं। काव्यशास्त्र समझने की चीज है, रटने या पन्ने पलटने की नहीं। उसके सिद्धान्त तभी समझ में आते हैं जब पाण्डित्य के साथ प्रतिभा भी हो। खेद है कि इन बनारसी पण्डितों ने काव्यशास्त्र के महत्त्व को नहीं समझा है। वे इसे भी दूसरे शास्त्रों की तरह पढ़ने-पढ़ाने लगे हैं। मण्डन भट्ट काव्य में जयदेव की तरह अलंकार को प्रधान तत्त्व मानते हैं, मैं ध्वनिवादी सिद्धान्त का पोषक हूँ, जो रमणीय अर्थ के चमत्कार, निरतिशय रसरूप आनन्द की चर्वणा को महत्त्व देता है, उस रसानुभूति को जो समाधि दशा के विगलितवेद्यान्तर आनन्द की कोटि की है। गुण और अलंकार के महत्त्व को मैं नकारता नहीं, पर उससे भी बढ़कर एक तत्त्व है, जिसका होना कविता के लिए बहुत जरूरी है। शास्त्रार्थ चल पड़ा है। "काव्य में अलंकार होता है, इसका अनुभव तो हमें है। शब्द और अर्थ के सौन्दर्य का स्पष्ट ज्ञान काव्य के श्रोता या पाठक को होता है। रस भी इन अलंकारों में से एक है। यह अलग ही विलक्षण तत्त्व है, इसका प्रमाण क्या है आपके पास?"

पूर्वपक्षी मण्डन भट्ट ने शास्त्रार्थ में पहल की।

"रस वही अलंकार्य है, जिसकी शोभा को आपके अलंकार बढ़ाते हैं, इसके अतिरिक्त और कौन प्रमाण चाहिए आपको? अलंकार की व्युत्पत्ति है अलं करनेवाला, शोभा बढ़ानेवाला। स्पष्ट है कोई ऐसी वस्तु होनी चाहिए, जिसके काव्यात्मभूत तत्त्व की शोभा, यमक, उपमा, दीपक और यमक बढ़ाते हैं। यही तत्त्व रस है।" मैंने सिद्धान्त पक्ष रक्खा।

"अन्ततः रस का स्वरूप क्या है? अलंकारों का स्वरूप तो स्पष्ट है?"

"काव्य और नाटक में वर्णित पात्र, देशकाल, उनके चेष्टाव्यापार और उठती-गिरती भावलहरियों के मिश्रण से श्रोता को जो अनुभूति होती है वही रस है। वह तभी अनुभूत होता है, जब हमारी चेतना के व्यक्तिगत राग-द्वेष-मय आवरण भग्न हो जाते हैं और हम कविता पढ़ते-सुनते समय उसी में तन्मयीभूत हो उठते हैं। भग्नावरणा चित् एव रसः" मैंने अपना मत सामने रक्खा।

"यह तो आपका अपना मत है। प्राचीन विद्वान् का प्रमाण नहीं। इसे मान्य

नहीं समझा जा सकता।" मण्डन भट्ट ने चुनौती दी।

"नहीं, यही मत आचार्य अभिनवगुप्त का भी है, वे भी इसी स्थिति को रसानुभूति मानते हैं। पारिभाषिक पदावली मेरी भले हो, मत उन्हीं का है। वे रस को समाधि दशा की कोटि का घोषित करते हैं। यह एक विशिष्ट कोटि का सुख है, जो केवल काव्य-व्यापार से मिलता है।" मैंने कहा।

"इस स्थिति में सुखानुभूति होगी, इसका प्रमाण?" मण्डन भट्ट पूछ बैठे।

"समाधि में सुखानुभूति होती है, इसका कोई प्रमाण माँगता है क्या? शास्त्र कहते हैं : सुख बुद्धिग्राह्य तथा अतीन्द्रिय है। यही क्या कम प्रमाण है।"

"पर रस का?" पूर्वपक्षी का प्रश्न था।

"उपनिषदों में कहा गया है, "रस वही (ब्रह्म) है, रस को ही प्राप्त कर यह जीव आनन्दी होता है "रसो वै सः, रसं ह्येवायं लब्ध्वानन्दीभवति।" इससे बढ़कर भी कोई प्रमाण चाहिए आपको, तो समस्त सहृदयों को इसकी प्रत्यक्षानुभूति होती है, यह स्वानुभववेद्यता दूसरा प्रमाण है। हाँ, आप में सहृदयता की ही कमी हो, तो दूसरी बात।" सिद्धान्तपक्ष स्थापित कर मैं मण्डन भट्ट पर व्यंग्य कर उठा। सारी सभा खिलखिला पड़ी। मण्डन भट्ट निरुत्तर थे। वे पराजित हो चुके थे। सभा में उपस्थित उनके अलंकारशास्त्र के शिष्य नीलकण्ठ का सिर भी झुक गया। उसकी गर्दन की ऐंठ सीधी हो गयी।

42

"बन्द करो यह सब बकवास। विद्या, बुद्धि और कवित्व का इससे बड़ा दुरुपयोग और क्या होगा? घोर अश्लीलता का वर्णन कर रस-सृष्टि करना चाहते हो। शुद्ध मूर्ख!"

काव्य-गोष्ठी की अध्यक्षता करते कवीन्द्राचार्य चिल्ला उठे। गोष्ठी में उपस्थित अन्य कवि पण्डित भी काव्य को सुन भड़क उठे थे। पर इस प्रतिक्रिया के बीच नीलकण्ठ काव्य का अन्तिम पद्य भी पढ़ चुका था। कल अपने गुरु की हार से उसने इस काव्य के अन्तिम पद्य को जा जोड़ा था। वह कहे जा रहा था। "आप लोगों ने यह निर्णय दिया है कि रस ही ब्रह्म है, ऐसा श्रुति कहती है। इसीलिए मैं कहता हूँ कि अगर इस काव्य 'चिमनीचरित' की उक्ति में रस है, तो मेरी काव्य-रचना का श्रम फिर व्यर्थ का श्रम नहीं है।"

रस एव स ईश्वरः श्रुता—
विति निर्णीतमतोऽभिधीयते।
चिमनीचरिते रसाश्रितं
वचनं चेन्न मम श्रमः रमः ॥

मुझ पर काव्य सुनकर जो प्रतिक्रिया हुई उसको कैसे व्यक्त करूँ। लगभग सौ पद्यों के इस व्यंग्यपरक शृंगारी खण्ड-काव्य का पाठ वह लफंगा कवि ज्यों-ज्यों करता जा रहा था, त्यों-त्यों जैसे मेरे कानों के माध्यम से कोई चेतना में जहर का रस उड़ेलता जा रहा था। मैं इस हलाहल की जलन से तिलमिला उठा था, पर सभा की मर्यादा और गुरुजनों की उपस्थिति का मन्त्र मुझे मूर्छित होने से रोके था।

आज सायं कवि-गोष्ठी हो रही है। प्रातः ही शाहजादा ने पौराणिक पण्डित रामानन्द त्रिपाठी के श्रीमद्भागवत के साप्ताहिक परायण की पूर्णाहुति की थी। पिछले सात दिन से त्रिपाठी शुकदेव बने इस अनोखे परीक्षित को पंचगंगाघाट के तट पर बिन्दुमाधव के सान्निध्य में वह अमृत पिला रहे थे जो निगमकल्पतरु के फलों को गार कर चुवाया गया था और इसे कर्णपुटों से पीते शाहजादा दाराशुकोह गद्गद हो उठे थे। मैं भी उस महान पौराणिक पण्डित की भाषण शैली के माध्यम से श्रीमद्भागवत की ज्ञान, कर्म और भक्ति की रसमयी त्रिवेणी में स्नान कर अभिमत फल प्राप्त कर चुका था। पाण्डित्य और कला, दर्शन और काव्य का कैसा सुन्दर समन्वय है भगवान बादरायण की इस रचना में। और तो केवल पुराण है, रूखे पुराण, पर यहाँ तो रमणीय कविता भी है, शब्दशैया का सुन्दर संगुफन, अलंकारों की प्रभापूर्ण विच्छित्ति, विविध रसों की स्रोतस्विनी और इससे भी बढ़कर भगवान यशोदानन्दन की रूपमाधुरी और लीलाविलास की झाँकियाँ।

कट्टर इस्लाम धर्मानुयायी होते हुए भी शाहजादा परम्परागत ढंग से श्रीमद्भागवत सुनना चाहते थे और मैंने पण्डित रामानन्द से प्रार्थना की कि वे इस पुण्यकार्य में सहयोग दें। श्रीमद्भागवत का सप्ताह सुनने के सातों दिन भी शाहजादा नियमित रूप से ब्रह्म मुहूर्त में ही उठ कुरानशरीफ का पाठ करते रहे और कादिरी सम्प्रदाय की पद्धति के अनुसार नमाज भी पढ़ते रहे। सप्ताह के पहले ही दिन जब पण्डित रामानन्द ने उस परात्पर सत्ता के विराट् रूप का खाका श्रोताओं के समक्ष खींचा, तो लगा, जैसे विराट् रूप स्वयं हम सब लोगों के सामने उसी तरह व्यक्त हो गया, जैसे एक बार धर्मक्षेत्र में अर्जुन के समक्ष व्यक्त हुआ था। विराट् के इस वर्णन को सुनने के लिए शाहजादा अत्यधिक उत्सुक थे। परीक्षित शुक से पूछ ही बैठा था, "ठीक यही सवाल मेरे मन में

भी उठ रहा है, पण्डित जी। उस अल्लाहताला का ध्यान किस रूप में किया जाय। वह इस सारे जहाँ में मौजूद होते हुए भी हमें दिखाई नहीं पड़ता। आखिर उसकी किस शक्ल का अहसास किया जाय? कुरान-पाक कहता है उसके तख्त ने आसमान और जमीन को ढँक रक्खा है। वह नजर नहीं आता, फिर भी हजरत मूसा और पैगम्बर ने उसकी झलक पायी थी।"

"हाँ शाहजादे, उसका रूप इन चर्मचक्षुओं से नहीं दिखाई पड़ता। यह तो जो कुछ तुम देख रहे हो और जो दिखाई नहीं पड़ता, वह सब मिलाकर उसका विराट् रूप बनता है। इस व्यक्त रूप के अतिरिक्त उसका अव्यक्त रूप भी है। वेद कहते हैं, संसार में पूरी तरह फैल जाने पर भी वह इससे बाहर तक स्थित है। भागवत के विराट् वर्णन में शुकदेव ने इसी महान विभूतिमय तेज का संकेत किया है। भक्त इसे अपनी अन्तर्दृष्टि से ही देख पाता है। संसार के सारे जड़-चेतनमय प्रपंचों को ही रूपक के द्वारा उस विराट् सत्ता के महाशरीर का अवयव मान लिया गया है। इसी रूप में उस परात्पर सत्ता का योगीजन और भक्तगण प्रत्यक्ष करते रहते हैं। वह पाताल से सातवें स्वर्ग तक ऊँचा है। पाताल उसके लिए तलुए हैं, रसातल एड़ियाँ, महातल टखने, तलातल पिण्डलियाँ, पृथ्वी उसका मध्यभाग और जघन है, नाभि यह आकाश, उसका सिर वह सत्यलोक है, जो सातवाँ आसमान है। उसकी दोनों आँखें चाँद-सूरज हैं, और दाढ़ें यमराज, काँखें समुद्र हैं, हड्डियाँ ये पहाड़, रोये पेड़, नाड़ियाँ, नदियाँ और सिर के बाल आसमान में लहराते बादल। यह अनन्त शक्ति वायु उसका श्वास-प्रश्वास है, गति उसकी उम्र, और सत्त्व, रजस और तमस् गुणों का प्रवाह कर्म। कहाँ तक जिक्र करें उसकी महिमा का। मन को इसी का अपने अन्दर ध्यान करना होगा। इतना संकेत कर वह पौराणिक पण्डित रसीले स्वर में उसका गुणगान कर उठा :

"पातालमेतस्य हि पादमूलं पठन्ति पार्ष्णि प्रपदे रसातलम्।
महातलं विश्वसृजोऽथ गुल्फौ तलातलं वै पुरुषस्य जंघे ॥
नद्योभ्य नाड्योथ तनूरुहाणि महीरुहा विश्वतनोर्नृपेन्द्र।
अनन्तवीर्यः श्वसितं मातरिश्वा गतिर्वयः कर्म गुणप्रवाहः ॥"

"कितना गजब का तसव्वुर है। अल्लाहताला की इसके अलावा और क्या शक्ल हो सकती है?" शाहजादा बोल उठे।

"यह कल्पना कहीं भी धार्मिक संकीर्णता का स्पर्श नहीं करती। शाहजादे। यह केवल हिन्दू कल्पना नहीं मानी जा सकती। कौन धर्म है, जो उस ब्रह्म की इस कल्पना को अस्वीकार करे।" शाहजादा के पास बैठा भागवत पुराण के शौनक की तरह श्रोता बना मैं अपनी सम्मति देने लगा। इस वर्णन को सुन शाहजादा

इतना प्रभावित हुए कि उन्होंने पण्डित रामानन्द त्रिपाठी को एक और काम जा सौंपा।

"मेरी एक इल्तजा है, पण्डित जी। अगर आप हिन्दू मजहब की पुस्तकों में, वेदों और पुराणों में जहाँ विराट् का वर्णन मिलता है, उनको एक जगह किसी पुस्तक में समेट सकें, तो बड़ी मेहरबानी होगी।"

"ठीक है, शाहजादे। आपके सुझाव पर मैं 'विराड्विवरण' नाम से एक पोथी लिखूँगा।"

और सात दिन तक उस शुकदेव ने इस नये परीक्षित की शंकाओं और प्रश्नों का समाधान करते हुए परात्पर सत्ता की विविध लीलाओं, अवतारों, कार्यकलापों की कहानियाँ सुनायीं और उन कहानियों के माध्यम से भारत के दर्शन, नीतिशास्त्र, राजनीति और श्रुतिस्मृतिसम्मत धर्म के स्वरूप का दर्शन कराया। शाहजादा ने भी पूर्णाहुति के समय गुरु रूप में माने इस पौराणिक का यथोचित सत्कार किया और उपस्थित ब्राह्मणों को भी भूयसी दक्षिणा प्राप्त हुई। फेंकू दूबे और बच्चा त्रिपाठी जैसे दरिद्र ब्राह्मण तक स्वर्ण मुद्राओं से मालामाल हो उठे।

सप्ताह की पूर्णाहुति के बाद मैं शाम को आयोजित काव्य-गोष्ठी की व्यवस्था में जुटा था। बच्चा त्रिपाठी और फेंकू दूबे मेरे पास आये और आभार प्रदर्शित करते बोले :

"हम आभारी हैं, पण्डितराज। आपने कल और आज दोनों दिन कृपा की। हम आजन्म ऋणी रहेंगे। आज तो सायं कवि-गोष्ठी है ना।"

"हाँ, तुम आओगे क्या?"

"हाँ कविराज। भट्टोजि के विद्यालय में इस कवि-गोष्ठी की बड़ी चर्चा है। सुना है, कवि-गोष्ठी का निमन्त्रण वहाँ भी गया है।"

"क्या, वे उपस्थित होंगे? पर वे तो कवि नहीं हैं, न उनका पुत्र वीरेश्वर ही।"

"वे तो नहीं आएँगे, पण्डितराज, पर नीलकण्ठ जी अवश्य उपस्थित होंगे।" फेंकू ने बताया।

"ठीक है।" मैंने टिप्पणी की।

"उन्होंने इस कवि-गोष्ठी के लिए विशेष तैयारी की है, पण्डितराज। सुना है, वे एक शृंगारी खण्ड-काव्य सुनाएँगे। सुना तो नहीं हमने, इतना पता लगा है।"

"तो नीलकण्ठ काव्य-रचना भी करने लगा है। शृंगारी तो नहीं, पर दुर्विलासी वह जरूर है, इतना पता लगा है।" मैंने कहा।

"हाँ, पण्डितराज, किससे छिपा है कि नीलकण्ठ पण्डित ने विधवा बंगालिन को रखैल बना रक्खा है, और सत्यनारायण कथा, एकादशी माहात्म्य और कार्तिक

माहात्म्य सुनाते-सुनाते गंगा-स्नान का पुण्य कमाने के लिए आयी कई बंगीय और देश्य रण्डाओं की पवित्रता को खण्डित कर डाला है।" फेंकू ने वाराणसी की गली-गली में बदनाम नीलकण्ठ का बच्चा चिट्ठा जा खोला। मैं चुप रहा।

और इस समय कवि-गोष्ठी में नीलकण्ठ शुक्ल वही खण्ड-काव्य सुनाने जा रहा था। मेरे मन ने कहा, यह क्या कविता करेगा, इसे शब्दों की झंकार का पता नहीं, अलंकारों की दमक का ज्ञान नहीं, रस के आस्वाद का भान नहीं, कहाँ यह और कहाँ काव्य-रचना? मुझसे रुका न रहा गया, इससे पहले कि वह अपना हस्तलेख खोले, मैं उसे सम्बोधित कर एक पद्य गा उठा :

निर्माणे यदि मार्मिकोऽसि नितरामत्यन्तपाकद्रव–
न्मृद्वीकामधुमाधुरीमदपरीहारोद्धुराणां गिराम् ।
काव्यं तर्हि सखे सुखेन कथय त्वं सम्मुखे मादृशां
नो चेद्दुष्कृतमात्मना कृतमिव स्वान्ताद्बहिर्मा कृथाः ॥

(यदि तुम अत्यन्त पाक से युक्त चूती हुई मृद्वीका और शहद की मिठास के घमण्ड को चूर कर देनेवाली वाणी की रचना में कुशल हो सखे, तभी सुखपूर्वक हम जैसे लोगों के सम्मुख काव्य कहना, नहीं तो अपने द्वारा किये दुष्कर्मों की तरह उसे अपने अन्तस् से बाहर न निकालना।)

"ठीक हौ, जगन्नाथ। काव्य हमार दुस्कर्म क कच्चा चिट्ठा न हौ, भैया, तनी काव्य तऽ सुनलऽ कविंमन्य।"

"हाँ, हाँ, तोहार काव्य त ध्यान से सुनब, नीलकण्ठ। सुना वह आपन कुकबिता।" मैंने व्यंग्य किया।

और अब वह अपना खण्ड-काव्य शुरू कर चुका था। कविता दो प्रेमियों की कहानी से सम्बद्ध थी।

एक विद्वान् रसिक ब्राह्मण युवक था। नाम था दयादेव शर्मा। खूबसूरत इतना कि जैसे खुद कामदेव ही हो। रोजी-रोटी के लिए उसने एक म्लेच्छपति अलहविरदी खान के जनाने की लड़कियों को पढ़ाने का कार्य स्वीकार लिया। जनाने की मृगनैनियों के परवानों के लिए इसकी सौन्दर्य-ज्वाला आग साबित हुई। खतरे को समझ म्लेच्छराज ने मानिका आदि नतांगियों को पढ़ाते समय इसकी निगरानी के लिए खोजा सरदार अनीस को मुकर्रर कर दिया। पर अनीस बेचारा अनीश (असमर्थ) साबित हुआ। भाषा और भाषा-काव्य पढ़ाते समय युवक अध्यापक और किशोरी छात्राओं के परस्पर अंगस्पर्श को वह कैसे रोक सकता था? सरस श्रृंगारी काव्यों का अर्थ स्पष्ट करते समय अध्यापक अभिनय द्वारा उनके निहित भाव को व्यक्त करता था और इस तरह समस्त काव्य का भाव

गुरुज्ञान से और यौवन के विज्ञान से उन यवन युवतियों को स्पष्ट होने लगा। नतीजा यह हुआ कि वे इस युवक गुरु के सान्निध्य को हमेशा चाहने लगीं। बिना किसी परस्पर ईर्ष्या-डाह से वे सभी युवती छात्राएँ उसके प्रति समान भाव से अनुरक्त हो उठीं। उसके न रहने पर दिन-रात काटना उनके लिए दूभर हो गया। काव्य में विस्तार से इस पूर्वरागजनित वेदना का वर्णन था। एक दिन म्लेच्छराज के भाई मुखलिस की बेटी और म्लेच्छराज के बेटे जाफर की बेगम चिमनी ने चिलमन की ओट से उसे जा देखा। काम के बाणों ने चिमनी के दिल को जा बेधा। कुछ दिन बाद युवक अध्यापक दयादेव शर्मा का दुशाला पहले खोजा अनीस को देख उसने दुशाले के बारे में जानकारी पाना चाहा और दुशाला माँग किया। अनीस ने श्लेषगर्भित वाणी में चिमनी को दुशाला ही नहीं, दुशाले वाले को भी देना स्वीकार कर लिया। इस कार्य में युवक गुरु की प्रधान शिष्या मानिका ने भी सहायता देना मंजूर कर लिया। जनानखाने से चिमनी बेगम ने दयादेव शर्मा को पान के बीड़े भेजे। बीड़ों में चार मोती छिपे थे, जो गुप्त सन्देश के व्यंजक थे। बदले में दयादेव ने अम्बर की सुगन्धित माला उतार बेगम को नजराने के रूप में भेजी। हृदयों का दान और प्रतिदान हो चुका था, पर मुलाकात हो तो कैसे? खोजा अनीस ने मदद की। उसने एक शाम दयादेव को अपने घर चौसर खेलने को आमन्त्रित किया। बिसात ऐसी बिछी कि ब्राह्मण का सन्ध्या-वन्दन का समय तक गुजर गया, जैसे भावी म्लेच्छीसंसर्ग की आशंका से धार्मिक कृत्य सन्ध्या-वन्दन ने खुद ही इस ब्राह्मण का परित्याग कर दिया हो।" नीलकण्ठ पढ़े जा रहा था :

> एवं क्रीडावहितहृदयों वासरं न व्यजानाद्–
> यातं यान्ती कथमिव पुनर्वेत्ति सन्ध्यां स विप्रः।
> गच्छन् म्लेच्छीं त्यजति तु पुरा मामयं तत् त्यजेयं
> कस्मान्नैवं ध्रुवमिति धिया सान्ध्यकर्मात्यजत् तम् ॥

"शाम गुजर गयी। यहाँ तक कि रात का पहला पहर ढलने को आया और तब वह कमलनयन चिमनी दो-तीन बाँदियों के साथ खोजा अनीस के यहाँ अभिसरण के लिए आयी। उसने भीतर से बन्द दरवाजे को थपथपाया और दस्तक सुन अनीस ने दोनों प्रेमियों के भाग्य की तरह मकान के सदर किवाड़ों को जा खोला। चिमनी को देखते ही दयादेव शर्मा हड़बड़ा उठा। वहाँ से जाने की कोशिश करते ब्राह्मण युवक के कमरबन्द को चिमनी ने जा धरा और अपना प्रणय निवेदन करते कहा, "मेरे दिल को चुराकर कहाँ भाग रहे हो, हिन्दू।" दयादेव ने बड़ी आजिजी की, यज्ञोपवीत दिखाया, अपने ब्राह्मण होने की दलील दी कि

वह अपने वक्ष पर लटकती माला दिखा दी और उसे दिखाने के बहाने अपने उस सीने की एक झलक भी, जिसे देख युवक ब्राह्मण का सारा ज्ञान लुप्त हो गया। कुछ देर तक दोनों मौन रहे। उन दोनों को एकान्त में छोड़ अनीस खोजा और बाँदियाँ खिसक गये। और तब क्रमशः वे दोनों निकट से निकटतर आते गये।"

नीलकण्ठ ने इस निकटता का विस्तृत वर्णन करते समय काव्य की मर्यादा तक को तिलांजलि दे दी थी। वह उनकी कामकेलि का वर्णन यज्ञक्रिया के रूपक द्वारा करता जा रहा था, जिसे सुनकर ही कवीन्द्र क्रुद्ध हो उठे थे और उसे सम्बोधित करते काव्य-पाठ बन्द करने का आदेश दे रहे थे, "बन्द करो यह सब बकवास।" पर वह लफंगा अपने उस पद्य को तेजी से दुबारा पढ़ पूरा काव्य समाप्त करने जा रहा था।

वह कहे जा रहा था, "रतिरस का आवेश ऋत्विज या पुरोहित बन गया था, विलासलीलाएँ सभ्यजन। युवक स्वयं यजमान था और शम्बरशत्रु कामदेव आहूत देवता। ऐसा अनोखा यज्ञ हो रहा था, जिसमें लज्जा रूपी पशु का मेध (होम) किया गया था। आश्चर्य तो यह दिखाई पड़ा कि इस यज्ञ में सम्पूर्ण यज्ञयूप ने हवनकुण्ड में बैठकर फलसिद्धि प्राप्त कर डाली।"

> रसावेशोऽध्वर्युविलसितगणः सभ्यनिवहो
> युवा यज्वा यस्मिन्नपि च शमिता शम्बररिपुः।
> त्रपामेधे तस्मिन् कुतुकमिदमालोकि निखिलो
> निखाताऽन्तः कुण्डं यदभजत यूपः फलपदम् ॥

मेरा चेहरा लाल हो उठा। दण्डी नृसिंहाश्रम और पण्डित रामानन्द त्रिपाठी तक डपटते बोले, "शान्तं पापम् शान्तं पापम्। यज्ञक्रिया को भी दूषित कर डाला मूर्ख ने। कुकवित्व का पर्याप्त प्रमाण मिल गया।" कई श्रोता नीलकण्ठ को मुकियाने उठे, पर मैंने खड़े हो सबको शान्त किया। नीलकण्ठ इस बीच नौ-दो ग्यारह हो चुका था।

43

शतरंज की बाजी भी शुरू हो चली थी। दायें-बायें और बीच में कुछ प्यादे बढ़ चले थे। पूरब में बंगाल, पश्चिम में गुजरात और दक्खिन में बरार के सूबों

में पदाति-सेना की हलचल की गूँज दिन-ब-दिन हमारे कानों में पहुँचने लगी थी। शाहंशाह बीमार क्या हुए, तीनों सूबेदार सल्तनत को हथियाने के लिए दाँव-पेंच आजमाने लगे और अब तो उन्होंने खुलेआम मुहरों को बढ़ाना आरम्भ कर दिया। ऐसा लगा, जैसे पृथ्वी विद्रोही होने जा रही है। शाहंशाह के तीनों पुत्र पिता के जीते जी खुदमुख्तार बनने की ठान चुके थे। औरंगजेब की कूटनीति ने शुजा और मुराद को फोड़ लिया था। तीनों समय की प्रतीक्षा में थे। दुर्दैव ने उनकी सहायता करने का फैसला किया, शाहंशाह मूत्रकृच्छ्र रोग से पीड़ित हो गये।

हम वाराणसी से लौटे, उस समय शाहंशाह दिल्ली में नहीं थे। जिन दिनों हम वाराणसी थे, दिल्ली पर एक भयंकर विपत्ति आयी थी। महामारी फैल गयी थी। यह महामारी आगे आने वाली विपत्तियों का पूर्व संकेत तो नहीं थी? पौष-माघ में इसका भीषण रूप था दिल्ली में। हजारों जाने गयीं। इससे बचने को शाहंशाह भी अपनी राजधानी मुखलिसपुर ले गये। हम वाराणसी से लौटे तो चैत्र लग चुका था। चैत्र और वैशाख हमने मुखलिसपुर में गुजारा। वैशाख के उतरते-उतरते हम दिल्ली आये। पर्दे के पीछे कूटनीति का ताना-बाना बुना जा रहा था। सादुल्ला खाँ की मौत के बाद कोई तीन महीने तक उसके नायब रायरायान् पण्डित चन्द्रभान ब्राह्मण वजीरे-कुल का काम देखते रहे, पर उन्हें स्थायी वजीर नहीं बनाया गया। इन दिनों दक्षिण से गोलकुण्डा का दीवान मीर जुमला आया। औरंगजेब सादुल्ला खाँ की मौत से शाही दरबार में कमजोर पड़ गया था। उसने दक्खिन से ऐसा मुहरा बढ़ाया, जो आगे चलकर महज प्यादा नहीं रहा, बल्कि फरजी बनकर टेढ़ी चाल भी चलने लगा। पिछले नौ-दस महीनों से यही प्यादा पूरी शतरंज की बिसात पर उछल-कूद मचाता जा रहा था। वह अब सादुल्ला खाँ के स्थान पर दीवाने-कुल बन बैठा था।

कहते हैं, मीर जुमला किसी जमाने में गोलकुण्डा में घर-घर जाकर जूतियाँ बेचता था। धीरे-धीरे यह एक ईरानी जौहरी का गुमाश्ता बन बैठा और उसके निधन पर उसकी समस्त रत्नराशि का स्वामी भी। इस रत्नराशि के बल पर बढ़ते-बढ़ते वह गोलकुण्डा के शाह कुतुबशाह का वजीर बन गया। इन्हीं दिनों इसकी घनिष्ठता औरंगजेब से हो गयी और औरंगजेब से मिलकर इसने कुतुबशाह के साथ दगा किया। उसी के मुहरे के रूप में यह शाहजहाँनाबाद आया और अनेक बहुमूल्य जवाहरात भेंट कर इसने शाहंशाह को खुश कर डाला। इसी ने बादशाह को वह नायाब हीरा 'कोहेनूर' भेंट किया। और तो और, पादशाह बेगम को भी इसने प्रसन्न कर लिया है। इसे शाहंशाह की निगाह में चढ़ाने में क्या बेगम साहिबा ने कम मदद की है? यह मीर जुमला हमेशा औरंगजेब का ही

पक्ष लेता है। औरंगजेब इन दिनों शाही खिराज का निजी खर्चे के लिए दुरुपयोग करने लगा है। शाहे-बुलन्द इकबाल ने इस पर आपत्ति भी की है। पर मीर जुमला ने शाहंशाह के समक्ष उसका समर्थन किया है। जब मुझे यह खबर मिली, तो मेरे कान खड़े हो गये। हो न हो, यह शख्स जरूर औरंगजेब के इशारे पर चल रहा है।

कोई पाँच-छः महीने गुजर गये थे हमें वाराणसी से यहाँ आये। लोगों को पता चल गया था कि शाहजादा ने हिन्दू मजहबी किताब का फारसी तर्जुमा किया है। ऐसी किताब का तर्जुमा जिसे वे छिपी किताब मानते हैं, जिसका हवाला कुरान तक देता है। शाहजादा ने 'सिर्र-अकबर' के दीबाचे (भूमिका) में लिखा था कि उपनिषद् ही वह छिपी किताब है, जिसके बारे में कुरान में कहा गया है कि उस किताब को सिर्फ पवित्र लोग ही छू सकते हैं और यह किताब खुदाई इलहाम है (कुरान सूरह 56, आयत 77, 78, 79, 80)। उपनिषद् की यह प्रशंसा लोगों को काफी नागवार गुजरी। उधर चोरी-छिपे रोशनआरा लोगों को बरगलाती जा रही है, और कोई ऐसा मौका हाथ से नहीं जाने देती, जो शाहजादा के लिए घातक बन सके। मीर जुमला भी शासन-प्रबन्ध पर अपना शिकंजा जकड़ता जा रहा है।

भादों के महीने ने आकाश को भी विद्रोही बना डाला। आकाश ने एकाएक बिजली गिरा दी। शाहंशाह ऐसे बीमार पड़े कि हकीमों और वैद्यों के होश-हवास गुम हो गये। कब्ज और मूत्रकृच्छ्र के परिणाम-स्वरूप उनके पैरों में सूजन भी आ गयी। और उनका गला खुश्क रहने लगा। खाना-पीना तक बन्द हो चला। कोई दवा-दारू काम नहीं कर रहा था। हम सभी आस छोड़ बैठे। सोचने लगे, उनका साया हमारे सिर से उठने जा रहा है। मन्दिरों में अनुष्ठान होने लगे और मसजिदों में उन्हें स्वस्थ बना देने के लिए खुदा से इबादत की जाने लगी। पादशाह बेगम बाप की बीमारी में खुद टूट गयीं। उनकी आँखों के कोरों की नमी सूखने का नाम ही नहीं ले रही थी। शाहजादा भी कमजोर कन्धों पर भारी सल्तनत के बोझा को उठाने की आशंका से कभी-कभी दहल उठते थे। शाहंशाह ने अपनी नाजुक हालत देख सचमुच बोझा उनके कन्धों पर रख ही दिया।

उन्होंने भादों के उतरते-उतरते शाहजादा को सारा काम सौंपने की नीयत से सभी बड़े मनसबदारों और ओहदेदारों को बुलाकर उनसे वचन लिया कि वे सब शाहजादा के वफादार रहेंगे और यह फर्मान जारी कर दिया कि शाहजादा दारा का हुक्म उन्हीं का हुक्म माना जाय और अब सारे शाही हुक्म शाहजादा निकालने लगे। मीर जुमला की कलई खुल ही चुकी थी। क्वार का पितृपक्ष लगते-लगते उसको वजीर पद से पिण्डदान दे मुक्त कर दिया गया। इन दिनों

असलियत में मीर जुमला दिल्ली में नहीं था। वह दक्खिन गया था और उसका लड़का उसका काम कर रहा था। ज्यों ही विजारत से बर्खास्तगी का फर्मान मीर जुमला को मिला, वह औरंगजेब से जा मिला। दक्खिन में यह खबर फैल गयी कि बीमार शाहंशाह खुदा को प्यारे हो गये हैं। मुझे यह खबर दक्खिन से आये हाड़ाराव छत्रसाल ने बतायी है। कार्तिक के पूर्व ही दक्खिन में गये मनसबदारों को हुक्म भेज दिया गया था कि वे दक्खिन से तुरन्त शाही दरबार में उपस्थित हो जायँ। मीर जुमला को भी यह हुक्म भेजा गया, पर उसने इसे नजर-अन्दाज कर दिया। शाहजादा ने अपने शतरंजी मुहरों को बढ़ाना शुरू कर दिया। दोनों ओर से प्यादे आमने-सामने बढ़ मोर्चाबन्दी करते जा रहे थे। बादशाह-सलामत भी शाहजादा के साथ दिल्ली से अगहन महीने के मध्य में आगरा आ गये हैं, ताकि आगरा से पूरब तथा दक्खिन की देखभाल होती रहे।

कार्तिक पूरा भी नहीं उतरा होगा कि खबर मिली कि मुराद ने पादशाह बेगम की जागीर सूरत पर हमला बोल उसे लूट लिया है और मार्गशीर्ष के पहुँचते-पहुँचते उसने खुतबा पढ़वा अपने आपको स्वतन्त्र बादशाह घोषित कर दिया है। उधर पूरब में भी इसकी गूँज सुनाई पड़ी और राजमहल में अपने आपको बादशाह घोषित करके शुजा इलाहाबाद पर अधिकार करने आ रहा है। पर औरंगजेब ने कुछ नहीं किया। उसे करने की जरूरत ही क्या थी, उसी के पैंतरेबाजी तो यह रँग ला रही थी। मुराद और शुजा दोनों उसकी कठपुतलियाँ बन नाचने लगे थे, पर असली सूत्रधार तो वही था। कहते हैं, उसने मुराद और शुजा से तय कर लिया है कि उसे तख्त नहीं चाहिए, वह तो सिर्फ यह चाहता है कि दाराशुकोह बादशाह न बने, फिर चाहे मुराद बने, चाहे शुजा। ज्यों ही फैसला होगा, वह दुनियावी झंझट छोड़ फकीर बन जाएगा, हज को चला जाएगा। कुछ ही दिन पहले उसकी बीबी दिलरस बानो बेगम की मृत्यु हो गयी थी। जब दिलरस ही नहीं रही, तो सल्तनत में उसे रस मिलने से रहा।

पर उसने यह अवश्य किया है कि नर्मदा पर पूरी मोर्चेबन्दी कर ली है। राव छत्रसाल ने पौष के महीने में दिल्ली आने पर हमें बताया, "औरंगजेब ने शाही फरमान के बावजूद हमें आने से रोकने की भरसक कोशिश की थी। हमें रोकने को फौजें तक भेजी गयीं। पर यही तो हमारी वफादारी की परीक्षा का अवसर था। हम रुक कैसे सकते थे।" औरंगजेब की चालों का उत्तर देने के लिए शाहजादा ने एक चाल चली। उन्होंने एक ओर मुराद को अहमदाबाद से बुरहानपुर जाकर खानदेश-बरार का सूबा सँभालने का हुक्म दिया और बुरहानपुर से औरंगजेब के ससुर शाहनवाज खाँ को मुराद के स्थान पर गुजरात का सूबेदार नियुक्त किया। उनकी चाल थी कि इससे दोनों भाई लड़ पड़ेंगे। पर मुराद ने इस हुक्म को नहीं

माना। वह गुजरात में ही तैयारी करता रहा। उधर सुलेमानशुकोह के साथ राजा जयसिंह और दिलेर खाँ को शुजा की बढ़ती फौजों को रोकने पूरब की ओर भेज दिया। पौष के महीने में ये फौजें पूरब की ओर रवाना हो गयीं।

पादशाह बेगम बड़ी दुःखी थीं अपनी माँ-जाये भाइयों की इन हरकतों से। खत-पर-खत लिख रही थीं वे शुजा, मुराद और कठपुतली के खिलाड़ी सूत्रधार को। उन्होंने लिखा था कि बादशाह सलामत सही-सलामत हैं। वे सही-सलामत थे भी। खतरा टल चुका था। धीरे-धीरे स्वास्थ्य-लाभ करते जा रहे थे। यह अवश्य है कि लम्बी बीमारी ने और ऊपर से बेटों की इन करतूतों ने उन्हें बेहद तोड़ दिया था। खबर मिलती जा रही थी कि रोशनआरा शुजा, मुराद तथा औरंगजेब को खत-पर-खत लिखकर प्रोत्साहित कर रही हैं कि जब कदम बढ़ ही गये हैं, तो एक बार जी भरकर बाजी खेल ही ली जाय। इससे रुष्ट हो, शाहजादा रोशनआरा को नजरबन्द भी करने की सोचने लगे। उसकी हरकतों से पादशाह बेगम भी दुःखी थीं, पर उन्होंने सलाह दी : "रोशन की सारी हरकतें हैं तो इसी लायक कि उसे नजरबन्द कर दिया जाए। उसकी इस उछल-कूद पर कड़ी नजर रखी जाय। पर उसे नजरबन्द करने से मनसबदारों ही नहीं, महलसरा में भी तहलका मच जाएगा, और यह हमारे हक में बुरा हो सकता है।"

इधर माघ में खबर मिली कि औरंगजेब की सेनाओं की हलचल बढ़ चली है। हर दिन समाचार आ रहे थे। मुराद गुजरात से तथा औरंगजेब औरंगाबाद से आगरा की ओर बढ़ने की सोच रहे थे। चरों ने सूचना दी कि वे तैयारी कर चुके हैं। और उनकी योजना है कि नर्मदा पार कर मालवा में मिलें और तब एक साथ ही आगरा पर धावा बोल दें। पूरब का तो प्रबन्ध हो गया था। सुलेमान, राजा जयसिंह और दिलेर खाँ शुजा को रोकने जा पहुँचे थे। उनमें अब मुठभेड़ होने ही वाली थी। शुजा के खिलाफ तो मजबूत दीवार खड़ी कर दी गयी थी, पर आगरा पर बढ़ते संकट को कैसे रोका जाय।

मालवा दक्खिन का नाका था। मामा शकुनि इन दिनों वहाँ सूबेदार थे। बहुत घाघ किस्म के इन्सान, जो औरंगजेब के खास हिमायती थे। उज्जैन में उनका रहना कितना खतरनाक था। पौष महीने में इधर का भी प्रबन्ध कर दिया गया। शायस्ता खाँ को फर्मान भेजा गया कि अपने नायब को काम सौंप तुरन्त शाही दरबार में हाजिर हों। उनके आते ही राजा जसवन्त सिंह को मालवा का सूबेदार बनाकर उज्जैन रवाना कर दिया गया। जसवन्त तो सोलहों आने हमारा है। मेरा शिष्य और दारा तथा पादशाह बेगम का परम प्रिय व्यक्ति। शतरंज के बिसात पर हमारे भी मुहरें खास-खास जगहों पर डट गये। पर अभी दोनों खिलाड़ी जोर आजमाइश करने से पहले मोर्चेबन्दी का जायजा ले रहे थे। पूरब में हलचल शुरू हो चुकी

थी, पर मालवा के मोर्चे पर तूफान के आने के पहले की शान्ति थी।

वसन्तपंचमी के दो दिन बाद शाहजादा ने मुझे बुलाया और एकान्त में मन्त्रणा करते कहा :

"एक काम आपके जिम्मे भी है, पण्डितराज।"

"क्या?"

"आपको उज्जैन जाना है। इधर खबर मिली है कि मुराद और औरंगजेब की फौजें बढ़ती आ रही हैं। उन्हें नर्मदा पार करने से पहले ही रोक देना है। मैंने मुराद को गुजरात की सूबेदारी से हटाकर कासिम खाँ को सूबेदार बना दिया है। कासिम खाँ मुराद की फौजों को रोकेगा। आप राजा ज़सवन्त को कहें कि वे औरंगजेब को नर्मदा के उस पार ही रोक दें। उसे मालवा में घुसने से पहले ही करारी शिकस्त दे देना है। ताकि आगरा पर आँख उठाने की हिम्मत ही न कर सके वो।"

"पर आगरा की भी पूरी हिफाजत करना ही होगा, शाहजादे!"

"इस वक्त आपका आगरा होते हुए उज्जैन पहुँचना बहुत जरूरी है। खुदादाद खाँ को कहें कि नमक अदा करने का वक्त आ गया है और दानिशमन्द खाँ को भी सारे हालात समझा दें। मैं जल्दी ही वफादार मनसबदारों को हुक्म भेज रहा हूँ कि वे अपने रिसालों और सिपाहियों के साथ आगरा में इकट्ठा हों। हाड़ा राव तो सारे हाड़ा खानदान के साथ दुश्मनों से जूझने को तैयार बैठे हैं। वे बूँदी हुक्म भेज चुके हैं कि बूँदी के राजपूतों का हर खानदान कम-से-कम एक बहादुर जरूर भेजे। व्यास जी और उनके बेटे तक कह रहे थे, "हम भी तलवार का जौहर दिखाने में पीछे नहीं रहेंगे, ब्राह्मण हैं तो क्या।"

"मैं कल ही रवाना हो जाऊँगा, शाहजादे! उज्जैन के महाकाल से आपकी ओर से प्रार्थना करूँगा कि उनके रहते मालवा का नाका टूटना नहीं चाहिए। मुझे यकीन है महाकाल हमारी प्रार्थना को न ठुकराएँगे।"

44

शीत-लहरी अभी भी नहीं गयी थी। कल से आकाश में बादल घिरे थे। पानी बरस रहा था और—जाते शीत को वर्षा ने रोक लिया था। मालवा की सन्ध्या का अपना सौन्दर्य है, किन्तु आज की सन्ध्या में कोई आकर्षण नहीं था। जाते-जाते फाल्गुन एक झटका और देता जा रहा था। उज्जैन की जलवायु अपनी

समशीतोष्णता के लिए विख्यात है। पर ऐसा जान पड़ता था, प्रकृति का समस्त विधान उलटने जा रहा था। फगुनिया हवा आज मस्ती से विभोर नहीं कर रही थी। हवा के तेज झोंके से शरीर में कँपकँपी छूटने लगी। मुझे अनुमान भी था कि मेरे पहुँचते ही उज्जैन का मौसम एकाएक बदल जाएगा। इस शीत में सायंकाल के समय स्नान करना कष्टसाध्य था। पानी तो अब रुक गया था, पर हवा के तेज झोंकों के मारे स्नान करने की इच्छा ही नहीं रही थी। पर क्या करता? शिवरात्रि जो थी।

कुम्भ की सक्रान्ति को लगे आठ-नौ दिन गुजरे थे। ज्योतिषी कहते हैं : "कुम्भे शीतमशीतं च।" पर इस कुम्भ के सूर्य में भी चिल्ला जाड़ा पड़ रहा था। सिप्रा में पुण्यस्नान कर हम पैदल ही महाकाल के मन्दिर की ओर बढ़ चले। मैंने कश्मीरी गरम-गरम शाल से अपने पूर्णकाय को पूरी तरह ढँक लिया था। महाराज जसवन्त सिंह भी पैदल चल रहे थे। मालवा के सूबेदार को पैदल जाते देख उज्जैन की जनता श्रद्धा और औत्सुक्य से उन्हें निहारती जान पड़ी। हमारे साथ लगभग बीस सेवक थे। आगे-आगे समुचित वेशभूषा पहने हाथ में चाँदी की वेत्रयष्टि लिये नकीब चल रहा था। हमें सायंकाल की नीराजना के समय मन्दिर में उपस्थित होना था। उसके पूर्व महारुद्राभिषेक की पूर्णाहुति भी महाराज के हाथों होनी थी। सूर्यास्त होने में अभी पाव पहर दिन बाकी था। वैसे तो सूर्य आज दिन-भर बादलों की ओट में ही छिपा रहा, पर समय के माप की दृष्टि से सूर्यास्त का समय अभी नहीं हो पाया था। अँधेरा बढ़ता आ रहा था।

हाँ, अँधेरा बढ़ने की कोशिश कर रहा था और इसी बढ़ते अँधेरे को रोकने की कोशिश में मैं उज्जैन आया था। पूरब, पश्चिम और दक्षिण से एक साथ बादलों के दल के दल घुमड़ते आ रहे थे। जब इनका घनगर्जन आगरा तक सुनाई पड़ा, अपने प्रकाश को तिरोहित करने के इस प्रयास को रोकने के लिए आफताबे-मुगलिया बेचैन हो उठा। बंगाल में शुजा ने विद्रोह का झण्डा उठा लिया था और उधर गुजरात में वह आवारा मुराद भी अपने आपको बादशाह घोषित कर चुका था। दक्षिण से वह ढोंगी फकीर अपने धार्मिक चोंगे को छोड़ नर्मदा पार कर गुजरात से बढ़ते मुराद से मिलने आ रहा था। पिता के जीवित रहते ही तीनों बेटे राज्य पर गीधों-से टूट पड़े थे। राजा जयसिंह और दिलेर खाँ रुहेला को शाहजादा सुलेमानशुकोह के साथ शुजा को नसीहत देने भेज दिया गया। अब मालवा में औरंगजेब और मुराद की सेनाओं को मिलने से रोकने का कार्य आवश्यक था। इसीलिए पादशाह बेगम और दारा ने मुझे महाराज जसवन्त के पास भेजा था।

जसवन्त पर बड़ा भरोसा है पादशाह बेगम और शाहजादा को। मैं स्वयं

इसके व्यवहार और सम्राट के प्रति इसकी स्वामि-भक्ति से बहुत प्रभावित हूँ। पिछले बीस वर्ष से जसवन्त को समीप से समझने-बुझने का मुझे अवसर मिला है। इसने मेरे पास संस्कृत काव्यों और जयदेव के अलंकार-ग्रन्थ 'चन्द्रालोक' का अध्ययन भी किया है। यह कुशल प्रशासक और स्वाभिमानी हिन्दू राजा है। मालवा की सूबेदारी का इन दिनों राजनीतिक महत्त्व है। पहले यहाँ का सूबेदार शायस्ता खाँ था, पर दारा की सलाह पर सम्राट ने शायस्ता को आगरा बुला लिया है। उसके स्थान पर नजर रखता रहे। मैंने उज्जैन पहुँचते ही जसवन्त सिंह को दारा का सन्देश सुना दिया और बताया कि पश्चिम और दक्षिण से बढ़ती सेनाओं को मिलने से रोकना होगा। ऐसा न होने पाए कि नर्मदा पार दोनों मिल जाएँ। मालवा में ही दृढ़ मोर्चा बनाकर उन्हें आगे न बढ़ने दिया जाए और इसीलिए महाराजा की सहायता करने का आदेश पहले ही कासिम खाँ को दिया गया है।

"आप निश्चिन्त रहे, पण्डितराज। नर्मदा पर हमारी रक्षा-पंक्ति को तोड़कर आगे बढ़ना औरंगजेब के लिए कठिन होगा। उसे ऐसा मुँहतोड़ जवाब मिलेगा कि दक्षिण से ऊपर सिर उठाने की कभी हिम्मत तक नहीं करेगा।" जसवन्त सिंह ने दृढ़ विश्वास से कहा।

"दारा बड़ा चिन्तित है, वीर! आप तो जानते ही हैं, औरंगजेब ने सारा जीवन युद्धों में बिताया है। युद्धकला में वह अति निपुण है। अतः हमें भी सावधानी से बढ़ना होगा। अगर वह औरंगजेब को पहले ही पराजित कर सके तो मुराद की सेना को ध्वस्त कर देना बायें हाथ का खेल होगा।" मैंने सुझाव दिया।

"औरंगजेब को इस बार गोलकुण्डा के अली कुतुबशाह से लोहा नहीं लेना है, गुरुवर! महाराजा गजसिंह के पुत्र से जूझना है। राठौड़ की तलवार की धार का स्वाद अभी औरंगजेब को चखना बाकी है।" जसवन्त ने अभिमान से कहा।

"मेरा तो केवल इतना सुझाव है कि औरंगजेब के साथ लड़ने में हमें वीरता और रणकौशल के अतिरिक्त सतर्कता भी बरतनी होगी। आप गुप्तचरों को मुस्तैद कर दें। औरंगजेब और मुराद की सेनाओं के बढ़ने की ठीक-ठीक सूचना आपको प्रतिदिन मिलती रहनी चाहिए।" मैंने कहा।

"मैं आज ही गुप्तचरों को और तेजी लाने को कह रहा हूँ।" मेरे सुझाव का अनुकूल असर पड़ा।

"और एक सलाह है, आपकी सेना में भी शंकास्पद सैनिकों और सेनानायकों पर निगाह रखनी होगी। यह कासिम खाँ कैसा व्यक्ति है? कहीं इसे औरंगजेब न बरगला दे।" मैंने शंका उपस्थित की।

"नहीं पण्डितराज। कासिम खाँ बादशाह का वफादार सेवक है।" जसवन्त कासिम खाँ से आश्वस्त जान पड़ा।

राजनीति से हम हलकी-फुलकी बातों की ओर मुड़ गये। जसवन्त ने अपने श्वसुर हाड़ा राजा छत्रसाल, उनके राजगुरु, गुरुपुत्र, लवंगी और कुछ लोगों के हाल-चाल पूछे। तब उसने बताया कि राजकाज और राजनीति में व्यस्त रहते हुए भी वह स्वाध्याय के लिए प्रतिदिन दो-तीन घड़ी समय निकाल ही लेता है। इन दिनों 'चन्द्रालोक' का स्वाध्याय जारी है। तो मेरा अध्यापन सफल रहा है, मैंने सोचा। वह कह रहा था : "यदि चन्द्रालोक के अलंकार वाले अंश को भाषा में अनूदित कर दिया जाय, तो कैसा रहेगा, गुरुवर। असंस्कृतज्ञ भाषा-कवियों को अलंकारों की जानकारी हो जाएगी। मैं इन दिनों सोच रहा हूँ कि कुछ अवकाश मिले तो इसे कर डालूँ। आपका क्या विचार है। आप तो भाष में कुछ भी लिखने से रहे।"

"हाँ महाराज, आपका विचार तो उत्तम है। इसका भाषानुवाद कर ही डालिए। उपयोगी होगा। अलंकार-शास्त्र पर मैं तो मौलिक ग्रन्थ लिखना चाहता हूँ। छात्रों को पढ़ाते समय मैंने अनुभव किया है कि इस शास्त्र में बहुत-सी भ्रान्तियाँ चल रही हैं। इनका निराकरण आवश्यक है। मैं इनका निराकरण करते एक मौलिक रचना करना चाहता हूँ। पर इसको संस्कृत में ही लिखना चाहूँगा, क्योंकि भाषा में अभी शास्त्रीय विषयों पर विचार व्यक्त करने की क्षमता नहीं है और इसका गद्य भी अप्रौढ़ है। शास्त्रीय विवेचन के लिए प्रौढ़ गद्य शैली नितान्त आवश्यक है, यह आप जानते ही हैं।" मैंने अपना अभिमत स्पष्ट किया।

आज हम निराहार थे। उपवासजनित क्लान्ति ने हमें थका दिया था। महाराज विश्राम के लिए उठ गये। मेरे विश्राम का भी प्रबन्ध हो गया। सुबह से ही धारासार वर्षा गिर रही थी। जी तो सोने का था, पर उपवास के भंग होने का डर था। मैं गान्धार देश की भेड़ों के नीले ऊन से बने कम्बल को लपेट काव्यानुशीलन में लग गया। कालिदास के मेघदूत की हस्तलिखित प्रति मेरे पास थी। मैं जब भी बाहर जाता हूँ। रघुवंश, मेघदूत और मम्मट के काव्यप्रकाश की पोथियाँ हमेशा मेरे साथ चलती हैं, इतना बता देना आवश्यक होगा, तो मैं मेघ के साथ रामगिरि पर्वत से अलका तक की यात्रा पर चल पड़ा। उज्जयिनी पहुँचकर उसी के साथ गया हूँ। कालिदास ने मनुहार की थी कि जरा इसकी झाँकी तो भर नजर देख लें।

पर इस समय जब हम सिप्रा में स्नान कर महाकाल के दर्शन के लिए रास्ते से जा रहे थे, तो कितनी वेदना हुई उज्जयिनी की यह दशा देखकर। कहाँ गयीं वे अभ्रंकष सौध मालाएँ, जिनका आलिंगन किये बिना अलका की ओर न बढ़ने की प्रार्थना यक्ष ने सन्देश-वाहक मेघ से की थी, कहाँ गयी वह समृद्धि जिसको निरख इस नगरी को उसने स्वर्ग का ही छोटा-सा 'कान्तिमत् खण्ड' कह

दिया था। मुझे न तो ऐसे हर्म्य ही दिखाई पड़े, जिनके पृष्ठ पर पालतू मोर थिरक रहे हों और न उनके गवाक्षों में से झाँकती केश संस्कार-धूप की श्यामा-लेख ही नेत्रों की पिपासा को शान्त करती जान पड़ी। कहाँ गया, वह उज्जयिनी का लीला-विलास? इस दुर्दिन में भी मुझे रमणवसति की ओर बढ़ती अभिसारिकाएँ नहीं मिलीं जिससे इस बादल से प्रार्थना करूँ कि शिवरात्रि के अँधेरे में भी वह कनक-निकषरेखा-सी सौदामिनी की मशाल जला उनका मार्ग आलोकित करता रहे और उन्हें गर्जन-तर्जन से भयभीत करने से बाज आए। न यहाँ लीलावधूत रत्नच्छायाखचित चामरों को ढुलाने से अलसाये हाथों वाली, पैरों की थिरकन से झण-झाणायिप मणिमेखलाओं से गलियों को संगीत की तान में डुबोती वारविलासिनियाँ ही भौंरों की पाँत से लम्बे और तीखे कटाक्ष फेंक मुझे उन्मथित कर रही थीं। हाँ, ये फुलहट्टी से गुजर रहे हैं। बेला, मोतियाँ, चमेली, गेंदा और गुलाब के गजरे सँजोये ये बैठी हैं। बाजार के दायें-बायें सजी उनकी दुकानें और उनकी औत्सुक्य भरी बाँकी चितवन को लाँघते हम जा रहे हैं। मुझे यहाँ एक भी ग्रामवृद्ध ऐसा नहीं मिला जो उज्जयिनी के प्रतापी सम्राट् प्रद्योत महासेन की सुन्दरी दुहिता वासवदत्ता पर रीझे उदयन की कहानी सुनाता। कहाँ गया वह घोपवती वीणा का श्रुतिमधुर निनाद। हाँ, मकानों के गोखों में दुबके गुटरगूँ करते पारावत-मिथुन जरूर मिले। यही एकमात्र पुरानी निशानी बाकी बची है। क्या महाकाल के पादाघात से पुराना सब कुछ कम्पित हो धँस गया अपनी ही नगरी में। महाकाल ने यह क्या किया?

हम महाकाल के विशाल मन्दिर के अलिन्द में थे। उधर सामने के हवन-मण्डप में सौ ब्राह्मण महाराज की ओर से रुद्राष्टाध्यायी का पाठ कर रहे थे। उनका सुस्पष्ट उच्चारण सारे वातावरण को पवित्र बना रहा था। देवाधिदेव त्र्यम्बक की स्तुति-सुरभि धूपगन्ध से मिलकर समस्त चेतना में मस्ती भर रही थी। वैदिकों के स्वरों में स्वर मिलाता मैं भी वेदमन्त्र में रुद्र की स्तुति कर उठा :

त्र्यम्बकं यजामहे सुगन्धिं पुष्टिवर्धनम्।
उर्वारुकमिव बन्धनान्मृत्योर्मुक्षीय मामृतात्।

महाराज जसवन्त सिंह ब्राह्मणों के मन्त्रोच्चार के साथ सुगन्धित द्रव्यों से युक्त पूर्णाहुति हवनकुण्ड में डाल अब ब्राह्मणों का सत्कार कर रहे थे। सन्ध्या समय आ गया था। महाकाल के प्रधान पुजारी व्यास जी के संकेत पर हम आरती की झाँकी के लिए निज मन्दिर के विशाल मण्डप में थे। मन्द स्वर में बजता नगाड़ा कालिदास के बादल की ध्वनि का अनुकरण करने लगा। मन्दिर पर छाया

मरकतमन्दुर मेघ ऐसा जान पड़ा जैसे महाकाल ने नाचने के पहले काले गजचर्म को आकाश में फेंक दिया है और वह निरालम्ब आकाश में ही ठहर गया है। पर यह गजचर्म रक्त से सना नहीं है, उस पर और दिनों जैसी प्रत्यग्र जवा-पुष्पों-सी लाल सान्ध्य प्रभा नहीं छिटक रही है। अभी महाकाल ने नृत्यारम्भ नहीं किया है। नाचते समय इधर-उधर उलझ यह गजचर्म गति में विघ्न न पैदा कर दे, इसलिए इसे परे कर दिया है। नगाड़ों, घण्टों और झाँझों की ध्वनि बढ़ चली है, और वह मेरी चेतना को पता नहीं कहाँ बहाये ले जा रही है।

गर्भगृह के बीच में महाकाल की मूर्ति पर दृष्टि गड़ाये मैं अपलक देख रहा हूँ। नगाड़ों का गर्जन बढ़ चला है, तेज और अधिक तेज। मैंने देखा मन्दिर के बीचोंबीच शिव-पंचायतन सजीव हो उठा है। मस्ती से फूले प्रथम मृदंग पर थाप दे उठे हैं। उनकी थाप से मस्त विनायक ने भी डमरू गड़गड़ाना आरम्भ कर दिया है। भवानी के नेत्रों में उत्सुकता और आश्चर्य झिलमिला उठे हैं। एकाएक बीच में खड़े महाकाल के दोनों चरण चंचल हो उठे। उनके दसों हाथों में गति आ गयी। दिगम्बर महाकाल अब नाचने की मुद्रा में थे। मैं उनके चरणों और हाथों की गति की उद्धतता से काँप उठा हूँ। उनकी प्रत्येक शिरा से प्रचण्ड ओज फूट पड़ा है, विकराल जटाजाल आकाश में बिखर गया है, ललाट का नेत्र खुल पड़ा है और उसमें धधक उठी ज्वाला को देख मैं आतंकित हो उठा हूँ। नृत्य की चारिका शुरू करने से पूर्व उनके दक्षिण हस्त के डमरू की आवाज बढ़ चली है। एक बायें हाथ में संहार का प्रतीक अग्निशिखा जल रही है और दूसरे बायें हाथ का त्रिशूल तिर्यक् हो उनकी गति के साथ निरन्तर आन्दोलित होने की तैयारी में है। बायाँ अधोहस्त गजहस्त-मुद्रा में पृथ्वी की ओर झुका है। इस हाथ की अँगुलियाँ एक साथ सटी हैं। दाहिना अधोहस्त अभय-मुद्रा में है। इसका प्रस्फुटित करतल मुझे सान्त्वना दे मेरे सन्त्रास का मार्जन कर रहा है। उनके अन्य हाथ भी विविध मुद्राओं का प्रदर्शन कर रहे हैं। अब उनके उद्धत पादाघात से धरती काँप उठी है। दाहिने पैर को टेढ़ा पृथ्वी पर टिका बायें पैर को उठा दाहिनी ओर घुमाते वे भैरव चारिका में नाच उठे हैं। उनके नृत्य की गति तीव्र से तीव्रतर होती जा रही है। शरीर के पोर-पोर से तेज फूट रहा है। अलातचक्र की तरह नाचते महाकाल का ताण्डव नृत्य देख मुझे लगा जैसे स्वस्तिक का प्रतीक स्वयं सविग्रह हो नाच रहा हो। मैं भय, सन्त्रास और आश्चर्य से इसे देखता रहा, देखता रहा, और फिर ये सभी भाव एक दिव्य आनन्द में परिणत हो गये। इस समाधि की स्थिति में उनके विकट नृत्य के साथ ताल देती गाढ़बन्ध पद-रचना उद्धत लय के छन्द में मेरे ओठों से अचानक फूट पड़ी :

प्रमोदभरतुन्दिलप्रमधदत्ततालावली–
विनोदिनी विनायके डमरुडिण्डिमध्वानि।
ललाटतटविस्फुरन्वकृपीटयोनिच्छटो
हठोद्धतजटोद्भटो गतपटो नटो नृत्यति।।

45

महाकाल नाचते रहे निरन्तर नाचते रहे, उनके पदविक्षेप से धरती डगमगाने लगी। अमा का अँधेरा आकाश से धरती पर उतरने लगा। रात में जलती मशालें उसका भेदन करने का किसी तरह प्रयत्न कर रही थीं। नर्मदा के किनारे उतरते अँधेरे को छाँटने के लिए सिप्रा के तीर से वीरों की एक टुकड़ी शौर्य की ज्वाला लिये बढ़ चली थी। इसे आज रात बिदा करते हमें पूरा विश्वास था कि औरंगजेब नर्मदा के इस पार बढ़ ही नहीं पाएगा। बुरहानपुर के सूबेदार शाहनवाज खाँ ने खबर भेजी थी कि वह अपने दामाद औरंगजेब को समझाएगा और बादशाह का वफादार बना रहने की सलाह देगा। अगर फिर भी उसने आगे बढ़ने की कोशिश की तो उसका रास्ता रोक लिया जाएगा। आज ही दिन में शाहनवाज खाँ का हरकारा महाराज जसवन्त सिंह के पास यह खबर दे गया था।

"क्या सचमुच शाहनवाज दामाद और शाहंशाह के बीच्र शाहंशाह को चुनेगा? मुझे सन्देह हो रहा है, महाराज।" मैंने जसवन्त सिंह के समक्ष अपनी शंका रख दी।

"नहीं पण्डितराज। शाहनवाज खाँ ईमानदार है। मुझे अन्य सूत्रों से भी खबर मिली है। बुरहानपुर में औरंगजेब को आये एक महीने के ऊपर हो चुका है, वह वहाँ रुककर फौजी तैयारियाँ कर रहा है, पर शाहनवाज खाँ को अभी तक शंहशाह की ओर से नहीं तोड़ पाया है। अगर शाहनवाज खाँ के समझाने-बुझाने से वह मान गया, तो लड़ाई टल भी सकती है।" जसवन्त सिंह का अन्दाजा था।

"पर यह भी तो सुना है कि औरंगजेब ने नर्मदा के उस पार गश्ती टुकड़ियों का जाल फैला दिया है। इन गश्ती टुकड़ियों में उसके अत्यधिक विश्वस्त सैनिक हैं, जो उत्तर से दक्षिण और दक्षिण से उत्तर आने वाले हर हरकारे को रोक लेते हैं और उसके साथ के कागज-पत्रों तक की जाँच करते हैं। यह सावधानी औरंगजेब कार्तिक के महीने से ही निभा रहा है। पौष मास में दक्षिण से किसी तरह पहुँचे हाड़ा राव छत्रसाल ने मुझे यह बताया था। उन्हीं दिनों औरंगजेब ऐसा प्रबन्ध कर चुका था कि शाहंशाह की ठीक-ठीक खबर दक्षिण में न पहुँच पाए और

गलतफहमी बनी रहे कि मुगल सूर्य अब नहीं है।" मैंने कहा।

"पर फिर भी मैं समझता हूँ कि मेरे और कासिम खाँ के सेनापतित्व में मुगल सेना के यहाँ आने से औरंगजेब कुछ सोच-समझकर ही अगला निर्णय लेगा। मुझे तो ऐसा दिखता है मुगल सेना के शक्ति-प्रदर्शन से ही दोनों बागी शाहजादा वापस लौट जाएँगे। और फिर शाहंशाह का भी यही हुक्म मिला है।" जसवन्त सिंह ने बताया।

"यही ना कि दोनों बागी शाहजादों से जहाँ तक हो, मुठभेड़ न किया जाय, बेहतर यह होगा कि उन्हें अपने सूबों में लौटा दिया जाय। पर समझ लो कि वे लड़ने पर ही आमादा हों तो।" मैंने तर्क किया।

"तब तो युद्ध होगा ही। शाहंशाह का यह आदेश है। एक दिक्कत और है। हालाँकि कासिम खाँ को मेरी सहायता के लिए भेजा गया है पर दोनों फौजें मेरे प्रति उत्तरदायी नहीं हैं। कासिम खाँ अपने ढंग से मुराद को रोकने का काम करेगा, मैं औरंगजेब को। उसे गुजरात के सूबेदार का पद भी दे दिया गया है। इस स्थिति में दोनों सेनाएँ एकजुट होकर कहाँ तक मुकाबला कर सकेंगी, इसमें शक है।" जसवन्त सिंह ने बताया।

"काश, दोनों सेनापति मिलकर बागी राजकुमारों को रोकें। अगर ऐसा न हुआ तो लड़ाई का सारा भार आपके कन्धों पर होगा।" मैं बोल उठा।

"उसका भी सामना किया जाएगा। पर मेरे मन में कहीं यह आवाज उठ रही है, पण्डितराज, कि युद्ध नहीं होगा।" जसवन्त सिंह को विश्वास था।

"तो ठीक है, मालवा से दोनों विद्रोही राजकुमार किसी भी दशा में आगरा की ओर न बढ़ पाएँगे। मुझे आपकी कूटनीति और पराक्रम पर पूर्ण विश्वास है। यहाँ रुके मुझे भी अब एक महीने के ऊपर हो चुका है। मैं परसों ही आगरा के लिए रवाना हो जाना चाहता हूँ। पादशाह बेगम और शाहजादा इधर की खबर पाने को उत्सुक होंगे। इतने दिन आपने जो आतिथ्य-सत्कार किया उससे मैं प्रसन्न हूँ, धन्यवाद!" मैंने दो दिन बाद ही उज्जैन छोड़ देने की इच्छा प्रकट की।

रात को फौज की टुकड़ियों को नर्मदा की ओर भेज हम अब आश्वस्त थे। पर मेरे मन में कहीं से यह आवाज भी उठ रही थी कि युद्ध अवश्यम्भावी है। शिवरात्रि की सन्ध्या महाकाल के ताण्डव का दिवास्वप्न देखने के बाद मैं मन-ही-मन सन्त्रस्त हो उठा हूँ। रह-रहकर रात को सपने में भी मुझे वही उद्धत नृत्य दिख जाया करता है। ऐसा लगता है, जैसे उस विराट् मूर्ति रुद्र के ललाट-नेत्र से भीषण लपटें उठकर दिशाओं-विदिशाओं में फैलती जा रही हैं। सारी प्रकृति भस्म होती जा रही है। उसके पादाघातों से प्रकम्पित पृथ्वी समुद्र में धँसती जा रही है, आकाश खण्ड-खण्ड हो टूटता जा रहा है, सूर्य-चन्द्रमा, ग्रह-तारागण

उल्कापिण्डों से धराशायी हो रहे हैं, वज्र-निर्घोष के साथ पर्वतों की चोटियाँ अरर कर ढहती जा रही हैं। कई बार तो मैं सपने में ही चीख उठता हूँ, "त्राहि, महाकाल, त्राहि।"

सिप्रा के दूसरे किनारे पर बस्ती के पार किले पर एक प्रकोष्ठ में मैं पर्यंक पर लेटा हूँ। प्रकोष्ठ में शमादान में तीन मोमबत्तियाँ जल रही हैं। प्रकोष्ठ का वह झरोखा जहाँ मेरा पर्यंक है, ठीक सिप्रा की ओर खुलता है। अमावस्या का अँधेरा सिप्रा की तन्वंगी धारा को कभी का अपनी बाँहों में समेट चुका है। कोई दोपहर रात के ऊपर बीत चुकी है। उस पर उज्जैन की बस्ती में कुछ घरों में दीये टिमटिमा रहे हैं। मैं खिड़की से झुक सिप्रा की ओर झाँक रहा हूँ। वह मेरी ताक-झाँक से बेखबर अँधेरे की बाँहों में सो रही है। तो यही है वह सिप्रा, जिसकी रमणीयता का वर्णन करते कविकुलगुरु कभी नहीं अघाता। कहा करता था, भले ही उज्जयिनी तुम्हारे रास्ते में सीधी न पड़े, तो भी टेढ़े रास्ते जाकर सिप्रा की झलक जरूर ले आना। मुझे गंगा और यमुना के विशाल आयाम के सामने बड़ी बचकानी लगी सिप्रा, एक छोटी वन नदी-सी। हो सकता है, इस अमा के अँधेरे में इस मुग्धा श्यामा की रमणीयता छिप गयी हो। आज मैं भर नजर इसकी कान्ति का पान करना चाहता हूँ। काश, अँधेरा छँट जाता। मैंने तो पढ़ा है कि महाकाल के मौलिचन्द्र की प्रभा से यहाँ के राजा कृष्ण पक्ष की अँधेरी रातों में भी प्रियाओं के साथ चन्द्रिका विहार का मजा लूटा करते हैं। कहाँ गया आज वह ज्योत्स्ना प्रसार? क्या वह उस अवन्तिनाथ को ही नसीब था, जिसे चुन लेने की सिफारिश सुनन्दा ने इन्दुमती से की थी, या वह कालिदास ने ही भोगा था। इस अँधेरे से मैं घबरा उठा हूँ। हे चन्द्रमौलि, दया कर भगवान। एक बार तेरे जटाजूट की पगड़ी पर बँधे उस दिव्य सिरपेंच को जगमगा दे, ताकि प्रकृति के अणु-अणु पर फैला अँधेरा छँट जाए, सदा-सर्वदा के लिए छँट जाए। कविकुलगुरु की प्रतिभा को झूठा न कर देना, आशुतोष। अवन्तिनाथ जसवन्त के हरावल की अश्वसेना बढ़ चुकी है, उसके खुरपुटों से उड़ी मालवे की काली मिट्टी आकाश में छाती जा रही है। हे महाकाल, ऐसा वरदान दे दे कि काली धूल-सा अँधेरा यहाँ से छँट जाए और बागी सूबेदारों के सिर पर बँधी मणियों पर गिरकर उनके प्रकाश को बुझा दे। मैं लवंगी के साथ आकर तेरे दर्शन करूँगा, यह मेरी मनौती है।

लवंगी का नाम याद आते ही बदन में फुरहरी छूटने लगी। एक महीना क्या गुजरा, जैसे युग हो गया हो उससे जुदा हुए। काश, आज लवंगी भी यहाँ होती। इस अमा के अन्ध सन्त्रास से कुछ तो निजात मिलती। उस चन्द्रमुखी का मुखड़ा ही इस तमिस्रपक्ष की मलिनता को मिटा देता। यदि वह रम्भोरु आज

मेरे साथ होती, तो कितना आनन्द आता इस चैती अमा की रात में सिप्रा की लहरों को छूकर आते वायु के स्पर्श से सिहर उठते इन किनारों के पुष्पगन्धी वृक्षों की पाँत के तले विहार करने में। कितना बदनसीब हूँ मैं। मुझे सचमुच तुमसे आज बेहद रश्क है, कविकुलगुरु। तुमने वह सब भोगा है, जिससे में वंचित हूँ।

दूर सिप्रा के उस पार से बाँसुरी की मीठी तान हवा के परों पर तैरती आ रही है। बाँसुरी के स्वरों की आँस, उनका अनुरणन आज मेरे मीठे दर्द को हौले-हौले उभार रहा है। उसकी ध्वनिचेतना की परतों तक को पार कर उस दर्द को ऊपर ले आ रही है। क्या यह वादक भी मेरी ही तरह जुदाई के गम से परेशान है? न होता, तो इस रात के ढलने तीसरे पहर काहे जगकर अपनी वेदना को वाणी देता रहता। स्वरों की लय यह अनुमान करा रही है कि यह मार्ग-संगीत नहीं है। वह कोई देशी गीत की धुन बजा रहा है शायद। धुन मुझे बड़ी प्यारी लगी है। मैं स्वरों के आरोहावरोह को पहचान रहा हूँ। अरे, यह उसी गीत की लय है, जो कल महाराज जसवन्त सिंह के समक्ष उन मारवाड़ी ढोलनियों ने गाया था। तो यह भी कोई मारवाड़ी सैनिक होगा, जो हवा से प्रार्थना कर रहा होगा कि वह इन वेदना के स्वरों को बहा मारवाड़ के किसी गाँव में उसकी प्रतीक्षा करती प्रिया तक पहुँचा दे। मेरी भी कामना है कि यह दक्षिण से उत्तर की ओर बहकर जाता वासन्ती पवन लवंगी को जा मेरा सन्देशा सुना दे। लवंगी, मेरी प्यारी, सिप्रा की लहरों को छूकर आती इस हवा ने चेतना में सोयी तुम्हारी याद को जगा दिया है, जब वह हवा बहती-बहती तुम्हारे पास पहुँचे तो इसे प्रमाणित कर देगी कि तुम्हारे बिना यहाँ मैं कैसे रह पा रहा हूँ? सेवाधर्म और कर्तव्यनिष्ठा ने मुझे यहाँ भेज दिया है। कालिदास के यक्ष की वियोगव्यथा को जितना आज मैं समझ पाया हूँ, उतना कभी नहीं समझ पाया था, प्रिये! अलकापुरी की मलिनवसना यक्षिणी का चित्र मेरी स्मृति में उभरता आ रहा है। मुझे उसकी वीणा की करुण तान झकझोरे जा रही है। पर वह यक्षिणी और कोई नहीं, मुझे उसमें तुम्हारी ही मूर्ति नजर आ रही है, केवल तुम्हारी ही। बस कुछ दिन और सँभाले रक्खो। चन्द्रिकास्नात शारदीय रात्रियाँ न सही, चैत्र की दूधिया रातें तो होंगी ही और हम-तुम यमुना के किनारे ताज के संगमरमरी माहौल से गिरती उस दुग्ध-वर्षा का छककर पान करते होंगे। मैं शीघ्र ही आ रहा हूँ, चैती चाँदनी के रहते तुम्हारे समीप जरूर पहुँच जाऊँगा।

अँधेरा सफेदी में घुलने लगा है। धीरे-धीरे दूधिया सफेदी बढ़ती जा रही है। पूरब में प्रकाश के आने की खबर देता यह भोर का हरकारा प्रकट हो चुका है। प्रकाश आ रहा है, प्रकाश आ रहा है। रात भर पाँखों में चंचुपुट समेटे सो रहे सारस जग पड़े हैं। कामिनियों के मणित-सा उनका मधुर कूजन बढ़ चला

है, यह पवन उसे और उन्मत्त बना रहा है, नदी के पंखुड़ियाँ बन्द किये मीठी नींद सोये कमल, कमलनयना रमणियों के अरुणिम नयनों के साथ अधखुली पलकों की खुमारी में डूबे झोंके खा रहे हैं, और चोरी-छिपे अर्धोन्मीलित पाँखों के रास्ते घुसा यह लम्पट पवन उन्हें गुदागुदा मधुकोष सिप्रावात चाटुकार प्रिय की भाँति उनके कोमल अंगों की थकावट दूर करता जान पड़ता है। इस सुखद स्पर्श को पा मेरी भी रात्रिजागरण की क्लान्ति दूर होती जा रही है।

46

नहर में खिली कुमुदिनियाँ आकाश के द्वार पर आये प्रिय को देख उल्लसित हो उठी थीं। वे उत्फुल्ल नयनों से उसकी रूपसुधा का पान कर रही थीं। नहर के बायीं ओर लाल पत्थर के चौकोर टुकड़ों से जड़ी पटरी से हम ताज की दिशा में बढ़ रहे थे—लवंगी और मैं। नहर के अधर भी इसी प्रकार की पत्थर की पटरी है। नहर का जहाँ अन्त होता है, पटरी दायें मुड़ उधर की पटरी से मिल गयी है। सामने एक हाथी-ऊँचा विशाल चबूतरा है। सफेद संगमरमर का। इसके चारों किनारे चार मिनारें हैं, चार-चार मंजिल ऊँची। ऊपरी मंजिल पर पूरब और पश्चिम में दरवाजे हैं। इनका सिरा शंकु के आकार का है। इन चारों मीनारों से समान दूरी पर दुग्ध-धवल चबूतरे के बीचोंबीच एक भव्य इमारत है— शाहंशाह शाहजहाँ की मरहूम बेगम अर्जुमन्द बानू या सम्राज्ञी मुमताज महल की समाधि। चारों मीनारों तथा समाधि का निर्माण मारवाड़ के मकराना नामक स्थान से लाये गये स्फटिकाच्छ संगमरमर से किया गया है। पश्चिमाभिमुख समाधि के पृष्ठ भाग में विशाल चबूतरे के नीचे ही पूर्व दिशा की ओर यमुना का सैकत तट और तदनन्तर उसकी जलधारा है।

चैत्र का स्वच्छ नीला आकाश कालिन्दी के कालियह्रद-सा शान्त है। उसके क्षितिज तट पर एकाएक दिव्य मुखचन्द्र प्रकट हो गया है और सारा कालियह्रद उसकी कान्ति से दमक उठा है। वह धीरे-धीरे गगन के दह में आगे तैरता आ रहा है। उसकी चमक से यमुना का तीर और उस पर निर्मित यह रमणीय वास्तुशिल्प भी जगमगा उठा है। दूधिया चैती चाँदनी संगमरमरी ताज को नहला उसके यौवन को और निखार रही है और इस जड़ प्रस्तर से द्रवित होते चेतन लावण्य प्रभापुर को निहार नहर के किनारे की पटरियों के ओर लगे तालवृक्ष और मोरपंखी के गुल्म भी उसके अनवद्यरूप से रोमांचित हो सिहर उठे हैं। हमारे दायीं ओर से बहकर आता सुरभित पवन हमें हलके से गुदगुदा बायीं ओर

नहर के उस पार के मोरपंखियों के पीछे नक्षत्रों के शाह के स्वागत में ताजमहल के उपवन के अभ्रंकष तालतरु अपने हाथों और सिरों को हिला चहार तसलीम करते जान पड़ते हैं। बौराये रसाल वृक्ष से लिपटी मालती लताएँ मुकुलित नेत्रों चन्द्रिका विहार का आनन्द ले रही हैं। चाँदनी के दूध को पी सेवती के कुडमलों की शुभ्रता और परिपुष्ट हो गयी है। हम दोनों के हिमधवल परिधान को छू चन्द्रमा की कोमल अँगुलियाँ शीतल कपूर और दक्षिण पवन कुमुदगन्ध का इत्र लगा नर्मसाचिव्य करने चले आये।

लाल पत्थर की पटरी से दाहिने मुड़ हम जीने से चढ़ अब ताज के ठीक सामने खड़े हैं। मैं पास में खड़े श्वेत परिधान में लिपटे ताज के लावण्य की तुलना सामने जड़ प्रस्तरों से तराशे ताज के लावण्य से कर रहा हूँ। चाँद की किरणें दोनों को चमका उनकी कान्ति को द्विगुणित बना रही हैं।

"यह सामने का ताज फिर भी मेरे बगल में खड़े ताज की दहाई खूबसूरती भी नहीं पा सकता।" मैंने लवंगी की प्रशंसा करते कहा।

"क्या कहा, शैतान कहीं के। अरे तुम कविता करो, कविता। तुम इमारतों की खूबसूरती क्या पहचानो? सिवा इश्क के और कुछ कभी सूझता भी है जनाब को। बस जहाँ देखो वहाँ एक ही तरह की खूबसूरती देखा करते हो।" लवंगी ने मेरे सौन्दर्य विवेक को ही चुनौती दे दी।

"नहीं प्रिये, मेरा मतलब यह है कि उस जड़ इमारत में तुम्हारे जैसी चेतन रमणीयता कहाँ?" मैंने दलील दी।

"उसे देखने को आँखें चाहिए, पण्डितराज। दुनिया में जड़ पत्थर में चेतन छिपा है। सूफी फलसफा तो यही कहता है। पर छोड़ो भी फलसफे को। तुमने कभी इस इमारत को शाहंशाह शाहजहाँ की निगाह से देखा है। इसकी खूबसूरती को देखने के लिए उनकी निगाह चाहिए।" लवंगी शास्त्रार्थ पर तुल पड़ी।

"वही पिटी-पिटाई दलील–लैला राय दीद बचश्मे मजनूँ बायदीद–लैला को देखने के लिए मजनूँ की आँखें चाहिए। थीं जनाब काली-कलूटी और लोग कहते हैं कि मजनूँ की निगाह से देखिए।" मैंने मुँह चिढ़ाते कहा।

"तो जनाबे आली, आप भी तो मजनूँ-से ही दीवाने हैं, आपको भी अपनी महबूब के अलावा किसी और की खूबसूरती पसन्द ही नहीं है।" लवंगी बोली।

"इसलिए कि यहाँ खाली मजनूँ की निगाहें ही नहीं हैं जानेमन, लैला खुद भी हुस्न में बेमिसाल है।" मैंने रमणीयता की परिभाषा दी।

"अपने मुँह मियाँ मिट्ठू। और ऐसा जान पड़ता है, आज आप चापलूसी का फन सीख आये हैं। भला बताइए तो कहाँ से सीखा यह फन। मुगल दरबार के मुसाहिबों से या आपका वह गुरु।"

"हमारे शास्त्रों में तो रमणीय स्त्री को स्वयं त्रिपुर सुन्दरी का विग्रह और साक्षात् गुरु माना गया है। यह सब फन आपने ही तो अनजाने में बन्दे को सिखाया है।" मैं मुस्करा रहा था।

"हटो जी, तुम बड़े वह हो। हम तुमसे नहीं बोलते। जाइए, आप चाँदनी में घूमने आये हैं, पधारिए। हमें तो मकबरे में जाना है।" लवंगी झिड़ककर तेजी से मकबरे की ओर बढ़ चली है। वशंवद अनुचर-सा मैं भी अनुगमन कर रहा हूँ।

मेरे ठीक सामने मकबरा पूरे जोबन से मुस्करा रहा है। उससे फूटता लावण्य-स्रोत ऐसा लगा, जैसे सारी-की-सारी इमारत चन्द्रकान्त शिलाशकलों की बनी हो और चन्द्रमा की किरणों को छू उनका सात्त्विक भाव प्रस्विन्न हो चला हो। वह शीतल और मधुर सोता मेरी आँखों के दोनों तालों को भी उससे लबालब भर रहा है। लावण्य के इस मीठे रस को यथेच्छ पी मैं मस्त होता जा रहा हूँ, पर फिर भी जितना पीता हूँ उतनी ही पिपासा बढ़ती जा रही है। कैसी मीठी सफेद शराब है यह? मैंने शराब तो कभी चखी नहीं, पर लोग कहते हैं कि उसमें तुर्शी होती है, तीखापन होता है, पर इसमें तो तीखापन या जलन कतई नहीं है। यह सुधाधवल शरबत तो नन्दन वन में उगी दलित दूधिया द्राक्षा का स्वारस्य जान पड़ता है।

हम लोग मकबरे के अन्दर घूम रहे थे। ऐसा लगा जैसे मलिका-ए-जहाँ की रूह हमारे साथ-साथ घूम रही है। मैंने घूमकर देखा, उनकी उदास आकृति को देख मैं सहम गया हूँ। लवंगी से बोला, "लवंगी, देखो तो आज मलिका-ए-जहाँ कितनी दुःखी मालूम पड़ रही हैं।"

लवंगी घबरा गयी। मुझे हिलाकर बोली, "क्या कह रहे हो जी, कौन मलिका-ए-जहाँ? कहाँ है, मलिका-ए-जहाँ? आप होश में तो हैं ना।"

"यह मेरे दायीं ओर कौन खड़ा है? तुम देख नहीं रही हो क्या? कैसी रुआँसी सूरत है उनकी। मुझे कितनी वेदना हो रही है उनकी यह हालत देखकर।" मैंने बताया।

लवंगी डर गयी थी, पर फिर भी उसने कहा, "सब तुम्हारा भरम है, जगन्नाथ। यहाँ कोई नहीं है।"

"नहीं लवंगी, अपने बेटों की करतूत पर आज मलिका की रूह बेहद दुःखी है। उसे कब्र में भी चैन की नींद नहीं आ रही है। कयामत के पहले ही उसकी रूह में हलचल हो गयी है, तो क्या कयामत जल्दी ही आने वाली है।" मैंने बताया।

"ऐ खुदा, क्या हो गया? कहीं कोई बला तो नहीं नजर आ रही है इन्हें।" लौंगी वहीं एकाएक दोजानू होकर बैठ गयी। दोनों सटे हाथ आसमान की ओर

कर वह रसूले पाक को पुकारने लगी, "ए रसूले-पाक, अगर कोई बला हो तो तेरे नाम से दूर हो जाय, मेरे मौला।" और अब वह पवित्र कलमा पढ़कर मेरी ओर देखने लगी। इबादत करने के बाद वह एकाएक उठी, उसने मुझे झिंझोड़ा और तेजी से मुझे घसीटती मकबरे से बाहर ढकेल लायी। दिवास्वप्न से मैं यथार्थ में आ गया।

लवंगी ने अब पूछा, "कौन था? किस मलिका-ए-जहाँ की तुम बातें कर रहे थे?"

"कुछ नहीं, लवंगी, मेरी कल्पना थी। मुझे ऐसा लगा जैसे उदास मलिका-ए-जहाँ का बिसूरता चेहरा मेरी आँखों के सामने आता जा रहा है। काश, उनके इस बिसूरते चेहरे की रौनक को मैं फिर हरा-भरा कर सकता।" मैंने स्पष्ट किया।

"मैं तो डर गयी थी, सोचा कोई बला होगी। मलिका-ए-जहाँ तो पाक रूह हैं, वह इस तरह नजर नहीं आ सकतीं। पर तुम तो जानते हो, मकबरे के आसपास कई नापाक जिन्नात घूमा करते हैं, जो तरह-तरह की शक्ल बना लोगों को डराते रहते हैं। हो सकता है कोई नापाक रूह हो और तुमने मलिका की रूह समझ लिया हो। सच बताना, वहाँ कोई नहीं था।" उसने जानना चाहा।

"शाइरों में एक खसूसियत होती है, महबूबा! वे जिस चीज के बारे में सोचने लगते हैं, उसी का तसव्वुर एक शक्ल अख्तियार कर लेता है। मैंने सोचा कि अगर आज मलिका जिन्दा होतीं तो कितनी दुःखी होतीं और एकाएक उनका ख्याल आते ही उनकी मूरत खड़ी हो गयी। वहाँ न कोई भूत-प्रेत था, न कोई जिन्न।" मैंने स्पष्ट किया।

लवंगी आश्वस्त-सी नजर आयी। पर वह अब मकबरे में अधिक देर नहीं ठहरना चाहती थी। बोली, "मुझे यहाँ घबराहट हो रही है, जगन्नाथ। शाइर लोग बहकने के मर्ज में मुब्तिला रहते हैं। मुझे डर है, फिर तुम बहकने न लग जाओ। बस अब घर लौट चलो।"

"नहीं लवंगी, डरने की कोई बात नहीं। दो घड़ी उधर यमुना की ओर बैठेंगे। तुम्हारा जन्त्र का रियाज कैसा चल रहा है, इसका भी लुत्फ लेना चाहता हूँ। इस चाँदनी रात और यमुना किनारे के माहौल में तुम्हारे हाथ की बजायी त्रितन्त्री वीणा कितनी सुखद होगी।"

"नहीं, फिर कभी सुन लेना। अब मेरा जी नहीं है। चलते हो या नहीं।" वह लौटने की मुद्रा में थी।

"पर कुछ देर ही सही। जरा ताज के पिछवाड़े तो घूम आएँ।" मैं उसे बड़ी आजिजी के बाद ताज के पिछवाड़े ला पाया हूँ। हम अब चबूतरे के बीचोंबीच

बैठ गये। हमारे सामने बालुका-प्रसार के बाद मन्द मन्थर गति से बहती यमुना थी। इसकी चपल वीचि-माला पर चन्द्रमा का प्रतिबिम्ब शतधा-सहस्रधा हो झिलमिलाता ऐसा लगा जैसे शीशमहल में प्रतिच्छायित लवंगी का मुखड़ा हो। मैं दाहिने हाथ पर सिर रख लेटने की मुद्रा में हूँ और लवंगी से भी कुछ देर विश्राम करने की प्रार्थना करता हूँ। पर वह कहती है, "नहीं, उठो भी, क्या पागलपन सवार हो गया है। मैं अब घर लौटना चाहती हूँ।"

"अच्छा सिर्फ एक धुन बजा दो। देखो, कितना मीठा समाँ है। आसमान का चाँद भी तुम्हारी अँगुलियों की कला को सुनने के लिए बेताब है, जानेमन। और जरा उधर तो देखो। यह चकोरों का जोड़ा चाँद को पा अपनी आँखों की प्यास को कितनी तन्मयता से शान्त कर रहा है। मैं भी आज अपने कानों की प्यास बुझा लेना चाहता हूँ। सिर्फ एक धुन मेरी जान। मैं साथ लाये जन्त्र की खूँटियों को कस उसे मिलाने लगा हूँ और तारों को मिलाने के बाद लौंगी को दे आँखों से प्रार्थना कर रहा हूँ।

"आखिर तुम नहीं मानोगे। पर देखो, इसके बाद हमें रवाना हो ही जाना है।" लवंगी ने शर्त रख दी।

लवंगी ने दायीं तर्जनी में मिजराब पहन ली है। उसके बायें हाथ की तर्जनी, मध्यमा और अनामिका जन्त्र या त्रितन्त्री वीणा के तारों पर खेलने लगी हैं। वह आलाप ले राग बहार की अवतारणा करने जा रही है। कैसा मौसम और वक्त के मुताबिक राग चुना है लवंगी ने। इस अर्धरात्रि के निस्तब्ध वातावरण में बहार के स्वरों का आलाप गूँज उठा है। लवंगी ने पहले आरोह में धैवत और अवरोह में ऋषभ का वर्जन कर अभी केवल राग की सरगम बजायी। चढ़ाव-उतार दोनों जगह कोमल गान्धार लगाया, आरोह में शुद्ध निषाद और अवरोह में कोमल निषाद का प्रयोग किया। अब उसकी अँगुलियाँ आलाप लेने थिरक उठी हैं। वह गले से भी आलाप के स्वर बोलती जा रही है। मैं भी उसका साथ दे उठा हूँ।

हमारे संगीत शास्त्र में इस राग का जिक्र नहीं मिलता। आजकल पुरानी प्रचलित रागों के मिश्रण से नये-नये रागों को बनाया जा रहा है। यह राग भी शाहंशाह के दरबार के ही कलावन्त मियाँ बन्दे खाँ ने बनाया है। मियाँ बन्दे खाँ, लाल ख़ाँ की तरह ध्रुपद नहीं गाता। उसने एक दूसरी ही शैली के गायन में महारत हासिल कर रक्खी है—ख्याल गायकी में। अभी इस गायकी शैली की शुरुआत हुई है। कुछ लोग कहते हैं कि खयाल शैली की शुरुआत जौनपुर के सुल्तान हुसैनशाह शर्की ने की थी। कुछ भी हो, दरबार में अब इस शैली का प्रचलन बढ़ता जा रहा है। मियाँ बन्दे खाँ केवल गायक नहीं हैं। वे अभिनव प्रयोगकर्ता भी हैं। उस दिन जब उन्होंने बागेश्वरी, अडाना और मियाँमल्हार के

स्वरों का मिश्रण कर यह नया राग सुनाया, तो दरबार में हर मुसाहब झूम उठा। मियाँ ने इसका कितना मौजूँ नाम रक्खा था : बहार। सुनकर ऐसा लगा, जैसे दिल पर छायी सारी खिजाँ इसके सुनते ही खत्म हो गयी हो और दिल की हर पंखुड़ी पर बहार पूरे जोबन से उतर आयी हो। उस दिन के बाद इतना प्रचलित हो गया वह राग कि खयालिया गायक ही नहीं, वादक भी, बीन, रबाब, और जन्त्र पर इसे बजाने लगे हैं।

लवंगी आलाप, जोड़ और झाला बजा अब स्थायी की ओर बढ़ चली है, वह विचलित गति में स्थायी और अन्तरा बजाती स्वरों के पलटों और जोड़ों का कैसा सुन्दर प्रदर्शन कर रही है। एक ही पर्दे पर धैवत, निषाद और तार षड्ज की मीड ले कैसी तान ली है उसने। वाह रे लवंगी, उस्ताद मियाँ कमालुद्दीन के सिखाये सबक को अपनी प्रतिभा, और अभ्यास से कितना निखार दिया है तुमने। कमाल कर दिया, जानेमन, तेरी अँगुलियाँ चूम लूँ। ऐसा मिठास तो उस बेचारे कमालुद्दीन को भी नहीं मिल पाया है। शागिर्द ने उस्ताद को भी पीछे छोड़ दिया। द्रुतगति का आश्रय लेते उसने झाला और कृन्तन का सुन्दर रियाज व्यक्त किया है। कृन्तन की गूँज देर तक गूँजकर आगामी स्वर की गूँज से मिल ऐसा समाँ बाँध रही है, जैसे राग के स्वरों की अजस्र अखण्ड धारा बह रही है। झाला और कृन्तन का प्रयोग किस कुशलता से कर रही है लवंगी। उसकी अँगुलियाँ अब तेजी से पर्दों पर घूमने लगी हैं, जैसे जन्त्र के डाँट के मंच पर तीन नन्ही-नन्ही पतुरियाँ तेजी से फिरकनी-सी थिरक रही हों। ताल वाद्य के बिना भी कितनी नपी-तुली लय का निर्वाह किया है इसने। इसके वादन-कौशल की रमणीयता का अनुभव केवल इसलिए नहीं हो रहा है कि बजाने वाली लवंगी है और सुनने वाला मैं। लवंगी के साथ मेरा लगाव और मेरी सहृदयता ही नहीं, लवंगी का कला-कौशल भी इसका कारण है। मैं बता चुका हूँ, किसी भी रमणीय पदार्थ की रमणीयता का अनुभव तभी हो सकेगा, जब दोनों शर्तें पूरी हों। द्रष्टा या श्रोता के पास दिल की आँखें हों, पर जिसे देखा या सुना जा रहा है उसमें भी रेखाओं, रंगों, अवयवों या स्वरों का समुचित छन्द हो, लय हो। जब तक दोनों शर्तें पूरी न होंगी, लावण्य, सौन्दर्य, चमत्कार या रमणीयता कुछ भी कह लीजिए, उसका आस्वाद नहीं हो सकेगा।

जन्त्र के तारों के स्वर अब वायु-तरंगों के साथ बहते विश्रान्ति का किनारा छूने जा रहे हैं। उनका अनुरणन फिर भी मेरे कानों में ध्वनित हो रहा है। स्वरलहरी निरन्तर पैदा हो धीमी से धीमी, और धीमी हो कानों के सहारे मन को और उससे भी आगे बढ़ आत्मा को आप्यायित कर रही है। लवंगी ने अब जन्त्र परे रख दिया है। मैं अपने आपको नहीं रोक पाया हूँ। उसके बायें हाथ की अँगुलियों की कलियों को मैं चूमने जा रहा हूँ। उसकी आँखें चढ़ गयी हैं, वह तरेरकर

देख रही है और इससे पहले कि कुछ कहे, मैं अपने सिर को उसकी जाँघ पर रख उसके वादन को अपलक सुनते चाँद-तारों की प्रतिक्रिया का जायजा लेने लगा हूँ। वह मेरे सिर को जबरन परे हटाने की मुद्रा में बोली, "यह क्या कर रहे हो, हटो भी। कोई देख लेगा।"

"कौन देख लेगा, लौंगी, हाँ वह चाँद और उसकी महबूबाएँ जरूर आसमान के झरोखे से देख सकती हैं। पर उनसे क्या शर्म।" मैं गद्गद कण्ठ से बोला।

"चलें, अब काफी रात गुजर गयी। देर न करो। घर पर गुलशन इन्तजार कर रही होगी। वह जग रही होगी बेचारी।" लवंगी को गुलशन की हालत पर तरस आ रही थी।

"बस एक घड़ी और, फिर तो चलना ही है।"

"नहीं, बदमाश कहीं के।" वह मेरे सिर को झटक देती है। मैं बलात् उसकी कदलीकाण्ड-सी जाँघ के उपधान पर सिर टिका देता हूँ। मेरे सामने वही चकोरों का जोड़ा अभी भी आकाश की अमृतवर्षा को पी रहा है। पवन नहर की ओर से मादक गन्ध लेकर आ रहा है, शायद कुमुद गन्ध है। मैं तन्मय हो रूप और गन्ध की रमणीयता का आस्वाद लेता जा रहा हूँ। पता नहीं, कब मुझे सिर के बालों में कोमल स्पर्श का अनुभव होने लगा है। शायद लवंगी मेरी केशराशि में कोमल अँगुलियाँ उलझा उसे सहलाने लगी है।

पर अरे, यह क्या होने जा रहा है। इसी क्षण दक्षिण में वज्र-निर्घोष सुनाई दे रहा है। काले मदद्विपों की वाहिनी दक्षिण के क्षितिज से पूरब की ओर बढ़ती आ रही है। वह तेजी से बढ़ती आ रही है, और तेजी से। देखते-देखते वह अब आसमान के शाह को लीलने बढ़ रही है। हे देव, आखिर यह क्या हो रहा है? क्या तेरे लिए इस समय यह अकाण्ड ताण्डव उचित है, मेरे विधाता?

तृष्णालोलविलोचने कलयति प्राचीं चकोरव्रजे,
मौनं मुञ्चति किं च कैरवकुले कामे धनुर्धुन्वति।
माने मानवतीजनस्य सहसा प्रस्थातुकामेऽधुना,
धातः किन्न विधौ विधातुमुचितो धाराधराडम्बरः॥

47

मैं रामनवमी के आसपास आगरा लौटा हूँ। उज्जैन से पहले ही शाहजादा के पास हरकारा भेज राजा जसवन्त सिंह से हुई बातचीत का विवरण भिजवा चुका

था। उसकी ओर से शाहजादा को यह खबर पहुँचवा दी थी कि शाहजादा निश्चिन्त रहें, बागियों को किसी हालत में नर्मदा के पार उतरने नहीं दिया जाएगा, और अगर उन्होंने उतरने की कोशिश की तो उन्हें मुँह की खानी पड़ेगी।

पूरब के मोर्चे की खबर आ चुकी है। नवयुवक सुलेमानशुकोह और राजा जयसिंह की मातहती में गयी सेनाएँ शुजा पर हावी हो उसे वापस खदेड़ चुकी हैं। आगरे की ओर बढ़ने की उसकी सारी कोशिशें वाराणसी के उत्तरपूर्व में राजघाट से एक कोस दूर पर स्थित बहादुरपुर गाँव के पास गंगा की धारा में डुबो दी गयी हैं। शुजा मैदान छोड़ भाग गया है और कहते हैं उसके भागते सैनिक भी वाराणसी के पास के देहाती मर्द–औरतों की तरह निरुपाय हो बेइज्जत हुए हैं। मगर शुजा का साहस कायम है। अभी उस मोर्चे पर सुलह नहीं हो पायी है। शुजा अभी भी मुँगेर के पास शक्ति संचय कर रहा है और शाही सेना भी मुँगेर के पास सूरजगढ़ में डटी है। मुझे बाद में उस मोर्चे से आये सैनिकों ने बताया था कि पूरब के मोर्चे की लड़ाई कभी की खत्म हो सकती थी, पर एक तो बादशाह की ओर से लड़ाई को घातक पैमाने पर न बढ़ाये जाने की हिदायत थी, दूसरे राजा जयसिंह इसको वैसे भी तूल दे रहे थे, ताकि सुलेमानशुकोह और उनके सेनापतित्व में जुटी सेनाओं को काफी दिनों तक पूरब में ही उलझाये रक्खा जा सके। अभी भी पूरब में शुजा की ओर से खतरा खत्म नहीं हो पाया है।

वैशाख़ कृष्ण अमा के आने से पहले ही आगरा में राणा जसवन्त सिंह की पराजय की खबर जोर से फैल चुकी थी। मेष के सूर्य ने संक्रमण करते ही यह क्या क़हर ढाया! हाड़ा राव के राजगुरु ने मुझे कभी का शाहजादा दारा का भविष्य बताते कहा था कि मेष तथा वृष राशि के सूर्य उनके लिए अत्यधिक अनिष्टकारक होंगे। हालाँकि यह बात उन्होंने दारा से छिपायी थी और मुझे भी कहीं प्रकट न करने को कह दिया था। गणितज्योतिष में तो मेरा विश्वास है, क्योंकि इसका आधार गणितशास्त्र है, किन्तु फलित ज्योतिष कितना सच है, मैं आज भी इस बारे में कुछ नहीं कह सकता। आगरा और दिल्ली तो आजकल हिन्दू और मुसलमान ज्योतिषियों, रम्मालों और सामुद्रिक शास्त्र के पेशेवर लोगों से पटे पड़े हैं। ये लोग या तो पाराशरी के आधार पर हिन्दू गणना से दिशा जोड़ फलित बताते हैं, या फिर अरबी ताजिक पद्धति से वर्षफल निकाल प्रश्नकर्ता का उत्तर देने का प्रयत्न करते हैं। कुछ मुसलमान ज्योतिषी पाँसे फेंककर रमलपद्धति से भी फलादेश कहते हैं। हाथों की रेखाओं में लोगों के ललाट पर लिखा भाग्य पढ़ते हस्तरेखाबिदों से दोनों ही शहर भर गये हैं। आप इन्हें दिन–भर दिल्ली और आगरा के किले की ओर जाने वाली सड़कों पर तख्त या दरी बिछाये

बैठे पा जाएँगे। बड़े-बड़े मनसबदार और छोटे सिपाही, अहदी और अहलकार, खोजे और बावर्ची इनके जजमान हैं और मनसबदारों की बेगमें और रखैलें, तवायफें और लौंडियाँ तक इनसे प्रतिदिन परामर्श लेती मिल जाएँगी। इनमें से कुछ तो इतने नामी-गरामी हैं कि शाहंशाह शाहजहाँ, शाहजादा दाराशुकोह और पादशाह बेगम तक उनसे पूछे बगैर कोई काम शुरू नहीं करते। ये सरकारी ज्योतिषी वहाँ से नियमित वजीफा भी पाते हैं और तो और हिन्दुओं से घृणा करनेवाले औरंगजेब और रोशनआरा बेगम भी चोरी-छिपे हिन्दू ज्योतिषियों से परामर्श ले ही लिया करते हैं। अमरदपरस्त जफरखाँ और खलीउल्ला खाँ की बीबियाँ तो इनकी खास कद्रदाँ हैं—शायद बादशाह की मेहरबानी के बारे में हर रोज का अपना भाग्य जानना चाहती हैं। इस बुढ़ापे में भी बादशाह की कामवृत्ति को उत्तेजित कर कितना अहित किया है इन पुंश्चलियों ने। इन्हीं की बदौलत तो बादशाह को मूत्रकृच्छ्र रोग से पीड़ित होना पड़ा है। पर इन बादशाह की चहेतियों को अपनी बदनामी का कोई गम नहीं है, उल्टे वे इसमें अपना फख्र समझती हैं।

तो चाहे फलित ज्योतिष सच्चा हो या झूठा, इस मेष के सूर्य ने लगते ही अपनी खरतर किरणों से आग बरसाना शुरू कर दिया है। इन किरणों ने पहली आग मालवा के गम्भीरा के किनारों के वानीरकुंजों में लगायी, जिनके जलते ही नदी की सारी रसमय कान्ति झुलस गयी। जिस गम्भीरा की चंचल मछलियों के नेत्रों की कनखियों के मूक आमन्त्रण से बुलाये मेघ को कालिदास ने ज्ञातास्वाद नायक की तरह इस विवृतजघना का परित्याग न करने की सलाह दी थी, वही रसवती सरिता राजपूत और मुसलमान वीरों की शोणित लहरियों से आरक्त हो उठी। हाड़ा मुकुन्द सिंह और राठौड़ रतन सिंह की तलवार की उठती धारा-लहरियों की विविध भंगिमाएँ देखकर गम्भीरा भी एक बार शृंगार को भूलकर वीर रस से आन्दोलित हो ही उठी होगी। राजा जसवन्त सिंह के अत्यधिक आत्मविश्वास और अकुशल रणनीति से हम धोखा खा गये। औरंगजेब अधिक दक्ष निकला रणकौशल में। आखिर नर्मदा पर अकबरपुरा के पास ही उसे रोकने भेजी गयी फौज की टुकड़ियाँ उसे न रोक पायीं। बुरहानपुर में शाहंशाह का साथ देने से अपने ससुर शाहनबाज खाँ को न फूटता देख औरंगजेब ने उसे कैद कर बिना किसी रोक-टोक के नर्मदा पार कर ली। कासिम खाँ भी मुराद को न रोक पाया और दोनों बागी भाइयों की सेनाएँ एक हो गम्भीरा के उस किनारे सम्मिलित हो गयीं। राजा जसवन्त सिंह इस किनारे विशाल वाहिनी के साथ डटे थे। गम्भीरा के तट पर उगी वेतस लताएँ घोड़ों की टापों से कुचल दी गयीं, नितम्बभूमियों पर रमण करते मदोद्धत सेनागजों ने उसकी प्रतनु धारा

को पंकिल बना दिया। गर्मी में कुछ-कुछ सूखा पानी का सोता वीरों की रक्त धारा की बाढ़ से उफन पड़ा और इस बाढ़ ने चर्मण्वती ही नहीं, क्रमशः यमुना, गंगा और समुद्र की लहरों को लाल बना डाला।

उस दिन का सूर्य खून की लाली लेकर धर्मट के मैदान में उगा था। उसके उगने के पाव पहर बाद ही मुठभेड़ शुरू हो गयी और मध्यदिन सूर्य के पश्चिम में ढलना शुरू होने के साथ ही हमारा सौभाग्य भी गम्भीरा के पानी में डूब चुका था। राव छत्रसाल के चाचा हाड़ा मुकुन्द सिंह के रिसाले से बचकर आये उस नरपत सिंह हाड़ा ने मुझे लड़ाई का जो विवरण सुनाया, उससे मैं अवसन्न हो गया हूँ। "पर इतनी विपुल सेना के रहते भी हम हार कैसे गये, नरपत सिंह?" मैंने जानना चाहा।

"हम लोगों के रण-कौशल में ही त्रुटि थी, गुरुवर! हमने तोपों का कोई उपयोग नहीं किया। हमारा इरादा औरंगजेब और मुराद की तोपों की पंक्ति को पारकर सीधे उसकी अश्वसेना से जूझने का था। हमने इसलिए तोपों की अग्रपंक्ति का खुलकर उपयोग नहीं किया। हमारी अश्वसेना अपने अश्वपतियों के साथ तोपचियों पर टूट पड़ी। भीषण खाइयों, और आग बरसाते गोलों की परवाह न करते हुए हम बढ़ रहे थे। हमारे दबाव से कई तोपची भाग खड़े हुए, उनका सरदार मुर्शिदअलीखाँ खेत रहा। पर फिर भी हम तलवारों से उनकी तोपों को पूरी तरह शान्त न कर पाये। कदाचित् हम भी तोपों का उपयोग करते, तो लड़ाई देर तक चलती और हमें करारी हार न खानी पड़ती।" पर अब तोपों के उपयोग का अवसर ही नहीं रहा था।"

"तब?"

"तब हमारा हरावल मारकाट करता बागी शाहजादों की फौज में धँस गया, पर वाहिनी के मूल भाग से वह इतना कट गया कि खाइयाँ, तोपों के गोले और गम्भीरा नदी बीच में थी। फिर भी हाड़ा और राठौड़ वीर हजारों रुद्रों की तरह लड़ते रहे। उन्होंने यह दिखा दिया कि एक-एक हाड़ा वीर सवा लाख के बराबर है। वीरता से जूझते हरावल के छहों अश्वपति सूर्य-मण्डल का भेदन करते अमरपुरी की ओर प्रयाण कर गये।"

"तुम कहाँ थे?"

"मैं सेना के मुख्य भाग में राजा जसवन्त सिंह के दक्षिण पार्श्व में था, गुरुवर। वहीं से मैंने देखा कि शत्रु सेना का दबाव हमारी ओर बढ़ता आ रहा है। हमारी ओर से अपने साथियों की सहायता करने सेना बढ़ी। पर धोखेबाज कासिम खाँ की मातहत फौज हाथ पर हाथ धरे खड़ी रही। उन्होंने हमारी कोई मदद नहीं की।"

"मैंने यह आशंका राजा जसवन्त सिंह के समक्ष पहले ही प्रकट कर दी थी, पर उन्होंने कासिम खाँ को ईमानदार सिपहसालार घोषित किया था।" मैंने नरपत को बताया।

"कासिम खाँ ने नमकहरामी का परिचय दिया, पण्डितराज। बाद में भी हमारे हरावल के पूरी तरह कट जाने पर जब दोनों बागियों की फौजें हमारी तरफ बढ़ी चली आ रही थीं, तो इस बेईमान के साथी सैनिकों ने कुछ नहीं किया। वे बिना लड़े ही मैदान छोड़ भागे। ऐसा जान पड़ता है सब पूर्वनियोजित था और कासिम खाँ के ही आदेश पर यह सब हुआ था। वह बागी शाहजादों से मिल गया था।"

"फिर?"

"फिर भी, हम लोगों ने हिम्मत नहीं हारी। स्वामिभक्ति के साथ मर मिटने का प्रण लिये हमारे राजपूत वीर तीन ओर से शत्रु सेना की ओर बढ़े। मध्य में राजा जसवन्त सिंह का संचालन था, दक्षिण में सुजान सिंह बुन्देला और वाम पार्श्व में अमर सिंह चन्द्रावत का। शत्रु सेना पर हम टूट पड़े, पर शत्रु सेना तो जैसे पहाड़ी नदी की बाढ़ साबित हुई, गुरुवर। हम रोक नहीं पाये। महाराजा जसवन्त सिंह को दो घाव लग गये। फिर भी वे वीरता से शत्रुसेना के मध्य घोड़े से बढ़ जूझना चाहते थे।"

"तब क्या हुआ?" मैं दुःख और आश्चर्य से पूछ रहा था।

"लड़ाई तो हम खो चुके थे, पण्डितराज। अब तो केवल आत्मघात ही बाकी था। महाराज के बढ़ते घोड़े को दूसरे सामन्तों ने रोक लिया और उन्हें इस असतर्कता के लिए मना किया। उन्होंने महाराज को युद्धभूमि से हटने को बाध्य किया। हमारी सेनाओं के पाँव उखड़ने लगे। इसे देख औरंगजेब की सेना का नगाड़ा बज उठा। जाहिर था, उसका विजयडिण्डिम बज रहा था। हम पराजित हो गये थे। इसका एक कारण यह भी था कि मुसलमान बादशाह की ओर से हम हिन्दू वीरों के लड़ते रहने पर भी यह लड़ाई हिन्दू और मुसलमान की परस्पर लड़ाई का रूप ले चुकी थी। अगर ऐसा ही होता रहा, तो इस देश का भविष्य भी खतरे में है, गुरुवर!" नरपत सिंह एक कुशल भविष्यद्रष्टा की तरह बोल उठा।

"महाराज जसवन्त सिंह अब कहाँ हैं?" मैंने जिज्ञासा प्रकट की।

"वे सामन्तों के अनुरोध पर अपने घावों के उपचारार्थ मारवाड़ ले जाये गये हैं।"

"और बागी शाहजादे?"

"उनकी सेनाएँ आगरा की ओर बढ़ती आ रही हैं।" नरपत सिंह दुःख से कह उठा।

हमारे वार्तालाप को लवंगी ध्यान से सुन रही थी। युद्ध का वर्णन सुनते

उसका चेहरा औत्सुक्य, आतंक और वेदना की विविध प्रतिक्रिया व्यक्त कर रहा था। वह घबरायी-सी बोल उठी, "अब क्या होगा, जगन्नाथ? इस समय तो आगरा में कोई नहीं है। शाहंशाह, शाहजादा और पादशाह बेगम सभी शाहजहाँनाबाद में तशरीफ रख रहे हैं। अगर इस बीच उन बागी शाहजादों ने आगरा को घेर लिया तो क्या होगा?"

"घबराओ नहीं, लवंगी, बागी फौजें एक महीने से पहले तो आगरा कतई नहीं पहुँच सकतीं। इस बीच शाही फौजें भी तैयार हो ही जाएँगी। धर्मट की लड़ाई की खबर दिल्ली भी पहुँच गयी है और शाहंशाह हफ्ते दस दिन में ही आगरा पहुँचने वाले होंगे। समय रहते इस विपत्ति का प्रतिकार हो ही जाएगा।" मैंने उसे आश्वस्त किया।

"मेरा दिल धड़क रहा है, जगन्नाथ! ऐ खुदा, अब क्या होगा? शाहंशाह के लगाये जहरीले पौधे इस आगरा की खुशहाल आबोहवा को दमघोट बनाकर क्या यहाँ वीरानेपन का आलम छा देंगे।" वह अपना भय प्रकट करती काँप उठी थी।

"नहीं, लवंगी, आगरा में कुछ नहीं होगा। आगरा तक बढ़ने के पहले ही बागी फौजों को चम्बल के किनारे रोक दिया जाएगा। वह यहाँ तक कभी न बढ़ पाएगी। धर्मट के मैदान में शाही सेना की पराजय महाराज जसवन्त सिंह की अनुभवहीनता और अनुचित आत्मविश्वास के कारण हुई है। उनसे कहीं अधिक अनुभवी वीर सेनापति यहाँ होंगे।" मैंने बताया।

"क्या शाहंशाह भी लड़ाई में जाएँगे?" लवंगी ने प्रश्न किया।

"इतने वीर मनसबदारों के रहते उन्हें लड़ाई के मैदान में जाने की जरूरत नहीं है। और इस समय वे बीमारी के बाद पूरी तरह तन्दुरुस्त भी नहीं हुए हैं। वैसे यह युद्ध उन्हीं के विरुद्ध है। यह लड़ाई भाइयों की लड़ाई न होकर बाप-बेटों की लड़ाई है, यह तुम समझती ही हो। इतिहास अपने आपको दुहरा रहा है। सलीम ने अकबर के खिलाफ और इसी खुर्रम ने जहाँगीर के खिलाफ बगावत की थी। यह तो मुगल शाही परिवार की परम्परा है, लवंगी। पर कुछ नीच मुसाहब इसे या तो भाइयों की लड़ाई का रूप दे रहे हैं, या कुछ धर्मान्ध मुसलमान इसे हिन्दू और मुसलमान के झगड़े की शक्ल दे देना चाहते हैं। ये दुष्ट लोग दारा को काफिर ही नहीं कहते, यह भी झूठा प्रचार कर रहे हैं कि हिन्दू मजहबी किताबें पढ़कर दारा हिन्दू बन गया है।"

"पर शाहजादा तो हर रोज कुराने-पाक का पाठ करते हैं, जगन्नाथ, उन पर यह झूठा इल्जाम क्यों लगाया जा रहा है?" लवंगी ने प्रश्न किया।

"धर्मान्ध मुसलमान अपने आपको शासक और यहाँ की हिन्दू जनता को शासित मानते हैं, लवंगी। शासक और शासित की यह खाई बरकरार बनी रहे, यही उनकी मंशा है। अकबर ने इस भेद को मिटाने की शुरुआत की थी, उस काम को पूरा करने की ओर दारा ने जो ठोस कदम बढ़ाया है, इसी से इन मुल्ला-मौलवियों और कट्टर धर्मान्ध मुसलमानों में खलबली मच गयी है। तुम तो दारा और सादुल्ला खाँ के झगड़े से वाकिफ हो। यह झगड़ा इसी का एक रूप था।" मैंने स्पष्ट किया।

"होशियार वजीर होते हुए भी सादुल्ला खाँ में यह बहुत बड़ी कमजोरी थी, जगन्नाथ। मजहबी वजह से वह हमेशा शाहजादा दारा की मुखालफत करता रहा। खुदा उसकी रूह को मुआफ करें।" लवंगी ने कहा।

"यह नया वजीर मीर जुमला भी औरंगजेब के ही पक्ष का व्यक्ति है लौंगी! बड़ा घाघ और काइयाँ है यह मीर जुमला। एक अदनी हालत से कितना ऊँचा चढ़ गया।" मैंने बताया।

"पर सुना है, उसे तो औरंगजेब ने दक्खिन में कैद कर लिया है।" लौंगी ने बताया।

"इसमें भी कोई गहरी चाल जान पड़ती है।" मैंने स्पष्ट किया।

"क्या यह सच है, जगन्नाथ, कि यह पहले गोलकुण्डा में घर-घर जाकर जूते बेचता था और अपने ईरानी मालिक के मर जाने पर उसकी दौलत हथियाकर जौहरी बन बैठा। जवाहरात बेचते-बेचते इसने वह जौहर दिखलाया कि पहले गोलकुण्डा और फिर मुगल सल्तनत का वजीर बन गया।" लवंगी ने पूछा।

"हाँ, लवंगी, मैंने भी यही सुना है। ऐसे अकुलीनों के बढ़ाने से ही तो मुगल सल्तनत रसातल में जा रही है। अकुलीन व्यक्ति कभी भी अपने मालिक को धोखा दे सकते हैं। तुम्हें मालूम है, इसने अपने मालिक गोलकुण्डा के सुल्तान कुतुबशाह के साथ क्या गद्दारी की थी? और तो और यह हरामजादा सुल्तान की माँ के साथ भी नाजायज ताल्लुक बढ़ाने से बाज न आया।" मैंने कहा।

"हाँ, जगन्नाथ, गुलशन ने उस दिन मुझे यह सब बताया था।"

लवंगी ने इस जानकारी का संकेत किया।

"शाहंशाह की बड़ी विचित्र स्थिति है, लौंगी! मुसाहबों और मनसबदारों में फैले विरोध से वे स्वयं परेशान हैं। उन्हें इसकी पूरी जानकारी है कि सारे दरबारी दो दलों में बँटे हैं-एक दारा और बेगम जहाँआरा के प्रति निष्ठा रखते हैं, दूसरे औरंगजेब और रोशनआरा के हिमायती हैं। बादशाह इस संघर्ष को अपने व्यक्तित्व से रोके हुए हैं। वे इन दोनों दलों में बँटे हुए हैं। कभी इस ओर झुकते हैं, कभी उस ओर। दारा और सादुल्ला के झगड़े में भी बादशाह का यही रुख

रहा है। एक कुशल राजनीतिज्ञ की तरह वे अपने तईं इस आग को दबाये रखे रहे हैं पर उनकी बीमारी ने अब इस आग को भड़कने को मजबूर कर दिया है।"

मैंने परिस्थितियों के साथ शाहंशाह की विचित्र स्थिति का बोध कराया।

"पर अब बादशाह-हुजूर क्या करेंगे? अब तो उन्हें एक ओर झुकना ही होगा!" लवंगी ने प्रश्न किया।

"स्पष्ट है कि अब शाहंशाह, दारा का खुलकर साथ देंगे। वे भारत का भावी सम्राट, दारा को ही बनाना चाहते हैं। लोगों को कोई गलतफहमी न बनी रहे इसीलिए वे उन्हें बहुत पहले ही बुलन्द-इकबाल का खिताब दे खुले आम युवराज घोषित कर चुके हैं और हर काम में दारा की राय लेते हैं। इतना ही नहीं, बीमारी की हालत में तो मनसबदारों को बुला उन्होंने यह भी आदेश दिये हैं कि दारा का आदेश उन्हीं का आदेश माना जाय।"

"तो बादशाह का ढ़लमुलपन अब बिलकुल नहीं रहेगा, जगन्नाथ!" लवंगी ने जानना चाहा।

"हाँ, लौंगी!"

इसी बीच हमारे मुसलिम दास हमीद ने आकर खबर दी कि दिल्ली से बादशाह सलामत आगरा के लिए रवाना हो चुके हैं। सिपाहियों का अग्रगामी दस्ता आज आगरा आ चुका है और एक सप्ताह के पूर्व ही शाही सवारी भी यहाँ पहुँचने वाली है।

48

आगरा ही नहीं सारा हिन्दुस्तान लड़ाई की पुरजोर तैयारी करने लगा। बादशाह ने युद्ध के लिए सन्नद्ध होने का आदेश दे दिया। हिन्दू और मुसलमान, ईरानी और पठान सरदारों की पदाति सेना तथा रिसालों से आगरा का स्कन्धावार भरता जा रहा था। हिनहिनाते घोड़े, चिंघाड़ते हाथी, घर्घर रव करते ऊँट, और खट-खट दौड़ती गाड़ियों से सारे प्रदेश में हलचल मच गयी। अभी हाल स्कन्धावार से लौटा हूँ। हाड़ा, राठौड़, बुन्देला, चन्द्रावत और भदौरिया राजपूत वीर उल्लास से थिरक रहे थे, जैसे उनकी माँ के दूध का ऋण चुकाने का अवसर आ चुका था। सारी भूमि उनके पटवेश्मों से पट गयी थी। खुली भूमि में यहाँ तलवारों,

कटारियों, खंजरों और नेजों पर धार लगायी जा रही थी, वहाँ ढालों पर रौगन किया जा रहा था और दुनालियाँ साफ की जा रही थीं। इधर कुछ वीर बैठे अपनी पुरानी लड़ाई के अनुभव सुनाते साथियों को आगामी लड़ाई में उनके उपयोग करने की शिक्षा दे रहे थे, उधर कुछ स्नान-क्रिया से निवृत्त हो, गीता या विष्णुसहस्रनाम पढ़ रहे थे या विजय प्राप्ति की भगवान से प्रार्थना कर रहे थे। एक ओर ब्राह्मण रसोइये बड़े-बड़े हण्डों और कड़ाहों में इनके लिए सम्मिलित भोजन बना रहे थे। पकते चावल और सीझती दाल की गन्ध वातावरण में फैलती जा रही थी। उधर कुछ स्वपाकी वीर कण्डों पर लिट्टियाँ सेंक रहे थे या छोटे चूल्हों में अपनी अलग खिचड़ी पका रहे थे। इन्तजाम में जुटे बख्शियों और अहलकारों, सईसों और महावतों, रेबारियों और गाड़ीवानों की चिल्लाहट, वीरों के भविष्य को पढ़ने के लिए जुटे दरिद्र ज्योतिषियों और पेट के लिए गिड़गिड़ाते भिखारियों की आवाजें कोलाहल को बढ़ा रही थीं। उस ओर सैयद, पठान, बलूच, रूहेला और उजबेक सिपाही अपना पड़ाव डाले पड़े थे। मैंने उनका भी जायजा लिया। एक स्थान पर काबुल और बल्ख की लड़ाई की चर्चा चल रही थी, कैसे बर्फीले मौसम में भी उन्होंने हिम्मत के साथ मुगल हुकूमत के परचम को झुकने नहीं दिया था, एक अन्य लड़ाई में बुन्देलखण्ड के भीषण नदी-नालों और चम्बल के खादरों में भी बागी जुझारसिंह को नाकों चने चबवा दिये थे, दूसरी ओर कुछ लोग बँधने से वजू कर मुसल्ला बिछा चुके थे और अब उस पर दो जानू हो नमाज पढ़ रहे थे। उधर कुछ उसी मुद्रा में बैठे कुरान-शरीफ का पारायण कर रहे थे, और इधर नौजवान सिपाही शेरो-शायरी का मजा लूट रहे थे। कहीं हथियार साफ किये जा रहे थे, तो कहीं घोड़ों की काठियों और लगामों के बक्सुए सिलाये जा रहे थे। एक जगह खानसामे और बावर्ची बड़े-बड़े लम्बे कलईदार देगों के कबाब-पुलाव और बिरयानी पका रहे थे, दूसरी जगह बड़े-बड़े तन्दूर लगे थे जिनमें तन्दूरियाँ सेंकी जा रही थीं। लहसुन और प्याज के साथ पकते गोश्त की गन्ध से घबराकर मैं तेजी से ज्यों ही आगे बढ़ा, त्यों ही अचानक किसी से टकरा गया। सामने एक बदसूरत-सी प्रौढ़ा नटनी मेरी टकराहट का बुरा माने बगैर मुस्करा दी थी। मुझे भी कोई मुसलमान सैनिकों का सरदार समझ लिया था, क्योंकि मेरा लिबास खासा मुगलिया था।

"क्या हुजूर, हमारे लायक कोई खिदमत है क्या?" उसने फर्मायश पेश कर दी। मैं झेंप गया, सिर पर पैर रखकर भाग खड़ा हुआ। घर आकर जब मैंने लवंगी को यह वारदात सुनायी तो वह हँसते-हँसते लोटपोट हो गयी। चुटकी लेते समय व्यंग्य किया, "बुरा क्या था, जगन्नाथ? एक नया तजुर्बा होता! शायद खूबसूरती की तारीफ में तुम्हें कुछ रद्दोबदल करने की जरूरत हो जाती।"

स्कन्धावार से कुछ दूर हटकर कंजरों, नटों और मदारियों ने अपने खेमे

गाड़ दिये थे। इनके साथ नाक में बुलाक लटकाये, सिर पर चुन्नी ओढ़े बदन पर कुर्ता और सुथनी पहने कंजरियाँ थीं, जिनमें कुछ ने गूजरियों-सी साड़ियाँ, चोलियाँ और कलीदार घघरियाँ भी पहन रक्खी थीं। ढोल की ताल पर नाचती ये नटनियाँ और कजरियाँ सिपाहियों का मनोरंजन कर रही थीं। कुछ वृद्धा कुटनियाँ और दलाल भी इनकी मदद में घूम रहे थे। सम्भवतः वह बदसूरत-सी प्रौढ़ा नटनी कुटनी ही थी, पर लवंगी ने उस घटना के बारे में सुनकर मुझे ऐसा बनाया, जैसे बरसों का बदला उसने आज ही ले डाला था।

"पता नहीं, यह शैतान शायस्ता खाँ और शाहजादा के जानी दुश्मन कोई गहरी चाल चल रहे हैं।" लवंगी अभी हाल किले से लौटी थी और वहाँ जो कुछ उसने देखा-सुना उसकी प्रतिक्रिया व्यक्त कर रही थी। मेरे स्कन्धावार की ओर रवाना होने के पहले ही वह अलःसुबह पादशाह बेगम के यहाँ मिलने गयी थी। इन दिनों वह नियमित रूप से वहाँ जा रही थी, ताकि मेरा सम्पर्क किले से बना रहे। पादशाह बेगम अपने महल में न टिक बादशाह के साथ किले में ही रुकी थीं। मैं भी शाम को बिला नागा शाहजादा दारा के यहाँ हाजिर हो रहा था। बादशाह को आगरा आये सप्ताह भर हो चुका था। दिन में मेरी बैठक हाड़ा राव राणा के राजगुरु के साथ होती थी। शास्त्र और काव्य का गम्भीर चिन्तन ताखे पर धरा जा चुका था। जब तलवारें झनझना रही हों, तब किताबी खयाली पुलाव पकाना बेवकूफी था। व्यास जी के साथ मेरा कभी-कभी शास्त्रीय और साहित्यिक विमर्श भी चलता था, पर इन दिनों तो माहौल ही दूसरा था। वे व्याकरण, काव्य, दर्शन और पुराण के अच्छे जानकार थे, ज्योतिष और कर्मकाण्ड में भी पारंगत थे, क्योंकि एक राजा के राजगुरु होने के नाते यह उनकी आजीविका थी। इसके लिए उन्हें जागीर में गाँव मिले थे। पर इन दिनों मैंने महसूस किया कि यह पण्डित तो वाणी और ज्ञानराशि ही नहीं, खड्ग-विद्या में भी पारंगत था। उसने अपने पुत्र को भी तलवार चलाना सिखाया था। जब उसने बताया कि छत्रसाल की सेना के साथ वे दोनों पिता-पुत्र भी बागी शाहजादे से लड़ने जा रहे हैं, तो कैसा रोमांच हो उठा था मुझे? हाड़ा राजा के गुरु को मेरे पढ़ाये नैषध और काव्यप्रकाश आज कोई काम नहीं आ रहे थे, पर पिता की पढ़ाई शस्त्र-विद्या की परीक्षा देने का समय आ चुका था। मुझे मन-ही-मन उनके सौभाग्य के प्रति ईर्ष्या हो आयी। मैंने कहा था, "व्यास जी, आप और आपका पुत्र धन्य हैं। कदाचित् मैंने भी शस्त्र-विद्या सीखी होती।"

तो, जब लवंगी मेरे घर पहुँचने के बाद किले से लौटी, तो उसे शायस्ता और खलीउल्ला के गिरगिटी रंग को देख आश्चर्य हो रहा था, होशियार रहने की सलाह दे दी थी।

"मुझे इन दोनों शैतानों से बड़ा डर लग रहा है। शाहजादा को इस खतरे से आगाह करा देना जरूरी होगा। शाहजादा की चापलूसी कर-कर ये दोनों काफी मुँह लग गये हैं।" लवंगी ने शंका प्रकट की। "शाहजादा के हितू कभी नहीं हो सकते।"

"और भीतर-भीतर ये शाहंशाह के भी दुश्मन हैं। यह तुम जानते ही हो।"

"शाहंशाह से इनकी पुरानी रकाबत है। खलीउल्ला खाँ की बेगम तो बादशाह की खुले आम रखैल बनी फिरती है, भले ही इसके लिए वह हरामजादी ही ज्यादा जिम्मेदार है, बादशाह कम। खलीउल्ला खाँ उसे तो बस में रख नहीं पाता और उलटे बदनामी का शोर सुन बादशाह से बुरा मानता है। पर यह शायस्ता अपने जीजा का दुश्मन क्यों बना है?"

"दो वजह है, तुम्हें मालूम नहीं है क्या? शायस्ता अपने एक दोस्त बल्ख के पठान सरदार नजाबत खाँ के साथ पादशाह बेगम का ब्याह रचवा देना चाहता था। बादशाह और शाहजादी दोनों ने टके-सा जवाब दे दिया, सुना था, वह नजाबत खाँ को वचन दे चुका था, पर जब इसकी बात का कोई असर नहीं हुआ, तो नाराज हो गया। दूसरे, बादशाह में एक कमजोरी तो है ही, तुमसे क्या छिपा है। शाही हरम में दावत थी। शायस्ता खाँ की बीबी भी न्योते पर बुलायी गयी थी। बादशाह सलहज से कुछ छेड़खानी कर बैठे। तिल का ताड़ बना दिया गया।"

"क्या?"

"अरे, ये हरामजादे खोजे और बाँदियाँ हर किस्से को अपनी ओर से नमक-मिर्च लगाकर पूरे आगरा शहर में शाया कर देते हैं। जिन्हें सुन-सुनकर सारा शहर चटखारे लेता रहता है। ये हरामखोर बादशाह को भी नहीं छोड़ते। इन्होंने इतना तक उड़ा दिया कि बादशाह ने उसके साथ नाजायज ताल्लुक कायम कर डाला। शायस्ता तभी से मन-ही-मन भुनभुना रहा है। एक बार तो इस बारे में वह पादशाह बेगम से ही पूछ बैठा है कि अफवाह की क्या वजह है। उसका शक कभी का रफा कर दिया गया था, पर अफवाह फिर भी है ही और शायस्ता समझता है कि दाल में जरूर कुछ काला है।" लवंगी ने अफवाह का मूल कारण बताया।

"हूँ, तो यह वजह है।"

"नहीं, जगन्नाथ, मूल वजह तो सियासी है। ये अन्दर-ही-अन्दर औरंगजेब से मिले हुए हैं। इनके भेदिये अभी भी औरंगजेब के पास खबरें ले जा रहे हैं और उसी के इशारे पर ये दिखावे में दारा की हाँ में हाँ मिलाते जा रहे हैं, ताकि इसे किसी जाल में फँसाकर कोई गहरा गोता दे मारें।"

"तो, मामा शकुनि का असली रंग यह है। यह तो मैं बहुत पहले से जानता

हूँ। वह कब दारा का साथ देने लगा। पर आज एकाएक कोई नयी बात हो गयी है क्या?"

"हाँ, भई, इसी से तो परेशान हूँ।" और लवंगी ने विवरण देना आरम्भ कर दिया, "आज जब मैं पादशाह बेगम के पास पहुँची, तो ज्यों ही वे कुराने-पाक का पाठ कर उठीं, उन्हें बादशाह ने तलब कर लिया। वे मुझे भी साथ ले गयीं। थके-थके-से बादशाह मसनद पर आधे लेटे थे। पास में ही शाहजादा दारा, शायस्ता खाँ, खलीउल्ला और जफर खाँ। मैं चौंक पड़ी। इन तीन तिलंगों के एक साथ जुटने का राज क्या है? सभी लड़ाई की तैयारी के बारे में सलाह-मशविरा कर रहे थे। शाहजादी के पहुँचते ही बादशाह-हुजूर ने कहा, "दारा को कुछ समझाओ बेटी, नाहक जिद पर तुला है।"

"क्या बात है, अब्बाहुजूर!" शाहजादी ने जानना चाहा।

"बागी शाहजादों को नसीहत देने को हमारी फौजें तैयार हो चुकी हैं, बेटी! हम खुद इसके लिए जाना चाहते हैं, ताकि उन नामाकूल औलादों में बाप का कुछ प्यार बचा हो तो वह सामने आ जाय। नहीं तो, हम अपने हाथों उन्हें शिकस्त दे उनकी नाजायज हिमाकत की सजा दे सकें। हमारे जाने से मुगलिया फौज की हौसला-अफजाई भी होगी।"

"नहीं, अब्बा हुजूर, आपको तकलीफ उठाने की कोई जरूरत नहीं है। हमें पूरा भरोसा है कि बागियों को कुचल दिया जाएगा। हमारी फौजें काफी ताकतवर हैं। राव छत्रसाल रुस्तम खाँ फरजन्द और बर्कन्दाजा खाँ जैसे बहादुर हमारे साथ मौजूद हैं और ये खलीउल्ला खाँ भी किसी से क्या कम हैं, क्यों मामूँ जान?" दारा ने चापलूस और मक्कार शायस्ता पर विश्वास करते हुए कहा।

"हाँ, हुजूर, शाहजादा ठीक कहते हैं। आपको फिक्र करने की कोई जरूरत नहीं है। शाहजादा के साथ इतने बहादुर सिपहसालार मौजूद होंगे। मैं भी जाना चाहता हूँ, पर शाहजादा की राय है कि मैं आगरा का इन्तजाम देखता रहूँ।" शायस्ता बोला।

"पर अगर जिल्लेसुब्हानी चले भी जाते हैं, तो कौन नुकसान है, मामूँजान! माना कि वे अभी बीमारी से उठे हैं, पर उनके तजुर्बों का फायदा मिलता रहे, तो कौन बुरा है। काश, रजियाबेगम या अपने ही दादी मलिका नूरजहाँ की तरह हम भी मैदाने-जंग में लड़ने चल सकतीं। मेरी समझ में बादशाह-हुजूर की राय गलत नहीं है।" शाहजादी ने अपना मत प्रकट किया।

"क्या कह रही हैं आप? इसका मतलब यह है कि आप दोनों को दारा के बाजुओं पर कोई भरोसा नहीं है। इस बार इन बागियों को शिकस्त देने का

काम मुझी को करना है। आलीजाह को नाहक बुढ़ापे में परेशान होने की कौन जरूरत है।" दारा तैश में था।

"शाहजादा हुजूर ठीक फरमाते हैं, जिल्लुल्लाह। आखिर इन्हें अपनी बहादुरी का जौहर दिखाने का मौका मिलना ही चाहिए। और फिर इस छोटी-सी लड़ाई के लिए आपका चलना मुगलिया तख्त की शान के लिहाज से भी ठीक नहीं जान पड़ता।" खलीउल्ला ने चापलूसी करते हुए कहा।

"औरंगजेब को लड़ाइयों का काफी तजुर्बा है, शाहजादे! मुझे उस आवारा से कतई खतरा नहीं जान पड़ता। शराब, औरतों के हुजूम, और जिस्म-परवरिश से ही उसे फुरसत नहीं है। पर औरंगजेब लड़ाइयों की मोर्चेबन्दी का माहिर है। उसमें एक और खासियत है कि वह खुद फौज के हर बाजू पर निगाह रखे रहता है और जा बाजू कमजोर होता नजर आता है वहीं अपने-आप पहुँचकर फौज का हौसला बुलन्द करने लगता है। वह मैदाने-जंग में अदने-से-अदने सिपाही के कन्धे-से-कन्धा भिड़ाये लड़ता है। ऊँचे दर्जे के सिपहसालार की सभी अच्छाइयाँ उसमें मौजूद हैं। मेरा मतलब यह नहीं कि तुम कम बहादुर हो, पर उसका सामना करने के लिए हमारे तजुर्बों का भी फायदा तुम उठा लो, तो बुरा नहीं होगा।" शाहंशाह ने खुलासा करते हुए शाहजादे को समझाया।

"आप अपने तजुर्बों से हमें यहीं वाकिफ करा सकते हैं, अब्बा-हुजूर। इसके लिए आपको मैदाने-जंग में तशरीफ ले जाने की जरूरत क्या है? रही औरंगजेब की बहादुरी की बात। एक बार वह ढोंगी नमाजी दारा की तलवार का तेवर भी देख ले। हमारी फौजें उन दोनों भाइयों को बागी सिपाहियों के साथ खरगोशों की तरह खदेड़ भगा देंगी। क्यों खलीउल्ला खाँ?" दारा ने पूछा।

"शाहजादा हुजूर का कहना जायज है, आलीजाह, मुझे इनकी बहादुरी पर नाज है। शाहजादा औरंगजेब की क्या हिम्मत कि मैदाने-जंग में इनके आगे ठहर भी सकें। वह शाही फौजें देखते ही मैदान छोड़ देंगे, या फिर हमारी फौजें उन दोनों बागियों को पकड़ लेंगी। आप कतई फिक्र न करें।" खलीउल्ला खाँ दारा की हाँ-में-हाँ मिला रहा था।

"पर फिर भी..." शाहजादी ने टोकना चाहा।

"नहीं, कुछ नहीं बहन। मैं अब फैसला कर चुका हूँ। अब्बाहुजूर को मैदाने-जंग में नहीं जाना है। क्या आपको मुझ पर, मेरी बहादुरी पर कोई यकीन नहीं है। यह मेरी तौहीन है।" दारा आपा खो बैठा था।

"तो फिर कुछ दिन इन्तजार करो। शाहजादा सुलेमानशुकोह और राजा जयसिंह को पूरब से लौट तो आने दो। उनकी फौजों के आ जाने पर हम लोगों

की ताकत और बढ़ जाएगी।" शाहंशाह शाहजादा को कुछ दिन रुकने की सलाह देने लगे।

"नहीं आलीजाह, हमारी फौजें तादाद और बहादुरी दोनों लिहाज से उन बागी फौजों से अभी भी बीस हैं। हम उन गीदड़ों पर भेड़ियों-से टूट पड़ेंगे। वह बल्ख और काबुल से हारकर भाग आने वाला धोखेबाज राजा और नौजवान सुलेमान कौन बड़ी बात कर डालेंगे। राजा तो अभी शुजा तक को पूरी शिकस्त नहीं दे पाया है। मुझे उस पर कोई भरोसा नहीं रहा है। वह आपको हुक्म और मेरे खतों के बावजूद शुजा को नहीं पकड़ पाया है। शायद वह शुजा से मिल गया है। मैं उसके लौटने का कतई इन्तजार नहीं करूँगा। मेरा आखिरी फैसला है। मैं फौजों के बढ़ने का मुहूर्त निकलवा चुका हूँ। परसों दो घड़ी सूरज के चढ़ते ही हमारी फौजें बढ़ चुकी होंगी। फतह हमारी होगी।" दारा तमतमाये चेहरे से कहे जा रहा था। बादशाह समझ गये कि हितचिन्तकों की खाल ओढ़े इन बदमाशों ने दारा को भर दिया है। वह अब प्रतिवाद करना व्यर्थ समझते थे।

"तो ठीक है, शाहजादे, जैसी तुम्हारी मर्जी!" दुःखी बादशाह कह उठे। उन्होंने पास में बैठे शायस्ता को पास पड़ी छड़ी से हल्के-से सीने पर छू यह व्यंजना करा दी कि आखिर शकुनि अपना पाँसा फेंक ही चुका है। मैं दहल गयी, ए खुदा, अब क्या होगा?"

और तभी बाँदी चम्पा ने आकर खबर दी कि मीर बख्शी दानिशमन्द खाँ का एक सिपाही मिलने आया है। मैंने उसे तुरन्त बुलवा लिया। उसने बताया, "मीर बख्शी आपसे बहुत जरूरी में मिलना चाहते हैं। अगर आप इजाजत दें तो वे खुद भी यहाँ आ सकते हैं।" मैंने उन्हें यहीं बुला लेना वाजिब समझा और एक घड़ी में ही दानिशमन्द खाँ आ चुके थे। वे गमगीन नजर आ रहे थे। मैं उनके चेहरे को देखते ही समझ गया। उन्हें आदर से बैठके में लिवा लाया और कालीन पर बैठने के बाद मैंने पुनः पूछा, "क्यों, मीरबख्शी साहब, इस वक्त कैसे याद फरमाया है?"

"मैं बहुत जरूरी काम से आया हूँ, पण्डितराज। सब कुछ बिगड़ चुका है। क्या इसे बचाने का कोई तरीका है? आप पादशाह बेगम से शाहजादा पर दबाव डलवाकर कुछ मदद कर सकें, तो बेहतर होगा।" मीर बख्शी ने आने का प्रयोजन बताया।

"मामला क्या है?"

"आपको शायद पता हो कि परसों ही फौजें मोर्चे पर रवाना होने जा रही हैं। बादशाह-सलामत खुद जाना चाहते थे। उन्होंने राजा जयसिंह तथा सुलेमानशुकोह की फौजों को लौट आने तक इन्तजार करने की सलाह भी दी, पर शाहजादा

किसी सलाह को नहीं सुन रहे हैं। शायस्ता खाँ और खलीउल्ला उन्हें उल्टी-सीधी पट्टी पढ़ा चुके हैं। शाहजादा समझते हैं कि अगर बादशाह-हुजूर लड़ाई में मोर्चे पर गये तो शाही फौजों को मिली फतह का सेहरा उनके सिर बँधने के बजाय शाहंशाह के सिर बँधेगा। वे अपने सिर यह सेहरा बँधवाने को बेताब हैं। शाहजादा के इन दोनों नये खैरख्वाहों ने उन्हें चर्खे पर चढ़ा दिया है। वे जब बादशाह की ही नहीं सुनते तो औरों की क्या बिसात।" दानिशमन्द ने कहा।

"पर अगर शाहजादा अकेले ही जाकर फतह हासिल कर आएँ, तो ज्यादा अच्छा है?" मैंने पूछा।

"बात दूसरी है, कविराय। शाहजादा दारा को लड़ाई का कतई तजुर्बा नहीं है। फिर उनका गर्म-मिजाज भी लड़ाई के मौके पर उल्टा असर डाल सकता है। शाहजादा दिल से बड़े साफ हैं, लेकिन वे कभी-कभी तैश में आ जाते हैं और खैरख्वाहों पर गैरवाजिब शक्को-शुबहा किया करते हैं। दूसरी ओर वह खुर्राट् औरंगजेब है। उसने तो जिन्दगी ही लड़ाई के मैदानों, हाथी के हौदों या घोड़ों की पीठ पर गुजारी है। ओठों पर मीठी मुस्कान लिये वह चुपके से ऐसा काटता है कि उसका काटा पानी भी नहीं माँग पाता। मेरी राय थी कि वे बादशाह का हुक्म मान लें। या तो उन्हें चलने दें या फिर पूरब में उलझी फौजों के भी लौट के आने तक रुके रहें।" मीर बख्शी ने अपनी राय जाहिर की।

"तब?"

"खल्लीउल्ला खाँ तो आजकल साये की तरह उनके साथ घूम रहा है, आप जानते ही हैं। उन्होंने भर दिया कि दानिशमन्द फलसफा छाँटें, इन्हें मैदाने-जंग से क्या मतलब? शाहजादा ने उसकी सलाह में आकर हम पर शुबहा करना शुरू कर दिया है। कल ही उन्होंने हमें डाँटते हुए साफ-साफ कह दिया, 'मीर बख्शी, आप इतने बुजदिल हैं, मैं नहीं जानता था। यह बुजदिली ही है जो आपकी खैर-ख्वाही का लिबास ओढ़े आ रही है। हाड़ा राव, बर्कन्दाज खाँ और खलीउल्लाखाँ उन खरगोशों को किस तरह भगाते हैं, इसका पता आपको जल्द ही चल जाएगा। हाँ, अगर आपकी मन्शा आगरा में आराम फरमाने की ही है, तो मैं आज ही खलीउल्ला खाँ को मीर बख्शी मुकर्रर किये देता हूँ। आप शौक से तशरीफ ले जा सकते हैं। आप जैसे बुजदिलों से और क्या उम्मीद हो सकती है?' शाहजादा ने गुस्से से कहा। उनसे बहस मुबाहसा करना फजूल था। आप तो जानते हैं, यही जिद्दीपन तो उनका सबसे बड़ा दुश्मन है, कविराय।" दानिशमन्द बड़े दुःखी स्वर में कहे जा रहा था।

"तो आप अब क्या करने जा रहे हैं।"

"मैंने मीरबख्शी का ओहदा तर्क कर दिया है। पर मैं शाहंशाह और इस

शाहजादा का नमकख्वार गुलाम हूँ। मेरा जी चाहता था कि लड़ाई में इनके साथ लड़ता, पर आदमी बेइज्जत होते कब तक बर्दाश्त करता रहेगा। दूसरा होता, तो औरंगजेब के साथ जा मिलता, या लड़ाई में शामिल होकर ऐन-मौके पर धोखा देता, पर मुल्लाशफी इतना बेईमान और नमकहराम नहीं बन सकता, पण्डितराज। मैंने फैसला किया है कि मैं आगरा में ही रहकर नादान शाहजादा की फतह के लिए खुदा से दुआएँ माँगता रहूँगा। पर जी न माना, सोचा आपको तो सारा किस्सा बता देता हूँ। शायद आप पादशाह बेगम के पास जाएँ। शाहजादा पर दबाव डलवाकर उन्हें ठीक रास्ते पर ला सकें। अभी भी कुछ नहीं बिगड़ा है, कविराय!" दानिशमन्द अपनी स्वामिभक्ति का प्रमाण दे रहा था। मुझे भी दारा के द्वारा किये इस बुद्धिमान मुल्लाशफी के अपमान पर हार्दिक क्लेश हुआ। क्या दारा के खैरख्वाह इसी तरह एक-एक कर हटते जाएँगे और नमकहराम चापलूस उसे घेर उसका सरा बेड़ा गर्क कर देंगे? मैं भविष्य की आशंका से काँप उठा। मैंने दानिशमन्द को सान्त्वना देते कहा, "मुझे आपकी स्वामिभक्ति पर नाज है, मीरसाहब! मैं आज ही शाम पादशाह बेगम से मिल अन्तिम प्रयत्न करूँगा। देखिए कहाँ तक कामयाबी मिलती है।"

उदास पीली शाम आसमान पर उतरने की तैयारी कर रही थी। पश्चिम जलनिधि में डूबते-डूबते भी वृष का तरणि अपने तेज को नहीं छोड़ पा रहा था। उसकी तीखी किरणें अभी त्वचा के पोरों का भेदन कर मन को पीड़ा पहुँचा रही थीं। सायंकाल के समय भी गर्म लू के थपेड़े आग बहाये जा रहे थे, और उससे सारा अगजग झुलसा जा रहा था। मैं अपने निवास से किले की ओर पादशाह बेगम से मिलने जा रहा था। मेरे मन में तीव्र दुःख की ज्वाला ग्रीष्म की प्रकृति का अनुकरण कर रही थी। किले के गोपुर को पार कर मैं अब ढाल चढ़ता हुआ उस ओर बढ़ रहा था। जहाँ से शाही महलसरा की हद शुरू होती थी। अंगूरी बाग के दरवाजे पर तैनात खोजों और खड्गधारिणी हब्शिनियों से अनुमति पा अब मैं अंगूरी बाग में दाखिल हो रहा था।

ग्रीष्म अंगूरी बाग की कान्ति को निर्ममता से कुचलता दिखाई पड़ा। फर्श की पटरियों में जड़े लाल पत्थर के टुकड़े गर्म सूरज की आँच में तपकर और लाल हो उठे थे और अभी भी उनसे उठती भभक शान्त नहीं हो रही थी। पटरियों के बगल में बहती नहरों के दिन-भर खौलते पानी में रूपहरी, सुनहरी, लाल-हरी और सतरंगी मछलियाँ शाम के वक्त भी छटपटाती नजर आयीं। निरन्तर सींचे जाते कलमी आम, सन्तरें, दाड़िम और जम्बीरी नींबू के पेड़ दिन भर गर्मी में तपकर थके से मालूम पड़े। जूही, मालती, चमेली और अंगूर की तनुलताएँ कुम्हला गयी थीं। गुलाब, सेवती, रजनीगन्धा और कटीली चम्पा के गुल्म अपनी अर्द्ध-शुष्क

पत्रावलियों से सूर्य की प्रचण्डता को कोस रहे थे। ऐसा जान पड़ा जैसे सारी जड़ और चेतन प्रकृति निदाघ की नृशंसता से बेहद परेशान थी।

बारीक महमूदी के हल्के-फुल्के अँगरखे में भी मैं पसीने से तर-ब-तर था। उस पर मले गये खश के इत्र से कुछ बेचैनी कम महसूस हो रही थी। पर मशकें लिए खोजों द्वारा किये पानी के छिड़काव से रास्ते की पटरियाँ और भाप मुझे बेचैन बनाने लगीं। राहत पाने के लिए मैं बायें हरे घास के गलीचे के बीच बने संगमरमरी हौज में खेलते धारा-यन्त्र की ओर बढ़ गया। बेगम जेओ शायद अभी नमाजे-शाम पढ़ रही हों, इसलिए भी कुछ देर रुककर उनसे मिलना चाहता था। हौज के बीचोंबीच कई तरह के फव्वारे थे। बीच का फव्वारा काफी ऊँचा था, इर्द-गिर्द और कई छोटे-छोटे फव्वारे। ऊँचा फव्वारा पनिहारिन की शक्ल में तराशा गया था। सिर की गगरी और उस पर रखे घड़े के शत-शत छिद्रों से जलधाराएँ ऊर्ध्वाभिमुख हो जलते आकाश को नहला-नहला उसकी जलन शान्त करती जान पड़ीं। बड़े फव्वारे के चारों किनारों पर दोनों अग्रपाद और सूँड़ उठाये हाथियों की शक्ल के चार और फव्वारे सूँड़ों से पुष्ट जलधाराएँ निकाल हौज को भर रही थीं। इनके बीच-बीच में अलग-अलग शक्लों के कई छोटे-छोटे फ़व्वारे और थे। एक ओर मछलियों की आँखों से फव्वारे छूट रहे हैं, दूसरी ओर घड़ियालों की खुरदरी पीठों से कई धराएँ फूट पड़ी हैं। सूरज की आखिरी किरणों से खेलती ये धाराएँ सतरंगी हँसी हँस खिलखिला रही थीं। इस खिलखिलाहट का मजा लूटता मैं तन्मय हो जल-धाराओं की शीतलता का आँखें से स्पर्श कर मन की सिहरन के साथ थिरक उठा, और हवा के झोंके से बहाये जल शीकर जब उड़-उड़ मुझे गुदगुदाने लगे तो दिन-भर की क्लान्ति क्षण में ही छुई-मुई-सी सिकुड़ गयी।

एकाएक रजनीगन्धा की झाड़ी के उधर से खिलखिलाहट सुनाई दी। माजरा क्या है, यह जानने को उत्सुक हो मैं बायें बढ़ी घनी पत्रावलियों की ओट में छिपकर देखने लगा। कुछ नौजवान लौंडियाँ एक प्रौढ़ा बाँदी को परेशान कर रही थीं। एक उसे गुदगुदा रही थी, दूसरी उसका जबर्दस्ती चुम्बन करना चाहती थी, और एक पकड़कर सीने लगा लेने की ज़िद कर रही थी। वह उन्हें हाथ मटका-मटका कोस रही थी। पास खड़ी महाकाय हब्शिन इनकी खिलखिलाहट में अपने अट्टहास का मिश्रण कर फर्माइश कर रही थी, "बुरा क्या है अम्मीजान, उस नौजवान सिपाही से अपने इश्क का किस्सा हमें भी सुना दो, तो लुत्फ रहेगा।"

प्रौढ़ा गालियाँ देती जा रही थी, "हरामजादियो, रुक जाओ, बेगम साहिबा से शिकायत न की, तो मेरा नाम महमदियाँ नहीं। निगोड़ियों को लाज-शरम नहीं है। हमें तंग करती हैं।" और उसकी गालियों की परवाह किये बगैर वे उसे

और छेड़ती जा रही थीं। मुझे उसकी दयनीय स्थिति पर तरस आ रहा था। आधी घड़ी से भी अधिक हो चुका था। मैंने रजनीगन्धा की ओट से प्रकट हो, एक बाँदी को नाम से पुकारते कहा, "क्यों यासमीन, बेचारी महमदिया को काहे परेशान करती हो।" एकाएक जैसे उसको साँप सूँघ गया। यासमीन तो शर्म से लाल हो उठी। वही तो महमदिया को सीने से लगाने की ज़िद कर रही थी। मुझे देखते ही उसे परेशान करना छोड़ सभी बाँदियाँ एक-एक करके खिसकने लगीं। मैंने हब्शिन दासी से पुकारकर कहा, "रहमतुन्निसा, जरा पादशाह बेगम से अर्ज कर दो कि जगन्नाथ आये हैं और मुलाकात की इजाजत चाहते हैं।" रहमतुन्निसा रुक गयी। उसने बताया कि अभी कुछ देर पहले ही बेगम के राखीबन्द भाई हाड़ाराव आये हैं, पादशाह बेगम साहिबा उन्हीं से बातचीत कर रही होंगी।

"वे कहाँ हैं, महल में?"

"नहीं हुजूर, मोती मसजिद से लौटने के बाद वे अभी हाल महताब बाग की ओर गयी हैं और वहीं हाड़ाराव को भी बुलाया है। आप चाहें तो उस ओर तशरीफ ले जाएँ। वहीं मुलाकात हो जाएगी।" रहमतुन्निसा ने जवाब दिया।

मैं अब महताब बाग की ओर मुड़ गया। कृष्णपक्ष का अँधेरा महताब बाग को काली चादर में समेटता जा रहा था। इस बाग में लगे सभी सफेद फूलों के पौधे काले पानी में डूबने लगे। दूर से मशालों और हण्डों में जलती मोमबत्तियों की किरनें काले पानी के समन्दर में सुनहरी जलपरियों-सी तैरती जान पड़ीं। पास ही जम्बीरी नींबू के दोनों ओर सटी कँटीली चम्पा के झाड़ों के उस पार दो व्यक्तियों की हलकी आवाज सुनाई पड़ी। शायद बेगम जेओ और हाड़ा राजा हों। मैं इधर ही रुक गया। कँटीली चम्पा के पौधों के पास खड़े होने में डर भी लग रहा था, कहीं झाड़ी के पास नाग न दुबके बैठे हों।

"मैं आपसे लड़ाई पर जाने की इजाजत लेने आया हूँ, बेगम साहिबा! परसों हमें मोर्चे पर रवाना हो ही जाना है।" पुरुष कण्ठ की आवाज थी।

"काश, हम भी आपका साथ दे सकतीं। दारा और आपको लड़ाई के लिए जाते देख हमें कितना दर्द हो रहा होगा, इसको आप बखूबी जान सकते हैं, राजा साहब।" बेगम जेओ ने कहा।

"मैं इस नजरे-इनायत के लिए शुक्रगुजार हूँ, पादशाह बेगम। अगर भगवान शंकर ने चाहा तो फिर से आपके दर्शन होंगे ही। शाहजादा दारा के लिए छत्रसाल इस लड़ाई में अपने प्राणों को हथेली पर रखकर जा रहा है। उसके सारे नाते-रिश्तेदार, यहाँ तक कि गुरु और गुरुपुत्र भी शाहजादा के प्रति अपनी वफादारी की परीक्षा देने जा रहे हैं। हम लड़ने नहीं, जौहर करने जा रहे हैं और अगर लड़ाई में ही काम आए, तो हमारी गलतियों के लिए मुआफ कर दीजिएगा।"

"खुदा ऐसा न करे, राजा साहब! मैं आपकी हिफाजत के लिए पाँचों नमाज के वक्त अल्लाताला से दुआएँ माँगती रहूँगी। अगर खुदा-न-ख्वास्तः आप मुगल सल्तनत की हिफाजत करते विमान पर बैठ बैकुण्ठ के लिए चल दिये, तो मुझे सचमुच आपको चुनने में होड़ाहोड़ी बदती अप्सराओं से बेहद रश्क होगा। आपने इस लायक तो इस नाचीज को रखा नहीं कि यह भी वीर राजपूतनी की तरह अपने महबूब के साथ जलती चिता की शीतल सेज पर सो पाती। फिर भी..।"

"पुरानी बातों को भूल जाइए, बेगम साहिबा। भाई के हाथ पर राखी बाँधकर एक बहिन की तरह मुझे हँसी-खुशी बिदा कीजिए। वीर रजपूतनियों का यह भी धर्म है। आपको मैंने किसी वीर क्षत्राणी से कम नहीं समझा है।"

"हमें यही तो गम जिन्दगी भर साले डाल रहा है, राजा साहब, कि हमें वीर क्षत्राणी कभी नहीं समझ सके। काश, मैं हिन्दू घराने में किसी अदने राजपूत के ही घर जनम जाती। जिन्दगी भर क्वाँरी साध को लिये तो न मरती रहती।"

"क्या कहती हैं आप! मेरे मन ने सदा आपको देवी की तरह पूजा है, पादशाह बेगम। ईश्वर साक्षी है। आपको फिर भी शक हो, तो शक रफा करने का अब वक्त भी आ गया है। शाहंशाह तथा शाहजादा के प्रति मेरी वफादारी का राज असलियत में तुम्हारे प्रति सच्ची वफादारी है। यह बात तुमसे तो छिपी नहीं रहनी चाहिए।"

"आज मुझे 'तुम' कहकर मेरी जनम-जनम की साध को पूरा कर दिया, छत्रसाल! काश, तुम पादशाह बेगम और मनसबदार राजा के इस भेद को कभी का दूर कर देते। पर अब बहुत देर हो चुकी है।"

"नहीं जहाँआरा, देरी कभी नहीं। आत्माएँ अमर हैं। इस जीवन में हमारे शरीर जुदा रहे हों, पर आत्माएँ सदा एकरस रही हैं। सच्चा प्रेम तो आत्मिक होता है, पगली! दो शरीरों का मिलन तो वासना है और अगर कहीं मैं लड़ाई में काम आया, तो वहाँ भी मेरा मन, मेरी आत्मा तुम्हारा ही ध्यान करती रहेगी।"

"अगर कहीं मेरा यही बदनसीब हुआ, तो मैं भी जिन्दगी भर विधवा राजपूतनी-सी तुम्हारा ही अलख जगाती रहूँगी, प्यारे राजा साहब! हमारे मजहब में हम मरने के बाद दूसरा जनम नहीं मानते। हिन्दू लोग दूसरा जनम मानते हैं। पर खुदा की निगाह में हिन्दू और मुसलमान दोनों के साथ एक-सा सलूक होता होगा। अगर कहीं दूसरा जनम होता हो और हर इन्सान का होता हो तो खुदा से मेरी एक ही दुआ है कि इस बार या तो मुझे हिन्दुआनी राजपूतनी के चोले में जनम दे या तुम्हें मुसलमान बनाकर भेजे। मैं तब तक तुम्हारा इन्तजार करती रहूँगी, मुझे कोई अफसोस नहीं होगा। हाँ, कभी-कभी दिल में लौंगी और जगन्नाथ की किस्मत को देखकर रश्क जरूर होता है, मेरे प्यारे राजा साहब। यह मेरा

ही अधूरा सपना था, जिसे पूरा करने के लिए मैंने बादशाह से लड़-झगड़कर, मुसलमान मनसबदारों और मामूँ शायस्ता की जफर खाँ के लिए पुरजोर सिफारिश के बावजूद उन्हें सुखी बनाने की कोशिश की। मैं उन्हें देखकर कई बार ऐसा महसूस करती हूँ कि जैसे इस जिन्दगी में मजबूर तुम और हम ही लौंगी और जगन्नाथ की शक्ल में मिल रहे हैं।" बेगम जेओ आज सब कुछ कह देना चाहती थीं। स्खलद्गति होने के बावजूद उनके पता नहीं कब से मँड़राये भाव उमड़-घुमड़कर वाणी की धरती पर बरस पड़े थे। राजा छत्रसाल स्तब्ध-से सुनते जा रहे थे। मेरी सारी चेतना भी कर्णमय हो बेगम की वेदना की रागिनी को सुनने को बेताब थी।

"तो, अब इजाजत हो, आपकी दुआएँ ले हम जाना चाहेंगे। फिर तो आपसे अकेले में बिदा लेने का मौका मिलने से रहा। मन ऐसा कहता है कि यह लड़ाई हमारी आखिरी लड़ाई होगी। छत्रसाल शायद मैदान से लौट के आनेवाला नहीं है, जहाँआरा।" राजा का गला भर आया था।

"ऐसा न कहो, मेरे राजा साहब! जाते-जाते केवल एक वादा करवाना चाहूँगी। खुदा न करे, अगर आप न लौट पाए, तो इस नाचीज को न भूलेंगे और अगले जन्म में तो मुझे कबूल करने से इनकार न करेंगे। मेरी यही एक इल्तजा है। यह मीरा भले ही अगले ही जनम में सही अपने गिरधर के चरणों में लिपटना चाहती है। वैसे तो इस जिन्दगी में उसने उसी गिरधर की इबादत की है, और वह सपने में भी उसके ही चरणों में रोती रह खुशी मनाती रही है। अल्लाताला आपकी हिफाजत करते रहेंगे, खुदा हाफिज। अल्लाह-अकबर।" और इतना कह बेगम सिसक पड़ीं।

"गम न करो, जहाँआरा। मुझे हँसी-खुशी बिदा करो। कर्तव्य मुझे पुकार उठा है। हर-हर महादेव!" राव छत्रसाल महताब बाग में ही वीर ध्वनि कर उठे।

मैंने अब उचित अवसर जान प्रकट होना चाहा। मैं दायें घूमकर लम्बा चक्कर दे लगभग पचास कदम बढ़ फिर कलमी आमों की ओर से बायें मुड़ा और उस ओर लौट पड़ा, जहाँ संगमरमर की पीठिका पर बिछे ईरानी कालीन पर जहाँआरा बेगम और राव छत्रसाल बैठे थे। मुझे दूर से देखते ही पादशाह बेगम आवाज दे उठीं, "आओ कविराय जगन्नाथ! मुझे तुम्हारी मुलाकात करने के बारे में खबर मिल चुकी थी। राजा साहब शाहजादा के साथ परसों लड़ाई के मोर्चे पर रवाना हो रहे हैं। ये मुझसे लड़ाई में जाने की रुखसत माँगने आये हैं।"

"मैं भी उसी सिलसिले में आया हूँ, पादशाह बेगम।"

"तो तुम भी लड़ाई के मोर्चे पर जा रहे हो, क्या? क्या मेरे तीनों भाई

लड़ने चले जाएँगे। कोई एक भाई तो बहिन की हिफाजत के लिए आगरा में ठहरता।"

"नहीं, बहिन, यह भाई तो नाकाबिल साबित हो चुका है। आज कलम नहीं, तलवार का जौहर दिखाने का मौका है।"

"क्यों तुम शाइरी से लोगों को जोश और हिम्मत दिला सकते हो। तलवार न सही, लड़ाई में इस तरह भी हाथ बँटा सकते हो।"

"उसके लिए मैंने अपने नौजवान शागिर्द घनश्याम त्रिपाठी को तैनात कर दिया है। वह झरवा के कवित्त, छप्पय और अमृतध्वनियाँ सुना-सुनाकर वीरों का हौसला अफजाई करता रहेगा। मैं आपके पास बिदा लेने नहीं, बल्कि एक खास सलाह-मशविरे के लिए आया हूँ। अगर राजा साहब भी अपनी राय देने की मेहरबानी करें तो बेहतर होगा।"

"ठीक है, पण्डितराज। क्या आदेश है?" हाड़ा राव ने रुकना स्वीकार कर लिया।

"आपको कदाचित् ज्ञात हो कि दानिशमन्द खाँ ने मीर बख्शी का ओहदा तर्क कर दिया है, पादशाह बेगम और शाहजादा ने उनकी जगह खलीउल्लाह खाँ को मुकर्रर कर दिया है।" मैंने उन्हें बताया।

"पर बात क्या है? हमें इसका कतई पता नहीं है। आखिर दानिशमन्द ने यह क्या किया। उस जैसे नमकख्वार मनसबदार ने ऐसा क्यों किया?" पादशाह बेगम ने चौंकते हुए पूछा।

"बात साफ है, पादशाह बेगम। दानिशमन्द की सलाह थी कि कुछ दिन इन्तजार किया जाए, ताकि शाहजादा सुलेमानशुकोह की फौजें पूरब से लौट आएँ। मैं भी काफी समझाता रहा हूँ, पर उन पर कोई असर नहीं हो रहा है।"

"क्या किया जाए, पण्डितराज। शाहजादा इस वक्त किसी खैरख्वाह की नहीं सुन रहे हैं। उन्हें जल्दी लगी है कि वे दोनों बागियों को हराकर तथा बेड़ियों में बाँधकर तुरन्त बादशाह के कदमों में डाल दें। पर लड़ाई मुँह का निवाला तो है नहीं।" राजा साहब बोले।

"मामूँजान, खलीउल्ला और जफरखाँ ने शाहजादा को बरगला दिया है, कविराय जगन्नाथ। जब अब्बा हुजूर और मेरी नसीहत का ही असर नहीं हो रहा है, तो दानिशमन्द बेचारा क्या कर सकता है।"

"पर पुरजोर तैयारी के बगैर इन्हीं धोखेबाज सिपहसालारों के आसरे तो कुछ होने से रहा, पादशाह बेगम!"

"मैं कोशिश कर-कर हार चुकी, कविराय! हाड़ा राव भी तीन दिन से

लगातार शाहजादा को समझा रहे हैं। कोई असर न होता देख मैंने तो सब कुछ खुदा के आसरे छोड़ दिया है।"

"क्या अब कोई रास्ता नहीं रहा उन्हें इन धोखेबाजों से बचाने का?" मैंने जानना चाहा।

"आप चाहें तो आखिरी कोशिश करके देख लीजिए। मुझे कोई नतीजा निकलता नहीं दिखाई देता। दारा को आप तो जानते ही हैं। वह ज़िद पकड़ ले तो फिर अल्लाह ही मालिक है। यही ज़िद तो उसकी असली दुश्मन है, कविराय!"

"सुना है, वे परसों का सेना-प्रयाण का मुहूर्त निकलवा चुके हैं और उन्होंने हुक्म दे दिया है कि परसों सुबह दीवाने-आम में लड़ाई के लिए उनकी बिदाई का समारोह मनाया जाए।"

"बात ठीक है, पण्डितराज जगन्नाथ। हमारे हाड़ा वीर भी तैयार हो चुके हैं। आप जानते हैं, हम तो सैनिक हैं। जैसा आदेश मिलेगा, वैसा करेंगे। हाँ, कुछ दिन के लिए सेना-प्रयाण रुक सकता, तो अच्छा होता, किन्तु अब कोई आशा नहीं है कि पूरब की सेनाएँ आने तक हमें रुकना पड़े।"

"पर दानिशमन्द के बारे में आपकी क्या सलाह है? वे घर पर बैठ गये हैं। क्या शाहजादा को उन्हें मनाने को नहीं कहा जा सकता। दानिशमन्द एक ईमानदार दोस्त है। खलीउल्ला खाँ जैसों के जाल को काटने के लिए उनका लड़ाई में शाहजादा के साथ जाना जरूरी है।"

"हाँ, पादशाह बेगम। पण्डितराज ठीक कहते हैं। आप शाहजादा को इतना तो समझा दें कि दानिशमन्द को समझाएँ-बुझाएँ ताकि वे अपने ओहदे पर बरकरार बने रहें।" हाड़ाराव ने सलाह दी।

"ठीक है, मैं कोशिश करूँगी। दानिशमन्द के साथ जो भी हुआ, उसका मुझे सख्त अफसोस है। काश, औरंगजेब के छिपे दोस्तों को शाहजादा दारा सलाहकार न बनाते। पर ऐसा लग रहा है, इस जाल में जकड़ गये हैं कि आजाद होना मुश्किल नजर आता है।"

"अब तो जो होना है, वह होगा ही, पादशाह बेगम, पर हमें सतर्क तो रहना ही होगा।"

"दानिशमन्द के मामले में भी शाहजादा को असलियत समझाने की कोशिश करूँगा। अब मुझे रुखसत दीजिए।"

पादशाह बेगमन से रुखसत पा मैं हाड़ा राव के साथ ही लौट आया। रास्ते भर सोचता रहा कि शाहजादा को वास्तविकता कैसे बतायी जाए? पर क्या वे नादान हैं कि उन्हें असलियत का पता नहीं है? क्या वे खलीउल्लाह, जफरखाँ

और मामूँजान की असलियत को नहीं पहचानते। वे बखूबी जानते हैं कि रोशनआरा के साथ इनकी मिलीभगत है और भीतर-भीतर ये औरंगजेब के शुभचिन्तक हैं। तब क्या किया जाए? अपने मन्तव्य से उन्हें किस तरह अवगत कराया जाए। क्यों न अन्योक्तिपरक पद्य के माध्यम से अपनी सलाह दी जाए। और कोई चारा नहीं नजर आता। घर आते ही मैंने एक कविता बनायी और उसे लिख यूसुफ के हाथों शाहजादा की सेवा में भिजवा दिया। पद्य था :

सौरभ्यं भुवनत्रयेऽपि विदितं शैत्यं तु लोकोत्तरं
कीर्तिः किं च दिगंगनांगणगता किं त्वेतदेकं शृणु।
सर्वानेव गुणानियं निगिरति श्रीखण्ड ते सुन्दरा
नुज्झन्ती खलु कोटरेषु गरलज्वालान् द्विजिह्वावली ॥

(ऐ चन्दन के दरख्त, तेरी खुशबू तीनों जहाँ में मशहूर है, तेरी ठण्डक दुनिया में सबसे बढ़कर है, और तेरी शोहरत दिशाओं की नाजनीनों के दौलतखाने तक पहुँच गयी है, पर जरा एक बात तो सुन, तेरे कोटर में जहर की लपटें उगलती ये दुहरी जीभ वाले साँपों की पाँत तेरी सभी खूबसूरत अच्छाइयों को निगलती जा रही है।)

कोई दो घड़ी बाद यूसुफ इसका जवाब लेकर लौटा। उसी कागज के नीचे शाहजादा ने फारसी में दो पंक्तियाँ लिख भेजी थीं। इन्हें पढ़ मैं हताश हो गया कि अब शाहजादा को ठीक रास्ते पर लाना मुश्किल है। मैं इन पंक्तियों को बारम्बार पढ़ता जा रहा हूँ :

हस्ती व वजूद करदम रद
गरदीद मावाम हमह नेक व बद।

(मैंने अपनी हस्ती और वजूद को रद्द कर दिया है। नेक और बद दोनों मेरे लिए बराबर हो गये हैं।)

50

नक्कारखाने पर प्रचण्ड ध्वनि में दुन्दुभि-द्वन्द्व घरहरा रहा था, जैसे एक साथ सैकड़ों मेघ गर्जना कर उठे हों। नक्कारियों द्वारा नगाड़ों पर जिस ताल से कोणघात दिया जा रहा था उससे भैरवनाद प्रकट हो रहा था। फौजी दस्ते एक-एक कर

धौलपुर की ओर रवाना होते जा रहे थे। चम्बल पर शत्रुसेना को रोकने के लिए अग्रगामी टुकड़ियाँ छः दिन पहले ही भेजी जा चुकी थीं। आज शाहे-बुलन्द इकबाल शाहजादा दाराशुकोह के सेनाप्रयाण का मुहूर्त था। हिन्दू-ज्योतिषियों के अनुसार ज्येष्ठ कृष्ण त्रयोदशी थी और सर्वार्थसिद्धि योग भी। इस्लामी पद्धति से आज आठवें चान्द्रमास शाबान की पच्चीसवीं तारीख थी। मुसलमान ज्योतिषियों और रम्मालों ने भी यही सायत निकाली थी। सूरज के दो घड़ी चढ़ते-चढ़ते शाहे बुलन्द-इकबाल को विजय के लिए कूच कर देना था। दीवाने-आम में आज खास जलसा था। बादशाह का हुक्म था कि हिन्दू और इस्लाम दोनों मजहबों की रूह से शाहजादा के मंगलप्रयाण की रस्म अदा की जाए। दीवाने-आम में बहुत भीड़ थी। मनसबदार और वजीर, पण्डित और मुल्ला, बेगमें और बाँदियाँ सभी शाहजादा को युद्ध के लिए बिदा करने एकत्रित थे। मुँह अँधेरे ही तैयार हो मैं भी किले पहुँच गया था। सूरज की पहली किरण के फूटते-फूटते पूरा दीवाने-आम लोगों से भर गया। दीवाने-आम के बाहर खुले मैदान में स्वर्णाभूषणों से अँजा फतहजंग झूम रहा था, रत्नखचित सोने का हौदा, लाल मखमल की जरीदार झूल। फतहगंज की शोभा आज निराली थी, वह मस्ती से कर्णतालों को हिलाता जैसे शत्रुओं की अवहेलना कर रहा था। उस पर बैठा लाल मखमली पोशाक और सफेद पगड़ी बाँधे महावत हाथ में अंकुश लिये उसकी मदान्धता को वश में किये था, नहीं तो फतहगंज कभी का बागियों को पैरों तले कुचलने बढ़ जाता। इसके अतिरिक्त दीवाने-आम के प्रांगण में एक स्वर्णाभूषणों से सजा रथ भी था, जिसमें जुते चार सफेद एराकी घोड़े अपने खुरपुटों की चंचलता को किसी तरह नियन्त्रित किये थे। बादशाह का आदेश था कि शाहजादा को दीवाने-आम के ठीक बाहर से ही सवारी पर चढ़ प्रणाम करना है। इसलिए अन्य अवसरों के सेना-प्रयाणों की अपेक्षा आज यह विशिष्टता थी। यह मुगल इतिहास में पहला अवसर था, जब बादशाह स्वयं अपने हाथों इतने समारोह के साथ युवराज को दिग्विजय के लिए बिदा कर रहे थे। मुझे यह समारोह देख एकाएक युधिष्ठिर के राजसूय यज्ञ के लिए दिशाओं-विदिशाओं को जीतने बढ़ते अर्जुन, पिता दिलीप के सौ-सौ अश्वमेधों के घोड़ों की रक्षा में लड़ाई के लिए चढ़ते रघु और शुंगराज पुष्यमित्र के यज्ञदीक्षित तुरंग के साथ सुरक्षार्थ खड़े पौत्र वसुमित्र का स्मरण हो आया। इस स्मरण से ही मैं पुलकित हो उठा।

बादशाह-हुजूर सोने मढ़ी गदा या आसे का सहारा लिये पूरे समारोह तक अपनी रुग्णता के बावजूद खड़े रहे। उनके चेहरे पर विचित्र भावविह्वलता झलक रही थी। चिन्ता, विषाद, शंका, श्रम, धैर्य, अमर्ष, अनेक संचारी भाव मुझे उभरते

और विलीन होते दिखाई पड़े वहाँ। आँखों में वात्सल्य लबालब भरा था। आज वे मुझे बादशाह से कहीं बढ़कर एक पिता जान पड़े जो अपने ही जिगर के टुकड़े को मैदाने-जंग के लिए रवाना कर रहे थे। भावी परिणाम की आशंका से उनका मन उन्मथित होता जा रहा था। वे निरीह नेत्रों से कभी शाहजादा पर नजर डालते, कभी विषण्ण मुद्रा में पास में खड़ी बेगम जेओ पर। बेगम जेओ भी आज आपे में न थीं। वह अर्धविक्षिप्त-सी दिखाई पड़ीं। मैंने बाँदियों को पहले ही हिदायत दे दी थी कि वे पादशाह बेगम के पास ही रहें, उन्हें पल भर भी ढीला न छोड़ें। पर शाहजादे में अजीब फुर्ती थी, उनकी आँखों में जो चमक मैंने उस दिन देखी वह मैं आज भी नहीं भूल पाता। क्या यह वही दार्शनिक है, जो ऐसी ही चमक आँखों में लिये कुरआनशरीफ और उपनिषदों की तुलना करते समय ब्रह्मज्ञान की ज्योति से प्रदीप्त हो उठता है, मैंने सोचा। वे फल की आकांक्षा से परे केवल कर्मनिष्ठ शौर्य के मूर्त रूप जान पड़े।

उधर दायें केसरिया बाना पहने और केसरिया पाग बाँधे हाड़ाराव छत्रसाल खड़े थे। उन्हीं के पास केसरिया वेशभूषा में व्यास गोपी जी भी। मैं आज बनारसी वेशभूषा में आया था। बेगम जेओ के जरिये मैंने बादशाह से इस वेशभूषा में उपस्थित होने की विशेष अनुमति प्राप्त कर ली थी। लाल कौशेय का धौतवस्त्र, ललाट पर केसररंजित त्रिपुण्ड के बीचोंबीच कर्पूरवासित रक्तचन्दन का टीका लगा रखा था। मेरे साथ ही ग्यारह वैदिक ब्राह्मण खड़े थे और हमीं से सटकर कुछ वृद्ध मौलवी, जिनका श्वेत श्मश्रुजाल सफेद झीली मलमल की पोशाक से मेल खाता ऐसा जान पड़ा जैसे सात्त्विक भाव इस राजसी वातावरण में एकाएक प्रकट हो गया हो। वे सत्त्व और रजस् मिलकर उस तमस् को पराजित करने को जुटे थे, जो मालवा पार कर अब चम्बल तक बढ़ चुका था और आगरा ही नहीं, सारे भारत को लीलने की चुनौती दे रहा था। और तो और, इस अँधेरे को रोकने के लिए बढ़ते शाहे-बुलन्द-इकबाल को आशीर्वाद देने पुर्तगाली वृद्ध विद्वान पादरी बुजेओ भी मौजूद थे। उनके दुग्धधवल चोंगे पर गले में सलीब लटक रही थी। उन्हें देख ऐसा लगा, जैसे शाहजादा को आशीर्वाद देने सफेद लबादे में लैस खुद प्रभु यीशु ही पधार आये हों। मुहूर्त का समय आ चुका था। बादशाह का इशारा पा नकीब ने सब उपस्थित लोगों को सावधान करने की पुकार गुँजा दी। सबसे पहले मौलवियों ने बढ़कर कुरआनशरीफ की आयतें पढ़ीं। युवराज के फतह की कामना करते उन्होंने परवरदिगार से प्रार्थना की कि शत्रुओं पर विजय प्राप्त करने की क्षमता उन्हें दे। उन्होंने दोनों हाथ उठाये पश्चिमाभिमुख हो विजयकामना के कलाम पढ़ 'अल्लाहओ-अकबर' की ध्वनि से सारे वातावरण

को पवित्र बना दिया। वे आयतें पढ़े जा रहे थे। बाद में उन्होंने उसका तर्जुमा भी पढ़ा।

"जब तुम्हारे पास अल्लाह की मदद और कामयाबी आए और तुम देखो कि खुदा के बन्दे कसरत के साथ तुम्हारे पास दाखिल हो रहे हैं, तो उस अल्लाह का नाम जपो, उसकी तारीफ करो, क्योंकि वह सचमुच बहुत बड़ा बख्शनेवाला है।"

अब वैदिक पद्धति से शाहजादा की मंगलकामना का अवसर था। पण्डितों ने दस्युओं पर वज्र प्रहार कर उनके दुर्गों का भंजन करते देवराज इन्द्र का आह्वान किया और उन्हें अनेक मन्त्रों में शाहजादा के साथ युद्धभूमि में उपस्थित होने का निमन्त्रण दिया। आकाश से उतरते इन्द्र से अपनी भुजाओं का बल युवराज को देने की प्रार्थना की गयी, उस इन्द्र से जिसकी कृपा के बिना कोई वीर विजय नहीं प्राप्त कर पाता, जिसका आह्वान योद्धा लोग युद्धभूमि के लिए करते रहते हैं, जो इस समस्त विश्व में श्रेष्ठ है और जो न डिगने वाले सूरमाओं को भी डिगाने की सामर्थ्य रखता है। वैदिक ऋचाओं के सस्वर गान को सुन बादशाह और बेगम जेओ चकित हो रहे थे। उपस्थित मौलवी और पादरी बुजेओ भी चमत्कृत हो उठे। मन्त्र को सुनते शाहजादा ऐसा महसूस करते जान पड़े, जैसे उनके भुजदण्डों में वज्रपाणि का बल आ समाया हो। वातावरण में चढ़ते-उतरते वैदिक स्वर इन्द्र को पुकारते जा रहे थे :

यस्मान्न ऋते विजयन्ते जनासो यं युद्ध्यमाना अवसे हवन्ते।
यो विश्वस्य प्रतिमानं बभूव यो अच्युतच्युत् स जनास इन्द्रः ॥

हिन्दू पद्धति से शाहजादा की स्वस्तिकामना करते ब्राह्मणों की ओर से हाड़ा राजा के राजगुरु को शाहजादा को तिलक करने का काम सौंपा गया। युद्धभूमि के उचित केसरिया परिधान में सजा वह शस्त्रधारी प्रौढ़ पण्डित आगे बढ़ा। लाल मखमली म्यान में लटकती तलवार देख मुझे एक बार शंका हुई कि क्या ये वे ही व्यास जी हैं, जिनके साथ मैंने अष्टाध्यायी, महाभाष्य, कालिदास, माघ और भामतीसहित शांकरभाष्य और श्रीमद्भागवत जैसे पाण्डित्यपूर्ण विषयों पर बातचीत की है। वे शाहजादा के सामने बढ़े, तेजी से उन्होंने पहले सुनहरी मूँठ खोले मेघमेदुर तलवार निकाली। एकाएक नीली तलवार बिजली-सी कौंध गयी। शाहजादा का नंगी तलवार से अभिवादन कर उन्होंने उसी की तेज धार पर घिसे रक्तार्द्र अँगूठे से युवराज के भालदेश पर शौर्योचित तिलक अंकित कर दिया। तिलक अंकित करते वीर पण्डित की स्वस्तिकामना वैदिक मन्त्र में व्यक्त हो रही थी। अन्य वैदिक भी उस प्रौढ़ पण्डित की मेघमन्द्र वाणी का अनुगमन करने लगे :

स्वस्ति न इन्द्रो वृद्धश्रवाः स्वस्ति नः पूषा विश्ववेदाः।
स्वस्ति नस्ताक्ष्यों अरिष्टनेमिः स्वस्ति नो बृहस्पतिर्दधातु ॥

अब पादरी बेजुओ आगे बढ़े। उन्होंने दोनों हाथ ऊपर उठा आशीर्वाद देते हुए अपनी धार्मिक भाषा में कुछ वाक्य पढ़े। सम्भवतः वे इंजील से कुछ पढ़ रहे थे। उपस्थित सज्जनों को स्पष्ट करते वे उसका हिन्दवी तर्जुमा भी विदेशी उच्चारण के साथ सुनाने लगे ;

"ए खुदा, मैं तहे दिल से तुम्हारी तारीफ करूँगा, मैं सभी अच्छे से अच्छे काम कर दिखाऊँगा। मैं खुशी मनाऊँगा ऐ मेरे परवरदिगार, मैं तुम्हारे नाम की तारीफ गाऊँगा। जब मेरे दुश्मन हारकर लौट जाएँगे, वे तुम्हारी मौजूदगी में गिर पड़ेंगे और नेस्तनाबूद हो जाएँगे।" प्रार्थना पढ़ वृद्ध पादरी ने युवराज की स्वस्ति में सलीब का निशान बनाया और यथास्थान आ खड़े हुए।

अब मेरी पारी थी। मैं चाँदी की तश्तरी में नारियल, पुष्पमाला, दूर्वा, अक्षत और चन्दन लिये उस व्यक्ति की ओर बढ़ा, जो मेरे लिए केवल युवराज ही नहीं था। शाहजादा मेरे मित्र और शिष्य भी थे। मैं उन्हें हृदय से अन्तरतम से आशीर्वाद देने आया था। आगे बढ़ मैंने युवराज के ललाट पर अँगूठे से केसर का तिलक किया, गले में पुष्पमाला पहनायी और नारियल, दूर्वा और साक्षत पुष्पांजलि से उनका करसम्पुट भर दिया। तदनन्तर दोनों हाथ उठा उन्हें आशीर्वाद दे मैं स्वरचित कविता में उनकी वीरता की प्रशंसा कर उठा :

देवाः के पूर्वदेवाः समिति मम नरः सन्ति के वा
पुरस्ता–देवं जल्पन्ति तावत्प्रतिभटपृतनावर्तिनः क्षत्रवीराः।
यावन्नायाति राजन्नयनविषयतामन्तकत्रासिमूर्ते
मुग्धारिप्राणदुग्धाशनमसृणरुचिस्त्वत्कृपाणोभुजंगः ॥

(ऐ शाहे–बुलन्द–इकबाल, तुम्हारे दुश्मनों की फौज के बहादुर मेरे आगे लड़ाई के मैदान में कौन देवता, दैत्य और इन्सान टिक सकते हैं। ऐसी डींग मारने की हिमाकत तभी तक कर पाते हैं, जब तक, ऐ मौत के देवता को भी डरानेवाले शाहजादे, उन नादान दुश्मनों की जान के दूध को पी चमकता तुम्हारे खाँडे का साँप उन्हें नजर नहीं आ जाता।)

समारोह की सबसे पुरदर्द रस्म शुरू होने जा रही थी। वीर–रमणी पादशाह बेगम अपने हाथों राखी बाँध भाई को रणभूमि में भेजने को तैयार थीं। बेगम जेओ पर क्या गुजर रही होगी, यह मेरी बेजान और बेजबान लेखनी उपस्थित करने में अक्षम हो गयी है। बेगम के चेहरे पर विषाद की रेखाएँ स्पष्ट उभर आयी थीं। उसकी आँखों में आँसुओं की बाढ़ रुकी पड़ी थी, पता नहीं कब बाँध तोड़

बह पड़े। वह आविष्ट-सी दो बाँदियों का सहारा लिये शाहजादा की ओर बढ़ रही थीं। बहिन और माँ के दुहरे रूप को समेटे बेगम जेओ जैसे मरहूम मलिका के भावों का भी प्रतिनिधित्व करने के कारण इस बोझे को न सँभाल पा रही थी। आज वह काफी टूटी नजर आयीं। अभी परसों ही मैं बेगम से मिला था, पर जैसे एक दिन में ही बेगम के चेहरे पर प्रौढ़ावस्था ने धावा बोल दिया था। वह शाहजादा के पास यन्त्रचालित-सी जा खड़ी हुईं। कई क्षण उन्हें अपलक दुखी-सी देखती रहीं और जब होश आया तो उन्होंने तेजी से बाँदी के हाथ की स्वर्ण-तश्तरी से राखी उठा भाई के दाहिने पहुँचे पर बाँध दी। अपने हाथों उनकी बायीं भुजा पर फतहपुर सीकरी के शेख का गण्डा बाँध उनका तबर्रुक खिलाया और बलैया लेते-लेते वहीं फूट पड़ीं। उनकी यह दशा देख मैं भी अपने को न रोक पाया, आँखें नम हो उठीं। दसों पल तक वे सुबकती रहीं। दो बाँदियाँ उन्हें सँभाले थीं। पर फिर एकाएक वे प्रकृतिस्थ हुईं, उन्होंने तश्तरी से दूसरी राखी उठायी और बिजली की फुर्ती से बढ़ दाहिने खड़े हाड़ाराव छत्रसाल के दक्षिण प्रकोष्ठ पर रक्षासूत्र बाँधते हुए जैसे मौन वाणी में अपने प्यारे भाई की समस्त रक्षा का भार उनके हाथों सौंप दिया। वे फिर तेजी से मुड़ीं और बादशाह के पास आ अत्यधिक खिन्न मुद्रा में खड़ी हो गयीं। उनकी समस्त क्रियाएँ देख ऐसा लगा, जैसे पादशाह बेगम क्या कर रही थीं, उसकी कोई खबर उन्हें स्वयं भी न थी। उनकी आँखों और चेहरे पर मेरी नजर निरन्तर टिकी रही। मुझे हर क्षण ऐसा लगा, जैसे आवेग का सोता अब फूट ही पड़नेवाला है। उनका लाल हुआ चेहरा हृदय में जलती शोकाग्नि के ताप की व्यंजना करा रहा था और मेरा हृदय भी उस ताप से जल उठा।

युवराज अपने असामान्य वेश में थे आज। सिर पर शिरस्त्राण, वक्ष पर जालीदार फौलादी जिरहबख्तर, हाथ में लोहे के दस्ताने, पैरों को घुटनों तक ढँकते लौहवर्म। उनकी पीठ पर ढाल और कमर में मशहूर तलवार बिजली बँधी थी। रणाभिमुख वीर पुत्र को बिदा करते पिता का आशीर्वाद अब आगे बढ़ता आ रहा था। बादशाह मन्दगति से पैर बढ़ाये आ रहे थे। ऐसा लगा, जैसे देवदूत जिब्रील खुदा का सन्देशा लिये युवराज की ओर मन्द मारुत के पैरों पर हौले-हौले तैरता बढ़ा आ रहा हो। उन्हें बढ़ते देख शाहजादा ने बड़ी फुर्ती से म्यान से तलवार निकाली, एकाएक आँखों में बिजली कौंध गयी। वे नंगी तलवार से शाहंशाह का अभिवादन कर फिर उसे म्यान में रख प्रकृतिस्थ हो गये। बादशाह अब शाहजादा के नजदीक पहुँच गये थे। उन्होंने युवराज को दोनों हाथों में भर लिया। बीसों पल तक वे उन्हें सीने से लगाये खड़े रहे, आँखों में अविरल अश्रुधरा बह-बहकर उनके दुग्धधवल श्मश्रुजाल का सिंचन करती जा रही थी। इस हृदय-बिदारक

स्थिति में मैं भी अपने आपको न सँभाल पाया। रोकते-रोकते भी आँखों से झरना बह ही चला। दीवाने-आम के प्रस्तर भी इस दृश्य को देख रो पड़े होंगे और आगरा का वह दृढ़ दुर्ग भी चीत्कार कर उठा होगा। भाई-बहिन और पिता-पुत्र के इस अन्तिम मिलन को देख लड़ाई के भविष्य से पूर्व-परिचित विधाता का हृदय भी दहल उठा होगा। बादशाह को प्रकृतिस्थ होने में समय लगा। वे सुबकते जा रहे थे, सुबकते जा रहे थे। रुआँसे चेहरे और भर्राये गले से रुक-रुक उन्होंने युद्धाभिमुख पुत्र को आखिरी नसीहत देते कहा :

"मेरे सबसे प्यारे बेटे, मैं तुम्हें सभी बेटों से ज्यादा प्यार करता रहा हूँ। तुम हमेशा मेरे वफादार रहे हो। तुम्हारा बाप तुम्हें हिन्दोस्तान का बादशाह देखना चाहता है, पर परवरदिगार की क्या मर्जी है, कोई नहीं जानता। मैं तुम्हें किले की ही हिफाजत के लिए आगरा छोड़ बागी औरंगजेब और मुराद के खिलाफ खुद लड़ने जाना चाहता था, जो तुम्हारे भाई और मेरे फरजंद होने के कतई काबिल नहीं रहे। मैं उन सभी गद्दारों को भी माकूल सजा देना चाहता था, जिन्होंने इन बागी दुश्मनों का साथ दिया है। पर मेरे बुढ़ापे पर तरस खाकर तुम सल्तनत की हिफाजत के लिए अब अपनी जान जोखिम में डालने जा रहे हो। तुम्हारी मंशा को मैंने इसलिए मंजूर कर लिया कि मैं तुम्हारा दिल नहीं दुखाना चाहता। मेरी एक आखिरी नसीहत है, बेटे, जब तक सुलेमानशुकोह की फौजें पूरब से तुम्हारी मदद के लिए न लौट आएँ, लड़ाई में पहल करने से रुके रहना। इससे तुम्हारी फतह होगी। मैं खुदा से एक ही दुआ माँग रहा हूँ कि वे तुम्हें फतह बख्शे, तुम हिन्दोस्तान पर राज करो और हमारे दुश्मन मौत के घाट उतारे जाएँ। मैं तुम्हें अल्लाताला के लम्बे हाथों में सौंप रहा हूँ, दारा बेटे! मुझे पूरा यकीन है कि वे हमें लड़ाई में बागी और धोखेबाज दुश्मनों पर फतहयाब बनाएँगे।"

बादशाह फिर फूट पड़े। उन्होंने फिर युवराज को गले लगाया। उनकी यह स्थिति देख सारा जनसमूह पिघल पड़ा, पर वह स्थितप्रज्ञ दार्शनिक इस स्थिति से भी अविचल और अनुद्विग्न बना खड़ा रहा। बादशाह ने अब पश्चिमाभिमुख हो दोनों हाथ उठा खुदा से दुआ करते विजय की कामना से कुरान की आयतें पढ़ीं। आँखें बन्द कर कुरान के पहले सूरे की आयतें पढ़ते शाहंशाह के रुग्ण स्वर से भी अजीब उदात्तता फूट पड़ी थी। वे पढ़े जा रहे थे :

बिस्मिल्लाहिर्रहमानिर्रहीम
अल्हम्दुल्लिल्हाहि रब्बिल् आलमीन ॥

वे परमात्मा से प्रार्थना करते कहे जा रहे थे :

"बिस्मिल्लाह करता हूँ उस अल्लाह के नाम से, जो मेहरबानों का मेहरबान

और दयालु है। हमारी हर एक दुआ उसी अल्लाह के लिए है, जो सारे-आलम को पालने वाला है। यह दयालु और रहीम है। कयामत के दिन का मालिक है। मालिक, हम तेरी ही इबादत करते हैं और तुझसे ही माँगते हैं हमें सीधा रास्ता दिखा। उन लोगों का रास्ता, जिन पर तेरी मेहरबानी है, उनका रास्ता नहीं, जिन पर तू नाराज है, और न उनका जो भूले-भटके हैं।"

इसके समाप्त होते ही रणदुन्दुभि का मारू बम्ब बज उठा। दारा अब रथ पर आसीन हो रहे थे। मारू बम्ब की ध्वनि कानों के पर्दे फाड़े डाल रही थी। कायरों को भी रोमांचित करती उसकी गर्जना किले की दीवारों से टकरा और अधिक प्रतिध्वनित हो उठी थी। दारा के रथ पर बैठ चुकते ही मारू बम्ब की ध्वनि का भी भेदन कर अधिक मन्द गर्जना करती घनश्याम त्रिपाठी के कवित्त की ओजोमयी वाणी वातावरण में गूँज उठी :

डंका के दिये तें दल डम्बर उमण्ड्यो
उडमण्ड्यों उडमण्डल लौं खुर की गरद्द है।
जहाँ दारासाह बहादुर के बढ़ते पैंड़
पैंड़ में मढ़त मारू राग बम्ब नद्द है ॥
भूषन भनत घने घुम्मत हरौलवारे
किस्मत अमोल बहुत हिम्मत दुरद्द है।
हद्दन छपद्दन महि मद्द पर नद्द होत
कद्द नभनद्द से जलद्द दल दद्द है।

51

पश्चिम दिशा की गोदी में रक्तस्नान आहत सूर्य अपनी आखिरी साँसें गिनने लगा। उसके घावों से रिसता खून का सोता क्षितिज के आँचल को गहरी लाली में भिगोता जा रहा था। आगरा के किले के पूर्व में बहती यमुना भी लाली की झाई से खून में डूबी-सी जान पड़ी। आसमान से खून के फव्वारे छूट-छूट किले को और खूनी बना रहे थे।

कवि घनश्याम त्रिपाठी दो घड़ी पहले ही सामूगढ़ के मैदान से लौटा था, जहाँ शाही सेनाएँ बागी फौजों से जूझ रही थीं। यद्यपि घनश्याम त्रिपाठी के रणस्थल से आगरा रवाना होने के समय तक भी लड़ाई जारी थी, अभी सफलता-असफलता का निर्णय नहीं हो पाया था, तथापि बागी फौजों का पलड़ा भारी हो चला था।

जब घनश्याम वहाँ से चला तब शाहजादा दारा अपना आखिरी जोर आजमा रहे थे, हालाँकि उनके विश्वस्त सेनापति खेत हो चुके थे। अब्र लड़ाई का सारा भार स्वयं उन्हीं के कन्धों पर आ जुटा था। इस ओर द्विजिह्व खलीउल्ला खाँ के अतिरिक्त कोई सिपहसालार नहीं बचा था, पर युवराज अभी भी वीरता से मैदान में डटे थे।

घनश्याम त्रिपाठी ने मुझे आते ही यह संक्षिप्त खबर सुना दी। युद्ध के परिणाम से मैं आतंकित हो उठा। दुखी मन घनश्याम को ले किले के लिए रवाना हो चला। लवंगी इन दिनों बेहद बीमार चल रही थी। इन दिनों बेगम नियमित रूप से कुरआनशरीफ् का पाठ पढ़तीं, दिनभर औलियों या सन्तों की कथाएँ कहतीं-सुनतीं। सन्तों की कथाएँ उसके प्यारे भाई दारा ने ही दो-दो ग्रन्थों में निबद्ध कर डाली थीं। वह अपने गुरु सन्त मियाँ मीर पर लिखा दारा का ग्रन्थ भी पढ़ती रहतीं। सूफी मत की ओर शाहजादी का झुकाव पिछले कई सालों से निरन्तर बढ़ता जा रहा था। वह रमजान के दिनों में दारा की साधनापरक सूफी कृति 'रिसाल-ए-हकनुमा' (सत्य तत्त्व का दर्शन) भी पढ़ा करती थीं। इस ग्रन्थ का अपने हाथों लिखा हस्तलेख दारा ने श्रद्धापूर्वक बड़ी बहिन को भेंट किया था। शाहजादा मशहूर खुशखती थे। हाथ से बने मोटे कागज पर गहरी काली स्याही में यह हस्तलेख लिखा गया था। इसके हाशियों पर सोने के पानी और तरह-तरह के रंगों में बेलबूटे भी कढ़े थे। पर आज हम वहाँ पहुँचे, तो बादशाह बेगम दारा के नवीन ग्रन्थ का हस्तलेख बाँच रही थी। मैं बता चुका हूँ दारा ने मेरी सहायता से मूल संस्कृत से अनेक उपनिषदों का फारसी अनुवाद किया था। इसका नाम रक्खा गया था, 'सिर्रे-अकबर' (रहस्यतम ग्रन्थ) जब हम पहुँचे, तो वे जोर से पढ़-पढ़ इस ग्रन्थ को बादशाह-हुजूर को सुना रही थीं। फारसी अनुवाद सुनते ही मैं समझ गया कि कठोपनिषद् पढ़ा जा रहा है। वे पढ़ती जा रही थीं।

"उस खुदा ने हमारी हवास (इन्द्रियों) को बाहरी रुझान वाली बनाया है, इसी वजह से इन्सान बाहर ही देख पाता है, भीतर नहीं। ऐसा बहादुर बिरला ही है, जो मौत को जीतने की मन्शा से अपनी आँखें पलटकर बाहर से हटा भीतर रूह की असली शक्ल का दीदार ले लेता हो।"

"कितनी ठीक बात कही है, शाहजादी। ऐसा जान पड़ता है, ये हिन्दू मुनि भी हमारे नबी की तरह असलियत का जायजा ले चुके थे। दुनिया का सारा झगड़ा ही इसी बाहरी रुझान का झगड़ा है। काश, इन्सान यह बाहरी रुझान कम कर पाता, बेटी। इसी बाहरी रुझान को कम कर अन्दरूनी असलियत का दीदार लेने हजरत पैगम्बर हिरा की गुफाओं में जाया करते थे। वहीं उस परवरदिगार ने इनके

पास जिब्रील फरिश्ते को भेज कुराने-पाक की पहली आयत का इलहाम कराया था। और 'अपने खुदा का नाम पढ़कर' उन्हें वक्तन-फवक्तन खुदा की ओर से नये-नये इलहाम होते रहते थे। अल्लाहताला ने रसूलेपाक के जरिये इन्सान को बहिश्त का रास्ता पाने को, अपनी अन्दरूनी रूह को पहचानने को, जो सन्देश दिये, वही तो हमारी मजहबी किताब है।"

"हाँ अब्बाजान, पर दुःख तो यह है कि मजहबपरस्त लोग भी भीतरी रुझान न अपना बाहरी रुझान के झमेले में फँसे रहते हैं। ये पण्डित और मौलवी देखिए ना; इनके झगड़े की सारी जड़ बाहरी ढोंग में मुब्तिला होना है। हमारे इन दोनों भाइयों की लड़ाई के राज भी तो यही है, आला हुजूर! दारा भीतरी रुझान का मजहबी इन्सान है, भले ही वह बाहरी मजहबी रस्मों को कम मानता हो, और वह पाँचों नमाज की पूरी पाबन्दी करने वाला औरंगजेब बाहरी रुझान में ही अटक गया है, भीतर की ओर निगाह घुमा ही नहीं पाता। यह बाहरी रुझान वाले ही तो भीतरी रुझान वाले भलेमानस को परेशान करते रहते हैं। इन दो तरह के रुझानों की रस्साकशी ही तो सामूगढ़ में हो रही है, जिल्ले सुबहानी।"

"औरंगजेब और दारा दोनों में ही अधूरापन है, बेटी, एक सिर्फ दुनिया की, दूसरा महज फजल की। दोनों में समझौता करने की जरूरत है, जहाँआरा! काश, दारा कुछ दुनियावी भी हो पाता। मेरा मतलब मजहबी अन्धेपन से कतई नहीं है, बेटी, कुरआने-पाक में कहीं भी मजहबी अन्धेपन की हिमायत नहीं मिलती, बल्कि मोमिन को यह नसीहत दी गयी है कि दूसरों को भी अपने रसूल के मुताबिक पूजा-इबादत करने दें।"

"आपका मतलब यह है हुजूर, कि शाहजादा दारा में सियासी चालाकी की कमी है, जो औरंगजेब में है।"

"हाँ जहाँआरा, मैं सिर्फ तुम्हें बता दूँ, अब तक छिपाता रहा, बेटी, कि दारा फलसफी है, जबकि शाहंशाह होने के लिए सियासी चालाकी भी जरूरी है, मैं उसे शाहंशाह हुआ देखना चाहता हूँ, पर उसके कमजोर बाजू और कम दुनियावी रुझान उसके लिए हमेशा परेशानी पैदा करते रहेंगे। अल्लाताला उसे इन परेशानियों पर फतह हासिल करने की हिम्मत देते रहें, यही मेरी दुआ है।"

"लड़ाई के मैदान से अभी कोई खबर नहीं मिली, अब्बा हुजूर! मैं बड़ी बेताब हूँ। आज सुबह यह खबर आयी थी कि धौलपुर के इस पार सामूगढ़ के पास हमारी ओर से मोर्चेबन्दी हो चुकी है। वो देखिए, कविराय जगन्नाथ के साथ वह नौजवान शायर आया है। शायद कोई खबर लाया है।"

"आइए, पण्डितराय, कहिए मोर्चे की कोई खबर मिली?" शाहंशाह पूछ उठे।

"हाँ, आलीजाह, ये घनश्याम त्रिपाठी वहीं से अभी हाल आये हैं। ये जब वहाँ से रवाना हुए तब तक घमासान की लड़ाई हो रही थी।" मैंने अभिवादन कर उत्तर दिया। घनश्याम भी अभिनन्दन की मुद्रा में था।

"आओ, शायर घनश्याम, हम आपसे लड़ाई का पूरा तजकिरा सुनना चाहेंगे। आप दोनों यहाँ तशरीफ रखिए। सूरज गुरेब होने जा रहा है। हम नमाजे-मगरिब पढ़ लें, तब आपको तकलीफ देंगे।"

पादशाह बेगम ने हमें थोड़ी देर रुकने का आदेश दिया और वह बादशाह के साथ मोती मसजिद में शाम की नमाज पढ़ने के लिए रवाना हो गयीं। सहारा लिए जिन्दगी से थके-थके बादशाह किसी तरह बढ़े चले आ रहे थे। उनके पीछे-पीछे खोजे और बाँदियाँ। ज्येष्ठ शुक्ला नवमी का चन्द्रखण्ड आसमान के मध्य में जूझने निकल चुका था। उसकी अधूरी किरणें बढ़ते अन्धकार को छाँटने को अपर्याप्त जान पड़ीं, पर फिर भी वह आसमान के मैदान में तीरों की बौछारें बरसाता अँधेरे पर टूट ही पड़ा। उसकी हिम्मत को देख यमुना का चेहरा भी आश्चर्य से चमक उठा। पर बढ़ते अँधेरे से मैं आतंकित हुए बिना न रह पाया। मन में रह-रह यह शंका होती जा रही थी कि यह अकेला चाँद अन्ध तमस के साथ कब तक लड़ता रहेगा? कालीन पर मसनद के सहारे बैठ चुकने के बाद बादशाह की इजाजत पा घनश्याम ने युद्धभूमि का विवरण देना आरम्भ किया।

"आलीजाह, गुरुवर के आदेश से मैं युद्धभूमि में वीरों की अपनी शाइरी से हौसला अफजाई करने गया था। इनका यह भी हुक्म था कि मैं लड़ाई के दिन शीघ्रातिशीघ्र मैदान की खबरें शाम तक यहाँ पहुँचा दूँ। आज ही लड़ाई के मैदान से दोपहर के बाद रवाना हुआ था और अभी दो घड़ी पहले यहाँ पहुँचा हूँ।"

"हमने शाहजादा को जल्दबाजी न करने की हिदायत देते एक खत लिखा था, नौजवान शायर। यह खत उन्हें कल मिला ही होगा। फिर भी उन्होंने यह बेताबी क्यों कर डाली? वे सुलेमानशुकोह के साथ गयी फौज के आने का इन्तजार तो करते। हमें उनकी जल्दबाजी पर सख्त अफसोस है।" बादशाह ने बताया।

"मुझे इस खत का पता हाड़ा राव छत्रसाल से कल सुबह ही चल गया था, आलीजाह! शायद उन्होंने उस खत का जवाब भी भेजा हो।"

"हाँ, आज ही सुबह उसका जवाब हमें मिला है, और अब आप यह खबर ला रहे हैं कि लड़ाई शुरू भी हो चुकी है। खत को पढ़कर ही माबदौलत यह समझ गये कि शाहजादा जंग में अपनी ओर से पहल करने जा रहे हैं। हमने उनसे यह कभी न करने की हिदायत दी थी। आप जानते हैं, पण्डितराय, हमारे जवाबी खत में क्या लिखा था?"

"नहीं, हुजूर आलीजाह!"

"उन्होंने यह लिखा था कि शाहंशाह के कदमों में वे तीन दिन के अन्दर-अन्दर दोनों बागियों औरंगजेब और मुराद को जंजीरों में बँधे ला डालेंगे ताकि आफताबे-मुगलिया उनको माकूल सजा दे सकें।" हमने तभी समझ लिया कि हमारी ओर से ही पहला धावा बोला जाएगा! हम चाहते थे कि हमारी फौजें दिफाई लड़ाई लड़तीं।"

"पर हुजूर, शाहजादा क्या करते! बागी शाहजादे तो लड़ाई के लिए बेताब थे। हम नहीं, तो आज-कल में वही पहल कर बैठते। भिड़न्त तो आज-कल में होने ही जा रही थी। दोनों फौजें सामूगढ़ की रेतीली जमीन में आमने-सामने कब तक डटी रहतीं। बागियों को भी पूरब से शाही फौजों के आ जाने का डर था। वे इसे और ज्यादा खतरा समझते थे। ऐसी हालत में वे लड़ाई के किसी भी नतीजे पर हमारी ताकत बढ़ने के पहले ही पहुँच जाना चाहते हैं।" घनश्याम ने स्पष्ट किया।

"खैर, अब तो जो होना था, हो ही गया। अभी लड़ाई चल रही है क्या?"

"मैं जब रवाना हुआ तब तक घमासान की लड़ाई जारी थी, दोनों फौजें बराबर के जोर पर डटी थीं, आलीजाह!" नवयुवक कवि ने बताया।

"हाँ तो घनश्याम, आप अब हमें पूरा हाल बताएँ। यहाँ से रवाना होने के बाद हमारी ओर से क्या-क्या तैयारी हुई। बागी फौजें आखिर चम्बल कैसे पार कर गयीं जबकि हमने चम्बल के घाटों पर ही मोर्चाबन्दी करवा दी थी।" पादशाह बेगम ने पूछा।

"यहाँ से रवाना होने के पाँचवें दिन हम चम्बल के किनारे बसे धौलपुर कस्बे के पास पहुँचे गये, आलीजाह! रमजान महीने के पहले चाँद के दर्शन हमने वहीं किये और हमारी फौजों ने चम्बल के इस किनारे पड़ाव डाल दिये। सुरक्षा के लिए खाइयाँ खोदी जाने लगीं, महत्त्वपूर्ण स्थानों में टेकरियों पर तोपें चढ़ा दी गयीं। दुश्मन के बढ़ने की खबर आती जा रही थी। वह अभी भी तीन दिन की दूरी पर था। हमने चम्बल की पूरी मोर्चाबन्दी कर ली थी। हमारे सिपहसालार इसी वक्त बागियों पर हमला बोल देना चाहते थे, पर शाहजादा ने इजाजत नहीं दी, हालाँकि हम उसी समय आक्रमण के लिए पूरी तौर पर तैयार हो चुके थे।"

"शायद शाहजादा दारा सुलेमानशुकोह का इन्तजार कर रहे थे।" पादशाह बेगम ने कारण बताना चाहा।

"हाँ पादशाह बेगम, यह भी कारण था। पर शाहजादा यह भी समझते थे कि चम्बल की मोर्चाबन्दी के कारण दुश्मन आगे बढ़ने का खतरा मोल नहीं लेंगे

और साथ ही वे चम्बल के खादर और चट्टानों भरे ऊबड़-खाबड़ खतरनाक इलाके में भी दुश्मन पर हमला बोलने के पक्ष में न थे।"

"तब?" बादशाह ने आगे की बात जाननी चाही।

"तब हुजूर, दुश्मन की फौजें बढ़ती आयीं। तीसरे दिन उनकी फौजें भी चम्बल के उस किनारे आ डटीं। हमें वे साफ दिखाई पड़ने लगी थीं। मुश्किल से इतनी दूर थीं कि अगर कोई कुशल तीरन्दाज तीर फेंके तो दुश्मनों के खेमें में जा गिरे। नदी पर की हमारी मोर्चेबन्दी से दुश्मन पस्त-हिम्मत थे। वे आगे बढ़ ही नहीं पा रहे थे। हमें यह भी खबर मिली कि दुश्मन इस मोर्चाबन्दी के बावजूद हमला करने की नीयत में थे। हम तो चाहते ही थे। उल्लास में हमारे सूरमा सजने लगे और दिन भर इन्तजार करते रहे कि अब हमला होने वाला है। पर दुश्मनों ने हमला नहीं किया, शाहंशाह!" घनश्याम कहे जा रहा था।

"हूँ, तो औरंगजेब हालात का जायजा ले रहा होगा। तुम तो जानती ही हो, बेटी, औरंगजेब बड़ा घाघ है।" शाहंशाह ने अनुमान लगाया।

"हाँ, गरीबनिवाज, हमारी मोर्चाबन्दी में एक भूल हो गयी थी। औरंगजेब ने उसी का फायदा उठा लिया।"

"कौन-सी भूल नौजवान शाइर?"

"हम लोगों ने बुन्देला राजा चम्पतराय पर भरोसा कर चम्बल के एक टुकड़े को छोड़ दिया था। चम्पतराय ने हमें पूरा यकीन दिलाया था कि वह किसी हालत में बागी फ़ौजों को अपने इलाके से नहीं गुजरने देगा। पर हम धोखा खा ही गये।"

"तो, चम्पतराय बुन्देला ने अपने इलाके से बागी फौजों को चम्बल पार करने की इजाजत दे दी?" जहाँआरा ने चौंककर पूछा।

"हाँ, शाहजादी साहिबा, औरंगजेब बाकी फौजों को वहीं छोड़ चुपके से आठ-दस हजार की टुकड़ी ले उसी रास्ते के घने जंगलों के बीच चम्बल पार कर हम पर पीछे से धावा बोलने की तैयारी में था।"

"तो चम्पतराय औरंगजेब के साथ जा मिला, अब्बा हुजूर?" जहाँआरा ने जानना चाहा।

"हाँ बेटी, तुमको पता है ना, उससे हमारी पुरानी दुश्मनी है। यह लुटेरा बुन्देला हमारे खिलाफ बगावत कर चुका है। वजीर सादुल्ला खाँ की सियासी चालों से हम इस शैतान पर फतह हासिल कर पाये थे। आखिर उसने बदला ले ही डाला।" जहाँआरा को कारण स्पष्ट कर बादशाह फिर घनश्याम की ओर मुखातिब हुए, "तो फिर क्या हुआ?"

"जब यह खबर मिली तो शाहजादा बड़े नाराज हुए। पीछे से आक्रमण

के लिए बढ़ती बागी टुकड़ियों पर खुद हमला बोल देना चाहते थे, पर अलीमर्दान खाँ ने सलाह दी कि शाहजादा खुद बढ़ने की बजाय दस-बारह हजार की टुकड़ी भेज दें। यह टुकड़ी औरंगजेब के थके-माँदे उन सिपाहियों पर अचानक धावा बोल दे जो चम्बल पार उतरकर आराम के लिए इधर-उधर बिखरे पड़े हैं।"

"बिलकुल ठीक सलाह थी। तब धावा बोला गया।" बादशाह ने पूछा।

"नहीं आलीजाह, बख्शी खलीउल्ला खाँ ने शाहजादा को दूसरी ही सलाह दी। उसने कहा कि एक छोटा-सा सिपहसालार टुकड़ी ले अगर फतह कर भी लेता है, तो जीत का सेहरा उसके सिंर बँध जाएगा, जो शाहजादा की तौहीन है। साथ ही हमारी फौज से बारह हजार की टुकड़ी भेज देने से हमारी ताकत भी बँट जाएगी। ऐसी हालत में जीत की पूरी उम्मीद न रहेगी। पर असलियत में यह बेईमान बख्शी बागियों की सारी फौजों को इस पार उतरने का वक्त दिलवाना चाहता था।"

"अब्बा हुजूर, यह खलीउल्ला कहीं धोखा न दे जाय। उसकी बीवी मुझे और खुद शाहजादा को भी आगाह कर चुकी थी कि उसके खाविन्द पर कतई भरोसा न किया जाय, वह कभी भी धोखा दे सकता है।" जहाँआरा ने आशंका व्यक्त की।

"हाँ बेटी, पर क्या करें! शाहजादा उसकी चिकनी-चुपड़ी बातों में आकर उसे मुँह लगा चुके हैं। देखें, अल्लाताला को क्या मंजूर है।" बादशाह खिन्न मुद्रा में बोल उठे।

"तब क्या हुआ, घनश्याम?" जहाँआरा ने बात जारी करवानी चाही।

"अब भी हमारी फौजें हमला बोल देना चाहती थीं। जेठ की गर्मी, लू और तपन में केवल प्रतीक्षा करते रहना भारी पड़ रहा था। इस इलाके में पीने के पानी की बड़ी किल्लत थी, आलीजाह हम लोग ताल-तलैया और कुँओं में पानी ढूँढ़ते रहे। वृष के सूरज से डरकर पानी के खजाने भी सूखते जा रहे थे। दिन भर रोजा रखे, रात को रोजा तोड़ते सिपाही बेहद तपन लू और पानी ढूँढ़ने की मेहनत-मशक्कत से परेशान हो उठे। बागी फौजों की टुकड़ियाँ एक-एक कर उसी रास्ते से चम्बल उतरती आ रही थीं। शाहजादा इस वक्त भी आक्रमण करना चाहते थे, पर गद्दारों ने उन्हें यह समझाया कि ज्योतिष की रूह से अभी आक्रमण का समय अनुकूल नहीं है। हाँ, शुभ मुहूर्त आने तक प्रतीक्षा करते रहना चाहिए।"

"ये हरामजादे नुजूमी हर जगह अपना अड़ंगा लगाये रहते हैं, आलीजाह, इन लोगों को निजामी मुआमलों में दस्तन्दाजी से बाज आना चाहिए।" शाहजादी ने अपनी सही राय जाहिर की।

"हाँ बेटी, ठीक है। नुजूम में हम भी यकीन करते हैं। पर दारा तो इन नुजूमियों का अन्धा भगत है। कुछ तो इनमें धोखेबाज होते हैं और झूठी सच्ची बातें बना उल्लू सीधा करते हैं। दारा के पास ऐसे शैतान पेशेवर नुजूमी इकट्ठे होते सुना है।"

"तो उन्हीं हरामजादों की यह राय होगी।" शाहजादी जहाँआरा ने अनुमान लगाया।

"हाँ, शाहजादी साहिबा! फकीरुद्दीन की सलाह पर हम परसों आक्रमण करते-करते रुक गये। हालाँकि हिन्दू ज्योतिष के मुताबिक वह सायत अच्छी थी, ऐसा व्यास गोपीनाथ जी से पूछ शाहजादा को बताया जा चुका था।"

"तो, दो दिन और इन्तजार करते रहे। कल आधी रात एकाएक दुश्मन की तोपों ने तीन धमाके किये और फिर चुप हो गयीं। हमारी तोपों ने भी तीन जवाबी धमाके कर डाले। मैं इस रात सोया नहीं। हमारे सिपाही भी पूरी रात जागते रहे। मैं रात भर यहाँ से वहाँ सिपाहियों के खेमों के पास घूमता जगनक का आल्हा सुनाता रहा। कही माँडौ की लड़ाई का विवरण, तो कहीं कालिंजर के युद्ध का किस्सा। मैंने अनुभव किया, आल्हा सुन-सुन हिन्दू और मुसलमान वीरों के चेहरे तमतमा उठते थे, उनकी आँखें ओज से चमकने लगती थीं। और भुजदण्ड फड़क उठते थे। मुझे भी ऐसा महसूस होने लगता था, आलीजाह, जैसे घनश्याम की आत्मा पर जगनक की आत्मा हावी हो गयी थी। आल्हा सुनाते-सुनाते मैं खो जाता था। कभी-कभी अपने कुछ छप्पय और अमृतध्वनि सुना देता था। आल्हा-ऊदल के शौर्य का विवरण सुन सूरमा अधिक उमंग से भरे दिखाई पड़े।" मुझे ऐसा जान पड़ा जैसे घनश्याम कहते-कहते आल्हा में खोता जा रहा है। उसने आँखें बन्द कर लीं और विवरण देते-देते रुक गया। उसके ओठों से माँड़ों की लड़ाई में लाखन की फौजों के सजने का वर्णन फूट पड़ा।

52

युद्ध के परिणाम की आशंका से पूरी रात मैं सन्ताप से जागता रहा और इस सन्ताप को किसी तरह मिटाने के लिए यमुना के किनारे अपने निवास की छत पर टहलता रहा, किन्तु बाहर भी दिनभर वृष-राशि के जलते हुए सूर्य की तपिश ने रात भर यमुना की ओर से आती हुई हवा को लू के थपेड़े बना डाला था। बार-बार घनश्याम त्रिपाठी के मुँह से सुने युद्ध के परिणाम पर सोचता रहा, यद्यपि

उसने पूरे परिणाम को और युद्ध की तब तक की स्थिति की, जब तक वह सामूगढ़ से अपनी कबूतरी घोड़ी पर चढ़कर चला था, बादशाह हुजूर और पादशाह बेगम के सामने पूरे खुलासे के साथ नहीं सुना पाया था। बाहर की प्रकृति के ताप ने हृदय के सन्ताप को और अधिक बढ़ा दिया। अन्दर प्रकोष्ठ में रुग्ण लवंगी शैया पर ज्वर के ताप से छटपटा रही है, मैंने उसे घनश्याम त्रिपाठी की बातें नहीं बतायीं क्योंकि उससे इसकी ज्वर वेदना और अधिक बढ़ जाती।

उधर शाहजादा दारा के महल की तरफ रात के तीसरे पहर कुछ मशालें जलती हुई दिखाई पड़ीं। सोचा छत से उतरकर उधर जाकर देखूँ माजरा क्या है, पर हिम्मत न हुई और तीन घड़ी बाद ही मुँह अँधेरे से बहुत पहले वे मशालें आगरा छोड़कर कहीं जाती हुई दिखाई पड़ीं। भोर होने पर जब महरी घर का कामकाज करने आयी तो उसने आते ही लवंगी को बड़े शाहजादा के हार की खबर सुनायी कि रात के तीसरे पहर बड़े शाहजादा आये थे और वे आगरा छोड़कर तुरत-फुरत चले गये शायद वे हार चुके हैं। ये खबर आगरा की गली-गली में आग की लपटों-सी फैलती जा रही है। रुग्ण लवंगी इसे सुनते ही शैया से चीख पड़ी, "जगन्नाथ, मैं पहले ही कहती थी कि मैं अब बचने वाली नहीं, तुम मुझे आगरा के इस दोजख में मत मरने देना। यह मेरा घर नहीं है। मेरा घर बनारस है। वह मेरी ससुराल है। मैं वहाँ गंगा के किनारे पूरे हिन्दू रस्मो-रिवाज के साथ जलना चाहती हूँ। मुझे इस आगरा में कभी भी दफन मत करना, क्योंकि मैं तुम्हारी पत्नी हूँ और अब मेरा विश्वास जिस्म के साथ रूह के कब्र में पड़े रहने तक नहीं है, बल्कि उस अवस्था में यहाँ मरने के बाद अपने कर्मों के मुताबिक रूह के फिर से नये चोले में पैदा होने में है। तुम मुझे आज ही शाम तक बनारस के लिए लेकर रवाना हो जाओ। मैं यहाँ पल भर भी रुकना नहीं चाहती।"

भोर होते ही मैंने झटपट स्नान किया। कुछ सूक्ष्म सन्ध्यावन्दन किया और तेजी से यह जानने के लिए घर से बाहर निकलना चाहा, ताकि वास्तविकता का पूरा पता लगा सकूँ। लेकिन इसके पहले ही शाहजादा दारा का प्रधान अंग संरक्षक लूसो मुझसे मिलने चला आया। उसने संक्षेप में दाराशुकोह के हारने की खबर सुना दी कि दोपहर के ढलते-ढलते हाड़ा, राठौरों और भदोरिया चौहानों की सारी फौज जो हरावल दस्ते में हमारी ओर से लड़ रही थी, औरंगजेब की गोली से बूँदी के हाड़ा के छत्रसाल के मारे जाने और दूसरे राजपूत लड़ाकों के कट मरने से लगभग कमजोर हो चुकी थी। हमारे दाहिने बाजू के एक हिस्से पर तैनात खलीउल्ला खाँ और जफरखाँ की मातहती फौजें हाथ पर हाथ धरे बैठी रहीं। वे दोनों किसी पुरानी साजिश के मुताबिक एकाएक बिना लड़े मैदान

छोड़ भाग खड़े हुए। अब लड़ाई का सारा बोझ शाहजादा के बायें बाजू लड़ने वाले खैरख्वाह खुदादाद खाँ और उसकी मातहती फौजों और खुद शाहजादा के हिफाजती दस्तों पर आ पड़ा। फिर भी बड़े शाहजादा डरे नहीं और वे अपने हाथी को औरंगजेब की ओर बढ़ाकर ले गये, लेकिन मीर जुमला की पुर्तगाली तोपें जो हमारी इतालवी तोपों से ज्यादा हल्की-फुल्की थीं और जो पुर्तगाल तोपचियों की कमान में थीं, उनके गोलों की मार से शाहजादा के हाथी भड़क उठे और वापस लौटकर अपनी फौज को रौंदने लगे, तब फुर्ती से शाहजादा हाथी छोड़ घोड़े पर सवार हो, आगे बढ़ना चाहते थे, पर इसी बीच औरंगजेब और मुराद की फौजों ने यह समझकर कि दारा शुकोह मारा गया है, जीत का डंका बजा दिया। उसने आगे यह भी बताया कि मैदान हार जाने के कारण बड़े शाहजादा तुरन्त अपने कुछ खैरख्वाह साथियों के साथ रात के तीसरे पहर आगरा चले आये थे और तीन घड़ी में उन्होंने केवल मुझे, सिर्फ मुझे और खुदादाद को यह हिदायत देते हुए कहा कि वे भी और हम भी आज शाम आगरा से रवाना होकर कल या परसों तक दिल्ली किले पहुँचें तथा आगरा में रहने वाले शाहजादा दारा के खैरख्वाह लोगों को यह बता दें कि बेहतर हो कि वे आगरा में न रहें, नहीं तो औरंगजेब के कहर से न बच पाएँगे।

जब शाहजादा दारा के रात में आने की खबर बादशाह हुजूर को लगी तो उन्होंने उन्हें किले में आकर के मिलने के लिए एक खोजा द्वारा सन्देश भेजा पर दारा ने उसी खोजा से जवाब भिजवा दिया कि "मैं इस मुँह को लेकर अब्बा हुजूर के सामने पेश नहीं हो सकता। वह शाहजँहानाबाद जाकर वहाँ औरंगजेब के खिलाफ लड़ाई का नया मोर्चा खोलेंगे और तब तक लड़ते रहेंगे, जब तक अपना फतह्याब मुँह अब्बा हुजूर को न दिखा दें।"

पता चला है कि बादशाह हुजूर ने कई खच्चरों और ऊँटों पर शाहजादा के पास हीरे-जवाहरात और अशर्फियों के तोड़े भी उसी वक्त भिजवा दिये, ताकि शाहजादा रात में फौजें इकट्ठा करने लगें और उन्हें कोई तकलीफ न हो और उसके चन्द घड़ी बाद ही वे अपने खैरख्वाह फौजियों के साथ शाहजँहानाबाद के लिए रवाना हो गये। साथ में सिर्फ नादिरा बेगम और अपने बेटे तथा बेटियों को लेकर गये। मुझे यह हुक्म दे गये कि मैं इधर राणादिल और उदयपुरी बेगम, जो उनकी कनीज हैं, उनका बन्दोबस्त कर मैं भी वहाँ दिल्ली में जाकर उनसे कल-परसों तक मिल लूँ।

इधर ज्योंहि बादशाह हुजूर को यह भनक लगी कि कल-परसों तक औरंगजेब अपनी फतह्याब फौजों के साथ आगरा पहुँचने वाला है, उन्होंने किले की मोर्चेबन्दी करवा डाली। किले का सदर दरवाजा बन्द कर दिया गया और

किले के परकोटे पर तोपें चढ़ा दी गयीं। सिर्फ यमुना की तरफ का एक दरवाजा किले में आने-जाने के लिए खुला रखा। यूसुफ ने बताया कि वो उसी चोर-दरवाजे की ओर से खोजा तालिब मुहम्मद की मदद से पादशाह बेगम की खिदमत में अपनी बीवी कुलसुम से मिला। उससे सारी वारदात बताकर, अपने साथ दिल्ली चलने को कहा। पर कुलसुम ने इनकार करते हुए कहा कि "इस मौके पर, जब पादशाह बेगम और शाहंशाह हुजूर पर आफत बरप रही है, मैं उनका साथ नहीं छोड़ सकती। इसके लिए, मरने पर खुदा मुझे कोई सजा दे तो मैं उसे हँसते हुए कबूल कर लूँगी।" यूसुफ ने बताया कि वे दोनों रोते-कलपते एक-दूसरे से अलग हो गये। यूसुफ मेरे सामने चीख पड़ा, "पता नहीं, अब मेरी कयामत के दिन भी कुलसुम से मुलाकात होगी या नहीं?"

थोड़ी ही देर बाद दाराशुकोह का विश्वसनीय सैनिक खुदादाद खाँ, जो एक हजारी ईरानी मनसबदार था, आ पहुँचा और उसने भी शाहजादा का यही पैगाम सुनाया कि मुझे जल्दी से जल्दी आगरा छोड़ देना चाहिए। वो, अपनी बेगम बीबी खातून जो अपने को अभी भी सुलखनी गूजरी कहती है और जो लवंगी की धाय थी, और बेटी गुलशन को लेने आया था। उसे और गुलमुहम्मद, जिसे सुलखनी गूजरी गुलमुहम्मद या गुलशनी नाम से नहीं पुकारती थी, बल्कि हिन्दू नाम ललिता और सुदामा कहती थी और अपने को भी बीबी खादिम कहने पर चिढ़ती थी, क्योंकि उसकी एक अलग कहानी थी, जिसका जिक्र मैं कभी मौका आने पर करूँगा, वह उन्हें उसे लेकर बयाना के लिए रवाना हो जाना चाहता है, जहाँ उन्हें पहुँचाकर, खुद भी दिल्ली के लिए रवाना होगा। कल-परसों तक शाहजादा से मिलने जा रहा है।

ऐसी हालत में मेरे लिए भी अब आगरा में रुकना दोजख में ठहरे रहने से ज्यादा बदतर नहीं रहा। मैं भी फौरन ही आगरा छोड़ देना चाहता था, ताकि बीमार लवंगी को लेकर किसी तरह सुरक्षित वाराणसी पहुँच जाऊँ।

मैं तुरन्त किरोड़ी के यहाँ जौहरी बाजार में पहुँचा, जिसके पास हमारी रोकड़, हीरे-जवाहरात और आभूषण जमा थे। उससे जाकर कहा कि मैं बीमर लवंगी को लेकर कल तक आगरा छोड़ देना चाहता हूँ, अगर उधर कोई काफिला जा रहा हो, तो हमारे जाने की भी व्यवस्था करा दें। उसने बताया कि कल ही एक काफिला मथुरा, कन्नौज के रास्ते बंगाल जा रहा है। उसके साथ एक बहँगी किराये पर मिल जाएगी। उसमें हम दोनों के जाने की व्यवस्था करा देगा। दूसरे दिन मुँह-अँधेरे मैं लवंगी को लेकर उस रास्ते से वाराणसी के लिए रवाना हो गया। जिस रोज शुजा और कछवाहा राजा जयसिंह और सुलेमान शुकोह की मातहती इधर की फौजों की लड़ाई के होने की खबर आ गयी थी। यहाँ अभी

भी इधर की फौजें शुजा को पूरी तरह शिकस्त नहीं दे पायी थीं। जंग जारी थी।

53

रुग्ण लवंगी को लेकर मैं यात्रा में कष्ट उठाते हुए वाराणसी पहुँचा और आते ही मेरे प्रिय सखा लक्ष्मण भट्ट ने मेरे पारिवारिक निवास में मेरे रहन-सहन की व्यवस्था की। आगरा प्रवास के समय मैं अपने ब्रह्माघाट पर स्थित पारिवारिक निवास को लक्ष्मण भट्ट को सौंप गया था, जो आन्ध्र से आने वाले यात्रियों का तीर्थगुरु था और सभी प्रकार के कर्मकाण्ड क्रिया में सिद्धहस्त था। वह इस निवास के निचले खण्ड में विद्यालय चलाता था। उसने मेरे पहुँचते ही मेरे निवास की ऊपरी मंजिल के प्रकोष्ठों को खाली कर मेरे और लवंगी के रहने की समुचित व्यवस्था करवा दी और आते ही लवंगी के उपचार के लिए अच्छे चिकित्सकों की व्यवस्था भी कर दी। वैद्यराज ने आकर लवंगी का परीक्षण किया और जो रोग बताया, ठीक वही था, जो आगरा में पहले हकीम साहब बता चुके थे। गर्भस्राव के बाद से ही लवंगी प्रतिदिन क्षीणकाय होती जा रही थी। उसके शरीर में रक्ताल्पता हो गयी थी और वह धीरे-धीरे जर्जर हो गयी थी। हकीम साहब ने उसके रोग का निदान बताया था कि आपकी बीबी को तपेदिक हो गया है। उन्होंने आगरा में रहते हुए लवंगी के लिए मोती की खाक और कुछ अर्क का उपचार बताया था, जो हम निरन्तर देते रहे, किन्तु उससे कोई लाभ नहीं हुआ। वाराणसी के वैद्यराज ने भी ठीक वही निदान किया। उन्होंने कहा था, "पण्डितराज आपकी धर्मपत्नी को राजयक्ष्मा हो गयी है। मैंने इनकी पूरी जाँच-पड़ताल कर ली है। भस्मादि का उपचार करूँगा, किन्तु पूर्ण स्वास्थ्य-लाभ दैवाधीन है।" कुछ समय पश्चात् लवंगी की खाँसी अत्यधिक बढ़ गयी। उसकी वाणी में एकाएक विचित्र परिवर्तन हो गया। दो-चार शब्द बोलने के बाद ही वह निरन्तर खाँसने लगती और उसके गले से अत्यधिक कफ निकलने लगा। कभी-कभी कफ में कुछ रक्त भी आने लगा। मैं समझ गया कि अब लवंगी अधिक दिनों तक मेरा साथ देने नहीं जा रही है। एक रात उसका ज्वर अत्यधिक तीव्र हो उठा और वह शैया पर मछली की तरह तड़पने लगी। मैं दौड़ा और लक्ष्मण भट्ट को बुला लाया। लवंगी बार-बार हिचकियाँ ले रही थी। अन्त में एक प्राणघातक हिचकी

आयी और हम दोनों के देखते-देखते, लवंगी की आत्मा इस पंच भौतिक शरीर को छोड़कर शून्य में विलीन हो गयी।

मैं एकाएक चीख पड़ा और मुझे अनुभव हुआ कि जैसे मेरा जीवन निस्सार हो गया। इस अर्द्धरात्रि के समय मेरा सम्पूर्ण व्यक्तित्व अधूरा रह गया। लक्ष्मण भट्ट दौड़ा और सबसे बड़े धर्मशास्त्री कमलाकर भट्ट के पौत्र गागा भट्ट को यह जानने के लिए बुला लाया कि लवंगी का दाहसंस्कार किस विधि से किया जाए। गागा भट्ट ने शीघ्र ही घर से दो शास्त्रीय ग्रन्थ मँगवाकर देखे। निर्णय सिन्धु जो उसके दादा की रचना थी और 'श्राद्ध विवेक' देखकर कहा, "पण्डितराज, अगर आप अनुचित न समझें तो मैं शास्त्रीय दृष्टि से एक निर्णय देना चाहूँगा। यद्यपि आपने इनके साथ वैदिक विधि से शास्त्र सम्मत विवाह किया है, तथापि शास्त्र इन्हें आपकी धर्मपत्नी के रूप में स्वीकार नहीं करेगा, क्योंकि ये जन्मना विधर्मी थीं। अतः इनका दशगात्र, मलिन षोडशी और शुद्ध षोडशी का सविधि श्राद्धकर्म नहीं होगा। हमारा धर्मशास्त्र इन्हें आपकी धर्मपत्नी न मानकर उपपत्नी ही स्वीकार करेगा और ऐसी स्थिति में इनका अन्तिम कर्म केवल तीन दिनों का होगा और चतुर्थ दिवस आप शुद्ध हो जाएँगे।" मैंने गागा भट्ट से शास्त्रार्थ करना निरर्थक समझा, क्योंकि इस स्थिति में जबकि मैं लवंगी के जाने की वेदना से अवसन्न था, नानुच के बिना उसकी व्यवस्था स्वीकार कर ली और रातों-रात ही लक्ष्मण भट्ट एवं उनके छात्रों ने लंवगी की विसंज्ञ काया को गंगा के तट पर अग्नि को सौंप दिया। मैं वहीं चिल्ला पड़ा और एकाएक मेरे मुँह से कालिदास का राजा अज, जिसकी धर्मपत्नी इन्दुमती उसे छोड़कर जा चुकी थी, मेरी बाणी में बोल उठा :

हाय! अब मेरा सारा धैर्य समाप्त हो गया। मेरी सारी प्रेम-भावना कभी की बिदा ले चुकी है। अब जीवन में कोई उत्सव मेरे लिए निरर्थक हो गया और अलग-अलग ऋतु में आने वाले पर्वादि अब शून्य रह गये। संगीत नृत्य, काव्यकला इत्यादि में अब मुझे रस नहीं मिल रहा है। सजने-धजने और आभूषण मेरे लिए निष्प्रयोजन रह गये। हाय! अब मैं अकेला रह गया हूँ। मेरा शयन आज परिशून्य हो गया है।

धृतिरस्तमितारतिश्च्युता विरतं गेयमृत्युनिरुत्सवः।
गतमाभरणप्रयोजनं परिशून्यं शयनीयमद्य मे ॥

मैं प्रतिदिन जीवन को निरर्थक अनुभव करने लगा और सोचा क्या मैं लवंगी के बिना जीवित रह सकूँगा। कभी-कभी मन में एकाएक यह भाव उठ जाता था कि मैं अब आत्महत्या कर लूँ किन्तु रह-रहकर लवंगी के अन्तिम समय के वे प्रेरणाप्रद वाक्य मुझे ढाढ़स बँधाते जाते थे, "जगन्नाथ, मैं भले ही इस जिस्म की हालत में तुम्हारे साथ न रहूँ, लेकिन मेरी रूह हमेशा तुम्हारे साथ मौजूद है।...मरने के बाद भी वह भले ही दूसरे चोले में जन्म ले ले लेकिन वहाँ भी तुम्हारा ही इन्तजार करती रहेगी।...इसलिए मेरे चले जाने के बाद कतई गम न करना। क्योंकि तुमने सूफी उस्ताद मुल्लाशाह के सामने जो वादा किया था, उसे ताजिन्दगी न भूलना। क्योंकि अभी भी समाजी और सियासी बदलाव नहीं हो पाया है। तुम इसके लिए कोशिश करते रहना, जिसके लिए शाहजादा दारा अभी भी जूझ रहे हैं।" लवंगी के इन अन्तिम वाक्यों ने सदा, जब तक मैं वाराणसी में रहा, मुझे आत्महत्या करने से रोका, यद्यपि कई क्षण ऐसे आये थे जब मैं निवास से इसके निमित्त निकल भी पड़ा था। अन्त में मैंने निर्णय लिया कि वाराणसी से जाकर शुजा से मिलूँ और साथ ही अपने बालसखा कूचबिहार के राजा प्राणनारायण से भी सम्पर्क स्थापित करूँ। क्योंकि इधर बंगाल में शुजा का पीछा करने के लिए औरंगजेब ने शुजा को बंगाल की सूबेदारी से हटाकर मीर जुमला को बंगाल का सूबेदार मुकर्रर कर भेज दिया था और उसे यह हुक्म दे दिया था कि बंगाल में आलमगीरी हुकूमत को मजबूत बनाने में शुजा से लोहा लेता रहे।

वाराणसी में रहते हुए आगरा की खबर धीरे-धीरे हमें मिल रही थी। जब वहाँ औरंगजेब ने न केवल अपना सम्पूर्ण आधिपत्य स्थापित कर लिया था, बल्कि मामूजान शायस्ता खाँ को वहाँ का सूबेदार मुकर्रर कर, अब्बा हुजूर शाहंशाह शाहजहाँ और बड़ी बहन जहाँआरा को किले में कैद कर दिया था और किले में लोगों का आना-जाना बन्द कर दिया था, ताकि शाहंशाह और पादशाह बेगम से कोई मिल न पाए। खोजा एतबार खाँ को नजर रखने की हिदायत दे दी थी। उन्हें किले के अन्दर के कुओं के खारे पानी पर ही जिन्दगी बसर करनी पड़ रही थी और जमुना का मीठा पानी भी मयस्सर नहीं था। आगरा पहुँचते ही उसने आलमगीर के नाम से एक और खुतबा पढ़कर अपने आपको बादशाह एलान कर दिया था। पता चला था कि वो एक फौज लेकर शाहजहाँनाबाद के लिए रवाना हो चुका था, जहाँ बड़े शाहजादा दाराशुकोह फिर से नयी फौजें इकट्ठा कर औरंगजेब से मोर्चा लेने की तैयारी में जुटे थे, पर बाद में यह भी पता चला कि शाहजादा दारा, जसवन्त सिंह, मारवाड़ के राठौर राजा पर यकीन कर अजमेर

में लड़ाई की मोर्चाबन्दी की तैयारी यह समझकर कर रहे थे कि शायद उन्हें रसद और राठौर फौजियों की मदद मिल जाएगी और वह एक बार फिर औरंगजेब की फौजों से पुरजोर टक्कर ले सकेंगे। पर कुछ समय बाद वाराणसी रहते हुए यह भी खबर मिली कि जसवन्त सिंह ने मदद नहीं की, क्योंकि कछवाहा जयसिंह ने उसे औरंगजेब की ओर से फोड़ लिया था और आखिरकार अजमेर के पास दारा और औरंगजेब की फौजों की टक्कर हो ही गयी, जहाँ दारा को दोहरी शिकस्त उठानी पड़ी। अब उसके लिए कोई चारा नहीं था कि वो कहीं जाकर कुछ वक्त के लिए इन्तजार करे।

इधर पूरब के मोर्चे पर शुजा भी पूरी तरह फतहयाब नहीं हो पाया था, पर वह डटा हुआ था। उसी को रोकने के लिए औरंगजेब ने अपने खैरखाह सिपहसालार मीर जुमला को बंगाल का सूबेदार भी मुकरर्रर कर दिया था, जिसके साथ आये दिन शुजा की टक्कर हो रही थी। शुजा के पास बहुत मजबूत नव्वारा (नौसेना) था, जिसकी मदद से वह बंगाल की नदियों में तुरन्त बढ़ सकता था और मीरजुमला के पास जमीनी फौजें थीं, जिसके कारण अभी दोनों की लड़ाई खिंचती जा रही थी और उसने मगर और हाथी की लड़ाई की शक्ल अख्तियार कर ली थी। मीर जुमला शुजा को जमीनी लड़ाई में फँसाना चाहता था, पर शुजा अपनी नावों से फौजों को यहाँ-वहाँ हटा-बढ़ा रहा था और मीर जुमला को परेशान कर रहा था। पर वह खुद भी कम परेशान नहीं था। पता चला कि वो इस वक्त मुर्शिदाबाद में है, जो बंगाल के सूबे का ढाका के अलावा, अलग सदर मुकाम था। पर जब मैं शुजा से मिलने मुर्शिदाबाद पहुँचा तो पता चला कि वह राजमहल में है। मैं राजमहल जाकर शुजा से मिला।

शुजा को औरंगजेब की सारी चालबाजियाँ अब समझ में आ चुकी थीं। उसने बड़ा दुखी होकर मुझे बताया था कि "कविराय, मैं उस ढोंगी फकीर के बहकावे में आकर उसकी ख्वाहिश समझना चाहता था कि अब्बा हुजूर खुदा को प्यारे हो चुके थे। वह हमेशा मुझे यही मुगालता देता रहा कि वह सिर्फ यही चाहता है कि काफिर दारा मुगल तख्त का वारिस न बने। और शुजा को तख्त पर बैठाकर हज को निकल जाएगा, क्योंकि खुद उसे तख्त पर बैठने का शौक नहीं है। पर धीर-धीरे उस सफेद साँप की असलियत खुल गयी , जब उसने अब्बा हुजूर और आपा जान को किले में कैद कर, खुद खुतबा पढ़ आलमगीर के नाम से मुगलतख़्त जबरन हासिल कर लिया। सुना है, मुराद को ग्वालियर के किले में कैद कर डाला और उसकी फौजें एक ओर भाईजान दारा का पीछा आज तक कर रही हैं। दूसरी ओर मुझे परेशान करने के लिए मीरजुमला को यहाँ का सूबेदार बनाकर भेज दिया है। पण्डितराज, मुझे अफसोस है, मैं धोखा खा गया। अब तो मीरजुमला से ताजिन्दगी लड़ने के सिवा कोई चारा नहीं रहा।

अगर मैं फतहयाब हो गया तो आगरा जाकर अब्बा हुजूर और आपा जान को कैद की जिन्दगी से छुड़वा सकूँगा।"

मैंने शुजा को एक योजना समझायी कि यद्यपि कूचबिहार के राजा प्राणनारायण और असम के राजा जयध्वज से बंगाल का सूबेदार रहते हुए शुजा से लड़ाइयाँ होती रही हैं, परन्तु राजनीति यह कहती है कि एक ओर कूचबिहार के प्राणनारायण और असम के जयध्वज से तात्कालिक सन्धि कर ली जाए, जो स्वयं भी मीर जुमला के खतरे का एहसास कर रहे होंगे। क्योंकि वे लोग भी औरंगजेब की हुकूमत को कतई पसन्द नहीं करेंगे। तीनों ही तात्कालिक सन्धि कर मीर जुमला को छकाते रहे तो बंगाल में जो आलमगीरी शिंकजा कसता जा रहा है, टूटकर धराशायी हो जाएगा। इसके लिए मैं शीघ्र ही कूचबिहार जाकर प्राणनारायण से परामर्श लेना चाहूँगा। आपसे मैं सिर्फ इतनी मदद चाहता हूँ कि मुझे कूचबिहार जाने की व्यवस्था कर दें क्योंकि वहाँ जाने के लिए मुझे नदियों के मार्ग से भी जाना होगा। शुजा ने न सिर्फ नदियों को पार करने के लिए नावों की व्यवस्था कर दी, वरन् कुछ घुड़सवार देते हुए कहा कि आपके रास्ते कूचबिहार की दारुल-सल्तनत खुश्की कमतापुर तक हिफाजत से पहुँचने में मदद देंगे। मैं इस योजना को कार्यान्वित करने के लिए बाल्यकाल के मित्र कमतापुर के राजा प्राणनारायण से मिलने के लिए राजमहल से रवाना हो गया।

मुझे महाराज प्राणनारायण के परामर्श के अनुसार दो दिन बाद ही भोट प्रदेश के कुछ बौद्ध यात्रियों के साथ वाराणसी लौट आना पड़ा। इसलिए लगभग डेढ़ वर्ष बाद वाराणसी लौटा।

वाराणसी आते ही मैं दूसरे ही दिन अपने गुरु कवीन्द्राचार्य सरस्वती से मिलने उनके मठ 'वेदान्ती के बाग' जो वरुणा के किनारे पर विशाल क्षेत्र में स्थित था, गया और मिला। लेकिन उनके प्रकोष्ठ में पहुँचते ही उन्हें अत्यधिक रुग्ण अवस्था में शैया पर निढाल पाया। पास में तीन व्यक्ति बैठे थे। दो को मैं तुरन्त पहली झलक में ही पहचान गया, यद्यपि दोनों ही अब संन्यासी वेश में थे। पण्डित रामानन्द त्रिपाठी ने बताया कि उन्होंने अब संन्यास ले लिया है और वे अपने पैतृक निवास को छोड़कर रामघाट से लक्ष्मीकुण्ड के कालीमठ में रहने लगे हैं। इनके साथ में अन्य संन्यासी व्यक्ति रामू द्विवेदी थे, जिन्होंने प्रसिद्ध सन्त भाषा-कवि तुलसीदास के भाषा महाकाव्य मानस को संस्कृत भाषा में अनूदित किया था और वे प्रतिदिन ज्ञानवापी के विश्वनाथ मन्दिर के प्रांगण में मानस की कथा कहा करते थे। उन्होंने मुझसे कहा कि पण्डितराज उधर तो आगरा में रावण राज्य स्थापित हो गया है। तब मैंने उनसे निवेदन किया कि वे अपनी कथा में ऐसा ओज भर दें कि उस निशाचर राज्य का विनाश हो जाए।

पास में बैठे तीसरे संन्यस्त व्यक्ति को मैं पहली झलक में न पहचान पाया। थोड़ा ध्यान से देखने पर मैं चौंक पड़ा। अरे गुरुवर! आप भी संन्यासी वेश में। ये मेरे पास ही बैठे अरबी के उस्ताद पण्डित चन्द्रभान ब्राह्मण थे। उन्होंने बताया कि औरंगजेब ने तख्तनशीन होते ही शाहजादा दाराशुकोह के खैरख्वाह लोगों को अपने ओहदे से हटा डाला था और उन्हें भी, आगरा से लाहौर के सूबेदार का मुन्शी बनाकर तबादले पर भेजने का हुक्म जारी कर दिया था। उन्होंने जाकर लाहौर के सूबेदार के मुन्शी का ओहदा कुछ दिनों तक सँभाला, पर इस बीच दिल्ली में जो वारदातें हुईं, उनसे उनका मन बड़ा दुखी हो जाता था। पण्डित जगन्नाथ, शायद इधर रहते हुए आपको उधर क्या घटित हुआ, इसका पूरा-पूरा पता न हो। मैं दिल पर पत्थर रखकर उन वारदातों का थोड़ा जिक्र करना चाहूँगा।

हाँ, मुझे तो केवल इतना ज्ञात है कि शाहजादा दाराशुकोह दोराई के युद्ध में औरंगजेब की सेनाओं से पराजित होकर ईरान की ओर आश्रय ढूँढ़ने निकल गये, पर आगे क्या हुआ इसकी अधिक जानकारी मुझे और अन्य लोगों को नहीं हो पायी। इससे पहले ही मैं कमतापुर महाराज प्राणनारायण के यहाँ चला गया था, ताकि वे बंगाल के सूबेदार मीर जुमला से लोहा लेते हुए औरंगजेब के आधिपत्य को बंगाल में छिन्न-भिन्न करने का प्रयत्न करें। मैं शाहजादा दारा के भविष्य के विषय में जानकारी अवश्य चाहूँगा।

तो सुनिए जगन्नाथ! जी को कड़ा करना होगा। शाहजादा दाराशुकोह बीमार नादिरा बेगम और अपने छोटे बेटे और बेटी के साथ किसी तरह बड़ी मुश्किल से थार के रेगिस्तान को पार कर सरहिन्द में खक्खपुर और वहाँ के पठान मलिक जीवन के पास आसरा ढूँढ़ने की गरज से पहुँचे, क्योंकि वे मारवाड़ के राठौर जसवन्त सिंह से पहले ही नाउम्मीद हो चुके थे। एक बार उस कबायली पठान मलिक जीवन को, जिसने किसी वक्त मुगल सल्तनत के खिलाफ बगावत की थी, पकड़े जाने पर शाहंशाह शाहजहाँ से माफी दिलवाकर अपनी मेहरबानी का एहसान किया था। उन्हें उम्मीद थी कि वह कबायली पठान उन्हें धोखा नहीं देगा। पर उस एहसानफरामोश मलिक जीवन ने उन्हें हिफाजत से रखने का यकीन दिलाकर, आखिर में दिल्ली शाहजहाँबाद जाकर औरंगजेब को सौंप दिया तथा औरंगजेब ने तुरन्त उसे छोटे बेटे सिपहर शुकोह के साथ कैदखाने में डाल देने का हुक्म दे दिया। दूसरे ही दिन बाप-बेटे दोनों को एक बूढ़ी हथिनी पर बैठा मैले-कुचैले कपड़े पहनाकर चाँदनी चौक की पूरी सड़कों पर घुमाया और उनके साथ दिल्ली का कोतवाल नंगी तलवार लिये सड़कों पर निकला। भादों का महीना था। आसमान भी शाहजादा को इस हालत में देखकर दर्दनाक मंजर को बर्दाश्त न कर पाया और रो पड़ा। खास चाँदनी चौक के मकानों की छतों पर रोते-कलपते

दिल्लीवासियों ने कोतवाल की बड़ी मलामत की और उसपर गन्दगी फेंक दी। वे औरंगजेब को कोस-कोसकर गालियाँ दे रहे थे। इस घटना से औरंगजेब दहल गया और उसने समझा कि दिल्ली की सारी रियाया कहीं उसके खिलाफ बगावत में न खड़ी हो जाए।"

"फिर उसके बाद क्या हुआ पण्डित जी?" मैंने बड़े दुखी स्वर में पूछा और आगे उन्होंने जो कुछ भी बताया और अधिक विषादमय था। दर्दनाक घटना को और अधिक तफसील के साथ बताते हुए पण्डित चन्द्रभान ब्राह्मण का गला सूखता जा रहा था। वे रुक-रुककर बोल रहे थे, "उसी रात औरंगजेब ने जल्दी में उलेमाओं को तलब किया और उनके साथ मामूजान शायस्ता खाँ, रोशनआरा और दानिशमन्द खाँ के अलावा कुछ और मुसाहबों को सलाह मशविरे के लिए बुलाया। घिघियाया कि इस कहर से किस तरह निजात पाया जाए। मामूजान शायस्ता खाँ और रोशनआरा बेगम औरंगजेब के साथ इस राय के थे कि आज ही रात दाराशुकोह को हलाक कर दिया जाए, पर दानिशमन्द खाँ ने उस पर रहम कर उसे रिहा कर देने की सिफारिश की। औरंगजेब तथा रोशनआरा बेगम ने यह खतरा बताया कि उसे रिहा कर देने पर, उसके नाम पर कभी भी बगावत का झण्डा बुलन्द करने वाले लोग खड़े हो सकते हैं। इस पर उलेमाओं की सलाह ली गयी कि शरीअत के मुताबिक दाराशुकोह ने इस्लाम में यकीन करना बन्द कर दिया है और वह पूरी तरह काफिर हो चुका है। हमारे मजहब में इस तरह मजहब की तौहीन करने वालों के लिए सिर्फ एक ही सजा है और वह है सजा-ए-मौत। मामूजान शायस्ता खाँ और रोशनआरा बेगम ने भी इस सजा के बारे में पैरवी की। तब उलमाओं के फतवे की मुहर लग गयी और उसी वक्त कैदखाने के सदर नजरबेग को यह हुक्म दे दिया गया कि दाराशुकोह को जल्लादों को रातोंरात सौंप दिया जाए। और इस फतवे के मुताबिक उसे कैदखाने में उनके साथ रहते सिपहरशुकोह से अलग कर दिया गया और रातोंरात जल्लाद के खाँड़े ने शाहजादा दाराशुकोह को कत्ल कर दिया।" इस घटना को सुनकर रामानन्द त्रिपाठी, जिन्हें पहले से यह सब ज्ञात था, उनके मुँह से एकाएक स्वनिर्मित्त एक पद्य निकल पड़ा, जिसका केवल मुझे अब चतुर्थ चरण स्मरण हो रहा है। हाय! दाराशाह /की दुर्गति सुनकर मैं अपने प्राणों को नहीं रख पा रहा हूँ :

...दाराशाहविपत्सु केवलमहो प्राणान्नरक्षनवमी।

मैं यह सब सुनकर अवसन्न हो गया और पूछ बैठा, "पण्डित जी! क्या

प्रजा पर इसकी कोई प्रतिक्रिया नहीं हुई? क्या वह बिलकुल प्रस्तर-हृदय बनी रही। अगर ऐसा ही है तो प्रजा ही नहीं, प्रजा के हितैषी लोगों का जीवन भी इस प्रकार के नृशंस राज्य में कदापि सुरक्षित नहीं रहेगा।"

पण्डित चन्द्रभान ब्राह्मण ने इस विषादमय विवरण को समाप्त करते हुए बताया कि दूसरे दिन आग की लपटों की तरह दिल्ली की गली-गली में शाहजादा दाराशुकोह के दर्दनाक हस्र का पता लोगों को चल गया और उस नंग-धड़ंग रहने वाले सूफी सरमद ने घूम-घूमकर दिल्ली की रियाया को बगावत के लिए भड़काना शुरू किया। औरंगजेब इससे फिर डर गया और तीसरे ही दिन सरमद को भी गिरफ्तार कर लिया गया और उस पर भी उलेमाओं ने इस्लाम के उसूलों की खिलाफत करने का इल्जाम लगाकर यह फतवा जारी किया कि वह नंगा घूमना बन्द करे और मंजूर करे कि इस्लाम के शरीअत के मुताबिक जिन्दगी बसर करता रहे, नहीं तो काफिर करार करते हुए मौत के घाट उतारने के लिए जल्लादों को सौंप दिया जाए। सरमद ने उलेमाओं के इस फतवे को इनकार करते हुए कहा, "मैं क्या करूँ। मुझे महबूबा ने खुद हमेशा के लिए नंगा कर डाला है।" बस उसे भी औरंगजेब ने बगावत के इल्जाम के लिए जिम्मेदार मानकर उलेमाओं के फतवे के मुताबिक जल्लादों के हवाले करने का हुक्म दे दिया। और जब जल्लाद उसे कत्ल करने पहुँचे तो सबसे पहले जल्लाद के खाँडे को चूमते हुए उसका इस्तकबाल किया और एक रुबाई कह दी, जिसका मतलब यह था कि हम गहरी नींद में थे। एकाएक बाहर हलचल हुई। हम जगे और फिर हमेशा के लिए गहरी नींद में सो गये। उस तरह औरंगजेब की हुकूमत के शुरू होते ही दो पाकीजा इन्सानियत को खत्म कर देने का बहुत बड़ा गुनाह किया गया, जिसे शायद कयामत के दिन भी खुदा उसकी रूह को कभी माफ नहीं करेगा।"

"पर आप लाहौर से यहाँ आकर संन्यासी कैसे बन बैठे! क्या आपके लाहौर के सूबेदार की मुन्शीगीरी छोड़ने में कोई आनाकानी नहीं की?"

"पण्डित जगन्नाथ, मेरा जी लाहौर में घुटने लगा था। मैं कोई मौका चाहता था कि औरंगजेब की खिदमत से किसी तरह नजात मिल जाए। मैंने एक दरख्वास्त औरंगजेब की खिदमत में भेजी थी कि अब मैं बहुत जईफ हो गया हूँ और चाहूँगा कि मेरी जगह लाहौर के सूबेदार के मुन्शी की जगह तेजभान को मुकर्रर कर दिया जाए, ताकि मेरी जिन्दगी के जो कुछ लमहे बचे हैं, खुदा की इबादत में गुजार सकूँ। औरंगजेब की खिदमत में अपने ओहदे से इस्तीफा भेजकर मैं बनारस चला आया।" पण्डित चन्द्रभान ब्राह्मण ने हिन्दवी की एक नज्म सुना दी, जो शायद हिन्दवी में लिखी पहली नज्म हो। वह मूझे पूरी याद नहीं है, पर आशय यह था कि लाहौर में जहाँ न तो नदी है, न नाला है, ब्राह्मण

स्नान के लिए भी तरस रहा है। अब वह जिन्दगी के आखिरी लमहे गंगा के किनारे गुजारना चाहता है।

इसके बाद, दूसरे दिन मैं फिर गुरुवर कवीन्द्राचार्य के यहाँ गया तो उन्होंने मेरे समक्ष एक प्रस्ताव रख दिया। उस समय भी पं. रामानन्द त्रिपाठी और पं. चन्द्रभान ब्राह्मण वहीं बैठे थे। गुरुवर कवीन्द्रचार्य ने बताया कि मैं अब अन्तिम क्षणों की प्रतीक्षा कर रहा हूँ। पिछले तीन माह से अत्यधिक रुग्ण चल रहा हूँ। इस बुद्ध पूर्णिमा को मुझे आभास हो आया है कि मेरी आत्मा परमात्मा में विलीन होने जा रही है। मुझे अब केवल एक चिन्ता लगी है कि मेरे न रहने पर इस विशाल मठ की सम्पत्ति, जिसे मैंने अपनी निजी सम्पत्ति न मानकर समस्त प्राणी की सम्पत्ति माना है, और उसे प्रजा की सेवा में लगाया है, इस मठ के ग्रन्थागार में हजारों काव्य और शास्त्र के हस्तलेखों का संग्रह एकत्रित किया है, उसका भविष्य क्या होने जा रहा है, इस समय मेरे दो प्रधान शिष्यों में, जो मेरे पश्चात् इस मठ के स्वामित्व के लिए परस्पर प्रतिस्पर्धालु हैं, कहीं इतना विवाद न खड़ा हो जाए कि अन्त में वाराणसी के मुस्लिम फौजदार और काजी हस्तक्षेप कर बैठें। आप लोग जानते हैं कि मेरा शिष्य अगेहानन्द शास्त्रज्ञ होते भी दुश्चरित्र है और दूसरा शिष्य घनानन्द मूर्ख है। मेरी इच्छा नहीं है कि इनमें से कोई मेरे बाद मेरा उत्तराधिकारी बने। मैं पं. रामानन्द त्रिपाठी और पं. चन्द्रभान ब्राह्मण से निवेदन कर चुका हूँ कि उनमें से कोई मेरा उत्तराधिकारी बन जाए, किन्तु वे अस्वीकार कर चुके हैं। पं. जगन्नाथ, हम तीनों की आशाएँ केवल तुम पर टिकी हैं कि तुम इस पद को स्वीकार कर लो और मैं निश्चिन्त होकर अन्तिम श्वास ले सकूँ।"

"नहीं गुरुवर! मैं पूर्ण उत्तरदायित्व से इस मठ के अधिकारी का कार्य निर्वहन नहीं कर पाऊँगा। वैसे भी मैं क्षेत्र संन्यासी बनकर वाराणसी में रहूँगा किन्तु मेरा ध्येय मठ का स्वामी बनकर जीवनयापन करना कदापि नहीं है। हाँ, इसके बिना भी मैं सामाजिक परिवर्तन के लिए निरन्तर प्रयत्नशील रहूँगा, जिसकी शिक्षा आपने मुझे किशोरावस्था से दी है। आपके आदेश की अवहेलना करने का पातक मुझे भले ही लगे, किन्तु मैं आपके न रहने पर इस मठ का संचालन उस योग्यता से कदापि नहीं कर पाऊँगा। यदि मठ का भविष्य यही होना है तो मैं लाचार हूँ।"

मैंने बनारस में रहते हुए ब्रह्माघाट अपने निवास में एक विद्या केन्द्र खोलने का निश्चय किया, जहाँ जातिपात और ऊँच-नीच का विचार न करते हुए समस्त सनातन धर्मानुयायियों का काव्य, शास्त्र और आकर ग्रन्थ ही नहीं, वेद-वेदांगों का अध्यापन कर हमारी भारतीय अस्मिता और राष्ट्रीयता के आदर्श मानदण्डों को जन-समुदाय के सम्मुख प्रस्तुत करने का निर्णय लिया और तदनुरूप छात्रगण

मेरे यहाँ बिना किसी भेदभाव के इस समस्त शास्त्र विद्या का अध्ययन करने के लिए बराबर आने लगे।

55

हिरण्मयेन पात्रेण सत्यस्यापिहितं मुखम्।
चं पूषन्नपावृणु सद्धर्माय दृष्टये॥

उपनिषद् की इन पंक्तियों को पढ़ाते समय मैं बता रहा था कि सत्य के जाज्वल्यमान मायाजनित आलोक ने इतना तिरोहित कर रखा है कि हम आवरणहीन सत्य का वास्तविक स्वरूप देख ही नहीं पाते और इसी मायाजनित आलोक को सच मान बैठते हैं। यह जो सूर्यबिम्ब के इर्द-गिर्द सुनहरा आलोक-सा दिखाई पड़ रहा है, उसी ने साक्षात् देवता आदित्य के स्वरूप को ढँक रखा है। वैदिक ऋषि सूर्य से प्रार्थना कर रहा है कि वह अपने सुनहरे ढक्कन को हटा तो दे ताकि हम वास्तविकता को देख पाएँ। सूर्य का वास्तविक रूप कुछ नहीं हमारा ही आत्मरूप है। वह हमारी चेतन आत्मा स्वयं है—यो सावादित्यः पुरुषः सोहमस्मि। मानव की चेतना ही वह सूर्य है, जो सारे जगत्प्रपंच को आलोकित करती है। उसे पहचानने की जरूरत है। पर जब तक रूढ़ियों और परम्पराओं का ढक्कन उसे ढँके रहेगा, उसका उन्मुक्त सौन्दर्य नहीं बिखर पाएगा। काश, यह ढक्कन हट जाता।

कबीरमठ के साधु भुल्लनदास और रबिदासी साधु पलटूदास को उपनिषद् पढ़ा रहा था। गुरुवर कवीन्द्राचार्य के ब्रह्मलीन होने के बाद मैं उनके मठ को छोड़ अपने घर दूधविनायक मुहल्ले में रहने लगा। और मेरे यहाँ आ बसते ही मेरा घर एक अच्छी-खासी पाठशाला बन बैठा। काव्य, साहित्यशास्त्र, व्याकरण, न्याय और वेदान्त पढ़ाते-पढ़ाते मुझे दम मारने की फुर्सत नहीं मिल पा रही थी। मेरे पास सैकड़ों छात्र पढ़ने आने लगे। बच्चा दूबे और फेंकू तिवारी भी आने लगे। पहले उन्होंने साहित्यशास्त्र की पुस्तकें पढ़ना आरम्भ की। भट्टोजि दीक्षित के गुरु अप्पय दीक्षित की 'चित्रमीमांसा' पढ़ने आये थे ये लोग। अप्पय दीक्षित इन दिनों कोई सत्तर के आसपास हैं और यद्यपि वे द्रविड़ हैं, पर महाराष्ट्री तैलंग और द्रविड़ सभी दाक्षिणात्य की वाराणसी की पंचायत के मुखियाओं में हैं वे। काव्यशास्त्र और वेदान्त के वे सबसे बड़े पण्डित माने जाते हैं। इन्होंने अलंकारों पर दो ग्रन्थ लिखे हैं, जिनमें एक है 'कुवलयानन्द', दूसरा 'चित्रमीमांसा'—अधूरा

ग्रन्थ। आगरा में रहते मैंने इस ग्रन्थ को नारायण भट्ट को आज कोई दस-ग्यारह वर्ष पहले पढ़ाया था और तब अनुभव किया कि काव्यसमीक्षा के लिए जिस प्रतिभा और पाण्डित्य दोनों की आवश्यकता है, उसकी कमी स्थान-स्थान पर खटकती है 'चित्र मीमांसा' में। उन्हीं दिनों मैंने इस ग्रन्थ की खामियाँ बताते हुए 'चित्रमीमांसाखण्डन' लिख डाला था। बच्चा और फेंकू यही ग्रन्थ पढ़ने आते थे मेरे पास। महीने में ही गीता समाप्त कर डाली। गीता पढ़ाते समय कई बार मुझे कठोपनिषद् का हवाला और उद्धरण देने पड़े। दोनों की इच्छा हुई कि वे कठोपनिषद् पढ़ें और बाद में इसे समाप्त कर वे वेदान्त पढ़ने लगे। इधर चार महीने हुए दो साधु मेरे पास आये जो श्रीमद्भवगद्गीता पढ़ना चाहते थे। अपना परिचय देते एक ने बताया, "हम निरगुनिया साधु हैं, पण्डितराज। ये रबिदासी पलटूदास है और मैं कबीरदासी भुल्लनदास। हमने मठ में ही थोड़ा-बहुत संस्कृत का अभ्यास किया है। पण्डितों से श्रीमद्भगवद्गीता पढ़ना चाहा, पर उत्तर मिला-'हम अन्त्यजों को शास्त्र नहीं पढ़ाते।' किसी पण्डित ने बताया था कि आप हमें निराश नहीं करेंगे। इसलिए सेवा में उपस्थित हुए हैं।" मैंने उन्हें गीता पढ़ाना स्वीकार कर लिया और दो-तीन महीने में उन्होंने कठोपनिषद् समाप्त कर डाला। उनका समय ऐसा था कि जब तक कठोपनिषद् पढ़ते रहे किसी को पता न चला, पर एक दिन ईशावास्य पढ़ाते समय किसी कार्य से फेंकू और बच्चा आ धमके। ये दोनों भी इन दिनों मेरे पास पढ़ रहे थे और पहले भी इस बात पर आपत्ति कर चुके थे कि कोकारी और चर्मकारों को शास्त्र न पढ़ाये जाएँ। जब दोनों साधु पढ़कर चले गये तो फेंकू ने पूछा :

"ये दोनों अब क्या पढ़ने लगे हैं, गुरुजी। गीता को समाप्त कर चुके हैं ना।"

"हाँ, गीता ही नहीं, कठोपनिषद् भी समाप्त कर चुके हैं और आजकल ईशावास्य पढ़ रहे हैं।"

ईशावास्य का नाम सुनते ही चौंक पड़े दोनों। साथ-साथ चिल्लाते बोल उठे, "गजब कर डाला आपने भी। कठ और ईशावास्य पढ़ा रहे हैं इन अन्त्यजों को। ईशावास्य तो यजुर्वेद संहिता का भाग है, ऐसा गुरुवर भट्टोजि ने बताया था। यजुर्वेद संहिता पढ़ाते समय इसे हमें पढ़ाया था। हम दोनों यजुर्वेदी हैं, यह आपको ज्ञात होगा, गुरुजी!"

"क्या तात्पर्य है, तुम्हारा?" मैंने पूछा।

"आपको इन नीच जाति के लोगों को उपनिषद् और वेद नहीं पढ़ाना चाहिए, गुरुजी! पता नहीं क्या हो गया है आपको। पहले उस शाहजादा दारा जैसे यवन

को शास्त्र पढ़ाया, अब इन शूद्रों, और शूद्रों ही नहीं अस्पृश्यों को भी वेद पढ़ाने लगे।" फेंकू बोला।

"यह तो आप शास्त्रविरुद्ध कार्य कर रहे हैं, गुरुजी! शास्त्रों में लिखा है–'स्त्रीशूद्रद्विजबन्धूनां त्रयी न श्रुतिगोचरा।' इन्हें तो वेदों का सुनना तक मना है और आप पढ़ा रहे हैं।" बच्चा ने प्रमाण पेश करते मेरी भर्त्सना की।

"देखो फेंकू और सुनो बच्चा दूबे, मुझे शास्त्र समझाओगे तुम लोग। कौन है इस वाराणसी में जिसने मुझसे बढ़कर सब शास्त्रों का अवगाहन किया है। शास्त्रों को मुझसे अधिक जानने वाला कौन है, सामने तो आए। शास्त्रों का मतलब समझे बगैर तोतारटन्त की तरह उन्हें रट लेने से कुछ नहीं होगा। शास्त्रों की आत्मा को पहचानना होगा। उसपर पड़े ढक्कन को हटाना होगा। वेदान्त पढ़ने पर भी तुम आत्मा को नहीं जान पाये, बड़ा खेद है मुझे।"

"वेदान्त के पढ़ने से इसका क्या सम्बन्ध, गुरुजी। वेदान्त पढ़ने का अर्थ यह तो नहीं कि हम भ्रष्ट हो जाएँ। वह देखिए, परमश्रद्धेय अप्पय दीक्षित। वे भी तो वेदान्ती हैं। क्षेत्र संन्यास लेकर काशी में रह रहे हैं। गंगास्नान करके आते समय किसी को छूते तक नहीं और आप हैं कि इन अन्त्यजों को छूते हैं और वेद पढ़ाते हैं।"

"हाँ भाई! अप्पय दीक्षित कैसे वेदान्ती हैं, हम भी जानते हैं। ब्रह्मसूत्र और भामती की पंक्तियों का वाच्यार्थ समझ लेने से कोई वेदान्ती नहीं हो जाता, फेंकू दूबे। वेदान्तज्ञान वह है जो व्यवहार में उतर सके। अनुभूति के बिना ज्ञान केवल भारस्वरूप है। अप्पय दीक्षित का वेदान्त का ज्ञान भी उनके लिए सिर्फ भार है, भैया; स्यात् वे सहज वेदान्ती बन पाते।"

"कुछ भी हो, गुरुजी। ऐसे ज्ञान को लेकर हम क्या करें कि हम भी अन्त्यजों के समकक्ष बन जाएँ।" फेंकू ने दलील दी।

"अरे समकक्ष तो तुम्हें स्वयं भगवान श्रीकृष्ण बना गये फेंकू। पढ़ी है तुमने गीता, भूल गये यह श्लोक :

> विद्याविनयसम्पन्ने ब्राह्मणे गविहस्तिनि।
> शुनि चैव श्वपाके च पण्डिताः समदर्शिनः॥

प्रत्येक मानव में, मानव में ही नहीं, प्रत्येक प्राणी में वही आत्मा है, फेंकू पण्डित, जिसे तुम ब्रह्म मानते हो। घटाकाश और मठाकाश क्या महदाकाश से भिन्न है?"

"ये तो सब शास्त्रों की बातें हैं, गुरुजी, व्यवहार की नहीं।" बच्चा बोला।

"पर शास्त्र को व्यवहार में उतारना होगा, दूबे।"

"एक ओर आप कहते हैं शास्त्र को व्यवहार में उतारना होगा, दूसरी ओर आप स्वयं शास्त्रों को नहीं मानना चाहते। यह तो व्याघात है न! (एक बात कहकर उसी के विरुद्ध दूसरी बात कहना) क्यों?" फेंकू ने तर्क दिया।

"मुझे शास्त्र मान्य हैं किन्तु शास्त्राभास को मैं नतमस्तक हो स्वीकार नहीं करूँगा। जो शास्त्र मानव की आत्मा का, स्वयं ब्रह्म का अपमान करें वे शास्त्र नहीं माने जा सकते। वे हमारे नियामक नहीं हो सकते। उनको बदलना ही होगा। दो विरोधी वचनों में किसे शास्त्र माना जाए इसका निर्णय हमारी बुद्धि करेगी, ऐसी बुद्धि जो मानवता से बड़ा धर्म, बड़ा आदर्श किसी अन्य वस्तु को नहीं मानती। मानवता की कसौटी पर ही शास्त्रों की परीक्षा होगी भैया! न मानुषात् श्रेष्ठतरं हि किंचित्।"

56

शुक्ल नवमी का चन्द्रमा पश्चिम के क्षितिज पर ढलता जा रहा था। पश्चिम के चेहरे पर फैली उसकी गोरी किरणें ऐसी लगीं जैसे उसने चन्दन के चूर्ण से अपनी प्रिया के मुखड़े को विभूषित कर डाला हो। पुराने पड़े पौनार के टुकड़ों से निकले लम्बे झीने तारों-सी किरणें सारे आसमान को बाँधती जान पड़ीं। मैं आज अर्धरात्रि को ही घर से निकल पड़ा था। काफी ऊमस थी घर में। ज्येष्ठ का महीना वैसे भी गरम होता ही है। इस गरमी के सन्त्रास को गंगा की शीतल गोद में मिटाने निकल पड़ा। पंचगंगाघाट ही नहीं, गंगा के दोनों किनारे शान्त निद्रा में मग्न थे। मैं सीढ़ियाँ उतर बायें उस ओर आया जहाँ बूढ़ा मल्लाह झींगुर नाव पर ही सोया होगा। मैंने एक नाव के पास जाकर पुकारा, "झींगुर काका, ओ झींगुर काका।"

ठण्डी हवा के झोंकों में झींगुर काका शायद बेखबर सो रहा था। इसी नाव पर पटरे पर गमछा बिछाये औंधा लेटा था। मुझे लगा, झींगुर ही है। मैंने नाव पर चढ़ उसे झकझोरा, "झींगुर काका। कइसन घोड़ा बेचके सूतल हउवा।"

वह हड़बड़ा के आँखें मसलते बोल उठा, "के हव, सरऊ। नींद हराम कै डारिस्।"

"अरे हम हई, जगन्नाथ।"

"पौलागौं गुरुजी! एतनी रात गइले काहें आइल हउव।" वह अब उठ बैठा था।

"अरे नींद नाहीं आइल, काका। ओह पार जाये के हौ। आज त गंगा दसमी हौ, काका। सोचली आज ब्राह्ममुहर्त में स्नान गंगा के धारा में होवे के चाही।"

"पर अबहीं त आधी रात भइल हौ, गुरुजी। कोई डेढ़ पहर रात बाकी हौ भिनसार होए में।"

"हाँ, सवा-डेढ़ पहर रात बाकी त हौ, काका, पर आज उहैं बइठिके गंगा माई क साक्षात् दर्शन करै क इच्छा हौ। भीड़-भाड़ में गंगा माई दरसन कब्बौं नाहीं देतिन काका।"

"त गंगा माई दरसन देइहैं। हम बचपन से गंगा माई अउर उनके जात्रिन क सेवा करत हई, बचवा, पर हमहन् के कब्बौं दरसन नाहीं दिहलिन् माई। ए माई, कवन पाप कइले हईं हम। हमहन से काहे रूठल हऊ।" वह गंगा से गिड़गिड़ा उठा।

"हमहूँ माई क साक्षात् दर्शन नाहीं कइलीं, काका। पर आज विश्वास हौ, आपन दरसन माई हमहन के जरूर देइहैं। त चला, अबेर मत करा, काका!"

काका ने डोंगी किनारे से खोली और हम ज्येष्ठ की प्रतनु धारा पर मन्थर गति से दशाश्वमेघ घाट की ओर बढ़ चले। चन्द्रमा का अधूरा बिम्ब डूबता जा रहा था। मैंने देखा, पश्चिम के क्षितिज में उसका सिर्फ एक कोना डूबने से बचा था, जैसे कोई जंगली हाथी नीले आसमान के ताल में पूरी तरह बूड़ चुका था, केवल उसके दाँत का अग्रभाग बच गया था, सो भी कुछ निमिष में आँखों से ओझल होने वाला था। गंगा की लहरों के स्पर्श से शीतल और पवित्र हवा सद्यःस्नाता-सी मेरा आलिंगन कर मुझे रोमांचित बना रही थी। मैं पता नहीं, किस दुनिया में खोता जा रहा था। जंगली हाथी का दाँत भी अब डूब चुका था, पर वहीं मेरे सामने पश्चिम क्षितिज पर कोई रुपहरा आलोक उदित होता दिखाई पड़ा। इस असम्भावित सौन्दर्य को देख मेरी चेतना चमत्कृत हो गयी। पश्चिम और उदय? धीरे-धीरे वह आलोक अव्यक्त से व्यक्त होने लगा, रेखाएँ और आकृति उभरने लगी और कोई दिव्य नारीमूर्ति क्षितिज से आसमान की ओर बढ़ती इसी जलधारा पर उतरती आती प्रत्यक्ष दिखाई पड़ी। ओठ शब्दहीन संगीत गुनगुनाने लगे और यह शब्दहीन संगीत स्वतः शब्द और अर्थ के ज्ञान संश्लिष्ट आकार में ढलता मेरे ओठों से बैखरी रूप में व्यक्त हो उठा :

> समृद्धं सौभाग्यं सकलवसुधायाः किमपि तन्–
> महैश्वर्यं लीलाजनितजगतः खण्डपरशोः।
> श्रुतीनां सर्वस्वं सुकृतमथ मूर्तं सुमनसां
> सुधासौदर्यन्ते सलिलमशिवं नः शमयतुम्।

(इस सारी वसुधा का समृद्ध सौभाग्य, अथवा संसार को लीला से उत्पन्न करने वाले परमशिव का महान ऐश्वर्य, वेदों का सर्वस्व और देवताओं का मूर्तिमान, पुण्य, अमृत-सा तुम्हारा जल हमारे अकल्याण का शमन करे।)

मेरे मुँह से शिखरिणी उसी तरह बहती आ रही थी जैसे हिमलाय की पथरीली धरती को फोड़ गंगोत्री से भगवती भागीरथी की निरन्तर बहती धारा। कोई दस ग्यारह पद्य तब तक बन चुके थे, जब तक हमारी डोंगी दशाश्वमेध घाट के सामने उस किनारे जा लगी। झींगुर काका की आवाज ने मुझे रचना के कल्पनालोक से धरती पर उतार डाला, "ए पार डोंगी पहुँच गइल हौ, गुरुजी!" मैं हड़बड़ाकर उठा और डोंगी से धरती पर आया। झींगुर भी उतर आया था। कल्पनामूर्ति कभी की गायब हो चुकी थी। काव्यरचना भी उसी के साथ वहीं ठप्प हो गयी। बहुत जोर लगाया दिमाग पर। बड़ी देर तक कमल-पराग से कोमल बालुका-प्रसार पर इधर-उधर घूमता रहा। तीन-चार घड़ी तक परेशान रहा कि कुछ पद्य और बन जायँ, पर वह कल्याणी मूर्ति उर्वशी-सी कहीं जा छिपी थी। माजूम जमा कर निबटान के लिए जाते समय भी उसी के ध्यान में लगा रहा और जब उस पार स्नान कर पूर्व दिशा की ओर मुँह किये अर्घ्य देने लगा, तो भी पूर्व के क्षितिज पर उसे ढूँढ़ता रहा, पर वह बेदर्द फिर नहीं आयी, नहीं ही आयी। सन्ध्या-वन्दन कर मैंने झींगुर काका से डोंगी को वापस पंचगंगा घाट लौटाने को कहा, "स्नान हो गयल, काका, लौटे के चाही।"

"हाँ, गुरुजी!"

हम अब वापस लौट रहे थे। झींगुर की जिज्ञासा फूट पड़ी, "का भैया, तोहे गंगा माई के साच्छात् दरसन भइल। जेकरे खातिर इहाँ आयल रहल।"

"कुछ मत पूछो, काका। माई तनिक झलक देखाके गायब हो गइलिन।"

"अइसन बात हौ। तू धर्मात्मा हउअ गुरु!" झींगुर को मेरे इस सौभाग्य से ईर्ष्या हो उठी।

"भर नजर भी न देख सकलीं ओकर रूप काका। एतना काहें लुका-छिपी क खेल खेलत हऊ हमहन् से।" मैं माँ गंगा को ही उलाहना दे उठा। फिर उसी की झाँकी में खो गया और लगा, वह इस बार पूर्व दिशा में प्रकट हो चली थी। पूर्व में पौ फटती जा रही थी। मुझे उसके परिवेश मण्डल की चमक स्पष्ट नजर आयी। मैं फिर खोता जा रहा था, और कुछ और शिखरिणी छन्दों के साथ ही वह मेरे मन की धरती से फूटती ओठों से बह चली थी। वह तब तक बहती रही, जब तक हम इस किनारे नहीं पहुँचे और फिर झींगुर काका ने इस पार पहुँचने की सूचना दे उसे छिप जाने को विवश कर दिया, वैसे ही जैसे चुपके से प्रिय से मिलने आयी प्रेयसी किसी की हलकी-सी आहट पाने पर गायब हो गयी हो।

घाट पर अब थोड़ी-बहुत हलचल हो चली थी। मैं सीढ़ियाँ चढ़ ज्योंही कुछ ऊपर आया, पास ही भाँग-बूटी, छानते गंगापुत्रों में से एक ने झींगुर काका को पुकारा, "का झींगुर काका—का झींगुर काका, कागाबासी (प्रातःकाल भाँग का सेवन) जमी कि न जमीं" दायीं ओर बाँस की बड़ी-सी छतरी के पास ही सिल-लोढ़ा खड़क रहा था। सिर्फ गमछा लपेटे पाँच गंगापुत्र भाँग छानने को जुटे थे। झींगुर काका ने उत्तर दिया, "आज त कागाबासी जम चुकल, बचवा। पण्डित जी माजूम देहलेनह।"

"कवन पण्डिज्जी।" उसने जब तक प्रश्न किया, तब तक मैं उनके नजदीक पहुँच गया था और मुझे वह बोल उठा, "ओह, जगन्नाथ भैय्या, तो भैय्या तोहे माजूम खिलवलेन काका। पर काका जो मजा छानै मे हौ तवन माजूम में नाहीं हौ। का झूठ कहत हई जगन्नाथ भैया।"

"हाँ, सिब्बू गुरु। छाने क मजा अउरे हौ।"

"तो आवा, द कागाबासी अउर सही।" वह मुझे भी आमन्त्रित कर उठा।

"हाँ, हाँ, गुरु, कवन हरज हौ।" गंगापुत्रों का दूसरे आह्वान था।

"ना, गुरु। तोहार भर बना देईला। हमार कागाबासी जम चुकलऽ।"

मैं अस्वीकार करने की मुद्रा में था।

"का कही, भगवान शंकर क परसादी क अनादर करत हउअन गुरु। कौनों डर क बात ना हौ। आज बूटी माँ धतूरा क पुट कतई ना हौ।" शिवकुमार पण्डा बोल उठा।

"आज गंगा दसमी हौ, गुरु। होसो-हवास दुरुस्त रहै के चाही। आज धतूरा पुट देई तो जजमानी कइसे चलाई सरवा।" पास बैठा गजानन मिसिर स्पष्ट करता बोला।

"ठीक बा, त परसाद क अनादर कर, मिसिर।" और मैं भी उन्हीं के पास जा बैठा। एक गठीला नवयुवक पण्डा अभी भी सिल-लोढ़ा रगड़े जा रहा था। बट्टे के हटने और बटने के साथ उसके दोनों हाथों की मछलियों का डूबना-उतराना बड़ा भला लगा। वह मिसिर से पूछ बैठा, "का मिसिर जी, पिसाइल बूटी।"

"ना बचवा, अबहीं बीस-पचीस हाथ अउर लगै के चाही। अंजन के माफिक होवे के चाही बूटी।" और उसे भाँग पीसते रहने को वह दूसरे नवयुवक का आदेश दे उठा, "रमेस्सर, साफी साफ भइल।"

"हाँ मिसिर जी, साफी तइयार हौ।"

"त ले आवा।" तब तक भाँग पिस चुकी थी। साफी से उसे कोई दस बार छाना गया और फिर सिलबट्टे पर बूटी की धारा से अभिषेक कर अशुद्ध

उच्चारण में कुछ संस्कृत पद्य पढ़ उन्होंने सर्वप्रथम मुझे शिव का प्रसाद वितरित किया। सभी गंगापुत्रों ने दो-दो पुरवा बूटी चढ़ायी और फ़िर खैनी की फंकी जमा गमछा सँभालते वे झींगुर से कह उठे, "तहू, ले कागावासी, काका। चला, निपटान ओ पार करै।" मिसिर, सिब्बू और रमेस्सर के साथ के नवयुवक गंगापुत्रों को आदेश दिया कि वे गंगास्नान को आये यात्रियों को संकल्प करवा दें और पान-फूल, रोरी, आखत, चन्दन की व्यवस्था कर दें। संकल्प के बाद दक्षिणा लेना न भूलें, यह हिदायत दे वे डोंगी पर जा बैठे और मैं भी सीढ़ियाँ चढ़ बिन्दुमाधव के मन्दिर की ओर बढ़ चला।

सीढ़ियों पर भीड़ बढ़ती जा रही थी। स्त्रियाँ गंगा-स्नान को आने लगी थीं। मन्त्र और संस्कृत पद्य पढ़ने पण्डित उतरते आ रहे थे। तभी मेरे कानों में नीलकण्ठ शुक्ल की आवाज़ पड़ी। मैंने मुड़कर देखा वह बायीं ओर कुछ दूर भीगे लँगोटे में गंगास्नान कर अभी हाल निकला था। उसकी गमछा फटकारने की मुद्रा से लगा जैसे वाराणसी के सारे पाण्डित्य को अपसारित करने जा रहा हो। मेरे मुँह से न चाहते हुए भी भर्त्सना का शब्द निकल पड़ा, "मूर्ख!!!" वह नंग-धड़ंग मुद्रा में खड़ा पास की सीढ़ियों से उतरती युवती स्नानार्थियों को बेशर्मी से एकटक घूरता गंगा की महिमा गाता जा रहा था :

गंगा गंगेति यो ब्रूयाद् योजनानां शतैरपि।
मुच्यते सर्वपापेभ्यो विष्णुलोकं स गच्छति ॥

तभी उसे कोई पुकार उठा, "का नीलकण्ठ गुरु। स्नान हो गवा।"

"हाँ गुरु। चौचक स्नान हो गवा। गंगा दसहरा क स्नान हौ भैय्या। सगरों जन्म-जन्मान्तर के पाप धुल जाला ए दिन के स्नान से।"

"कइसन बात करत बाटऽ गुरु। तू त धर्मात्मा हउवऽ तोहार कवन पाप धुल जाई।" लक्ष्मण भट्ट की आवाज आयी। शायद वह व्यंग्य कर रहा था।

"बात त तू ठीक कहत बाटऽ भैय्या। हमहन ऊ सरवा जगन्नाथ के माफिक कौनो पाप नाहीं कइलीं।"

"कवन पाप कइले हउवन, पण्डित जगन्नाथ ओनके बरोबर कासी में कौनों विद्वान नाही हौ, गुरु! समझ में नाहीं आयल शत्रुता काहे करत हउवन।"

"अरे, सूद्रन के उपनिषद् पढावै क घोर पाप कइले हौ दुष्ट! पहिले जवनी से ब्याह रचउलेस, अब शास्त्रन के भ्रष्ट कइके......।"

"ई कौनो पाप हौ, गुरु।" लक्ष्मण भट्ट ने जिरह जारी रक्खी।

"पाप काहे न हौ। हिन्दू अउर म्लेच्छ एक कइ देहलेस हौ सरवा। सूद्र शास्त्र पढ़िहैं ते हम बभन्नन के के पूछी, भट्ट!"

"त अब हमहू समझ गइलीं, सुकुल। बभनन क महत्त्व घट जाई, ई डर हौ तोहैं। पर भइया, ज्ञाननिधि, बाभन त बाभन ही रहिहैं। हाँ, ब्राह्मणत्व से च्युत लोगन के खातिर, पण्डितराज जगन्नाथ खतरा पइदा कइ देहलेन।"

"ए ही पक्ष-विपक्ष के कौनों बात नाही हौ, नीलकण्ठ। प्रश्न सत्य के आश्रय लेवैके हौ।" लक्ष्मण भट्ट ने स्पष्ट किया।

"ठीक बा, भट्ट। तोहरे सत्य क आश्रय हमहूँ देखब। पंचन के सभा में तोहार जोर देखब आज।"

"का मतलब?"

"अरे आज एह विषय में पंचन के सभा में उपस्थित होइहैं, भट्ट!" नीलकण्ठ चुनौती देने लगा।

"त तोहार दुष्टता खतम, नीलकण्ठ।"

"तू हमहन के चुनौती देत हउवा।" नीलकण्ठ लक्ष्मण भट्ट से उलझ पड़ा। कुछ नवयुवक दौड़ पड़े। नीलकण्ठ और भट्ट को अलगाते कह रहे थे, "का तमासा खड़ा करत हउवा, गुरु!" वे दोनों एक-दूसरे को ललकारते जा रहे थे। मुझे लगा, नीलकण्ठ कोई षड्यन्त्र का जाल बुनने में लगा है मेरे खिलाफ।

दाहिने हाथ में गंगाजल भरा पीतल का कमण्डल थामे मैं अब तक पूरी सीढ़ियाँ चढ़ चुका था और बायें मुड़ दाहिने पीपल के वृक्ष के पास बची-खुची सीढ़ियाँ चढ़ बिन्दुमाधव के मन्दिर की ओर बढ़ता जा रहा था। तभी फेंकू तिवारी और बच्चा दूबे के साथ खड़े एक पुजारी ने मुझे मन्दिर के अलिन्द में जाने से पूर्व ही दरवाजे पर रोक दिया, "आप दर्शन के लिए नहीं जा सकते, पण्डित जगन्नाथ!"

"क्यों?" मैंने चौंकते पूछा।

"पंचों का यही आदेश है। अभी हाल पंचों ने यह निर्णय लिया है। मन्दिर के प्रांगण के बायें मण्डप में सभा हो रही है। आपको पंचों ने वहाँ बुलाया है।" मैं क्रोध से जलता पण्डितों की सभा की ओर चल पड़ा। मैंने देखा, पंचों की गद्दी पर खुद क्षेत्र संन्यासी अप्पय दीक्षित और भट्टोजि दीक्षित बैठे थे। कोई पचास ब्राह्मण पण्डित जुटे थे—महाराष्ट्री, द्रविड़ और तैलंग। दो-चार सरयूपारीण तथा कान्यकुब्ज भी थे। मेरे पहुँचते ही एकाएक पंचों के दाहिने बैठा गागा भट्ट उठ खड़ा हुआ और उसके उठते ही कुछ और भी पण्डित मेरे स्वागत में उठ खड़े हुए। इसे देख दोनों दीक्षित चौंके से नजर आये। मैं पहुँचा, तब तक नीलकण्ठ और लक्ष्मण भट्ट भी आ पहुँचे थे। गागा भट्ट ने मुझे पास ही आसन पर बैठने को कहा, "यहाँ बैठिए, पण्डितराज।" मैं बैठा नहीं, मैंने खड़े-खड़े ही पूछा, "मुझे यहाँ किस प्रयोजन से बुलाया गया है?" कोई उत्तर दे, इससे पूर्व ही नीलकण्ठ

बोला, "तोहरे अपराध क निर्णय देवै खातिर, जगन्नाथ!"

मैंने नीलकण्ठ को नजरअन्दाज करते हुए कहा, "मैं पंचों की गद्दी पर बैठे लोगों से पूछ रहा हूँ। वे उत्तर क्यों नहीं देते?"

पंच फिर भी चुप रहे। तभी फेंकू तिवारी बोल उठा, "पण्डित जगन्नाथ शूद्रों को वेद और उपनिषद् पढ़ा रहे हैं। हमने स्वयं इन्हें कबीरदास और रैदासी साधुओं को ईशावास्य पढ़ाते देखा है।" तो अब समझ में आया। फेंकू तिवारी और बच्चा दूबे ज्ञान लेने नहीं आते थे मेरे पास। जब इस देश में गुरुत्व का अपमान करने वाले ऐसे क्षुद्र शिष्य होने लगेंगे, तो ज्ञान का भगवान ही रक्षक है। मैं सोच रहा था, कहाँ खो गया वह गुरु-शिष्य-सम्बन्ध। फेंकू तिवारी की बात पर दोनों बड़के पंच क्रुद्ध हो उठे, "शान्त पापं, शान्त पापं। ज्ञान को दूषित कर दिया पातकी ने। ब्राह्मण धर्म से च्युत हो गया यह।"

"ब्राह्मण धर्म से त पहिलही च्युत हो गइल पातकी। पहिले जवनन के उपनिषद् पढ़ौलेस, पीछे जवनियां सँ बियाह रचौलेस, अउर अब सूद्रन के बेद पढ़ावत हौ। अनेक पातक कइलै हौ सरवा। एकर सही-सही निर्णय होवै के चाही, आज पंचन के सभा माँ।" नीलकण्ठ अभियोग लगाता जा रहा था।

"मैंने कोई अपराध नहीं किया है।" मैंने दृढ़ स्वर में उत्तर दिया। मैं अभी भी बैठा नहीं था।

"इतना ही नहीं। इसने गुरुवर भट्टोजि दीक्षित और श्रद्धेय अप्पय दीक्षित के पाण्डित्य को भी चुनौती दी है। इनका अपमान किया है।" एक प्रौढ़ महाराष्ट्री बोल उठा।

"मैंने इनका अपमान कभी नहीं किया। केवल भट्टोजि के गुरुद्रोह का समुचित पाण्डित्यपूर्ण उत्तर दिया है और अप्पय दीक्षित की काव्यशास्त्रीय भ्रान्तियों का परिमार्जन किया है। ज्ञान के क्षेत्र में सही बात कहना किसी का अपमान नहीं है। हमारे यहाँ की परम्परा तो गुरु के भी दोष बताने की रही है-'दोषा वाच्या गुरोरपि।' ये दोनों मेरे गुरु तो हैं नहीं कि मुझे गुरुद्रोह का भी पातक लग सके।"

"नहीं, यह भ्रष्ट हो चुका है। इसे जाति से निष्कासित किया जाय और देवमन्दिरों में इसका प्रवेश रोका जाय जिससे मन्दिर अपवित्र होने से बच जाय।" एक द्रविड़ पण्डित बोल उठा। इसी के कन्धे का सहारा ले बूढ़े अप्पय दीक्षित गंगास्नान करने आते हैं।

"क्या बकवास कर रहे हो? वाराणसी के पण्डितों की बुद्धि भ्रष्ट हो गयी है क्या? पण्डितराज का इस तरह अपमान करते लज्जा नहीं आ रही है? धूल में मिल गया तुम्हारा शास्त्र पढ़ना। ब्राह्मण के आदर्श हैं वे और तुम कहते हो

ब्राह्मणत्व से च्युत हो गये वे। क्या प्रमाण है तुम्हारे पास? समझ में नहीं आ रहा, क्या हो गया है आज पण्डित भट्टोजि को और वेदान्ती अप्पय दीक्षित को।" लक्ष्मण भट्ट खौल उठा था।

"तुम हमारे गुरु के वेदान्तित्व को चुनौती दे रहे हो, लक्ष्मण भट्ट। अप्पय दीक्षित से बड़ा वेदान्ती इस समय भारतवर्ष में नहीं है।" भट्टोजि क्रोध में थे।

"वेदान्ती और द्रविड़पुंगव (द्रविड़ों में बैल अर्थात् मूर्ख) अप्पय दीक्षित।" मैं जोरों से हँस पड़ा और मेरी प्रतिक्रिया स्वतः पद्य में फूट पड़ी :

निष्णातोऽपि च वेदान्ते साधुत्वं नैति दुर्जनः।
चिरं जलनिधौ मग्नो मैनाक इव मार्दवम् ॥

(वेदान्त में निष्णात होकर भी दुर्जन साधु नहीं हो पाता। सर्वदा समुद्र में डूबे रहकर भी मैनाक मृदुता को नहीं प्राप्त करता।)

मेरी इस उक्ति से सारी सभा में खलबली मच गयी। सभा के पण्डित दो दलों में बँट गये थे। लक्ष्मण भट्ट ने पुनः ललकारा –

"क्या प्रमाण है तुम्हारे पास कि पण्डितराज अपराधी हैं?"

"प्रमाण माँगते हो, लक्ष्मण भट्ट! तो सुनो शास्त्र प्रमाण। शूद्रों को वेद सुनना तक मना है, पढ़ना तो दूर। जगन्नाथ उन्हें उपनिषद् पढ़ाता है।" एक पण्डित बोल उठा।

"पर शूद्र भी हमारे धर्म को ही मानते हैं।" लक्ष्मण भट्ट ने तर्क जारी रखा।

"हाँ, पर जानते हो। उनकी धार्मिक क्रियाएँ तक वेदमन्त्ररहित होती हैं। प्रमाण माँगते हो, तो सुनो :

शूद्रो वर्णश्चतुर्थोऽपि वर्णत्वाद्धर्ममर्हति।
वेदमन्त्रस्वधास्वाहावषट्कारादिभिर्विना ॥

इन-उन प्रमाणों को हम नहीं मानते जो मनुष्य में भेद दृष्टि अपनाए, पण्डित। तर्क प्रतिष्ठित प्रमाण दो। बाबा वाक्य प्रमाण वाला प्रमाण नहीं। लक्ष्मण भट्ट ने चुनौती दी।

"तो तुम जगन्नाथ तैलंग की तरह भ्रष्ट हो गये क्या, भट्ट?" उसने प्रश्न किया।

"यही समझ लो। जगन्नाथ तैलंग अकेले नहीं हैं, दीक्षित। हाँ उन जैसे सत्यद्रष्टा दो-चार ही हैं, वाराणसी में। यही तो दुःख की बात है।" लक्ष्मण भट्ट ने उत्तर दिया।

"तो, पंचन क निर्णय का हौ" नीलकण्ठ पूछ बैठा।

"निर्णय स्पष्ट है, यह धर्मच्युत हो चुका है। क्यों गुरुवर।" निर्णय देते भट्टोजि ने अप्पय दीक्षित की सम्मति चाही।

"हाँ, भट्टोजि तुम्हारे निर्णय से हम सहमत हैं। यह ब्राह्मणत्व ही नहीं, हमारे धर्म से भी च्युत हो गया।" बूढ़े अप्पय दीक्षित ने पोपले मुँह से गरदन हिलाते सम्मति दी। मैं मुस्कराता हुआ यह नाटक, यह भाण्ड-ताण्डव देखता जा रहा था। गागा भट्ट से न रहा गया। वह पूछ बैठा, "माना कि पण्डितराज से लोक-व्यवहार में कुछ चूक हो गयी है। किन्तु इतना बड़ा दण्ड देना उचित नहीं जान पड़ता। यदि वे प्रायश्चित्त कर लें तो?"

"प्रायश्चित्त?" भट्टोजि हँसते हुए व्यंग्य कर उठे, "धर्मशास्त्र पढ़कर भी तुम अनपढ़ ही रहे, गागाभट्ट। म्लेच्छों के साथ जो इसने संसर्ग-पातक किया है—इसका कोई प्रायश्चित्त नहीं है शास्त्र में। जानते हो शास्त्र में क्या है—

प्रायश्चित्तविधानं च विप्राणां मरणान्तिकम्।
संसर्गदोषः स्तेयान्य महापातकनिष्कृतिः ॥"

"अब तो इस पाप से मरने पर ही मुक्ति हो सकेगी इस महापातकी की।"

"प्रायश्चित्त अवश्य है।" गागा भट्ट ने दृढ़ स्वर में कहा, "जो धर्म हूणों और गुर्जरों को क्षत्रिय बना सकता है, ब्राह्मण की शुद्धि कर उन्हें फिर से आर्यपथ पर ला सकता है, वह पण्डितराज जैसे महान ज्ञानी और सत्यद्रष्टा के लिए भी मार्ग ढूँढ़ निकालेगा।"

"इस पातकी के प्रायश्चित्त की व्यवस्था कौन देगा?" भट्टोजि ललकार उठे।

"मै दूँगा, भट्टोजि। मैं दूँगा। गागा भट्ट इनके प्रायश्चित्त की व्यवस्था देगा।" गागा ने दृढ़ स्वर में कहा।

"नहीं। ऐसा नहीं हो सकता।" भट्टोजि के कई गुर्गे चिल्ला उठे।

"क्यों नहीं? तुम मेरे पाण्डित्य को चुनौती दोगे। नारायण भट्ट और कमलाकर भट्ट के उत्तराधिकारी गागा भट्ट की व्यवस्था को न मानने की क्षमता किसमें है?" गागा का प्रश्न था। एक क्षण भय छा गया। गागा के प्रश्न का उत्तर मैं दे उठा।

"पर मुझे प्रायश्चित्त करना स्वीकार नहीं है, गागा भट्ट! जब मैंने कोई पाप ही नहीं किया तो प्रायश्चित्त किस बात का? तुम्हारी सहानुभूति के लिए कृतज्ञ हूँ, भैया!"

"तो सुना, गागा भट्ट। तोहार व्यवस्था स्वीकार नाही हौ जगन्नाथ के।" एक पण्डित बोला।

"ध्यान से सोचो जगन्नाथ! प्रायश्चित्त कइले में कवन दोस हव पण्डित।" अन्य पण्डित बोला।

"मेरा निर्णय अन्तिम है।" मैंने पुनः दृढ़ता से कहा।

"तो ठीक है। पंचों की सभा का भी यही निर्णय है कि जगन्नाथ तैलंग जातिच्युत और धर्मच्युत किया जा रहा है। बिन्दुमाधव और विश्वनाथ के अतिरिक्त अन्य देवमन्दिरों में भी इनका प्रवेश निषिद्ध है, क्योंकि यह ब्राह्मणत्व और आर्यधर्म से गिर चुका है।" भट्टोजि निर्णय दे, सभा से उठने की मुद्रा में थे।

"नहीं, नहीं, ऐसा अनुचित है। यह घोर अन्याय है। पंचों का निर्णय पक्षपातपूर्ण है।" लक्ष्मण भट्ट के साथ कुछ स्वरों का आक्रोश व्यक्त हो उठा। पर अधिकांश पण्डित पंचों के साथ ही उठ चुके थे। अन्याय के बहुमत ने न्याय की माँग का गला घोंट दिया।

मैंने पहले बिन्दुमाधव मन्दिर में मूर्ति की ओर देखा। भगवान विष्णु की मूर्ति के प्रति मैं पण्डितों के अन्याय की शिकायत मौन स्वर में कर उठा। मैंने अनुभव किया, मूर्ति में हलचल हुई और जैसे मन्दिर से कोई दिव्य तेज निकलता जा रहा था। क्षण भर में वही ज्योतिर्मय गर्भगृह अब फीका और अन्धकारमय हो उठा। मैंने अब वहाँ से आँखें माँ गंगा की ओर हटा लीं।

मैं क्रोध से जल उठा। ज्योंही मेरी आँखें सामने बहती गंगा की स्वच्छ और पवित्र जलधारा पर पड़ीं, मेरा क्रोध पिघलकर दो बूँद बन आँखों से छलछला उठा। मुझे लगा, वही सद्यःस्नाता शीतल उँगलियों से मेरी चेतना को सहलाती जा रही है और मैं उसी की दिव्य झाँकी में खोता जा रहा हूँ। पण्डितों को चुनौती देती मेरी दृढ़ वाणी उसी काव्य को आगे बढ़ाती शिखरिणी के स्वरों में फूटती जा रही थीः

विधत्तां निःशंकं निरवधि समाधिं विधिरहो,
सुखं शेषे शेतां हरिरविरतं नृत्यतु हरः
कृतं प्रायश्चित्तैरलमथ तपोदानयजनैः,
सवित्रि कामानां यदि जगति जागर्ति भवती ॥

(ब्रह्मा निःशंक हो सदा समाधि लगाते रहें, विष्णु शेषशैया पर सुखपूर्वक सोते रहें, और शंकर निरन्तर नाचते रहें। यदि मेरी समस्त कामनाओं को पूरा करने वाली तुम दुनिया में जग रही हो तो प्रायश्चित्त करना व्यर्थ है, तप, दान और यज्ञ सर्वथा निरर्थक हैं।)

अप्पय दीक्षित और भट्टोजि दीक्षित के षड्यन्त्रों के कारण अन्त में मुझे वाराणसी छोड़ मथुरा आना पड़ा। मथुरा मेरे लिए इसलिए उपयुक्त स्थान है कि यहाँ कृष्ण-भक्ति के विविध सम्प्रदायों के बीच अभी कोई वैमनस्य और भेदभाव नहीं है। यहाँ तक कि कृष्ण के विविध उपासना-भेदों के केन्द्र इस्लाम धर्मानुयायियों के लिए भी खुले हैं और अनेक मुसलिम मथुरा में आकर कृष्ण-भक्त बन गये हैं। यही वह स्थान है, जहाँ रसखान और रहीम जैसे इस्लाम धर्मानुयायियों ने कृष्ण-भक्ति की रचनाएँ की हैं। रसखान ने तो यहाँ तक कहा कि इस मथुरा के आसपास के करील कुंजों पर मैं करोड़ों सोने के अर्थात् शाही वैभवपूर्ण महल न्यौछावर कर सकता हूँ।

यहाँ आते ही मैं केशवराय मन्दिर के महन्तजी से मिला जो मेरे और शाहजादा दाराशुकोह के विश्वस्त व्यक्ति थे। यहीं वह मन्दिर है जिसके लिए दाराशुकोह नियमित रूप से आर्थिक सहायता देता था और उसने निज मन्दिर में चाँदी का जंगला भेंट किया था, जिसे अब्दुल नबी ने मथुरा के फौजदार का पद सँभालते ही जबरन हटवा दिया था, क्योंकि वह औरंगजेब और उसके अनुयायी अब्दुल नबी के धार्मिक कट्टरपन की आँखों में किरकिरी की तरह खटक रहा था और वह बिना किसी साम्प्रदायिक कट्टरता के सहिष्णु नीति का प्रतीक था। मथुरा की जागीर दाराशुकोह की निजी जागीर थी और इसलिए यहाँ का समस्त शासक उसके अधीन था और वही उसकी मनसबदारी के लिए यहाँ का लगान, लगाता था, वसूल करता था। यहाँ के लगान पर खर्चा मिलता था। उसके शासन से मथुरा सरकार की समस्त प्रजा सुखी थी और वहाँ बिना किस साम्प्रदायिक भेदभाव के जनता मेल-मिलाप से रह रही थी। शाहजादा दाराशुकोह के निधन के बाद धीरे-धीरे मथुरा का वातावरण विषाक्त होने लगा था। औरंगजेब ने एक कट्टर सुन्नी अब्दुल नबी को यहाँ का फौजदार बनाकर भेज दिया और साथ ही उसे आदेश दिया कि दाराशुकोह द्वारा मन्दिरों और हिन्दू विद्यालयों को दी जाने वाली आर्थिक सहायता समाप्त कर दी जाए और मन्दिरों के साथ लगे हुए हिन्दू विद्यालयों को समाप्त करने का आदेश दिया जाए क्योकि यहाँ विधर्मी शिक्षा दी जाती है, जबकि मकतबों की आर्थिक सहायता बदस्तूर चलती रही। इसके अतिरिक्त उसके कई अन्य फरमान समय-समय पर आते रहे। एक फरमान द्वारा दाराशुकोह के समय किसानों से ली जाने वाली शरह बढ़ा दी गयी, किन्तु उसमें भी साम्प्रदायिक दृष्टि से लगान की शरह में भेदभाव वरता जाने लगा।

इतना ही नहीं मथुरा जिले में बाहर से आने वाली चुंगी की शरह, जो दाराशुकोह के जमाने में ढाई टका सैकड़ा थी, हिन्दुओं से पाँच टका सैकड़ा वसूल की जाने लगी, पर मुसलमान व्यापारियों से चुंगी की ढाई टका सैकड़ा ही बनी रही। इसके बाद शाहंशाह अकबर के जमाने से बन्द किये गये हिन्दुओं पर लगने वाले जजिया को और बादशाह शाहजहाँ के जमाने में बन्द किये गये यात्राकर को भी फिर से हिन्दुओं पर लागू कर दिया गया और हर हिन्दू-मर्द और औरत से सवा छः रुपये जजिया वसूल किया जाने लगा। इस कर से केवल कुछ हिन्दू भिखारी और बच्चे मुक्त थे। धीरे-धीरे आक्रोश बढ़ने लगा। दूसरी ओर हिन्दू ही नहीं, मथुरा जिले में रहने वाले शिया मुसलमानों से भी भेदभाव की नीति बरती जाने लगी।

मेरे मथुरा में आकर रहने के कुछ ही दिनों बाद मथुरा के पास के किसान सरपंच का पुत्र गोकुला मुझसे मिलने आया और उसने संकेत दिया कि मथुरा का फौजदार अब्दुल नबी मथुरा की जनता पर अत्याचार कर रहा है और आसपास के गाँवों के किसानों में जबर्दस्त विरोध उभरता जा रहा है। वह प्रायः मुझसे मिलने चला आता था। इसी बीच दाराशुकोह का एक पुराना विश्वस्त मित्र जो सम्प्रदाय की दृष्टि से मुड़िया साधु बाबा लाल दयाल की शिष्य मण्डली का सतनामी साधु था, मिलने चला आता था और उसने भी बताया कि नारनौल के आसपास के प्रदेश में भी प्रजा में औरंगजेब के लगान की नीति और जजिया लागू किये जाने के दमन के विरोध में आग भड़कती जा रही है। मैंने उन्हें यह सलाह दी कि यदि वे औरंगजेब की नीतियों के विरुद्ध जनता को जागरूक करना चाहते हैं, तो उन्हें मथुरा और नारनौल में सम्मिलित रूप से यह कार्य करना होगा, ताकि इसकी लपटें आगरा तक पहुँचें।

इसी बीच एकाएक मथुरा के पास के तिलपुर कस्बे के किसानों ने गोकुला के नेतृत्व में बढ़े हुए लगान, चुंगी के शरह और जजिया देने से मना कर दिया। इससे इस विरोध से आग-बबूला हुए अब्दुल नबी ने कुछ फौजियों को किसानों से जबरन वसूली करने के लिए अमीन पटवारियों को, जो अब दाराशुकोह के समय से हटाकर नये नियुक्त किये गये थे, कड़ाई से वसूल करने के लिए भेजा, जिसका प्रतिरोध जनता ने सशस्त्र विद्रोह कर किया और वसूली करने वाले अन्य धर्मावलम्बी सरकारी गुमाश्तों को मार डाला। उत्तेजित हुए अब्दुल नबी ने एक बड़ी फौज लेकर तिलपुर पर धावा बोल दिया लेकिन खुद अब्दुल नबी भी मारा गया और इस तरह गोकुला के नेतृत्व में मथुरा के आस-पास के गाँवों के किसानों ने एकजुट होकर औरंगजेब की हुकूमत से लोहा लेने की ठान ली। किन्तु यह

विद्रोह असंगठित होने के कारण सफल नहीं हो पाया और शीघ्र ही आगरा से आयी हुई कुमुक ने इसे दबा दिया।

कुछ दिनों बाद उधर नारनौल में भी सतनामी किसानों ने औरंगजेब की कट्टर धार्मिक नीति के विरोध में विद्राह किया, किन्तु वह भी असंगठित होने तथा औरंगजेब की जोड़-तोड़ के कारण सफल नहीं हो पाया।

मुझे मथुरा के भी वातावरण के अशान्त हो जाने के कारण मथुरा छोड़कर वृन्दावन आना पड़ा और अब मैं सामाजिक तथा राजनीतिक परिवर्तन की सारी वासना छोड़कर अपना जीवन कृष्णभक्ति में, कृष्ण की सेवा में लगाने का प्रयत्न कर रहा हूँ। अफसोस! दाराशुकोह और मैंने सम्पूर्ण समाज को जातिपाँत, ऊँच-नीच, गरीब-अमीर के हर भेद और साम्प्रदायिक भेदभाव तथा उपासना-पद्धति के भेद को न मानते हुए, समग्र समाज को एकसूत्रता में बाँधने का जो प्रयत्न किया, वह दुख है कि, शासकों की भेदनीति और मुल्ला-मौलवियों तथा दकियानूसी पण्डितों के निहित स्वार्थों के कारण असफल ही रह गया। पता नहीं इस प्रकार के समाज की संरचना कब होगी, जिसमें समस्त प्रजा बिना किसी भेदभाव शान्ति से अपना जीवन-यापन कर सकेगी। संघर्ष करते-करते अब मैं बिलकुल टूट गया हूँ। पर मुझे फिर भी इस देश की उस कृषक जनता में विश्वास है जो किसी समय शासकों और धर्म और मजहब के ठेकेदारों के निहित स्वार्थ का विरोध कर समन्वित एकाग्र समाज की संरचना में योग देगी और इसी कामना को लिये अब मैं अपने जीवन के अन्तिम क्षण की प्रतीक्षा कर रहा हूँ। मेरी गोविन्द से करबद्ध यही प्रार्थना है कि मेरे अगले जन्म में मुझे गोविन्द के चरणकमलों की सेवा में रत रहने वाले कृषक समाज में पुनर्जन्म दें-

अहमन्य विभो भवन्तमद्धाप्रतिबद्धाञ्जलिरेकमेव याचे।
जनुरस्तु कुले कृषीवलानामपि गोविन्दपदारविन्दभाजाम् ॥

❑❑❑